# *Die Frau* des Diplomaten

PAM JENOFF

# Die Frau des Diplomaten

ROMAN

*Aus dem Amerikanischen von*
*Ralph Sander*

Weltbild

*In Liebe*
*für Phillip*

Die nordamerikanische Originalausgabe erschien 2008 unter dem Titel
*The Diplomat's Wife* bei Mira Books, Toronto.

Besuchen Sie uns im Internet:
*www.weltbild.de*

Genehmigte Lizenzausgabe für Verlagsgruppe Weltbild GmbH,
Steinerne Furt, 86167 Augsburg

Übersetzung: Ralph Sander
Umschlaggestaltung: Atelier Seidel – Verlagsgrafik, Teising
Umschlagmotiv: © Adam Davis / Trevillion Images, Brighton, UK
Gesamtherstellung: GGP Media GmbH, Pößneck
Printed in the EU
ISBN 978-3-8289-9723-3

2013 2012 2011 2010
Die letzte Jahreszahl gibt die aktuelle Lizenzausgabe an.

# 1. KAPITEL

Ich weiß nicht, wie viele Stunden oder Tage ich auf dem harten, kalten Boden lag und auf den Tod wartete. Eine Zeit lang kam es mir so vor, als sei ich bereits tot, eingehüllt in die Finsternis und Stille meines Grabes, unfähig zu sprechen oder mich zu rühren.

Ein stechender Schmerz zuckt durch meine rechte Seite. Nein, es ist noch nicht vorbei. In winzigen Wellen kehren die Geräusche zurück in meine Wahrnehmung: das Scharren der Ratten hinter dem Mauerwerk, tropfendes Wasser, das zu weit entfernt ist, als dass ich es erreichen könnte. Auf dem eisigen Beton beginnt mein Kopf schmerzhaft zu pochen.

Nein, ich bin nicht tot. Noch nicht, aber bald, denn lange kann ich es nicht mehr ertragen. Im Geiste sehe ich den Wachposten über mir stehen, wie er eine Eisenstange in die Höhe reckt, um damit zuzuschlagen. Mein Magen verkrampft sich. Habe ich geredet? *Nein*, erwidert eine Stimme irgendwo in meinem Inneren. *Du hast nichts gesagt. Das hast du gut gemacht.* Es ist eine Männerstimme. Alek. Oder vielleicht Jakub. Aber natürlich kann es keiner von beiden sein. Alek ist tot, die Gestapo hat ihn erschossen. Und Jakub ist vermutlich auch tot, es sei denn, er hat es mit Emma bis zur Grenze geschafft.

Emma. Ich sehe noch immer ihr Gesicht vor mir, wie sie auf der Eisenbahnbrücke über mich gebeugt steht. Ihre Lippen fühlten sich kühl auf meiner Wange an, als sie mir den Abschiedskuss gab. „Gott möge dich behüten, Marta.“ Zu schwach, um etwas zu erwidern, nickte ich nur und schaute ihr nach, wie sie zum anderen Ende der Brücke lief und in der Dunkelheit verschwand.

Nachdem sie fort war, drehte ich den Kopf zur Seite und sah den dunkelroten Fleck, der sich unter mir im Schnee bildete. Blut. Mein Blut. Oder vielleicht sein Blut? Der Kommandant lag nur ein paar Meter von mir entfernt reglos auf dem Boden. Sein Gesicht hatte etwas Friedliches, fast Unschuldiges an sich, und einen Moment lang konnte ich verstehen, wie es möglich war, dass Emma etwas für ihn empfunden hatte.

Aber ich hatte nichts für ihn empfunden. Ich hatte ihn getötet.

Die Seite, auf der die Kugel aus der Waffe des Kommandanten in mich eingedrungen war, begann entsetzlich zu brennen. In weiter Ferne hörte ich Sirenen, die allmählich näher kamen. Für einen Augenblick bedauerte ich, dass ich Emma zum Gehen aufgefordert hatte, anstatt ihr Angebot anzunehmen und mir von ihr helfen zu lassen. Aber ich hätte sie auf ihrer Flucht nur aufgehalten, und am Ende wären wir beide umgekommen. So hatte wenigstens sie eine Chance. Alek wäre stolz auf mich gewesen. Jakub auch. Ich schloss die Augen und stellte mir vor, wie auch Jakub sich über mich beugt, während der Wind mit seinem braunen Haar spielt. „Danke", sagt er tonlos, und dann verschwindet auch er.

Als die Gestapo eintraf, lag ich mit geschlossenen Augen da und wünschte mir einen schnellen Tod. Als den Männern klar wurde, dass ich den Kommandanten getötet hatte, zweifelte ich nicht daran, auf der Stelle erschossen zu werden. Doch einer der Männer wandte ein, dass sie mit ihrer Munition sparsam umgehen müssten, und ein anderer ergänzte, dass man mich sicherlich befragen wollte. Also hoben sie mich vom Boden auf. „Sie wird sich noch wünschen, wir hätten sie gleich hier erledigt", meinte einer von ihnen, als man mich brutal auf die Ladefläche eines Lastwagens warf.

Wenn ich jetzt an diese Worte zurückdenke, schaudert es mir, weil sie sich bewahrheitet haben. Das Ganze ist jetzt Monate her, vielleicht sogar Jahre. Die Zeit verliert hier an Bedeutung, da jeder endlose Tag von Einsamkeit, Hunger und Schmerz geprägt ist. Das Schlimmste ist die Einsamkeit.

Seit man mich hergebracht hat, bin ich keinem anderen Gefangenen begegnet. Manchmal lege ich mich ganz dicht an die Wand und glaube, in der Zelle nebenan jemanden reden oder auch nur atmen zu hören. „Hallo?“, flüstere ich und drücke mein Ohr an die Fuge zwischen Wand und Boden. Aber ich erhalte nie eine Antwort.

Wenn im Korridor Schritte zu hören sind, überkommt mich jedes Mal Angst. Ist es der Junge, der mich mit seinen dunklen, leeren Augen anstarrt, während er ein Tablett mit verschimmeltem Brot und bräunlichem Wasser vor mich hinstellt? Oder ist es einer von ihnen? Wenn sie mich foltern, dann stets in unregelmäßigen, unberechenbaren Zeitabständen. Mal lassen sie mich tage- oder wochenlang in Ruhe, dann wieder holen sie mich jeden Tag aus meiner Zelle. Sie stellen mir immer wieder die gleichen Fragen, wenn sie auf mich einprügeln: Für wen haben Sie gearbeitet? Wer hat Ihnen den Auftrag gegeben, Kommandant Richwalder zu töten? Wenn ich ihnen die Namen nenne, dann lassen sie mich in Ruhe, versprechen sie mir. Aber ich verrate nichts, also prügeln sie mich weiter, bis ich das Bewusstsein verliere. Ein paarmal haben sie mich zurückgeholt, um gleich wieder von vorn anzufangen. Aber meistens wache ich erst wieder auf, wenn ich allein in meiner Zelle bin, so wie jetzt auch.

Trotzdem habe ich nichts verraten. Ich habe mich gut geschlagen, und innerlich muss ich lächeln. Doch dann ist meine Zufriedenheit auch schon wieder verflogen. Ich hatte fast gehofft, zu Tode geprügelt zu werden, als sie mich das letzte Mal holten. Aber ich lebe, und sie werden mich weiter foltern. Ich beginne zu zittern. Jedes Mal ist es schlimmer als das Mal zuvor. Ich ertrage es nicht länger. Bevor sie mich erneut abholen kommen, muss ich gestorben sein.

Wieder jagt ein Stich durch meine Seite. Die Deutschen haben mir kurz nach meiner Ankunft hier die Kugel herausgeholt. Zu dem Zeitpunkt verstand ich nicht, warum sie sich die Mühe machten, mir das Leben zu retten. Aber da hatten sie auch noch nicht mit ihren Verhören begonnen. Der Schmerz wird stärker, ich beginne zu schwitzen. Plötzlich kommt es mir so vor, als sei es in der Zelle kälter geworden, und ich merke noch, wie ich abermals in eine Bewusstlosigkeit gleite.

Irgendwann werde ich wieder wach. Der Gestank meiner eigenen Ausscheidungen hängt in der Luft. In weiter Ferne ist ein tiefes, ungewohntes Grollen zu vernehmen. Durch meine geschlossenen Augenlider bemerke ich einen schwachen Lichtschein. Wie viel Zeit ist vergangen? Ich nehme die Hände ans Gesicht. Mein rechtes Auge ist so geschwollen, dass ich es nicht öffnen kann. Ich reibe mein linkes Auge und wische die dicke Kruste weg, die sich im äußeren Augenwinkel gebildet hat. Blinzelnd sehe ich mich um. Den Raum kann ich so wie alles andere nur verschwommen wahrnehmen, da sie mir gleich nach meinem Eintreffen im Gefängnis die Brille abgenommen haben. Ich bemerke einen schwachen Strahl Tageslicht, der durch das winzige Fenster gleich unter der Decke in die Zelle fällt und eine kleine Wasserlache auf dem Boden bescheint. Meine ausgedörrte Kehle schmerzt. Wenn ich es nur bis zu dieser Pfütze schaffen könnte! Aber ich bin noch immer zu schwach, um mich von der Stelle zu rühren.

Das Grollen verstummt, dann höre ich Schritte im Stockwerk über mir, schließlich auf der Treppe. Die Wachen kommen zu mir. Als die Tür aufgeschlossen wird, mache ich die Augen zu. Leise Männerstimmen dringen an meine Ohren, und ich muss mich dazu zwingen, ganz ruhig dazuliegen und nicht zu zittern. Sie sollen nicht wissen, dass ich wach bin. Die Schritte werden lauter. Ich rechne fest damit, brutal gepackt und geschlagen zu werden. Die Männer scheinen sich uneins zu sein, und dann auf einmal fällt mir auf, dass sie gar nicht deutsch reden. Ich strenge mich an, um etwas zu verstehen. „… zu krank", sagt eine Stimme. Das ist auch nicht Russisch, und auch keine slawische Sprache. Englisch! Mein Herz macht vor Schreck einen Satz.

„Sie muss hier raus." Ich öffne das linke Auge einen Spaltbreit. Zwei Männer in dunkelgrünen Uniformen stehen in meiner Zelle. Sind das Briten? Oder Amerikaner? Ich blinzle, kann aber nicht erkennen, welche Flagge sie am Ärmel tragen. Wurden wir etwa befreit?

Der kleinere Mann steht mit dem Rücken zu mir, und über seine Schulter kann ich sehen, wie der andere in meine Richtung deutet. „Sie muss hier raus", wiederholt er wütend, doch der Kleinere schüttelt den Kopf.

Ich muss die beiden auf mich aufmerksam machen. Ich versuche mich aufzusetzen, doch die Schmerzen sind einfach zu stark. Stattdessen begnüge ich mich damit, einen Arm zu heben, während ich tief durchatme und zu husten beginne. Der größere der beiden Uniformierten schaut zu mir. „Sehen Sie?", ruft er, als er mit hastigen Schritten auf mich zukommt. Der Kleinere antwortet nicht, sondern schüttelt abermals den Kopf und verlässt die Zelle.

Der Soldat kniet sich neben mich. „Hallo."

Als ich etwas erwidern will, kommt nur ein Röcheln über meine Lippen. „Shht", macht er und legt einen Finger auf meine Lippen. Er will nach meinem Arm greifen, doch ich zucke zurück. Zu lange hat jede menschliche Berührung für mich nur Schmerz bedeutet. „Schon okay", sagt er leise und deutet auf die Flagge an seinem Ärmel. „Amerikaner. Schon okay." Erneut streckt er seine Hand nach mir aus, diesmal deutlich behutsamer. Ich zwinge mich dazu, nicht wieder zu zucken, als er meinen Arm anhebt und dabei seine schwieligen Finger um mein Handgelenk legt. Ich habe fast vergessen, dass es auch so sanfte Berührungen gibt. Er fühlt meinen Puls, die andere Hand legt er vorsichtig auf meine Stirn. Er legt die Stirn in Falten und beginnt hastig auf Englisch zu reden, wobei seine blauen Augen hin und her zucken. Ich schüttele den Kopf, so gut ich kann, damit er sieht, dass ich ihn nicht verstehe. Mitten im Satz bricht er ab, seine Wangen laufen rot an. „Oh, sorry."

Aus dem Gürtel zieht er eine Metallflasche und gießt etwas Wasser in den Deckel. Er legt eine Hand hinter meinen Kopf, und ich gestatte mir, mich etwas zu entspannen, als ich die Wärme spüre, die seine Finger an mich abgeben. Sein Jackettärmel verströmt einen erdigen Geruch, der eine Kindheitserinnerung weckt an Kiefernnadeln und Waldboden. Er hebt meinen Kopf leicht an, als hätte er ein kleines Kind vor sich, und hält den Deckel an meine Lippen. „Trinken Sie." Ich schlucke das Wasser, das er in meinen Mund tropfen lässt. Es schmeckt salzig und auch ein wenig nach Metall, aber das kümmert mich nicht. Ich trinke den Deckel aus, und er füllt ihn wieder auf.

Während ich trinke, betrachte ich sein Gesicht. Er ist nur ein paar Jahre älter als ich, höchstens dreiundzwanzig oder vierundzwanzig. Sein dunkles Haar ist an den Seiten kurz geschnitten, auf dem Kopf ist es dagegen wellig. Auch wenn er mich im Moment sehr ernst ansieht, verraten die Fältchen um seine Augen, dass es in seinem jungen Leben schon viel zu lachen gegeben hat. Er sieht nett aus. Und attraktiv. Plötzlich wird mir bewusst, wie elend ich aussehen muss, und dass meine strähnigen Haare von Schmutz und Blut verklebt sind.

Ich trinke noch einen letzten Schluck, dann wird die Anstrengung doch zu viel, und ich sinke in mich zusammen, während er meinen Kopf vorsichtig wieder auf dem Boden ablegt. Nicht!, möchte ich rufen, als er die Hand wegzieht. Seine Berührung hat längst etwas Vertrautes und Tröstendes. Stattdessen lächle ich schief, um ihm meine Dankbarkeit zu zeigen. Er nickt und sieht mich mit großen Augen an. Ich merke, wie er überlegt, warum ich wohl in diese Zelle gesteckt wurde und wer mich so zugerichtet hat. Er will aufstehen, aber ich greife in Panik nach seiner Hand.

„Schon gut." Er kniet sich wieder hin und deutet mit einer Kopfbewegung Richtung Tür. „Arzt." Er will mir jemanden herschicken, der sich um mich kümmert. Ich werde etwas ruhiger, lasse ihn aber nicht los. „Es wird alles gut", beteuert er und drückt meine Hand. „Sie kommen hier raus." Raus? Meine Augen beginnen zu brennen. Sollte der Albtraum wirklich vorüber sein? Ich kann es fast nicht glauben. Eine einzelne Träne läuft mir aus dem Augenwinkel. Er wischt sie mit einer sanften Berührung fort.

Dann räuspert er sich und zeigt mit der freien Hand auf sich. „Paul."

*Paul.* Ich starre ihn an und wiederhole im Geiste seinen Namen. Ich weiß nicht, ob ich ein Wort herausbringen kann, doch ich will, dass auch er meinen Namen erfährt. Ich schlucke, dann hole ich tief Luft. „M-Marta", kommt mir über die Lippen. Dann versinke ich wieder in tiefer Dunkelheit. Die Anstrengung der letzten Minuten war einfach zu viel für mich.

## 2. KAPITEL

„Na, sind wir wach?“ Eine forsche, fremde Frauenstimme dringt durch die Dunkelheit. Sind die Deutschen zurück? Hastig atme ich ein. Etwas ist anders als zuvor. In der Luft hält sich nicht länger der Geruch von Exkrementen, stattdessen riecht es nach Alkohol und frischer Farbe. Die Geräusche der Ratten und der leise fallenden Wassertropfen sind geschäftigem Rascheln und einem sanften Stimmengewirr gewichen.

Abrupt öffne ich die Augen und stelle verblüfft fest, dass ich mich nicht länger in meiner Zelle befinde, sondern in einem großen Raum mit leuchtend gelben Wänden. Wo bin ich? Am Fußende meines Betts steht eine Frau. Ihr Gesicht kann ich nur verschwommen sehen, dennoch erkenne ich, dass sie einen weißen Kittel und eine Haube trägt. Sie kommt näher und fühlt meine Stirn. „Wie geht es Ihnen?“ Ich schlucke unschlüssig. Meine Seite tut mir noch immer weh, doch es kommt mir jetzt mehr wie ein dumpfer, pochender Schmerz vor. „Ich heiße Dava. Wissen Sie, wo Sie sind?“ Sie spricht kein Polnisch, trotzdem kann ich sie verstehen. Jiddisch! Seitdem ich das Ghetto verlassen habe, hat in meiner Gegenwart niemand mehr Jiddisch gesprochen. Die Sprache klingt dem Deutschen sehr ähnlich, zudem hat die Frau einen leichten Akzent, sodass ich fürchte, es könnte sich um einen weiteren Trick der Deutschen handeln. Die Frau scheint meine Sorge zu bemerken und antwortet rasch auf ihre eigene Frage: „Sie sind in einem Sammellager der Alliierten, in der Nähe von Salzburg.“

Ein Lager? Salzburg? Meine Gedanken überschlagen sich. „Nazis …?“, bringe ich heraus. Mein Hals schmerzt, weil mir das Reden so schwerfällt, aber auch, weil es ausgerechnet dieses eine Wort ist, das ich aussprechen muss.

„Nein, die Nazis sind weg. Hitler ist tot, die Wehrmacht

hat kapituliert. Der Krieg ist vorbei.“ Sie klingt so überzeugt und furchtlos. Während ich mir ihre Worte verinnerliche, greift sie über meinen Kopf hinweg zu einem Fenster, um die Vorhänge ein Stück zuzuziehen, damit nicht so viel Sonne in den Raum fällt. Nicht, möchte ich sagen. Immerhin habe ich zu lange in fast völliger Dunkelheit leben müssen. „So, das ist schon besser.“ Ich sehe sie an. Obwohl ihre Statur ihr etwas Gesetztes verleiht, verrät mir ihr Gesicht, dass sie höchstens dreißig ist. Eine braune Locke lugt unter ihrer Haube hervor.

Dava gießt aus einer blauen Kanne Wasser in ein Glas und stellt es auf den niedrigen Nachttisch neben meinem Bett. Ich will mich aufsetzen, doch sie hält mich zurück. „Warten Sie.“ Sie nimmt ein Kissen von dem freien Bett gleich nebenan und legt es auf das vorhandene Kissen in meinem Rücken. Dabei fällt mir auf, dass ich ein Krankenhausnachthemd aus grober, hellblauer Baumwolle trage. „Ihr Körper hat einiges aushalten müssen, machen Sie erst mal langsam.“ Ich hebe den Kopf an, als Dava mir das Glas Wasser reicht. „Nur kleine Schlucke“, ermahnt sie mich, und ich befolge ihre Anweisung. „So ist es richtig, Marta.“ Erstaunt darüber, dass sie meinen Namen kennt, sehe ich sie an. „Ihr Name stand auf Ihrer Stirn geschrieben, als man sie herbrachte“, erklärt sie. Angesichts meiner Ratlosigkeit fügt sie hinzu: „Die Soldaten, die die Menschen aus den Lagern holen, schreiben Namen oder andere Hinweise manchmal direkt auf den Patienten. Entweder weil sie kein Papier zur Hand haben, oder weil sie fürchten, dass die Notiz unterwegs verloren gehen könnte.“

Ich trinke noch einen Schluck und lasse mich nach hinten auf die Kissen sinken. Plötzlich fällt mir der Soldat ein, der mir in meiner Zelle etwas zu trinken gab. „Wie … wie bin ich hergekommen?“

Dava nimmt mir das Glas aus der Hand und stellt es zurück auf den Nachttisch. „Die Amerikaner entdeckten Sie bei der Befreiung vom KZ Dachau. Wir sind hier nur wenige Autostunden von Dachau entfernt, nicht weit von der Grenze zu Deutschland, deshalb werden viele Häftlinge zu uns gebracht. Sie waren bewusstlos, seit man Sie vor über einer Woche herbrachte. Ihre Schussverletzung hatte sich entzündet, und Sie hatten sehr hohes Fieber. Wir waren uns nicht sicher, ob Sie durchkommen würden. Aber jetzt sind Sie bei Bewusstsein, und das Fieber ist zurückgegangen." Dava sieht kurz über die Schulter, dann fährt sie fort: „Ruhen Sie sich noch ein paar Minuten aus. Ich werde dem Doktor Bescheid sagen, dass Sie aufgewacht sind."

Während sie weggeht, schaue ich mich um. Zwar ist für mich nach wie vor alles verschwommen, doch ich erkenne jetzt mehrere Betten, die in gleichmäßigen Abständen in zwei Reihen an den Wänden dieses lang gestreckten Raums aufgestellt sind. Mein Bett steht in der äußersten Ecke, mit der Längsseite an der Wand. Alle Betten, bis auf das gleich neben meinem, scheinen belegt zu sein. Mehrere Frauen in weißer Kleidung eilen geschäftig umher.

Wenige Minuten später kehrt Dava zurück, sie trägt ein Tablett, ein älterer Mann mit dicken Brillengläsern folgt ihr. Er greift nach meinem Handgelenk, mit der anderen Hand berührt er meine Stirn. Dann hebt er die Decke an und zieht am Saum meines Nachthemds. Überrascht zucke ich zurück.

Dava stellt das Tablett ab und kommt zu mir. „Er muss die Wunde untersuchen, um Gewissheit zu haben, dass sie gut verheilt." Ich fühle, wie ich etwas ruhiger werde, und lasse den Arzt mein Nachthemd hochheben. Während seine kalten Hände meinen Bauch berühren, versuche ich nichts zu empfinden. Dann zieht er den Stoff weg, und ich sehe mit Erstaunen den sauber vernähten Schnitt an meiner Seite. „Sie mussten nach Ihrer Ankunft erneut operiert werden", erklärt Dava. „Es steckten noch Splitter der Kugel im Gewebe, das hat die Entzündung verursacht." Ich nicke. In meiner Zelle habe ich mich oft gefragt, warum ich immer noch solche höllischen Schmerzen habe. Jetzt, nach dem zweiten Eingriff, fühlt es sich deutlich besser an.

Der Arzt zieht das Nachthemd wieder hinunter und wendet sich an Dava, dann redet er mit ihr auf Deutsch, spricht aber so schnell und in einem seltsamen Dialekt, dass ich ihn nicht verstehen kann. Schließlich geht er zügig weiter. „Er sagt, dass Sie wirklich gute Fortschritte machen. Sie müssen versuchen, etwas zu essen. Sind Sie hungrig?“ Ehe ich antworten kann, nimmt sie eine Schale von ihrem Tablett und hält sie mir hin. „Suppe“, verkündet sie gut gelaunt. Langsam setze ich mich auf, und diesmal hält sie mich nicht zurück, sondern hält mir die Suppe unter die Nase. Ein kräftiges Aroma schlägt mir entgegen, prompt wird mir übel, und kalter Schweiß tritt mir auf die Stirn. Als Dava das bemerkt, stellt sie die Schale weg und nimmt stattdessen eine Tasse vom Tablett. „Fangen wir lieber mit etwas Tee an.“

Ich schlucke, mein Magen hat sich wieder beruhigt. „Das ist besser.“

Sie gibt mir die Tasse, ich trinke einen Schluck. Der Tee ist lauwarm und tut meinem rauen Hals gut. Während ich die Tasse mit beiden Händen halte, wandert mein Blick nach oben. Die sehr hohe Decke ist mit reichen Verzierungen geschmückt, und ich blinzle, um sie genauer erkennen zu können.

„Das hier war mal ein vornehmer Speisesaal“, erläutert Dava, die meine Gedanken zu lesen scheint. „Das Lager wurde auf dem Gelände von Schloss Leopoldskron errichtet. Die Nazis nahmen das Schloss seinem Eigentümer weg, und wir haben es jetzt ihnen wieder weggenommen. Wenn Sie sich besser fühlen, sollten Sie sich ausgiebig umsehen.“

„Ja, das mache ich.“ Ich trinke noch einen Schluck.

Dava zeigt nach oben. „Wenn Sie genau hinsehen, können Sie Einflüsse des Barock erkennen. Sehen Sie diese prachtvolle Detailfülle?“

„Ich kann nicht …“, beginne ich zögerlich. „Ich kann es nicht sehen.“

„Wie meinen Sie das?“, fragt sie besorgt. „Haben diese Leute irgendwas mit Ihnen gemacht? Schlag auf den Kopf? Oder ein schlimmer Sturz?“

Ich schüttele den Kopf. „Nein, nein“, erwidere ich hastig, obwohl ich zugeben muss, dass ich sogar mehr als nur einen Schlag auf den Kopf bekommen habe. „Ich bin nur sehr kurzsichtig, und als sie mich einsperrten, nahmen sie mir auch meine Brille weg.“

„Ach du meine Güte, warum sagen Sie das nicht gleich? Wir haben einen ganzen Karton voller Brillen.“ Als ich das höre, frage ich mich, was aus den eigentlichen Besitzern dieser Brillen geworden sein mag. „Sobald Sie etwas gegessen haben“, spricht sie weiter, „bringe ich Ihnen ein paar, die Sie anprobieren können. So, und jetzt versuchen wir es noch einmal mit der Suppe.“ Sie tauscht die Tasse gegen die Suppenschale aus, und sofort beginnt mein Magen erwartungsvoll zu knurren. Ich nehme den ersten Löffel Suppe, den Dava mir hinhält, und genieße die warme, salzige Brühe, während sie in meine Kehle läuft. Es folgt ein zweiter, dann ein dritter Löffel, bis Dava eine Pause einlegt. „Jetzt warten wir erst einen Moment ab, wie Ihnen das bekommt“, sagt sie.

Ich will protestieren. Es ist die erste richtige Mahlzeit seit Monaten, und ich will jetzt nicht aufhören. Doch ich weiß, dass sie recht hat. Ich lehne mich zurück und lasse meinen Blick schweifen. „Es wundert mich, dass dieser Raum komplett belegt ist, aber niemand in dem Bett dort liegt.“ Ich deute auf das leere Bett neben mir.

„Sie wollen wissen, warum Sie von den anderen getrennt liegen?“

„Ja.“

Nach kurzem Zögern erwidert Dava: „Die anderen sind aus dem Lager.“

„Ich verstehe nicht. Sie sagten, man hätte mich aus Dachau geholt. War das kein Lager?"

„Doch, natürlich. Aber Sie waren allein in einer Zelle, nicht bei den anderen Frauen im Lager." Ich mustere Davas Gesicht. Weiß sie etwas darüber, warum ich gesondert untergebracht worden bin? „Die Bedingungen im übrigen Teil des Lagers waren sehr schlimm."

„Schlimmer als das, was mir widerfahren ist?" Ich frage mich, was in aller Welt schlimmer sein könnte als die Folter, der Hunger und die Isolation, die ich ertragen musste.

„Nun, nicht unbedingt schlimmer … eben anders. Es herrschten viele Krankheiten. Ruhr, Typhus …" Typhus! Meine Mutter ist im Ghetto von Kraków an Typhus gestorben. Ich sehe ihren von offenen Wunden überzogenen Körper vor mir, höre die Schreie, die sie im Fieberwahn ausstieß. „Da Sie frisch operiert waren, wollten wir vermeiden, dass Sie sich anstecken. Darum haben wir Sie ein wenig abgeschieden von den anderen untergebracht. Aber das wird sich bald ändern. Wir erwarten einen weiteren Transport, und wahrscheinlich wird jedes verfügbare Bett gebraucht werden. Das heißt, Sie bekommen bald Gesellschaft. Aber genug davon. Essen Sie lieber noch etwas Suppe."

Während Dava mich mit mehr Suppe füttert, blicke ich über ihre Schulter. Die meisten anderen Frauen liegen noch in ihren Betten. Plötzlich werden mir Geräusche bewusst, die mir zuvor nicht aufgefallen waren. Leises Stöhnen, das Surren medizinischer Geräte. Und da ist noch etwas anderes: der schwache metallische Geruch von Blut.

Ich wende mich wieder Dava zu und betrachte aufmerksam ihr Gesicht. „Woher kommen Sie?"

„Geboren bin ich in Russland, aber meine Familie zog nach Wien um, als ich ein Kind war. Meine Eltern starben in Buchenwald."

„Sie sind Jüdin?", frage ich überrascht, denn wenn ich mir

ihre gut genährte Figur ansehe, dann erweckt Dava nicht den Eindruck, als sei sie ebenfalls in irgendeinem Lager gewesen.

Sie nickt. „Ich studierte Sprachen in Südfrankreich, als der Krieg ausbrach. Meine Familie wollte nicht, dass ich nach Hause komme, also blieb ich dort. Später meldete ich mich freiwillig als Krankenschwester bei den Alliierten und kehrte nach Österreich zurück, sobald das möglich war. Aber meine Eltern … unser … es war nichts mehr da."

So wie bei mir, denke ich. Meine Augen brennen.

„Nichts mehr da", wiederholt sie nach einer Weile, klingt aber erstaunlich gut gelaunt, und da wird mir erst bewusst, dass sie über die Suppe redet, die ich offenbar aufgegessen habe. *Nichts mehr da.* Plötzlich bin ich zurück in meiner Zelle, ohne etwas zu essen und ohne zu wissen, wann man mir wieder etwas bringen wird. Panik überkommt mich, aber Dava ist den Umgang mit Überlebenden offenbar so gewöhnt, dass sie weiß, was in mir vorgeht. „Keine Sorge." Sanft tätschelt sie meine Schulter. „Das Rote Kreuz beliefert unsere Küche. Es ist genug Suppe da, und es gibt auch viele andere Lebensmittel. Wenn Sie noch Hunger haben und wenn Sie die Suppe bei sich behalten, werde ich Ihnen in einer Stunde ein Stück Brot bringen. Aber für den Augenblick müssen Sie erst mal eine Pause einlegen."

Erleichtert lehne ich mich zurück. „Danke."

„Mit Vergnügen." Dava steht auf. „Jetzt muss ich nach den anderen Patientinnen sehen, und Sie ruhen sich erst mal eine Weile aus. Sie müssen schließlich wieder zu Kräften kommen."

Mit einem Mal scheinen meine Augenlider schwer wie Blei zu sein. „Ich bin etwas müde", gestehe ich ein.

„Das kommt vom Essen. Ruhen Sie sich aus. Schlafen Sie, das hilft." Dava nimmt das Tablett an sich und will gehen.

„Dava", rufe ich ihr nach und versuche, mich wieder aufzusetzen.

Sie dreht sich zu mir um. „Ja?"

„Ich muss Sie noch etwas fragen.“ Ich halte inne und stelle mir den Soldaten vor, der sich in meiner Zelle über mich beugte. „Sie sagten, die Amerikaner hätten mich hergebracht. Wissen Sie irgendwelche Namen?“

Dava zieht die Brauen zusammen. „Bedaure, nein. Warum fragen Sie?“

„Ich erinnere mich an einen bestimmten Soldaten, der sich dort um mich gekümmert hat, bevor ich bewusstlos wurde. Paul hieß er, glaube ich.“ Mein Herz schlägt schneller, als ich seinen Namen laut ausspreche.

„Und sein Nachname?“

Ich versuche mich zu erinnern, welcher Name auf seiner Uniform zu lesen gestanden hat. Ich schließe die Augen und konzentriere mich mit aller Macht, aber mein Gedächtnis lässt mich im Stich. „Den weiß ich nicht.“

„Im Moment sind in ganz Europa Tausende von Soldaten unterwegs, um die Lager zu befreien“, gibt sie mit sanfter Stimme zurück, und ich verliere prompt den Mut. „Ich werde herumfragen, wenn die anderen Transporte eintreffen, aber Sie sollten sich keine allzu großen Hoffnungen machen. Und jetzt ruhen Sie sich aus. Wenn ich mit meiner Runde fertig bin, komme ich wieder zu Ihnen.“

Ich lasse mich zurück in meine Kissen sinken und sehe Dava nach. Dann schaue ich mich noch einmal um. Das hier ist kein Traum, ich wurde tatsächlich gerettet. Die Erschöpfung überkommt mich, und allmählich schlafe ich ein.

Irgendwann wache ich auf. Wie viel Zeit ist vergangen? Der Saal ist in Dunkelheit getaucht, nur der Mond sorgt für etwas Licht, das beharrlich durch die zugezogenen Vorhänge scheint. Ich höre den angestrengten Atem kranker Frauen, die zu schlafen versuchen. Vom anderen Ende des Raums dringt leises Schluchzen herüber.

Ich schlucke, weil mein Hals wie ausgedörrt ist. Dann setze ich mich auf und greife nach dem Glas, das Dava mir halb voll hingestellt hatte. Nach einem kleinen Schluck stelle ich es zurück und bemerke mehrere glänzende Gegenstände auf dem Nachttisch, die zuvor nicht dort gelegen haben. Brillen! Neugierig nehme ich eine von ihnen und setze sie auf, doch ich sehe weiterhin alles nur verschwommen. Diese Gläser sind viel zu schwach für mich. Schnell greife ich nach der nächsten Brille, aber sie entpuppt sich als noch schwächer. Enttäuschung kommt in mir auf, als ich sie wieder absetze. Was, wenn keine von ihnen passt? Die dritte ist so stark, dass ich sofort Kopfschmerzen bekomme. Ich schaue wieder zum Nachttisch. Zwei Brillen sind übrig. Ob sie weitere Brillen haben, falls ich mit den beiden auch nichts anfangen kann? Ich setze die nächste Brille auf und halte gebannt den Atem an, dann mache ich die Augen auf und … kann alles scharf sehen! Das sind ziemlich genau die richtigen Gläser. Ich kann wieder sehen!

Als ich mich zum Fenster drehe, geht ein Stich durch meine Seite, weil ich mich zu hastig bewegt habe. Ich ziehe die Vorhänge auf, und dann stockt mein Atem sekundenlang. Majestätische, schneebedeckte Berge säumen den Horizont, ihre schroffen Spitzen reichen fast bis zu den Sternen. Die Alpen. Eine Gänsehaut überläuft mich. Am Fuß der Berge kann ich einen großen See erkennen, dessen glatte Oberfläche wie ein Spiegel wirkt.

Wieder sehe ich hinauf zu den Bergen und kann kaum glauben, dass etwas so Schönes tatsächlich existiert. Wieso bin ausgerechnet ich hier? Wie kann ich ein solches Glück haben, während bei so vielen anderen nur der Tod am Ende der Höllenqualen stand? Tränen steigen mir in die Augen. Sollte ich beten und Gott danken? Ich zögere, zu deutlich ist mir der Tag in Erinnerung, an dem ich aufgehört habe zu glauben. Es war der Tag, an dem ich zusehen musste, wie die Nazis meinen Vater erhängten. Er hatte einem Jungen etwas zu essen gegeben, den die Deutschen verhungern lassen wollten, weil er einen Laib Brot gestohlen hatte. In jener Nacht auf der Brücke hätte auch ich sterben sollen. Oder später in meiner Gefängniszelle. Stattdessen lebe ich, bin an diesem schönen Ort und kann mich des Gefühls nicht erwehren, dass eine höhere Macht für mein Überleben gesorgt hat.

Nach einem letzten Blick auf die Berge ziehe ich die Vorhänge wieder zu. Ich will mich hinlegen, da fällt mir auf, dass im Bett neben mir eine junge Frau liegt. Sie müssen sie hergebracht haben, während ich schlief.

„Hallo?“, flüstere ich, aber sie reagiert nicht. Ihr Atem geht flach, und ich überlege, ob sie wohl bewusstlos ist. Ich beuge mich vor und betrachte ihr Gesicht genauer. Sie könnte etwa so alt sein wie ich, doch ihr ausgemergelter Körper erschwert es mir, sie genauer zu schätzen. Über ihren hohen Wangenknochen spannt die Haut so sehr, als würde sie jeden Moment zerreißen. Die Augen zucken unter den Lidern hin und her, die so dünn wie Pergament wirken. Ihr Haar ist so kurz geschnitten, dass kahle Stellen durchscheinen.

Ich suche den Saal ab und hoffe, Dava oder eine der anderen Krankenschwestern zu entdecken, um sie nach der jungen Frau zu fragen. Doch es ist niemand da. Wieder sehe ich die Frau an, deren Finger sich so fest in das Kissen gekrallt haben, als fürchte sie, dass es ihr jemand wegnehmen könnte. Die Decke ist ihr von den Schultern gerutscht, darunter kommt fahle Haut zum Vorschein. Ich decke sie behutsam wieder zu und bemerke aus dem Augenwinkel, dass am Fußende ein Klemmbrett auf ihrem Bett liegt. Um sie nicht zu wecken, greife ich ganz vorsichtig danach und überfliege das erste Blatt. Es ist eine Art Krankenakte, darauf stehen viele lange, mir unbekannte englische Worte. Am oberen Blattrand entdecke ich ein Wort, das ich entziffern kann: Rose.

„Rose“, lese ich laut und lege das Klemmbrett weg. Als ich die junge Frau abermals ansehe, fällt mir auf, wie ihre Lider flattern. Ich wiederhole ihren Namen, und sie öffnet langsam die Augen, um mich kurz darauf reglos anzustarren. „Hallo“, begrüße ich sie auf Polnisch. Da sie keine Reaktion zeigt, lasse ich auf Jiddisch folgen: „Ich bin Marta.“ Sie rührt sich nach wie vor nicht, sondern starrt mich nur mit ihren großen, mandelförmigen Augen an. Dann fällt mir ein, wie verängstigt und verwirrt ich war, als ich hier aufwachte. Sie muss die gleiche Furcht spüren wie ich. „Du bist hier in Sicherheit“, flüstere ich ihr zu, um sie zu trösten. „Das hier ist ein Lager der Alliierten.“ Noch immer erwidert sie nichts, und ich beginne mich zu fragen, ob sie vielleicht einfach nur unfreundlich ist. Doch in diesem Moment streckt Rose eine Hand nach mir aus. Ich ergreife ihre dünnen, heißen Finger. „Du hast Schlimmes durchgemacht, so wie wir alle. Aber das ist jetzt vorbei.“ Sanft drücke ich ihre Hand. „Wir sind in Sicherheit. Wir sind hier an einem guten Ort, und von nun an wird alles wieder gut. Verstehst du, was ich sage?“ Rose antwortet nicht und macht die Augen zu.

Ich sehe sie eine Weile an und überlege, ob es ein Fehler war, sie zu wecken. Soll ich eine Krankenschwester rufen? Aber eigentlich scheint im Moment kein Notfall vorzuliegen, der das rechtfertigen würde. Ich lege mich wieder in mein Bett und halte Roses Hand weiter fest. Ich wünschte, es wäre Morgen, damit ich Dava fragen könnte, woher Rose gekommen und was ihr widerfahren ist.

Dann muss ich an die leuchtenden Sterne über den Bergen denken. Ich bin zu müde, um mich noch einmal aufzusetzen, also verdrehe ich meinen Hals, um sie sehen zu können. Durch die Ritze zwischen den Vorhängen kann ich einen Stern funkeln sehen. Soll ich mir etwas wünschen, so wie früher, als ich ein Kind war? Ich zögere, weil es mir habgierig vorkommt, noch mehr zu wünschen, wo ich doch gerade ein Leben geschenkt bekommen habe. Trotzdem beginne ich zu grübeln, was ich mir wünschen könnte und was das Schicksal wohl alles für mich bereithält, nachdem es mich gerettet hat.

Ich drehe mich zu Rose um, weil ich ihr von den Bergen erzählen will, doch sie hat die Augen geschlossen und atmet ruhig und gleichmäßig. Sie ist wieder eingeschlafen, und ich werde sie nicht noch einmal wecken. Morgen kann ich ihr die Berge immer noch zeigen. Ich halte weiter ihre Hand gedrückt, während mein Blick noch einmal zu meinem Stern zurückwandert.

## 3. KAPITEL

Wir sitzen auf der Terrasse hinter dem Schloss, Dava und ich auf einer Bank, Rose in ihrem Rollstuhl gleich neben uns. Rose liest laut aus der englischen Originalausgabe des Buchs *Betty und ihre Schwestern* vor, das auf ihrem Schoß liegt: *„Ach, ich wäre viel lieber zu Hause, als den ganzen Tag diese schrecklichen Kinder zu unterrichten …"*

„Als ob diese Schwestern irgendeinen Grund zur Klage haben", unterbreche ich sie auf Jiddisch.

„Marta …" Dava wirft mir einen tadelnden Blick zu.

„Ist doch wahr", beharre ich. „Es soll Krieg sein, aber die Schwestern sitzen in ihrem sauberen Zuhause, sicher und geschützt. Und trotzdem muss die eine sich beklagen, nur weil sie Unterricht erteilen soll …"

„Meg", stellt Rose klar.

„Und die andere ist verärgert, weil sie in einem schönen großen Haus Vorleserin für ihre Tante spielen darf."

„Das ist Jo", sagt Rose. „Aber, Marta, auf ihre Weise haben sie auch unter dem Krieg gelitten. Sie hatten kaum etwas zu essen, und ihr Vater war in den Kampf gezogen …"

„Ich glaube, der amerikanische Bürgerkrieg war für die Menschen, die nicht selbst auf dem Schlachtfeld waren, eine ganz andere Erfahrung als das, was wir hier erlebt haben", erwidert Dava. Da hat sie recht, denn für uns war das ganze Leben ein Schlachtfeld. „Der Krieg berührt die Menschen auf vielfältige Weise", ergänzt sie und presst die Lippen zusammen, während sie gedankenverloren dreinblickt.

Rose hält das Buch hoch. „Möchtest du, dass ich weiterlese?"

„Ja, bitte", antwortet Dava und tätschelt Roses Hand. „Du machst das sehr gut."

Sie liest weiter laut vor, aber ich versuche nicht, ihr zu folgen. Fast eine Stunde lang habe ich ihr zugehört, und jetzt schmerzt mein Kopf, weil ich unentwegt damit beschäftigt war, im Geiste jedes Wort aus dem Englischen zu übersetzen. Stattdessen sehe ich auf und stelle fest, dass es erst sieben Uhr ist. Normalerweise wäre der Himmel an diesem Tag im August immer noch strahlend hell, doch dicke, graue Wolken haben sich vor die Sonne geschoben, und es ist so diesig, dass ich kaum den leicht gekrümmten Gipfel des Untersbergs ausmachen kann.

Ich atme tief ein und erfreue mich des süßlichen Dufts nach Geißblatt aus dem Garten, der die Terrasse auf ganzer Länge säumt. Über zwei Monate sind vergangen, seit man mich aus dem Lager befreit hat. Meine Genesung macht erfreuliche Fortschritte, die laut Dava die Erwartungen der Ärzte übertreffen. Die Operationsnarbe ist gut verheilt, und Schmerzen spüre ich fast nur noch, wenn es regnet.

„Marta“, sagt Rose und hält mir das Buch hin. „Möchtest du auch ein oder zwei Absätze lesen?“

Ich zögere und streiche mit der Handfläche über die warme steinerne Bank. Schon zuvor hatte Dava Rose unterbrochen und mich einen kürzeren Abschnitt lesen lassen, aber während ich mich durch die ersten Worte quälte, wurde klar, dass der Text noch zu schwer für mich ist. „Nein, danke.“ Rose spricht beinahe fließend Englisch, allerdings hat sie als Kind auch mehrere Sommer bei ihrer Tante in London verbracht. Ich dagegen nehme zusammen mit einigen anderen jeden Tag für eine Stunde an einem Englischkurs teil, der in der Schlossbibliothek angeboten wird. Die gesprochene Sprache lerne ich recht schnell, aber es fällt mir immer noch schwer, Texte zu lesen, die über das Niveau eines Kinderbuchs hinausgehen. Dava hilft mir, wenn sie Zeit erübrigen kann. Ihre Fähigkeiten als Sprachlehrerin sind wirklich bemerkenswert, was sie der Tatsache verdankt, dass ihr Vater als Dolmetscher gearbeitet hat. Russisch und Jiddisch hat sie von Kindheit an beherrscht, in Österreich kam noch

Deutsch hinzu, und schließlich wurde sie auch in Englisch und Französisch unterrichtet.

Während Rose weiterliest, drehe ich mich zum Schloss, dessen Anblick mich jedes Mal von Neuem mit Ehrfurcht erfüllt. Schloss Leopoldskron ist ein imposantes Gebäude, links und rechts präsentieren sich dem Betrachter zwei beeindruckende Flügel. Das Erdgeschoss beherbergt unsere Station, außerdem eine weitere Station für die Männer, die in einem ehemaligen Ballsaal untergebracht sind. Ein prächtiges Foyer, von dessen hoher Decke ein prunkvoller Kristallleuchter herabhängt, trennt beide Bereiche voneinander. Zwei geschwungene Marmortreppen führen hinauf in den ersten Stock, wo sich die Bibliothek und eine kleine Kapelle befinden. Im zweiten Stock, in dem die Verwaltung ist, haben wir Patienten nichts zu suchen.

Rose hält am Kapitelende inne. „Wir sollten für heute aufhören", meint Dava. „Ich möchte nicht, dass du dich überanstrengst."

Besorgt betrachte ich Roses Gesicht. Es ist blass, mit dunklen Ringen unter den Augen. Rose hat sich nicht so mühelos erholt wie ich. Am Morgen nach ihrer Ankunft war sie nicht aufgewacht. Als ich Dava auf sie ansprach, erklärte sie, Rose sei neunzehn Jahre alt und stamme aus Amsterdam. Obwohl sie nur Halbjüdin ist, hat man sie von einem Lager ins nächste verfrachtet, zuletzt nach Theresienstadt in der Tschechoslowakei. Ich merkte an, dass das ja ein schlimmes Lager gewesen sein muss, wenn Rose dort so krank geworden ist. Aber Dava hielt dagegen, dass es schlimmere Lager gegeben hat. Roses Problem sei eine Blutkrankheit, die sich durch die schrecklichen Bedingungen nur noch verschlechtert habe. Was für eine Blutkrankheit das sein könnte, ist mir nicht bekannt, doch es hörte sich sehr ernst an. Ich wachte über Rose, als sie in den folgenden Tagen gegen ihre Krankheit ankämpfte, und informierte die Schwestern, sobald sie für ein paar Minuten wach war, damit sie ihre Medizin und etwas zu Trinken bekam. Dava sagte zwar, ich solle mich lieber um meine eigene Genesung kümmern, aber ich wollte sichergehen, dass Rose gesund wurde. Schließlich hatte ich ihr am Abend ihrer Ankunft versprochen, dass alles wieder gut wird.

Dann, eines morgens, wachte ich auf, und sie lag auf der Seite und sah mich mit ihren leuchtenden, fast violetten Augen an. „Hallo“, sagte sie.

„Hallo.“ Ich setzte mich auf. „Ich bin Marta.“

„Ich weiß. Ich erinnere mich an dich.“

Rose war zwar die meiste Zeit des Tages wach, doch ihr Zustand verbesserte sich nur schleppend. An guten Tagen wie heute kann sie eine Weile im Rollstuhl sitzen, doch sie ermüdet sehr schnell, und sie kann sich nicht ohne fremde Hilfe von der Stelle bewegen. „Es geht mir gut“, beharrt sie inzwischen. Ihre Wangen haben etwas mehr Farbe bekommen, auch wenn es fast so wirkt, als würde sie sie zum Erröten zwingen.

„Es wird regnen“, stellt Dava fest, als sie zum Himmel schaut. „Und es ist frischer geworden.“ Sie reckt sich, um den Pullover zurechtzuziehen, den sie Rose über die Schulter gelegt hat, dann steht sie auf. „Wir sollten hineingehen.“

Rose legt eine Hand auf Davas Arm. „Nur noch ein paar Minuten“, bittet sie leise.

Dava zögert, ihr Blick wandert von Roses hoffnungsvoller Miene zu den düsteren Wolken. „Ein paar Minuten“, lenkt sie ein, dann schaut sie über die Schulter hinweg zum Schloss. „Allerdings muss ich so langsam mit meiner Runde beginnen.“

„Geh ruhig schon vor“, schlage ich vor. Rose und ich sind durchaus in der Lage, allein hier draußen zu bleiben. „Ich kümmere mich um Rose.“

„Zehn Minuten“, weist Dava mich noch einmal streng an.

„Zehn Minuten“, wiederhole ich ernst, wobei ich so zwinkere, dass nur Rose es bemerkt. Zufrieden macht sich Dava auf den Weg. Als sie außer Hörweite ist, sage ich laut: „Sie ist heute so mürrisch.“

„Sie ist doch nur besorgt um uns. Außerdem wirkt sie müde.“ Rose klingt so überzeugt, dass ich mich für meine Bemerkung schäme. Die Krankenstation ist personell unterbesetzt, und es kommt einem so vor, als würden die Schwestern rund um die Uhr arbeiten, damit auch alle Patienten versorgt werden. Dava widmet Rose und mir, den beiden Jüngsten, besonders viel Aufmerksamkeit. Sie besucht uns, so oft sie kann, und häufig bringt sie uns eine Extraportion zu essen oder etwas Süßes.

„Dava ist wirklich gut zu uns“, sage ich, und Rose nickt zustimmend. „Aber als wir über den Krieg sprachen, kam sie mir sehr traurig vor. Ich frage mich, was ihr zugestoßen ist.“

„Sie erwähnte einmal einen Mann“, erwidert Rose. „Aber ich weiß nicht, ob es ihr Ehemann war. Sie hat nicht gesagt, was aus ihm wurde.“

„Hm.“ Mit einem Anflug von Eifersucht frage ich mich, warum Dava Rose davon erzählt hat, aber nicht mir.

„Ich bin froh, dass wir noch ein bisschen länger hier draußen bleiben dürfen“, meint Rose und betrachtet das Bergpanorama.

Ich schaue hinab auf mein Kleid, eines von zweien, die ich bekam, als ich mich kräftig genug fühlte, das Bett zu verlassen. Meine Unterarme ragen aus den blassrosa Ärmeln heraus, sie sind von der Sommersonne leicht gebräunt. Sie wirken auch nicht mehr ganz so abgemagert, so wie ich am ganzen Körper mittlerweile zugenommen habe. Wenn ich mich umziehe, sehe ich jetzt nicht mehr die Rippen hervortreten. Ganz im Gegensatz zu Rose. Ich mustere sie aus dem Augenwinkel. Ihre Haare sind deutlich länger, sie sind blond und bilden einen Lockenkopf, aber nach wie vor wirkt Rose so schmal und bleich wie an dem Abend, als sie hier eintraf. Die wenigen Bisse, zu denen Dava und ich sie bei jeder Mahlzeit überreden müssen, kann sie oftmals gar nicht bei sich behalten. Auch wenn Dava es nicht ausgesprochen hat, weiß ich, dass Roses Zustand unverändert ernst ist.

Während ich Rose ansehe, erwacht mein Beschützerinstinkt. In der kurzen Zeit hier im Schloss sind wir uns nahegekommen. Früher, in der Heimat, hätte ich mich wohl kaum mit ihr angefreundet, weil sie mir zu mädchenhaft, zu schüchtern und zu langweilig vorgekommen wäre. Hier dagegen ist es eine fast natürliche Freundschaft, da alle anderen Frauen deutlich älter sind als wir.

So war es auch damals im Ghetto mit Emma gewesen, wird mir in diesem Moment bewusst. Vor meinem geistigen Auge sehe ich ihr Gesicht. Als meine Mutter eines Tages von ihrer Arbeit im Waisenhaus heimkam und sagte, dass sie mich mit einer jungen Frau bekannt machen wollte, die ebenfalls dort arbeitete, war ich skeptisch. Emma war fast zwei Jahre älter als ich, und sie kam aus der Stadt, nicht wie ich vom Land. Welche Gemeinsamkeiten sollte es da schon geben? Außerdem hatte ich wenig Zeit, um Freundschaften zu pflegen, war ich doch voll mit meiner Arbeit für die Ghettoverwaltung beschäftigt. Und außerdem war ich ja auch noch für den Widerstand aktiv. Aber meine Mutter bestand darauf, weil die Neue ihr sehr einsam vorkam. Es sollte eine *Mitzwa* für mich sein, sie einigen meiner Freunde vorzustellen.

Schließlich gab ich nach, da ich wusste, wie sinnlos es war, sich gegen Mama aufzulehnen. Am nächsten Tag ging ich nach der Arbeit ins Waisenhaus, und als ich Emma gegenüberstand, bemühte ich mich, besonders freundlich zu sein, um meine Mutter zufriedenzustellen. Doch nachdem wir uns ein paar Minuten unterhalten hatten, fand ich Emma auf einmal wirklich sympathisch, und bald darauf lud ich sie zum Schabbes-Essen mit den anderen aus dem Widerstand ein.

Es gefiel mir, jemanden zu haben, dem ich mich anvertrauen konnte. Es war so, als hätte ich in ihr die Freundin gefunden, die mir ein Leben lang gefehlt hatte. Wir verbrachten viel Zeit miteinander und unterhielten uns, wenn wir abends durch die Straßen des Ghettos nach Hause gingen.

Zwischen Rose und mir hat sich ein ähnliches Verhältnis entwickelt, auch wir sind Freundinnen geworden. Ich sehe an ihr vorbei zum weitläufigen Rasen vor der Westseite des Schlosses. Dutzende von weißen Zelten wurden hier errichtet. Dort hat man die Menschen untergebracht, die keine akute medizinische Versorgung brauchen. Von Dava weiß ich, dass ich bald dorthin werde umziehen müssen. Ich weiß, sie hat mich Rose zuliebe so lange auf der Station gelassen, wie es nur irgendwie ging. Aber sie wird nicht mehr lange rechtfertigen können, wieso ich dort noch immer ein Bett belege, während andere Kranke es so viel nötiger haben.

Ich drehe mich wieder zu Rose, die den Kopf so weit hat sinken lassen, dass das Kinn auf ihrer Brust ruht. Ihre Augen sind halb zugefallen. „Du siehst müde aus“, sage ich.

„Mag sein, aber lass uns noch ein paar Minuten bleiben.“ Ich nicke zustimmend. Zwar wird Dava mir böse sein, trotzdem kann ich Rose diesen bescheidenen Wunsch nicht abschlagen.

„Marta?“

„Ja?“

„Was wirst du machen, wenn du von hier weggehst? Aus dem Lager, meine ich?“

Ihre Frage trifft mich unvorbereitet. Ich weiß, dass das Lager nur eine Zwischenstation ist und dass es jeder hier früher oder später verlassen wird. Werde ich nach Polen zurückkehren? Gelegentlich spiele ich mit dem Gedanken. In mancher Nacht träume ich, wie ich in unser Dorf zurückkehre und meine Mutter in der Küche unseres Hauses am Herd steht, während mein Vater vor dem Kamin sitzt und die Zeitung liest. Aber ich weiß nur zu gut, dass nichts mehr so ist, wie es einmal war. Von meiner Familie und meinen Freunden ist niemand mehr da. Ich sehe die Gesichter unserer Nachbarn vor mir, wie sie sich auf dem Dorfplatz versammelten und zusahen, wie die Deutschen uns in Zweierreihen zum Bahnhof marschieren ließen. Pani Klopacz, die alte Frau, die jeden Tag bei meinem Vater Milch kaufte, beobachtete uns mit ernstem Blick durch einen Spalt zwischen ihren Gardinen. Andere, die wir seit Jahren kannten, drehten uns einfach den Rücken zu. Nein, bei diesen Leuten kann ich nicht wieder leben. Und ich ertrage auch nicht den Gedanken, nach Kraków zurückzukehren, weil das nur die schmerzhaften Erinnerungen an Alek und die anderen wecken würde. Aber wohin soll ich sonst gehen? Einige Frauen in meinem Englischkurs reden davon, in die Vereinigten Staaten oder sogar nach Palästina auszuwandern. Dava will mich auf die Liste der Visa für diese Länder setzen, doch ich weiß, dass ich, da ich keine Verwandten dort habe, unter Umständen jahrelang warten muss. Und selbst wenn ich ein solches Visum bekäme, wie sollte ich ganz allein in einem völlig fremden Land zurechtkommen? „Ich weiß nicht“, antworte ich schließlich und komme mir etwas albern vor.

Rose setzt zu einer Erwiderung an, doch dann huscht ein schmerzhafter Ausdruck über ihr Gesicht.

Ich beuge mich vor. „Was ist los?“

„N-nichts.“ Doch ihre Stimme klingt angestrengt, und ihr Gesicht ist noch blasser geworden.

Sofort stehe ich auf. „Du musst jetzt hinein.“

„Eine Minute noch!“, fleht sie mich an. Ihre Stimme ist jetzt wieder kräftiger, als hätte der Schmerz nachgelassen. „Sag Dava nichts. Bitte.“

„Ihr beiden!“, ruft jemand hinter uns. Wir drehen uns gleichzeitig um, und wie aufs Stichwort stürmt Dava mit schnellen Schritten auf uns zu.

„O weh", flüstert Rose. Ich schaue nach oben zum frühabendlichen Himmel und frage mich, wie viel Zeit wohl verstrichen ist.

„Zehn Minuten!", sagt Dava und verschränkt die Arme vor der Brust. „Ich hatte ausdrücklich von *zehn Minuten* gesprochen."

„Es tut mir leid", entgegne ich. „Wir haben jedes Zeitgefühl verloren. Ich bringe Rose jetzt ins Haus."

Dava schüttelt den Kopf. „Vermutlich würdet ihr beide noch einen Umweg über Wien machen, und dann würde ich euch tagelang suchen." Ich will protestieren, doch Dava hebt abwehrend die Hand. „Ich könnte deine Hilfe bei einer anderen Sache gebrauchen, wenn du dich dazu in der Lage fühlst."

„Ich fühle mich gut. Um was geht es?"

„Heute Abend erwarten wir eine Gruppe Lagerhäftlinge aus Ungarn, und die Frau, die mir üblicherweise bei der Aufnahme hilft, ist krank geworden. Würdest du einspringen?"

„Natürlich", erwidere ich freudig. Ich habe beobachtet, dass einige ehemalige Patienten in der Küche und in den Gärten mithelfen. Wiederholt habe ich auch meine Hilfe angeboten, aber Dava lehnte jedes Mal ab mit der Begründung, dass Patienten von der Station keine Arbeiten übernehmen dürfen. Das sei erst möglich, wenn ich in einem der Zelte leben würde. Sie scheinen wirklich jede Hilfe zu brauchen, wenn sie sich über diese Vorschrift hinwegsetzt.

„Gut. Die Transporte werden jeden Moment eintreffen. Geh einfach auf die hintere Seite des Schlosses, da, wo die Tische der Verwaltung sind. Dr. Verrier wird dir erklären, was du zu tun hast."

„Kein Problem." Ich sehe Rose an. „Schlaf gut."

Während Dava Rose ins Haus bringt, gehe ich um das Schloss herum. Mehrere Armeelastwagen sind mit dröhnenden Motoren von der Hauptstraße in die Einfahrt eingebogen und parken jetzt zu beiden Seiten des unbefestigten

Weges auf der Rasenfläche. Soldaten klettern von den Ladeflächen, öffnen die Heckklappen und helfen den ehemaligen Häftlingen beim Absteigen. Einer nach dem anderen werden ausgemergelte Männer und Frauen zu Boden geleitet. Die meisten tragen noch ihre gestreifte Lagerkleidung, und viele müssen von den Soldaten gestützt werden, weil sie zu geschwächt sind, um aus eigener Kraft zu stehen oder gar zu gehen. Habe ich auch so ausgesehen, als ich vor ein paar Monaten herkam?

„Entschuldigen Sie", ruft ein Mann auf Deutsch. Ich zwinge mich, den Blick von den Ankömmlingen abzuwenden. Ein dunkelhaariger Mann mit Brille und einem weißen Kittel steht ein paar Meter von mir entfernt an einem Klapptisch. Er ist keiner der Ärzte, die mich behandelt haben, aber ich kenne ihn von der Station. „Sie sind die Helferin?"

„Ja." Ich gehe auf ihn zu und setze mich auf den Klappstuhl, auf den er zeigt.

„Ihre Aufgabe ist es, die Angaben jeder Person bei deren Eintreffen zu überprüfen – Name, Nationalität, Geburtsdatum. Danach werde ich Ihnen sagen, wer von ihnen zur Krankenstation geschickt wird und wer ins allgemeine Auffanglager. Haben Sie das verstanden?" Ich nicke und werfe einen Blick auf die lange Schlange ehemaliger KZ-Insassen, die sich dem Tisch nähert. Jeder von ihnen sieht so aus, als müsse er medizinisch behandelt werden, und ich frage mich, ob es überhaupt genügend Betten für die Hälfte von ihnen gibt.

Ich atme tief durch, dann wende ich mich dem ersten Neuankömmling zu. „Name?", frage ich.

Der große, hagere Mann zögert, ein panischer Ausdruck huscht über sein Gesicht. Dann fällt mein Blick auf eine Zahlenfolge auf seinem Unterarm. Obwohl ich davon verschont geblieben bin, weiß ich, dass die Deutschen den KZ-Häftlingen Nummern eintätowiert haben. Dieser Mann hat sich so sehr daran gewöhnt, nur noch eine Nummer zu sein, dass er gar nicht weiß, wie er antworten soll. Ich beginne von vorn und lächle ihn an, während ich auf Jiddisch frage: „Hallo, ich bin Marta Nederman. Wie heißen Sie?"

Er wird etwas ruhiger. „Friedrich Masaryk."

Ich hake ihn auf der Liste ab. „Ungar. Geboren 18. November 1901. Stimmt das?" Der Mann nickt. Er ist erst Mitte vierzig, aber sein schütteres weißes Haar und die gebeugte Haltung lassen ihn wie mindestens sechzig aussehen.

Dr. Verrier untersucht ihn. „Herr Masaryk, Sie sind unterernährt, aber davon abgesehen gesund genug, um in den Zelten untergebracht zu werden." Ich mache eine Notiz auf meiner Liste, während ein Soldat den Mann wegbringt.

Als Nächstes ist eine Frau an der Reihe, die von zwei Soldaten auf einer Trage zu uns gebracht wird. Ich blicke zu Dr. Verrier, doch der zuckt nur mit den Schultern. „Vorschrift. Auch die Bewusstlosen müssen registriert werden."

„Lebonski, Hannah", liest ein Soldat von der Stirn der Frau ab.

Ich gehe die Liste durch. „Der Name ist hier nicht aufgeführt." Noch einmal überfliege ich das Papier. „Hier sind überhaupt keine Frauen aufgelistet …"

„Gibt es eine zweite Liste?", fragt Dr. Verrier.

„Verdammt!", flucht der andere Soldat. „Mattie hat vergessen, uns die Liste aus dem Frauentrakt mitzugeben. Jim!", ruft er über die Schulter einem Kameraden zu, der etwas entfernt bei den Lastwagen steht. Hinter ihm sehe ich, wie mehrere befreite Häftlinge zusammenzucken. Sie versetzt es immer noch in Panik, wenn sie einen Soldaten brüllen hören, auch wenn der ein Amerikaner ist. „Wo ist Mattie?"

Der andere Mann deutet mit dem Kopf in Richtung Schloss. „Ich glaube, ich habe ihn da drüben gesehen."

Dr. Verrier dreht sich zu mir. „Würden Sie bitte …?"

„Selbstverständlich." Ich eile um das Schloss herum. Hier ist alles ruhig, als wäre ich hier Welten von dem Chaos auf der anderen Gebäudeseite entfernt. Ich suche die Terrasse ab, doch die ist menschenleer. Vielleicht hat sich der Soldat ja geirrt, und sein Kamerad ist gar nicht hier. Ich überlege, was ich machen soll, dann beschließe ich, Dava um Hilfe zu bitten. Gerade gehe ich zur Tür, da bemerke ich aus dem Augenwinkel, dass sich etwas auf der Rasenfläche vor dem See bewegt. Ich sehe genauer hin und erkenne einen dunkelhaarigen Soldaten, der dort im Gras liegt. Das muss der Gesuchte sein. Zügig überquere ich den Rasen. „Entschuldigen Sie bitte", sage ich laut, da er mich anscheinend nicht bemerkt hat. So langsam, als hätte ich ihn aus dem Schlaf geholt, dreht er sich zu mir um. Als ich sein Gesicht erkenne, verschlägt es mir den Atem.

Der Mann dort ist Paul, der Soldat, der mich gerettet hatte.

# 4. KAPITEL

Ich stehe reglos da und starre den Soldaten an. Ist das wirklich der Mann, der in meiner Zelle gewesen ist? Ja, die großen blauen Augen sind unverwechselbar. Mir stockt immer noch der Atem. „Kann ich etwas für Sie tun?", fragt er und legt den Kopf schräg. Ich erkenne die tiefe, melodische Stimme wieder. Aber sein Tonfall ist förmlich, und das gilt auch für seine Miene. Er erkennt mich nicht.

Natürlich nicht. Wahrscheinlich hat er nach mir noch Hunderte Lagerinsassen befreit. Ich zögere, da ich ihm eigentlich sagen möchte, wer ich bin. Ich will ihm dafür danken, dass er mich gerettet hat. Aber dann fällt mir wieder die lange Schlange der Wartenden vor dem Schloss ein. Ich habe keine Zeit für private Unterhaltungen, also räuspere ich mich und setze zu meiner Frage an: „Ich … ich brauche …" Schlagartig lässt mich mein Englisch im Stich. Ich stammele, atme einmal tief durch und versuche es noch einmal, langsamer diesmal. „Ich suche einen Soldaten … Mattie?"

„Das bin ich. Mattie. Eigentlich Paul Mattison." Paul Mattison, wiederhole ich seinen Namen im Stillen. Während ich ihn ansehe, überkommt mich ein eigenartiges Gefühl. In Gedanken habe ich diesen Augenblick so oft herbeigesehnt. Ich kann kaum glauben, dass er jetzt da ist. „Kommen Sie wegen der Liste?", fragt er, und ich nicke. Er gähnt und streckt sich genüsslich, dann zieht er ein Dokument aus seiner Brusttasche und hält es mir hin. „Hier."

Während ich einen Schritt auf ihn zumache, beginnt mein Herz laut zu klopfen. Er sieht sogar noch besser aus, als ich es in Erinnerung hatte. Aber aus der Nähe bemerke ich seine blutunterlaufenen Augen, er sieht aus, als habe er seit Tagen nicht geschlafen. Dunkle Bartstoppeln überziehen seine Wangen und das Kinn, seine Uniform ist schmutzig. Als ich mich vorbeuge, um das Papier an mich zu nehmen, erkenne ich den Geruch nach Erde und Kiefern wieder. Aber ich rieche noch etwas anderes, etwas Süßliches und zugleich Stechendes. Alkohol. Paul hat getrunken. Plötzlich will ich nur noch die Flucht ergreifen. „Danke." Ich nehme die Liste an mich und wende mich zum Gehen. Ich bin zutiefst enttäuscht. Ist dieser betrunkene Soldat tatsächlich der Mann, der mich gerettet hatte?

„Miss", ruft er mir nach, und als ich mich umdrehe, sehe ich, wie er auf wackligen Beinen hinter mir herkommt. „Warten Sie." Beim Näherkommen fällt mir auf, dass seine Haare und sein Gesicht jetzt nass sind, so als hätte er den Kopf kurz unter Wasser getaucht. Nun mischt sich auch noch der Geruch von abgestandenem Wasser in seine Alkoholfahne. „Kenne ich Sie nicht von irgendwoher?"

Mein Herz rast. Er erinnert sich an mich, doch als ich seinen fahrigen Blick bemerke, wird mir klar, dass das nicht von Bedeutung ist. „Ich … ich glaube nicht", bringe ich heraus.

Verdutzt sieht er mich an. „Aber …"

„*Przeprasz…*", erwidere ich und merke erst dann, dass ich ins Polnische verfallen bin. „Entschuldigen Sie, aber ich werde gebraucht." Mit diesen Worten mache ich abermals kehrt und laufe um das Schloss herum.

Dr. Verrier steht noch immer neben dem Tisch und hat gereizt die Arme vor der Brust verschränkt. „Tut mir leid", murmele ich und setze mich. Die beiden Soldaten heben die abgesetzte Trage wieder auf, unterdessen falte ich die zerknitterte Liste auseinander und suche nach dem Namen der Frau. „Lebonski, Hannah", lese ich vor. Der Doktor schickt sie auf die Krankenstation, dann wendet er sich dem nächsten Patienten zu.

Beharrlich versuche ich, mich auf meine Arbeit zu konzentrieren. Paul ist hier. Hätte ich ihm sagen sollen, wer ich bin? Ich sehe hoch und beobachte, wie die Soldaten sich um die Befreiten kümmern. Paul beteiligt sich nicht, und dann entdecke ich ihn, wie er etwas abseits unter einem Baum sitzt und die Hände vors Gesicht hält. Betrunken und faul, denke ich, während ich die Angaben einer älteren Frau überprüfe, die fast bis aufs Skelett abgemagert ist. Wie konnte ich mich nur so in diesem Mann täuschen? Doch trotz meiner Abscheu fühle ich noch etwas anderes, ein seltsam warmes Gefühl in der Magengegend. Plötzlich hebt Paul den Kopf und schaut zu mir. Unsere Blicke treffen sich für einen Sekundenbruchteil, dann sehe ich schnell wieder auf meine Liste. Meine Wangen werden rot, ich spüre, wie er mich weiter beobachtet. Vermutlich überlegt er noch immer, woher er mich kennt.

Zwanzig Minuten später sind die Neuankömmlinge so gut wie erfasst. Ich sehe wieder zu dem Baum, aber Paul sitzt nicht mehr dort, und ich sage mir, dass es besser ist. Ich sollte ihn so Erinnerung behalten, wie ich ihn am Tag meiner Rettung erlebt habe. Die letzten Häftlinge sind untersucht worden, und ich lege die nicht benutzten Vordrucke zurück in die Schachtel, dann stehe ich auf. „Ich kenne Sie sehr wohl!", höre ich plötzlich eine Stimme hinter mir. Erschrocken fahre ich herum, die Schachtel gleitet mir aus den Händen, die Formulare verteilen sich auf dem Rasen. Paul steht mit verschränkten Armen vor mir.

Ich fühle mich, als habe mir jemand die Luft aus den Lungen gepresst. „Sie haben mich erschreckt!", bekomme ich schließlich heraus. Ich bücke mich und beginne, die Zettel aufzusammeln.

„Tut mir leid." Er kniet sich neben mich und hilft mir beim Einsammeln. Der Alkoholgeruch ist verschwunden, stattdessen rieche ich jetzt Minze in seinem Atem. Seine Bewegungen sind präziser, als sei er inzwischen nüchtern geworden. „Mir ist wieder eingefallen, woher ich Sie kenne." Er greift nach einem Papier, das neben meinem Knöchel liegt, und auf einmal ist sein Gesicht ganz dicht an meinem. „Sie waren die Frau in der Zelle in Dachau. Mary? Maria?"

„Marta", sage ich und sehe angestrengt auf den Rasen.

„Ja, genau. Marta. Entschuldigen Sie." Ich merke, wie er mein Gesicht mustert. „Sie sehen nur so ganz anders aus. Und ich wusste nicht, dass Sie Englisch sprechen", fügt er hinzu.

„Das konnte ich da auch noch nicht." Meine Wangen beginnen zu glühen. „Ich meine, ich kann es noch immer nicht. Jedenfalls nicht gut. Aber ich lerne jeden Tag." Mir wird mein Akzent bewusst, der mein Englisch einfärbt, und ich merke, wie sehr ich mich anstrengen muss, um all die richtigen Worte zu finden.

„Dafür klingt es schon ausgezeichnet." Er hat das letzte Papier aufgehoben und legt es zurück in die Schachtel, dabei streift er leicht meine Hand. Es erinnert mich an seine sanfte Berührung in der Zelle. Plötzlich wird mir schwindlig, er richtet sich auf und will mir hochhelfen.

„Gestatten Sie", sagt er, und unsere Blicke begegnen sich. Ein besorgter Ausdruck huscht über sein Gesicht, ist aber so schnell wieder fort, dass ich überlege, ob ich es mir nur eingebildet habe. Hat er womöglich Mitleid mit mir?

Zögerlich lege ich meine Hand in seine. Wieder regt sich dieses warme Gefühl in mir. „D-danke", stottere ich, als er mich auf die Beine zieht. Nur langsam lässt er meine Finger los, und schließlich drehe ich mich um und versuche meinen Atem zu beruhigen, während ich die Schachtel auf den Tisch stelle. Ich sehe, wie die Soldaten Vorräte auf ihre Lastwagen laden. „Werden Sie bald aufbrechen?"

Er nickt. „Wir versuchen, heute noch nach München zu kommen, und dann werden wir ausgeflogen. Ich weiß noch nicht wohin, wahrscheinlich geht's Richtung Pazifik."

„Oh", mache ich. „Ich muss mich noch bei Ihnen bedanken. Dafür, dass Sie mich gerettet haben."

„Das ist nicht nötig", meint er mit einer abwehrenden Geste. „Ich habe nur meine Pflicht getan."

Bevor ich darauf etwas erwidern kann, kommt einer der Soldaten auf uns zu. „Hey, Mattie, Planänderung. Einer der Wagen hat einen Achsbruch." Der Mann redet hastig, was es mir erschwert, ihn genau zu verstehen. „Die Reparatur wird ein paar Stunden dauern. Major Clark hat Befehl erteilt, dass wir hier das Nachtlager aufschlagen und bei Morgengrauen nach Paris aufbrechen." Paul reist also doch noch nicht ab. Mit einem Mal verspüre ich so etwas wie Euphorie. Der andere Soldat redet weiter: „Er sagt, wenn wir wollen, können wir den Jeep nehmen und nach Salzburg fahren, um uns dort umzusehen und Lebensmittel zu beschaffen."

„Ich könnte einen Drink gebr…", fängt Paul an, unterbricht sich aber gleich wieder. „Möchten Sie mitkommen?", fragt er mich stattdessen.

Ich zögere verblüfft. Paul hat mich gefragt, ob ich ihn in die Stadt begleite. Ich spüre leichte Panik in mir aufsteigen, bis mir einfällt, dass ohnehin keiner von uns das Gelände verlassen darf. „Ich kann nicht."

Paul sieht zwischen dem Soldaten und mir hin und her. „Lass mir noch eine Minute, okay, Drew?" Der Mann zuckt mit den Schultern und geht davon. „Ich sollte mit meinen Kameraden mitfahren", sagt Paul, als der andere außer Hörweite ist.

„Salzburg ist eine wirklich hübsche Stadt." Es fällt mir schwer, in einem neutralen Tonfall zu sprechen.

Er berührt meinen Ärmel. „Es war schön, Sie wiederzusehen, Marta. Ich bin froh, dass es Ihnen gut geht."

„Leben Sie wohl", entgegne ich, dann mache ich kehrt und überquere den Platz, während ich noch immer seine Berührung zu spüren glaube. Als ich seitlich um das Schloss herumgehe, brennen meine Augen. Was ist nur los mit mir? Ich sollte froh sein, dass er weg ist. Er war betrunken und so ganz anders als das, was ich von ihm in Erinnerung hatte.

Ich laufe zu der Weide am Ufer, meinem liebsten Fleckchen am See. Dort angekommen, knie ich mich hin und betrachte mein Spiegelbild auf der Wasseroberfläche. Mein Ich mit den wilden Locken und der viel zu großen Brille starrt mir entgegen. Was hast du dir bloß gedacht?, will mein Spiegelbild wissen. Hast du etwa geglaubt, er würde hier bei dir bleiben? Ich nehme die Brille ab und wische mit dem Handrücken über meine Lider.

Plötzlich höre ich schwere Schritte hinter mir. Ich setze die Brille wieder auf und drehe mich um, da ich mit Dava rechne, die kommt, um mit mir zu schimpfen, weil ich so spät noch draußen bin. Aber abermals steht Paul vor mir, die Hände in den Taschen vergraben. Er trägt einen Rucksack, der mir zuvor gar nicht aufgefallen war. „Tut mir leid, dass ich mich schon wieder an Sie heranschleiche."

Ich schlucke und kämpfe gegen den Kloß in meinem Hals an. „Wenn Sie wissen wollen, wie Sie in die Stadt kommen …"

„Nein, nein", unterbricht er mich kopfschüttelnd. „Ich habe mich dagegen entschieden."

„Tatsächlich?"

„Ich bin eigentlich sehr müde, und der Jeep war für meinen Geschmack etwas zu voll." Er macht noch einen Schritt auf mich zu. „Hätten Sie was dagegen, wenn ich Ihnen ein wenig Gesellschaft leiste?" Ehe ich darauf antworten kann, lässt er sich neben mir nieder. „Es ist wirklich wunderschön hier." Ich bin zu verblüfft, um etwas zu erwidern. Er ist also doch nicht mit den anderen mitgefahren. Wir betrachten die Berge, ohne ein Wort zu sagen. Aus dem Augenwinkel mustere ich Pauls gebräunten, muskulösen Unterarm. Leises Verlangen erwacht in mir.

Er dreht sich zu mir um, und ich sehe schnell wieder auf den See, während ich hoffe, dass er nicht bemerkt hat, wie ich ihn beobachte. „Ich würde gern einen Spaziergang machen, bevor es zu dunkel wird", erklärt er und deutet auf den

Trampelpfad zu unserer Rechten, der am Seeufer entlang verläuft. Ich bekomme einen Schreck. Schon wieder will er mich verlassen. Aber … er sieht mich erwartungsvoll an. „Würden Sie mich begleiten?“

Seine Frage kommt so unverhofft, dass ich keine Antwort weiß. Ein Spaziergang? Nur wir beide? Das hört sich zu schön an. Aber der Pfad verlässt das Gebiet, auf dem ich mich bewegen darf. Außerdem kenne ich Paul kaum. Es wäre wohl alles andere als angemessen, um diese Zeit allein mit ihm zu sein, zumal er gerade noch nach Alkohol gerochen hat. Seine Augen wirken jetzt allerdings klarer, und er sieht wieder aus wie der Mann aus meinen Erinnerungen. Außerdem ertrage ich den Gedanken nicht, dass er ein weiteres Mal aus meinem Leben verschwinden könnte. Ich muss eine Möglichkeit finden, ihn auf diesen Spaziergang zu begleiten. „Warten Sie hier auf mich.“

Ich stehe auf und laufe zurück zum Schloss, um nach Dava zu suchen. Das Foyer ist menschenleer, also haste ich weiter zur Krankenstation. Dort entdecke ich sie am anderen Ende des Saals, wo sie soeben Roses Temperatur misst.

Ich eile auf sie zu. „Was ist? Stimmt etwas nicht?“

„Rose hat leichtes Fieber“, antwortet Dava ruhig, doch in ihrem Blick kann ich Besorgnis erkennen.

„Mir geht es gut“, beharrt Rose und setzt sich auf. „Hat mit den Neuen alles geklappt?“

„Ja, alles gut.“ Ich überspiele mein Unbehagen. „Dava, ich muss dich um einen Gefallen bitten.“

„Was denn?“, fragt sie, ohne dabei aufzusehen.

„Ich brauche deine Erlaubnis, das Gelände zu verlassen. Nur für eine Weile. Ich habe jemanden wiedergetroffen. Es ist der Amerikaner, der mich aus Dachau gerettet hat.“

„Paul?“, fragt Rose interessiert.

Ich nicke hastig. „Ich möchte einen kleinen Spaziergang mit ihm machen.“

„Du kennst die Regeln, Marta“, betont Dava. „Das Lagergelände darf nicht verlassen werden.“

„Das weiß ich. Aber ich hatte gehofft, dass du ein Auge zudrücken könntest. Nur dieses eine Mal. Bitte.“

Dava zögert. „In nicht mal einer Stunde beginnt die Ausgangssperre.“

„Ich dachte, du könntest auf der Liste hinter meinem Namen einfach ein Häkchen setzen.“ Dava runzelt die Stirn, und mir wird klar, dass ich womöglich zu viel von ihr verlange.

Rose legt eine Hand auf Davas Arm. „Lass sie gehen, bitte. Mir zuliebe.“

Langsam dreht sich Dava zu ihr um und sieht schließlich wieder mich an, dann holt sie ein Stück Papier aus ihrer Kitteltasche. „Nimm diesen Ausweis für den Fall mit, dass dich jemand erwischt“, sagt sie und notiert etwas auf den Zettel, ehe sie ihn mir reicht. „Spätestens um Mitternacht bist du wieder zurück. Keine Minute später.“

„Das verspreche ich dir. Danke.“ Ich beuge mich vor und küsse erst Dava, dann Rose auf die Wange. „Und dir danke ich auch“, flüstere ich. „Aber wenn du dich nicht gut fühlst …“

„Es geht mir gut“, beteuert Rose leise. „Ich freue mich sehr für dich, Marta.“

Ich laufe aus der Station und durch das Foyer nach draußen. Auf der Terrasse bleibe ich stehen, denn dort, wo Paul vor ein paar Minuten noch gestanden hat, ist niemand mehr. Er ist gegangen, denke ich bestürzt. Vielleicht wollte er doch nicht auf mich warten und ist stattdessen mit den anderen in die Stadt gefahren. Ich suche den See ab, und dann entdecke ich ihn ein Stück weiter auf der rechten Uferseite. Er steht mit dem Rücken zu mir, vor der untergehenden Sonne ist er nur als Silhouette zu erkennen. Die Art, wie sein Körper sich von den breiten Schultern bis zu der schmalen Taille hin verjüngt, weckt in mir Gefühle, wie ich sie so nicht mal für Jakub empfunden habe. Ganz ruhig, sage ich mir. Es ist nur ein Spaziergang, etwas, womit er sich die Zeit vertreibt, bis er weiterzieht. Ich zwinge mich, ruhiger zu atmen und die Fassung wiederzuerlangen.

Als ich mich ihm nähere, dreht er sich zu mir um und beginnt strahlend zu lächeln. „Sehen Sie mal", sagt er leise und deutet mit einer Kopfbewegung in Richtung Wasser. Dann erkenne ich, was seine Aufmerksamkeit so gefesselt hat: eine Entenmutter mit vier flauschigen, gelben Küken, die ans Ufer treiben. Alle schlafen sie und haben den Kopf unter die Flügel gesteckt. Ich mustere Paul, der mit fast kindlicher Freude die kleine Tierfamilie betrachtet.

„Bereit?" Er sieht zu mir, unsere Blicke treffen sich. Er zwinkert, und wieder bemerke ich diesen eindringlichen Gesichtsausdruck, der mir schon zuvor an ihm aufgefallen war. Nein, es ist kein Mitleid, sondern etwas anderes.

Ich schlucke mühsam. „J-ja." Dann folge ich ihm zu dem Tor in dem niedrigen weißen Zaun, der das Schlossgrundstück umgibt. Paul hält mir das Tor auf, und ich betrete den Trampelpfad. Ein paar Meter weiter sitzt ein älterer Mann im Gras, er hält eine Angelrute, ein kleines Boot ist am Ufer festgemacht. Er betrachtet uns skeptisch, als wir an ihm vorbeigehen. Was für ein sonderbares Paar wir doch abgeben müssen. Der amerikanische Soldat und die Frau aus dem KZ. Aber Paul scheint die Blicke des Mannes nicht zu bemerken. Er pfeift eine leise Melodie, während wir weitergehen, und sieht zwischen den Bäumen hindurch zu den Berggipfeln.

„Hier ist es einfach wunderschön", schwärmt er. „Es erinnert mich an unsere Ranch in North Carolina. Meine Familie baut am Fuß der Blue Ridge Mountains Tabak an, müssen Sie wissen. Aber die Berge bei uns sind nicht so beeindruckend wie diese hier." Er deutet auf den Untersberg. „Trotzdem ist es ein herrliches Stück Land, auf dem wir leben." Er kommt mir auf dem Trampelpfad zu nahe und berührt versehentlich meinen Arm. „Oh, Entschuldigung."

Ich verspüre Enttäuschung, als er wieder Abstand gewinnt. „Ich komme auch vom Land", sage ich, weil es mir gefällt, eine Gemeinsamkeit zu haben.

Er sieht mich an. „Tatsächlich?"

„Ja. Unser Dorf heißt Bochnia. Es liegt nahe der Tatra ..." Ich halte mitten im Satz inne, da ich Stimmen höre. Auf dem Weg kommen uns ein paar Jugendliche entgegen, die ausgelassen lachen und scherzen. Mein Magen verkrampft sich.

Paul bemerkt meine Reaktion. „Was ist?" Schweigend deute ich auf die Jugendlichen. „Sollen wir umkehren?"

„Nein", entgegne ich hastig. „Es ist nur so, dass ich ..." Ich gerate ins Stocken, ein Schauder durchfährt mich. Von den Leuten aus dem Auffanglager einmal abgesehen, bin ich seit meiner Ankunft noch so gut wie keinem Menschen begegnet. Wenn man sich die ganze Zeit nur auf dem Schlossgelände aufhält, vergisst man leicht, dass man sich mitten in Österreich befindet, einem Land, das sich den Nazis so bereitwillig angeschlossen hat. Und als ich jetzt diese Jugendlichen sehe, überkommt mich schreckliche Angst.

„Ich verstehe. Warten Sie." Ehe ich etwas erwidern kann, geht Paul in die Richtung zurück, aus der wir gekommen sind, und lässt mich allein auf dem Trampelpfad stehen. Trotz meiner Panik fallen mir seine langen Beine und sein seltsam wiegender Gang auf. Er nähert sich dem Angler und deutet auf das Boot. Mir wird wieder klar, dass Paul kein Deutsch spricht, als ich sehe, wie der Mann irritiert den Kopf schüttelt. Paul greift in seine Hosentasche und übergibt dem Angler irgendetwas.

Ich folge ihm langsam. „Was machen Sie denn da?"

Paul zeigt auf das Boot. „Zu Ihren Diensten, Mylady."

„Ich verstehe nicht."

„Sie wollen doch nicht mit diesen frechen Kindern dort

drüben zusammentreffen, richtig?" Ich nicke. „Aber Sie wollen auch nicht umkehren. Also leihe ich das Boot dieses Mannes aus, notfalls auf unbestimmte Zeit." Der Angler schenkt uns keine Beachtung mehr, ich nehme an, dass Paul ihm Geld gegeben hat. „Bereit?", fragt er und hält mir seine Hand hin.

Ich bin unentschlossen, schließlich habe ich noch nie eine Bootsfahrt gemacht, und es ist bereits so gut wie dunkel. Aber die Jugendlichen haben uns beinahe erreicht, ihre Stimmen kommen immer näher. Ich strecke den Arm aus, und als sich Pauls Hand um meine Finger schließt, läuft mir ein wohliger Schauer über den Rücken. Er führt mich zum Ufer und hilft mir, ins Boot zu steigen, wo ich mich wenig elegant auf die hintere Holzbank fallen lasse. Das Gefährt schaukelt, als auch Paul einen Fuß ins Boot stellt und sich mit dem anderen vom Ufer abstößt. Er setzt sich mir gegenüber auf die mittlere Bank, dann beginnt er zu rudern. Wir entfernen uns vom Ufer, und ich werde allmählich ruhiger. Als ich mich umsehe, fällt mir auf, dass sich die Gaslaternen rings um den See wie riesige Glühwürmchen im Wasser spiegeln. Ich beobachte Paul, wie er über die Schulter schaut, um die Seemitte zu erreichen. Wieder steigt wohlige Wärme in mir auf.

Während das Ufer hinter uns zurückfällt, werden auch die Stimmen der Jugendlichen leiser, und dann wird es ganz still. In einiger Entfernung kann ich das Zirpen einer Grille hören. Ich schlage nach einer Mücke, die dicht an meinem Ohr vorbeisurrt, dann sehe ich zum Schloss. Hinter allen Fenstern ist ein gelblicher Lichtschein zu sehen.

„Einen Penny für Ihre Gedanken", sagt Paul, woraufhin ich ihn ratlos ansehe. „Das ist eine Redewendung", erläutert er mir. „Es soll so viel heißen wie: Woran denken Sie gerade?"

„An meine Freundin Rose. Sie hat sich heute Abend nicht wohlgefühlt."

„Das tut mir leid.“ Er hört auf zu rudern. „So, das ist schon besser.“

Er beugt sich vor, stützt das Kinn in seine Hände und betrachtet die Berge. Aus dem Augenwinkel mustere ich abermals seine Miene. Er ist tatsächlich hier bei mir, wird mir voller Unglauben bewusst. Auch vor dem Krieg gehörte ich nie zu den Mädchen, für die sich Jungs interessierten. Ich möchte so gern von ihm wissen, warum er jetzt mit mir in diesem Boot sitzt, doch stattdessen frage ich: „Wie lange sind Sie bereits in Europa?“

„Seit über einem Jahr.“

„Gefällt es Ihnen?“

„Das hängt davon ab, was Sie meinen. Wenn Sie die Landschaft meinen, dann gefällt mir, was ich bislang gesehen habe. Wenn Sie die Armee meinen, dann kann ich sagen, dass ich dort einige meiner besten Freunde gefunden habe, auch wenn es von denen nicht alle geschafft haben. Aber dieser Krieg … meine Einheit, die Fighting 502nd, kam mit der Landung in der Normandie nach Europa. Seither waren wir an jeder großen Schlacht beteiligt. Ich hätte nichts dagegen, wenn ich nie wieder einen dieser gottverdammten …“ Abrupt hält er inne, als er meinen Gesichtsausdruck bemerkt. „Verzeihen Sie. Ich bin bereits so lange unter Soldaten, dass ich gar nicht mehr weiß, wie man sich mit einer Dame unterhält.“

„Ich verstehe.“ Das meine ich ganz ernst.

Paul greift in seine Tasche und holt ein kleines Fläschchen hervor. „Durst?“

Ich verneine und muss mich schütteln, als ich sehe, wie er einen großen Schluck nimmt. Es erinnert mich daran, wie ich ihn vor Kurzem noch betrunken erlebt habe. „Trinken Sie viel Alkohol?“

Er weicht meinem Blick aus. „Mehr als viele andere, aber nicht so viel wie manche meiner Kameraden. Aber mehr als früher, das können Sie mir glauben.“

Eigentlich möchte ich ihn nach dem Grund fragen, doch ich fürchte, dass das unhöflich wirken könnte. „Was haben Sie gemacht, bevor Sie zur Armee gingen?"

„Ich ging aufs College. Princeton. Sechs Monate vor meinem Abschluss wurde ich eingezogen. Nicht, dass ich eine große Leuchte gewesen wäre – mein Stipendium bekam ich, weil ich so gut Football spielen kann."

„Werden Sie zurückkehren, jetzt, wo hier alles vorbei ist?"

Er zuckt mit den Schultern. „Wer weiß? Durch den verdammten Krieg ist nichts mehr gewiss." Diesmal flucht er, ohne sich zu korrigieren. „Vor einem Monat hat mir meine Verlobte Kim einen Brief geschrieben, um mich wissen zu lassen, dass sie einen anderen heiraten wird." Seine *Verlobte*. Das Wort versetzt mir einen Stich ins Herz. Paul war verlobt gewesen, als er mich aus meiner Zelle rettete. „Und dabei kann ich mich sogar noch glücklich schätzen." Seine Stimme hat einen hohlen Klang bekommen. „Mein Cousin Mike fiel bei Bastogne. Zwei Männer aus meiner Einheit starben, ein anderer verlor beide Beine."

„Das tut mir leid", sage ich. Paul reagiert nicht darauf, sondern starrt hinaus auf den See, die Lippen fest zusammengepresst. Ich fühle, wie der Schmerz über meine eigenen Verluste erwacht. Meine Eltern, meine Freunde. Ich denke an den Moment, wo ich in der Zelle auf dem Fußboden lag und mir bewusst wurde, dass niemand mehr da ist, der sich für mich interessiert oder der nach mir suchen könnte. Dieser Gedanke war genauso unerträglich wie der schlimmste Schmerz, den mir meine Peiniger zufügten. Und dann war auf einmal Paul zu mir gekommen. Bislang hatte ich in ihm und den anderen Soldaten nur Befreier und Helden gesehen. Mir war nicht klar, dass auch sie Opfer brachten und dass sie uns vielleicht dafür hassten, unseretwegen ihr eigenes Leben aufs Spiel setzen zu müssen. Ich möchte Paul festhalten und ihn trösten. „Das tut mir leid“, wiederhole ich stattdessen nur.

„Es ist ja nicht Ihre Schuld“, gibt er zurück und lässt die Schultern sinken. „Es ist nur so, dass es mir manchmal vorkommt, als hätte ich alles verloren.“

„Das haben Sie nicht“, platze ich heraus.

„Ach nein?“

„Sie haben nicht alles verloren. Oder haben Sie Ihre Eltern verloren?“ Er schüttelt den Kopf. „Haben Sie Ihre Angehörigen, jeden ihrer Freunde verloren?“ Wieder ein Kopfschütteln. „Sie haben auch nicht Ihr Zuhause verloren.“ Mir fällt auf, wie ich allmählich lauter werde. „Und auch nicht Ihre Gesundheit, Ihren Glauben.“

Nun schaut er betreten drein. „Ich weiß, Ihnen wurde sehr viel mehr genommen als mir.“

„Darum geht es nicht. Ich will nur sagen, dass Sie bei Weitem nicht *alles* verloren haben. Und ich auch nicht. Wir beide sind hier, wir sind am Leben.“

Er reagiert nicht. Ist er verärgert? Ich habe meinen Blick auf den See gerichtet und verfluche mich dafür, dass ich den Mund nicht halten konnte. „Das ist wunderbar“, höre ich ihn plötzlich sagen und bemerke, wie er lächelt. „Diese Stille, meine ich.“ Enttäuschung macht sich in mir breit, da ich einen Moment lang geglaubt habe, er beziehe sich auf meine Gesellschaft. „Sie können sich den Lärm nicht vorstellen, wenn die Geschütze abgefeuert werden. Und selbst wenn die Kämpfe während der Nacht aufhören, findet man keine Ruhe, weil man nicht weiß, wann es wieder losgeht. Jetzt, wo die Kämpfe vorbei sind, hat sich das gelegt, aber man ist trotzdem immer noch von hundert Kameraden umgeben, die ständig reden und Lärm machen. Verstehen Sie mich nicht falsch“, fügt er rasch hinzu und hebt eine Hand. „Ich liebe diese Jungs, sie sind wie meine Brüder. Aber wenn sich mir die Gelegenheit bietet, Zeit an einem so wunderschönen

Ort wie diesem zu verbringen …“ Er unterbricht sich und schaut mir tief in die Augen. „Und wenn ich Sie wiedersehen darf …“

Ein dumpfes Grollen lässt ihn innehalten. „Ein Unwetter“, sagt er, während ich mich umdrehe. Der Himmel über den Bergen ist pechschwarz, wieder donnert es, diesmal lauter als zuvor, und die ersten Regentropfen fallen auf uns herab. „Wir sollten umkehren.“

Ich sehe zum Ufer. Mittlerweile sind wir bis ans andere Ende des Sees getrieben und befinden uns gut einen Kilometer von unserem Ausgangspunkt entfernt. „Wir werden es niemals rechtzeitig zurück schaffen.“

„Dann müssen wir eben woanders Schutz suchen“, entgegnet er. „Bei einem solchen Unwetter ist es gefährlich, sich auf dem Wasser aufzuhalten.“ Es regnet stärker, und auf dem Holzboden unseres Boots bildet sich bereits eine kleine Pfütze. Der Regen dringt in meine Kleidung. „Dort drüben!“ Paul zeigt auf den am nächsten gelegenen Uferstreifen.

Ich wische die Tropfen von meinen Brillengläsern. Ein paar Meter vom Ufer entfernt steht im Schutz einer Baumgruppe eine kleine Hütte. „Vermutlich eine Gartenlaube“, überlege ich.

„Vermutlich.“ Ein Blitz zuckt über den Himmel, unmittelbar gefolgt von einem dröhnenden Donner. Paul beginnt, in Richtung Ufer zu rudern. Seine Armmuskeln zeichnen sich deutlich unter dem Uniformstoff ab, als er mit kraftvollen Bewegungen die Ruder durch das Wasser zieht, um das Boot gegen den starken Wind an Land zu bringen. Er springt ins flache Wasser und zieht das Boot ans Ufer, dann nimmt er meine Hand, um mir herauszuhelfen.

Wir rennen auf einem morastigen Weg zum Schuppen, ich halte mich an Pauls Hand fest. Er drückt die Tür auf, die sich mit einem lauten Knarren öffnet. Drinnen ist die Luft feucht und stickig, es riecht nach Terpentin und nassem Holz. Als

Paul meine Hand loslässt, durchfährt mich ein kleiner Stich. Er greift in seine Tasche und zieht eine Schachtel Streichhölzer heraus. Eines davon zündet er an, im Schein der Flamme erkennt man eine mit Werkzeugen ausgestattete Werkbank. „Eine Laube. Sie hatten recht." Er sucht etwas in den Gerätschaften und ruft auf einmal laut: „Aha!" Dann greift er nach einem Kerzenstummel und hält das Streichholz an den Docht.

„Da-das ist schon besser", sage ich zähneklappernd.

Paul sieht mich mit ernster Miene an. „Sie sind völlig durchnässt." Er setzt seinen Rucksack ab und holt eine braune, nach Zigaretten, Kaffee und Schweiß riechende Decke heraus. „Hier." Er legt sie mir um, wobei wir uns auf einmal ganz nah kommen. Wir stehen da, mein Gesicht dicht vor seinem, und rühren uns nicht. Plötzlich habe ich das Gefühl, dass sich eine riesige Hand um meinen Hals legt und zudrückt, bis ich keine Luft mehr kriege. Was geschieht mit mir?

Er holt meine Hand unter der Decke hervor, und ich glaube schon, er will sie halten. Tatsächlich soll ich aber nur die beiden Enden des rauen Stoffes zusammenhalten, damit mir warm wird. Er macht einen Schritt zurück und räuspert sich. „Ich wünschte, ich hätte trockenes Holz für ein Feuer."

Ich lasse mich auf den Boden sinken. „Vermutlich ist es besser, wenn wir niemanden darauf aufmerksam machen, dass wir hier sind."

Aus seiner Tasche holt er abermals die Flasche hervor, öffnet sie und nimmt einen kräftigen Schluck.

Das ist jetzt nicht der richtige Augenblick, um ihm Vorhaltungen zu machen. „Könnte ich auch einen Schluck haben?"

Verblüfft sieht er mich an. „Tut mir leid, aber ich hatte nicht gedacht, dass Sie …"

„Dass ich überhaupt Alkohol trinke?", gebe ich lächelnd zurück. Meine Gedanken schweifen ab zu Jakub und Alek.

Stundenlang saßen wir nachts zusammen, planten Aktionen für den Widerstand und stritten über die richtige Strategie. Irgendwer trieb immer noch eine Flasche Wodka auf, die wir herumreichten, während wir auf Polnisch *na zdrowie*, auf die Gesundheit!, und auf Hebräisch *l'chaim*, auf das Leben!, anstießen. „Doch, aber nicht so oft", lasse ich ihn wissen, als er sich zu mir setzt.

Er gibt mir die Flasche, dabei berühren sich unsere Finger. Meine Hand zuckt unwillkürlich zurück, aber zum Glück verschütte ich nichts vom Inhalt. Whiskey, stelle ich fest, als mir das Aroma in die Nase steigt. Ich trinke einen Schluck und lege dabei den Kopf in den Nacken, wie Jakub es mir beigebracht hat, damit ich den Alkohol nicht so sehr schmecke. Ein vertrautes Brennen in der Kehle setzt ein, und Augenblicke später strahlt vom Magen her eine wohlige Wärme in meinen Körper aus. „Danke." Ich gebe Paul die Flasche zurück, und abermals berühren sich unsere Finger. Diesmal ziehe ich meine Hand nicht zurück. Dann jedoch bemerke ich das Wasser, das vom Ärmel seiner Uniformjacke tropft. „Sie sind ja auch ganz durchnässt", bemerke ich.

„Ja, sieht so aus." Er sieht an sich herab, als würde ihm seine nasse Kleidung erst jetzt auffallen. „Halb so wild", tut er es ab, wobei mir klar wird, dass er mir seine einzige Decke überlassen hat.

„Hier." Ich halte die Decke auf. „Die ist groß genug, die können wir uns teilen."

Er zögert kurz, dann rückt er aber näher, nimmt ein Ende der Decke und legt sie sich um. Zitternd rutsche ich zu ihm, bis wir uns beide gut in den Stoff eingewickelt haben. „Darf ich?", fragt er mich um Erlaubnis, als er einen Arm um mich legt. Bevor ich darauf reagieren kann, hat er mich bereits an sich gezogen. „Geht das so?"

„Es ist gut", antworte ich und hoffe, dass er nichts davon bemerkt, wie wild mein Herz klopft.

„Es wird sicher bald aufhören zu regnen. Dann können wir uns auf den Rückweg machen."

Aber das möchte ich gar nicht. Ich drehe den Kopf und sehe ihn an. Sein Gesicht ist dicht vor meinem, seine Augen zucken hin und her, als würden sie nach etwas suchen. Dann beugt er sich leicht vor, bis seine Lippen meinen Mund berühren. Es ist eine vorsichtige Berührung, so als warte er noch auf meine Erlaubnis. *Mein erster Kuss*. Ich bin so überrascht, dass ich gar nicht reagieren kann. Er legt eine Hand an meine Wange und presst seine Lippen fester auf meine. Tief in mir erwacht Sehnsucht, aber plötzlich erstarre ich und drücke meine Hand abwehrend gegen seine Brust. „Warte ..."

Er zieht sich zurück. „Entschuldige bitte. Ich dachte, du wolltest ..."

„Ich will ja", beteuere ich atemlos. „Das heißt ... ich dachte, ich will es. Aber du bist verlobt."

„Ich *war* verlobt", korrigiert er mich. „Ich glaube, es war vorbei, noch bevor ich nach Europa ging. Sie war meine Highschool-Liebe. Jeder rechnete damit, dass wir heiraten würden, aber ich bin mir nicht sicher, ob wir wirklich so gut zusammen gepasst hätten." Er redet so hastig, dass ich Mühe habe, ihm zu folgen. „Was mir wohl mehr zu schaffen macht, ist der Gedanke, dass jetzt niemand mehr da ist, der auf mich wartet." Nach einer kurzen Pause fügt er hinzu: „Auf jeden Fall tut es mir leid." Unsere Blicke halten einander fest. Küss mich noch mal, denke ich. Aber ich möchte nicht der Ersatz für eine andere Frau sein. Nicht noch einmal.

Schließlich drehe ich mich weg. Der Regen trommelt auf das Dach, und ich weiß, dass wir diesen Schuppen so bald nicht verlassen werden. Ich lasse den Kopf gegen Pauls Brust sinken und sauge die Wärme ein, die durch seine nasse Uniform dringt. Sein Kinn ruht auf meinem Kopf. Ich nehme die Brille ab und lege sie neben mich auf den Boden. Das Licht der Kerze wird schwächer, bald wird es ganz erlöschen. Paul atmet gleichmäßig, und in die wärmende Decke gehüllt, fallen mir allmählich die Augen zu.

Ich muss an eine Hütte in der Nähe von Lublin denken, in der Jakub und ich uns während des Krieges versteckten. *Nicht,* warnt mich eine innere Stimme, doch die Erinnerung ist bereits da. Im Schatten an der Wand sehe ich Jakubs Gesicht vor mir. Es lässt mich an die langen Nächte zurückdenken, die wir gemeinsam in der kleinen Hütte verbrachten, während wir auf unsere Kontaktperson warteten, die uns mit wichtigen Informationen versorgte. Natürlich schliefen wir nie in dieser Hütte, wir wagten ja nicht einmal, eine Kerze anzuzünden. Stattdessen versteckten wir uns in einer dunklen Ecke, steckten die Köpfe zusammen und unterhielten uns im Flüsterton, da wir in ständiger Angst waren, dass man uns entdecken könnte. Doch mit Jakub verging die Zeit schnell, hatte er mir doch stets eine interessante Geschichte zu erzählen.

Dann, eines Nachts – Jakub versuchte gerade, mir einen politischen Sachverhalt zu erklären –, hörten wir plötzlich Schritte vor der Tür. Es waren zu viele, als dass sie von unserem Informanten hätten stammen können. Dazu Hundegebell. „Schnell!“, zischte Jakub, schlug den Teppich zur Seite und öffnete eine verborgene Luke im Fußboden. Er drängte mich in das beengte Versteck darunter und folgte mir. Er lag auf mir, weil wir anders gar keinen Platz gefunden hätten, während sich über uns die Leute von der Gestapo umsahen, was mir wie eine halbe Ewigkeit vorkam. Ich konnte Jakubs Herzschlag deutlich spüren, und in diesem Moment wurde mir klar, dass ich ihn liebte.

Schließlich verließen die Männer die Hütte wieder. „Alles in Ordnung?“, fragte er mich leise.

„Ja.“ Meine Stimme versagte mir. „Alles gut.“

„Marta …“, setzte er zum Reden an und verstummte gleich wieder. Er ließ den Kopf sinken, und ich schloss die

Augen, während ich auf meinen ersten Kuss wartete. Doch nichts geschah. Ich spürte, wie er zurückwich. „Es tut mir leid", sagte er, als ich ihn schließlich wieder ansah.

„Ich verstehe nicht?"

„Wir beide sind uns nahegekommen, und ich mag dich auch sehr gern." Hoffnung keimte in mir auf. „Aber ich kann nicht, Marta. Ich bin verheiratet."

*Verheiratet*. Das war wie ein Schlag ins Gesicht. „Wer ist sie?"

„Das kann ich dir nicht sagen, auch wenn ich dir mein Leben anvertrauen würde. Wir müssen es geheim halten, damit sie nicht in Gefahr gerät. Darum habe ich bislang geschwiegen. Marta, ich zähle dich zu meinen engsten Freunden. Ich will nicht, dass du einen falschen Eindruck bekommst und die Dinge außer Kontrolle geraten."

Aber ich wollte, dass die Dinge außer Kontrolle gerieten! Natürlich sagte ich ihm das nicht, sondern folgte ihm wortlos hinaus in die Nacht.

Als mir diese Szene jetzt durch den Kopf geht, schaudert es mir, und eine einzelne Träne läuft mir über die Wange. Hör auf, ermahne ich mich. Wir sind hier nicht in Polen, nicht in jener Hütte, und Paul ist nicht Jakub.

Paul. Ich sehe ihn an, er hat noch immer die Augen geschlossen, sein Kopf ist gegen die Wand gelehnt. Im Schlaf hält er mich fest an sich gedrückt, so als ob er Angst hätte, ich würde ihm entwischen. Es ist verrückt von mir, zu glauben, er könnte sich etwas aus mir machen. Und selbst wenn es so wäre, macht er sich in ein paar Stunden schon wieder davon. Aber wenigstens für den Moment gehört er mir. Ich schmiege mich an ihn, lege die Wange an seine Brust und klammere mich an ihm fest. Dann fallen mir die Augen zu.

Irgendwann später schrecke ich hoch und versuche, in der Dunkelheit etwas zu erkennen. Ich atme die feuchte Luft und denke an das Boot und das Unwetter. War das alles nur ein Traum? Als ich Pauls Arm bemerke, der noch immer um meine Taille geschlungen ist, weiß ich, dass es kein Traum war. Ich sehe ihn an, und er lächelt mir zu. „Gut geschlafen?", fragt er.

Meine Wangen werden rot. Wie lange hat er mich wohl beobachtet? „Sehr gut." Das meine ich völlig ernst, denn obwohl ich in durchnässter Kleidung und auf dem harten Boden geschlafen habe, fühle ich mich ausgeruht wie selten zuvor. Ich hebe meine Brille auf. „Wie lange habe ich geschlafen?"

„Ein paar Stunden."

„Stunden?" Ich springe auf und öffne die Tür. Es hat aufgehört zu regnen, und der Himmel über den Bergen ist bereits in ein schwaches Rosa getaucht. „Es wird schon hell."

„Es ist fast Morgen", bestätigt er mit einem Hauch von Missmut in der Stimme. „Wir sollten uns auf den Rückweg machen." Er erhebt sich und rollt die Decke zusammen. Ich versuche, mit den Fingern meine Haare zu glätten. Als ich ins Freie trete, ist Paul so dicht hinter mir, dass er mich flüchtig berührt. „Entschuldige bitte", sagt er und geht auf Abstand. Ich drehe mich um und erkenne in seinen Augen zweifelsfrei Verlangen. Mir stockt der Atem, und ich kann nichts anderes tun, als mich hastig wieder abzuwenden.

Draußen ist die Nachtluft kühl, es herrscht Stille. Wir begeben uns zum Ufer, wo Paul mir ins Boot hilft. Während er uns über den See rudert, spricht keiner von uns ein Wort. In einiger Entfernung ist Gänseschnattern zu vernehmen. Als ich Paul zusehe, wie er das Boot über den See bewegt, erfasst mich plötzlich eine übermächtige Traurigkeit. Wir gelangen dort ans Ufer, wo am Abend zuvor der Angler saß. Ich steige aus, rutsche aber auf dem matschigen Grund und falle beinahe hin. Paul bekommt meinen Arm zu fassen und hält mich fest. „Vorsicht", flüstert er, ohne mich loszulassen. Ich spüre seinen warmen Atem an meiner Stirn.

„Danke“, erwidere ich.

„Marta, ich …“ Er gerät ins Stocken. „Ich möchte … oder besser gesagt … ich möchte nicht …“ Ich sehe in sein Gesicht, das von Schmerz und Verlangen geprägt ist. Mir wird bewusst, dass er sich so wenig von mir verabschieden will wie ich mich von ihm. Mein Atem stockt, und in diesem Moment weiß ich, dass seine Sehnsucht wirklich mir gilt, nicht irgendeiner anderen Frau. Ich stelle mich auf die Zehenspitzen und lege eine Hand an seinen Nacken. Instinktiv ziehe ich sein Gesicht zu mir und drücke meine Lippen auf seinen Mund, um mir das zu holen, was ich vor ein paar Stunden noch nicht anzunehmen wagte. Vor Überraschung zögert er kurz, doch dann reagiert er, indem er den Kuss leidenschaftlich erwidert.

Plötzlich ertönt eine laute Hupe, und wir lösen uns schnell voneinander. Paul strafft die Schultern und dreht sich in die Richtung, aus der der Lärm kommt. „Sie machen sich zum Abmarsch bereit“, erklärt er. „Wir sollten uns besser beeilen.“ Er hilft mir das Ufer hinauf bis zum Trampelpfad. Schweigend gehen wir zum Schloss zurück. *Geh nicht weg*, möchte ich sagen, doch ich weiß, dass das albern ist.

Vor dem Schloss stehen die Lastwagen bereit, fertig zum Aufbruch. Paul dreht sich noch einmal zu mir um. „Marta, ich weiß nicht, was kommen wird. Ich wünschte nur, es gäbe irgendeine Möglichkeit.“

„Ja, ich weiß“, erwidere ich leise und zwinge meine Stimme dazu, mir nicht den Dienst zu versagen. Alles geschieht viel zu schnell. Unsere Blicke begegnen sich erneut, und ich muss mich zurückhalten, um mich nicht wieder an ihn zu klammern. „Pass gut auf dich auf.“

„Komm schon, Paul!“, ruft einer der Soldaten ungeduldig. Die ersten Lastwagen verlassen bereits das Gelände.

„Mach’s gut“, flüstert er mir zu und geht ein paar Schritte rückwärts, ohne mich aus den Augen zu lassen. Erst dann dreht er sich um und eilt zum letzten Wagen. Ich sehe mit an, wie ein paar Kameraden ihm auf die Ladefläche helfen. Als der Wagen das Schlossgelände verlässt, sieht Paul noch einmal in meine Richtung. Er lächelt mir zu und hebt eine Hand. Dann biegt der Lastwagen um die Ecke, und Paul ist aus meinem Leben verschwunden.

## 5. KAPITEL

Ich stehe regungslos da, während sich die Motorengeräusche der Lastwagen weiter und weiter entfernen. Ich starre in den Staub, den die Wagen aufgewirbelt haben, dann gehe ich zu der Treppe, die zur Terrasse führt, und lasse mich auf eine Stufe sinken. Meine Kehle ist wie zugeschnürt, sodass ich kaum noch Luft bekomme. Ich halte mir den Ärmel unter die Nase, um Pauls Duft einzuatmen. Noch immer spüre ich seine Lippen auf meinen, und ich wünschte, ich könnte in die kleine Hütte zurückkehren, unter die schmutzige Decke kriechen und wieder seine Nähe spüren.

Zweifel regen sich in mir. Warum habe ich ihn nicht nach seiner Adresse in Amerika gefragt? Warum hat er sie mir nicht gegeben? Kann ich wirklich so stark für einen Menschen empfinden, den ich gar nicht kenne? Kann er das? Vielleicht war ich für ihn nur irgendeine junge Frau in irgendeiner fremden Stadt. Nein, den Gedanken verwerfe ich sofort wieder. Seine Gefühle waren echt, das habe ich ihm angesehen. Aber nun ist er fort. Nach allem, was ich erlebt habe, sollte ich eigentlich dankbar sein, dass mir überhaupt so ein Augenblick vergönnt war. Und doch möchte ich mehr als das.

Es reicht. Ich stehe auf. Ich sollte hineingehen und nach Rose sehen. Sie wird wissen wollen, wie ich die Nacht verbracht habe. Ich betrete das Gebäude und durchquere das Foyer. An der Tür zur Krankenstation taucht plötzlich Dava auf und stellt sich mir in den Weg. „Es tut mir leid, dass ich gestern Abend nicht mehr zurückgekommen bin“, entschuldige ich mich hastig. „Wir waren schon halb um den See herum, als das Unwetter aufkam.“ Das Boot verschweige ich lieber, weil ich weiß, dass ich mir keinen Gefallen täte, wenn ich es erwähnte. „Wir mussten uns unterstellen. Da war eine Gartenlaube, in der wir gewartet haben, bis der Regen aufhört.“ Während ich rede, betrachte ich Davas Gesicht, das keine Spur von Verärgerung zeigt. Da sind nur diese dunklen Ringe unter ihren geröteten Augen, die mich irritieren. Hat sie etwa die ganze Nacht an Roses Bett gewacht, weil ich nicht da war? „Und dann …"

Dava legt eine Hand auf meinen Arm. „Du musst mitkommen." Sanft, aber entschieden dirigiert sie mich weg von der Krankenstation.

„Warte, ich will Rose erzählen …" Ich werfe einen Blick über die Schulter durch die Tür, aber ich kann Rose nicht entdecken. Panik steigt in mir auf. Hat man sie für eine Untersuchung aus dem Zimmer gebracht? „Wo ist sie?", frage ich Dava, bekomme aber keine Antwort. „Was ist los? Stimmt etwas nicht?"

„Lass uns nach draußen gehen." Wieder will sie mich von der Tür weglotsen, doch ich entziehe mich ihrem Griff.

„Nein, sag mir erst, was los ist."

Sie zögert, dann geht sie zu einer der Marmortreppen, setzt sich auf eine Stufe und bedeutet mir, neben ihr Platz zu nehmen. „Marta, du weißt, dass Rose sehr krank war …"

Sehr krank *war*? „Was soll das heißen?"

Dava legt ihre Hand erneut auf meinen Arm. „Rose ist von uns gegangen."

„Von uns gegangen?", wiederhole ich verständnislos. „Hat man sie in ein anderes Krankenhaus gebracht?"

„Nein, nein …", antwortet sie kopfschüttelnd. „Marta, es tut mir leid, aber Rose … ist gestorben."

*Gestorben*. Das Wort wird von meinem Verstand abgestoßen, will einfach nicht akzeptiert werden. „Aber das ist doch gar nicht möglich. Gestern Abend saß sie noch da und unterhielt sich mit …"

„Du weißt, dass sie eine Blutkrankheit hatte. Das Medikament, das die Ärzte ihr gegeben haben, schwächte ihr Immunsystem. Sie zog sich eine Infektion zu, und das Fieber stieg ganz plötzlich. Niemand konnte so etwas ahnen."

Dava redet weiter, doch ich höre ihr nicht mehr zu. Ich

sehe Rose vor mir, wie sie noch gestern Abend neben mir auf der Terrasse saß und zu den Bergen hinaufschaute. Ich springe auf und renne in den Krankensaal. „Marta, bleib hier!“, ruft Dava mir nach.

Vor Roses Bett bleibe ich stehen, doch es liegt nur noch die nackte Matratze darauf, den Nachttisch hat man leer geräumt. „Nein …“, kommt es zitternd über meine Lippen.

Dava tritt leise an mich heran und legt einen Arm um mich. „Sie hat jetzt ihren Frieden.“

Ich schüttele den Kopf. „Ich hätte bei ihr bleiben sollen.“

„Das hätte nichts geändert. Außerdem hat sie sich für dich gefreut. Sie wusste, dass du Paul wiedergetroffen hast.“ Plötzlich kommt mir die letzte Nacht wie eine sehr ferne Erinnerung vor. „Jetzt komm.“ Ich lasse mich von Dava hinaus auf die Terrasse führen. „Warte hier“, sagt sie und verschwindet wieder. Unterdessen setze ich mich auf die Bank, auf der ich am Abend zuvor noch mit Rose gesessen hatte. Tränen steigen mir in die Augen. So viele Menschen habe ich verloren – meine Eltern, all meine Freunde. Aber jetzt ist der Krieg vorüber. Wir sind die Überlebenden, diejenigen, die es geschafft haben. So etwas sollte nicht mehr passieren. Schluchzend verberge ich das Gesicht in den Händen.

Einen Moment später höre ich Schritte. Ich sehe auf und wische die Tränen fort. Dava steht vor mir und hält zwei Tassen Tee in ihren Händen. „Hier, nimm das.“ Sie gibt mir eine Tasse, die meine klammen Finger wärmt.

Dann nimmt sie neben mir Platz. Schweigend trinken wir Tee und betrachten den See und die Berge. „Ich war bei ihr“, sagt sie nach einer Weile. „Als es zu Ende ging.“

Ich schaue zu ihr auf. „Ja? Hat sie noch etwas gesagt?“

„Sie bat mich, dir zu danken. Dafür, dass du versucht hast, ihr zu helfen.“ Wieder verfällt Dava in Schweigen. „Und sie bat mich, dir das zu geben.“ Aus ihrer Tasche zieht sie einen Umschlag hervor.

Verdutzt öffne ich ihn und hole ein gefaltetes Blatt Papier heraus, in das ein mir unbekanntes Siegel geprägt ist. Der mit Schreibmaschine verfasste Text ist offenbar englisch, ich verstehe den Sinn der Worte nicht. „Was ist das?"

„Das ist Roses Visum für England", antwortet Dava.

„Ein Visum? Wieso ...?"

„Ihre Tante lebt in England. Rose sollte zu ihr kommen und bei ihr leben. Hat sie nie davon gesprochen?"

Ich schüttele den Kopf. „Sie erwähnte einmal, dass ihre Tante in London lebt. Aber kein Wort von einem Visum."

„Vermutlich hat sie darüber geschwiegen, weil es für sie ohnehin kein Thema mehr war", überlegt Dava. „Sie war viel zu krank zum Reisen." Mir ist klar, dass das nicht der wahre Grund gewesen ist. Rose wusste, dass ich niemanden habe, zu dem ich gehen kann. Sie wollte mir nicht unter die Nase reiben, dass sie im Gegensatz zu mir Verwandte hat, die auf sie warten. „Sie sprach davon, dass sie versuchen wollte, ein zweites Visum zu beschaffen", fährt Dava fort. „Damit du als ihre Begleitung reisen kannst. Sie hatte ihrer Tante geschrieben, aber bestimmt wollte sie erst sichergehen, bevor sie dir Hoffnungen macht."

Rose in England, ich an ihrer Seite. In meinem Kopf überschlagen sich die Bilder, als ich versuche, das alles zu begreifen. „Eine schöne Idee", sage ich schließlich.

„Bevor sie starb, erklärte sie, dass du ihr Visum nehmen und an ihrer Stelle nach London reisen sollst."

Ich sehe Dava mit großen Augen an. „Aber das ist Roses Visum. Wie soll ich ..."

„Das Visum ist nicht übertragbar, aber es gibt Mittel und Wege. Wir können dir Papiere beschaffen, die dich als Rose ausgeben. Nur für die Dauer der Reise."

„Ich kann nicht nach London reisen!", protestiere ich. London ist viel zu weit weg. Und viel zu groß.

„Du hast Englisch gelernt", hält Dava dagegen.

„Ich habe ein paar Kinderbücher gelesen. Das heißt noch lange nicht, dass ich die Sprache beherrsche. Außerdem habe ich nicht das Geld …“ Verlegen halte ich inne. „Ich kann die Reise gar nicht bezahlen. Und wovon soll ich dort leben?“

„Rose hat etwas Geld hinterlassen. Es wird genügen, um erst mal nach London zu kommen.“ Gemeinsam mit Rose nach England zu reisen, wäre beängstigend genug gewesen. Aber die Vorstellung, ganz allein dorthin zu gehen, lähmt mich beinahe. Dava fasst mich an den Schultern. „Marta, hör mir zu. Ich weiß, Roses Tod hat dich getroffen. Mir geht es nicht anders. Und die Aussicht auf die weite Reise mag dich im Moment überfordern. Aber dieses Visum ist kostbar! Du hast keinen besonderen Status, du hast keine Verwandten in Amerika oder in irgendeinem anderen Land. Du kannst nicht ewig hier im Lager bleiben. Du musst dich irgendwo niederlassen und ein neues Leben beginnen. Verstehst du das?“ Ich schweige. „Wenn du nach London reist, dann kannst du Roses Sachen mitnehmen und ihrer Tante persönlich die Nachricht von ihrem Tod überbringen. Das würdest du doch für Rose tun wollen, oder?“

„Ja“, antworte ich. „Aber ich kann mich doch nicht einfach so als jemand anderes ausgeben! Ist das denn nicht gefährlich?“

„Nein, nicht wirklich. Viele Menschen haben durch den Krieg ihre Papiere verloren, und an den Grenzen sehen die Wachleute kaum einmal genauer nach. Mit dem Fälschen von Ausweisen verdient man momentan richtig gutes Geld. Ich kenne hier in Salzburg eine exzellente Adresse. Also, wirst du es machen?“

Ich atme tief durch. „Ja, ich mache es. Aber erst in ein paar Wochen, wenn mein Englisch besser ist.“

Dava schüttelt den Kopf. „Das wird leider nicht möglich sein. Das Visum läuft morgen ab.“

„Morgen schon?“

„Ja. Rose hatte ihre Tante bitten wollen, es verlängern zu lassen, für den Fall, dass sie wieder gesund wird. Aber dazu ist es nicht mehr gekommen.“ Es tut mir im Herzen weh, wenn ich daran denke, welche Pläne Rose gehabt hat. „Du musst abreisen, bevor das Visum abläuft. Wenn wir dir eine Fahrkarte für einen Zug nach Calais beschaffen, dann kannst du schon morgen Abend dort sein und mit der Fähre nach Dover übersetzen. Aber dafür musst du noch heute aufbrechen.“

Heute? Meine Gedanken überschlagen sich. „Was ist mit Rose? Wird es eine Beerdigung geben?“

Dava zögert. „Ja, aber ich glaube nicht, dass wir das arrangieren können, bevor du aufbrichst. Sie muss noch vom Amtsarzt untersucht werden, damit er den Totenschein ausstellen kann. Ich werde mich um eine angemessene Beisetzung kümmern, das verspreche ich dir.“

Mein Herz schmerzt bei dem Gedanken, dass ich Roses Beerdigung nicht werde beiwohnen können. Ich stelle mir den Friedhof vor, jenen kleinen Flecken Erde voller Grabmale auf dem Hügel gleich hinter dem Schloss. „Ihr Grab sollte sich in der Nähe der großen Eiche befinden.“

Dava nickt. „Ich werde sehen, was ich tun kann.“ Dann steht sie auf. „Jetzt muss ich nach Salzburg, um deine Fahrkarte zu besorgen. Du nimmst inzwischen ein Bad und packst deine Habseligkeiten. Iss etwas und ruh dich aus. Du wirst heute Abend abreisen.“

Nachdem Dava gegangen ist, sitze ich wie benommen da und starre auf den See. Gestern um diese Zeit lebte Rose noch, und Paul spukte als schöne Erinnerung in meinem Kopf herum. Jetzt sind sie beide aus meinem Leben verschwunden, und ich werde diesen Ort genauso allein verlassen, wie ich hergekommen bin.

Mein ganzer Körper schmerzt vor Erschöpfung. Ich muss versuchen, mich auszuruhen, sonst wird meine Kraft nicht reichen, um die Reise anzutreten. Ich erhebe mich und gehe ins Haus, durchquere das Foyer und anschließend den Krankensaal. An Roses Bett zögere ich kurz, da ich noch immer damit rechne, dass sie darin liegt und wissen will, wie meine Nacht mit Paul verlaufen ist. Ich streiche über die Matratze, und plötzlich wird mir klar, dass Dava recht hat: Rose würde ganz sicher wollen, dass ich ihr Visum benutze.

Ich nehme die Brille ab und lege mich auf mein Bett. Meine Augen brennen. *Es tut mir leid, Rose, dass ich dir nicht helfen konnte.* Ich drehe mich auf die Seite und starre die Wand an. Dann drücke ich den Kopf ins Kissen und mache fest die Augen zu.

Ich träume von einem grauen Märzmorgen im Ghetto, der Wind weht Zeitungspapier und anderen Unrat über das Pflaster. Ich sollte eigentlich zum Verwaltungsgebäude gehen, um mich zur Arbeit zu melden, stattdessen führt mich mein Weg zum Waisenhaus. Vor ein paar Stunden bin ich von meiner Mission mit Jakub zurückgekehrt, und ich kann noch immer nicht klar denken, so sehr haben mich seine Worte aufgewühlt. Ich muss zu Emma. Auch wenn ich ihr gegenüber Jakubs Namen nie erwähnt habe, so weiß sie doch, dass es einen Mann gibt, für den ich sehr viel empfinde. Sie wird mir helfen, meine Gedanken zu ordnen. Ich betrete das Waisenhaus und treffe auf meine Mutter, die eben einen Säugling wickelt. Als ich zu ihr komme, schaut sie mich erleichtert an. „Hallo, *Shayna*", sagt sie und küsst mich auf die Wange. *Shayna. Meine Hübsche*. „Wie geht es dir?" Sie fragt nicht, wo ich war und warum ich letzte Nacht nicht nach Hause gekommen bin.

„Gut, Mama. Ich suche Emma."

Meine Mutter sieht mich mit ernster Miene an. „Sie ist verschwunden", erwidert sie leise. „Gestern ist an ihrer Stelle ein anderes Mädchen zur Arbeit erschienen."

Panik steigt in mir auf. Ich drehe mich um und renne aus dem Haus, rüber zur ulica Józefińska und dort bis zur Hausnummer 13. Ich reiße die Tür auf und stürme nach oben in die Wohnung, in der wir uns regelmäßig zum Schabbes-Essen treffen und heimliche Sitzungen des Widerstands abhalten. Ich hetze durch die Wohnung und platze ohne anzuklopfen in das hinterste Zimmer. „Wo ist Emma?", will ich von Alek wissen, der allein am Schreibtisch sitzt.

Er sieht von seinen Papieren auf. „Keine Sorge, sie ist in Sicherheit. Wir mussten sie aus dem Ghetto herausschaffen und konnten sie bei Verwandten unterbringen." Ich lasse mich in einen Sessel sinken und versuche zu begreifen, was er da sagt. „Sie hätte sich bestimmt von dir verabschiedet, aber wir ließen sie erst im letzten Moment wissen, was wir vorhaben", ergänzt er dann noch.

„Oh. Ich wusste gar nicht, dass sie außerhalb des Ghettos noch Verwandte hat."

„Hat sie auch nicht. Aber ihr Ehemann."

„Ehemann?" Verständnislos sehe ich Alek an. „Emma ist nicht verheiratet."

Nun ist es an Alek, eine verständnislose Miene zu machen. „Ich dachte, Jakub hätte es dir gesagt."

Warum sollte Jakub mir etwas über Emma erzählen? „Ich verstehe nicht …"

„Am Anfang war ich seiner Meinung, es lieber geheim zu halten." Ich kann Alek kaum hören, so laut ist das Summen in meinen Ohren. „Aber da ihr beide so oft zusammen unterwegs seid, kam uns das ungerecht vor. Wir einigten uns darauf, zu warten, bis Emma weg ist. Ich dachte, er hätte es dir letzte Nacht gesagt."

„Jakub sagte mir, dass …" Plötzlich überkommt mich die Erkenntnis mit aller Wucht. „Soll das heißen, Emma und Jakub sind …?"

„Sie sind verheiratet." Verheiratet. Ganz allmählich versinkt der Raum in Schwarz.

„Marta!", höre ich jemanden rufen, dann werde ich sanft

gerüttelt. Ich blinzele. Bin ich wieder im Ghetto? Nein, es ist Dava, die vor mir steht. Ich bin in Österreich, in Salzburg. Wie lange ich geschlafen habe, kann ich nicht sagen. Draußen ist es noch hell, doch den Schatten nach zu urteilen, die die Bäume werfen, müssen einige Stunden vergangen sein. Ich sehe zu Roses leerem Bett und werde erneut von Trauer erfasst. „Zeit zum Aufstehen", bemerkt Dava.

„Wie spät ist es?"

„Fast fünf." Ich sehe sie ungläubig an, sie redet weiter. „Ich wollte dich so lange wie möglich schlafen lassen, aber in einer halben Stunde kommt der Wagen, der dich zum Bahnhof bringt. Ich warte draußen auf dich."

Sie verlässt die Station, und ich setze mich auf. Dann spritze ich mir aus der Waschschüssel auf meinem Nachttisch Wasser ins Gesicht, setze meine Brille auf und sehe zu den anderen Frauen, die in ihren Betten liegen und vor sich hin dösen oder schlafen. Dava hat mir eine kleine Tasche auf den Nachttisch gestellt. Ich hole aus der Schublade eines meiner zwei Kleider, das blaue, außerdem Unterwäsche und Strümpfe. Mehr besitze ich nicht. Mit der Tasche in der Hand verlasse ich die Station und gehe hinaus ins Freie. Mein Blick fällt auf die Berge und den strahlend blauen Himmel. Eine halbe Stunde, hat Dava gesagt. Vor ein paar Stunden wusste ich nicht einmal, dass ich überhaupt von hier weggehen würde. Ich sehe Paul vor mir, wie er am Ufer steht, und ich sehe Rose, wie sie in ihrem Rollstuhl auf der Terrasse sitzt.

Dava taucht hinter mir auf. „Bist du bereit?"

Ich zögere und betrachte die Berge. „Ich glaube, ja."

„Gut. Hier." Sie dreht mich zu sich um und gibt mir verschiedene Papiere. „Das oberste Dokument ist deine vorläufige Reiseerlaubnis, die du anstelle deines Ausweises vorzeigst. Das zweite Blatt ist dein Visum. Denk immer daran: Du bist Rose Landyk. Nur für den Fall, dass dich jemand nach deinem Namen fragt, auch wenn das wohl nicht passieren wird. Und das ist die Fahrkarte. Du nimmst einen Zug bis nach Lille. Das ist in Frankreich, nicht weit von der Küste entfernt. Nach Calais musst du noch einmal umsteigen. Und das ist die Fahrkarte für die Fähre von Calais nach Dover, und schließlich eine weitere Fahrkarte für die Bahnstrecke nach London. Pass immer gut auf, dass du deinen Anschluss bekommst. Hast du verstanden?“ Ich nicke. „Gut.“

Beim Blick auf die Fahrkarten überkommt mich wieder Angst. Ich schaffe das nicht allein. „Komm doch mit“, sage ich plötzlich, worauf Dava die Augen weit aufreißt. „Du kannst bestimmt eine Anstellung als Krankenschwester finden, und vielleicht lernst du jemanden kennen und gründest eine Familie …“

„Das kann ich nicht!“, fährt Dava mich an. Überrascht schaue ich sie an, da ich sie noch nie so aufgebracht erlebt habe. Dann bekommt sie sich aber gleich wieder unter Kontrolle und beißt sich verlegen auf die Unterlippe. „Ich kann nicht einfach … ach, ist doch egal. Wir haben nur dieses eine Visum, und uns fehlt die Zeit für Diskussionen. Außerdem werde ich hier gebraucht, es liegt noch viel Arbeit vor uns.“ Sie drückt mir ein Päckchen in die Hand. „Das ist für dich.“

„Was ist das?“

„Roses Habseligkeiten. Gib sie ihrer Tante. Und etwas zu essen habe ich dir auch eingepackt.“ Dann greift sie in ihre Tasche und holt verschiedene Banknoten heraus. „Geld. Österreichisches, französisches, englisches, von allem ein bisschen. Falls du unterwegs etwas brauchst.“

Ich zögere. Etwas sagt mir, dass Rose nicht die ganze Summe hinterlassen haben kann, sondern dass Dava von ihrem spärlichen Gehalt noch etwas draufgelegt hat. „Dava, ich kann doch nicht …“

Sie hebt eine Hand, um mich zu unterbrechen. „Du nimmst

das Geld, ich will jetzt nichts mehr hören." Dann lächelt sie mich an. „Eines Tages, wenn du eine wohlhabende Engländerin geworden bist, kannst du es mir zurückzahlen."

„Das werde ich machen", erwidere ich und fühle mich von so viel Güte überwältigt. „Ich danke dir, Dava."

„Schon gut. Im Moment ist mein einziger Wunsch, dass du wohlbehalten in London ankommst."

Wieder will ich ihr danken, doch sie fasst mich am Arm und führt mich von der Terrasse. „Komm jetzt." Ich schaue ein letztes Mal über die Schulter zu den Bergen, dann folge ich Dava fast widerstrebend um das Schloss herum zur Gebäudevorderseite. In einem schwarzen Wagen mit laufendem Motor sitzt ein Mann, der normalerweise als Hausmeister arbeitet. „Johann wird dich zum Bahnhof fahren", erklärt mir Dava, dann legt sie die Hände auf meine Schultern und gibt mir einen festen Kuss auf beide Wangen. „Du bist eine starke Frau, Marta. Du hast überlebt, was kaum jemand überlebt hätte. Vor dir liegt eine wunderbare Zukunft, schau nicht zurück."

Ich nicke, während sich meine Kehle zuzieht.

„Geh mit Gott." Mit diesen Worten dreht sich Dava um und kehrt ins Haus zurück. Ich will ihr noch einmal danken, doch da ist die Tür bereits hinter ihr zugefallen.

Ich sehe zum Wagen und stehe nervös und unschlüssig da. Ich habe noch nicht oft in einem Auto gesessen, meist nur für kurze, verstohlene Fahrten im Auftrag des Widerstands. Schließlich setze ich mich auf den Beifahrersitz und ziehe die Tür zu. Die braunen Sitze sind abgewetzt, im Wagen riecht es nach kaltem Zigarettenqualm. Wortlos gibt Johann Gas, und das Fahrzeug macht einen Satz nach vorn. Als wir das Gelände verlassen, wird mir bewusst, dass wir den gleichen Weg nehmen, den auch Paul heute Morgen genommen hat. Ich wünschte, er wäre bei mir. Oder Rose. Oder Dava. Irgendjemand, ganz gleich wer. Zum ersten Mal seit meiner Befreiung bin ich ganz auf mich allein gestellt. Übelkeit überkommt mich, und ich verspüre den plötzlichen Wunsch, Johann zu bitten, umzukehren. Ich sehe zurück, doch das Schloss ist bereits hinter den dicht stehenden Bäumen verschwunden. Dann höre ich Davas Stimme in meinem Kopf. *Schau nicht zurück.* Ich kann das, sage ich mir. Ich muss es können. Entschlossen drehe ich mich wieder nach vorn und stelle mich dem, was mich erwartet.

## 6. KAPITEL

Ich sehe aus dem mit Schmutz und Ruß überzogenen Abteilfenster und muss ins grelle Sonnenlicht blinzeln. Draußen ziehen Felder und Wiesen vorüber, die sich bis zum Horizont erstrecken. Nachdem wir gestern Abend die Grenze zur Schweiz überquert hatten, lullte mich das sanfte Schaukeln des Zuges in den Schlaf, während wir uns unseren Weg durch die Berge bahnten.

Irgendwann mitten in der Nacht wurde ich unsanft von einem Zöllner geweckt, der an der nächsten Grenze meine Papiere sehen wollte. Als ich heute Morgen erneut erwachte, fuhren wir bereits durch eine sanfte französische Hügellandschaft. Die schroffen Alpen lagen da bereits weit hinter uns. Am Stand der Sonne kann ich erkennen, dass wir jetzt nach Norden unterwegs sind.

Ich strecke mich und sehe mich im Abteil um. Mein Platz ist einer von dreien in einer Sitzreihe, uns gegenüber gibt es eine weitere Bank. Der Waggon ist in einem vernachlässigten Zustand, die Polster sind zerschlissen und mit Flecken übersät. Als ich hier einstieg, saß mir ein älterer Mann gegenüber, der sich nicht mit mir unterhalten wollte. Jetzt ist er nicht mehr da. Die Luft ist über Nacht stickiger geworden und riecht nach saurer Milch. Ich will das Fenster öffnen, doch meine Anstrengungen sind vergebens.

Wieder sehe ich nach draußen. Laut dem Fahrplan, den Dava mir gegeben hat, wird es noch einige Stunden dauern, bis wir Lille erreichen. Mein Magen knurrt. Gestern habe ich überhaupt nichts mehr gegessen, schließlich waren meine Gedanken nur um Rose und um die Tatsache gekreist, dass ich das Lager verlassen würde. Ich öffne den kleinen Beutel, den ich auf den Sitz neben mir gestellt habe. Dava hat mir drei Brote geschmiert, eines mit Wurst, zwei mit Käse. Ich packe das Käsebrot aus und beiße ab. Das Brot ist trocken, aber sein Geschmack ist mir vertraut und erinnert mich auf tröstende Weise an meine Zeit in Salzburg.

Während ich esse, lasse ich meinen Blick über die Landschaft schweifen, die an mir vorbeifliegt. Mitten auf einer Wiese steht ein großer, verkohlter Metallklotz von der Größe einer Kutsche. Das muss ein Panzer gewesen sein, die habe ich in Polen öfter gesehen. Vor nicht einmal einem Jahr war diese friedliche Umgebung dort draußen noch Kampfgebiet gewesen. Vor meinem geistigen Auge entsteht das Bild von Soldaten, und sofort denke ich an Paul. Es ist kaum zu fassen, dass sich unsere Wege erst gestern getrennt haben. In Europa wird nicht mehr gekämpft, aber er sprach davon, dass man ihn in den Pazifik abbestellen könne. Ich frage mich, wo er jetzt ist, und in einem Anflug von Egoismus überlege ich, ob er wohl zwischendurch auch einmal an mich denkt.

Mein Blick fällt auf die verbleibenden zwei Brote. Ich bin nach wie vor hungrig, aber ich wage nicht, jetzt noch mehr zu essen. Wir sind immer noch etliche Stunden von unserem Ziel an der Küste entfernt, und ich weiß nicht, ob ich im Hafen oder auf der Fähre Proviant kaufen kann – und selbst wenn, habe ich keine Ahnung, wie viel mich das kosten würde.

Ein plötzliches Kreischen holt mich aus meinen Gedanken, und ich merke, wie der Zug allmählich abbremst. Das Quietschen der Bremsen wird noch lauter und durchdringender, bis der Zug endlich zum Stillstand kommt. Ich drücke die Stirn gegen die Scheibe und verrenke meinen Hals, weil ich erkennen will, ob vor uns der nächste Bahnhof liegt. Doch so weit ich blicken kann, sehe ich nur endlos weite Felder. Warum haben wir angehalten?

Fünf Minuten verstreichen, schließlich zehn, und ich werde immer unruhiger. Ist etwas passiert? Hat die Lok einen Defekt? Durch die Abteiltür sehe ich, wie ein Schaffner vorbeigeht. Ich nehme meinen Mut zusammen, gehe zur Tür und öffne sie. Ich spreche so gut wie kein Wort Französisch, also versuche ich es auf Deutsch. „Entschuldigen Sie bitte."

Der Mann dreht sich gereizt zu mir um. „Ja?"

„Warum halten wir?", frage ich.

„Die Gleise sind zerstört. Davon war nichts bekannt, als wir losgefahren sind", antwortet er in einem schwer verständlichen, von einem breiten Akzent gefärbten Deutsch. „Wir werden auf ein anderes Gleis wechseln und dann nach Paris fahren."

Panik erfasst mich. „Aber meine Fähre legt heute Abend um sechs ab, und ich muss sie unbedingt erreichen."

„Sie sind nicht die Einzige, die ein Schiff erreichen muss, Fräulein", erwidert er. „Sie können morgen von Paris nach Calais fahren. Da legen jeden Tag Fähren ab." Damit dreht er sich um und eilt weiter durch den Gang.

Ich lasse die Abteiltür zufallen und sinke auf meinen Platz zurück. Mein Visum läuft heute Abend ab! Ich werde es niemals rechtzeitig schaffen. Mein Magen verkrampft sich, während ich fieberhaft überlege, was ich tun soll. Das Geld, das Dava mir mitgegeben hat, wird für eine Rückfahrkarte nach Österreich nicht reichen. Wenn ich es nicht bis nach England schaffe, sitze ich in Frankreich fest.

Verzweifelt hole ich das Visum hervor und versuche, die mir fremden Worte zu verstehen. Als ich das eingeprägte Siegel betrachte, kommt mir der Gedanke, dass es in Paris doch sicher eine britische Botschaft gibt. Vielleicht kann ich sie aufsuchen und meine Situation erklären. Aber kann ich es wirklich wagen, mit einem Visum, das gar nicht für mich bestimmt ist, die Botschaft zu betreten? Es ist meine einzige Hoffnung. Mit den Papieren in der Hand lehne ich mich zurück und bete für ein Wunder, während sich der Zug langsam in die entgegengesetzte Richtung in Bewegung setzt.

Als wir in den Gare de l'Est einfahren, stehe ich mit meinem Gepäck bereits an der Wagentür. Der Zug ist noch nicht ganz zum Stehen gekommen, da öffne ich bereits die Tür und springe auf den Bahnsteig. Mehr als sieben Stunden sind vergangen, seit wir auf dem platten Land kehrtmachen mussten, um von dort quälend langsam nach Paris zu gondeln. Unterwegs musste ich immer wieder den Wunsch unterdrücken, vor Wut und Hilflosigkeit laut zu schreien. Irgendwann fragte ich den Schaffner nach dem Weg zur britischen Botschaft, und legte mir dann die Worte zurecht, die ich brauchen würde.

Ich laufe über den Bahnsteig, bleibe orientierungslos stehen und betrachte die Hinweisschilder mit den mir unverständlichen französischen Worten darauf. Der Bahnhof ist von Reisenden überfüllt – Alleinreisende, Scharen von Soldaten und Familien, die anscheinend ihr ganzes Hab und Gut in großen Taschen mit sich führen. Rechts von mir entdecke ich ein Schild mit einem großen M darauf. Der Schaffner hatte gesagt, dass ich die Botschaft am schnellsten erreiche, wenn ich mit der Métro bis zur Station Madeleine fahre.

Ich bahne mir meinen Weg durch die Menge und erreiche den Eingang zur Métro, halte aber inne, als ich die Treppe sehe, die hinunterführt in ein dunkles Loch, aus dem mir ein muffiger Gestank entgegenschlägt. Soll das tatsächlich der richtige Weg sein? Ich habe zwar schon von Untergrundbahnen gelesen, aber gefahren bin ich noch mit keiner. Der Schaffner sagte allerdings auch, dass die Strecke zu Fuß zu weit sei, und welchen Bus ich nehmen könnte, weiß ich nicht. Außerdem haben wir bereits zwanzig nach vier, und um fünf schließt die Botschaft. Indem ich immer zwei Stufen auf einmal nehme, eile ich die Treppe hinunter und halte mich dabei am Geländer fest, damit ich nicht falle. Am Fuß der Treppe angelangt, entdecke ich einen Plan, der den Verlauf der verschiedenen Bahnlinien zeigt. Eine Linie verläuft zwischen diesem Bahnhof hier und der Station Madeleine. Am Schalter kaufe ich eine Fahrkarte, dann folge ich den Hinweisschildern auf einen überfüllten Bahnsteig. Minuten später fährt polternd eine Bahn in die Station ein, ich steige mit den anderen Wartenden ein und finde mich eingezwängt zwischen einem alten Mann und einer Gruppe Schulmädchen wieder. Einen freien Sitzplatz gibt es nicht, also greife ich eilig nach einer Haltestange.

Die Türen schließen, die Bahn setzt sich in Bewegung. Aus dem Lautsprecher ertönt eine Stimme und verkündigt in verzerrtem Französisch die nächste Haltestelle. Woher weiß ich, wann ich aussteigen muss? Ich denke an den Linienplan zurück und zähle insgesamt vier Stationen. Hoffentlich reicht die Zeit. Was soll aus mir werden, wenn ich zu spät bei der Botschaft ankomme? Die nächste Haltestelle ist erreicht, einige Fahrgäste steigen aus, andere kommen hinzu, sodass es noch beengter wird. Nur noch drei Stationen, denke ich, als die Bahn in den pechschwarzen Tunnel einfährt. Plötzlich hält der Zug an, die Fahrgäste stöhnen auf und murmeln etwas, das ich nicht verstehe. Warum halten wir? Ich kann einen Blick auf die Armbanduhr eines Mannes werfen. Fünf nach halb fünf. Ich werde es nicht mehr schaffen. Kalter Schweiß bricht mir aus.

Die Bahn setzt sich wieder in Bewegung. Die zweite Station, dann die dritte. Schließlich zwänge ich mich durch die Menge, um rechtzeitig zur Tür zu gelangen. Endlich erreichen wir die Station Madeleine. Als sich die Türen öffnen, dränge ich mich zwischen den Menschen hinaus und hetze über den Bahnsteig und die Treppe hinauf ins Freie. Oben angekommen, bleibe ich stehen, da mir der Atem stockt. Vor mir befindet sich die gewaltigste Straßenkreuzung, die ich je gesehen habe. Busse und Autos sind auf mehreren Spuren je Fahrtrichtung unterwegs, zu beiden Seiten wird die Straße von imposanten Bauwerken gesäumt. Die Städte, die ich bislang gesehen habe – Kraków und Salzburg –, sind kein Vergleich zu diesem überwältigenden Anblick, der für einen Moment meinen Verstand betäubt.

Aber ich habe jetzt keine Zeit, die Pracht auf mich wirken zu lassen. Von irgendwoher ertönt eine Glocke und reißt mich aus meiner Erstarrtheit. Viertel vor fünf zeigt die Kirchturmuhr auf der gegenüberliegenden Straßenseite. Die Botschaft schließt in fünfzehn Minuten. Ich sehe nach links und rechts und versuche mich zu orientieren. *Rue Royale* sagt das Straßenschild an der Ecke. Ich drehe mich nach links, wie der Schaffner es gesagt hat, und laufe zur nächsten großen Kreuzung. In einiger Entfernung erkenne ich ein ausladendes graues Gebäude, auf dem Dach wehen Fahnen. Das muss die Botschaft sein! Ich wechsle vom Fußweg auf die Fahrbahn und mache erschrocken einen Satz nach hinten, als ein Wagen wütend zu hupen beginnt. Natürlich! Die Ampel zeigt Rot. Ich warte, bis sie auf Grün umschlägt, dann renne ich auf die andere Straßenseite, so schnell ich nur kann. Ich bin nur noch fünfzig Meter entfernt, dann zwanzig, und schließlich habe ich das Gebäude mit den hohen Säulen und der britischen Flagge auf dem Dach erreicht.

Ich laufe zum Wachhäuschen gleich neben dem Tor. „Ich möchte zu jemandem, der für Visa zuständig ist, bitte“, erkläre ich auf Englisch, während ich nach Luft schnappe.

„Das Konsulat ist geschlossen, Ma'am.“

„Aber es ist erst kurz vor fünf …“

Der Mann schüttelt den Kopf. „Einlass ist nur bis halb fünf.“

„Bitte“, flehe ich ihn an, hole mein Visum heraus und zeige es ihm. „Ich muss unbedingt heute noch mit jemandem sprechen.“

Er sieht das Dokument gar nicht erst an. „Sie müssen schon morgen wiederkommen.“

„Aber morgen ist es zu spät.“

„Bedaure, aber ich kann nichts für Sie tun."

Ich gehe einen Schritt nach hinten, mir ist, als hätte mir jemand einen schweren Stein gegen die Brust geschleudert. Ich bin zu spät. Die Botschaft ist geschlossen. Ich stecke das Visum ein und stolpere weiter. Auf dem Boulevard wimmelt es von Männern in Anzügen, die vermutlich auf dem Weg von der Arbeit nach Hause sind. Hier und da gehen einige jüngere in Gruppen, um sich noch ein wenig zu amüsieren. Es sind Menschen, die ein ganz normales Leben führen. Menschen, die hier zu Hause sind. Meine Augen beginnen zu brennen, ungeduldig wische ich mit der Hand darüber. Weinen hilft jetzt auch nicht weiter. Ich muss überlegen, was ich tun kann.

Auf der gegenüberliegenden Straßenseite entdecke ich einen kleinen Park. Ich gehe hinüber und laufe einen der mit hohen Bäumen gesäumten Wege entlang. Die Sonne schickt ihre Strahlen durch die Baumkronen. Auf den Bänken sitzen Menschen und genießen den Sommerabend. Eine Frau strickt etwas, zu ihren Füßen hat sich ein Hund niedergelegt. Ein Stück weiter spielen zwei alte Männer Schach, Passanten bleiben stehen und verfolgen jeden Zug. Andere haben sich ins Gras gelegt, rauchen Zigaretten oder lesen Bücher.

Ich gehe auf einen Brunnen zu und finde einen freien Platz auf einer der Bänke. Ich setze mich neben einen Mann, der seine Zeitung liest und von mir keine Notiz zu nehmen scheint. Auf der Bank gegenüber bemerke ich zwei junge Frauen. Jede hat einen Kinderwagen vor sich stehen. Sie unterhalten sich in einer slawischen Sprache, die ich zwar nicht genau zuordnen kann, von der ich aber genug verstehe, um herauszuhören, dass sie von einem Mann erzählen. Die Art, wie sie beide monoton ihre Kinderwagen schaukeln, ohne sich für die Babys zu interessieren, lässt vermuten, dass sie nicht die Mütter sind.

Ein leichter Wind weht durch den Park. Als ich die dunklen Wolken sehe, die sich vor die Sonne geschoben haben, verschränke ich die Arme vor der Brust und wünschte, ich hätte einen Mantel bei mir. Bald wird es dunkel werden, und ich sollte mir Gedanken darüber machen, wo ich die Nacht verbringen werde und wo ich etwas zu Essen herbekomme. Ich hole das letzte Brot aus meiner Tasche und rieche daran. Die Wurst verströmt einen leicht säuerlichen Geruch, scheint aber noch essbar. Ich beiße von dem Brot ab und halte mir vor Augen, dass ich es mir im Moment nicht leisten kann, irgendein Lebensmittel zu verschmähen. Während ich kaue, denke ich sehnsüchtig an die Mahlzeiten, die während meiner Zeit im Auffanglager vom Roten Kreuz ausgegeben wurden. Das Rote Kreuz! Vielleicht wird auch hier Flüchtlingen geholfen. Ich zögere, sehe die beiden jungen Frauen an und gehe schließlich auf sie zu. *„Przepraszam"*, sage ich auf Polnisch. Hoffentlich ist das nahe genug an ihrer eigenen Sprache. Sie verstummen und sehen mich misstrauisch an. Ich lege eine Hand auf meine Brust. „Flüchtling." Dann zeige ich auf sie. „Sie auch?"

Die Frauen wollen aufbrechen, ihre Gesichter verraten, dass sie Angst bekommen haben. *„Non"*, antwortet die Jüngere von beiden. Sie hat ihre Haare in einem unnatürlichen Rotton gefärbt.

Sie lügt. Vermutlich sind auch ihre Papiere nicht in Ordnung. „Können Sie mir sagen, wo ich das Rote Kreuz finde?"

Beide denken über meine Frage nach und überlegen, ob sie mir helfen sollen oder nicht. „Amerikaner", meint die Ältere leise und zeigt in Richtung der Botschaft.

Ich schüttele den Kopf. Offenbar verwechselt sie die britische mit der amerikanischen Botschaft. „Ich war bereits dort, aber sie wollten mir nicht …"

„Amerikaner", wiederholt die Frau. Ich schaue in die angezeigte Richtung. Auf einem Gebäude gleich hinter der britischen Botschaft weht die amerikanische Flagge. Offenbar meint die Frau, dass die Amerikaner mir den Weg zum Roten Kreuz erklären können. Aber es ist bereits nach fünf, und bestimmt hat auch diese Botschaft geschlossen. Ich will die beiden noch einmal ansprechen, doch sie sind bereits wieder in ihre Unterhaltung vertieft und ignorieren mich.

Als ich zu meinem Platz auf der Bank zurückkehren will, ist der bereits von einer Dame mit Pudel besetzt worden. Nicht mal dieser Sitzplatz ist mir vergönnt. Plötzlich steigen mir Tränen in die Augen, und diesmal lasse ich ihnen freien Lauf, weil es mir egal ist, ob jemand sieht, wie ich hemmungslos weine. Wie aufs Stichwort beginnt es nun auch noch zu regnen. Dicke, schwere Tropfen klatschen auf den Weg, auf dem ich stehe. Als ich fühle, wie der Regen meine Kleidung durchnässt, muss ich an das Unwetter denken, das Paul und mich im Ruderboot überraschte. Ist das tatsächlich erst zwei Nächte her? Es kommt mir wie eine Ewigkeit vor. Aber hier gibt es keine romantische Laube, sagt eine Stimme in meinem Kopf. Und auch keinen Paul, der mich in Sicherheit bringt. Die Stimme, die ich längst vergessen habe, ertönt laut und kräftig. Sie hat mich seinerzeit das Gefängnis überleben lassen.

Ich muss einen Unterschlupf finden. Ich nehme die Brille ab und wische die Tropfen von den Gläsern, setze sie wieder auf und sehe mich im Park um. Am anderen Ende, auf der gegenüberliegenden Straßenseite, entdecke ich eine große Kirche. Ich laufe näher und betrachte die zahlreichen kleinen Türme, die in den Himmel ragen. Ich fühle mich an die Marienkirche von Kraków erinnert. Als ich sie zum ersten Mal sah, während ich mit Jakub den Marktplatz überquerte, da fehlten mir vor Ehrfurcht die Worte. Noch verwunderter war ich, als ich von Jakub erfuhr, dass wir uns in dieser Kirche mit unserem Informanten treffen würden. Mir als Jüdin war es verboten, ein christliches Gotteshaus zu betreten. Sogar die winzige Kirche in unserem Dorf war mir als etwas

Unheilvolles erschienen. Für den Widerstand stellte die Marienkirche allerdings einen sicheren Zufluchtsort dar, einen Ort, an dem man unter dem Vorwand des Gebets heimlich Informationen austauschen konnte.

Ein sicherer Zufluchtsort, denke ich, während ich die offenstehende Kirchentür betrachte. Niemand wird mich dort behelligen. Ich gehe die breite Treppe hinauf. Drinnen ist es kühl und dämmrig, nur eine alte Frau ist da, die zu meiner Rechten eine Kerze anzündet. Ich setze mich auf eine der hinteren Bänke und halte den Kopf gesenkt. Das Holz verströmt den Geruch von Erde und Menschen, und mir drängt sich die Vermutung auf, dass ich nicht die Erste bin, die hier Unterschlupf sucht. Ich blicke nach oben und betrachte die Statuen der Heiligen, die mitleidig auf mich herabstarren. Was soll ich denn machen?, frage ich stumm. Die Heiligen blicken genauso stumm zurück, ihr Mitleid ist für mich ohne Nutzen. Hinter mir höre ich Stimmen. Zwei Frauen sind in die Kirche getreten und nehmen ihre Kopftücher ab, dann gehen sie den Mittelgang entlang und halten jede einen Rosenkranz in der Hand. Ich überlege, ob dies hier ihre Gemeinde ist und ob sie regelmäßig herkommen. Falls ja, werden sie vielleicht wissen, dass ich fehl am Platz bin. Aber sie nehmen von mir keine Notiz. Als sie an mir vorbei sind, sinke ich von plötzlicher Erschöpfung gepackt in mich zusammen. Mein ganzer Körper schmerzt.

Morgen werde ich zur britischen Botschaft gehen und die Leute dort anflehen, mein Visum zu verlängern. Was aber, wenn sie sich weigern? Ich verdränge diesen Gedanken. Das Visum muss einfach verlängert werden, alles andere ist undenkbar. Ob die Kirche wohl die ganze Nacht geöffnet hat? Und ob ich bis zum Morgen hier bleiben kann? Weitere Besucher kommen in die Kirche, verweilen ein paar Minuten, um zu beten, dann gehen sie wieder. Ich hatte mir die Menschen in Paris immer besonders modisch vorgestellt, doch diese Leute tragen schlichte Kleidung, ihre Mienen sind von Sorgen geprägt. Mir wird bewusst, dass Paris ebenfalls von den Deutschen besetzt gewesen ist.

Draußen läuten die Kirchenglocken achtmal, und wie auf ein geheimes Zeichen hin taucht vor dem Eingang ein Mann mit einem Besen auf und beginnt zu kehren. Ich ahne, dass die Kirche bald für die Nacht geschlossen wird. Ich kann nicht bleiben, also stehe ich auf und gehe nach draußen. An der obersten Treppenstufe verharre ich und überlege, wohin es gehen soll. Ein Wolkenbruch geht auf die Stadt nieder, am Fuß der Treppe bilden sich große Pfützen. Ich betrachte den Eingangsbereich der Kirche mit den breiten Säulen zu beiden Seiten. Ich gehe zur rechten Säule und stelle fest, dass sich zwischen ihr und der Außenmauer eine Aussparung befindet, die vielleicht einen Meter breit und einen halben Meter tief ist. Hier kann mich niemand bemerken, und so setze mich auf den kalten Steinboden, von dem ein feuchter Geruch aufsteigt. Ich bin dankbar für einen Platz, an dem ich vor dem Regen sicher bin.

Ich lege die Arme um meine Knie und schaue hinunter auf die Straße, die durch diese verwirrende, fremde Umgebung verläuft. Wie bin ich bloß hergekommen? Plötzlich fällt mir ein, wie ich einmal in den Wäldern außerhalb von Lodz unterwegs gewesen bin. Jakub hatte mich unter einer Baumgruppe zurückgelassen, um sich allein auf die Suche nach unserem Informanten zu machen. Später sollte ich erfahren, dass er sich auf dem Rückweg zu mir nur verlaufen hatte. Aber wie ich da in der Dunkelheit kauerte, umgeben von seltsamen Geräuschen, stand ich fürchterliche Ängste aus. Was, wenn er nicht mehr zurückgekommen wäre? Die Erinnerung daran lässt mir einen Schauer über den Rücken laufen. Bis zu jenem Moment im Wald hatte ich mir nie vorstellen können, was es bedeutet, ganz allein zu sein. Der Gedanke verfolgte mich später, als ich, von aller Welt verlassen, in meiner Zelle lag. Seit meiner Befreiung habe ich daran nicht mehr denken müssen, doch jetzt, da ich erneut allein bin, stürzt die Erinnerung auf mich ein.

Meine Gedanken werden unterbrochen, als ich Schritte höre. Der Mann mit dem Besen steht ein Stück von mir entfernt und sieht mich an. Sekundenlang begegnen sich unsere Blicke, dann geht er zurück in die Kirche. Mein Herz beginnt zu rasen. Wird er mich wegschicken? Oder die Polizei rufen? Einen Moment später kommt er zurück, er hält etwas in der Hand. Es ist eine Decke, die er neben mich auf den Boden legt. „*Merci*", sage ich, aber er macht wortlos kehrt, geht in die Kirche und zieht die Tür hinter sich zu.

Ich starre ihm nach und kann diese Geste noch immer nicht recht fassen. Dann greife ich nach der Wolldecke und lege sie mir um. Sie riecht nach Zigarettenrauch. Ich überlege, ob sie dem Mann gehört und ob er sie schon mit anderen geteilt hat. Dann lehne ich mich zurück und fühle mich nicht mehr ganz so einsam. Ich blicke auf die regennasse Straße hinab. Von dort wandert mein Blick hinauf zum düster zugezogenen Himmel, und ich frage mich, was der nächste Tag wohl bringen wird.

## 7. KAPITEL

Ich falte die Decke zusammen und schaue zur Kirchentür. Ich würde sie dem Mann, der sie mir gestern Abend gegeben hat, gern zurückgeben und ihm danken, doch er ist nirgends zu sehen und die Tür ist noch geschlossen. Also lege ich die Decke dorthin, wo ich die Nacht verbracht habe, und mache mich auf den Weg.

An diesem Morgen herrscht Sonnenschein, der die Pfützen auf dem Gehweg verdunsten lässt. Ich durchquere den Park, der mit Ausnahme eines älteren Mannes menschenleer ist. Ich glaube den Mann vom Vorabend wiederzuerkennen, nur dass er jetzt unter einem Mantel zusammengerollt auf einer Bank liegt und schläft. Hat er die Nacht hier im Regen verbracht? Ich bin noch dankbarer als zuvor, dass ich unter dem Kirchendach und unter einer Decke Schutz gefunden habe.

Am anderen Ende des Parks angelangt, bleibe ich stehen und sehe hinauf zu der Flagge, die auf der britischen Botschaft weht. Mir stockt der Atem, als ich mir vorstelle, wie ich gleich diese Stufen nehmen werde, wie ich die Tür durchschreite und einen wildfremden Menschen davon zu überzeugen versuche, mein Visum zu verlängern. Es muss einfach klappen. Ich überquere die Straße und begebe mich zu dem Wachhäuschen, in dem jetzt ein anderer Wachmann als gestern seinen Dienst verrichtet. Ich atme tief durch, dann bringe ich auf Englisch heraus: „Ich ... ich bin wegen eines Visums hier."

Er zeigt nach links. „Um die Ecke."

„Danke." Ich gehe an der Gebäudemauer entlang, doch als ich um die Ecke biege, verlässt mich der Mut. Vor mir befindet sich das Ende einer Warteschlange, die sich die ganze Straße entlang zu ziehen scheint. Ich trete auf den Mann zu, der als Letzter in der Schlange steht. „Visum?", frage ich hoffnungsvoll und zeige auf die Tür. Mit etwas Glück warten sie ja alle aus einem ganz anderen Grund hier. Er zuckt mit den Schultern und dreht sich weg, woraufhin ich zu dem Wachmann zurückkehre. „Entschuldigen Sie, ich weiß, Sie sagten, dass der Eingang für Visa um die Ecke ist. Aber all diese Leute da …?“

„Warten auch alle auf ein Visum. Stellen Sie sich hinten an.“

Ich lege verwirrt den Kopf schräg. „Ich habe bereits ein Visum“, erkläre ich. „Ich muss es nur verlängern lassen.“

„Gleiche Schlange“, gibt der Wachmann zurück.

Enttäuscht gehe ich wieder um die Ecke und muss feststellen, dass die Schlange in den zwei Minuten meiner Abwesenheit noch um ein Stück länger geworden ist. Entmutigt stelle ich mich an. Vor mir stehen mindestens hundert Leute, Männer und Frauen verschiedenen Alters. Manche halten ein Baby im Arm, andere haben ein Kleinkind an der Hand. Hätte ich das gewusst, dann hätte ich doch die ganze Nacht hier gewartet, anstatt vor der Kirche zu schlafen.

In der Ferne schlägt die Glocke neunmal. Langsam setzt sich die Schlange in Bewegung. Vielleicht wird es ja doch nicht so schlimm. Doch dann stockt es wieder, und wir bewegen uns keinen Schritt weiter. Eine halbe Stunde verstreicht, dann eine Stunde. Als ich mich umdrehe, muss ich feststellen, dass sich hinter mir noch einmal mindestens zwanzig Leute eingefunden haben. Eine scheinbare Ewigkeit stehen wir da, ohne von der Stelle zu kommen, schließlich rückt die Schlange alle halbe Stunde um zwei Meter vor. Die Glocke schlägt inzwischen elfmal, die Sonne steht höher am Himmel und heizt die Luft auf, es wird zunehmend schwüler.

Bald ist Mittagszeit, und mein Magen beginnt zu knurren. Seit dem letzten Brot am Abend habe ich nichts mehr gegessen. Die Schlange scheint umso langsamer voranzukommen, je mehr Zeit vergeht. Einige Leute lehnen sich gegen die Mauer oder den Zaun, andere setzen sich einfach auf den Fußweg. An der Art, wie sich manche Wartenden in ihr Schicksal fügen, kann ich erkennen, dass sie nicht zum ersten Mal hier sind. Angst erfüllt mich, als der Nachmittag anbricht. Was, wenn ich heute gar nicht mehr an die Reihe komme? Ich schaue mich um und suche verzweifelt nach jemandem, der mir sagen kann, ob wir auch sicher alle noch angehört werden. Aber mein Französisch reicht nicht, um jemanden in der Schlange zu fragen, und ich kann meinen Platz nicht aufgeben, nur um bei dem Wachmann um die Ecke nachzufragen.

Eine weitere Stunde verstreicht, und dann habe ich endlich das Tor erreicht. Als Nächstes gilt es, ein paar Stufen zu überwinden. Im Gebäude zieht sich die Schlange quer durchs Foyer bis in einen Warteraum. Schließlich habe ich es geschafft, ich stehe weit vorn in der Schlange, ganz nah vor den verglasten Schaltern. Die Luft ist stickig. Eine Frau und zwei Männer besetzen die Schalter, von irgendwoher klackert das Geräusch einer Schreibmaschine. Ich beobachte, wie die Menschen, die noch vor mir sind, zu den Schaltern gehen. Einige legen Papiere vor, andere reden nur. Was sie sagen, kann ich nicht verstehen. Am mittleren Schalter streitet sich eine Frau minutenlang mit dem Mann dahinter, und als sie weggeht, sehe ich, dass ihre Wangen tränennass sind.

Dann endlich bin ich an der Reihe. „Nächste!“, ruft die Frau am Schalter ganz rechts. Ich trete vor, mein Herz rast vor Nervosität. Dann atme ich tief durch und halte mir vor Augen, dass ich eigentlich Rose bin und vor nichts Angst zu haben brauche.

Die Frau streckt mir eine Hand hin, als wolle sie etwas durch den Schlitz unten an der Scheibe entgegennehmen. „Ja?“

Im Glas sehe ich mein Spiegelbild, und ich muss feststellen, dass ich schrecklich aussehe. Mein Kleid ist zerknittert, die Haare sind zerzaust. Ich hätte mir die Zeit nehmen sollen, mich ein wenig frisch zu machen. Doch dafür ist es jetzt zu spät. Ich schiebe meine Papiere durch den Schlitz. „Ich habe ein Visum für England, aber das ist gestern abgelaufen." Mein Text, den ich während der Zugfahrt so sorgfältig geübt habe, kommt mir so hastig über die Lippen, dass ich fürchte, er könnte völlig unverständlich sein. „Ich konnte Salzburg erst gestern Abend mit dem Zug verlassen, und dann wurden wir nach Paris umgeleitet. Dadurch war es mir nicht möglich, meine Fähre zu bekommen und nach England überzusetzen. Ich war gestern schon einmal hier, aber da war die Botschaft bereits geschlossen. Ich würde gern wissen, ob man das Visum verlängern kann."

Die Frau sieht sich die Papiere an. „Diese Art von Visum können Sie hier nicht verlängern lassen", verkündet sie kühl. „Die einladende Person muss die Verlängerung beantragen." Sie schiebt die Unterlagen zurück.

„Ich muss aber nach England. Bitte."

Ungerührt hört sie mir zu, so als würde sie das jeden Tag ein Dutzend Mal erleben. „Es tut mir leid, aber das fällt nicht in meinen Zuständigkeitsbereich."

„Aber was soll ich denn jetzt tun?" Entsetzen lässt meine Stimme lauter werden.

Schulterzuckend erklärt sie: „Wie ich bereits sagte, besteht die einzige Möglichkeit darin, dass die Person, die Sie eingeladen hat, in England eine Verlängerung beantragt. Bis das geschehen ist, müssen Sie in Ihr Herkunftsland zurückkehren."

„Dominique!", ruft eine Männerstimme. „Telefon." Die Frau wendet sich kurz ab und spricht mit jemandem, den ich nicht sehen kann, dann dreht sie sich wieder zu mir. „Ich bedauere, aber ich kann nichts für Sie tun." Knapp und abweisend fügt sie noch ein „Guten Tag" hinzu.

„Aber …", setze ich an, doch die Frau wendet sich wieder ab und verlässt den Schalter.

Sekundenlang stehe ich wie angewurzelt da. Ich überlege, ob ich warten soll, bis die Frau zurückkommt, doch ich spüre, dass das zwecklos wäre. Also bahne ich mir einen Weg zwischen den Wartenden hindurch und kehre zurück auf die Straße. Dort angekommen, muss ich erst einmal nach Luft schnappen. Tränen laufen mir übers Gesicht. Ich fühle die Blicke der Menschen, während ich schluchzend an ihnen vorbeilaufe.

An der Ecke überquere ich den Boulevard und gehe in den kleinen Park zurück. Ich lasse mich auf eine Bank am Brunnen sinken und schluchze noch immer. Das Visum wurde nicht verlängert. Was soll ich denn jetzt nur machen?

Ich betrachte die Papiere, die ich in der Hand halte. Das Visum ist abgelaufen und nutzlos. In einem Anflug von Verzweiflung will ich alles in den Abfallkorb neben der Bank werfen, doch dann bremse ich mich. Das sind schließlich die einzigen Papiere, die ich besitze. Ich überlege kurz, ob ich mein Glück als blinder Passagier versuchen soll. Aber wenn ich es nicht nach England schaffe, wohin soll ich dann gehen? Mein Geld reicht nicht, um nach Österreich zurückzufahren. Mein Blick fällt auf die leere Bank mir gegenüber, wo gestern die Frauen mit den Kinderwagen saßen. Vielleicht kann ich in Paris bleiben und mir eine Arbeit suchen. Ich könnte auch Kinder hüten oder putzen oder in einem Restaurant arbeiten. Aber ich habe keine Ahnung, ob das überhaupt geht, wenn man kein Visum für dieses Land besitzt und kaum ein Wort Französisch spricht.

Ich stecke die Papiere wieder ein. Was sich in der Tasche befindet – das zweite Kleid, Unterwäsche, ein paar Münzen und die Dokumente –, ist alles, was ich habe. Nichts zu essen, kein Dach über dem Kopf. Ich sehe zur Kirche. Vielleicht kann man mir dort helfen. Nein, sehe ich sogleich ein. Der Mann konnte mir schon letzte Nacht nicht mehr bieten als eine Decke, und ich kann nicht jede Nacht vor der Kirche schlafen.

Mir fällt das Rote Kreuz wieder ein. Wenn ich es zum Roten Kreuz schaffe, wird man mir vielleicht Essen geben und eine Unterkunft vermitteln. Vielleicht können sie sogar Dava von meiner Situation in Kenntnis setzen. Die beiden Frauen hatten die amerikanische Botschaft erwähnt. Als ich mich umdrehe, sehe ich auf dem großen Gebäude die US-Flagge wehen. Mir fällt ein, dass Paul genau diese Flagge auf dem Ärmel seiner Uniform trug. Die Erinnerung versetzt mir einen Stich ins Herz.

Ich stehe auf, verlasse den Park und wechsle die Straßenseite. Mein Weg führt mich erneut an der britischen Botschaft vorbei, diesmal passiere ich die Warteschlange mit hoch erhobenem Haupt. Trauer und Wut regen sich in mir. Wäre es denn wirklich so schlimm gewesen, wenn diese Frau am Schalter einmal ein Auge zugedrückt hätte?

Als ich das Wachhäuschen der amerikanischen Botschaft erreiche, empfängt mich der Wachmann mit bedauerndem Kopfschütteln. „Das Konsulat ist geschlossen, Miss."

Ich schlucke nervös. „Ich … ich wollte nur wissen, wo ich hier das Rote Kreuz finden kann."

Der Mann überlegt. „Keine Ahnung, Miss. Sergeant Smith weiß es vielleicht, aber der hat bereits Dienstschluss." Ich werde mutlos. „Fragen Sie mal im Servicemen's Hotel nach. Gleich um die Ecke."

„Im Servicemen's Hotel", wiederhole ich. „Vielen Dank." Ich folge der angegebenen Richtung und stoße tatsächlich auf ein großes, von der Straße zurückgesetztes Gebäude. *U.S. Armed Servicemen's Hotel* steht auf einem Schild vor dem Haus. Soldaten stehen in kleinen Gruppen davor, sie unterhalten sich und rauchen Zigaretten. Beim Anblick ihrer dunklen Uniformen und ihrer Frisuren muss ich unwillkürlich an Paul denken. Plötzlich erinnere ich mich daran, wie einer der Soldaten von Paris gesprochen hat. In meiner Panik um das Visum war mir das völlig entfallen. Könnte Paul auch hier sein? Nun, er war vor zwei Tagen noch in Salzburg, und wenn ich mir vorstelle, wie langsam diese Laster vom Schlossgelände gefahren sind, dann ist es sehr unwahrscheinlich, dass er schon hier ist.

Konzentriere dich auf deinen Plan!, ermahne ich mich, atme tief durch und gehe auf den Hoteleingang zu. Dabei spüre ich, wie mir die Blicke der Soldaten folgen. Drinnen halte ich für einen Moment inne. Die Lobby ist ganz von Sonnenlicht erhellt, das durch die Fenster fällt, die Luft wirkt vom vielen Zigarettenqualm getrübt. Laute Stimmen und Musik schallen von einer Theke im hinteren Bereich herüber. Ich gehe zum Empfang, der sich neben dem Eingang befindet. „Wie kann ich Ihnen helfen, Miss?"

„Können Sie mir sagen, ob das Rote Kreuz in Paris Notquartiere zur Verfügung stellt?"

Der Mann am Empfang kratzt sich nachdenklich am Kopf. „Ich glaube schon. Lassen Sie mich überlegen." Er zieht ein großes dickes Buch aus dem Regal hinter dem Tresen und beginnt zu blättern. „Ja, da haben wir es schon. Rotes Kreuz. Nächstes Notquartier ist … *Saint Denis du Saint Sacrement* in Marais. Das ist eine Kirche. Sie gehen an der Ecke nach links, dann nehmen Sie den Bus Linie fünf … warten Sie, ich schreibe es Ihnen auf." Er nimmt einen Block zur Hand und notiert etwas, das ich schlecht entziffern kann, dann reicht er mir den Zettel.

„Vielen Dank." Ich will eben gehen, da kommt mir wieder Paul in den Sinn. Ganz ruhig, sage ich mir. Selbst wenn Paul in Paris ist, gibt es keinen Grund, warum er ausgerechnet in diesem Hotel sein sollte. Tausende Soldaten sind in der Stadt, und er könnte wer weiß wo sein. Dennoch drehe ich mich noch einmal um. „Verzeihen Sie, aber ich habe noch eine Frage", erkläre ich zögerlich. „Ich suche nach einem Soldaten namens Paul. Paul Mattison."

Der Portier sieht in einem Buch nach, das vor ihm auf

dem Tresen liegt. Er überfliegt eine Seite, dann eine weitere. „Mattison … nein, den habe ich nicht."

Natürlich nicht. Ich schelte mich innerlich für meine Dummheit. Hatte ich tatsächlich erwartet, Paul würde sich hier aufhalten und auf mich warten? „Nochmals vielen Dank." Ich durchquere eilig die Lobby und verlasse das Hotel. Ich komme mir so albern vor, dass ich überhaupt gefragt habe.

Draußen gehe ich in Richtung der Bushaltestelle. Dabei komme ich an einem Café vorbei, die Tische auf der Terrasse sind mit Soldaten und Zivilisten besetzt, man unterhält sich bei einem Drink am Nachmittag. Der köstliche Duft von frisch gebackenen Waffeln steigt mir in die Nase. Der Duft scheint jedoch nicht aus dem Café zu kommen, sondern aus der kleinen Patisserie gleich daneben. Neugierig gehe ich zum Schaufenster und betrachte die verschiedenen Köstlichkeiten in der Auslage. In der Mitte entdecke ich einen kleinen Berg aus Schokoladenteilchen. Mir läuft das Wasser im Mund zusammen. Ich greife in meiner Tasche nach dem Geld, das Dava mir mitgegeben hat. Es wäre unverantwortlich, irgendetwas von diesem wenigen Geld für Süßes auszugeben. Außerdem muss ich zusehen, dass ich schnellstens eine Unterkunft finde. Trotzdem betrete ich das Geschäft, ich kann einfach nicht anders.

Ich zeige auf die Schokoladenteilchen, dann halte ich einen Finger in die Höhe. *„S'il vous plaît."* Sorgfältig zähle ich das fremde Geld ab, während die Verkäuferin die Schokolade in eine Papiertüte verpackt und mir über die Theke hinweg reicht. Als ich wieder draußen bin, öffne ich die Tüte und inhaliere das Aroma. Schließlich hole ich das Teilchen heraus. Ich weiß, ich sollte zumindest in den Park gehen, mich dort auf eine Bank setzen und in Ruhe genießen, aber meine Geduld reicht nicht aus. Ich beiße von dem Teilchen ab und schließe die Augen, während die Schokolade auf der Zunge zergeht und ihren vollen Geschmack entfaltet. Iss langsam, ermahne ich mich. Bewahr dir noch etwas für später auf. Aber mein Appetit scheint einen eigenen Willen zu entwickeln, ich verschlinge das ganze Teilchen, und ehe ich mich versehe, stehe ich mit leeren Händen da.

Ich schaue zu den Leuten, die an den Tischen im Café nebenan sitzen und gemächlich Süßes von der Art essen, wie ich es gerade verschlungen habe. Wenn alles in Paris so gut schmeckt, dann sollte ich London vielleicht vergessen und stattdessen hierbleiben.

Sehnsüchtig kehrt mein Blick zur Patisserie zurück, und ich wünschte, ich könnte ein zweites Schokoladenteilchen kaufen. In diesem Moment höre ich ein lautes, seltsam vertrautes Lachen. Ruckartig drehe ich den Kopf und sehe zu den Tischen auf der Caféterrasse.

An einem der Tische sitzen zwei Männer in Uniform mit zwei jungen Frauen. Einer der Männer hat seinen Arm um eine der Frauen gelegt.

Es ist Paul.

Paul! Zwar hatte ich eben noch im Hotel nach ihm gefragt, aber ich war doch nicht wirklich davon ausgegangen, dass er … Ich zwinkere ein paarmal, da ich insgeheim damit rechne, dass er sich vor meinen Augen in Luft auflöst. Doch er sitzt nach wie vor da und lacht laut und sichtlich vergnügt. Das erscheint mir so unwirklich. Was macht er hier? Freude regt sich in mir, und ich gehe einen Schritt auf ihn zu. Dann jedoch fällt mein Blick auf die junge Frau, mit der er sich angeregt unterhält, und ich bleibe irritiert stehen. Wer ist sie? Leise Wut regt sich in mir, als ich sehe, wie er sie anlächelt, sich vorbeugt und etwas zu ihr sagt.

Ich bin so enttäuscht, dass ich ihm am liebsten jetzt und hier die Meinung sagen will. Sofort mache ich einen weiteren Schritt in seine Richtung. Abermals gerate ich ins Stocken. Im Schaufenster sehe ich mein Spiegelbild. Das schlichte rosa Kleid, in dem er mich schon vor zwei Tagen gesehen hat, ist von der langen Zugfahrt und der ungemütlichen Nacht hoffnungslos zerknittert. Ich habe dunkle Ringe unter den Augen, meine Lippen sind trocken und mit Schokolade beschmiert. Ein zerlumptes und zerzaustes polnisches Mädchen vom Land. Als ich dann die Französin ansehe, mit ihrer schönen Frisur und der pfirsichfarbenen Seidenbluse, da möchte ich am liebsten im Erdboden versinken. Wie konnte ich nur jemals denken, dass Paul etwas an mir finden könnte?

Ich drehe mich hastig um und rempele dabei einen Kellner an, der mit einem Tablett von der Patisserie zum Café unterwegs ist. Tassen und Teller fallen zu Boden und gehen lärmend auf dem Asphalt zu Bruch. „Oh!“ Mein Gesicht beginnt heiß zu glühen, während ich nur dastehe und die Bescherung betrachte. Die Gäste im Café werfen mir mitleidige Blicke zu, und der Kellner beschimpft mich auf Französisch.

Verzweifelt dränge ich mich an dem Mann vorbei und laufe los, aber bereits im nächsten Moment höre ich die schweren Schritte des Kellners hinter mir. Ich gerate in Panik. Will er, dass ich für das zerbrochene Porzellan bezahle? Wird er die Polizei rufen? Ich renne schneller.

„Marta, so warte doch!" Das ist nicht der Kellner. Das ist Paul. Er muss mich erkannt haben, als ich den Mann umrannte. Ich laufe weiter, da ich nicht weiß, was ich sonst tun soll. Mit seinen weiten Schritten hat Paul mich natürlich schnell eingeholt, er bekommt meinen Arm zu fassen und dreht mich zu sich um. „Marta!" Das Ganze ist mir so peinlich, dass ich ihm nicht ins Gesicht sehen kann. „Ist alles in Ordnung?" Ich nicke. „Ich bin so froh … und sehr überrascht …" Er hält inne. Offenbar fehlen ihm die Worte. „Was um alles in der Welt machst du hier in Paris?"

„Ich … ich …" Es hat keinen Zweck, in diesem Moment ist mir alles Englisch abhandengekommen. Erst nachdem ich tief durchgeatmet habe, setze ich noch einmal an. „Ich war auf dem Weg nach London. Ich musste hier einen Zwischenhalt einlegen, weil mein Visum verlängert werden muss."

„Welches Visum?"

Ich zögere, dann sehe ich Paul an, und mein Herz macht einen Satz. „Roses Visum."

„Ich verstehe nicht …"

„Sie starb, kurz nachdem du weggegangen bist."

„Oh, Marta, das tut mir leid." Er legt eine Hand auf meine Schulter, aber ich weiche zurück. Ich will sein Mitgefühl nicht.

„Sie hatte ein Visum für London, und Dava hat dafür gesorgt, dass ich es benutzen kann."

„Und jetzt reist du ganz allein nach England?" Wieder nicke ich, kann mich aber nicht dazu durchringen, ihm die Wahrheit über den Verfall meines Visums zu sagen.

„Wir sind erst vor ein paar Stunden hier eingetroffen."

Wie in Salzburg trägt er eine Uniform, sein Haar ist frisch gekämmt, und trotz meiner Verärgerung weckt sein Anblick eine wohlige Wärme in mir. „Wir haben drei Tage Sonderurlaub, bevor wir uns auf den Weg in den Pazifik machen."

Also verlässt er mich schon wieder. Er wird tatsächlich in den Pazifik gehen, das ist Tausende Kilometer weit weg. Ich dagegen sitze hier in Paris fest, habe kein Visum und noch nicht einmal ein Dach über dem Kopf. Plötzlich breche ich in Tränen aus. „Marta, was ist denn los? Stimmt etwas nicht?"

Ich kann nicht länger schweigen. Hastig und von Schluchzern unterbrochen erzähle ich ihm von meinem abgelaufenen Visum und davon, dass man mir in der Botschaft nicht helfen wollte. „Ich weiß nicht, was ich tun soll", bringe ich schließlich heraus.

„Sie wollten das Visum also nicht verlängern?"

Ich schüttele den Kopf. „Die Frau hat gesagt, dass sie das nicht darf."

Pauls Miene verdüstert sich. Als er auf seine Armbanduhr sieht, erkenne ich, dass er etwas vorhat. „Komm mit", sagt er knapp und geht mit mir in Richtung der Straße, die zum Servicemen's Hotel zurückführt.

Ich folge ihm und blicke kurz über die Schulter hinweg zum Café, wo die Französin von ihrem Tisch aufgestanden ist. „Paul? Wo willst du hin?"

Er antwortet nicht, sondern geht weiter bis zum Hotel. Am Eingang fasst er wieder meinen Arm. Diesmal weiche ich nicht aus. Die beruhigende Wärme seiner Hand durchdringt den Baumwollstoff meines Ärmels, während Paul mit mir die Lobby durchquert. „Wo ist Mickey?", fragt er den Barkeeper und muss brüllen, um über den Lärm aus Musik und Stimmen hinweg gehört zu werden. Der Mann zeigt auf einen blonden Soldaten, der am anderen Ende der Theke sitzt. Er hat uns den Rücken zugewandt und scheint ein paar Kameraden irgendeine Geschichte zu erzählen. „Gib mir dein

Visum", fordert mich Paul auf. Ich hole es schnell aus der Tasche und reiche es ihm. „Gut, und jetzt warte hier."

Er verschwindet in der Menge, derweil bleibe ich allein zurück und bin mir nur zu bewusst, dass ich die einzige Frau weit und breit bin. Augenblicke später taucht Paul neben dem blonden Soldaten auf, zieht ihn von seinem Hocker und drückt ihm meine Papiere in die Hand. Während ich ihn beobachte, muss ich an unseren Abschiedskuss denken und daran, wie er mich festhielt, als ich schlief. Wieder wird mir warm ums Herz, doch dann sehe ich, wie der blonde Mann den Kopf schüttelt. Mit enttäuschter Miene kehrt Paul zu mir zurück. „Nichts zu machen."

„Ich verstehe nicht."

„Ich dachte, mein Kumpel Mickey könnte bei deinem Visum behilflich sein. Er hat schon ein paar Leuten geholfen." Da ich ihn bei diesem Lärm nur mit Mühe verstehen kann, beuge ich mich ein Stück vor, gleichzeitig kommt er mir entgegen, sodass sich unsere Wangen leicht berühren. Jetzt rieche ich wieder diesen vertrauten Duft nach Kiefern, unter den sich Seife und Pfefferminz mischen. „Er hat ein Mädchen in der britischen Botschaft, das was für ihn übrig hat. *Hatte*, sollte ich besser sagen. Wie es aussieht, will sie nichts mehr von ihm wissen. Tut mir leid, Marta."

„Danke, dass du es versucht hast", erwidere ich und versuche, meine Enttäuschung im Zaum zu halten.

Paul sieht mich an, dann presst er entschlossen die Lippen zusammen. „So leicht geben wir nicht auf." Ohne ein weiteres Wort fasst er meinen Unterarm und führt mich zur Tür. Ich versuche, mir den wohligen Schauer nicht anmerken zu lassen, den seine Berührung in mir auslöst.

„Wohin gehen wir?", will ich wissen.

„Zurück zur Botschaft."

Ich will ihm sagen, dass das ein sinnloses Unterfangen ist und dass mir niemand dort helfen wird. Stattdessen bemerke ich: „Ich hätte nicht gedacht, dass du in Paris sein würdest. Jedenfalls nicht so bald."

„Ich auch nicht", antwortet er. „Kurz nachdem wir das Lager verlassen hatten, gab die Achse wieder mal den Geist auf. Anstatt uns auf die anderen Transporter zu verteilen, haben sie uns einen Flug spendiert. Wir sind erst vor ein paar Stunden gelandet."

An der britischen Botschaft angekommen, muss ich mit Schrecken feststellen, dass die Warteschlange noch immer unverändert lang ist. „Du musst nicht …", setze ich zum Reden an, aber Paul führt mich an der Schlange vorbei bis nach vorn zur Treppe. Ich spüre die Blicke der Wartenden, die sich fragen, wer ich wohl sein mag, dass ich eine solche Sonderbehandlung erfahre.

„Bei wem warst du?", fragt er, als wir den überfüllten Schalterraum betreten.

„Bei der Frau", sage ich und zeige auf den rechten Schalter.

„Wollen wir mal hoffen, dass das nicht Micks Mädchen ist", murmelt er und lässt mich allein zurück. Als der Schalter frei wird, drängt sich Paul vor. Die Frau will protestieren, doch dann bemerkt sie seine Uniform. Ehe sie etwas sagen kann, holt er mein Visum heraus und schiebt es ihr unter der Trennscheibe durch. Er beginnt zu reden, zwischendurch zeigt er auf mich, aber ich kann kein Wort verstehen. Die Frau sieht über seine Schulter zu mir, offenbar erkennt sie mich nicht wieder. Ich war nur eine unter Vielen. Sie wird seinen Wunsch ablehnen, wird mir in diesem Moment bewusst. Nicht mal Paul kann mir aus dieser Klemme helfen. Aber dann notiert sie etwas auf dem Dokument, stempelt es ab und gibt es ihm zurück.

„Was ist passiert?", frage ich, als er zu mir zurückkommt.

„Bitte sehr, Mylady", entgegnet er und überreicht mir das Visum. Das ursprüngliche Datum ist durchgestrichen und durch das morgige ersetzt. Ein Stempelaufdruck. Mehr war nicht nötig, um meinem neuen Leben eine Chance zu geben.

„Sie wollte es nur bis morgen verlängern, deshalb musst du dich gleich morgen früh auf den Weg machen."

„Tatsächlich?" Erleichterung überwältigt mich, ich mache einen Freudenhüpfer und schlinge meine Arme um Pauls Hals. „Danke!"

Er legt seinerseits die Arme um mich, und für einen kurzen Moment kommt es mir so vor, als wären wir wieder in Salzburg. Dann höre ich jemanden aus der Warteschlange hinter uns in die Hände klatschen, und mein Verstand meldet sich zurück. Wir sind nicht in Salzburg. Als mir wieder einfällt, dass Paul mit dieser schönen Französin an einem Tisch gesessen hat, muss ich mich räuspern. „Wir sollten jetzt gehen."

Verwirrt mustert er mich, sagt dann aber: „Okay." Ich falte das Dokument sorgfältig zusammen und stecke es in meine Tasche, während ich Paul nach draußen folge. „Dann können wir jetzt zum Hotel gehen und deine Fahrkarten besorgen ...", beginnt er, als wir auf die Straße hinaustreten.

„Das ist nicht nötig", unterbreche ich ihn. „Ich weiß deine Hilfe wirklich zu schätzen, aber du hast bestimmt etwas Besseres vor."

„Etwas Besseres?", wiederholt er ratlos.

„Ja." Ich muss schlucken, erst dann fahre ich fort: „Deine Freunde aus dem Café werden sich bestimmt schon fragen, wo du bleibst."

„Du meinst meinen Kumpel John?"

„Genau genommen meine ich die Frau, mit der du dich unterhalten hast." Ich selbst höre die Eifersucht, die in meinen Worten liegt.

„Ach so!" Ihm geht erkennbar ein Licht auf. „Marta, ich kann mir vorstellen, wie das ausgesehen hat, aber du irrst dich. Unsere Einheit war letztes Jahr einige Male in Paris."

Dann hat er die Französin also nicht erst heute kennengelernt, wird mir mit Entsetzen bewusst. „John hat mit einer der Frauen, Collette, die Freundschaft per Brief aufrechterhalten“, fährt er fort. „Emilie, die andere, ist Collettes Cousine. Sie musste Emilie mitbringen, sonst wäre es ihr gar nicht möglich gewesen, sich mit John zu treffen. Sie haben mich nur eingeladen, damit sich Emilie nicht dumm vorkommt. Ich habe überhaupt kein Interesse an ihr.“

„Nicht?“ Ich mustere ihn aufmerksam, weil ich ihm zu gerne glauben möchte. „Dann musst du nicht zu ihnen zurück?“

„Ich bin mir sicher, der gute Johnny wird auch mit zwei Französinnen klarkommen. Und nachdem du jetzt hier bist … Ich hätte mir das nie träumen lassen, Marta. Ich bin so froh …“ Er zögert, dann fällt mir auf, dass er leicht errötet. „Würdest du mit mir zu Abend essen?“

Mir stockt der Atem. Paul will tatsächlich seine freie Zeit mit mir verbringen? Mit mir, nicht mit dieser bildschönen Französin? Ich will seine Einladung annehmen, nichts würde ich lieber tun. Aber ich kann mir kein Essen leisten, und ich habe noch immer kein Quartier für die Nacht. Ich muss diese Notunterkunft vom Roten Kreuz aufsuchen. „Ich weiß nicht …“

„Bitte“, beharrt er. „Ich werde dem Portier sagen, dass er deine Zugfahrkarte umdatieren lassen soll. Es sei denn, du willst das lieber in deinem Hotel erledigen lassen.“

„Nein“, wehre ich sofort ab. „Ich … was ich sagen will … in meinem Hotel scheint man nur Französisch zu verstehen, und ich hätte Angst, dass irgendetwas schiefgeht.“ Diese Lüge kommt mir viel zu glatt über die Lippen.

„Dann lassen wir es in meinem Hotel erledigen, sobald ich mir ein Zimmer genommen habe“, erklärt er entschieden. „Und während wir darauf warten, können wir etwas essen.“

Als ich in seine Augen sehe, kann ich einfach nicht anders.

Eher würde ich heute Nacht auf der Straße schlafen, als Paul jetzt zu verlassen. „Das wäre sehr schön. Vielen Dank."

„Hervorragend." Begeistert klatscht er in die Hände. „In welchem Hotel wohnst du? Willst du dich vor dem Essen noch etwas frisch machen?"

„M-mein Hotel ist ziemlich weit weg", behaupte ich prompt. Ich mag Paul nicht anlügen, aber ich kann mich nicht dazu durchringen, ihm zu sagen, dass ich die letzte Nacht vor einer Kirche verbracht habe. Mein Blick fällt auf die Tasche, in der sich all meine Habseligkeiten befinden, und ich frage mich, ob diese Tasche ihn wohl misstrauisch machen könnte. „Gibt es in deinem Hotel keine Damentoiletten, wo ich mich frisch machen kann?"

„Doch, natürlich." Wir gehen zurück zum Servicemen's Hotel, dabei betrachte ich Paul aus dem Augenwinkel. Ich bin mit ihm in Paris! Das ist fast zu schön, um wahr zu sein.

Wenige Minuten später durchqueren wir die Lobby, dann zeigt Paul auf einen Flur zur rechten Seite. „Dort drüben geht es zu den Waschräumen. Ich werde inzwischen meinen Zimmerschlüssel holen. Gib mir deine Fahrkarten, dann kann ich den Pförtner alles Weitere erledigen lassen, damit du morgen früh deinen Zug nehmen kannst."

„Das klingt wunderbar." Ich greife in meine Tasche und gebe ihm die Unterlagen. Dabei berühren sich unsere Hände, doch diesmal geht keiner von uns auf Distanz. Unsere Blicke treffen sich, und ich sehe in seinen Augen die gleiche Sehnsucht wie an dem Morgen, als wir die Gartenlaube verließen. Erst jetzt ziehe ich meine leicht zitternde Hand zurück.

Nachdem ich die Damentoilette betreten habe, drehe ich den Warmwasserhahn über dem Waschbecken auf. Als ich in den kleinen, gesprungenen Spiegel schaue, erschrecke ich über das Gesicht, das mich anstarrt. Wenn ich doch nur vor dem Abendessen ein Bad nehmen und das andere Kleid anziehen könnte! Ich wasche mein Gesicht so gründlich wie möglich und feuchte meine Haare an, damit ich sie einigermaßen glatt zurückstreichen kann.

„Und? Fühlst du dich jetzt besser?“, fragt Paul, als ich in die Lobby zurückkehre. Ich nicke und lächle. „Gut, dann lass uns gehen.“ Ich folge ihm aus dem Hotel und raus auf die Straße, wo er ein Taxi heranwinkt. „Es gibt da ein hervorragendes kleines Bistro in St. Germain“, erzählt er mir, woraufhin ich nicke, als wüsste ich genau, wovon er spricht. „Es ist nichts Vornehmes, aber das Essen ist hervorragend.“ Er hält die hintere Tür des Taxis auf und bedeutet mir einzusteigen, dann setzt er sich zu mir auf die Rückbank und nennt dem Fahrer die Adresse.

Das Taxi fährt los. „Ich kann nur ein paar Brocken Französisch, und die klingen auch noch schrecklich“, vertraut Paul mir an. Er lehnt sich zurück und sitzt dichter neben mir, als es die breite Sitzbank notwendig macht.

„Mir geht es nicht anders“, entgegne ich. Sein Bein berührt meines, und ich wundere mich, welche Hitze von ihm auf mich übergeht. Ich muss mich zwingen, gleichmäßig zu atmen und aus dem Fenster zu sehen. Wir biegen in eine breite Straße ein, die von eleganten Geschäften und Cafés gesäumt ist. Jetzt erst komme ich dazu, die außergewöhnliche Architektur dieser schönen Stadt zu bestaunen. „Hier sind wir auf der Champs-Élysées, und das da“, Paul zeigt nach rechts, „ist der Arc de Triomphe.“

Das riesige Denkmal gerät gleich wieder aus meinem Blickfeld, als das Taxi nach links abbiegt. Wir überqueren eine Brücke, und ich schaue über die Schulter, um die Gebäude am Flussufer sehen zu können. Als ich mich wieder umdrehe, treffen sich unsere Blicke. „Es ist wunderschön“, sage ich, während mein Herz rast.

Hinter der Brücke biegt das Taxi in eine schmale Gasse ein, die sich eine Anhöhe hinaufwindet. Hier ist die Architektur anders, alles ist enger und schmaler, die Häuser wirken älter und schlichter. Ein paar Minuten später hält das Taxi, Paul bezahlt, dann rutscht er weg von mir, um die Tür zu öffnen. In diesem Moment möchte ich ihm zurufen, dass er bei mir bleiben soll, weil mir schon jetzt seine Wärme fehlt. „Kommst du?“, fragt er und hält mir seinen Arm hin.

Ich zögere. Ich könnte noch die ganze Nacht hier mit ihm sitzen und mir vom Taxi aus die Stadt ansehen. Nur widerstrebend lasse ich mir aus dem Wagen helfen, dann führt mich Paul zu einem kleinen Restaurant mit einem schlichten Holzschild davor, auf dem *Chez Henri* geschrieben steht. Das Lokal ist gut besucht, das gute Dutzend Tische mit rotweiß karierten Decken nutzt den zur Verfügung stehenden Platz restlos aus. In der Luft hängt der köstliche Duft nach Knoblauch und Kräutern.

Ich halte mich hinter Paul versteckt, da der Lärm hier fast überwältigend ist. Während des Krieges hatte ich mich ein paarmal mit Alek und den anderen in einem der Straßencafés rings um den Marktplatz von Kraków getroffen, aber ein richtiges Restaurant habe ich noch nie besucht. Als ich die Teller und Weingläser sehe, muss ich an den Vorfall vor der Patisserie denken, und fast kann ich hören, wie Geschirr zu Bruch geht.

In diesem Moment kommt ein stämmiger Mann mit Schnurrbart auf uns zugeeilt und begrüßt uns überschwänglich. „Monsieur Paul!“, ruft er strahlend, nimmt Pauls Hand und schüttelt sie.

Paul tritt zur Seite, damit ich nicht länger hinter ihm verborgen bleibe. „Henri, das ist meine Freundin Marta.“ *Meine Freundin*. Ich bekomme einen Schreck. „Marta, das ist Henri.“

Henri dreht sich zu mir und küsst mich auf beide Wangen. „Willkommen, meine Schöne!“ Völlig überrumpelt von dieser herzlichen Begrüßung vergesse ich beinahe meine Nervosität. Der Mann führt uns ans Fenster zum einzigen freien Tisch und zündet eine zur Hälfte abgebrannte Kerze an. „Monsieur

Paul besucht mich immer, wenn er in der Stadt ist.“ Henris Englisch hat einen deutlich französischen Einschlag, aber er spricht langsam genug, dass ich ihn gut verstehen kann. „Er hat jedoch noch nie eine Freundin mitgebracht“, fügt er hinzu und zieht mir den Stuhl zurück. Unwillkürlich muss ich lächeln. „Normalerweise bringt er nur irgendein Buch mit und liest. Ich sage ihm immer, dass das ist nicht gut für die Gesundheit ist. Ich bringe Ihnen den Wein.“ Damit eilt er zurück in die Küche.

Paul setzt sich mir gegenüber und faltet seine Serviette auseinander. Nervös beobachte ich ihn. Ich bin mit ihm spazieren gewesen, ich habe sogar eine Nacht mit ihm verbracht. Aber wie ich ihm jetzt und hier gegenübersitze, das hat etwas viel Intimeres. Ich greife ebenfalls nach meiner Serviette und hoffe, dass er meine Aufregung nicht bemerkt. „Das Restaurant befindet sich seit Generationen in Familienbesitz“, erklärt er mir. „Während der Besetzung war es oft geschlossen, weil Henri die Deutschen nicht bedienen wollte.“ Unter dem Tisch stößt er mich mit dem Bein an. „Oh, entschuldige“, murmelt er, an seinem Hals zeichnen sich rote Flecken ab. Dabei wird mir klar, dass er genauso nervös ist wie ich. Ich kann mir zwar nur schwer vorstellen, dass ich fähig bin, einen Mann nervös zu machen, doch der Gedanke hat etwas seltsam Beruhigendes.

„Was für Bücher?“, frage ich, um die angespannte Atmosphäre etwas aufzulockern. Er legt den Kopf schräg, da er nicht weiß, was ich meine. „Henri sagte, dass du Bücher mitgebracht hast, um hier zu lesen.“

„Ach so, das.“ Er lächelt verlegen. „Ich lese gern. Hemingway, Steinbeck.“ Nun ist es an mir, den Kopf schräg zu legen. „Das sind amerikanische Autoren, allerdings spielen einige von Hemingways Romanen in Europa. Aber ich lese auch gern die Klassiker. Dickens und so. Im Grunde alles, was ich hier in englischer Ausgabe finden kann.“

„Ich habe gemeinsam mit Rose *Betty und ihre Schwestern* gelesen", erwidere ich.

Henri kommt mit einer Flasche rotem Wein und einem Korb voller Brot an unseren Tisch. Er öffnet die Flasche und schenkt drei Gläser ein, dann stößt er mit uns an: „Auf die Liebe." Seine Worte kommen so unverhofft, dass ich zusammenzucke und der Wein gefährlich nah bis an den Glasrand spritzt. Ich schaue rasch zur Seite, um nicht in Pauls Augen sehen zu müssen, gleichzeitig fühle ich, wie meine Wangen zu glühen beginnen. „Das Essen ist bald fertig!", verkündet Henri und zieht sich wieder zurück.

„Er macht das so dezent", kommentiert Paul ironisch und hält mir den Brotkorb hin.

Ich nehme ein Stück heraus, das noch warm ist. „Er sagte, dass das Essen bald fertig ist. Aber wir haben doch gar nichts bestellt."

„Ich lasse immer Henri entscheiden", erklärt Paul. „Seine Wahl ist sowieso die beste."

Ich beiße von meinem Brot ab. Mein Magen knurrt und erinnert mich daran, dass ich bis auf das Schokoladenteilchen heute noch gar nichts zu mir genommen habe. Da Paul mich ansieht, muss ich mich zwingen, langsamer zu kauen und mir Zeit zu nehmen, ehe ich wieder abbeiße. Mein Blick schweift zu den anderen Gästen im Lokal, überwiegend junge Paare. Alle essen sie mit Genuss, reden und lachen, trinken Wein. „Wir befinden uns hier im Quartier Latin nahe der Universität", klärt Paul mich auf. „Die Studenten können es sich nicht leisten, auswärts zu essen, aber du findest hier viele Akademiker, Künstler und Schriftsteller. Dafür sind weniger Soldaten und Fremde unterwegs als auf der anderen Seite der Seine." Mit einer Kopfbewegung deutet er auf ein älteres Paar am Tisch gegenüber. „Die beiden sehe ich fast jedes Mal, wenn ich herkomme, aber ich habe noch nie erlebt, dass sie auch nur ein einziges Wort miteinander reden."

„Sie sehen so aus, als wären sie schon seit Langem ein Paar. Vielleicht ist ihnen der Gesprächsstoff ausgegangen", überlege ich.

„Ja, könnte sein", stimmt er mir schmunzelnd zu. „Oder sie müssen gar nichts mehr sagen, um sich zu verstehen." Seine Miene wird ernster. „Das muss schön sein, das ganze Leben mit einem einzigen Menschen zu verbringen und mit ihm alt zu werden." Mit verlorenem Blick sieht er nun zum Fenster, und ich frage mich mit einem Anflug von Eifersucht, ob er wohl an seine verflossene Verlobte denkt.

In diesem Moment kommt Henri mit zwei Suppentellern an unseren Tisch. „Erster Gang: *Vichyssoise*", verkündet er und stellt die Teller ab, dann saust er wieder Richtung Küche davon.

Ich nehme den Suppenlöffel und puste auf die Suppe, ehe ich sie probiere. „Lauchcremesuppe. Sie ist kalt", erläutert Paul lachend, als er meinen verwunderten Gesichtsausdruck bemerkt.

Ich nicke. Es ist mir peinlich, dass ich das nicht weiß. „Schmeckt gut."

Auf einmal erklingt Musik, und als ich mich umdrehe, entdecke ich im hinteren Teil des Restaurants eine Frau um die fünfzig, die an einem Flügel Platz genommen hat. „Das ist Henris Frau Marie", höre ich Paul sagen. „Seit dreißig Jahren verheiratet, und immer noch so verliebt wie am ersten Tag."

Schon wieder fällt dieses Wort: Liebe. Paul sieht mir in die Augen, und auf einmal kommt es mir vor, als würde außer uns beiden nichts mehr existieren. Sekundenlang schweigen wir, dann schließlich räuspert er sich. „Ich freue mich wirklich, dich wiederzusehen, Marta. Als ich Salzburg verließ, da dachte ich …" Er lässt den Satz unvollendet und sieht zur Seite. „Dass du jetzt hier bist, das ist einfach unglaublich."

Da ich kein Wort herausbringe, nicke ich nur zustimmend. Hüstelnd widme ich mich meiner Suppe und nehme noch einen Löffel davon. Ich luge unter gesenkten Augenlidern hervor und beobachte, wie Paul isst. Als ich auf seinen Mund sehe, muss ich an unseren Kuss am See denken. Wird er mich noch einmal küssen? Allein die Vorstellung weckt Sehnsucht in mir. Aber vielleicht bleibt uns nach dem Essen gar keine Zeit dafür. Wie will er es anstellen? Und wo soll es geschehen? Ich bin so in Gedanken, dass mir der Löffel aus der Hand rutscht und laut klimpernd auf dem Boden landet.

„Oh!", rufe ich und will mich nach dem Löffel bücken, doch Paul greift über den Tisch hinweg und hält mich davon ab.

„Keine Sorge", beschwichtigt er und lässt mich wieder los, als ein Kellner herbeieilt und mir einen neuen Löffel hinlegt.

Wenige Minuten darauf kehrt Henri an unseren Tisch zurück und sieht überrascht, dass wir die Suppe nur zur Hälfte aufgegessen haben. „Schmeckt es Ihnen nicht?"

„Doch, doch, es ist köstlich", beteuere ich. „Ich will nur etwas Platz im Magen lassen."

Paul zwinkert mir zu. „Gute Antwort", flüstert er, während Henri die Teller mitnimmt.

Gleich darauf wird der Hauptgang gebracht. „*Ragoût de poulet à la Henri*", verkündet Henri und stellt Teller mit Hähnchenragout an einem mir fremden Gemüse vor uns ab.

„In der Stadt werden die Lebensmittel immer noch rationiert, aber Henri vollbringt wahre Wunder mit dem, was er kriegen kann", bemerkt Paul, als wir wieder allein sind. „Nach dem Mist … ich meine, nach dem Zeug, das wir im Krieg essen mussten … Letzten Winter gab es Zeiten, da …" Plötzlich verstummt er. „Was bin ich nur für ein Idiot. Nach allem, was du durchlitten hast, sitze ich hier und beklage mich über schlechtes Essen." Ein Schatten legt sich über seine Miene, und ich sehe ihm an, dass er an den Tag zurückdenkt, an dem er mich in meiner Zelle entdeckte.

„Ist schon gut“, beteuere ich. Ich möchte jetzt nicht von ihm bemitleidet werden. „Erzähl mir etwas über Amerika“, fordere ich ihn auf, um das Thema zu wechseln.

„Amerika?“ Er schweigt und denkt nach, während er ein Stück Fleisch isst. „Das ist nicht so leicht, weil es ein so großes Land ist. Da ist zum Beispiel der Süden, wo ich herkomme. Noch weiter südlich reden die Leute noch komischer als ich, musst du wissen.“ Ich sehe ihn fragend an. „Das sollte ein Scherz sein. Nicht alle Amerikaner reden so wie ich. Die USA sind ein bisschen so wie eure Länder hier in Europa, nur dass wir alle die gleiche Sprache sprechen, aber auf unterschiedliche Weise. Manche reden schneller, andere langsamer, hier und da werden Worte anders betont. Es gibt den Mittleren Westen und Kalifornien, da war ich aber noch nie. Und dann die großen Städte, New York City und Chicago. Es gibt so viele tolle Orte, die man gesehen haben muss.“ Er isst wieder einen Happen. „Wenn ich nach dem Krieg heimkehre, möchte ich quer durch die Staaten fahren. Am liebsten in einem Cabriolet. Weißt du, das Dach runterklappen und einfach losfahren, um alles anzuschauen.“ Seine Augen weiten sich vor Aufregung, so als würde ihm diese Idee heute zum ersten Mal kommen. Ich stelle mir vor, wie ich neben Paul in diesem Auto sitze und wir die Fahrt gemeinsam machen. „Ich könnte all die Jungs aus meiner Einheit besuchen.“

„Sind die anderen nicht aus North …“ Wie heißt das noch gleich, wo Paul herkommt?

„North Carolina?“ Er schüttelt den Kopf. „Nein. Okay, einer von ihnen schon, Bill McCauley. Der Rest kommt aus Texas, New Jersey, Maine. Das ist wirklich witzig. Wir sind jetzt schon so lange zusammen, dass ich mir kaum vorstellen kann, wie jeder von uns eines Tages in sein altes Leben zurückgeht.“

„Du hast die anderen ins Herz geschlossen“, stelle ich fest und trinke einen Schluck Wein.

„Ja, sie sind wie meine Brüder", bestätigt er. Dann, auf einmal, wird er ganz ernst. „Weißt du, ich hatte einen Bruder. Jack war fünf Jahre älter als ich. Er kam bei einem Autounfall ums Leben, als ich zwölf war."

„Das tut mir sehr leid." Ich muss mich davon abhalten, eine Hand tröstend auf seinen Unterarm zu legen.

„Es war schlimm für mich", redet er weiter. „Ich liebe meine Eltern, und ich bin in meine kleine Schwester vernarrt. Aber Jack … er war mein Held."

„Er wäre bestimmt sehr stolz auf dich", entgegne ich.

„Glaubst du?" Er sieht mich wieder an, und seine Augen leuchten. Ich nicke bekräftigend. „Ich hoffe, du hast recht. Das bedeutet mir sehr viel. Danke, Marta."

Wir essen schweigend weiter. Ich selbst war ein Einzelkind, und meine Freunde Emma, Rose und auch Alek waren die einzigen Menschen meines Alters, die mir nahestanden. Rose. Ein Stich geht durch mein Herz, als ich mir vorstelle, wie sie in ihrer letzten Nacht in ihrem Bett lag. Unwillkürlich fasse ich nach der Tasche mit meinem Visum. *Ich werde für dich nach England gehen, Rose*, verspreche ich ihr stumm.

Ich sehe auf und stelle fest, dass Paul mich mit eindringlichem Blick betrachtet. Mein Atem stockt und ich schaue hastig weg. Plötzlich entdecke ich in der Schaufensterscheibe mein Spiegelbild. Meine Haare sind immer noch zerzaust, mein Gesicht wirkt hinter der zu großen Brille unscheinbar. Welchen Grund sollte Paul haben, mich so anzusehen?

Als ich mich wieder zu ihm drehe, ist er auf seinen Teller konzentriert, den er fast leer gegessen hat. Sein Weinglas ist dagegen noch halb voll. „Schmeckt dir der Wein nicht?"

„Doch, er ist exzellent. Ich könnte die ganze Flasche leeren, aber du …" Er unterbricht sich und schaut zur Seite. „Ich habe vor einiger Zeit eine junge Frau kennengelernt, die mich erkennen ließ, dass ich zu viel trinke. Seitdem habe ich entschieden, so gut es geht die Finger vom Alkohol zu lassen."

„Oh." Ich erinnere mich an unsere Unterhaltung und kann kaum glauben, dass meine Worte eine solche Wirkung erzielt haben. „Ich wollte dir kein schlechtes Gewissen machen."

„Du hattest völlig recht", versichert er und legt seine Hand auf meine. „Du hast mich daran erinnert, wer ich vor dem Krieg war. Ich möchte wieder dieser Junge sein." Ich ziehe meine Hand nicht fort.

Als hätte er mit Absicht den unpassendsten Moment gewählt, taucht Henri neben unserem Tisch auf und räuspert sich. „Dessert?"

Ich fühle mich versucht, zumal ich an das Schokoladenteilchen denken muss, das so köstlich geschmeckt hat, aber ich möchte nicht gefräßig erscheinen. „Nein, ich kann keinen Bissen mehr vertragen."

„Ich glaube, wir sollten allmählich gehen", fügt Paul hinzu und drückt Henri mehrere Geldscheine in die Hand.

Der steckt das Geld in seine Schürze, ohne es zu zählen. „Bevor Sie gehen, möchte ich, dass Mademoiselle Marta noch meine Marie kennenlernt." Ehe Paul oder ich etwas erwidern können, fasst Henri mich am Arm und führt mich quer durch das Lokal. Die dunkelhaarige Frau am Flügel hört mitten im Stück auf zu spielen, als wir uns ihr nähern. Von Nahem betrachtet ist sie eine sehr elegante Erscheinung, ihre grünen Augen funkeln lebendig. Henri sagt etwas auf Französisch zu ihr, dann wendet er sich an mich. „Darf ich vorstellen: meine Frau."

Marie steht auf und ergreift meine Hand. Das Armband um ihr Handgelenk klimpert. „*Enchanté.*" Sie sieht ihren Ehemann an und redet mit ihm, ohne mich dabei loszulassen.

„Marie kann sehr gut aus der Hand lesen", erklärt mir Henri. „Sie möchte wissen, ob sie das bei Ihnen vorführen darf."

Ich zögere. Von den Zigeunern in Polen habe ich gehört, dass sie einem aus der Handfläche die Zukunft weissagen können, aber ich bin nie jemandem begegnet, der das bei mir versuchen wollte. Schließlich zucke ich unschlüssig mit den Schultern.

Henri nickt seiner Frau zu, sie dreht meine Hand so, dass die Innenfläche nach oben zeigt. Dann hält sie sie ans Licht und streicht einige Male mit dem Daumen darüber. Schließlich redet sie auf Henri ein, der abermals übersetzt. „Sie haben schwere Zeiten durchgemacht." Es ist wohl keine Leistung, das aus meiner Hand zu lesen. „Aber Ihre Lebenslinie ist ausgeprägt, und das gilt auch für die Herzlinie. Sie werden geliebt werden ..." Während er das sagt, blickt er bedeutungsvoll zu Paul, der sich hinter mich gestellt hat. Mir schaudert. „Und diese Liebe ...", fährt Henri fort, doch Marie unterbricht ihn und legt eine Hand auf seinen Arm, damit er schweigt. Sie macht eine besorgte Miene, dann streicht sie zweimal über meine Handfläche, als würde sie etwas fortwischen. Plötzlich lässt sie mich abrupt los und schüttelt den Kopf.

„Was sehen Sie?", frage ich.

„Nichts", versichert mir Henri sofort, aber sein Tonfall und Maries Gesichtsausdruck verraten mir, dass sie irgendetwas Beunruhigendes gelesen hat. „Ich muss mich jetzt wieder um die Gäste kümmern."

„Ja, natürlich", erwidert Paul und schüttelt Henri zum Abschied die Hand, während Marie sich wieder an den Flügel setzt. Wir verlassen das Lokal. Inzwischen ist es dunkel, und entlang der Straße brennen die Gaslaternen, die alles in ein gelbliches Licht tauchen. „Reizende Leute, aber aus der Handfläche zu lesen ist Humbug."

„Mag sein", gebe ich bedächtig zurück, während mir Maries Reaktion noch immer zu schaffen macht.

„Bist du müde?", fragt Paul. Ich schüttele den Kopf, da ich nicht möchte, dass unser Abend jetzt schon endet. „Gut. Was hältst du von einem Spaziergang?" Er führt mich die

Straße entlang, die sich durch das Viertel windet. Die Häuser zu beiden Seiten sind so schmal, dass man meinen könnte, sie würden sich gegenseitig stützen. Stimmen und Gelächter dringen aus einer Bar. Paul zeigt auf ein erleuchtetes Fenster im Erdgeschoss eines der Häuser. Eine junge Frau sitzt auf einem Bett und liest drei Kindern eine Geschichte vor. „Kannst du dir vorstellen, hier aufzuwachsen?"

Ich antworte nicht. Ich denke an die Kinder in dem Waisenhaus, in dem meine Mutter und Emma gearbeitet haben. Was ist bloß aus ihnen allen geworden?

In einvernehmlichem Schweigen gehen wir weiter. Nach einer Weile endet die Straße an einem Fluss. „Sieh mal dort." Paul zeigt auf eine Insel in der Flussmitte, auf der eine gewaltige Kathedrale steht. „Notre Dame." Ich bestaune das Bauwerk, gegen das die Kirche von letzter Nacht winzig wirkt. „Weißt du, man nennt Paris auch die Stadt der Lichter", ergänzt er.

Während Paul mich zu einem Weg führt, der entlang der Seine verläuft, kann ich meinen Blick nicht von Notre Dame abwenden. Wenig später erreichen wir eine breite Brücke über den Fluss. „Vorsicht", warnt er mich und nimmt meinen Arm, um mich auf den Gehweg zu dirigieren. Nur ein Stück weiter passieren Autos die Brücke. Ein Kribbeln fährt durch meinen Körper. Werde ich eigentlich immer so reagieren, wenn er mich berührt? „Das ist Pont Neuf, die älteste Brücke von Paris." Er pfeift eine leise Melodie, als wir die Brücke überqueren. In der Mitte angekommen, bleibt er plötzlich stehen und zeigt in die Ferne. „Da hinten."

Mein Blick folgt der Richtung, in die er zeigt, und dann sehe ich den Eiffelturm, der sich stolz in den Himmel reckt. Gegen das Geländer gelehnt, betrachte ich staunend den Ausblick über die Stadt. „Das alles ist … ich hätte mir nie träumen lassen …"

„Es lässt sich kaum in Worte fassen", stimmt er mir zu

und stellt sich hinter mich. Dann legt er seine Arme um mich, ich spüre seine Wärme und seinen Herzschlag. Von der kurzen Umarmung in der Botschaft einmal abgesehen, waren wir uns seit Salzburg nicht mehr so nah. Ich getraue mich kaum zu atmen.

Plötzlich wird hinter uns auf der Straße etwas gerufen, es folgt eine Reihe lauter Knallgeräusche. Wir drehen uns um, wobei Paul sich schützend vor mich stellt. Seine Hand wandert reflexartig zu der Waffe, die er am Gürtel trägt. Wieder wird gerufen, dann jubelt jemand.

„Klingt, als würde irgendetwas gefeiert", überlege ich.

Paul antwortet nicht, sondern führt mich von der Brücke zu der Straße, auf der ein paar amerikanische Soldaten zusammengekommen sind. Sie wirken aufgeregt, reden durcheinander, ein paar von ihnen lachen und jubeln. Paul geht auf einen der Männer zu und fasst ihn am Ärmel. „Was ist los?"

„Die Japaner haben kapituliert. Der Krieg ist vorbei!" Der Soldat johlt gut gelaunt und läuft weiter.

Paul dreht sich um und sieht mich an. Keiner von uns kann ein Wort herausbringen. „Der Krieg ist vorbei", wiederholt er schließlich, beugt sich vor und hebt mich hoch. „Vorbei!" Er dreht sich mit mir im Kreis, immer schneller und schneller, bis die Lichter der Stadt vor meinen Augen verschwimmen. Als er mich absetzt, entlässt er mich nicht aus seinen Armen, stattdessen sehen wir uns eine Weile an. Plötzlich drückt er seine Lippen auf meinen Mund, und ohne zu zögern erwidere ich seinen Kuss. Es ist, als würde dieser Kuss niemals enden, als würden die Straße, die Leute und die Welt um uns herum gar nicht existieren.

Schließlich löst sich Paul doch von mir. „Es tut mir leid", sagt er rasch.

„Mir tut es nicht leid." Ich trete einen Schritt zurück und streiche mein Kleid glatt.

Paul nickt und lächelt. „Komm, lass uns von hier verschwinden.“ Eine Sekunde lang hoffe ich, dass wir auf die Brücke zurückkehren, um noch einmal die Aussicht zu genießen. Dann aber wird mir klar, dass er mich zurück zum Servicemen’s Hotel führt.

„Woran denkst du?“, fragt Paul.

„An alles Mögliche. An das, was ich in den letzten Jahren durch diesen Krieg verloren habe.“

Er drückt mich im Gehen leicht an sich. „Pass lieber auf, du hörst dich fast schon so an wie ich.“

Als ich mich daran erinnere, wie ich ihm in der Nacht des Gewitters sein Selbstmitleid vorgeworfen habe, muss ich schmunzeln. „Damit könntest du recht haben. Ich habe dir wirklich einige Vorhaltungen gemacht, nicht wahr?“

„Keineswegs. Du hattest durchaus recht. Wir können dankbar sein, dass wir noch leben und dass wir die Chance auf ein neues Leben bekommen haben. Und jetzt können wir endlich heimkehren.“

Heimkehr. Paul wird mich verlassen und für immer nach Amerika zurückkehren. Abrupt bleibt er stehen und dreht sich mit ernster Miene zu mir um. „Das einzig Traurige daran ist, dass ich dich verlassen muss.“ Mein Herz schlägt wie verrückt. „Sicher, wir beide kennen uns noch nicht lange, aber … du wirst mir sehr fehlen, Marta.“

*Dann geh doch nicht!*, möchte ich ihn anschreien. „Du wirst mir auch fehlen.“

Wir stehen lange schweigend da und sehen uns in die Augen. Plötzlich sagt er: „Es ist schon spät. Wir sollten zum Hotel gehen und deine Fahrkarten abholen.“ Wir gehen weiter und erreichen schließlich das Servicemen’s Hotel.

Aus der Lobby ist ausgelassener Jubel zu hören, die Soldaten feiern das Kriegsende. „Am besten wartest du hier“, schlägt Paul vor. „Sobald mir Mickey die Unterlagen gegeben hat, begleite ich dich zu deiner Unterkunft.“

Meiner Unterkunft? Ich gerate in Panik. Vor lauter Freude

über das Wiedersehen habe ich ganz vergessen, mich um ein Quartier zu bemühen. „Das ist nicht nötig, ich …“, beginne ich, aber Paul ist bereits verschwunden.

Ein paar Minuten später kommt er zurück. „Alles erledigt“, sagt er. Auf der Zugfahrkarte ist handschriftlich ein neues Abfahrtdatum notiert. „Der Portier hat am Bahnhof angerufen und für dich einen Platz im Zug nach Calais reserviert. Um Viertel nach sieben geht es los. Das ist ziemlich früh am Tag, aber nur so erreichst du rechtzeitig die Fähre.“

„Nochmals vielen Dank.“ Ich stecke alles in meine Tasche, während Paul mich zur Straße begleitet und ein Taxi herbeiwinkt.

„Paul, mein Hotel ist am anderen Ende der Stadt“, versuche ich mich herauszureden. „Du musst nicht mitfahren.“

Er öffnet die hintere Tür. „Ich würde dich aber gern begleiten.“

„Ich weiß. Aber es wäre mir lieber, wenn du es nicht machst. Bitte.“ In diesem Moment beginnt es zu regnen.

„Ich verstehe nicht …“

„Wenn ich mich nicht jetzt von dir verabschiede …“ Ich unterbreche mich und sehe weg, erst dann schaue ich Paul wieder in die Augen. „Wenn ich mich nicht jetzt von dir verabschiede, dann wird es mir das Herz brechen.“ Ich gebe ihm einen schnellen, festen Kuss, und noch bevor er reagieren kann, sitze ich im Taxi und ziehe die Tür zu. „Fahren Sie bitte“, bringe ich auf Französisch zustande.

„Wohin?“

„Weg von hier“, sage ich. Paul steht neben dem Taxi und sieht mich an. In meiner Verzweiflung fällt mir nur eine Adresse in ganz Paris ein. „Zum Louvre.“ Weder weiß ich, wie weit der Louvre entfernt ist, noch habe ich eine Ahnung, was mich das kosten wird. Sobald ich außer Sichtweite bin, werde ich den Taxifahrer bitten, anzuhalten.

„Aber der Louvre ist längst geschlossen …“

„Fahren Sie“, dränge ich. Der Wagen setzt sich in Bewegung. Schau nicht zurück, ermahne ich mich. Tränen laufen mir übers Gesicht. Plötzlich wird auf das Wagendach geschlagen, was sich anhört, als hätte jemand einen schweren Stein geworfen. „*Mon dieu!*“, ruft der Fahrer und tritt auf die Bremse. Wieder ist der Schlag zu hören, doch jetzt kommt das Geräusch nicht vom Dach, sondern von der Heckscheibe. Ich wirbele erschrocken herum und sehe eine Person auf allen vieren auf der Kofferraumhaube kauern. Paul!

Er springt auf die Straße, dann kommt er nach vorn. Ich kurbele das Fenster herunter. Mittlerweile gießt es in Strömen, Pauls Haar ist klatschnass und klebt an seiner Stirn, doch er scheint es gar nicht zu bemerken. „Was um alles in der Welt machst du da?“, rufe ich. „Wie kannst du auf ein fahrendes Auto springen? Willst du dich umbringen?“

„Ich musste den Wagen aufhalten“, erwidert er nur und öffnet die Tür.

„Warum? Was ist los? Hast du mir nicht alle Papiere mitgegeben?“

Er antwortet nicht, sondern sinkt zu Boden. „Oh weh!“, rufe ich und greife nach ihm. „Hast du dir wehgetan?“

Paul kniet nur schweigend und sieht mich an. Er ist nicht hingefallen, sondern er hat sich absichtlich niedergekniet. Plötzlich streckt er einen Arm aus und fasst meine Hand. „Heirate mich, Marta.“

Ungläubig sehe ich ihn an. „Marta, als ich dich in Österreich zurücklassen musste, fühlte ich mich so hilflos. Ich wusste da schon, dass ich dich sehr mag. Aber wir hatten uns gerade erst kennengelernt. Ich dachte, ich würde dich niemals wiedersehen." Er redet so hastig, dass ich ihm kaum folgen kann. „Und jetzt ... nun ..." Er gerät ins Stocken. „Ich weiß, es ist verrückt. Wir haben gerade mal einen Tag zusammen verbracht. Du weißt so gut wie nichts über mich. Aber es scheint einen Grund dafür zu geben, dass sich unser Weg ein zweites Mal gekreuzt hat. Ich bin verrückt nach dir. Mir kommt es vor, als würden wir uns schon ewig kennen, und diesmal werde ich dich nicht einfach entwischen lassen. Nicht, wenn ich etwas dagegen tun kann. Heirate mich, Marta", wiederholt er.

Passiert das gerade wirklich? Ich schließe einen Moment lang die Augen, aber als ich sie wieder öffne, kniet Paul noch immer vor mir und sieht mich erwartungsvoll an. Meine Gedanken überschlagen sich. Warum macht er das? Sekundenlang frage ich mich, ob er immer noch seiner Verlobten nachtrauert und nur die Lücke schließen will, die sie hinterlassen hat. Doch als ich ihm in die Augen sehe, erkenne ich, dass seine Gefühle echt sind. Das ist wirklich verrückt. Und trotzdem hat Paul recht. Irgendeine Verbindung besteht zwischen uns, auch mir ist, als würden wir uns schon lange kennen. Plötzlich erinnere ich mich an meine erste Nacht im Schloss, als ich dalag und zu den Bergen hinaufschaute und mich fragte, was das Leben wohl für mich bereithalten würde. Jetzt kenne ich zumindest einen Teil der Antwort. „Ja", flüstere ich. Meine Augen beginnen zu brennen.

„Ja!", ruft Paul, springt auf und beugt sich vor, um mich aus dem Taxi zu holen. Wir liegen uns in den Armen, keiner von uns bringt ein Wort heraus.

„Pardon“, höre ich nach einigen Sekunden eine Männerstimme. Wir lösen uns voneinander, hinter mir steht der Taxifahrer mit verschränkten Armen. „Zum Louvre, Mademoiselle?“

„Zum Louvre?“ Paul sieht zwischen dem Fahrer und mir hin und her und stutzt, während ich am liebsten im Erdboden versinken würde. „Wolltest du partout die Flucht ergreifen?“

Ich kann ihm nicht länger etwas vormachen. „Du wolltest mich unbedingt zu meinem Hotel begleiten, und mir war es zu unangenehm, zuzugeben, dass ich gar kein Zimmer habe.“

Paul sieht mich stumm an, dann geht er zu dem Taxifahrer und drückt ihm einen Geldschein in die Hand. „Bringen wir dich erst mal ins Trockene“, sagt er zu mir, zieht seine Jacke aus und hält sie über unsere Köpfe, während er mich zum Hotel dirigiert. In der Lobby drängen sich die Soldaten, die immer noch feiern, singen und trinken. Auf dem Weg durch die Menge stellt sich uns plötzlich ein Soldat in den Weg. Er hält eine Fotokamera und eine dunkelgrüne Flasche in den Händen. Ich erkenne ihn als den Mann wieder, der Paul in Salzburg hatte wissen lassen, dass sie noch bis zum nächsten Tag auf dem Schlossgelände bleiben würden. „Der Krieg ist vorbei!“, ruft er und drückt Paul so fest an sich, dass der mich loslassen muss.

„Ich weiß. Und es gibt noch mehr Neuigkeiten: Ich bin verlobt! Drew, das hier ist mein Mädchen. Marta.“

*Mein Mädchen.* Seine Worte lassen eine wohlige Wärme in mir aufsteigen. Drew sieht mich mit großen Augen an, kann mich aber nicht einordnen. „Meinen Glückwunsch!“ Er schüttelt erst mir, dann Paul die Hand. „Lasst mich ein Foto von euch schießen.“ Paul zieht mich an sich, und Drew hebt die Kamera in die Höhe. Ich höre ein Ploppen, dann folgt ein gleißender Blitz, der mich für einen Moment blind werden lässt. „Das schreit nach Champagner!“, fügt Drew hinzu und reicht Paul die Flasche.

Paul trinkt einen Schluck, dann sieht er mich an. „Du auch?“

„Natürlich.“ Ich nehme ihm die Flasche ab und setze sie mit beiden Händen an. Die Bläschen kribbeln in meiner Nase, als ich den lauwarmen Sekt trinke. Ich halte die Flasche Paul hin, der sie Drew zurückgeben will, doch der ist bereits in der Menge untergetaucht.

„Komm, lass uns eine ruhige Ecke suchen.“ Wieder nimmt Paul meine Hand und führt mich durch den Korridor zu einer Treppe. Er lässt sich auf einer Stufe nieder.

„Und was machen wir jetzt?“, frage ich und setze mich neben ihn.

„Gute Frage. Jetzt, da der Krieg vorüber ist, werden sie uns in die Staaten zurückschicken. Aber das Ganze wird sich noch einige Wochen hinziehen. Ich könnte dich zu meiner Familie vorausfliegen lassen, und ich komme nach, sobald ich von hier wegkomme. Oder ich versuche hier vor Ort meine Entlassungspapiere zu bekommen. Dann bleibst du solange in Paris, und wir fliegen gemeinsam rüber.“

Ich zögere. Es wäre sicher himmlisch, noch einige Wochen in Paris zu bleiben und die Stadt zu erkunden, ohne sich Sorgen um die Zukunft machen zu müssen. Ich könnte mir die Museen ansehen und all die Dinge tun, über die ich bislang nur in Büchern gelesen habe. Doch beim Blick auf meine Tasche weiß ich, dass das nicht geht. „Ich muss nach London, Paul“, erkläre ich. „Ich muss zu Roses Tante.“

„Ich könnte veranlassen, dass ihr die Sachen zugestellt werden.“

„Das möchte ich lieber selbst erledigen“, gebe ich kopfschüttelnd zurück. „Ich muss dieser Frau persönlich sagen, was geschehen ist. Das bin ich Rose schuldig.“

„Ja, ich verstehe. Aber ich wünschte, du würdest es dir

noch anders überlegen. Allein über den Kanal zu reisen ist gefährlich.“

Gefährlich? Der Krieg in Polen war gefährlich, die Arbeit für den Widerstand war gefährlich, meine Gefangenschaft war gefährlich. Und ganz allein in Paris zu sein, das war unheimlich. Aber jetzt fühle ich mich sicher, schon weil ich mit Paul zusammen bin. Rundum sicher. „Mir wird nichts geschehen.“

„Okay“, willigt er widerstrebend ein. „Du reist also morgen nach London, während ich hier meine Entlassung in die Wege leite. In zwei Wochen folge ich dir. Dann fliegen wir gemeinsam in die Staaten und heiraten.“ Er denkt kurz nach. „Sagen wir *Kings Cross Station*, am 30. August um sieben Uhr abends. Einverstanden?“

Ich nicke. „Paul, da wäre noch was …“

„Was denn?“

„Also … wenn wir heiraten … nun, du solltest wissen: Ich bin Jüdin.“

„Das hatte ich mir bereits gedacht, als ich dich in diesem Lager antraf“, versucht er einen missglückten Scherz.

In den Lagern waren durchaus nicht nur Juden, möchte ich ihn korrigieren, doch darum geht es jetzt nicht. „Macht es dir etwas aus?“

Er schüttelt den Kopf. „Blödsinn. Mag sein, dass wir den Leuten in Ruddy Springs, North Carolina, damit einen Schreck einjagen …“ Dann hält er inne, als er mir ansieht, dass ich es ernst meine. „Ist es denn für dich ein Problem?“

Ich antworte nicht sofort. Vor dem Krieg wäre es undenkbar gewesen, eine Heirat mit einem Nicht-Juden in Erwägung zu ziehen. „Nein, ich wollte es nur erwähnt haben. Wenn wir jemals Kinder haben sollten, dann möchte ich sie gern im jüdischen Glauben erziehen.“ Wenigstens das bin ich meinen Eltern schuldig.

Paul lächelt. „Wenn es sein muss, dann ziehen wir in eine

größere Stadt, wo es eine Synagoge gibt. Wir kriegen das irgendwie hin, das verspreche ich dir." Er sieht auf seine Uhr. „Es ist schon spät. Warum übernachtest du nicht hier? Eigentlich sollen wir keine Gäste ins Haus holen, aber ich schätze, in diesem Chaos wird sich niemand dafür interessieren. Du kannst bei mir übernachten." Dabei hebt er abwehrend eine Hand. „Ich sage das ohne Hintergedanken. Ich kann mich bei einem meiner Kameraden einquartieren, dann hast du das Zimmer für dich allein."

„Es wäre schön, wenn ich hierbleiben könnte", erwidere ich. „Vielen Dank."

Wir gehen die Treppe hinauf, dann führt Paul mich durch einen langen Flur. „Zimmer 303. Das sollte es sein." Er schließt auf und lässt mich eintreten, dann macht er das Licht an. Der Raum bietet kaum genug Platz für ein Einzelbett und das Waschbecken. In der feuchten Luft hält sich der muffige Geruch von Mottenkugeln. „Luxuriös ist es nicht gerade."

Ich drehe mich zu ihm um. „Es ist wunderbar. Noch einmal vielen Dank."

„Ich werde bei Mickey übernachten, drei Zimmer weiter auf der anderen Seite des Ganges. Ich glaube, auf dem Weg hierher sind wir an einem Badezimmer vorbeigekommen. Wecken werde ich dich früh genug, damit du rechtzeitig deinen Zug erwischst." Er verstummt und sieht mich an. Die Sekunden verstreichen, bis er sich vorbeugt und mich küsst. Mir wird heiß, als seine Lippen meine berühren. Dann richtet er sich gleich wieder auf. „Gute Nacht, Marta." Er begibt sich zur Tür.

„Warte", rufe ich ihm nach, als er nach der Türklinke greift.

Er sieht mich an. „Was ist? Brauchst du noch etwas?"

Nach kurzem Zögern sage ich: „Nein. Es ist nur so, dass du nicht wegzugehen brauchst."

„Ich verstehe nicht."

„Bleib bei mir“, platze ich heraus. „Es gibt keinen Grund, warum du woanders schlafen solltest. In Salzburg haben wir doch auch schon eine Nacht zusammen verbracht, weißt du noch?“

Lächelnd antwortet er: „Das habe ich nicht vergessen. Ich wollte dir bloß ein bisschen Ruhe gönnen. Willst du wirklich, dass ich bleibe?“

Ich nicke bestätigend. Am Morgen werde ich abreisen, und dann werden wir wieder wochenlang getrennt sein. Das Letzte, was ich will, ist, in dieser Nacht allein zu bleiben. „Ich bin gleich zurück.“ Mit diesen Worten gehe ich an ihm vorbei auf den Flur und dann ins Bad. Aus dem Erdgeschoss dringen Musik und Stimmengewirr herauf. Ich spritze mir etwas Wasser ins Gesicht, dann betrachte ich mein Spiegelbild. Paul und ich werden heiraten. Das kommt mir immer noch unwirklich vor.

Als ich ins Zimmer zurückkehre, kniet Paul auf dem Boden und baut aus Decken ein Nachtlager. „Ich habe mir ein paar Decken vom Bett genommen“, erklärt er, „aber du wirst bestimmt nicht frieren. Ich mache das noch fertig, dann gehe ich hinaus, damit du dich umziehen kannst.“

Innerlich muss ich lächeln. Paul will nach wie vor Rücksicht nehmen. Er versteht nicht, was ich möchte. Natürlich könnte ich ihn einfach so weitermachen lassen und schweigen, schon weil es sich gehören würde. Aber in der Dunkelheit im gleichen Zimmer zu liegen und trotzdem voneinander getrennt zu sein, das wäre mehr als albern. Außerdem will ich ihn an meiner Seite haben. Zärtliches Verlangen erfasst mich, als ich mich neben ihn knie. „Das ist nicht nötig“, sage ich, nehme ihm das Kissen aus der Hand und lege es zurück aufs Bett, dann greife ich nach seiner Hand. „Ich meine, schließlich sind wir verlobt.“

„Das ist fast wie verheiratet“, erwidert er leise und dreht sich zu mir. Unsere Körper berühren sich, sein Gesicht ist dicht an meinem. Er steht auf und hilft mir hoch. Seine Lippen treffen auf meine. Ohne den Kuss zu unterbrechen, dirigiert er mich zum Bett und legt mich behutsam hin. In der nächsten Sekunde löst er sich schon wieder von mir. „Bist du dir auch sicher?"

Zitternd knöpfe ich sein Uniformhemd auf. „Ja, ganz sicher." Dann streife ich ihm das Hemd über die breiten Schultern. Mehr Ermutigung braucht er nicht, und so ist der nächste Kuss leidenschaftlicher und intensiver als zuvor, sodass mir davon fast schwindlig wird. Seine Hände fahren über meinen Körper, bis sie endlich auf meinen Hüften zum Ruhen kommen, während er hingebungsvoll meinen Hals küsst. Ich bekomme sein Baumwollunterhemd zu fassen und ziehe es ihm über den Kopf. Dann sehe ich zum ersten Mal die Kette, an der drei kleine, quadratische Metallplättchen hängen. Meine Hände erkunden seine Brust und seinen Rücken, während er umständlich seine Hose zu öffnen versucht. Dann beginnt er mich sanft durch den Stoff meines Kleides hindurch zu streicheln.

Vorsichtig legt sich Paul auf mich, wobei er sich mit den Armen abstützt. In diesem Moment sehe ich wieder Jakub vor mir, wie er auf mir liegt, als wir uns in der Hütte versteckt hielten. Die Erinnerung lässt mich für einen Moment erstarren.

Paul bemerkt das. „Ich liebe dich, Marta", flüstert er und legt die Hände an mein Gesicht.

Ich sehe in seine großen Augen und erkenne einmal mehr, dass dies die Realität ist. „Ich dich auch", wispere ich und ziehe ihn wieder zu mir, damit er mich weiter küsst. Er schiebt den Saum meines Kleides hoch, dann verspüre ich einen kurzen Schmerz, der gleich vorüber ist. So ist das also, denke ich. Ich weiß noch, wie ich Jakub heimlich beobachtete und mich fragte, wie es wohl mit ihm sein würde. Ich muss einsehen, dass ich es mir nicht habe ausmalen können. Paul ist am ganzen Leib angespannt und stöhnt schließlich laut auf. Ich zittere leicht, ohne dabei zu bemerken, wie Jakubs Bild allmählich verblasst.

Paul liegt auf mir, er rührt sich nicht. Unsere Beine sind ineinander verschlungen, er atmet schwer. „Wow!", bringt er schließlich heraus und hebt den Kopf, um mich auf Lider und Wangen zu küssen. Dann rollt er auf die Seite, bis er auf dem Rücken liegt.

Ich bette mein Gesicht auf seine nackte Brust. „*Wow* bedeutet gut?"

Lachend legt er die Arme um mich. „*Wow* bedeutet großartig." Er dreht sich zur Seite, um mich mit ernster Miene anzusehen. Mir fällt auf, dass seine langen dunklen Wimpern an den Spitzen blond sind. „Es bedeutet, dass ich nicht gewusst habe, dass es so gut sein könnte." Ich erwidere nichts. Mein erstes Mal. So völlig anders und so viel mehr als alles, was ich erwartet habe. Paul fährt fort: „Ich bin froh, dass du meine Frau werden wirst. Ich wünschte nur, ich könnte dir einen Ring schenken."

Ich schüttele den Kopf. „Das ist nicht wichtig."

„Du bekommst deinen Ring, sobald wir in Amerika sind", verspricht er mir. Dann nimmt er seine Halskette ab. „Hier, meine Hundemarken." Er drückt sie mir in die Hand. „Die kannst du vorläufig behalten."

Aufmerksam betrachte ich die Metallschildchen an der Kette. Sie tragen seinen Namen und eine Ziffernfolge, die für mich keinen Sinn ergibt. „Aber das kann ich nicht annehmen. Das sind deine Erkennungsmarken, richtig?"

„Nein, die sind nur im Gefecht wichtig, damit man mich identifizieren kann, falls mir etwas zustößt. Aber der Krieg ist vorbei. Ich habe jetzt viel Papierkram zu erledigen, aber dann bin ich raus. In dieser Zeit wird mir nichts passieren. Außerdem werde ich morgen nach deiner Abreise ins Hauptquartier gehen und neue Marken beantragen. Okay?" Während er redet, legt er mir die Kette um.

Ich nehme die kühlen metallenen Marken in die Hand. Ein Teil von Paul, der mich mit ihm verbindet, solange wir getrennt sind. „Ja."

„Du solltest jetzt schlafen", sagt er und hüllt uns beide in die Decke ein. „Morgen hast du eine lange Reise vor dir." Ich nicke, und mit einem Mal fühle ich mich schrecklich müde. Ich drehe mich auf die Seite, Paul drückt sich von hinten gegen mich und schmiegt seine Beine an meine. Ich höre, wie der Regen gegen das Fenster prasselt. So werden wir bald jede Nacht im Bett liegen, und dann werden wir verheiratet sein. Meine Augenlider werden schwer, und ich falle in einen tiefen, traumlosen Schlaf.

Irgendwann viel später öffne ich abrupt die Augen und versuche mich zurechtzufinden. Im schwachen Schein der Morgendämmerung erkenne ich das kleine Hotelzimmer, in einer Ecke liegt meine Tasche. Ich erinnere mich, dass ich in Paris bin. Mit Paul. Und dann, auf einmal, kehren alle Ereignisse des letzten Abends zurück – das Wiedersehen, der Heiratsantrag, die gemeinsame Nacht. Ich drehe mich zur Seite und bemerke, wie Paul mich auf einen Ellenbogen gestützt beobachtet. „Guten Morgen", sagt er.

„Brauchst du denn gar keinen Schlaf?"

„Ich habe ein wenig geschlafen. Und du?"

„Wie ein Baby", erwidere ich ehrlich. „In deiner Gegenwart scheine ich besonders tief und fest zu schlafen. Aber wie spät ist es? Mein Zug …"

„Es ist alles gut. Wir haben noch nicht einmal fünf Uhr, also hast du noch gut eine Stunde Zeit, bevor du los musst." Er zieht mich an sich, und als seine Hände über meinen Körper fahren, fühlt sich das an wie eine Folge von winzigen Stromstößen. An meiner Hüfte hält er inne, da er die Narbe ertastet hat. Sorgenvoll schaut er mir in die Augen.

Ein wenig verlegen weiche ich zurück.

„Ich frage mich, wem du das zu verdanken hast."

Ich beiße mir auf die Lippen. Niemandem habe ich bis heute erzählt, wie es zu der Schussverletzung gekommen ist, genauso wenig wie ich über die Ereignisse vor meiner Verhaftung gesprochen habe. Weder Dava noch Rose habe ich ein Wort davon gesagt. Jetzt, da ich in Pauls Armen liege, verspüre ich den dringenden Wunsch, ihm alles zu erzählen. Aber wie wird er reagieren? Wird er entsetzt sein, mich in einem anderen Licht sehen? Nein, das ist nicht wichtig. Wenn wir heiraten wollen, dann soll er die Wahrheit erfahren. Ich atme tief durch und nehme allen Mut zusammen. „In Kraków gab es während des Krieges eine jüdische Bewegung gegen die Deutschen ..."

„Eine Widerstandsbewegung?"

„Ja, genau. Hast du davon gehört?"

Paul schüttelt den Kopf. „Ich weiß, dass es so was in Warschau gab, aber aus Krakau ist mir davon nichts bekannt."

Dieser beharrliche Kampf, der so viele Menschenleben kostete – und wir haben es nicht einmal ins Bewusstsein der Welt dort draußen geschafft! „Der Widerstand hat Aktionen gegen die Nazis organisiert. Einmal haben wir eine Bombe in einem Café voller SS-Offiziere hochgehen lassen."

„Wir?", wiederholt Paul und stößt einen leisen Pfiff aus, als ich bestätigend nicke. „Ich hatte keine Ahnung, dass du zum Untergrund gehört hast. Das erklärt, warum du so furchtlos bist." Furchtlos, hat er gesagt. Es tut gut, das zu hören. „Deshalb haben die Deutschen dich in Einzelhaft genommen, richtig?"

„Ja, sie wollten, dass ich ihnen Informationen über die Bewegung gebe. Aber ich habe kein Wort gesagt."

„Wurdest du beim Anschlag auf das Café angeschossen?"

„Nein. In der Bewegung gab es ein anderes Mädchen, Emma. Sie war meine beste Freundin." Und die Ehefrau des Mannes, den ich geliebt habe, ergänze ich im Geiste, aber das verschweige ich lieber. „Emma war auch Jüdin, aber sie lebte unter einem anderen Namen und gab sich als Christin aus." Ich rede langsam, da ich immer wieder nach den englischen Begriffen suchen muss. „Sie arbeitete für die Nazis, für einen sehr wichtigen Mann. Dadurch war sie in der Lage, geheime Informationen zu beschaffen. Sie begann mit dem Mann eine Affäre. Natürlich nur, um an noch mehr Informationen zu kommen", füge ich rasch hinzu, damit Paul kein falsches Bild von Emma bekommt, obwohl ich mich selbst manchmal frage, was der wahre Grund für ihr Verhältnis gewesen ist. „Dann wurde sie schwanger." Paul sieht mich mit großen Augen an. „Kommandant Richwalder wollte sie aus Kraków fortbringen, um sie später zu heiraten, also mussten wir sie vorher aus der Stadt schaffen. Ich hatte den Auftrag, ihr bei der Flucht zu helfen, damit sie sich mit ihrem Ehemann treffen konnte."

„Sie war verheiratet?"

„Mit einem Mann aus der Widerstandsbewegung. Er wurde bei dem Bombenanschlag verletzt und außerhalb der Stadt versteckt." Plötzlich bin ich zurück in Kraków und warte im Gebüsch vor dem Haus auf Emma. Ich sollte sie im Morgengrauen abholen, aber ich wusste, dass sie niemals die Stadt verlassen würde, ohne sich von ihrem Vater verabschiedet zu haben. Dann ging die Haustür auf und Emma trat hinaus. Als ich ihr in der Dunkelheit durch die stillen Straßen in Richtung Ghetto folgte, kam Wut in mir auf. So viel wurde aufs Spiel gesetzt, um ihr zur Flucht zu verhelfen, und sie war so egoistisch, uns alle in noch größere Gefahr zu bringen.

„Marta, geht es dir gut?" Paul beobachtet mich aufmerksam.

Ich zwinkere ein paarmal, um ins Hier und Jetzt zurückzukehren. „Ja, es geht mir gut. Entschuldige bitte. Bevor wir fliehen konnten, fand uns der Kommandant und entdeckte, dass Emma gar keine Christin ist." Ich berichte Paul, wie ich mich im Schatten verborgen hielt und mit ansah, wie Richwalder Emma zur Rede stellte. „Ich hatte gehofft, sie würde sich irgendwie rausreden können. Er schien sie tatsächlich zu lieben, daher dachte ich, er könnte Verständnis zeigen. Doch als er seine Waffe zog, da musste ich doch etwas unternehmen. Ich … ich hab ihn erschossen."

„Oh, Marta." Paul streichelt mir über die Wange.

„Ich brachte ihn um, doch bevor er starb, gelang ihm noch das hier." Ich deute auf meine Narbe. „Dann nahm mich die Gestapo fest, und den Rest kennst du."

„Und Emma?"

„Sie entkam. Als ich merkte, dass ich angeschossen war, drängte ich sie, ohne mich fortzulaufen."

„Sie ließ dich ganz allein zurück?"

Ich nicke. „Ich zwang sie ja dazu. Sie wollte nicht gehen, aber ihr blieb keine andere Wahl. Ich sagte ihr, wo sich Jakub, ihr Ehemann, aufhält. Die beiden sollten gemeinsam die Grenze überqueren. Ob sie es geschafft haben, weiß ich nicht. Jedenfalls bin ich so in der Zelle gelandet, in der du mich gefunden hast."

Staunend sieht er mich an. „Ich hatte keine Ahnung …"

Ich habe einen Kloß im Hals, und erst als ich ein paarmal schlucke, kann ich weitersprechen: „Wenn du mich nicht willst, weil das deine Meinung über mich geändert hat, dann kann ich das verstehen", bringe ich heraus.

„Wie bitte? Oh Gott, Marta, auf was für Ideen du kommst."

„Na ja, es ist schließlich keine Kleinigkeit. Immerhin habe ich einen Menschen getötet."

„Du hast einen Verbrecher erschossen", korrigiert er mich. „Um deine beste Freundin zu retten."

„Manchmal kommt mir das aber nicht so vor", sage ich und breche in Tränen aus.

Er zieht mich an sich, und ich presse mein Gesicht an

seine Brust. „Ist schon gut“, flüstert er und streicht mir übers Haar.

Einige Minuten vergehen, dann wische ich mir über die Wangen und erkläre schluchzend: „Es tut mir leid.“

„Das muss es nicht. Ich sehe auch noch immer die Gesichter der Menschen vor mir, die ich getötet habe. Da war dieser eine Soldat, eigentlich noch ein Junge, ganz sicher nicht älter als zwanzig. Natürlich gab es auch andere, aber dieser eine Soldat … Ich war vielleicht zwei Meter von ihm entfernt.“ Obwohl er schnell spricht, kann ich ihm folgen. „Nachdem ich ihn getroffen hatte, sah er mich völlig entgeistert an. Ich glaube, er erwartete, dass ich ihn einfach nur gefangen nehme. Vielleicht hätte ich das tun sollen, aber seine Einheit hatte kurz zuvor meinen Freund David getötet. Eine Granate landete in unserem Versteck, und eigentlich hätte es auch mich treffen können. Alles war voller Blut, unsere Ausrüstung, die Spielkarten, mit denen wir eben noch gespielt hatten. Ich hielt David in meinen Armen, als er starb.“

„Das tut mir sehr leid.“ Ich drücke ihn etwas fester.

„Mir auch. Mir tut alles leid, was wir durchmachen mussten. Aber jetzt ist es vorbei, und nun sind es nur noch zwei Wochen.“ Er lächelt mich an. „Ich kann es kaum erwarten, dich meiner Mom vorzustellen. Sie wird dich mögen. Und dann die Ranch! Es gibt da ein Fleckchen auf unserem Land, wo der Bach im Wald verschwindet. Ich glaube, dort sollten wir unser Haus bauen.“

*Unser Haus*. „Das hört sich schön an.“

„Und da können dann unsere … na, sagen wir, unsere zwanzig Kinder aufwachsen“, ergänzt er.

Ich muss lachen. „Zwanzig Kinder? Lass uns erst mal mit einem anfangen.“ Aus heiterem Himmel überkommt mich Sorge. „Paul, versprich mir, dass du auf dich aufpasst.“

„Das werde ich“, versichert er mir ernst, dennoch bemerke ich ein amüsiertes Funkeln in seinen Augen. „Ich werde nicht allzu viele Croissants essen, und ich werde mit keiner einzigen Französin tanzen, das schwöre ich dir."

„Sehr witzig." Ich knuffe seinen Arm. „Ich meine es ernst. Pass gut auf dich auf und beeil dich, zu mir zu kommen."

„Ich werde kein unnötiges Risiko eingehen, nicht jetzt, wo wir so viel zu verlieren haben." Er sieht über meine Schulter auf die Uhr. „Aber jetzt sollten wir uns fertig machen, sonst verpasst du deinen Zug."

Unwillig wende ich mich ab und klettere aus dem Bett. „Du bleibst hier."

Er setzt sich auf. „Ich will dich aber zum Bahnhof bringen."

„In der Stadt ist jetzt alles ruhig", wehre ich kopfschüttelnd ab. „Mir passiert schon nichts. Und so ist es besser, glaub mir. Bitte." Der Abschied wird schwer werden, und ich will es so schnell wie möglich hinter mich bringen.

„Ganz sicher?"

„Ganz sicher. Der einzige Bahnhof, an dem ich dich sehen möchte, liegt in London. In zwei Wochen. Außerdem möchte ich dich so in Erinnerung behalten, wie ich dich jetzt vor mir sehe", ergänze ich und versuche unbeschwert zu klingen.

Er lenkt ein und lehnt sich einen Moment lang zurück, dann greift er nach seiner Tasche auf dem Boden und zieht einen Notizblock heraus, den er mir zusammen mit einem Bleistift hinhält. „Schreib mir deine Adresse in London auf."

Unbehagen regt sich in mir. „Für den Fall, dass sich deine Pläne ändern?"

Paul schüttelt vehement den Kopf. „Nichts wird sich ändern. Ich will dir doch nur eine Ansichtskarte schicken." Ich hole meine Unterlagen hervor und schreibe die Adresse vom Visum ab. „Danke", sagt er, als ich ihm den Block zurückgebe. Dann ziehe ich mich hastig an, und eine Minute später setze ich mich wieder zu ihm aufs Bett.

„Hast du genug Geld?", will er wissen.

„Ja“, behaupte ich wider besseres Wissen und nicke nachdrücklich.

Er legt die Hände an mein Gesicht. „Zwei Wochen.“

„Zwei Wochen“, wiederhole ich ernst. „Sei vorsichtig.“

„Das bin ich immer“, gibt er zurück. „Sei du auch vorsichtig.“ Lange Zeit sieht er mir in die Augen und küsst mich dann innig. Ich schließe die Augen und atme seinen Duft ein, während ich mir wünsche, dass dieser Moment nie vorübergehen würde. Aber schon in der nächsten Sekunde höre ich eine Kirchturmglocke, die zur vollen Stunde schlägt.

„Ich muss los.“ Schweren Herzens löse ich mich von ihm und gehe zur Tür. Dort drehe ich mich noch einmal um und kämpfe mit den Tränen. „Alles Gute, Paul.“

Er lächelt. „Wir sehen uns bald wieder. Ich liebe dich, Marta. Auf uns beide wartet eine fantastische Zukunft.“ Ich kann nur nicken, da meine Stimme tränenerstickt ist. Dann öffne ich die Tür, trete auf den Flur und gehe schnellen Schrittes davon.

## 10. KAPITEL

Mit quietschenden Reifen hält der Bus vor dem Fährterminal. Das Wort *Calais* steht auf einem großen Schild an der Fassade eines einstöckigen Backsteingebäudes. Eine Stunde zuvor war der Zug, der mich aus Paris herbrachte, in einen Bahnhof gleichen Namens eingelaufen. Hier ist die Luft jedoch anders, sie ist schwerer und schmeckt salzig. Hinter dem Gebäude kann ich mehrere große Schiffe erkennen, die majestätisch in den Himmel ragen. Mir stockt der Atem, als ich zum ersten Mal in meinem Leben das Meer zu sehen bekomme. Doch ich habe jetzt keine Zeit, dieses Wunder zu bestaunen. Die anderen Fahrgäste sind bereits aufgestanden und begeben sich nach vorn, um den Bus zu verlassen. Ich greife nach meiner Tasche und folge ihnen hinaus.

Die Menge bewegt sich auf das Gebäude zu, ich bleibe dicht dran, um nicht den Anschluss zu verpassen. Drinnen verteilen sich die Menschen auf zwei Schalter, die Schilder darüber sind in Französisch, sodass ich nicht verstehe, was sie bedeuten. In der rechten Schlange steht eine Frau mit zwei großen abgewetzten Koffern und vier Kindern im Schlepptau. Die vier tragen schlecht sitzende Kleidung, die an mehreren Stellen nachlässig genäht worden ist. Die Reisenden zur Linken sind deutlich besser gekleidet, und sie sind mit weniger Gepäck unterwegs. Ein Mann mit sandblondem Haar und weißem Anzug mit blassblauen Streifen bildet das Schlusslicht dieser Schlange. Im Gegensatz zu der Frau mit den Kindern habe ich ihn im Bus nicht gesehen. Also stelle ich mich nach rechts zu den schäbiger gekleideten Leuten.

Wir kommen nur langsam voran. Aus dem Augenwinkel schaue ich zur linken Wartereihe, ob die wohl schneller ist. Doch der Mann im weißen Anzug ist noch immer auf gleicher Höhe mit mir und tritt ungeduldig von einem Bein aufs andere. Plötzlich dreht er den Kopf nach rechts, bemerkt meinen Blick und lächelt mir zu. Ich sehe weg.

Einige Minuten darauf ist die Frau mit den Kindern am Schalter angekommen, stellt die Koffer ab und gibt dem mürrisch dreinblickenden Mann eine Handvoll Papiere. Er stempelt sie mehrere Male und schiebt sie ihr wieder zurück. „Unterdeck“, höre ich ihn sagen. „Nächster!“

Ich trete vor und gebe ihm meine Fahrkarte und das Visum. Er überfliegt die Papiere, sagt etwas Unverständliches auf Französisch und zeigt auf die Schlange nebenan, als hätte ich etwas falsch gemacht. Ich schüttele den Kopf und hoffe, er schickt mich nicht zurück ans Ende der Warteschlange. Meine Fähre wird bald ablegen, und wenn ich noch länger warten muss, werde ich sie womöglich verpassen. „Passport?“, fragt er. Wieder kann ich nur mit einem Kopfschütteln reagieren. Ich habe keinen Passport. Dann fällt mir die Ausweiskarte ein, die Dava mir gegeben hat. Ich suche in meiner Tasche danach, während ich die ungeduldigen Blicke der Wartenden hinter mir spüre. Nachdem ich die Karte gefunden habe, gebe ich sie mit zitternden Fingern dem Mann hinter dem Schalter. Unwillkürlich halte ich den Atem an, als er die Karte und die Papiere betrachtet. Zieht er die Verlängerung des Visums in Zweifel, oder ahnt er, dass ich gar nicht Rose bin? Dann endlich stempelt er die Fahrkarte und gibt sie mir zurück. Ich drücke die Dokumente an mich und folge hastig den anderen Reisenden durch den Hinterausgang ins Freie.

Draußen angekommen muss ich erst einmal stehen bleiben. Zwanzig Meter von mir ankern sechs Schiffe, eines größer als das andere. Dahinter ist das Wasser zu sehen. Unwillkürlich muss ich nach Luft schnappen. Ich bin im Süden von Polen aufgewachsen, also Hunderte Kilometer von der Küste entfernt. Die einzigen Gewässer, die ich dort zu sehen bekam, waren Seen und Flüsse. Das dunkle, graugrüne Meerwasser ist in gleißendes Sonnenlicht getaucht und erstreckt sich bis zum Horizont.

Ich muss mich zwingen, meinen Blick abzuwenden und den anderen Reisenden bis zum dritten Schiff zu folgen. Plötzlich werde ich unsicher. Dava und auch Paul hatten beide von einer Fähre gesprochen, aber dieses Schiff wirkt so riesig, als wolle es uns quer über den Ozean bis nach Amerika bringen. Es hat drei Decks, von denen jedes etwas kleiner ist als das darunter, was das Schiff wie eine riesige Hochzeitstorte aussehen lässt.

Ein tiefes Signalhorn ertönt, und ich gehe mit den anderen zu der Rampe, die auf das Schiff führt. Am Fuß der Rampe angelangt, bleibe ich abermals stehen, da meine Nerven mit mir durchzugehen drohen. Die übrigen Passagiere strömen an mir vorbei. Warum mache ich das eigentlich? Es wäre so viel leichter, nach Paris zurückzukehren und mit Paul darauf zu warten, dass wir in die Staaten reisen dürfen. Aber dann regt sich meine starrsinnige Seite. Ich *muss* nach London fahren. Ich muss es für Rose tun. Plötzlich kommt es mir so vor, als würde sie neben mir stehen. „Komm schon", höre ich sie sagen, während sie meine Hand nimmt. Ich atme einmal tief durch, dann gehe ich los.

Oben angekommen, zeige ich dem Zahlmeister meine Fahrkarte, er stempelt sie ab. Dann mache ich einen Schritt nach vorn und bleibe kurz stehen, um mich zu orientieren. Auf dem Deck gleich vor mir drängen sich überwiegend Männer, die nach Arbeitern aussehen. Als mir die Mutter mit den vier Kindern auffällt, die in der Schlange vor mir gestanden haben, will ich auf sie zugehen. „Ma'am", ruft der Zahlmeister mir nach. Ich drehe mich zu ihm um und überlege ängstlich, ob ich irgendetwas verkehrt gemacht habe. Er aber zeigt auf eine Wendeltreppe, die nach oben führt. „Ihre Fahrkarte ist für die Erste Klasse."

„Aber ..." Ich sehe mir die Fahrkarte genauer an. Dava

hätte nur das Geld für die einfache Klasse aufbringen können, und sie ist viel zu praktisch veranlagt, als dass sie mit Roses Erspartem so großzügig umgegangen wäre. Paul, denke ich. Er muss das für mich getan haben, als er die Fahrkarte umbuchen ließ.

Ich gehe die Treppe hinauf und betrete zögernd das obere Deck. Hier kommt man sich wie in einer anderen Welt vor, es herrscht Ordnung statt Gedränge, die Promenade aus hellem Holz vermittelt den Eindruck von Weite und Ruhe. Ein Aufbau mit großen Fenstern nimmt die Mitte des Decks ein, darin erkenne ich Tische und Stühle. Passagiere in Kleidern aus feinem Leinen haben sich auf den Liegestühlen niedergelassen. Andere stehen in Gruppen beisammen, trinken Tee und unterhalten sich, während sie von großen Schirmen vor der hellen Sonne geschützt werden. Ich merke, wie sich die Blicke auf mich richten, auf mein Kleid aus grobem Stoff und auf meine klobigen Schuhe. Mein Gesicht färbt sich rot. Ich gehöre nicht hierher, ich wende mich hastig ab und entferne mich mit zügigen Schritten von diesen Leuten, um zum Vorderdeck zu gehen.

Ein lautes Vibrieren unter meinen Füßen verrät mir, dass die Fähre ablegt. Mein Magen verkrampft sich. Ich reise nach England. Noch vor ein paar Tagen wäre das das Größte gewesen. Und natürlich bin ich immer noch froh, dass ich mein Versprechen einlösen und Roses Tante besuchen kann. Doch diese Reise bedeutet jetzt auch, Paul zu verlassen. Ich halte mir vor Augen, dass es sich nur um zwei Wochen handelt. Dennoch überkommt mich Traurigkeit, als ich über die Schulter hinweg zur Küste blicke.

Ich beherzige Davas Rat und schaue entschlossen nach vorn. Erleichtert stelle ich fest, dass dieser Teil des Decks fast menschenleer ist. Womöglich liegt es daran, dass hier keine Liegestühle stehen und vom Bug her ein kräftiger Wind weht. Wie gebannt lasse ich meinen Blick über das Meer schweifen. Das Wasser ist aufgewühlt, Schaumkronen durchsetzen die glitzernde grüne Oberfläche. Möwen stürzen sich in die Tiefe, um etwas Essbares zu erhaschen, und fliegen dann gleich wieder gen Himmel.

Plötzlich neigt sich das Schiff nach rechts, und ich verliere den Halt und falle. Mit den Händen bremse ich meinen Sturz. „Vorsicht!", höre ich jemanden auf Englisch sagen, dann legt sich eine Hand um meinen Arm. „Haben Sie sich etwas getan?"

Ich richte mich auf, meine Handflächen tun mir weh. Vor mir steht der blonde Mann, der in der Schlange neben mir gewartet hat. Sein orangerotes Getränk ist über den Glasrand gespritzt und über seine Hand gelaufen. Ein einzelner Tropfen ist auf dem weißen Stoff seines Jacketts gelandet, doch das scheint er nicht zu bemerken. Besorgt sieht er mich an. „Nein, mir geht es gut", erwidere ich und klopfe glättend über meinen Rock.

„Ich hätte es nicht gern gesehen, wenn Sie über Bord gegangen wären", fügt er lächelnd hinzu und hält meinen rechten Arm noch immer fest.

„Danke." Nur langsam ziehe ich mich zurück, da ich nicht unhöflich wirken möchte. Aus der Nähe erkenne ich, dass er höchstens Anfang dreißig ist, auch wenn sein schütteres, zur Seite gekämmtes Haar und der schmale Oberlippenbart ihn deutlich älter aussehen lassen. Er ist fast so groß wie Paul, aber von deutlich schmalerer Statur und mit zarten, fast schon weiblichen Gesichtszügen.

„War mir ein Vergnügen." Er reicht mir die Hand. „Simon Gold."

„Marta Nederman", antworte ich, erst dann geht mir durch den Kopf, dass ich mich besser als Rose ausgegeben hätte.

Als er mich anlächelt, sehe ich seine kleinen, ebenmäßigen Zähne. „Sehr erfreut." Sekundenlang hält er meine Hand, seine Finger fühlen sich klamm an. Das Schiff schaukelt in die andere Richtung, und ich kann mich in letzter Sekunde an der Reling festhalten. Simon verlagert mühelos sein Gewicht, um sich an die Schiffsbewegungen anzupassen. „Die See ist heute etwas rau. Und seefest sind Sie wohl noch nicht."

Ich lege den Kopf schräg. „Seefest?"

Er nickt und streckt die Arme zur Seite aus, dabei beugt er sich nach links und rechts. „Sie wissen schon – Sie müssen das Gleichgewicht halten."

„Oh, tut mir leid. Ich habe erst vor Kurzem begonnen, Englisch zu lernen."

„Tatsächlich?" Er wirft mir einen anerkennenden Blick zu. „Sie beherrschen die Sprache mit erstaunlich wenig Akzent. Aber wenn Sie Ihre Sprachkenntnisse noch ein wenig trainieren wollen, warum gehen wir nicht hinein und trinken einen Tee?"

Ich zögere. Der Mann ist für mich ein Fremder, und ich habe nicht genug Geld, um mir einen Tee zu leisten. „Sie sind natürlich mein Gast", beharrt er, als er meine Unsicherheit bemerkt. „So vergeht die Zeit schneller, bis wir Dover erreichen. Die anderen Passagiere sind alle so schrecklich langweilig", ergänzt er mit einem flüchtigen, sonderbaren Lächeln. Ich muss an Paul denken, wie sich rings um seine Augen unzählige Fältchen bilden, wenn er lächelt.

„Kommen Sie", sagt Simon und geht voraus. Als ich ihm folge, wird mir bewusst, dass ich seine Einladung eigentlich gar nicht angenommen habe. Ich setze zum Protest an, doch in diesem Moment öffnet Simon die Tür zum Oberdeck-Café, und mir schlägt eine köstliche Wolke warmen Gebäckgeruchs entgegen. Ich trete ein, dann bleibe ich abrupt stehen. Alles hier wirkt so prachtvoll! Kleine Tische mit weißen Tischdecken, echtem Porzellan und silbernem Besteck darauf warten auf uns. Ein Mann kommt auf uns zu, und insgeheim rechne ich damit, des Raumes verwiesen zu werden. Stattdessen werden wir zu einem freien Tisch an einem der Fenster geführt.

Der Kellner bringt eine Kanne Tee und einen Teller mit Keksen an unseren Tisch. Während er den Tee eingießt, mustere ich Simon und frage mich abermals, ob es sich gehört, die Einladung eines fremden Mannes anzunehmen. Schließlich bin ich jetzt verlobt! Aber ich komme zu dem Schluss, dass Simon einfach nur nett zu mir ist.

„Und was führt Sie nach England?“, fragt er, nachdem der Kellner gegangen ist.

„Eine Freundin ist verstorben“, bringe ich nach einem tiefen Atemzug heraus. Sobald ich an Rose denke, steigen mir noch immer Tränen in die Augen. „Ich überbringe ihrer Tante in London die Nachricht und ein paar Habseligkeiten.“

„Oh, das tut mir leid.“

Ich nicke, obwohl es mir Unbehagen bereitet, mit einem Fremden über Rose zu sprechen. „Und was ist mit Ihnen?“, versuche ich das Thema zu wechseln.

„Ich bin Brite“, antwortet er, als würde das alles erklären, und nimmt einen Keks vom Teller.

„Das dachte ich mir bereits. Ich meine, was haben Sie auf dem Kontinent gemacht?“

„Ich habe einige Monate dort gearbeitet. Ich bin Diplomat, müssen Sie wissen.“ Simons Englisch klingt anders als alles, was ich bislang gehört habe. Er spricht knapp und präzise, was es mir leicht macht, ihn zu verstehen. „Ich habe mitgeholfen, in verschiedenen Städten unsere Botschaften wieder aufzumachen, die während des Krieges geschlossen waren.“ Er arbeitet für die Regierung! Hätte ich mich ihm doch bloß als Rose vorgestellt. Was, wenn er meine Papiere zu sehen bekommt? „Jetzt kehre ich ins Außenministerium zurück und arbeite wieder für die Abteilung, für die ich auch vor meiner Reise schon tätig war. Osteuropäische Angelegenheiten.“ Er deutet auf den Teller. „Sie sollten davon probieren. Die sind köstlich.“

Ich nehme ebenfalls einen Keks. „Ich komme aus Polen“,

erkläre ich, dann beiße ich ein Stück ab. Es schmeckt gut, aber lange nicht so gut wie das Schokoladenteilchen in Paris. Ich denke an die Patisserie zurück, an meine Aufregung, als ich auf einmal Paul entdeckte. Warum kann *er* nicht hier sitzen? Warum muss es dieser Fremde sein?

„Polin? Ich hatte mir so etwas gedacht, als ich Ihren leichten Akzent hörte, aber ich wollte Sie nicht darauf ansprechen. Falls Sie in London Arbeit suchen … Ich könnte eine Sekretärin gebrauchen, die Polnisch beherrscht."

„O weh, nicht doch", platze ich heraus. Ich schlucke das Gebäckstück hinunter. „Ich will sagen, das ist wirklich sehr nett von Ihnen, aber ich werde nur für zwei Wochen in London bleiben."

„Verstehe." Er legt einen Moment die Stirn in Falten. „Und was machen Sie dann?"

Nach kurzem Zögern antworte ich: „Dann treffe ich mich mit meinem Verlobten und reise nach Amerika, um dort mit ihm zu leben. Er ist Soldat und kommt her, sobald er seine Entlassungspapiere hat."

Ein seltsamer Ausdruck huscht über Simons Gesicht, er blickt auf meine Hand. „Ich habe gar keinen Verlobungsring gesehen."

„Es kam alles sehr überraschend", erkläre ich eilig. „Wir hatten noch keine Zeit für einen Ring."

„Ja, natürlich." Er klingt zurückhaltend. Hatte er etwa doch romantische Absichten, als er mich zum Tee einlud? Ich mustere Simons Miene und frage mich, ob ich ihm einen falschen Eindruck vermittelt habe. Mit seinen glatten, ebenmäßigen Zügen und den blauen Augen sieht er durchaus attraktiv aus. Doch wenn ich ihn mit Paul vergleiche, wenn ich nur daran denke, wie mir bei ihm der Atem stockt, dann liegen Welten zwischen diesen beiden Männern. „Meinen Glückwunsch", fügt er ohne jede Regung hinzu.

„Danke."

Er räuspert sich. „Wirklich zu schade." War das etwa so direkt gemeint, wie ich es verstanden habe? „Ich könnte Ihre Hilfe im Ministerium wirklich gut gebrauchen", ergänzt er schnell.

„Meine Hilfe? Entschuldigung, ich verstehe nicht …"

„Die Situation in Polen und in ganz Osteuropa erfordert unsere volle Aufmerksamkeit."

„Wie meinen Sie das?" Meine Finger krallen sich in die Serviette auf meinem Schoß. In Salzburg und selbst in Paris sind mir nur wenige Neuigkeiten über die Lage im Land zu Ohren gekommen. „Was geschieht dort?"

Simon wischt sich einen Krümel aus dem Mundwinkel. „Wie Sie vermutlich wissen, haben die Sowjets einen Großteil Osteuropas befreit." Das hatte ich von anderen Flüchtlingen im Lager erfahren. „Das Problem besteht darin, dass es so aussieht, als würden die Sowjets ihr Wort nicht halten", fährt er fort. „Dabei hatten sie zugesagt, die Regierungen dieser Länder wieder einzusetzen und zu respektieren. Nehmen wir beispielsweise Polen." Er wird etwas lauter, seine Miene wirkt eindringlich. „Die Sowjets haben zwar die Übergangsregierung in Lublin anerkannt, aber in Wahrheit ist es nicht mehr als eine Marionettenregierung. Und so sieht es überall in Osteuropa aus."

Eine diffuse Unruhe erfüllt mich. „Und warum unternimmt niemand etwas dagegen?"

„Das versuchen wir. Während des Krieges wollte niemand die Sowjets verärgern, weil sie im Osten halfen, Hitler zu bekämpfen. Aber jetzt, nachdem der Krieg vorüber ist, haben sie in Osteuropa in fast jedem Land Fuß gefasst, entweder durch ein direktes Einschreiten oder durch Ableger der kommunistischen Partei." Ich höre aufmerksam zu, auch wenn nicht alles für mich einen Sinn ergibt. „Weil die sowjetischen Truppen die Region besetzt halten, können wir wenig dagegen unternehmen." Mit einem Mal sieht Simon mich prüfend an. „Sie sind keine Freundin der Kommunisten, oder?“ Ich schüttele den Kopf. Es gab bei der Widerstandsbewegung einige Leute, die glaubten, dass die Kommunisten die Lösung für all unsere Probleme hätten. Auch Jakub glaubte an sozialistische Prinzipien. Ich hatte mir die Diskussionen angehört, mir aber keine Meinung zu dem Thema gebildet. Simon redet weiter und wird noch einmal lauter: „Es kommt ein neuer Krieg auf uns zu, Marta! Ein Krieg gegen die Kommunisten. Und er wird vielleicht noch schlimmer als der letzte.“ Seine blassblauen Augen blicken ins Leere.

Meine Gedanken überschlagen sich. „Davon hatte ich keine Ahnung.“

Das Schiff schaukelt heftig, und ich halte die Teetassen fest. „Wir müssen uns der Küste nähern“, stellt Simon fest und sieht aus dem Fenster.

Ich folge seinem Blick und entdecke einen schmalen Streifen Land am Horizont. „Ich sollte mich vor der Ankunft noch frisch machen“, erkläre ich und schiebe meinen Stuhl zurück. „Vielen Dank für den Tee.“

„Es war mir ein Vergnügen“, erwidert er und steht ebenfalls auf. „Kann ich Sie nach London mitnehmen, wenn wir angelegt haben? Es wartet ein Wagen mit Fahrer auf mich, und es würde mir keine Umstände bereiten.“

Einen Moment lang denke ich über das Angebot nach. Es wäre so wunderbar einfach, mich von ihm in die Stadt fahren zu lassen. Aber etwas an Simons entgegenkommender Art, an der Art, wie er mich ansieht, löst Unbehagen in mir aus. Außerdem kenne ich ihn nicht gut genug, um beurteilen zu können, ob ich ruhigen Gewissens auf sein Angebot eingehen kann. „Nein, danke. Ich werde abgeholt“, behaupte ich.

Enttäuschung huscht über Simons Gesicht. Er greift in seine Tasche und zieht ein silbernes Etui heraus. „Meine Visitenkarte“, sagt er und reicht mir eine Karte. „Für den Fall, dass sich Ihre Pläne ändern.“

„Das werden sie nicht“, gebe ich zurück und bemerke erstaunt, wie überzeugt ich klinge.

„Nun, dann nehmen Sie sie für den Fall, dass Sie irgendetwas benötigen, während Sie in London sind“, beharrt er. Unsere Finger berühren sich, als ich die Karte annehme.

Plötzlich verspüre ich den dringenden Wunsch, die Flucht zu ergreifen. „N-nochmals danke.“ Ich stecke die Karte ein und entferne mich, wobei ich deutlich spüre, wie er mich mit seinen Blicken verfolgt.

Die nach Kohle riechende Luft ist nasskalt, als ich den von Bäumen gesäumten Platz überquere und auf eine Häuserreihe zusteuere. Inzwischen ist es dunkel, das schwache gelbe Licht der Straßenlaternen wird fast völlig vom dichten Londoner Nebel geschluckt. Auf dem Straßenschild an der Ecke lese ich *Montpelier Place*. Die Häuser stehen hinter hohen Metallzäunen, dichte Hecken schützen vor den Blicken Neugieriger. Nummer 33 steht auf meinem Visum vermerkt, es ist das Eckhaus, von dem aus man den ganzen Platz überblicken kann. Ich überquere die Straße und bleibe vor dem imposanten Gebäude stehen. Rose war so ruhig und unscheinbar, dass ich nie gedacht hätte, dass ihre Familie so wohlhabend sein könnte. Meine Knie zittern.

Ich nehme allen Mut zusammen, gehe zum Tor und spähe hindurch. Auf der anderen Seite wird eine breite marmorne Eingangstreppe von einem gepflegten Rasen gesäumt. Ich sehe hinauf zu den Fenstern, aber alles ist dunkel. Eigentlich ist es schon viel zu spät, um jemandem einen Besuch abzustatten, erst recht, wenn man denjenigen gar nicht kennt. Aber als mein Zug *Victoria Station* erreichte, wusste ich nicht, wohin ich sonst gehen sollte. Außer Simon Gold kenne ich niemanden in der Stadt, und für ein Hotelzimmer habe ich kein Geld. Also bin ich hergelaufen, nachdem mir eine Frau am Bahnhof den Weg erklärt hatte. Ich bin zunächst mit der

U-Bahn bis zur *Sloane Square Station* gefahren und dann ein paar Häuserblocks gegangen. Nun stehe ich hier. Als plötzlich Roses Gesicht vor meinem inneren Auge auftaucht, weiß ich, dass ich richtig gehandelt habe.

Ich atme tief durch und drücke den Klingelknopf. Von drinnen ist zu hören, wie die Türglocke geht. Nichts geschieht. Mein Herz schlägt wie verrückt. Vielleicht ist Roses Tante ja gar nicht da? Ich klingele noch einmal.

„Ja?", ertönt plötzlich eine knarzende Männerstimme, die mich zusammenzucken lässt. Ich sehe zum Haus, doch da ist niemand, und die Tür ist immer noch geschlossen. „Wer ist da?" Erst jetzt fällt mir ein kleines schwarzes Kästchen auf, das sich gleich über der Klingel befindet.

Ich räuspere mich. „Ich … ich bin auf der Suche nach Mrs. LeMay."

„Das ist Mrs. LeMays Haus", erwidert die Stimme. „Aber heute Abend erwartet Mrs. LeMay keine Besucher."

„Aber …", beginne ich.

„Es ist schon spät, Miss", unterbricht mich die Stimme. „Kommen Sie morgen wieder. Und rufen Sie bitte vorher an." Dann höre ich ein Klicken, und das Kästchen verstummt.

Ich wende mich von dem Haus ab, meine Wangen glühen. Doch im nächsten Moment halte ich inne. Ich muss das hinter mich bringen! Also drehe ich mich wieder um und klingele noch einmal. „Was denn?", herrscht mich der unsichtbare Mann an. „Ich sagte Ihnen doch, dass Sie …"

Diesmal falle ich ihm ins Wort. „Bitte. Es ist äußerst wichtig. Wenn Sie zur Tür kommen würden …"

Ich bekomme keine Antwort und starre ratlos das schwarze Kästchen an. Hat er schon wieder einfach die Verbindung unterbrochen? Ich sehe mich auf der Straße um. Ich werde mir ein Quartier für die Nacht suchen müssen, und morgen komme ich wieder her. Gerade will ich weggehen, da höre ich ein Geräusch. Die Tür ist einen Spaltbreit geöffnet worden, ein schmaler Lichtstrahl fällt auf die Vortreppe. „Was wollen Sie?“ Diesmal kommt die Stimme des Mannes nicht aus dem Kästchen, sondern von der Tür.

„Wenn Sie das Tor öffnen würden …“ Der Mann erwidert nichts, kommt aber zum Tor. Er geht so langsam, dass es scheint, dass es ihn viel Mühe kostet. Als er aus dem Schatten tritt, sehe ich, dass er bis auf einen dünnen grauen Haarkranz kahl ist. Er trägt einen dunklen Anzug und ein Halstuch, was zu dieser späten Stunde sehr förmlich wirkt. Ich versuche mich zu erinnern, ob Rose je einen Onkel erwähnt hat.

Der Mann kommt bis zum Tor, öffnet es jedoch nicht. „Ja, bitte?“ Ich merke, wie ich mir unter seinem eindringlichen Blick sehr klein vorkomme.

Ich wähle die englischen Worte mit Bedacht, um mein Anliegen vorzutragen. „Ich bin hier, weil ich Mrs. LeMay sprechen muss.“ Dabei hebe ich eine Hand, um seinen Widerspruch abzuwehren. „Ich weiß, es ist spät. Es tut mir leid. Aber ich komme von weit her und muss dringend mit ihr sprechen. Es geht um ihre Nichte Rose.“

Der Mann wird hellhörig. „Rose? Was ist mit ihr?“

Ich zögere. Ein Teil von mir möchte ihm die Wahrheit sagen und ihm Roses Habseligkeiten in die Hand drücken, damit das endlich erledigt ist. „Gehören Sie zur Familie?“

„Nein, ich bin Charles, der Butler“, erwidert er. „Aber ich werde Ihre Nachricht an Mrs. LeMay weiterleiten.“

„Es tut mir leid“, beharre ich kopfschüttelnd, „aber ich muss mit Mrs. LeMay persönlich reden.“

Der Mann betrachtet mich sekundenlang, ohne ein Wort zu sagen. Schließlich öffnet er das Tor. „Treten Sie ein. Ich werde sehen, ob Mrs. LeMay Sie empfangen kann.“

Als ich ihm die Stufen hinauf folge, weht mir der intensive Duft von Geißblatt entgegen. Plötzlich sehe ich Rose vor mir, wie sie als Kind in diesem Garten spielt. Trauer regt sich in mir. Rose sollte jetzt hier sein, nicht ich.

Ich verdränge das Gefühl und betrete das Haus. Hinter der Tür erstreckt sich eine großzügige Diele, der Boden ist mit schwarz-weißen Kacheln ausgelegt. Direkt vor mir führt eine Treppe in die Dunkelheit. „Warten Sie hier", fordert der Mann mich auf, dann verschwindet er durch eine Tür zu meiner Linken. Ich bleibe allein in der Diele zurück. Durch eine offene Tür auf der rechten Seite ist das Ticken einer Uhr zu hören.

Augenblicke später sind von oben Schritte zu vernehmen, und am Kopf der Treppe erscheint eine ältere Dame. „Guten Abend", sagt sie zu mir, während sie nach unten kommt. „Ich bin Delia LeMay." Roses Tante sieht ganz anders aus, als ich sie mir vorgestellt habe. Sie reicht mir kaum bis zur Schulter, dafür ist sie fast so breit, wie sie groß ist. Ihr rundliches Gesicht mit den ausgeprägten Pausbacken wird von schneeweißem Haar umrahmt, das sie zu einem Dutt gesteckt hat, der jeden Moment zu platzen droht. Der violette Glanz ihrer Augen lässt erkennen, dass sie tatsächlich Roses Tante ist. „Charles sagt, dass Sie wegen meiner Nichte hier sind."

„Ja, mein Name ist Marta Nederman. Ich …"

„Marta!", ruft Delia und lacht mich so strahlend an, dass ihre Augen von den Pausbacken ganz klein gedrückt werden. „Ich wusste ja nicht, wer Sie sind!" Sie durchquert die Diele leichtfüßiger, als ihre Statur es vermuten lässt, und küsst mich auf beide Wangen. Ihr nach Blumen duftendes Parfüm kribbelt in meiner Nase. „Rose hat mir alles über Sie geschrieben. Ich habe die Anträge losgeschickt, um das Visum zu verlängern und ein zweites für Sie zu bekommen." Dann hat Dava also die Wahrheit gesagt. Rose hatte gewollt, dass ich sie nach England begleite. „Aber ich habe Rose und Sie erst in ein paar Monaten erwartet. Was machen Sie so früh schon hier?"

Ich zögere mit meiner Antwort. „Können wir uns vielleicht setzen?"

„Oh, natürlich. Wie unhöflich von mir! Sie müssen von der langen Reise ganz erschöpft sein." Mit diesen Worten dirigiert sie mich nach rechts in den Salon. Auf dem Sofa und den zwei Sesseln liegen Überwürfe aus roséfarbener Seide mit Blumenmuster. Gerahmte Fotos stehen auf dem Tisch, auf der Fensterbank und dem Kaminsims. „Charles", ruft Delia energisch, und sofort kommt der Butler herbeigeeilt. „Zwei Tassen Tee, bitte."

„Jawohl, Ma'am."

Nachdem er gegangen ist, deutet Delia auf das Sofa. Nur sehr ungern möchte ich den edlen Stoff zerknittern. „Kommen Sie, setzen Sie sich", drängt sie mich. „Sie müssen entschuldigen, dass Charles so schroff war, aber in den letzten Monaten haben so viele Bittsteller hier geklingelt, da ist er argwöhnisch geworden. Es ist schon eine Schande, was dieser Krieg aus den Menschen gemacht hat. Natürlich versuchen wir zu helfen, wo wir können." Kaum hat sie sich ans andere Ende des Sofas gesetzt, kommt eine große graue Katze in den Salon geschlendert und springt ihr auf den Schoß. „Das ist Ruff", erklärt Delia und krault das Tier hinter den Ohren. „Er ist fast fünfzehn. Den Namen hat Rose ihm gegeben. Ich habe versucht, ihr klarzumachen, dass der Name besser zu einem Hund passt, aber das Kind war ziemlich stur."

Ich versuche mir die ruhige, sanftmütige Rose als stures Kind vorzustellen. Es muss der Krieg gewesen sein, der sie so verändert hat. Plötzlich fällt mir ein Gemälde über dem Kamin auf. Es zeigt ein Mädchen mit zarten Gesichtszügen und blondem Haar. „Ist das Rose?"

Delia lächelt. „Ja. Wenn Rose im Sommer nicht nach London kommen konnte, dann trafen wir uns auf dem Familiensitz an der Küste nahe Triest. Ein Künstler aus der Gegend malte das Porträt, als sie ungefähr neun war. Es hat mir immer sehr gut gefallen." Als ich sehe, mit welcher Freude sie das Bild betrachtet, wird mir unwohl.

Charles bringt den Tee und schenkt zwei Tassen ein, dann

zieht er sich wieder zurück. Delia reicht mir eine Tasse. „Zucker kann ich leider nicht anbieten. Bis zur nächsten Woche sind die Lebensmittelkarten aufgebraucht, und auf dem Markt gibt es momentan nichts." Überrascht wird mir klar, dass sie vom Schwarzmarkt spricht. Es ist nur schwer vorstellbar, dass eine Frau wie Delia LeMay Dinge unter der Hand beschafft, aber sie spricht davon so selbstverständlich, als gehöre es zum Alltag. „Und wie geht es meiner lieben Rose?" Sie rührt in ihrem Tee. „Rose schrieb mir, sie würde zusammen mit Ihnen herkommen. Ist sie noch nicht kräftig genug, um die lange Reise anzutreten?"

Ich zwinge mich, einen Schluck zu trinken, obwohl ich einen Kloß im Hals spüre, der mich zu ersticken droht. „Mrs. LeMay, Sie wissen von Roses Krankheit, nicht wahr?"

Ihre Miene nimmt einen ernsten Zug an. „Ja. Sie leidet schon seit Jahren an einer Blutkrankheit. Aber in ihren Briefen schreibt sie, dass es ihr besser geht und sie jeden Tag ein bisschen kräftiger wird. Das habe sie Ihnen und dieser Krankenschwester zu verdanken. Dana heißt sie, glaube ich."

„Dava." Ich mache eine kurze Pause. „Rose war tatsächlich auf dem Weg der Besserung."

„War?", wiederholt Delia langsam und beginnt bereits zu verstehen. „Soll das heißen …?"

„Ja. Leider ja."

Sie wird kreidebleich. „Was ist geschehen?"

„Vor ein paar Tagen bekam sie hohes Fieber. Die Ärzte und Schwestern taten alles, was in ihrer Macht stand, aber Roses Körper war zu geschwächt. Es tut mir so leid." Delia starrt schweigend vor sich hin. Ich nehme die Teetasse aus ihrer zitternden Hand und stelle sie auf den Tisch. „Soll ich nach Charles rufen?" Sie antwortet nicht, sondern schlägt so abrupt die Hände vors Gesicht, dass die Katze von ihrem Schoß springt. Sie zittert am ganzen Leib, als sie lautlos zu schluchzen beginnt.

Einen Moment später nimmt sie die Hände fort. „Ich hatte sie schon vor dem Krieg angefleht, zu mir zu kommen und bei mir zu leben. Aber ihr Vater war krank, und sie wollte ihn nicht allein lassen. Sie sagte, dass Amsterdam ihr Zuhause sei und dass schon alles gut werden würde." Vor dem Krieg hat das wohl jeder gedacht, denke ich bei mir. „Ich kann es nicht fassen, dass sie nicht mehr da ist", sagt Delia leise. „Sie war wie eine Tochter für mich."

„Ich weiß." Sanft streichle ich ihre Hand. „Sie hat immer nur von Ihnen erzählt. Und sie freute sich so sehr darauf, herzukommen und hier ein neues Leben zu beginnen."

„Sie war meine einzige noch lebende Verwandte." Delia wischt sich über die Augen. „War … war sie glücklich? Zum Schluss, meine ich."

„Ja, sehr sogar. Sie war an einem wunderschönen Ort, man kümmerte sich gut um sie, und sie hatte Freunde." Ich beschreibe Delia das Schloss und den Park. Dann hole ich Roses Sachen aus meiner Tasche. „Hier." Ich ziehe ein Bild hervor, das Rose gemalt hat und das die Aussicht von der Terrasse auf die Berge und den See zeigt.

„Das ist wirklich schön." Delia hat zwischen Roses Sachen einen Umschlag entdeckt. „Der ist von mir."

„Ja. Sie hat all Ihre Briefe aufbewahrt. Sie hat Sie sehr geliebt."

Minutenlang sitzen wir schweigend da, dann fragt Delia: „Und Sie haben den weiten Weg auf sich genommen, nur um mir die Sachen zu bringen?"

„Ja. Dava hat mich darauf gebracht. Ich hatte kein Visum, also habe ich Roses Visum genommen. Ich hoffe, das macht Ihnen nichts aus."

„Natürlich nicht." Wieder wischt sie sich über die Augen und bringt ein schwaches Lächeln zustande. „Das ist sehr nett von Ihnen. Aber was werden Sie nun tun? Kehren Sie auf den Kontinent zurück, oder wollen Sie in England bleiben?"

Ich zögere, da es mir unpassend erscheint, in dieser Situation von meinen Zukunftsplänen zu berichten. „Weder noch", antworte ich schließlich und erzähle ihr dann doch von Paul.

„Ein amerikanischer Soldat?" Delias Augen leuchten für einen kurzen Moment auf. „Das ist ja unglaublich romantisch."

„In zwei Wochen kommt er nach London, und dann reisen wir gemeinsam nach Amerika."

„Und was wollen Sie bis dahin machen?"

„Ich weiß nicht", gestehe ich. Ich habe noch immer etwas von dem Geld, das Dava mir gegeben hat, aber das reicht niemals für zwei Wochen, nicht einmal für die schäbigste Absteige.

„Dann bleiben Sie natürlich bei mir", meint Delia entschieden, worauf ich sie überrascht ansehe. „Ich lebe ganz allein in diesem großen Haus. Ich kann Sie durch London führen und Ihnen die Stadt zeigen, bis Ihr Verlobter kommt."

„Aber ich möchte Ihnen keine Umstände bereiten …" Noch während ich diesen Einwand ausspreche, spüre ich, wie mich der Komfort des Salons vereinnahmt.

„Oh, keineswegs", beteuert Delia. „Ich würde mich über etwas Gesellschaft sehr freuen. Außerdem könnten Sie mir von Rose erzählen. Das würde mir guttun."

„Danke, das ist sehr nett von Ihnen."

„Nein, ich muss mich bei Ihnen bedanken. Sagen Sie, wo ist Ihr Gepäck? Steht das noch draußen auf der Veranda, oder haben Sie es am Bahnhof in ein Fach geschlossen?"

Ich verziehe den Mund, dann zeige ich auf meine kleine Tasche. „Das ist alles, was ich habe."

Für einen kurzen Moment lässt Delia Erstaunen durchblicken. „Ja, natürlich. Wie dumm von mir", sagt sie dann und tätschelt meine Hand. „Machen Sie sich keine Gedanken, Sie sollen alles bekommen, was Sie brauchen. Charles?" Der Butler steht so schnell in der Tür, als habe er nur darauf gewartet, gerufen zu werden. „Miss Marta ist eine Freundin meiner Nichte." Der Butler nickt, und an seiner betrübten Miene erkenne ich, dass er wohl unsere Unterhaltung mitangehört hat. „Sie wird eine Weile bei uns bleiben. Bringen Sie sie aufs Gästezimmer und gehen Sie sicher, dass es ihr an nichts fehlt." Dann wendet sie sich wieder an mich und drückt meine Hand. „Wir sprechen morgen früh weiter."

„Miss?" Charles deutet auf die Tür. Ich stehe auf und folge ihm durch die Diele nach oben. Am Ende des Flurs schaltet er das Licht in einem Raum an, der sich als Schlafzimmer entpuppt. Ein großes schmiedeeisernes Bett steht an der einen Wand, die kornblumenblaue Tagesdecke passt farblich zu den Vorhängen. Gegenüber stehen ein großer Eichenschrank und eine Kommode, es riecht angenehm nach getrockneten Blumen und Gewürzen. Es ist das schönste Zimmer, das ich je gesehen habe. „Das Bad ist gleich nebenan", erklärt Charles und zeigt auf eine Tür. „Lassen Sie es mich wissen, wenn Sie etwas benötigen."

„Das werde ich, vielen Dank." Als er gegangen ist, lasse ich mich auf das Bett sinken und versuche zu verstehen, was sich in den letzten Stunden ereignet hat. Ich bin in London angekommen, ich habe meinen Auftrag erfüllt und die Nachricht überbracht. Und jetzt habe ich sogar ein Dach über dem Kopf. Mit einem Mal fühle ich mich todmüde. Ich lege meine Kleidung ab und ziehe mein Nachthemd an, dann lege ich mich ins Bett. Meine Gedanken wandern zu Paul. Haben wir uns tatsächlich erst heute Morgen voneinander verabschiedet? Ich wünschte, ich könnte die Zeit zurückdrehen, um wieder mit ihm in dem kleinen Hotelzimmer zu sein. Aber die Zeit lässt sich nun mal nicht zurückdrehen. Ich darf nicht zurückblicken, ich muss nach vorn sehen. Keine zwei Wochen, dann sehe ich Paul bereits wieder. Ich greife nach der Halskette und nehme seine Marken in die Hand. Wenig später fallen mir die Augen zu, ich sinke in einen tiefen Schlaf und sehe dabei Pauls Gesicht vor mir.

## *11. KAPITEL*

„Danke“, sage ich, als ich aus dem Taxi steige. Vor mir reckt sich der Bahnhof *Kings Cross* in den Himmel, Scharen von Reisenden strömen durch die Türen hinein und heraus. Ein wohliger Schauer überläuft mich, denn in nicht mal einer Stunde werde ich Paul wiedersehen.

Ich schließe mich der Menschenmenge an, deren Strom mich ins Bahnhofsgebäude zieht. Auf der rechten Seite reiht sich ein Geschäft ans nächste, gleich gegenüber geht es zu den Bahnsteigen. Die Gleise führen aus der riesigen Halle hinaus und verlieren sich irgendwo am Horizont.

Ich gehe zu der großen Anzeigentafel, die alle ankommenden und abfahrenden Züge ankündigt. Mit lautem Rattern schlagen die Ziffern und Buchstaben um, sobald die Anzeige aktualisiert wird. Paul hat nicht gesagt, aus welcher Richtung er kommen wird, und ich weiß auch keine Zugnummer. Als ich mir vor ein paar Tagen einen Stadtplan von London angesehen habe, war ich erstaunt, dass er sich ausgerechnet diesen Bahnhof ausgesucht hat. *Kings Cross* liegt im Norden der Stadt, und dort kommen gar keine Züge aus Dover an. Dank Delia weiß ich mittlerweile, dass sich nördlich von London verschiedene Militärstützpunkte der Amerikaner befinden. Paul ist wahrscheinlich mit seiner Einheit nach England geflogen und nimmt eine Zugverbindung über Cambridge. Auf der Tafel wird ein Zug aus Cambridge angezeigt, der um Viertel nach sieben auf Gleis drei einfahren wird, also in fünfundvierzig Minuten.

Bestimmt ist das Pauls Zug! Wieder lässt mich die Vorfreude erschauern. Natürlich weiß ich nicht mit Sicherheit, dass er in diesem Zug sitzt. Sieben Uhr – das hat er mit mir vereinbart, als er noch gar nicht genau wusste, wann er in England sein würde. Gut möglich, dass er schon viel früher eingetroffen ist. Ich drehe mich um und überblicke suchend die Menschenmenge, während ich heimlich hoffe, ihn dabei zu entdecken, wie er einen Kaffee trinkt oder am Zeitungsstand die Schlagzeilen liest. Aber er ist nicht da. Es ist ja auch noch nicht sieben, sage ich mir, um die Enttäuschung im Keim zu ersticken. Ich hatte mir vorgenommen, mich früh auf den Weg zu machen, um mit der U-Bahn zum Bahnhof zu fahren. Doch kurz bevor ich aufbrechen konnte, bot mir Delia an, mich zu begleiten. Zumindest aber sollte mich Charles mit dem Wagen fahren. Ich lehnte ab, da ich mein Wiedersehen mit Paul lieber allein feiern wollte. Schließlich aber bestand Delia darauf, dass ich wenigstens ein Taxi nehme und drückte mir etwas Geld dafür in die Hand.

Delias liebes Gesicht taucht vor meinem inneren Auge auf. Sie ist so gastfreundlich und nett, und das, obwohl sie so sehr um Rose trauert. „Ich werde dir London von seiner schönsten Seite zeigen“, verkündete sie gleich am Morgen nach meiner Ankunft. Im Verlauf der sich anschließenden zwei Wochen führte sie mich mit einer Energie und Ausdauer durch die Stadt, die ich ihr kaum zugetraut hätte. Wir tranken Tee bei Fortnum & Mason, sahen uns den Tower of London, Westminster Abbey und das gewaltige Parlamentsgebäude an, und schlenderten durch Kensington. Einmal, als es zu regnerisch für einen Stadtbummel war, nahm sie mich sogar mit ins Odeon-Kino am Leicester Square, wo wir uns *Henry V.* mit Laurence Olivier in der Hauptrolle ansahen.

Wir hatten uns immer etwas zu erzählen, ob wir nun beim Essen saßen oder ob wir spazieren gingen. Ich erzählte ihr von Rose und unserer gemeinsamen Zeit in Österreich. Delia berichtete im Gegenzug, wie sie als junge Frau nach Italien, Südfrankreich und sogar nach Marokko gereist war. Als hätten wir uns wortlos darauf geeinigt, vermieden wir alle traurigen Geschichten. Ich verschwieg, in welcher Verfassung man Rose ins Auffanglager gebracht hatte, und auch über meine Zeit in Gefangenschaft sagte ich nichts. Ich ahnte, dass Delia ebenfalls einiges zu berichten gehabt hätte. Wie viele Nächte sie wohl mit Charles im Keller ihres Hauses verbracht hat, während die deutschen Bomber über die Stadt flogen! Keine von uns will auch nur noch einen Funken Leid ertragen.

Die Tage bei Delia waren wunderbar, und ich bin ihr für ihre Großzügigkeit von Herzen dankbar. Doch an jedem Abend, den ich in den letzten zwei Wochen zu Bett gegangen bin, hakte ich im Geiste nur wieder einen weiteren Tag im Kalender ab: acht Tage, noch sechs Tage, noch vier Tage und so weiter, bis ich Paul wiedersehen würde. Vor zwei Tagen erreichte mich eine Ansichtskarte aus Paris. *Erwarte sehnsüchtig unser Wiedersehen. In Liebe, dein Mann*, hatte er mir geschrieben.

*Dein Mann.* Mein Herz macht vor Freude einen Satz, so oft habe ich in den letzten zwei Wochen von diesem Augenblick geträumt. In der vergangenen Nacht habe ich so gut wie nicht geschlafen, dafür stundenlang gegrübelt. Was, wenn der Zauber zwischen uns verflogen ist? Wenn ich ihm doch nicht so viel bedeute, wie er geglaubt hat? Es ist ja nicht so, als würden wir uns gut kennen. Als ich jetzt dastehe und auf die Gleise starre, verdränge ich die quälenden Gedanken. Es wird schon wieder so wunderbar sein wie in Paris. Doch was werden wir tun, wenn er erst einmal hier ist? Wird er auf Delias Angebot eingehen und das zweite Gästezimmer in Anspruch nehmen? Oder wird er lieber in einer Soldatenunterkunft irgendwo in der Stadt übernachten wollen? Und wie lange werden wir in London bleiben? Was muss noch erledigt werden, bevor wir nach Amerika aufbrechen können?

Ich wische die feuchten Handflächen an meinem Kleid ab und sehe zum Bahnsteig. Es ist Freitagabend, und überall drängen sich die Reisenden – Männer in Anzügen und mit Aktentaschen, die von der Arbeit kommen, Familien mit Kindern, die einen Wochenendausflug antreten. Trotzdem sind überall noch Spuren des Krieges zu sehen. Ein britischer

Soldat humpelt mit schmerzverzerrtem Gesicht an Krücken durch den Bahnhof, und neben einem Werbeplakat für Herrenmode informiert ein großes Hinweisschild darüber, dass die Lebensmittel nach wie vor rationiert sind.

Mein Blick bleibt an einem Imbissstand hängen, vor dem vier amerikanische Soldaten stehen. Vielleicht ist Paul doch mit einem anderen Zug gekommen? Nein, er ist nicht dabei.

Hinter mir wird an einem Zug ein Signalhorn betätigt, vor Schreck wirbele ich herum und sehe, dass sich eine Lok dem Bahnhof nähert. Der Zug aus Cambridge! Als er einfährt, laufe ich nach vorn und komme auf wackligen Beinen gefährlich nahe an der Bahnsteigkante zum Stehen. Ein Schaffner fasst mich am Ellbogen. „Vorsicht, Miss!“, ruft er. „Treten Sie bitte zurück.“ Mit hochrotem Kopf befolge ich die Anweisung. Der Zug kommt mit kreischenden Bremsen zum Stehen, und während die Türen aufgehen, streiche ich mir nervös über die Haare. Die Passagiere quellen aus dem Zug, und ich stehe da und suche nach Paul. Plötzlich entdecke ich eine grüne Uniform, ein amerikanischer Soldat kommt den Bahnsteig entlang. Ich mache bereits ein paar Schritte auf ihn zu, doch dann bleibe ich stehen. Nein, dieser Mann ist viel zu klein, und seine Haarfarbe ist zu hell.

Die Menschenmenge verteilt sich in alle Richtungen, jeder Reisende scheint ein anderes Ziel zu haben, und ich schaue verzweifelt den letzten Passagieren hinterher. Haben wir uns etwa verpasst? Als niemand mehr da ist, wende mich an den Schaffner. „Bitte, wann kommt der nächste Zug?“

Er sieht mich an. „Aus Cambridge? Etwa in einer Stunde. Gleicher Bahnsteig.“

„Danke.“ Sicher kommt Paul mit dem nächsten Zug. Etwas ratlos verlasse ich den Bahnsteig und gehe zurück in die Bahnhofshalle. Auf einmal knurrt mein Magen. Den ganzen Tag über war ich viel zu nervös, um einen Bissen herunterzubekommen, auch wenn Delia mich gewarnt hat, dass ich auf diese Weise noch in Ohnmacht fallen würde. Ich gehe zu dem Verkaufsstand, an dem sich eben noch die Soldaten aufgehalten haben, und bestelle einen Kaffee und ein Käsesandwich.

Während ich auf meine Bestellung warte, betrachte ich mich in einem Spiegel hinter der Theke. Den Großteil des Tages habe ich darauf verwendet, mich für Paul hübsch zu machen. Ich habe ein Bad genommen und mich um meine Frisur gekümmert. Außerdem habe ich das marineblaue, mit weiß abgesetzte Kleid angezogen, das Delia mir kurz nach meiner Ankunft geschenkt hat. Sie sagte, sie habe es aus zweiter Hand gekauft, doch dem Stoff ist deutlich anzusehen, dass es noch nie zuvor getragen wurde. Der Größe des Kleides nach zu urteilen, war es wohl für Rose bestimmt. Einen Moment lang stelle ich mir vor, wie sie neben mir steht und wir aufgeregt miteinander tuscheln. Rose sollte an meiner Stelle in London sein, geht es mir schuldbewusst mindestens zum hundertsten Mal durch den Kopf. Sie sollte bei Delia wohnen und dieses Kleid tragen. Ein letztes Mal blicke ich in den Spiegel. Mit viel Mühe habe ich meine Locken geglättet, doch zu meiner Verärgerung hat die hohe Luftfeuchtigkeit dafür gesorgt, dass sie sich schon wieder kräuseln. Ich weiß, dass Paul mich schon schlimmer zu Gesicht bekommen hat, dennoch möchte ich schön für ihn aussehen, damit er seine Entscheidung, mich zu heiraten, nicht gleich bereut.

Die Tische rund um den Imbiss sind alle belegt, also gehe ich mit meinem Kaffee und dem Sandwich quer durch die Bahnhofshalle. Von meinem Brot beiße ich ab, während ich mir die Auslagen der Geschäfte ansehe. Vor einem Geschäft picken Tauben heruntergefallene Krümel auf, bis plötzlich der Ladenbesitzer mit einem Besen nach draußen kommt und die Tiere verscheucht. Am Zeitungsstand bleibe ich stehen und lese die Schlagzeilen der *Times*. Delia hat den *Guardian* abonniert, und fast jeden Abend setze ich mich mit Zeitung und Wörterbuch bewaffnet aufs Sofa, um so viel wie möglich zu lernen. Heute hatte ich dafür natürlich keine Zeit. Ich esse mein Sandwich auf und nehme die oberste Zeitung zur Hand. Im Hauptartikel geht es um die Besetzung von Deutschland, so viel kann ich der Schlagzeile entnehmen. Nein, über Deutschland möchte ich im Moment ganz sicher nicht nachdenken. Mein Blick fällt auf eine andere Überschrift. *Exil-Polen warnen vor Katastrophe.* Ich halte die Zeitung etwas dichter vor meine Augen und versuche zu verstehen, um was es geht. Alles kann ich nicht übersetzen, aber ich verstehe, dass die Sowjets ihren Einfluss auf die polnische Regierung festigen. Das erinnert mich an meine Unterhaltung mit Simon Gold. Der Krieg gegen die Kommunisten werde der nächste große Krieg werden, hatte er gesagt. Betrübt denke ich an Polen, das jetzt nicht mehr von den Deutschen, stattdessen jedoch von den Russen besetzt wird. So hatten wir uns das nicht vorgestellt, als wir für unsere Freiheit kämpften.

„Wollen Sie die kaufen oder nicht?", ruft mir der Mann hinter der Theke zu. „Das hier ist keine Bibliothek."

Ich lege die Zeitung zurück. „Entschuldigen Sie." Ich sehe zur großen Uhr über der Anzeigentafel. Zehn nach acht. Zu meiner Verwunderung ist die Zeit wie im Flug vergangen. Eilig kehre ich zurück auf den Bahnsteig, wo in diesen Sekunden der nächste Zug einfährt. Er ist längst nicht so voll wie der letzte, und nur wenige Fahrgäste steigen aus. Ganz hinten entdecke ich einen Soldaten auf dem Bahnsteig. Paul! Ich laufe los, doch beim Näherkommen wird mir klar, dass er es gar nicht ist. Ich überlege, ob ich den Soldaten ansprechen soll. Vielleicht kennt er Paul und weiß, wo er abgeblieben ist. Aber der Mann hastet an mir vorbei über den Bahnsteig zu einer jungen blonden Frau, die mit ausgebreiteten Armen auf ihn wartet. Ich drehe mich weg, da ich nicht mit ansehen will, wie die beiden sich umarmen.

Abermals wende ich mich an den Schaffner. „Und wann kommt der nächste Zug aus Cambridge?"

Er schüttelt den Kopf. „Heute nicht mehr, erst morgen wieder."

Panik überkommt mich. Hat Paul es sich anders überlegt? Oder gab es eine Verzögerung, und er wurde nicht rechtzeitig aus der Armee entlassen? Ich kehre zurück in die Bahnhofshalle und lasse mich auf eine Bank sinken. Auf der Anzeigentafel werden nur noch zwei Züge angekündigt, einer aus Edinburgh, ein anderer aus Newcastle. Er wird schon auftauchen, versuche ich mich zu beruhigen. Mein Magen lässt sich jedoch nicht beschwichtigen und verkrampft sich vor Unbehagen.

Ich sehe mich in der fast menschenleeren Halle um und überlege, was ich jetzt tun soll. Unentschlossen fasse ich nach der Halskette und ziehe Pauls Marken aus dem Ausschnitt meines Kleides. Seit er sie mir gab, habe ich die Kette nicht mehr abgelegt. Mit den Fingern streiche ich über die ins Blech geprägten Buchstaben, dann lasse ich mutlos die Schultern sinken. Eine halbe Stunde sitze ich da, dann eine Stunde. Am Zeitungsstand wird das Licht gelöscht. Ein Ladenbesitzer gegenüber dem Imbissstand verriegelt die Tür mit einem Vorhängeschloss.

„Ma'am?" Ich drehe mich um, neben mir steht der Schaffner, den ich vorhin angesprochen habe. „Geht es Ihnen gut? Soll ich Ihnen ein Taxi rufen?" Verwundert sehe ich ihn an, dann fällt mein Blick auf die Anzeigetafel. Es ist fast zehn Uhr, heute wird kein Zug mehr den Bahnhof erreichen.

„Das ist nicht nötig", meldet sich eine Männerstimme hinter mir. Paul, denke ich im ersten Moment. Aber dafür ist die Stimme viel zu alt, und der Akzent ist eindeutig britisch. Ich fahre herum und sehe Charles vor mir. „Der Wagen wartet auf Sie, Miss."

Der Schaffner sieht uns erstaunt an, dann wünscht er mir einen guten Abend und schlurft davon.

„Guten Abend, Charles." Nur schwer kann ich meine Enttäuschung überspielen. „Was machen Sie hier?"

„Mrs. LeMay schickt mich, um nach dem Rechten zu sehen."

„Es ist alles in Ordnung. Pauls Zug ist bislang nicht eingetroffen, aber er wird sicher noch kommen …"

„Verzeihen Sie, Miss", unterbricht er mich sanft. „Heute Abend werden keine Züge mehr kommen." Er zeigt auf die leere Anzeigetafel, ich entgegne nichts. „Ich kann Sie nach Hause bringen."

„Ich muss hier warten." Ich höre selbst, wie starrsinnig ich klinge.

„Es ist zu gefährlich, sich um diese Zeit allein hier aufzuhalten", wendet Charles ein. „Sie haben dem Gentleman doch Ihre Adresse gegeben, nicht wahr?"

Ich nicke. Natürlich hat Charles recht. Paul ist durchaus in der Lage, mich zu finden, wenn ich nicht hier auf ihn warte. Ein letztes Mal sehe ich mich um, dann folge ich Charles aus dem Bahnhof und zum Wagen. Er hält mir die Tür der Limousine auf, ich setze mich auf die Rückbank. Während wir durch das verregnete London in Richtung Norden fahren, lasse ich meinen Kopf gegen die kalte Seitenscheibe sinken und starre aus dem Fenster, ohne wirklich etwas zu sehen.

Ein Fenster ist noch erleuchtet, als wir vor Delias Haus vorfahren. Drinnen kommt sie uns in der Diele entgegen. „Was ist geschehen?"

Ich schüttele nur den Kopf, und Charles antwortet an meiner Stelle: „Der Gentleman ist nicht gekommen."

„Bestimmt hat er sich nur verspätet", versichert Delia prompt. „Er hat doch unsere Adresse, nicht wahr?" Ich nicke stumm. „Gut, dann wird er herkommen, sobald er kann."

„Und wenn er nicht kommt?"

„Dann gehen wir zur Botschaft. Der stellvertretende Leiter ist ein guter Freund von mir, und man wird uns sicher sagen können, welche Einheiten auf dem Weg nach London sind. Wenn er bis morgen früh nicht aufgetaucht ist, gehen wir als Erstes zur Botschaft."

Delia klingt so überzeugt, dass ich mich gleich ein wenig besser fühle. „Vielen Dank."

„Das ist doch selbstverständlich. Komm und iss etwas. Ich habe dir vom Abendessen eine Portion aufgehoben."

„Danke", sage ich kopfschüttelnd. „Aber ich habe keinen Hunger."

„Dann trink wenigstens einen Tee", drängt Delia.

„Ich würde lieber ins Bett gehen." Dabei lege ich einen Finger an meine Schläfe, die plötzlich schmerzhaft zu pochen beginnt.

„Aber natürlich. Die ganze Warterei muss dich ermüdet haben."

„Ja, schon." Ich gehe zur Treppe, drehe mich aber noch einmal zu Delia an. „Du weckst mich doch, wenn …"

„Sobald er hier eintrifft", verspricht sie mir.

In meinem Zimmer angekommen, ziehe ich mich um und lege mich ins Bett. Ich weiß, je früher ich schlafe, desto früher kommt der nächste Morgen. Aus der Dunkelheit scheint mich Paul anzustarren. *Wo bist du?* Hast du es dir anders überlegt? Er verzieht keine Miene. Ich schließe die Augen und zwinge mich, gleichmäßig zu atmen. Den Trick hat mir meine Mutter beigebracht, als ich als Kind nachts so unruhig war. Bald bin ich eingeschlafen, aber Pauls Gesicht verfolgt mich weiter. Ich träume, dass ich auf dem Bahnsteig stehe, ein Zug fährt ein. Ich sehe die Reisenden aussteigen, und inmitten der Menschenmenge entdecke ich Paul … Erleichtert laufe ich auf ihn zu, doch er dreht sich weg und spricht mit einer anderen Frau. Dann erkenne ich, dass er ihre Hand hält, es ist … die junge Frau aus dem Straßencafé in Paris!

Ich schrecke aus dem Schlaf hoch, die Sonne scheint grell durchs Fenster. Die Erinnerungen an die Ereignisse des letzten Abends werden wach, doch ich klammere mich an die Hoffnung, dass Paul während der Nacht eingetroffen ist. Ich setze mich auf die Bettkante, aber bevor ich aufstehen kann, überkommt mich Übelkeit. Ganz ruhig, sage ich mir, greife nach der Kanne Wasser, die Charles mir immer hinstellt, und gieße mir ein Glas ein. Ich möchte nicht, dass mir schlecht ist, wenn Paul zu mir kommt. In mir wächst die Überzeugung, dass er heute kommen wird.

Ich trinke in kleinen Schlucken, dann beruhigt sich mein Magen. Nachdem ich mich rasch gewaschen und angezogen habe, laufe ich nach unten ins Erdgeschoss. Delia sitzt am Küchentisch, auf dem wie jeden Morgen ein Frühstück angerichtet ist: Rührei, Speck, Bohnen und Toast. Erneut dreht sich mir der Magen um. Delia sieht von ihrem Teller auf. „Hallo, meine Liebe. Wie du geschlafen?"

„Ich nehme an, du hast nichts gehört ..."

Sie schüttelt den Kopf. „Nein, aber ich würde mir an deiner Stelle keine Sorgen machen. Selbst wenn er in der Nacht nach London gekommen ist, wird er zu gut erzogen sein, als dass er wildfremde Menschen aus dem Schlaf reißt."

So wie ich es gemacht habe, denke ich. Aber ich weiß, dass ihre Worte nicht gegen mich gerichtet sind. „Vermutlich hast du recht."

„Die Botschaft öffnet um neun Uhr. Wir werden pünktlich vor der Tür stehen. Und jetzt iss erst einmal etwas." Ich will erwidern, dass ich immer noch keinen Hunger habe und dass mein Magen wehtut. Aber ich möchte auch nicht undankbar erscheinen. Widerstrebend setze ich mich und nehme einen Toast. Während Delia mir eine Tasse Tee einschenkt, beiße ich ein kleines Stück ab.

Im Flur sind Schritte zu hören, dann taucht Charles mit einer Einkaufstasche in der Tür auf. „Guten Morgen, Charles", begrüßt Delia ihn fröhlich. „Das Frühstück ist wie immer ausgesprochen köstlich."

Verlegen tritt er von einem Fuß auf den anderen. „Was ist denn?“, fragt sie.

„Mrs. LeMay, wenn ich Sie kurz sprechen dürfte …“

Sie sieht ihn mit fragender Miene an. „Entschuldige mich bitte“, sagt sie dann zu mir und geht in den Flur.

Ich beobachte, wie Charles leise mit ihr redet. Es passt so gar nicht zu ihm, in meiner Gegenwart zu tuscheln. Er zieht eine Zeitung aus der Tasche und zeigt Delia etwas. Unbehagen überkommt mich, ich lege den Toast zurück auf den Teller und stehe auf. „Was ist los?“, frage ich laut.

Charles hält inne, beide sehen sie mich betreten an. „Was ist los?“, wiederhole ich. Mir fällt mein schroffer Ton auf, doch das ist mir jetzt egal. Ich zeige auf die Zeitung. „Was steht da?“

„Marta, meine Liebe.“ Delia kommt auf mich zu. Ich greife um sie herum, und bevor sie mich aufhalten kann, habe ich Charles die Zeitung abgenommen. Die Schlagzeile ist so groß, dass sie fast die halbe Titelseite in Anspruch nimmt. *US-Militärmaschine in Ärmelkanal gestürzt: keine Überlebenden.*

Mir ist, als hätte man mich heftig geohrfeigt. Atemlos überfliege ich den Artikel. Die Maschine aus Paris habe über dem Ärmelkanal mit technischen Schwierigkeiten zu kämpfen gehabt und sei abstürzt, die gesamte Besatzung kam ums Leben. Panik überkommt mich. Ich fühle, wie Delia mir eine Hand auf die Schulter legt. „Marta, wahrscheinlich ist das nicht seine Einheit.“

„So viele amerikanischen Soldaten sind momentan auf dem Weg nach England“, ergänzt Charles.

Ich antworte nicht, sondern lese weiter. Die Männer gehörten zur Fighting 502nd, einer Einheit, die seit der Landung in der Normandie an jeder größeren Schlacht beteiligt gewesen ist. Ich erinnere mich deutlich, dass Paul seine Einheit so nannte. Kalter Schweiß bricht mir aus. Am Ende des

Artikels stoße ich auf eine Liste der Soldaten, die bei dem Absturz ums Leben kamen. Paul ist nicht auf der Liste zu entdecken. Vielleicht war er ja nicht mit seiner Einheit unterwegs, sondern wurde frühzeitig entlassen? „Er steht nicht auf der Liste", flüstere ich erleichtert.

Erst dann fällt mir unter den Namen ein Sternchen auf, gefolgt von den Worten „nicht identifizierter Soldat". Unwillkürlich fasse ich an die Kette mit seinen Erkennungsmarken. Paul hatte mir versprochen, sich neue zu besorgen.

Das ist ein Irrtum. Das muss ein Irrtum sein. Die Seitenmitte wird von einem unscharfen Foto beherrscht, das die Einheit vor einem Panzer stehend zeigt. Ich sehe mir die Männer genauer an, die sich wegen der identischen Frisuren alle so ähnlich sehen. Mein Blick bleibt an einem vertrauten Gesicht ganz unten rechts hängen. Paul starrt mich an, und in diesem Moment weiß ich, warum er unsere Verabredung nicht eingehalten hat.

Mir fällt die Zeitung aus der Hand. „Er ist tot", sage ich tonlos, dann folgt ein Schrei, der zwar aus meinem Mund kommt, der sich aber wie der einer anderen Frau anhört. Plötzlich verschwindet der Boden unter meinen Füßen, und mir wird schwarz vor Augen.

## *12. KAPITEL*

Ich stehe vor der Anzeigentafel von *Kings Cross Station* und sehe auf die Bahnsteige. Heller Sonnenschein fällt durchs Dach. Nervös drücke ich meine Handtasche an mich und warte. Natürlich bin ich wieder zu früh. Aber diesmal habe ich mich von Charles herfahren lassen, und ich habe sein Angebot angenommen, vor dem Bahnhof auf mich zu warten, bis Paul da ist. Es war alles nur ein großer Irrtum, stand in dem Telegramm, das am Morgen abgegeben wurde. Paul hat nur seinen Flug verpasst, er ist nicht mit dieser Maschine abgestürzt. Er kommt heute an.

Ein Zug taucht am Horizont auf, er fährt auf Gleis drei ein. Aufgeregt gehe ich ihm entgegen, bleibe dann aber stehen. Da stimmt etwas nicht. Der Zug bremst nicht ab, als er in den Bahnhof einfährt, sondern rast mit unverminderter Geschwindigkeit weiter. Das wird ein Unglück geben! Ich mache kehrt und renne, so schnell ich nur kann. Sekunden später kommt es hinter mir zu einer gewaltigen Explosion, eine glühend heiße Druckwelle schleudert mich zu Boden. Als ich den Kopf hebe und über meine Schulter schaue, erkenne ich, dass sich der Zug in einen riesigen Feuerball verwandelt hat. „Nein!“, schreie ich.

Ich reiße die Augen auf. Wo bin ich? Erst als ich die blassblaue Tapete an den Wänden erkenne, weiß ich, wo ich bin. Ich bin in Delias Haus. Ich setze mich auf und versuche durchzuatmen. Am Fußende scheint die Sonne auf meine Bettdecke, Kinder sind zu hören, die sich auf dem Weg zur Schule lachend etwas zurufen. Der Geruch meines verschwitzten, ungewaschenen Körpers mischt sich mit dem Aroma der Portion Rührei, die auf dem Nachttisch steht.

Paul ist tot. Fast zwei Wochen sind vergangen, seit ich in der Zeitung von dem Flugzeugabsturz gelesen und sein Foto angestarrt habe. Ich kann mich nicht daran erinnern, wie ich ohnmächtig wurde, und als ich irgendwann in meinem Bett erwachte, konnte ich mir nicht erklären, wie ich dorthin gekommen bin. Delia saß neben mir, als ich das erste Mal aufwachte. „Hallo, meine Liebe", sagte sie, beugte sich vor und legte die Arme um mich.

„Er ist tot."

„Ich weiß, und es tut mir so leid."

Erst Rose, jetzt Paul. Der Krieg ist vorüber, solche Dinge sollten einfach nicht mehr geschehen! Schreckliche Schuldgefühle machten mir in den letzten Tagen zu schaffen, schließlich war es meine Schuld, dass Paul unbedingt nach London kommen musste. Tief in meinem Inneren weiß ich, dass das nicht stimmt, immerhin ist Pauls ganze Einheit mit der Maschine unterwegs gewesen. Dennoch passt dieser Gedanke zu meiner Trauer, die mit schmerzhaften Stichen jene Taubheit durchdringt, die sich auf mich gelegt hat. Von einem Moment auf den anderen habe ich Delia gehasst, dieses Haus und alles, was mit England zu tun hat. „Ich will in Ruhe gelassen werden!", platzte ich heraus, worauf Delia mich betroffen ansah. „Ich … ich bin so schrecklich müde."

„Verstehe." Rasch stand sie auf. „Läute einfach, wenn du irgendetwas brauchst." Ich drehte mich weg und machte die Augen zu.

Nach diesem Tag sprach ich mit niemandem mehr ein Wort, und ich verließ mein Bett nur, um ins Badezimmer zu gehen. Die meiste Zeit schlief ich, am Tag ebenso wie in der Nacht, weil ich so dem Schmerz zu entkommen hoffte. Aber es half alles nichts. Ich träumte von Paul, ich sah ihn tausend verschiedene Tode sterben. Mal wurde er erschossen, als er mich aus meiner Zelle holen wollte. Dann ertrank er in dem See, auf dem wir mit dem Boot gefahren waren. Einmal träumte ich sogar, ich sei wieder auf dieser Brücke in Kraków, doch nicht der Kommandant liegt tot neben mir, sondern Paul. Und ich träumte auch von all den anderen, die gestorben waren – meinen Eltern, meinen Freunden aus dem Widerstand, Rose … Plötzlich schien es, als sei ich allein für ihre Tode verantwortlich.

Jeden Morgen stürzte erneut die Wirklichkeit auf mich ein. Der Schmerz war so intensiv, dass ich mich am liebsten in mir selbst aufgelöst hätte. Stundenlang lag ich im Halbdunkel und sah Pauls Gesicht vor mir. Immer wieder dachte ich an unsere gemeinsamen Momente: in Salzburg, in Paris, sogar in der Zelle, als wir uns zum ersten Mal sahen. Die Erinnerungen spulte ich wieder und wieder ab, bis ich darüber einschlief. So verging ein Tag nach dem anderen. Delia respektierte meinen Wunsch und besuchte mich nicht wieder, zumindest nicht dann, wenn ich wach war. Aber ich wusste, dass sie Charles über mich wachen ließ, der mich unermüdlich mit Essen versorgte: mit Eintopf, den ich nicht anrührte, mit Obst, das braun wurde, mit Eiscreme, die in ihrem Schälchen zerlief. Jedes Mal klopfte er zaghaft an, brachte ein Tablett, das er auf den Nachttisch stellte, und kam nach ein paar Stunden wieder, um das Tablett wieder abzuholen. Nicht ein einziges Mal unternahm er den Versuch, mich in eine Unterhaltung zu verwickeln oder mich zum Essen zu überreden.

Diesmal muss Charles hereingekommen sein, während ich noch schlief. Der Geruch des Rühreis lässt meinen Magen knurren. Zum ersten Mal seit Tagen verspüre ich Hunger. Ich betrachte das Tablett, dann entscheide ich mich für eine Scheibe Toast. Während ich abbeiße, sehe ich mich im Spiegel über der Kommode. Mein Haar ist platt an den Kopf gedrückt, die Haut wirkt käsig, ich habe dunkle Ringe unter den Augen. Ich bin ungewaschen, ich habe mich von aller Welt zurückgezogen, und ich esse nicht – es ist fast so, als wäre ich freiwillig in meine Zelle zurückgekehrt. Ich schäme mich dafür. Sollte meine Befreiung etwa ganz umsonst gewesen sein?

Ich esse die Scheibe Toast auf und nehme ein paar Bissen vom Rührei, dann stehe ich auf und gehe ins Badezimmer, um mich zu waschen. Während ich mich ausziehe, sehe ich Pauls Erkennungsmarken auf meiner Brust. Betrübt mustere ich sie. Mit jedem Schritt, den ich nach vorn mache, werde ich mich ein Stück mehr von ihm und unserer gemeinsamen Zeit entfernen. Plötzlich überkommt mich der dringende Wunsch, ins Bett zurückzukehren und mich wieder zu verkriechen. Aber Paul würde nicht wollen, dass ich das tue. Wenn ich daran denke, wie ich ihm einst sein Selbstmitleid vorgeworfen habe … Bevor ich es mir anders überlegen kann, kehre ich ins Schlafzimmer zurück und öffne den Schrank, in dem meine Kleider frisch gebügelt auf der Stange hängen. Delia muss dafür gesorgt haben, dass sie gereinigt werden. Ich bin ein so undankbarer Gast. In aller Eile ziehe ich eines der Kleider an, ein grünes mit dezentem Blumenmuster.

Als ich nach unten gehe, finde ich die Küche verlassen vor. Die Teller vom Frühstück sind bereits weggeräumt. Auf einem Papier gleich neben dem Telefon hinterlasse ich eine Notiz, um Delia wissen zu lassen, dass ich ausgegangen bin. Dann begebe ich mich zur Haustür und trete hinaus in den frischen Septembermorgen, eine kühle Brise empfängt mich. Das Laub an den Bäumen ist immer noch grün, aber die Blätter rascheln lauter als noch vor ein paar Wochen. Ich ziehe die Tür hinter mir zu und überquere den Platz. Während ich durch die ruhigen Straßen spaziere, fällt mir auf, dass die meisten Häuser hier noch größer und beeindruckender sind als das von Delia.

Nach einer Weile erreiche ich die Kensington Road, in beide Richtungen sind Personenwagen und Busse unterwegs. Auf der anderen Straßenseite erstreckt sich eine weitläufige Grünanlage, die Teil des Hyde Parks ist. Ich erinnere mich daran, wie ich dort mit Delia gewesen bin und mir bei der Gelegenheit vorgenommen habe, mit Paul einen Spaziergang zu unternehmen, sobald er in London ist. Plötzlich wird mir die Sicht genommen, ein großer Doppeldeckerbus hält genau vor mir. „Steigen Sie ein, Miss?“, fragt mich der Fahrer. Als ich mich umsehe, fällt mir auf, dass ich an einer Haltestelle stehengeblieben bin. Ich zögere, schließlich bin ich bislang nur gemeinsam mit Delia Bus gefahren. Doch plötzlich spüre ich das Bedürfnis, von hier wegzukommen, so schnell und so weit weg wie möglich. Ich steige ein, krame eine Münze hervor und bezahle meine Fahrkarte. Als der Bus einen Satz nach vorn macht, klammere ich mich an einer Haltestange fest.

An der nächsten Ampel nutze ich die Gelegenheit, um die Treppe hinaufzusteigen. Auf dem Oberdeck sitzt nur ganz hinten ein Mann, der die *Times* liest. Ich muss an die Schlagzeile denken, mit der Pauls Tod verkündet wurde, an das Foto, von dem er mich angestarrt hat. Ich vertreibe das Bild aus meinem Kopf und setze mich auf einen Platz weit vorne.

Ich schaue aus dem Fenster, als der Bus das Ende des Hyde Park erreicht, erst links und dann gleich wieder rechts abbiegt. Anstelle von Bäumen wird die Straße von hohen Gebäuden und einigen Werbetafeln gesäumt. Piccadilly! Auch hier war ich schon auf einem meiner Erkundungsgänge mit Delia. Wir fahren an dem Geschäft vorbei, in dem ich mir auf Delias Drängen hin neue Schuhe kaufte, dann vorbei am Ritz Hotel. Hier geht es nur langsam voran, und auf dem Fußweg drängen sich die Passanten, die von einem Geschäft ins nächste strömen. Alle paar Minuten hält der Bus, und ich höre von unten die Stimmen der zusteigenden Fahrgäste. Aber das sind geschäftige Londoner, die sich nicht für die Aussicht interessieren. Kurz darauf erreichen wir *Piccadilly Circus*. Die Gebäude hier sind mit Werbetafeln aller Art behangen: Plakate für Kaugummi, Haarpomade, Biersorten. *Guinness tut dir gut und gibt dir Kraft*, verkündet ein Werbespruch. Der Bus hält wieder an, vor uns scheint der gesamte Verkehr zum Stillstand gekommen zu sein. Plötzlich ist mir danach, eine Weile zu Fuß zu gehen, und ich steige kurz entschlossen aus.

An der nächsten Ecke bleibe ich stehen, da ich unschlüssig bin, in welche Richtung ich gehen soll. Die Passanten strömen an mir vorbei, und schließlich lasse ich mich einfach treiben. Niemand hier weiß, was ich durchgemacht habe, und es kümmert auch keinen. Für ein paar Minuten kann ich so tun, als wäre ich eine ganz normale Britin auf dem Weg zur Arbeit, etwa als Verkäuferin in einem der Geschäfte. Die Sonne steht inzwischen höher am Himmel, die Luft ist wieder sommerlich warm, und ich spüre, wie ich beim Gehen ins Schwitzen gerate.

Plötzlich löst sich die Menge auf, der schmale Fußweg geht in einen weitläufigen Platz über, in dessen Mitte ein hoher Obelisk steht. *Trafalgar Square*. Mein Blick wandert die Säule empor. Hier war ich schon einmal, als ich mit Delia von einer Theateraufführung zurückkam. So wie damals wirkt dieser Platz auch jetzt riesig und beängstigend, und ich komme mir vor, als wäre ich Welten entfernt von den beschaulichen Straßen in South Kensington. Ich hätte nicht gedacht, dass ich auf eigene Faust so weit in die Stadt vorstoße. Von neuem Selbstbewusstsein erfüllt, bahne ich mir meinen Weg durch Taubenschwärme und Heerscharen von Fußgängern, bis ich die andere Seite des Platzes erreicht habe.

Ich biege nach rechts in eine Straße ab, die zu beiden Seiten von hohen Regierungsgebäuden gesäumt wird. Nach einer kurzen Wegstrecke gelange ich an eine Kreuzung. Links sehe ich den Westminster Palace, davor ragt Big Ben in den Himmel. Beim Anblick des riesigen Parlamentsgebäudes stelle ich mir die Politiker vor, wie sie debattieren und Entscheidungen treffen, die nicht nur auf die Engländer, sondern auch auf die Menschen auf dem Kontinent Auswirkungen haben. Plötzlich muss ich daran denken, wie die Welt tatenlos zusah, als die Deutschen über ganz Europa herfielen. Wut erfüllt mich. Warum nur hat keiner früher eingegriffen? Warum haben sie alle so lange gewartet?

Big Ben beginnt zu läuten. Elf Uhr. Fast zwei Stunden sind vergangen, seit ich Delias Haus verlassen habe. Vor mir befindet sich Westminster Abbey, dessen Türme die Bäume ringsum deutlich überragen. Ich überquere die breite Straße, um den Park zu erreichen. An einer Ecke steht ein Eisverkäufer mit seinem Wagen. Ich zögere. Eigentlich sollte ich mein Geld nicht für Süßes ausgeben, doch ich kann das Schokoladeneis fast schmecken. Ich entscheide mich für ein kleines Hörnchen und schlecke am Eis, noch bevor ich mir einen Platz auf einer Bank gesucht habe.

Der wunderbare Geschmack zergeht mir auf der Zunge, während ich zwei Eichhörnchen beobachte, die durchs Gras hüpfen. Dann sehe ich in Richtung Whitehall, wo vorwiegend Männer die Fußwege bevölkern. Sie sind zielstrebig unterwegs, um an ihre Arbeitsplätze zu gelangen. Wie ich so dasitze und das Eishörnchen in der Hand halte, fühle ich mich auf einmal hilflos und albern. Was soll ich jetzt mit meinem Leben anfangen? Auf diese Frage habe ich nie antworten müssen. Ich bin auf dem Land aufgewachsen, und eigentlich stand immer fest, wie meine Zukunft aussehen würde: Heirat mit einem jüdischen Mann, vermutlich aus der gleichen sozialen Klasse wie ich, mit etwas Glück jemand, der ein wenig besser gestellt ist. Dann Kinder, so viele wie möglich. Das alles hat sich freilich geändert, als die Deutschen unser Land überfielen. Und jetzt, nach dem Krieg und all dem, was mit unserer Welt passiert ist, ist alles ungewiss. Ich bin ja gar nicht in der Lage, meine eigenen Entscheidungen zu treffen! Allein auf Davas Drängen hin habe ich mich bereit erklärt, nach London zu reisen, und es war Paul, der um meine Hand anhielt und damit entschied, dass ich ihm in die Staaten folge.

Nun wird mir zum allerersten Mal niemand sagen, was ich tun soll, niemand hat irgendetwas für mich geplant. Seit fast einem Monat wohne ich jetzt schon in Delias Haus, zunächst, um auf Paul zu warten, jetzt, um ihn zu betrauern. Ich kann ihre Gastfreundschaft nicht viel länger in Anspruch nehmen, doch wohin soll ich gehen? In Polen oder Österreich gibt es nichts und niemanden, das mich erwartet. Ich könnte ein Visum für Palästina beantragen. Oder für Amerika. Ich stelle mir vor, wie ich Pauls Familie besuche und ihr mein Beileid ausspreche. Aber ich habe ja gar kein Geld für eine solche Reise. Außerdem würde Pauls Familie wohl kaum eine völlig fremde Frau empfangen wollen, die behauptet, mit ihm verlobt gewesen zu sein, selbst wenn ich die Erkennungsmarken vorzeige. Für die Menschen, die ihn liebten, habe ich nie existiert. Tränen steigen mir in die Augen.

*Es reicht.* Das Sinnvollste ist, in England zu bleiben. Hier habe ich wenigstens noch eine Zeit lang ein Dach über dem Kopf. Aber ich muss Arbeit finden, ich muss Geld verdienen, damit ich Kost und Logis bezahlen kann. Ein leichtes Unterfangen wird das nicht werden. Aus der Zeitung und aus Gesprächen mit Delia weiß ich, dass die Soldaten heimkehren und die Wirtschaft Mühe hat, sich zu erholen. Da ist es für jede Frau schwierig, eine Anstellung zu bekommen, erst recht, wenn diese Frau ein schlechtes Englisch mit deutlichem Akzent spricht und keinerlei Berufserfahrung hat. Aber Delia kennt Leute, sie könnte sich für mich umhören. Eine Arbeit in einem Geschäft vielleicht. Meine Gedanken überschlagen sich. Das ist vielleicht nicht das Leben, das ich mir vorgestellt habe, aber es ist ein Leben!

Am anderen Ende des Parks bemerke ich eine Gruppe amerikanischer Soldaten, die den Westminster Abbey fotografieren. Mein Herz macht einen Satz. Was, wenn einer von ihnen Paul ist und das Schicksal uns auf die gleiche magische Weise zusammenführt wie damals in Paris? Aber das ist ja gar nicht möglich. Ich betrachte mein Eishörnchen, und auf einmal widert mich die Schokolade an. Ich gehe zum nächsten Abfalleimer, um den Rest meines Eises wegzuwerfen.

„Sie wissen bestimmt, dass das Vergeudung ist", höre ich eine Männerstimme hinter mir. Ich erstarre, da ich sekundenlang glaube, mein Wunschtraum sei doch noch in Erfüllung gegangen. Aber der Mann spricht mit einem britischen Akzent.

Aus heiterem Himmel koche ich vor Wut. Es ist *mein* Eishörnchen! Ich habe dafür bezahlt. Wie kann ein dahergelaufener Fremder glauben, er müsse mir Vorschriften machen? „Das geht Sie wirklich ...", beginne ich und drehe mich um, doch dann bleiben mir die Worte im Hals stecken. Der Fremde ist Simon, meine Bekanntschaft von der Fähre.

„Simon Gold", sagt er, kommt einen Schritt näher und deutet einen Handkuss an, noch ehe ich reagieren kann. „Wir sind uns auf der Fähre begegnet."

„Ja, natürlich", erwidere ich verblüfft. Ich erinnere mich an unsere Unterhaltung. Ich weiß noch, dass ich ihm von meiner Verlobung mit Paul erzählt habe. Das scheint eine Ewigkeit her zu sein.

„Mein Büro liegt gleich um die Ecke." Simon deutet in Richtung Whitehall. „Ich mache gerade meinen täglichen Spaziergang."

„Aha." Ich fühle etwas Kaltes, Klebriges auf meiner Hand. Das Eis schmilzt und läuft aus dem Hörnchen.

„Ich wollte Sie nur darauf hinweisen, dass es Vergeudung wäre, Mitchells Eiscreme wegzuwerfen." Ich nicke und bin immer noch zu überrascht, um etwas zu entgegnen. Als er mir das Eis abnehmen will, beeile ich mich, es zu verschlingen. Amüsiert sieht er mir zu, dann deutet er auf meine verschmierte Hand. „Warten Sie hier." Ich schaue ihm nach, wie er zu dem Eisverkäufer läuft. Erstaunt stelle ich fest, dass ich froh bin, Simon zu sehen. Er ist ein vertrautes Gesicht in einer fremden Welt. Eine Minute später kehrt er mit einer Serviette zurück, an der ich meine Finger abwischen kann.

„Kommen Sie, setzen wir uns für einen Moment“, schlägt er vor. Ich folge ihm zu der Bank, auf der ich vor ein paar Minuten noch gesessen habe. „Ich muss sagen, ich bin überrascht, Sie hier zu sehen. Ich dachte, Sie wären längst mit Ihrem Verlobten nach Amerika abgereist.“

Ich atme tief durch. „Mein Verlobter ist ums Leben gekommen.“ Zum ersten Mal, seit ich von Pauls Tod erfahren habe, spreche ich es laut aus.

„Es tut mir leid, das zu hören. Was ist geschehen?“

„Ein Flugzeugabsturz über dem Ärmelkanal.“ Ich grabe meine Fingernägel in das Holz der Bank und zwinge mich, nicht zu weinen.

Er presst die Lippen zusammen. „Ich habe davon in der Zeitung gelesen. Schreckliche Sache, und so viele Opfer. Ich kann nur wiederholen, wie leid es mir tut.“

„Danke.“ Ich wende meinen Blick ab. Schweigend beobachten wir ein paar Kinder, die auf dem Rasen Fußball spielen.

„Und was werden Sie nun machen?“, fragt er nach einer Weile.

„Das weiß ich noch nicht genau. Wahrscheinlich werde ich in London bleiben. Weder in Polen noch irgendwo sonst habe ich Verwandte. Hier kann ich wenigstens bei der Tante einer Freundin wohnen. Allerdings brauche ich Arbeit.“

„Wissen Sie, ich suche nach wie vor eine Assistentin.“

Erst da fällt mir ein, dass er mir bereits während der Überfahrt eine Stelle angeboten hat. „Ach, du meine Güte! So war das nicht gemeint!“

„Ich weiß. Aber ich hatte Ihnen ja schon auf der Fähre gesagt, dass ich Sie gern einstellen würde. Mein Angebot steht.“

„Tatsächlich?“ Er nickt. Überrascht sehe ich ihn an. Insgeheim hatte ich sein Angebot nur für Geschwätz gehalten.

Mir war gar nicht in den Sinn gekommen, dass er es wirklich ernst meinen könnte. „Aber ich habe keinerlei Erfahrung mit Büroarbeiten."

„Das kann man lernen. Sie sprechen Polnisch, das ist für unsere Arbeit das Wichtigste. Ich nehme an, Sie kennen sich auch mit anderen slawischen Sprachen aus?"

„Ja, mit Tschechisch zum Beispiel. Und ein bisschen Russisch spreche ich auch."

Er winkt ab. „Russische Dolmetscher haben wir mehr als genug. Natürlich haben wir auch polnische Dolmetscher, aber es ist sehr aufwendig, sie für all die täglich anfallenden Arbeiten einzusetzen. Eine Assistentin, die die Sprache beherrscht, würde mir viel Zeit ersparen."

„Ich verstehe auch ein bisschen Deutsch", füge ich eifrig hinzu.

„Und Ihr Englisch ist deutlich besser geworden. Also, was sagen Sie?"

Ich zögere noch immer. „Ich weiß nicht …"

„Hören Sie, Marta …" Simon beugt sich zu mir und senkt seine Stimme. „Die Wahrheit ist, Sie würden mir einen großen Gefallen tun. Als wir uns auf dem Schiff unterhielten, da sprach ich davon, dass wir den Kommunismus in Osteuropa bekämpfen müssten. Ich kann nicht mehr verraten, solange Sie nicht eingestellt sind, aber ich kann Ihnen sagen, dass sich die Situation in den letzten Wochen zugespitzt hat." Sein Blick ist wieder so eindringlich wie damals auf der Fähre. „Wir benötigen dringend gute Leute. Leute wie Sie. Sie würden nicht nur für Geld arbeiten, sondern für Großbritannien und Ihr eigenes Vaterland. Wie können Sie da ablehnen?"

Ich beiße mir auf die Lippe. „Geben Sie mir noch etwas Bedenkzeit?"

Überrascht sieht er mich an. „Natürlich." Er greift in seine Tasche, um mir seine Visitenkarte zu geben.

„Die habe ich bereits“, erinnere ich ihn. „Sie gaben mir eine auf der Fähre, wissen Sie noch?“

Er steckt die Karte wieder ein. „Selbstverständlich weiß ich das noch. Ich wollte nur nicht so anmaßend sein, zu glauben, dass Sie sie auch behalten hätten. Rufen Sie mich an und lassen Sie mich wissen, wie Sie sich entschieden haben. Und lassen Sie sich bitte nicht zu viel Zeit“, fügt er noch hinzu. „Ich muss diese Stelle wirklich dringend besetzen.“

Warum hat er das dann nicht längst getan? Immerhin ist es einige Wochen her, seit wir uns begegnet sind. Es muss doch genügend polnische Einwanderer geben, die in London nach Arbeit suchen! Ich stehe auf und streiche mein Kleid glatt. „Ich muss jetzt los.“

Simon erhebt sich und nimmt meine Hand. „Es war mir ein Vergnügen, Sie wiederzusehen, Marta.“

Schnell mache ich einen Schritt zurück, damit er mir nicht noch einen Handkuss geben kann. „Auf Wiedersehen.“ Ein bisschen zu hastig verlasse ich den Park, ich will nur weg von hier. Das überraschende Wiedersehen und Simons Angebot, mir eine Stelle zu geben, haben mich verwirrt. Ich gehe vorbei an den pompösen grauen Regierungsgebäuden, während mich Zweifel überkommen. Hier soll ich jeden Tag arbeiten? Der Gedanke, in London eine Stelle zu finden, war schon beängstigend genug. Ich hatte mir etwas Einfaches vorgestellt, vielleicht in einem Geschäft bei Delia in der Nähe. Vor ein paar Wochen hätte man mich nicht einmal nach England einreisen lassen, und der Gedanke, nun jeden Tag in die Innenstadt zu fahren und in einem Ministerium zu arbeiten, geht über meinen Verstand. Mein Englisch ist doch gar nicht gut genug dafür, und ich habe keine Erfahrung mit der Arbeit in einem Büro. Simon sagt, dass das nicht so wichtig sei, aber wenn ich ehrlich bin, sind diese Bedenken auch nicht der wahre Grund für mein Zögern. Es kommt mir alles viel zu früh vor. Ich bin noch nicht bereit, aus meiner Trauer und aus meinen Erinnerungen an Paul aufzuwachen.

Ich gehe den Weg zurück, den ich gekommen bin, überquere den Trafalgar Square und gelange schließlich zum Piccadilly Circus. Ich erwische einen Bus nach South Kensington, bezahle meine Fahrkarte und suche mir einen Sitzplatz, mache mir diesmal aber nicht die Mühe, aufs Oberdeck zu gehen. Während der Bus durch die Straßen fährt, lasse ich mir noch einmal Simons Angebot durch den Kopf gehen. Eine Chance zu helfen, hat er gesagt. Ich denke schuldbewusst an Emma, die irgendwo in Osteuropa zurückgeblieben ist. Ob sie noch am Leben ist? Wie mag es ihr wohl ergehen? Wenn ich für Simon arbeite, kann ich vielleicht etwas bewirken. Eine Gänsehaut überkommt mich, und ich erinnere mich an das Gefühl, das mir die Arbeit für den Widerstand gegeben hat. Vielleicht ist es ja genau das Richtige für mich. Eine Herausforderung, der ich mich stellen muss. Und nebenbei – diese Arbeit wird ganz sicher besser bezahlt als eine Anstellung als Verkäuferin. Ich komme zu dem Schluss, dass ich Delia um ihre Meinung bitten werde, sobald ich zu Hause bin.

Ich schaue gedankenverloren aus dem Fenster, einige Minuten später haben wir den Hyde Park erreicht, und mit einem Mal fühle ich mich völlig erschöpft. Das muss daran liegen, dass ich so lange Zeit nur im Bett war und dann gleich so viel gelaufen bin. Plötzlich bremst der Busfahrer scharf ab, und ich reiße gerade noch die Hand zum Haltegriff hoch, damit ich nicht gegen den Sitz vor mir geschleudert werde. Als ich mich wieder gerade hinsetze, wird mir übel, und ich springe von meinem Platz auf und laufe nach vorn. „Ich muss aussteigen", sage ich mit schwacher Stimme zum Fahrer.

„Aber Miss, wir sind mitten auf der Straße. Ich darf Sie nur an einer Haltestelle rauslassen."

Ich halte eine Hand vor meinen Mund. „Bitte, mir ist schrecklich übel.“

Der Fahrer schüttelt den Kopf und drosselt das Tempo, während ich die Stufen hinuntereile, vom Wagen springe und mich durch den Verkehr schlängele. Irgendjemand hupt, aber ich laufe unbeirrt weiter, überquere den Fußweg und erreiche gerade noch rechtzeitig die Büsche, um mich in ihrem Schutz zu übergeben. Ich würge das Eis ebenso aus wie das Frühstück von heute Morgen. Dann beruhigt sich mein Magen wieder. Ich sehe mich um. Im Gras und auf den Bänken ringsum sitzen Leute, die ihr Mittagessen zu sich nehmen, sie unterhalten sich oder lesen Zeitung. Niemand scheint mich bemerkt zu haben. Erleichtert wische ich mir mit dem Ärmel den Mund ab, dann suche ich mir die nächste freie Bank. Kalter Schweiß tritt mir auf die Stirn. Was ist bloß los mit mir? Ich kann es mir jetzt nicht erlauben, krank zu werden. Vielleicht habe ich etwas Verdorbenes gegessen, aber dann fällt mir ein, dass ich mich schon einmal übergeben musste, und zwar nachdem ich am Abend zuvor vergeblich auf Pauls Ankunft gewartet hatte. Paul. Plötzlich sehe ich ihn vor mir, wie er mit mir in Paris in diesem kleinen Hotelzimmer im Bett liegt. Unsere gemeinsame Nacht ist jetzt fast einen Monat her. Unbehagen macht sich in mir breit.

Unmöglich, denke ich. Ich kann nicht schwanger sein, nicht nach nur einer Nacht. Aber der Gedanke lässt mich nicht los. Ich überlege, wann ich meine letzte Periode hatte, und zähle die Tage. Das ist schon eine ganze Weile her, wie mir mit einem Mal bewusst wird. Durch Pauls Tod habe ich gar nicht weiter darauf geachtet. Langsam beschleicht mich Furcht. Meine Periode muss durch die ganze Aufregung aus dem Lot geraten sein. Sie wird sicher in den nächsten Tagen einsetzen. Aber das ungute Gefühl will sich nicht einfach verdrängen lassen, als ich mich wieder auf den Weg mache.

Eine halbe Stunde später habe ich Delias Haus erreicht.

Ich treffe sie in der Küche an, wo sie einen Teig knetet. Im Raum sieht es aus, als wäre ein Mehlsack explodiert – alles ist von einer feinen weißen Schicht überzogen. „Hallo, meine Liebe“, sagt sie, ohne aufzusehen. „Ich will nur ein paar Weckchen backen.“

Unwillkürlich muss ich lächeln. Obwohl Charles sich meistens um das Essen kümmert, lässt es sich Delia nicht nehmen, selbst in der Küche aktiv zu werden. Zumindest versucht sie es. Mehr als einmal habe ich erlebt, wie Charles geduldig abgewartet hat, bis Delia endlich ihre Kreation in den Ofen geschoben hat, damit er das von ihr angerichtete Chaos beseitigen kann.

Der Geruch nach Essen lässt meinen Magen abermals rebellieren. „Das riecht gut“, behaupte ich und lasse mich auf den Küchenstuhl sinken. „Tut mir leid, dass ich so lange unterwegs war.“

„Ich habe ja deine Notiz gelesen. Ich bin froh, dass du aufgestanden und an die frische Luft gegangen bist. Wo warst du denn?“

„Spazieren.“ Dann beschreibe ich ihr meine zurückgelegte Wegstrecke. „Ich wäre schon früher nach Hause gekommen, aber ich bin jemandem begegnet, den ich von der Überfahrt nach England her kenne.“ Ich erzähle ihr von Simon und seiner Arbeit für das Ministerium. Nach einer kurzen Pause füge ich hinzu: „Er hat mir eine Stelle angeboten.“

Delia sieht mich skeptisch an. „Ich verstehe nicht.“

„Er arbeitet im Ministerium in der Abteilung für osteuropäische Angelegenheiten. Er sagt, er benötige eine Assistentin, die die polnische Sprache spricht. Die Stelle hatte er mir auch auf der Fähre schon angeboten.“ Ich schlucke. „Da dachte ich natürlich noch, dass ich mittlerweile in Amerika wäre. Aber jetzt …“

„Heißt das, du überlegst, in England zu bleiben?“

„Ja“, erwidere ich nach kurzem Zögern. „Wohin soll ich

denn auch gehen? In Polen habe ich niemanden mehr. Und in Amerika jetzt auch nicht mehr." Ich habe einen Kloß im Hals, der mir das Sprechen erschwert. „Natürlich werde ich mir eine eigene Wohnung suchen. Ich kann nicht von dir erwarten, dass du mich noch viel länger in deinem Haus duldest."

„Aber es gefällt mir, dich bei mir zu haben!", hält Delia dagegen. „Merkst du das denn nicht? Nur Charles und ich leben in diesem großen alten Haus. Durch einen jungen Menschen wird unser Heim mit neuem Leben erfüllt." Delias Tonfall macht mir klar, wie ernst sie es meint. Ich sehe zur Decke, und zum ersten Mal fällt mir auf, dass die Bombardierungen an verschiedenen Stellen den Putz haben abbröckeln lassen. Auch hier haben die Menschen gelitten. Vielleicht nicht in der gleichen Weise wie wir, aber völlig unversehrt hat diesen Krieg niemand überstanden. „Ich verstehe dich ja", fährt Delia fort. „Eine junge Frau will ihr eigenes Leben führen, aber ich wünschte, du würdest es dir noch einmal durch den Kopf gehen lassen."

Ich schaue mich um und stelle mit Erstaunen fest, wie sehr ich mich bereits zu Hause fühle. „Ich würde sehr gern bleiben."

Delia strahlt mich an. „Wunderbar!"

„Aber nicht umsonst. Sobald ich meine Stelle angetreten habe, werde ich für Kost und Logis bezahlen."

„Das ist nicht nötig", beteuert sie.

„Ich weiß. Aber ich möchte es. Ich würde mich einfach wohler fühlen."

„Das können wir später noch besprechen", winkt sie ab. „Und was hast du ihm gesagt? Diesem Mr. Gold, meine ich. Willst du das Angebot wirklich annehmen?"

„Ich bin mir nicht sicher. Das ist ein großer Schritt. Eigentlich dachte ich an eine Arbeit, die nicht so weit von hier entfernt ist. Aber im Ministerium werde ich bestimmt besser bezahlt, und es wäre eine interessante Tätigkeit."

„Und dieser Mr. Gold? Ist er verheiratet?“

„Oh, Delia“, sage ich, da ich keine Antwort darauf weiß. Ich muss daran denken, wie er mich angesehen hat. „Das ist nicht wichtig. Dafür wäre es auch viel zu früh.“ Um ehrlich zu sein, kann ich mir gar nicht vorstellen, jemals mit einem anderen Mann zusammen zu sein. Einen Moment lang überlege ich, ob ich Delia von meiner Angst erzählen soll, schwanger zu sein. Doch das ist mir dann doch zu peinlich, zumal es wahrscheinlich sowieso nicht der Fall ist. „Ich glaube, er braucht wirklich nur eine Assistentin.“

„Und du fühlst dich ganz sicher bereit, arbeiten zu gehen?“

„Das weiß ich nicht“, gestehe ich ihr. „Aber er will die Stelle so bald wie möglich besetzen. Und es ist vielleicht gar nicht so verkehrt, sich abzulenken und eine Aufgabe zu haben. Wenn ich nur herumsitze und darüber nachdenke, was aus Paul und mir hätte werden können, mache ich mich nur unglücklich.“

„Das klingt, als hättest du dich entschieden“, meint Delia, und in diesem Augenblick wird mir klar, dass es tatsächlich so ist. Sie deutet auf das Telefon. „Warum rufst du diesen Mr. Gold nicht an und sagst zu?“

## 13. KAPITEL

„Die Botschaft in Budapest hat ein offizielles Kommuniqué übergeben, mit dem sie gegen gewisse Vorgehensweisen bei der Repatriierung ethnischer Minderheiten protestiert ..." Ian St. James, der weißhaarige stellvertretende Minister, trägt die von seinem Adjutanten vorbereiteten Notizen vor, wobei er die Blätter dicht an seine Augen hält. Seit über einer Stunde berichtet er bereits über die politische Situation in Ungarn, und ich bin mir immer noch nicht sicher, was er eigentlich sagen will. Seine Stimme klingt nasal und monoton, er redet im immer gleichen Tonfall und mit der gleichen Geschwindigkeit, ob es nun um das Wetter oder um den Krieg geht.

Mal schlage ich die Beine übereinander, dann wieder bewege ich meine Füße hin und her, um gegen den drohenden Krampf anzukämpfen. Ich reibe meine Augen, setze die Brille wieder auf und sehe mich beiläufig an dem langen Konferenztisch um, der den Großteil des Raumes beansprucht. Die Männer, die an diesem Tisch sitzen – durchweg im mittleren Alter, in dunkle Anzüge gekleidet und mit blassen Gesichtern –, sind die Leiter des Europäischen Direktorats oder deren Stellvertreter. Manche stehen einzelnen Ländern oder Gruppen von Ländern vor („Ich bin Benelux", hörte ich einen Mann bei einer Party sagen), andere arbeiten themenbezogen, zum Beispiel zugunsten der Erholung der Wirtschaft oder mit Blick auf politisch-militärische Aspekte. Einige wenige, zu denen auch Simon gehört, sind auf geheimdienstliche Aktivitäten spezialisiert. Sie alle lauschen nun den Ausführungen des stellvertretenden Ministers, jedoch nicht alle mit dem gleichen Interesse. Manche verfolgen gebannt jedes Wort, andere blättern in den vor ihnen liegenden Papieren. Ein mir unbekannter Mann ist mittlerweile eingeschlafen, die Augen sind ihm zugefallen, sein

Mund steht einen Spaltbreit offen. Hinter den Männern sitzen die jeweiligen Sekretärinnen, die so wie ich einen dunklen Rock und eine langärmelige Bluse tragen. Sie lassen sich nicht anmerken, ob der Vortrag sie langweilt, sondern verharren mit gerader Haltung, den Kopf leicht nach vorn gebeugt, und machen sich eifrig Notizen.

Ich verlagere mein Gewicht ein wenig und straffe die Schultern. Mein Blick wandert zu Simon, der am Kopfende sitzt. Seine mürrische Miene lässt mich überlegen, ob es ihn stört, dass ich mich bewegt habe, doch dann sieht er mir in die Augen. Für einen winzigen Moment huscht ein Ausdruck von Langeweile und Ungeduld über sein Gesicht, doch als er aufs Neue den stellvertretenden Minister anschaut, wirkt er wieder völlig ausdruckslos.

Simon. Mein Blick will sich nicht von seinem Gesicht lösen. Mein Ehemann. Obwohl wir mittlerweile über zwei Jahre verheiratet sind, kann ich diese Tatsache noch immer nicht recht glauben. Nur ein paar Tage, nachdem ich begonnen hatte, im Außenministerium zu arbeiten, sprach er mich das erste Mal an, um mich auf einen Drink nach der Arbeit einzuladen. „Aber nur, weil wir beruflich miteinander zu tun haben", fügte er rasch hinzu, „müssen Sie sich nicht verpflichtet fühlen, meine Einladung anzunehmen."

Zu Anfang lehnte ich tatsächlich ab. Seit Pauls Tod waren erst ein paar Wochen vergangen, und mir stand nicht der Sinn danach, mich zu vergnügen. Doch Simon blieb hartnäckig und lud mich bald darauf zum Mittagessen ein. Ich erinnere mich noch genau, wie er sich über meinen Schreibtisch beugte und mich aus seinen wässrigblauen Augen hoffnungsvoll ansah. „Gern, vielen Dank", willigte ich schließlich ein.

Nach meinem ersten Einlenken fasste er Mut und lud mich mehrmals in der Woche zum Abendessen oder ins Theater ein. Einmal begleitete ich ihn zu einer Party, die von einem Diplomaten und dessen Ehefrau gegeben wurde. Beide waren erst kürzlich von einem längeren Aufenthalt in Bombay zurückgekehrt, und in ihrem Haus in Notting Hill kostete ich zum ersten Mal exotische Cocktails und Currygerichte, die so scharf waren, dass meine Nase zu laufen begann.

„Ich bin sehr stolz auf dich, Marta", erklärte Delia einmal. „Du hast wirklich tapfer nach vorn geschaut, seit du den Amerikaner verloren hast."

„Mhm", gab ich ausweichend zurück, denn in Wahrheit hatte ich gar nicht so besonders tapfer nach vorn geschaut. Zugegeben, Simons Gesellschaft war angenehm. Er sprach voller Leidenschaft von der Politik, und er konnte großartige Geschichten aus seiner Studienzeit und von seinen Reisen durch Osteuropa erzählen, die mich an meine Kindheit erinnerten. Wenn wir zusammen ausgingen, war das eine willkommene Abwechslung von den langen Abenden zu Hause, an denen ich nur immer von der Erinnerung an Paul heimgesucht wurde. Natürlich war ich Simon dankbar, dass er mir eine Arbeitsstelle gegeben hatte. Doch manchmal, wenn er mich in Restaurants und zu Partys ausführte, wurden meine Schuldgefühle wach. Machte ich ihm womöglich etwas vor? Simon wusste doch, dass ich gerade erst meinen Verlobten verloren hatte, und doch schien es ihn nicht davon abzuhalten, die Zeit mit mir zu verbringen. Zumindest hatte ich es für nicht mehr als das gehalten, bis er mir nur vier Wochen nach unserem ersten gemeinsamen Essen einen Heiratsantrag machte.

Es geschah während einer Tagestour nach Brighton, als wir auf der Promenade entlangspazierten. Plötzlich drehte sich Simon zu mir um und zog eine kleine Samtschachtel aus der Tasche. „Ich weiß, wir kennen uns erst kurze Zeit, aber ich habe dich sehr gern, Marta. Und ich glaube, wir beide können zusammen ein schönes Leben verbringen."

Ich antwortete nicht sofort, sondern ließ meinen Blick über den Kanal schweifen. Angesichts dieses eher verhaltenen Antrags musste ich unwillkürlich daran denken, wie Paul im strömenden Regen auf die Knie gegangen war, als er in Paris um meine Hand anhielt. Ich hatte nicht einmal in Erwägung gezogen, nach ihm einen anderen Mann zu heiraten. Simon war nicht Paul, und ich würde ihn niemals so lieben können.

Aber Paul war tot. Ich schaute zu Simon auf, der den Ring aus der Schachtel genommen hatte und ihn mir hinhielt. Simon sah nicht schlecht aus, und ich wusste von den anderen Sekretärinnen, dass er im Ministerium als guter Fang galt, auch wenn ihn eine etwas rätselhafte Aura umgab. Er mochte mich, und er würde mich nicht schlecht behandeln. „Einverstanden", erwiderte ich und erkannte zu spät, dass er eine würdevollere Antwort verdiente. „Ich will sagen, ich würde dich sehr gern heiraten."

Eine Woche später heirateten wir in Delias Salon, ein Rabbi vollzog die Zeremonie. Weder Simon noch ich waren an einer langen Verlobungszeit oder einer prunkvollen Hochzeit interessiert. Simon war ein Einzelkind, seine Eltern waren beide schon lange tot. Seine Mutter starb an Lungenkrebs, als er noch ein kleiner Junge war, und sein Vater erlag einem Herzanfall, als er gerade das College besuchte. Und da auch ich keine Familie mehr hatte, bestand die Hochzeitsgesellschaft nur aus Delia und Charles und einigen Kollegen von Simon. Leider konnte er sich so kurzfristig keinen Urlaub für unsere Flitterwochen nehmen, aber er versprach mir, dass wir das in den Weihnachtsferien nachholen würden.

Die Flitterwochen fanden letztlich nie statt. Wenige Wochen nach unserer Hochzeit verschlimmerten sich meine Übelkeitsanfälle so sehr, dass ich Schwierigkeiten hatte, morgens zur Arbeit zu gehen. Simon bestand darauf, dass ich einen Arzt aufsuchte, und der bestätigte meinen Verdacht: Ich war schwanger. Sieben Monate später kam meine Tochter Rachel zur Welt.

Stimmengewirr am Konferenztisch holt mich aus meinen Gedanken. Der stellvertretende Minister hat verkündet, dass er für heute Schluss machen will, und die Männer am Tisch stehen auf und ordnen ihre Papiere, während sie halblaute Gespräche miteinander führen. Innerlich stöhne ich auf. Ich hatte gehofft, es würde alles in einer Sitzung erledigt werden können, auch wenn wir dafür hätten überziehen müssen. Aber nun machen wir morgen früh dort weiter, wo wir heute aufgehört haben. Die Aussicht, noch einen weiteren Tag den endlosen Reden lauschen zu müssen, hat etwas Erschreckendes.

Während ich aufstehe, versuche ich Simons Blick auf mich zu lenken. Vielleicht kann ich einen Vorwand finden, um wenigstens die morgendliche Sitzung auszulassen. Ich könnte die viele Korrespondenz erwähnen, die noch erledigt werden muss. Aber Simon ist mit einem anderen Mann in ein Gespräch vertieft. Ich werde ihn heute Abend fragen, wenn er nicht allzu spät nach Hause kommt. Mit meinem Notizblock in der Hand verlasse ich den Konferenzraum und gehe zum Aufzug. Simon und einige andere Männer treten kurz nach mir in den Flur und diskutieren noch immer über eine Sache, die Ungarn betrifft. Die Aufzugtür öffnet sich, ich betrete die Kabine, aber die Männer folgen mir nicht. Als sich die Türen schließen, sehe ich abermals in Simons Richtung, doch er nimmt keinerlei Notiz von mir, sondern ist weiter in seine Unterhaltung vertieft.

Was ist nur aus dem Mann geworden, der mich so sehr umworben hat?, frage ich mich, während der Aufzug in den dritten Stock fährt. Am Ende des Korridors angelangt, betrete ich das kleine Vorzimmer, in dem mein Schreibtisch steht. Links von mir führt eine Tür in Simons Büro. Als ich seinen Heiratsantrag annahm, wirkte er so erfreut, doch kurz nach der Hochzeit war auf einmal alles anders. Ich lege den Notizblock weg und hole meine Tasche hinter dem Schreibtisch hervor. Meinen Mantel ziehe ich erst an, als ich bereits auf dem Weg zum Aufzug bin.

Ich durchquere das Foyer, auf der Straße schließe ich mich dem Strom der Büroangestellten an, die alle in Richtung Trafalgar Square unterwegs sind. Es ist fast dunkel, und die feuchte Luft trägt etwas Frostiges in sich, das mehr wie Winter denn wie Herbst schmeckt. Ein paar Minuten später steige ich in den Bus und denke immer noch über Simon nach. Er ist nicht unfreundlich zu mir, im Gegenteil. Nie höre ich ein böses Wort von ihm, und wenn ich ihn – was selten vorkommt – darum bitte, etwas im Haus zu tun oder Rachel und mich irgendwohin zu begleiten, dann ist er sofort dazu bereit. Aber in der übrigen Zeit lebt er in seiner eigenen Welt, verbringt viele Stunden im Büro und zieht sich selbst am Abend allein in sein Arbeitszimmer zurück.

Während sich der Bus durch die überfüllten Straßen kämpft, denke ich, dass ich mir manchmal einen kurzen Wutausbruch oder einen heftigen Wortwechsel wünsche, irgendetwas, das mir zeigt, dass er von mir Notiz nimmt. Nach außen erweckt er stets den Eindruck des fürsorglichen Ehemanns, der meine Hand hält und mir jeden Wunsch von den Augen abliest. Bei einer Feier unserer Abteilung hörte ich einmal, wie er mich als seine „holde Ehefrau“ bezeichnete und dabei den Kopf liebevoll schräg legte. Aber sobald wir unser Zuhause betreten und die Tür hinter uns zufällt, scheint sämtliches Interesse an mir erloschen. Es ist fast so, als finde er in erster Linie Gefallen an dem bloßen Gedanken, eine Ehefrau zu haben. So als sei ich etwas, das man sich anschaffen kann wie ein teures Auto oder ein wertvolles Gemälde.

Fünfzig Minuten später verlasse ich den Bus an der Hampstead High Street und schlage den Mantelkragen hoch, um mich gegen die Kälte zu schützen. Ich gehe an den mittlerweile geschlossenen Geschäften vorbei und biege in eine

Wohnstraße mit Reihenhäusern ein. Das vorletzte davon ist unseres. Aus der Ferne betrachtet, sieht es aus wie alle anderen auch: große Fenster, ein gepflegter Rasen im Vorgarten. Erst wenn man näher kommt, fallen einem die Unterschiede auf: die Art, wie die linke Säule der Veranda seltsam abgesackt scheint; die Risse, die sich durch die Stufen ziehen. Simon hat das Haus von seinen Eltern geerbt und die letzten fünfzehn Jahre allein hier gelebt, und anscheinend sieht er den schleichenden Verfall des Gebäudes gar nicht. In den ersten Monaten unserer Ehe versuchte ich noch, das Erscheinungsbild unseres Hauses zu verbessern, indem ich mich um den Garten kümmerte und Blumen pflanzte, indem ich die Haustür von der abblätternden Farbe befreite und ihr einen neuen Anstrich verlieh. Doch je weiter meine Schwangerschaft voranschritt, desto weniger konnte ich mich diesen Arbeiten widmen. Und nach Rachels Geburt gab es Wichtigeres zu tun.

Vielleicht hätte ich mich weiter bemüht, hätte Simon von meinen Anstrengungen auch nur ein wenig Notiz genommen. Ich steige die Stufen hinauf, hebe einen Ball auf, der vor der Haustür liegt, und nehme ihn mit ins Haus. Ein köstliches Aroma schlägt mir entgegen. „Hallo?“

Delia kommt in die Diele und wischt sich die Hände an ihrer Schürze ab. „Hallo“, flüstert sie, küsst mich auf die Wange und gibt mir zu verstehen, dass Rachel oben in ihrem Zimmer schläft. „Ich habe sie eben ins Bett gebracht.“

„Hast du gekocht?“

Sie lacht leise. „Ich? Nein, Charles hat eine Pastete rübergeschickt, die ich für dich aufwärme.“

„Danke“, erwidere ich erfreut. Als ich wenige Monate nach Rachels Geburt beschloss, wieder arbeiten zu gehen, bot sich Delia an, auf die Kleine aufzupassen. Ich war zunächst besorgt, Rachel könne ihr zu viel abverlangen, doch Delia bestand darauf, und wir ließen es auf einen Versuch ankommen. Es funktioniert ganz ausgezeichnet. Für Delia gibt es nichts Schöneres, als ihre Zeit mit Rachel zu verbringen, und am Abend kann sie sich kaum losreißen. Und die Kleine ist ihrerseits in Delia vernarrt. Wenn ich die beiden beobachte, wie sie miteinander umgehen, dann überkommt mich eine tiefe Traurigkeit, dass Rachel niemals meine Eltern kennenlernen wird, die vor so langer Zeit und so weit weg von hier gestorben sind. „Du musst nicht alles aufwärmen", sage ich noch und ziehe meinen Mantel aus. „Ich glaube, Simon wird heute länger arbeiten."

Delia schürzt die Lippen und legt die Stirn in Falten. Auch wenn sie zu höflich ist, um etwas zu sagen, hat sie längst gemerkt, wie selten mein Ehemann zu Hause ist. „Soll ich dir beim Essen Gesellschaft leisten?"

Ich schüttele den Kopf. „Ist nicht nötig." Ich habe Delia gern um mich, aber ich weiß, dass sie lieber nach Hause zu Charles gehen möchte.

Nachdem sie sich auf den Heimweg gemacht hat, gehe ich in die Küche. Unsere Küche ist geräumig, mit Mobiliar, das vor sehr vielen Jahren wohl zum Teuersten gehörte, was man überhaupt bekommen konnte. Aber inzwischen ist alles alt und abgenutzt. Ich mache mir einen Teller Pastete fertig, dann begebe ich mich in den Salon. Nicht zum ersten Mal denke ich, dass das Haus früher einmal prächtig gewesen sein muss: ein großer Salon, ein Esszimmer, hohe Decken mit kunstvollen Stuckverzierungen. Aber den Möbeln sieht man ihr Alter an, und die Holzböden knarren gequält.

Als ich mich aufs Sofa setze, fällt mein Blick auf ein gerahmtes Foto auf dem Kaminsims. Es zeigt Rachel, wie sie im letzten Frühling am See spielt. Rachel, denke ich, und verspüre eine wohlige Wärme in meinem Herzen. Rachel Hadassa Gold. Bevor meine Tochter zur Welt kam, war ich lange unschlüssig. Eigentlich hatte ich sie Rose nennen wollen, aber die jüdische Tradition verlangt den Namen eines

Menschen, der ein langes und gesundes Leben geführt hat, und das trifft auf Rose nicht zu. Also nannten wir sie Rachel und ehrten das Andenken meiner Mutter, indem sie Hadassa als zweiten Vornamen bekam.

Zumindest dem Namen nach ist Simon ebenfalls Jude. Zweimal im Jahr putzen wir uns heraus und besuchen die Synagoge, wo wir den Leuten freundlich zunicken, deren Gesichter wir nur bei diesen Gelegenheiten zu sehen bekommen. Die große Synagoge ist in jeder Hinsicht Welten entfernt von dem kleinen bescheidenen Verschlag, der uns in unserem Dorf als Gotteshaus diente. Mir fehlt dieses Ritual, einmal in der Woche die Synagoge aufzusuchen und von den Menschen umgeben zu sein, die mir etwas bedeuten. Für Simon dagegen ist der halbjährliche Besuch mehr als ausreichend. Einmal versuchte ich, etwas Wärme in unser Heim zu bringen, indem ich ein Schabbes-Essen kochte. Simon sah mir erstaunt zu, wie ich die Kerzen anzündete und ihm selbst gebackenes Challah-Brot gab. Er aß, was ich ihm servierte, dann zog er sich kommentarlos in sein Arbeitszimmer zurück.

Während ich einen Bissen von meinem Essen nehme, betrachte ich weiter Rachels Foto. Ich hatte gehofft, Rachels Geburt würde Simon dazu veranlassen, mehr Zeit zu Hause zu verbringen. Aber bis auf ein paar Gesten ist nichts geschehen. Er hat ihr Foto auf dem Schreibtisch stehen, und er nimmt pflichtbewusst jeden Sonntag am Familienausflug teil, wenn wir in den Park oder in den Zoo gehen. Doch darüber hinaus verhält er sich ihr gegenüber genauso desinteressiert, wie er sich mir gegenüber verhält. Wenn er sie hält, dann streckt er dabei die Arme aus, als hätte sie eine ansteckende Krankheit, die auf ihn überspringen könnte.

Es schien ihm nicht einmal aufzufallen, dass Rachel viel zu kurz nach unserer Hochzeit zur Welt kam. „Eine Frühgeburt!“, rief Delia, als sie uns im Krankenhaus besuchte, und sie schien es tatsächlich ernst zu meinen. Ich musterte aufmerksam Simons Gesicht, als er Delia das Baby hinhielt, aber er machte in keiner Weise den Eindruck, als würde ihm an meiner kurzen Schwangerschaft irgendetwas seltsam vorkommen.

Nachdem ich aufgegessen habe, bringe ich den Teller in die Küche zurück. Beim Abwaschen sehe ich zur Uhr. Es ist kurz vor acht, also wird Simon frühestens in einer Stunde zu Hause sein. Ein allzu vertrautes Gefühl der Einsamkeit erwacht in mir. Tagsüber bin ich beschäftigt und abgelenkt, aber am Abend stürzt dieses Gefühl auf mich ein. Ich stelle den Wasserkessel auf den Herd. Was habe ich denn erwartet?, frage ich mich, als ich wenig später mit einer Tasse Tee in den Salon zurückkehre. Ich sollte dankbar sein, dass ich ein schönes Zuhause und einen Mann habe, der jeden Abend von der Arbeit heimkehrt. Dennoch habe ich mir von der Ehe mehr versprochen. Vertrauliche Blicke in der Öffentlichkeit, zärtliches Geflüster im Dunkel der Nacht. Wäre es mit Paul anders geworden? Ich verdränge diese Frage gleich wieder. Es ist nicht gerecht, den Alltag an Simons Seite mit einem Leben zu vergleichen, das allein in meiner Fantasie existiert. Und es ist sinnlos, über etwas nachzudenken, das nun einmal nicht möglich ist und meine Ehe nur noch trister wirken lässt. Aber es ist zu spät. Ein dumpfes Sehnen regt sich in mir, da ich mir vorstelle, wie ich mit Paul in einem offenen Wagen quer durch Amerika fahre, die Welt mit ihm entdecke und zusammen mit ihm lache. Nein, eine Ehe mit Paul hätte anders ausgesehen.

Als ich mich aufs Sofa setze, zwinge ich mich, meine Gedanken auf Simon zu konzentrieren. Ich weiß, dass ich sein Verhalten nicht persönlich nehmen sollte. Simon ist ein von Natur aus distanzierter Mensch. Er hat keine Familie, wenn man von ein paar Cousins absieht, die irgendwo im Norden leben. Von seinen Eltern erzählt er selten, an sie erinnert nur ein Hochzeitsfoto, ein bräunliches, grobkörniges Bild, das auf dem Kaminsims steht. Einmal sprach er davon, dass er eine Truhe mit ihren Habseligkeiten auf dem Speicher aufbewahrt. Erst als ich hartnäckig blieb, versprach er mir, sie irgendwann einmal nach unten zu bringen. Ich möchte mir den Inhalt ansehen und herausfinden, ob es das eine oder andere Erinnerungsstück für Rachel gibt, da ich von meiner Familie nichts weiterzugeben habe.

Nach unserer Heirat fand ich recht schnell heraus, dass Simon keine Freunde hat. Wir gingen schon bald kaum noch aus, weder in Restaurants noch ins Theater. Von den wenigen Pflichtterminen abgesehen, die seine Arbeit mit sich bringt, verlassen wir nur selten das Haus. Anfangs überlegte ich, mir einen eigenen Freundeskreis zuzulegen, aber wie sollte ich das anstellen? Die Nachbarn kennen Simons verschlossenes Wesen seit Jahren, und sie bleiben auch mir gegenüber auf Distanz. Von den anderen Sekretärinnen, die allesamt ledig und kinderlos sind, ernte ich nur misstrauische Blicke. Ihnen gefällt es offenbar nicht, dass ich die Frechheit besitze, einen Ehemann *und* eine Arbeit zu haben. Delia wohnt am anderen Ende der Stadt, für spontane Besuche ist das viel zu weit entfernt. Also verbringe ich meine Abende in diesem heruntergekommenen alten Haus, lese Bücher oder lausche dem Radio.

Aber ist es wirklich so viel besser, wenn Simon mir Gesellschaft leistet? Wenn wir an den Wochenenden gemeinsam zu Abend essen, ist das keine unangenehme Zeit für mich. Simon erzählt mir, was bei seinen Besprechungen herausgekommen ist, und ich erzähle ihm, was ich mit Rachel erlebt habe. Erst letzte Woche berichtete ich ihm, wie sie in der Badewanne herumalberte, und tatsächlich mussten wir beide von Herzen lachen. Aber das sind nur flüchtige Augenblicke, und selbst wenn wir einen solchen Moment erleben, zieht sich Simon gleich darauf in sein Arbeitszimmer zurück.

Er und ich sind wie die Kinder, die ich im Park beobachte: sie spielen gemeinsam im selben Sandkasten, haben aber keinen Kontakt zueinander. Zwei Menschen, die an ein und demselben Ort zwei voneinander getrennte Leben führen.

Die Uhr auf dem Kaminsims schlägt neun, und ich beschließe, langsam nach oben zu gehen. Im ersten Stock schleiche ich auf Zehenspitzen durch den Flur und bleibe an der Tür zu Rachels Zimmer stehen. Ich kann mich nur mit Mühe davon abhalten, zu ihr zu gehen und sie an mich zu drücken. Stattdessen begnüge ich mich damit, eine Weile ihrem ruhigen, gleichmäßigen Atmen zu lauschen. Schließlich gehe ich weiter in mein eigenes Schlafzimmer und dann ins Bad, um mich zu waschen und umzuziehen. Im Spiegel über dem Waschbecken betrachte ich mein Gesicht. Was, wenn ich mich einfach nur zu weit von der Frau entfernt habe, die Simon hatte heiraten wollen? Mein Gesicht ist ein wenig rundlicher geworden, und ich sehe ein paar vorzeitig ergraute Haare – ein Erbe meiner Mutter. Durch die Schwangerschaft habe ich ein paar Pfund zugenommen, die ich seitdem nicht mehr losgeworden bin. Vielleicht würde es ja etwas ändern, wenn ich für ihn abnehme … Aber der Gedanke ist noch nicht zu Ende geführt, da weiß ich bereits, dass Simon es nicht einmal bemerken würde.

Ist es überhaupt die Mühe wert, irgendetwas zu ändern?, überlege ich, während ich mich ins Bett lege und das Licht lösche. Die ganze Situation ist schrecklich eingefahren, außerdem habe ich nie eine so leidenschaftliche Liebe für Simon gespürt, wie ich sie für Paul empfunden habe. Zu Beginn unserer Ehe nahm ich Simons mangelndes Interesse sogar mit Erleichterung zur Kenntnis, da es meinen zwiespältigen Gefühlen entgegenkam. Aber sein fast andauerndes Desinteresse tut mir in der Seele weh, und mittlerweile sehne ich mich nach etwas Zuneigung.

Ein Geräusch im Erdgeschoss unterbricht meine Gedanken. Die Haustür ist ins Schloss gefallen, Simon ist zu Hause. Ich höre, wie er in die Küche geht. Dann nehme ich Schritte auf der Treppe wahr. Ich setze mich auf, mache mir aber keine großen Hoffnungen auf etwas Zuwendung. Wir lieben uns nach einem strikten Zeitplan: jeden Samstag nach dem Abendessen, nachdem er zwei Gin getrunken hat. Aber vielleicht erzählt er mir von seinem Tag, dann kann ich ihn fragen, ob ich morgen früh die Besprechung ausfallen lassen könnte. Dann aber höre ich, wie er die Tür zum Arbeitszimmer öffnet und gleich darauf wieder schließt. Enttäuscht lasse ich mich auf mein Kissen sinken, schließe die Augen und zwinge mich zum Einschlafen.

Am nächsten Morgen um fünf vor halb neun greife ich zu meinem Notizblock und mache mich auf den Weg zum Konferenzraum. Die meisten Sekretärinnen sind bereits dort, die Männer stehen in Gruppen um den großen Tisch verteilt und unterhalten sich. Ich weiß mittlerweile, dass die Diplomaten zwar höflich und sachlich miteinander reden können, dass sich hinter der Fassade jedoch ein beständiges Wetteifern abspielt. Wer kann die nützlichsten Informationen liefern? Wessen Standpunkt wird beim stellvertretenden Minister auf Zustimmung stoßen? Eigentlich sollten wir alle auf ein gemeinsames Ziel hinarbeiten, doch in Wahrheit versucht jeder nur den größtmöglichen Vorteil für sich herauszuholen.

Der stellvertretende Minister betritt das Zimmer, und die Männer nehmen zügig ihre Plätze ein. „Machen wir mit Bukarest weiter", beginnt er ohne Vorrede, als hätten wir nur eine fünfminütige Pause eingelegt. Beim Blick auf meinen Notizblock fällt mir auf, dass das Blatt leer ist. Erst da wird mir klar, dass ich nichts von der gestrigen Diskussion über Ungarn notiert habe. Vergeblich versuche ich mich an irgendwelche Äußerungen zu erinnern. Ich weiß, ich sollte besser aufpassen, schließlich erwartet Simon, dass ich ihm ein vollständiges Memorandum zusammenstelle.

Doch statt Notizen zu machen, wandert mein Blick zum Fenster. Die Sonne scheint durch die Baumkronen, Delia wird heute mit Rachel in den Park gehen. Nur weil sie sich bereit erklärt hat, auf meine Tochter aufzupassen, war es mir überhaupt möglich, in den Beruf zurückzukehren. Zunächst hat das zu Meinungsverschiedenheiten mit Simon geführt. „Keine andere Frau eines Diplomaten geht einer Arbeit nach", beharrte er mit Nachdruck. „Und mit einem Baby ist das völlig undenkbar."

„Aber meine Arbeit bedeutet mir viel. Und weißt du noch, wie du davon sprachst, wie wichtig meine Sprachkenntnisse für deine Arbeit seien?", hielt ich dagegen. Zunächst sagte Simon nichts dazu, und schließlich lenkte er wie erwartet ein. Immerhin waren wir auf das Geld angewiesen. Simons Familie war einmal sehr wohlhabend gewesen, es handelte sich um Geld, das von einer Generation an die nächste weitergegeben wurde. Simons Vater hatte jedoch fast das gesamte Vermögen beim Börsencrash verloren, womit für Simon nur noch das Haus und eine bescheidene Summe übrig geblieben waren. Wie ich kurz nach der Heirat feststellen musste, reichte sein Gehalt kaum, um den Lebensunterhalt für zwei zu bestreiten. Für ein Kind blieb da so gut wie nichts übrig. Also arbeite ich auch jetzt weiter im Ministerium, obwohl ich mir an Tagen wie diesen wünsche, zu Hause bei Rachel sein zu können.

Natürlich will ein Teil von mir immer noch arbeiten. Nach wie vor glaube ich an das, was wir tun. Doch fällt es diesem Teil in mir immer schwerer, sich Gehör zu verschaffen. Fast jeder Tag im Büro läuft nach dem gleichen Muster ab: Ich nehme an einer der vielen Konferenzen teil, mache Notizen, die ich anschließend auf der Schreibmaschine abtippe. Oder ich bereite Briefe vor, die Simon mir diktiert.

Niemand scheint hier irgendetwas anderes zu machen, als unentwegt zu reden. Angesichts einer solchen Bürokratie wundert es mich nicht, dass Hitler ganz Europa überrennen konnte, während der Rest der Welt mit Reden beschäftigt war. Während wir hier sitzen und ohne Ende diskutieren, gerät ein Land nach dem anderen unter den Einfluss der Sowjets: Rumänien, Bulgarien, Ungarn. In Simons Büro hängt eine Landkarte, auf der er jedes dieser Länder mit einer Nadel markiert. Ich weiß, dass ihn unsere Machtlosigkeit frustriert.

Ein Klopfen holt mich aus meinen Gedanken. Ich sehe auf, als die Tür zum Konferenzraum geöffnet wird. Der stellvertretende Minister verstummt, alle Anwesenden drehen sich zur Tür. Diese Besprechung ist streng vertraulich, und jeder, dessen Teilnahme erforderlich ist, hat sich rechtzeitig eingefunden. Ein junger Mann, den ich als einen der vielen Büroboten wiedererkenne, bleibt in der Tür stehen. „Ich bitte um Verzeihung“, sagt er leise, dann begibt er sich zum Kopfende des Tischs, ohne nach links und rechts zu schauen. Mit den Worten „Dringende Nachricht aus dem Büro des Ministers“ überreicht er dem stellvertretenden Minister einen Zettel.

Der überfliegt die Nachricht und presst die Lippen aufeinander. „Richten Sie ihm aus, ich werde in Kürze zu ihm kommen.“ Der Bote nickt und zieht sich so schnell zurück, wie er hereingekommen ist. Der stellvertretende Minister wendet sich wieder an die Anwesenden. „Ich fürchte, ich muss diese Besprechung vorzeitig beenden. Die Mitarbeiter des Geheimdienstes bleiben bitte hier.“ Stühle werden gerückt, als sich gut die Hälfte der Teilnehmer erhebt und mit den jeweiligen Sekretärinnen den Raum verlässt. Die anderen, einschließlich Simon, rücken ans Kopfende auf, um die entstandenen Lücken zu schließen. Dann wendet sich der stellvertretende Minister an die Verbliebenen. „Es gibt schlechte Nachrichten. Einer unserer ausländischen Mitarbeiter ist tot."

Leises Murmeln macht sich breit. „Wo, Sir?", fragt einer der Männer.

„St. Petersburg. Er sollte sich mit einem Kontaktmann treffen, aber er tauchte nicht am vereinbarten Treffpunkt auf. Gefunden wurde er in seiner Wohnung, angeblich ist er einem Herzanfall erlegen. Das ist bereits der dritte innerhalb von sechs Monaten!"

„Der vierte, wenn man Tersky mitzählt", wirft Simon ein. Ich erinnere mich, dass ich den Namen schon einmal gehört habe. Tersky war der Kontaktmann in Odessa, der einen Mordanschlag zwar überlebte, aber seither im Koma liegt.

„Wir können nicht länger die Augen vor der Wahrheit verschließen. Wir haben eine undichte Stelle in unseren Reihen. Jemand arbeitet für die Russen und gibt die Namen unserer Kontaktleute preis. Wir müssen diese undichte Stelle finden, sonst sind all unsere Bemühungen vergebens."

„Was ist mit der Liste?", fragt einer aus der Runde. Zwar war in den Besprechungen bislang von keiner Liste die Rede, doch ich weiß von Simon, dass in Wien letzten Monat eine Liste abgefangen wurde, die Namen von mutmaßlichen Kollaborateuren enthält.

Der stellvertretende Minister schüttelt den Kopf. „Bislang ist es niemandem gelungen, den Code zu knacken. Unsere Spezialisten arbeiten daran, aber sie sagen, dass sie noch einige Zeit brauchen. Zeit, die wir nicht haben."

„Wir müssen den Dechiffrierer in unseren Besitz bringen", lässt Simon verlauten, die anderen nicken zustimmend.

„Das sehe ich genauso. Die Frage ist nur, wie wir das anstellen sollen. Keiner unserer Kontakte in Moskau bekleidet einen Posten, der den Zugriff darauf erlaubt. Und selbst wenn, müssen wir davon ausgehen, dass die Identität unserer Männer bereits aufgedeckt wurde."

„Was ist mit Jan Marcelitis?", meldet sich eine Stimme am anderen Ende des Tisches. Alle drehen sich zu Roger Smith um, dem derzeit jüngsten Mitarbeiter des Geheimdienstes. Jan Marcelitis. Ein Raunen geht durch den Raum, und mir läuft ein Schauer über den Rücken. Alek und Jakub sprachen damals oft von Marcelitis: Er sei wie kaum ein zweiter in der Lage, die feindlichen Linien zu überwinden und Informationen an die Alliierten weiterzugeben. Seit ich für das Außenministerium arbeite, ist der Name wiederholt gefallen. Doch so oft die Leute ihn auch erwähnen, scheint bislang niemand diesen Mann persönlich getroffen zu haben. Um Marcelitis ranken sich Legenden, die zum Teil so unglaubwürdig wie widersprüchlich sind. Angeblich nahm er es im Krieg ganz allein mit einer SS-Einheit auf. Eigentlich ist er Amerikaner. Eigentlich ist er ein Kommunist. Zuletzt hieß es, Marcelitis stünde dem Westen mittlerweile skeptisch gegenüber und unterstütze die Opposition gegen die Kommunisten auf eigene Faust. „Als Dichenko vor ein paar Wochen aus dem russischen Geheimdienst verschwand, soll auch ein Dechiffrierer abhanden gekommen sein, erzählt man sich. Sicherlich wollte er ihn zu Marcelitis bringen", fährt Smith fort.

„Das ist nur ein Gerücht", antwortet ein anderer. „Dichenko liegt wahrscheinlich mit ein paar Betonklötzen an den Beinen auf dem Grund der Wolga, zusammen mit dem Dechiffrierer – vorausgesetzt, er hat ihn überhaupt mitgenommen."

Der jüngere Mann schüttelt den Kopf. „Ich hörte, dass Dichenko vor nicht mal zwei Wochen in Riga gesehen wurde, wo er auf dem Weg zu einem Treffen mit Marcelitis gewesen sein soll."

„Und wo sollte dieses Treffen stattfinden?", fragt einer der Männer. „Wir haben keine Ahnung, wo Marcelitis sich aufhält."

„Er ist wie ein Geist", pflichtet der stellvertretende Minister seinem Vorredner bei, die anderen nicken bestätigend. Die Behörden in verschiedenen von den Kommunisten besetzten Ländern versuchen seit Langem, Marcelitis dingfest zu machen, zuvor war die Gestapo vergeblich auf der Suche nach ihm. Als Folge davon arbeitet er im Verborgenen und bleibt nie lange an einem Ort. Ich weiß noch, wie Alek davon sprach, dass Marcelitis nur deshalb so problemlos von der Bildfläche verschwinden könne, weil er weder Frau noch Familie hat.

„Ich hörte, dass Marcelitis derzeit in Prag ist", erwidert Roger. „Es würde passen, wenn man bedenkt, was dort gerade los ist." Aus den vergangenen Besprechungen weiß ich, dass sich die Regierung der Tschechoslowakei der sowjetischen Bevormundung widersetzt, dass die Situation aber zunehmend kritisch wird, da der kommunistische Innenminister versucht, die anderen Minister aus dem Amt zu drängen und dabei von der Polizei Unterstützung erhält.

„Aber selbst wenn Marcelitis sich dort aufhält und den von Dichenko gestohlenen Dechiffrierer hat, heißt das nicht, dass er mit uns kooperieren wird", gibt Roger zu bedenken.

„Mag sein", räumt der stellvertretende Minister ein. „Aber versuchen müssen wir es dennoch. Marcelitis ist unsere beste Chance, nein, er ist unsere *einzige* Chance, an den Dechiffrierer zu gelangen." Er sieht zu seinem Chargé d'Affairs, der unmittelbar links von ihm sitzt. „Johnson, wer sind unsere Männer in Prag, die in der Lage sind, einen Kontakt zu Marcelitis herzustellen?"

Johnson blättert in seinen Unterlagen. „Viele sind es nicht. Karol Hvany …"

Von irgendwoher kommt der Einwurf: „Tut mir leid, Sir, aber Hvany wurde schon vor Wochen festgenommen."

Johnson liest weiter: „Demaniuk, der Kerl vom Land."

„Wir haben Grund zu der Annahme, dass seine Tarnung aufgeflogen ist", erklärt Simon.

Der stellvertretende Minister nimmt Johnson die Liste aus der Hand und sieht sie durch. „Und Stefan Bak ist vor einem halben Jahr zu Tode gekommen." Er knallt das Papier auf den Tisch. „Verdammt, es muss doch irgendjemanden geben!" Einige der Anwesenden tauschen angesichts des plötzlichen Wutausbruchs erstaunte Blicke aus.

Johnson nimmt die Liste wieder an sich, blättert und sagt dann: „Einen hätten wir noch. Ein Mann namens Marek Andek."

*Marek Andek*. Mir ist, als hätte mir jemand die Luft aus den Lungen gepresst. Marek Andek. Ich wiederhole den Namen im Geist und frage mich, ob ich mich vielleicht verhört habe.

„Was wissen wir über Andek?", fragt der stellvertretende Minister. Mein Herzschlag setzt für einen Moment aus und beginnt dann zu rasen. Marek war einer der Führer der Widerstandsbewegung, er hatte Alek unterstanden.

„Nicht viel", antwortet Johnson. „Er ist Beamter und unterhält eine lockere Beziehung zur Führungsriege der Opposition. Andek ist vor einigen Monaten wiederholt in Berlin gewesen, um sich mit Marcelitis zu treffen. Unser Problem ist, dass wir niemanden haben, der ihn persönlich kennt."

„Ich kenne ihn", murmele ich. Alle Männer im Raum drehen sich zu mir um.

„Wie bitte?", fragt Johnson mit einer Mischung aus Verärgerung und Unglauben. „Haben Sie etwas gesagt?"

Ich muss einmal tief durchatmen. „J-ja. Ich sagte, ich kenne Marek Andek."

# *14. KAPITEL*

Im Konferenzraum herrscht Schweigen. Ich sehe nach unten und wünsche mir inständig, der Boden würde sich auftun und mich verschlingen. Aus dem Augenwinkel sehe ich Simons erstaunte Miene. Sekretärinnen melden sich bei diesen Besprechungen grundsätzlich nicht zu Wort.

„Sie kennen Andek?", wiederholt der stellvertretende Minister ungläubig.

Ich zögere und überlege, ob ich widerrufen und stattdessen erklären soll, dass ich mich geirrt habe. Aber es ist längst zu spät, um noch etwas ungeschehen zu machen. „Ja", antworte ich leise. Gemurmel kommt auf.

„Marta", sagt Simon in einem warnenden Tonfall, dann steht er auf und dreht sich zum stellvertretenden Minister um. „Sir, ich bitte Sie, diesen Zwischenfall zu entschuldigen. Meine Assistentin scheint vergessen zu haben, wo sie ist." Seine Assistentin also, nicht seine Ehefrau. „Sie kann diesen Mann gar nicht kennen. Das muss ein Irrtum sein." Ich setze zum Reden an, um ihm zu widersprechen, doch als ich seine wütende Miene sehe, verkneife ich mir jede Bemerkung.

Der stellvertretende Minister sieht zwischen Simon und mir hin und her. „Nun gut." Er wendet sich wieder an die Runde. „Suchen Sie weiter nach Kontaktmännern in Prag, die …" Ich sitze reglos da, meine Ohren klingeln, und ich höre nichts mehr von dem, was gesagt wird. Im Geiste sehe ich Mareks rundliches Gesicht und diese kleinen Augen. Ich konnte ihn nie gut leiden. Er war flegelhaft, ihm fehlte es an Aleks Charme und Jakubs Witz. Das letzte Mal sah ich ihn außerhalb von Kraków bei einer Hütte, die dem Widerstand als Versteck gedient hatte. Es war der Tag nach dem Bombenattentat auf das Warszawa Café, Marek war auf dem Weg über die Grenze in die Tschechoslowakei, wo er sich mit Mitgliedern anderer Widerstandsgruppen treffen wollte. Ungläubig sah ich ihn an, wie er da in der Tür zur Hütte stand, in einer Hand den Rucksack. Er war zu diesem Zeitpunkt der Einzige, der noch in der Lage war, unsere Gruppe zu führen – wie konnte er auch nur mit dem Gedanken spielen, uns zu verlassen? Alek hätte uns niemals im Stich gelassen, doch Marek floh und überließ jeden von uns seinem Schicksal.

Ich bin mir sicher, dass es sich um ein und denselben Marek Andek handelt. Er muss es über die Grenze geschafft haben, er hat den Krieg überlebt, und irgendwie ist es ihm gelungen, mit Marcelitis Kontakt aufzunehmen. Hat er noch einmal etwas von Emma und Jakub gehört? Ich balle die Fäuste, bis sich die Fingernägel ins Fleisch bohren, und versuche mich auf die Besprechung zu konzentrieren. Der stellvertretende Minister macht soeben eine abschließende Bemerkung. Dieses abrupte Ende hat doch nicht etwa mit meinem Zwischenruf zu tun?

Als die Besprechung vorbei ist, ziehe ich mich hastig zurück, da ich Simon nicht gegenübertreten möchte. Für gewöhnlich ist er ruhig und gelassen, aber es gibt nichts Wichtigeres für ihn als das Bild, das er nach außen abgibt. Kein Wunder, dass er so aufgebracht ist. Ich suche die Damentoilette auf und wasche meine Hände, während ich mir Vorwürfe mache, weil ich nicht den Mund halten konnte. Ich habe Simon nie von meiner Zeit im Widerstand erzählt. Ich habe ihm die Wahrheit gesagt, dass ich mich als Rose ausgegeben habe und mit ihrem Visum nach England gekommen bin, schließlich musste er den Papierkram für meine Einbürgerung und unsere Heirat erledigen. Doch abgesehen davon weiß er nur, dass man mich aus einem KZ befreit hat. Warum habe ich ihm nie etwas gesagt? Nun, zu Anfang fürchtete ich, dass er mich nicht für sich arbeiten lassen würde, wenn er die Wahrheit kennt, weil meine Vergangenheit ein schlechtes Licht auf ihn werfen könnte. Als wir dann verheiratet waren, bekam ich irgendwann das Gefühl, ihm gegenüber unehrlich zu sein, und schließlich stellte mein Schweigen ein größeres Problem dar als das eigentliche Geheimnis. Seit einer Weile habe ich die Zeit im Widerstand als einen Teil meiner Vergangenheit akzeptiert, über den ich nur noch selten nachdenke. Bis vor wenigen Minuten.

Als ich ins Büro zurückkehre, steht Simon mit verschränkten Armen vor meinem Schreibtisch. „Was hast du dir nur gedacht?“, fährt er mich an. Erschrocken weiche ich zwei Schritte zurück, um in dem winzigen fensterlosen Vorzimmer zumindest ein wenig auf Abstand zu gehen. „Willst du meine Karriere ruinieren?“

Angst erfasst mich, denn so wütend habe ich ihn noch nie erlebt. „Simon, es tut mir leid“, sage ich. „Ich wollte nicht …“

„Du solltest nicht glauben, dass du mich vor allen Leuten bloßstellen kannst, nur weil du meine Frau bist!“ Seine Nasenflügel beben. „*Schon gar nicht*, weil du meine Frau bist. Und wie kommst du auf die Idee, du könntest diesen Mann kennen? Im Osten gibt es sicher mehr als einen Marek Andek!“

„Aber …“, gebe ich stockend zurück. Ich bin mir sicher, dass ich den richtigen Mann meine, aber das kann ich Simon nicht erklären, ohne meine gesamte Vergangenheit preiszugeben.

„Warum glaubst du, dass du Marek Andek kennst?“, fragt er drängend.

„Das würde ich auch gern wissen“, meldet sich eine Stimme hinter ihm. In der Tür zu Simons Büro steht der stellvertretende Minister.

„Sir“, bringt Simon heraus. Ich bin ebenfalls erschrocken, denn es ist das erste Mal, dass ich den Minister in Simons Büro sehe.

Er sieht über die Schulter in den Korridor, dann wieder ins Vorzimmer. „Vielleicht sollten wir das besser unter sechs Augen besprechen.“

Mir wird bewusst, dass er uns beide damit meint, also

greife ich nach dem Notizblock und folge den Männern in Simons Büro, das mit einer Größe von drei mal vier Metern doppelt so groß ist wie mein Vorzimmer. Durch das Fenster hat man freie Sicht auf eine weitläufige Rasenfläche. Simons Schreibtisch ist aus dunklem Holz, und abgesehen von einem Foto von Rachel auf der äußeren linken Ecke steht sonst nichts darauf. An den Wänden hängen eine große Europakarte, Simons Cambridge-Diplom und einige Dankschreiben von Regierungsvertretern.

„Sir, ich entschuldige mich für meine Assistentin", erklärt Simon, nachdem ich die Tür hinter mir geschlossen habe. Schon wieder bin ich nur seine Assistentin. „Ich erklärte Marta soeben, dass ihre Bekanntschaft aus Polen ganz sicher nicht der Marek Andek ist, von dem wir sprechen."

Der stellvertretende Minister dreht sich zu mir um. „Und was glauben Sie?"

Ich muss schlucken, da ich es nicht gewohnt bin, im Büro nach meiner Meinung gefragt zu werden. „Ich glaube, er könnte es sein."

„Das ist völlig unmöglich!", wirft Simon ein. „Erstens ist Andek kein Pole, sondern Tscheche."

„Eigentlich nicht", widerspricht ihm der stellvertretende Minister. „Wir nehmen mittlerweile an, dass er während des Kriegs aus Polen floh."

Ich nicke. „Als ich ihn das letzte Mal sah, sprach er davon, dass er nach Süden über die Grenze entkommen wollte."

„Beschreiben Sie den Mann."

„Etwa so groß", sage ich und halte meine Hand über Kopfhöhe. „Braune Haare, und hier eine Narbe." Mit den Fingern beschreibe ich einen Halbkreis unter meinem rechten Auge. Eine Verletzung, die er sich zuzog, als eine selbstgebaute Bombe zu früh detonierte. „Er ist Jude", füge ich hinzu. „Er war damals aktives Mitglied einer Widerstandsbewegung gegen die Deutschen."

„Und woher weißt du das alles?", hakt Simon misstrauisch nach.

Ich drehe mich um und sehe ihm in die Augen. „Weil ich ebenfalls Mitglied der Widerstandsbewegung war."

Sekundenlang herrscht Stille. „Du warst *was*?", fragt Simon ungläubig, worauf ich nicke.

Der stellvertretende Minister schiebt mir einen der Stühle vor Simons Schreibtisch zurecht. „Erzählen Sie uns alles."

Ich setze mich, atme tief durch und beginne: „Ich lebte mit meiner Mutter im Krakówer Ghetto, als man mich für den Widerstand warb."

Der stellvertretende Minister sieht zu Simon. „In Kraków? Ich dachte, der Widerstand war in Warschau."

„In Kraków gab es auch eine Bewegung", bestätigt Simon. „Ich erinnere mich, dass ich in einem Telegramm davon las. Es war eine kleinere, unbedeutende Bewegung." Seine Worte versetzen mir einen Stich.

„Fahren Sie fort, Marta."

„Ich war als Botin für die Bewegung unterwegs, sammelte Informationen und brachte Waffen von hier nach dort." Mein Blick wandert zum Fenster, als ich vom Anschlag auf das Warszawa Café erzähle. Unerwähnt bleibt meine Freundschaft mit Emma, ebenso die Tatsache, dass ich Kommandant Richwalder erschossen habe, um Emma zu retten. Und auch Jakub erwähne ich nicht. „Nach dem Attentat wurden die meisten Gruppenführer entweder festgenommen oder getötet. Andek konnte entkommen und sagte mir, dass er in die Tschechoslowakei flüchten will, um sich mit anderen Untergrundkämpfern zu treffen."

Als ich meine Ausführungen beende, sieht Simon mich fassungslos an. Der stellvertretende Minister mustert ihn. „Und davon haben Sie nichts gewusst?"

Er schüttelt den Kopf. „Wir haben die übliche Überprüfung vorgenommen, ehe sie eingestellt wurde."

„Warum haben Sie nichts gesagt?“, fragt er mich.

„Ich hatte Angst, etwas zu sagen“, gestehe ich. „Ich kam mit dem Visum einer anderen Frau ins Land, und ich fürchtete, dass man mich zurückschicken würde. Außerdem war ich lange Zeit in einem KZ. Ich versuchte, diese Zeit in meinem Leben zu vergessen.“

„Sie sind eine sehr mutige Frau“, stellt der stellvertretende Minister fest. „Für das, was Sie getan haben, verdienen Sie Anerkennung. Abgesehen davon wird sich die Abteilung für Kriegsverbrechen mit Ihnen unterhalten wollen. Doch im Augenblick gibt es dringendere Angelegenheiten. Ich muss sicher nicht noch einmal ausführen, wie wichtig es ist, den Dechiffrierer von Marcelitis zu bekommen.“

„Nein, Sir, das habe ich verstanden.“

„Und wie es scheint, besteht unsere einzige Hoffnung darin, mit diesem Andek in Kontakt zu treten.“ Er hält kurz inne. „Werden Sie uns dabei helfen?“

Ich zögere, da ich mir nicht vorstellen kann, wie ich ihm helfen kann. „Ich werde tun, was nötig ist.“

„Sir“, wirft Simon ein. „An was denken Sie? Wissen Sie einen Weg, wie wir von hier aus Andek erreichen können?“

„Das wird leider nicht möglich sein“, gibt der stellvertretende Minister kopfschüttelnd zurück. „Wir verfügen über keine sichere Telefonleitung, wir können ihm ja nicht einmal telegrafieren. Und uns bleibt keine Zeit, einen Kurier hin- und herzuschicken. Nein, die einzige Möglichkeit besteht darin, dass Marta von Angesicht zu Angesicht mit ihm spricht.“

Simon bekommt einen Moment lang den Mund nicht mehr zu. „Sie wollen doch nicht sagen …“

Irritiert sehe ich die beiden Männern an. „Ich verstehe nicht.“

Der stellvertretende Minister setzt sich auf den Stuhl mir gegenüber. „Ich muss Sie fragen, ob Sie bereit sind, nach Prag zu reisen und direkt mit Andek zu reden.“

Ich bin zu überrascht, um sofort darauf zu reagieren. Ob ich mich verhört habe? „Ich?“, frage ich schließlich. „Sie wollen, dass ich nach Prag reise?“

„Sir, bei allem Respekt ...“, platzt Simon heraus. Nie zuvor habe ich ihn so erregt erlebt, noch dazu bei seinem Vorgesetzten. „Das kann nicht Ihr Ernst sein!“

Der Mann steht auf und geht auf ihn zu. „Es ist mein völliger Ernst, Gold. Andek ist unsere einzige Verbindung zu Marcelitis, und Marta ist die Einzige, die mit Andek Kontakt aufnehmen kann.“

„Aber sie ist verdammt noch mal keine Agentin! Sie ist nicht mal eine Diplomatin, sie ist eine schlichte Sekretärin!“

„Sie ist ehemaliges Mitglied einer Widerstandsgruppe. Sie hat Erfahrung mit verdeckten Operationen, sie kann mit Waffen umgehen. Um ehrlich zu sein, ist sie für diese Aufgabe besser qualifiziert als die meisten meiner Männer.“

Meine Verwirrung macht einem leisen Gefühl von Stolz Platz. Ich habe an der Seite von Alek, Jakub und den anderen gekämpft. Ich bin froh, dass ich das nicht länger für mich behalten muss. Aber Simon gibt noch immer keine Ruhe. „Sie ist meine Ehefrau, wir haben ein Kind, und ...“

„Was genau soll ich tun?“, unterbreche ich ihn.

Der stellvertretende Minister dreht sich wieder zu mir um. „Sie müssen nach Prag reisen. Wir können Sie unter dem Vorwand hinbringen, dass Sie bei Besprechungen in der Botschaft anwesend sein müssen. Wir haben einige sehr gute Leute vor Ort, die Ihnen bei der Suche nach Andek helfen können.“

„Und was soll ich tun, wenn ich ihn gefunden habe?“

„Bitten Sie ihn darum, dass er Sie mit Marcelitis reden lässt. Verraten Sie Andek gegenüber nicht zu viel, da wir nicht genau wissen, ob er vertrauenswürdig ist oder nicht. Nutzen Sie Ihre gemeinsame Vergangenheit, um sein Vertrauen zu gewinnen, damit er sie mit Marcelitis bekannt macht. Ich gebe Ihnen ein Schreiben des Außenministers mit, in dem wir ihn darum bitten, den Dechiffrierer auszuhändigen."

„Ist das alles, Sir?", frage ich.

„Wie meinen Sie das?"

„Ich meine, was bieten wir Marcelitis im Tausch für den Dechiffrierer?" Ich spüre Simons fassungslosen Blick, ohne ihn ansehen zu müssen. Dass seine Frau von seinem Vorgesetzten Erklärungen verlangt, ist ein Unding.

Der stellvertretende Minister hält inne, als hätte er über diesen Punkt gar nicht nachgedacht. „Zusicherungen, würde ich sagen. Zusicherungen, dass Großbritannien hinter der Tschechoslowakei steht und wir nicht zulassen werden, dass das Land von den Sowjets überrollt wird."

Ich atme tief durch und kontere: „Das wird nicht genügen, Sir."

„Wieso nicht?"

„Vor dem Krieg hat das tschechische Volk dem Westen geglaubt. Wir Polen genauso. Aber als die Deutschen erst das Sudetenland und dann Prag einnahmen, sah der Westen tatenlos zu. Den Menschen wurden zu viele leere Versprechungen gemacht, und offenbar gehört Marcelitis zu den besonders Misstrauischen. Wenn er dazu gebracht werden soll, uns den Dechiffrierer auszuhändigen, dann müssen wir ihm etwas Konkreteres bieten."

Der stellvertretende Minister geht im Büro auf und ab und streicht dabei über seinen Kinnbart. „Sie haben recht, wir sollten ein Paket zusammenstellen, um unseren guten Willen zu demonstrieren. Ich werde mich sofort um die erforderlichen Papiere kümmern und dann …"

„Das ist doch Wahnsinn!", brüllt Simon plötzlich. Ich drehe mich zu ihm um. Seine Wangen sind vor Wut ganz rot. „Sie wollen meine Ehefrau nach Osteuropa schicken? In ein Land, in dem jeden Moment die Sowjets die Macht an sich reißen könnten? Um Himmels willen, vor nicht einmal drei Jahren wäre sie da drüben fast umgekommen!"

„Wir haben keinen Grund zu der Annahme, dass es in nächster Zeit in der Tschechoslowakei zu einer Veränderung der Machtverhältnisse kommt. Die Minister der Koalition weigern sich zurückzutreten, und allein das wird die Kommunisten auf Wochen hinaus beschäftigen. Und selbst wenn sie Erfolg haben, werden bis zur Bildung einer neuen Regierung Monate vergehen."

„Wie lange werde ich weg sein, sollte ich mich einverstanden erklären?", frage ich.

„Ein paar Tage", antwortet der stellvertretende Minister sofort. „Im Höchstfall eine Woche. Natürlich kürzer, wenn Sie Andek finden und er sie umgehend zu Marcelitis führt."

„Marta, du kannst doch nicht ernsthaft mit diesem Gedanken spielen!", geht Simon dazwischen.

„Sir", wende ich mich an den stellvertretenden Minister. „Darf ich wohl kurz unter vier Augen mit meinem Mann sprechen?"

„Selbstverständlich. Allerdings muss ich Sie bitten, es kurz zu machen. Ich muss gleich zum Minister, der eine Antwort erwartet, wie wir mit dieser Situation umgehen wollen." Er verlässt das Büro und schließt die Tür hinter sich.

Ich sehe Simon an, der auf der anderen Seite des Schreibtisches steht und mich anstarrt. „Der Widerstand", flüstert er dann mit einer Mischung aus Verärgerung, Enttäuschung und Unglauben. „Du hättest mir davon erzählen müssen, Marta."

„Das wollte ich auch", erwidere ich und denke schuldbewusst an all die anderen Dinge, die ich ihm verschwiegen habe. „Aber das alles ist ein so schmerzhafter Teil meiner Vergangenheit, dass ich Angst hatte, ihn aufleben zu lassen."

Simon kommt um den Schreibtisch herum und kniet sich vor meinem Stuhl nieder, damit er auf Augenhöhe mit mir ist. „Marta, dieser Vorschlag mit Prag ist Wahnsinn. Sag mir bitte, dass du nicht ernsthaft darüber nachdenkst."

Ich antworte nicht, sondern betrachte sein Gesicht. Zum ersten Mal in unserer Ehe zeigt er echtes Interesse an mir. Einen Moment lang überlege ich, ob es vielleicht nur Eifersucht ist, weil ich einen Beitrag leisten kann, zu dem er nicht in der Lage ist. Aber die Sorge, die ich in seinen Augen erkenne, ist echt. Ich merke, dass mich diese Erkenntnis tatsächlich berührt. Zu lange Zeit schien Simon mich gar nicht wahrzunehmen.

Ich stehe auf und gehe zum Fenster, während ich über die Bitte des stellvertretenden Ministers nachdenke. Prag. Osteuropa. Innerlich schaudert es mir. Dieser Teil der Welt war einmal meine Heimat, aber jetzt kommen mir diese Orte, die das Zuhause von tausend schmerzhaften Erinnerungen sind, düster und trostlos vor. Wie soll ich dorthin zurückkehren? Auf der anderen Seite des Parks sehe ich das Parlamentsgebäude. Ich habe den Briten vorgeworfen, dass sie beim letzten Mal keinen Finger rührten, als sie gebraucht wurden. Wie kann ich jetzt genauso tatenlos dasitzen, wenn ich doch etwas bewirken kann? Ich drehe mich um. „Simon, wenn ich wirklich helfen kann …"

„Was ist mit unserer Tochter?", will er wissen und zeigt auf das Foto auf seinem Schreibtisch.

Ich betrachte das Bild, das Rachel im letzten Frühjahr im Garten zeigt. Der Gedanke, sie auch nur für einen Tag allein zu lassen, ist unerträglich. „Ich denke an sie, Simon. Rachel hat das Glück, an einem sicheren Ort zu leben. Ich weiß, wie schnell sich so etwas ändern kann. Du hast selbst gesagt, die Kommunisten stellen eine Bedrohung dar …"

„Rachel ist in Sicherheit." Er kommt zu mir, legt die Hände auf meine Schultern. Es fühlt sich fremd an, weil er mich so selten berührt. Jetzt macht er es, weil er will, dass ich ihm zuhöre. Während ich seine flehende Miene betrachte, wird mir klar, wie wenig seine Berührung mit Zuneigung zu tun hat. „Rachel wird hier immer in Sicherheit sein."

„Vielleicht." Aber ich denke nicht nur an Rachel, sondern ich sehe auch Emma und Łukasz vor mir. Emma nahm den kleinen Sohn eines ermordeten Rabbis auf ihrer Flucht mit, obwohl sie selbst ein Kind erwartete. Wahrscheinlich sind sie alle noch immer irgendwo in Osteuropa, während ich ein friedliches Leben in London lebe. Wie mag es ihnen jetzt ergehen? Schuldgefühle überkommen mich. „Ich muss es versuchen, Simon." Ich sehe ihm in die Augen und hoffe, dass er mich versteht. „Ich kann nicht einfach ausharren und nichts tun. Es sind nur ein paar Tage. Es tut mir leid", füge ich noch hinzu.

Er lässt mich los, als hätte er sich an mir die Finger verbrannt. Die Sorge in seinem Blick weicht der kalten Wut. „Mir auch", erwidert er nur. Ehe ich noch etwas sagen kann, macht er kehrt und verlässt das Büro.

Nur einen Moment später kommt der stellvertretende Minister herein. „Ich sah Ihren Mann gehen ..."

„Er ist über meine Entscheidung nicht glücklich."

„Heißt das, Sie sind einverstanden?" Nach kurzem Zögern nicke ich, und der stellvertretende Minister nähert sich mir. „Das ist eine wunderbare Neuigkeit."

„Unter einer Bedingung. Ich habe eine kleine Tochter, und ich kann es mir nicht leisten, länger als eine Woche von ihr getrennt zu sein."

„Das wird kein Problem sein. Sie müssen nur mit Andek sprechen, den Kontakt zu Marcelitis herstellen und sich von ihm den Dechiffrierer aushändigen lassen. Das Ganze sollte nicht länger als ein bis zwei Tage in Anspruch nehmen."

„Und wenn er ihn mir nicht aushändigen will?"

„Das wird er. Das *muss* er. Während Sie sich mit Simon unterhielten, habe ich veranlasst, dass ein Paket zusammengestellt wird, das Sie mitnehmen werden. Darin befinden sich Informationen über einige unserer wichtigsten Kontakte. Diese Informationen können für Marcelitis Arbeit äußerst nützlich sein. Wir werden ihm außerdem einen ansehnlichen Betrag anbieten, der auf ein Schweizer Nummernkonto eingezahlt wird. Sobald Sie den Dechiffrierer haben, werden wir jemanden abstellen, der Sie rausholt."

„Der mich *rausholt*?" Das klingt so, als wäre es mit Schwierigkeiten verbunden, das Land zu verlassen.

„Ist nur so eine Redewendung", erwidert er schnell. Dabei huscht ein eigenartiger Ausdruck über sein Gesicht, der aber so rasch wieder verschwunden ist, dass ich mir nicht sicher bin, ob ich ihn mir vielleicht nur eingebildet habe. „Dann sind wir uns also einig?"

Ich muss schlucken und bezwinge mein Unbehagen. „Ja."

„Hervorragend. Sie sollten sich den Rest des Tages freinehmen und nach Hause gehen, um die Reisevorbereitungen zu treffen. Ich erledige alles andere, sobald ich zurück bin. Die weiteren Details wird Ihnen Simon am Abend mitteilen." Simon. Ich muss an seine wütende Miene denken, kurz bevor er das Büro verließ. „Morgen früh um sechs wird Sie ein Wagen von zu Hause abholen."

Morgen früh schon. Ich hatte nicht damit gerechnet, dass es so schnell gehen würde. Aber je eher ich aufbreche, desto eher bin ich zurück. „Ich werde bereit sein."

„Ich danke Ihnen, Marta", sagt er ernst. „Wir haben Ihnen mehr zu verdanken, als Sie sich vorstellen können." Dann sehe ich ihm nach, wie er aus dem Büro geht, und frage mich, ob ich womöglich gerade den Fehler meines Lebens begangen habe.

## *15. KAPITEL*

Auf Zehenspitzen schleiche ich die Treppe hinunter und durch den dunklen Salon. Das einzige Geräusch im Haus ist das Ticken der Uhr auf dem Kaminsims. Zehn vor sechs. Noch zehn Minuten, dann werde ich mich auf den Weg machen. Vom Fenster aus sehe ich auf die Straße, die im Dunkel der Nacht liegt. In der Luft hängt der Geruch des Bratens vom Vorabend.

Ich drehe mich um und schaue zur Treppe, während ich gegen den Wunsch ankämpfe, noch einmal nach Rachel zu sehen. Früher an diesem Morgen stand ich in ihrem Zimmer und lauschte, wie sie ruhig und gleichmäßig atmete und zwischendurch im Schlaf etwas Unverständliches murmelte. Ich ging zu ihrem Bettchen und sah hinein, während meine Schuldgefühle fast übermächtig wurden. Wie kann ich sie nur allein lassen?, fragte ich mich, sagte mir aber sogleich, dass ich in ein paar Tagen zurück sein würde. Sie wird gar nicht merken, dass ich überhaupt weg war. Und eines Tages, wenn sie alt genug ist, kann ich ihr erzählen, warum ich mich auf diese Reise eingelassen habe. Ich gab Rachel einen letzten Kuss, dabei atmete ich tief ein, um ihren Geruch in mich aufzunehmen.

Ich darf jetzt nicht an Rachel denken, ermahne ich mich und gehe zu meinem kleinen Koffer, der neben der Tür steht. Da ich nicht wusste, was ich mitnehmen soll, habe ich genug eingepackt, um meine Kleidung zweimal wechseln zu können, außerdem ein paar Toilettenartikel. Ich greife nach meiner Handtasche, die auf dem Koffer steht, und überprüfe, ob alle Papiere da sind. Simon gab sie mir am Abend, als er heimkam. „Vom Minister“, sagte er und drückte mir in der Küche den Umschlag in die Hand.

Ich nahm ihn entgegen und war unschlüssig, ob ich ihn jetzt oder später öffnen sollte. „Simon, bitte. Ich weiß, du bist verärgert, aber ich brauche wirklich deine Hilfe.“

Seine Miene wurde tatsächlich etwas sanfter. „Darin befindet sich eine Liste mit wichtigen Kontaktdaten für Marcelitis, falls er einverstanden sein sollte, mit uns zu kooperieren", erklärte er. „Männer, die für uns arbeiten. In der Tschechoslowakei, Ungarn, Polen und Deutschland."

„Der Minister war tatsächlich damit einverstanden, diese Namen herauszugeben?"

„Du hast gesagt, wir müssen ihm etwas bieten, um sein Vertrauen zu gewinnen. Das ist es, was wir ihm bieten. Mit der Liste wird Marcelitis in der Lage sein, sein Netzwerk zu festigen. Ich muss dir ja nicht erst erklären, wie wertvoll diese Angaben sind und was einige unserer Feinde dafür tun würden." Ich nickte und war sprachlos. Mir war wirklich nicht klar, dass ich solch wichtige Informationen mit mir herumtragen würde. „Außerdem befindet sich die Zugangsnummer zu dem Schweizer Konto in dem Umschlag. Ein halbe Million US-Dollar. Wir könnten uns mit dem Geld absetzen", fügte er mit einem schiefen Lächeln hinzu, sodass ich für einen kurzen Moment überlegte, ob er das vielleicht ernst meinte. „Natürlich bekommt er das alles nur, wenn er den Dechiffrierer aushändigt."

„Ja, natürlich." Ich hielt den Umschlag hoch. „Darf ich?" Simon nickte, und ich holte einen Brief an einen gewissen Onkel George heraus, in dem der Verfasser von seinen Urlaubserlebnissen erzählt. „Was soll das?"

„Die Liste ist verschlüsselt", erklärte Simon.

„Kennt Marcelitis den Code?"

Simon schüttelte den Kopf. „Nein, dafür muss er zur Botschaft kommen und sich mit einem gewissen George Lindt treffen. George ist Mitarbeiter des Geheimdienstes, er wird ihm den Code geben. Damit stellen wir sicher, dass Marcelitis wirklich mit uns kooperieren wird." Ich überlegte, ob Marcelitis uns genug vertrauen würde, um sich darauf einzulassen. „Und das ist von mir." Mit diesen Worten zog er eine winzige Pistole aus seiner Tasche.

Ich zuckte zurück. „Ich … ich weiß nicht …“

„Erzähl mir nicht, dass du nicht weißt, wie man damit umgeht“, schnitt er mir das Wort ab. Sein Tonfall verriet, dass er nicht viel Geduld mit mir aufzubringen gedachte.

Aber mein Zögern war durchaus ernst gemeint. Als ich das letzte Mal eine Waffe hielt, starb ein Mensch durch meine Hand. Kommandant Richwalder. „Die … die kann ich nicht nehmen.“

„Ich bezweifle, dass es einen Anlass geben wird, sie zu benutzen“, erwiderte Simon gelassen. „Aber ich würde mich wohler fühlen, wenn du sie bei dir hast.“ Widerwillig nahm ich die Waffe an mich. Das war wohl seine Art, seine Sorge um mich auszudrücken. „Ich wünschte immer noch, du würdest es dir anders überlegen“, fügte er hinzu.

„Simon, wir haben das ausgiebig besprochen, du weißt, warum ich das tue.“ Ich ging einen Schritt auf ihn zu, ich wollte, dass er meine Beweggründe verstand. Aber bevor ich etwas sagen konnte, drehte er sich weg und verließ das Zimmer.

Ich sehe zur Treppe und wünschte, er würde doch noch nach unten kommen und sich von mir verabschieden. Mir ist klar, dass meine Entscheidung ihn sehr verärgert hat. Doch ich bin mir nicht sicher, ob er tatsächlich nur um mein Wohl besorgt ist, oder ob da womöglich Eifersucht im Spiel ist, weil ich einen Beitrag leiste, den er nicht leisten kann.

Ein letztes Mal sehe ich mich um, dann nehme ich den Koffer, öffne die Haustür und gehe nach draußen. Es ist frisch, und ich ziehe den Mantel zu, um mich vor der herbstlichen Luft zu schützen. Die kargen Äste eines Baums kratzen im Wind an der Hausfassade. Mir fällt auf, dass die Farbe vom Türrahmen abblättert. Ich hatte mich eigentlich darum kümmern wollen, bevor die kalte Jahreszeit anbricht.

Hinter mir knarrt ein Dielenbrett, und als ich mich umsehe, entdecke ich Simons Silhouette im Türrahmen. Er trägt einen Morgenmantel über seinem Schlafanzug. „Simon …“

„Die hast du vergessen.“ Er hält mir ein Paar graue Wollhandschuhe hin. „Es soll dort erheblich kälter sein als bei uns.“

„Danke.“ Ich nehme die Handschuhe an mich und fühle mich von seiner Sorge gerührt. Ich hatte bereits vergessen, wie bitterkalt es im Osten sein kann, und wie schnell und heftig manchmal der Schnee einsetzt. Erst jetzt wird mir so richtig bewusst, worauf ich mich einlasse. „Simon, ich ...“

„Wenn Delia heute kommt, werde ich sie wissen lassen, dass du für ein paar Tage fort bist, um dich um eine kranke Verwandte von mir zu kümmern“, erklärt er. Mir entgeht sein ängstlicher Tonfall nicht. Dass ich für ein paar Tage nicht zu Hause bin, bedeutet für ihn eine ganz erhebliche Abweichung von seiner Routine. Während meiner Abwesenheit muss er sich mit unserem Kind und anderen Dingen befassen, von denen er üblicherweise nur wenig mitbekommt. „Ich glaube, eine Tante in Yorkshire wäre am überzeugendsten.“

Ich nicke. Delia weiß, dass ich keine Angehörigen mehr habe. Allerdings missfällt es mir, sie zu belügen. Als ich gestern Mittag aus dem Büro kam und sie und meine völlig begeisterte Tochter beim Plätzchenbacken überraschte, da hätte ich ihr zu gern von meiner Reise erzählt. Aber solche vertraulichen Informationen muss ich für mich behalten, nicht einmal Delia darf etwas darüber wissen. „Bestimmt wird sie sich anbieten, hier zu übernachten und auf Rachel aufzupassen.“

Hinter mir höre ich ein Motorengeräusch, das allmählich lauter wird. Eine schwarze Limousine fährt vor. „Es wird Zeit“, sagt Simon.

Ich drehe mich abermals zu ihm um, weil ich will, dass er mich versteht. Wenigstens ein bisschen. „Simon, ich ...“

Er hebt die Hand. „Es wird Zeit“, wiederholt er, dann beugt er sich vor und küsst mich unbeholfen auf den Mund. „Pass gut auf dich auf.“

„Das werde ich." Ich gehe die Stufen hinunter. Am Wagen steht ein Mann in dunkler Uniform und hält mir die Tür auf. „Guten Morgen", sage ich und steige ein. Der Mann antwortet nicht, sondern nimmt mir den Koffer ab und schließt die Wagentür. Ich schaue aus dem Fenster, da ich hoffe, Simon zum Abschied winken zu können. Doch die Haustür ist geschlossen und alle Fenster sind dunkel.

Der Wagen fährt los und biegt nach rechts in die Hampstead High Street ein. Erst da wird mir klar, dass ich gar keine Ahnung habe, wohin es eigentlich geht. Ich klopfe gegen die Trennscheibe, der Fahrer schiebt sie auf. „Ja?", fragt er, ohne zu mir zu sehen.

Ich beuge mich vor. „Wohin fahren wir?"

„Northholt Air Base." Bevor ich nachfragen kann, hat er die Trennscheibe schon wieder geschlossen.

Ein Flughafen. Ich werde also nach Prag fliegen. Ich lehne mich zurück und lasse mir diese Erkenntnis durch den Kopf gehen, während wir durch den Norden Londons fahren. Ich weiß nicht, warum mich das so überrascht, vielleicht liegt es daran, dass ich einfach keine Zeit hatte, mir darüber Gedanken zu machen. Angesichts der Eile der Mission ist es eigentlich nur logisch, dass ich ein Flugzeug nehme.

Wir fahren an den großen Lagerhäusern im Norden vorbei, dann wird die Bebauung spärlicher, und schließlich sind wir über Land unterwegs. Links und rechts der Straße ist alles dunkel. Ich war bislang nur einmal in dieser Gegend, als Simon mit mir einen Ausflug nach Cambridge unternahm, um mir zu zeigen, wo er studiert hatte. Das war kurz nach unserer Hochzeit, wir waren damals mit dem Zug unterwegs, als wir über das flache Land fuhren, das sich bis zum Horizont erstreckte. Ich stelle mir vor, dass die Landschaft jetzt genauso aussieht, doch es ist noch immer zu dunkel, um irgendetwas abseits der Fahrbahn zu erkennen.

Wenig später hält der Wagen vor einem unscheinbar wirkenden Tor. Wir halten an, ich höre den Fahrer leise mit einem Wachmann reden. Das Tor wird geöffnet, wir fahren weiter. In der Dunkelheit kann ich ein Flugzeug erkennen, dann ein weiteres, bis eine ganze Reihe schlafender Giganten zu sehen ist. Ich habe noch nie ein Flugzeug aus der Nähe gesehen und hatte ja keine Vorstellung, wie gewaltig groß diese Ungetüme sind. Schließlich halten wir neben einer der Maschinen. „Da wären wir", sagt der Fahrer, als er mir die Tür öffnet.

Ich steige aus und halte inne, als das Flugzeug vor mir aufragt. Was Paul wohl durch den Kopf ging, als er sich auf seinen schicksalhaften Flug nach England begab? Ich stelle mir vor, wie er lachte und mit seinen Kameraden scherzte. Ganz bestimmt hat er sich gar keine Gedanken gemacht, schließlich war er schon Dutzende Male geflogen und ganz sicher auch schon mit dem Fallschirm abgesprungen. Der Flug nach England war für ihn nur eine nebensächliche Notwendigkeit, der erste Schritt auf dem Weg nach Hause. Vielleicht hat er an unser bevorstehendes Wiedersehen gedacht.

„Madam?" Der Fahrer steht neben mir und brüllt mir ins Ohr, um das Dröhnen der Propeller zu übertönen. Er drückt mir meinen Koffer in die Hand. „Die sind jetzt startbereit. Sie sollten lieber an Bord gehen."

Ich verdränge meine Gedanken an Paul und gehe auf die kleine Treppe zu, die zum Flugzeug führt. Als ich die Stufen nach oben steige, wird der Sog durch die Propeller so stark, dass mir die Haare ins Gesicht wehen. In der Maschine steht eine Frau in dunkelblauer Montur bereit, sie hält ein Klemmbrett in der Hand. An ihr vorbei kann ich ins Cockpit sehen, wo der Pilot und noch ein Mann sitzen, vor sich viele Lämpchen und Schalter. Mir wird ein wenig schwindlig. „Miss Nederman?", spricht die Frau mich an. Ich nicke und wundere mich darüber, meinen Mädchennamen zu hören. „Ich bin Nancy, Ihre Stewardess. Darf ich Ihnen das Gepäck abnehmen?" Ich gebe ihr den Koffer, den sie in einem kleinen Spind im vorderen Teil der Maschine verstaut, dann führt sie mich in den Passagierraum. „Wenn Sie bitte hier Platz nehmen würden." Sie zeigt auf den zweiten Sitz rechts, der als Einziger noch frei ist. „Und legen Sie bitte den Gurt an." Dann entfernt sie sich.

Nachdem ich mich gesetzt habe, sehe ich mir die anderen Passagiere an, bei denen es sich überwiegend um junge Männer handelt. Ein paar von ihnen tragen Uniform. Wer sind diese Leute, und wo wollen sie hin? Meine Überlegungen werden durch einen lauten Knall unterbrochen, als die Stewardess die Tür schließt. Am liebsten möchte ich in diesem Moment aufspringen und das Flugzeug verlassen, doch dafür ist es nun zu spät. Das Motorengeräusch wird lauter, die Maschine setzt sich in Bewegung. Ich schließe den Gurt, meine Finger zittern. Ich sage mir, dass ich so mutig sein muss wie Paul. Aber ich kann nicht an ihn denken, ohne mir gleichzeitig vorzustellen, wie schrecklich der Absturz gewesen sein muss. Nein, ich muss jetzt an Rachel denken, die in ihrem Bett liegt und friedlich schläft.

Das Dröhnen der Motoren wird noch lauter, da die Maschine weiter beschleunigt, und ich werde in den Sitz gedrückt. Ein lautes Geräusch ertönt, dann ein zweites, und schließlich stockt mir der Atem, als ich spüre, dass wir den Kontakt zum Boden verlieren. Das Flugzeug scheint sekundenlang dicht über der Rollbahn zu schweben, dann steigt es allmählich höher. Ich vergesse meine Nervosität und sehe aus dem Fenster in den Himmel, der sich am Horizont bereits rosa färbt.

„Kaffee?" Nancy steht neben meinem Platz und hält ein Tablett in der Hand.

Überrascht sehe ich sie an. „Könnte ich auch ein Glas Wasser bekommen?"

„Natürlich." Sie schenkt mir ein Glas ein und reicht es

mir. „Wir werden München etwa gegen halb zehn erreichen."

Das ist also unser Ziel. „Vielen Dank." Ich schaue wieder aus dem Fenster. München. Mir läuft es eisig über den Rücken. Mir war nicht klar gewesen, dass wir in Deutschland landen würden. Dachau liegt ganz in der Nähe von München. Nein, denk nicht darüber nach, ermahne ich mich noch, doch es ist bereits zu spät. Ich fühle wieder den Betonboden, Panik steigt in mir auf, und mir fällt das Atmen schwer. Ich balle die Hände zu Fäusten. Ich darf die Erinnerung nicht hochkommen lassen. Das ist zu viel für mich, denke ich und atme so tief durch, wie es geht. Die Nazis sind nicht mehr da, und doch ist es für mich unfassbar, dass ich heute noch nach Deutschland zurückkehren werde.

Mein Blick wandert durch die Reihen. Einige Passagiere haben Decken hervorgeholt. Ich habe in der letzten Nacht kaum geschlafen, und ich sollte wirklich versuchen, ein wenig Schlaf nachzuholen. Ich lasse den Kopf gegen den Sitz sinken und schließe die Augen, das gleichmäßige Brummen der Motoren hat eine einlullende Wirkung.

Plötzlich gibt es einen lauten Knall, ich reiße die Augen auf. Stimmt etwas nicht mit dem Flugzeug? Ich setze mich auf. Die anderen Passagiere wirken nicht erschrocken, vielmehr packen sie ihre Sachen zusammen. „Willkommen in München!", verkündet Nancy, die im vorderen Bereich der Kabine steht. „Wenn Sie ausgestiegen sind, begeben Sie sich bitte zur Zollabfertigung." Offenbar habe ich den gesamten Flug mitsamt Landung verschlafen. Als ich aus dem Fenster sehe, bemerke ich eine schneebedeckte Rasenfläche neben der Rollbahn.

Ich folge den anderen Passagieren durch den Gang und nehme von Nancy meinen Koffer entgegen, dann gehe ich die Stufen hinunter. Es ist kalt, und die feuchte Luft lässt vermuten, dass es weiter schneien wird. „Hier entlang, bitte."

Nancy ist ebenfalls ausgestiegen, an uns vorbeigegangen und führt uns nun zu einem schmucklosen zweistöckigen Gebäude.

Plötzlich rempelt mich jemand von links an, und ich zucke erschrocken zusammen. „Entschuldigen Sie“, höre ich eine Frauenstimme, die kaum lauter ist als ein Flüstern. Als ich mich umdrehe, greift eine Hand nach meinem Arm, und instinktiv weiche ich zurück. Vor mir steht eine zierliche junge Frau in einem dunklen Herrenanzug und mit einem Herrenhut auf dem Kopf. Ich kann mich nicht daran erinnern, dass sie mit uns im Flugzeug saß. „Marta?“ Sie wartet nicht auf meine Antwort. „Ich bin Renata, von der Botschaft.“

Wie hat sie mich erkannt? Dann aber wird mir klar, dass ich, von Nancy abgesehen, die einzige Frau auf dem Flug war. „Freut mich, Sie kennenzulernen.“ Ich will meine Hand ausstrecken, doch Renata zieht mich an sich und hüllt mich in eine Wolke aus Parfüm und Zigarettenrauch, während sie mich erst auf die rechte, dann auf die linke Wange küsst.

„Tun Sie so, als würden Sie mich kennen“, zischt sie mir in einem Englisch zu, das einen deutlichen Akzent aufweist. „Ich muss Ihnen das jetzt sagen, denn wenn wir erst im Wagen sitzen, besteht das Risiko, dass wir abgehört werden. Man hat mich hergeschickt, um Sie abzuholen. Ich weiß, warum Sie hier sind, und ich werde Ihnen helfen.“ Ich bin zu verblüfft, um zu reagieren, während Renata mich von der Gruppe wegdirigiert. „Kommen Sie, wir haben eine lange Fahrt vor uns.“ Erst jetzt fällt mir eine schwarze Limousine von der gleichen Art auf, wie sie mich von zu Hause abgeholt hatte. Renata hält mir die Tür auf, und als sie ebenfalls eingestiegen ist, beugt sie sich vor und sagt etwas zum Fahrer. Dann lehnt sie sich zurück und nimmt den Hut ab. Darunter kommen kurz geschnittene, dunkle Haare zum Vorschein. Ihre Wangen sind leicht gerötet, aber ihre Gesichtszüge haben etwas sehr Vornehmes, seltsam Anziehendes. Ihre Augen sind so tiefbraun wie Schokolade. „Wie war der Flug?", fragt sie laut, während sich der Wagen in Bewegung setzt. Mir wird klar, dass sie lediglich Konversation betreibt, damit derjenige etwas zu hören bekommt, der uns eventuell belauscht.

„Gut, sehr gut", erwidere ich.

Sie holt ein Päckchen Zigaretten aus der Tasche und hält es mir hin, aber ich schüttele den Kopf. „Sie können von Glück reden, dass Sie kein schlechteres Wetter erwischt haben", bemerkt sie, nimmt sich eine Zigarette und zündet sie mit einem eleganten silbernen Feuerzeug an. „Wir hatten schon den ersten Schnee." Sie öffnet das Fenster einen Spaltbreit, damit der Rauch abziehen kann.

Als der Wagen den Flughafen verlässt und auf eine Hauptstraße einbiegt, spricht keiner von uns ein Wort. In der Ferne kann ich noch eben die von Nadelwäldern überzogenen Berge erkennen, deren Silhouette sich schwach vom blassgrauen Himmel abhebt. Mir schaudert, als ich mich frage, wie in einem so schönen Land etwas derart Schreckliches gedeihen konnte.

„Ist Ihnen kalt?", fragt Renata, als ich meinen Mantel enger um mich ziehe, aber ich verneine. „Wir werden bald an der Grenze sein. Ich habe Ihnen die erforderlichen Papiere aus der Botschaft mitgebracht. Haben Sie Ihren Pass zur Hand?"

Ich nicke und hole ihn aus der Tasche, um ihn Renata zu geben. Simon brachte ihn mir gestern Abend zusammen mit den anderen Unterlagen. Er sieht so aus wie die anderen, die ich im Ministerium gesehen habe – der Einband ist schwarz anstelle des üblichen Dunkelrot, und quer über die Vorderseite ist das Wort *Diplomat* eingeprägt. Als ich den Pass noch am Abend durchblätterte, wunderte ich mich. Er war vor acht Monaten ausgestellt worden, und die Seiten waren hier und da umgeknickt und abgewetzt und zudem mit Stempeln übersät. „Es soll so aussehen, als wärst du ein erfahrener Kulturattaché“, erklärte Simon. „Wir wollen vermeiden, dass jemand misstrauisch wird.“ Verblüfft sah ich mir die Stempel aus Dutzenden von Ländern an, die ich nie besucht hatte, während ich mir die Ziele einzuprägen versuchte, falls mich jemand danach fragte.

Der Wagen fährt eine halbe Ewigkeit bergauf, dann bezwingt er die nächste Steigung, ohne dass wir wieder talwärts unterwegs gewesen wären. Nach einer Weile erreichen wir einen Grenzübergang. Der Wagen hält, Renata kurbelt das Fenster herunter. „Guten Tag“, begrüßt sie den Zöllner auf Deutsch und gibt ihm unsere Pässe. Er erwidert nichts, blättert in den Pässen und schaut dann in den Wagen. Mir stockt der Atem. Wird er mir irgendwelche Fragen stellen? Doch er nickt nur, stempelt die Pässe und reicht sie Renata zurück. Es kommt mir vor, als wäre ich jemand anders. Plötzlich muss ich an Emma denken. Nachdem ihr die Flucht aus dem Ghetto gelungen war, musste sie sich eine neue Identität zulegen. Sie wurde zu Anna, der Nicht-Jüdin. Schlimmer aber war, dass sie jeden Tag ins Hauptquartier der Deutschen gehen musste, um dort für Kommandant Richwalder zu arbeiten. Zu der Zeit hatte ich mit Ablehnung und Entrüstung auf ihr immer enger werdendes Verhältnis zu Richwalder reagiert. Erst heute kann ich abschätzen, wie schwierig das alles für sie gewesen sein musste. Sie hat in der ständigen Angst leben müssen, dass jemand hinter ihr Geheimnis kommen könnte. Ich frage mich, ob es ihr gut geht und ob ihr und Jakub die Flucht gelungen ist. Wenn ich Marek finde, kann er mir vielleicht mehr über Emma sagen.

Wir fahren weiter bergauf, die Grenze fällt hinter uns zurück, und ich habe einen ungehinderten Blick auf die schneebedeckten Berge. Es erinnert mich daran, wie ich das erste Mal nach meiner Befreiung erwachte und die Berge sah. Ich glaube, dass wir uns jetzt nördlich von Österreich befinden. Salzburg und das Schloss sind viele Kilometer von hier entfernt. Dennoch muss ich an Dava denken. Ich habe ihr kurz nach meiner Heirat einen Brief geschrieben und das Geld beigelegt, das sie mir geliehen hatte. Doch der Brief kam als unzustellbar zurück, und ein paar Monate später las ich in der Zeitung, dass viele der Auffanglager inzwischen geschlossen worden seien. Ich frage mich, was aus Dava geworden ist.

„Es dauert noch einige Stunden, bis wir Prag erreichen", lässt Renata mich nach einer Weile wissen. „Wenn Sie müde sind, können Sie ruhig etwas schlafen."

„Danke, aber ich habe während des Fluges geschlafen. Außerdem bin ich seit der Geburt meiner Tochter daran gewöhnt, mit wenig Schlaf auszukommen." Es bereitet mir ein wohliges Gefühl, an Rachel zu denken.

„Wie alt ist sie?"

„Achtzehn Monate. Haben Sie auch Kinder?"

Renata schüttelt den Kopf. „Ich war einmal schwanger, aber ich habe das Kind verloren. Das war während des Krieges."

„Das tut mir leid. Vielleicht klappt es beim nächsten Mal."

Sie räuspert sich. „Vielen Dank, aber ich fürchte, das ist unmöglich."

Da ich nicht weiß, was ich sagen soll, sehe ich wieder aus dem Fenster. Schließlich erreichen wir eine Kleinstadt. Die Häuser mit ihren tief heruntergezogenen Dächern erinnern mich an das Dorf, in dem ich aufwuchs. Als wir uns dem Zentrum nähern, wird der Wagen langsamer, eine Gruppe Kinder überquert die Straße. An einer Ecke sehe ich ein Haus mit leuchtend blauen Vorhängen, dabei fällt mir ganz plötzlich ein, dass wir daheim Vorhänge in der gleichen Farbe hatten. Ich kann mich noch genau erinnern, wie meine Mutter mit großer Sorgfalt den Stoff färbte und dann nähte, während mein Vater den Kopf darüber schüttelte, wie man nur eine so intensive Farbe wählen konnte. Einen Moment lang stelle ich mir vor, dass das dort das Haus meiner Eltern ist. Wenn ich hingehe und anklopfe, dann wird vielleicht meine Mutter aus der Küche kommen. In diesem Augenblick geht die Tür auf, eine stämmige Frau mit grauen Haaren kommt nach draußen, in einer Hand hält sie einen Besen. Sie bemerkt, dass ich sie anstarre, und mustert sekundenlang die schwarze Limousine. Schließlich dreht sie mir den Rücken zu und beginnt vor dem Haus zu kehren. Der Wagen fährt weiter und kommt an einem alten, schäbig gekleideten Mann vorbei, der auf einem Pferdewagen sitzt. Auf einmal erscheint mir diese Kleinstadt fremd und uralt, als wäre sie einem lange vergessenen Traum entsprungen.

Der Wagen beschleunigt, wir lassen die Ortschaft hinter uns, aus der schmalen Gasse wird eine frisch asphaltierte Straße. „Die Straßen hier sind aber in einem guten Zustand", kommentiere ich.

Renata nickt. „Einer der wenigen Vorteile, die unsere Nachbarn uns bescheren. Die tschechische Industrie ist für die Wirtschaft der Sowjets von großer Bedeutung, daher sorgen sie dafür, dass die Straßen in Ordnung sind. Natürlich läuft im Westen mit dem Marshallplan so ziemlich das Gleiche ab. Das ist so grotesk …"

„Ich verstehe nicht."

„Im Westen wird wiederaufgebaut, die Sowjets bauen wieder auf, nur eben jeder für sich. Nehmen Sie als Beispiel die Grenze. Die letzten zwanzig Kilometer bis zur Grenze sind die Straßen auf beiden Seiten eine Katastrophe, weil keiner die Strecke ausbessern will, da ja der andere davon profitieren könnte. Das Gleiche gilt für die Bahnlinien. Die Sowjets verlegen ihre Schienen mit einer anderen Spurbreite als der Rest der Welt. Wenn man mit dem Zug nach Prag fährt, muss man an der Grenze umsteigen."

„Aha", sage ich und frage mich, ob Renata wohl ihre eigene Warnung vergessen hat. Oder spricht sie so offen darüber, weil diese Dinge jeder weiß?

Die Landschaft ringsum beginnt sich zu verändern. Wälder und Felder weichen Lagerhäusern und Fabriken. Schornsteine stoßen dicke, schwarze Rauchwolken in den Himmel. Hinter den Fabriken sehe ich den Kahlschlag an den Hügeln. Die Folgen des Tagebaus, denke ich traurig. Das einst blühende, an Kohle so reiche Land wird rücksichtslos ausgebeutet. Mit einem Mal fühle ich mich müde, und ich lehne mich zurück, schließe die Augen und lasse mich vom leichten Schaukeln des Wagens in einen Halbschlaf wiegen.

„Sehen Sie." Renata berührt meinen Arm, irritiert schrecke ich hoch. Sie zeigt durch die Windschutzscheibe. In der Ferne erkenne ich Hausdächer und Kirchturmspitzen. „Das ist Prag." Ich zwinkere ein paarmal und überlege, wie lange ich wohl geschlafen habe. Die Straße überwindet eine leichte Kuppe, dann liegt das Panorama der Stadt mit seinem Meer aus roten Dächern vor uns. Ein breiter Fluss schlängelt sich mitten durch die Stadt und teilt sie in zwei Hälften. „Die Burg im Stadtteil Hradcany", sagt Renata und deutet auf ein gewaltiges Bauwerk auf einem Hügel am gegenüberliegenden Ufer. Der Anblick erinnert mich an die Wawelburg in Kraków, nur ist diese Burg hier ungleich größer. „Darunter liegt das Viertel Malà Stana, auch Kleinseite genannt, wo sich die Botschaft befindet." Der Wagen fährt jetzt talwärts und erreicht die engen gewundenen Straßen und Gassen der Stadt. Die Häuser sind in Blau-, Rosa- und Gelbtönen gestrichen, gedämpft werden die ursprünglich leuchtenden Farben durch eine gleichmäßige, alles überziehende Rußschicht. „Auf dieser Seite liegt die Altstadt. Hier werden Sie wohnen, und zwar im Excelsior Hotel. Das ist ganz in der Nähe des Altstadtplatzes."

„Reizend", spiele ich mit, um meine Tarnung zu wahren.

„Das muss ich mir auf jeden Fall alles ansehen." In Wahrheit werde ich wohl kaum Zeit haben, mich mit der Schönheit der Stadt zu befassen. Wie Simon gestern Abend noch einmal betonte, ist es von entscheidender Bedeutung, dass ich schnell einen Erfolg erziele. Ich muss Marek dazu bringen, ein Treffen mit Marcelitis zu arrangieren, den ich wiederum dazu bringen muss, mir den Dechiffrierer auszuhändigen, bevor die Sowjets den wahren Grund für meine Anwesenheit entdecken.

Als wir an einer Ampel halten, fällt mir ein Gebäude mit hebräischer Schrift über der Tür auf. „Eine Synagoge."

Renata nickt. „Wir sind hier fast in Josefov, dem jüdischen Viertel. Früher lebten sehr viele Juden in Prag, aber nach dem Krieg sind nur wenige zurückgekehrt. Die meisten sind nach Israel, nach Westeuropa oder nach Amerika ausgewandert."

So wie ich. „Man kann es ihnen nicht verübeln, dass sie weggegangen sind." Mir entgeht mein rechtfertigender Tonfall nicht.

„Natürlich nicht", stimmt Renata hastig zu. „Ich wollte nur betonen, wie bedauerlich es ist, dass wir diesen Teil der Bevölkerung verloren haben." Ich betrachte die Synagoge, die so aussieht, als hätte sie den Krieg unbeschadet überstanden. Allerdings ist sie völlig heruntergekommen. Die Bleiglasfenster weisen zahllose Sprünge auf, die Stufen zum Eingang sind zugewuchert und geborsten. Vor meinem geistigen Auge sehe ich die winzige Synagoge in unserem Dorf. Ob wohl noch jemand dort ist, um regelmäßig beten zu gehen? „Die Synagogen sind zwar geblieben, aber sie erfüllen kaum noch ihren Zweck, da fast niemand mehr da ist, der sie besuchen will", ergänzt Renata und senkt ihre Stimme. „Man sagt, die Kommunisten wollen ein jüdisches Museum schaffen, aber das ist doch auch nur wieder so eine Propaganda-Aktion der Sowjets."

Hinter der Synagoge entdecke ich einen großen jüdischen Friedhof mit Tausenden von Gräbern. Hunderte Jahre jüdischer Geschichte, denke ich. Und diese Menschen hatten alle das Glück, lange vor dem Krieg gelebt zu haben. Ich betrachte die Risse in den Grabsteinen, das hohe, alles überwuchernde Gras. Sind denn gar keine Juden mehr hier, um sich um den Friedhof zu kümmern? Oder haben sie Angst, gesehen zu werden? Für einen Juden ist die Grabpflege eine moralische Verpflichtung, auf diese Weise ehrt er seine Ahnen. Ich erinnere mich noch gut, wie mein Vater in Wind und Wetter jede Woche zum Friedhof ging, um das Grab seiner Eltern zu besuchen und ein Gebet zu sprechen. Es kursierten sogar Gerüchte, dass manche Juden in Kraków mitten im Krieg auf den Friedhof schlichen, um jene Gräber zu pflegen, die von den Deutschen noch nicht völlig zerstört wurden, und trotzig ein paar Kieselsteine auf den Grabsteinen hinterließen, um zu zeigen, dass sie dort gewesen waren. Ein Stich geht mir durchs Herz, als ich daran denke, dass meinen Eltern eine angemessene Beisetzung verwehrt geblieben ist.

„Da wären wir", verkündet Renata, als der Wagen Minuten später vor einem Hotel hält. „Der Portier wird sich um Ihre Tasche kümmern", sagt sie mir nach dem Aussteigen, als ich zum Kofferraum gehen will. Also folge ich ihr hinein zum Empfang und halte ein wenig Abstand, während sie sich mit dem Hotelangestellten auf Tschechisch unterhält. Dem großen Foyer kann man ansehen, dass es früher einmal sehr prunkvoll gewesen ist. Aber jetzt ist der Teppich abgewetzt, und am Kronleuchter sind viele Glühbirnen ausgefallen oder herausgeschraubt worden. In der Luft hängt der Geruch von Dill, den man zu lange gekocht hat.

Renata kommt zu mir und gibt mir einen Zimmerschlüssel. „Ich nehme an, Sie sind sehr müde. Ich wünsche Ihnen eine gute Nacht." Verwundert sehe ich sie an, dann zieht sie mich zu sich heran, küsst mich erneut auf die Wangen, und raunt: „Gehen Sie rauf und stellen Sie Ihre Tasche ab, dann warten Sie zehn Minuten. Am anderen Ende des Flurs gibt es eine Treppe, die in die Gasse hinter dem Haus führt. Ich werde dort auf Sie warten." Sie lässt mich los und schlendert durch die Lobby zum Ausgang.

## *16. KAPITEL*

Ich schließe die Tür zu meinem Zimmer auf und schalte das Licht an, die nackte Glühbirne an der Decke erwacht flackernd zum Leben. Dann gibt es einen Knall, und ich stehe wieder im Dunkeln. Ich taste mich an der Wand entlang, bis ich eine Tischlampe gefunden habe. Als ich sie einschalte, stelle ich fest, dass mein Zimmer ein kleiner, dreieckiger Raum ist. In die eine Ecke hat man ein Doppelbett gequetscht, auf dem eine Tagesdecke mit hellrosa Blumenmuster liegt. Links vom Bett steht unter dem Fenster ein Sessel mit einem abgewetzten goldfarbenen Bezug. Es riecht nach Feuchtigkeit.

Ich lege meine Tasche aufs Bett und suche die Toilette auf. Der Wasserhahn am Waschbecken ist verrostet, zwischen den geborstenen Kacheln wuchert der Schimmel. Viel einladender wirkt dagegen die Badewanne, die auf vier Klauenfüßen steht. Sie erinnert mich an die Wanne zu Hause, die meine Mutter jede Woche für uns mit heißem Wasser füllte.

Ich wasche meine Hände, dann kehre ich zurück in mein Zimmer. Renata sagte, dass ich zehn Minuten warten soll, aber ich gehe schon jetzt zur Tür, da ich es nicht abwarten kann, Marek zu finden. Im Flur schaue ich aufmerksam nach rechts und links, dann laufe ich zu einer unscheinbaren Tür am Ende des Gangs, folge der Treppe nach unten und gelange, wie von Renata beschrieben, in eine Gasse auf der Rückseite des Gebäudes. Die Sonne ist schon fast untergegangen, und es ist kälter geworden, sodass ich meinen Mantel enger um mich ziehe, damit ich nicht friere. Ich kneife die Augen zusammen, die sich noch nicht ganz an die schlechten Lichtverhältnisse gewöhnt haben. Die Gasse ist schmal, zu beiden Seiten stehen hohe Backsteingebäude. In der Luft hält sich ein intensiver Abfallgeruch. Neben mir raschelt etwas auf dem Boden, dann bemerke ich eine Ratte. Mir wird übel. Im Gefängnis hatte es von Ratten nur so gewimmelt. Sie waren in den Wänden, wo sie kratzten und schabten, und nachts liefen sie quer durch meine Zelle. Schon im Ghetto waren diese Tiere eine Plage gewesen. Einmal wachte ich schreiend auf, als eine Ratte sich auf meinen Hals gesetzt hatte. Mama scheuchte sie weg und erschlug sie mit dem Besen. Danach hatte ich solche Angst, dass ich lange Zeit nicht einschlafen konnte.

Jemand greift nach meinem Arm. „Heh!“, rufe ich und zucke zusammen.

„Schhht!“, zischt Renata mir zu. Sie hält weiter meinen Arm fest und dirigiert mich zu einer Seitenstraße. „Seien Sie vorsichtig“, warnt sie mich und deutet auf das nasse Kopfsteinpflaster. Mir fällt auf, dass Renata sich in der kurzen Zeit umgezogen hat. Sie trägt jetzt einen knielangen schwarzen Rock und eine rosa Bluse, die tief genug ausgeschnitten ist, um darunter etwas aus Spitze zum Vorschein kommen zu lassen. Anstelle ihrer flachen Schuhe trägt sie nun hochhackige, und sie hat Rouge und leuchtenden Lippenstift aufgelegt. Sie sieht jetzt so aus, als habe sie sich für einen abendlichen Ausflug in die Stadt zurechtgemacht, und vermutlich will sie genau diesen Eindruck erwecken. Mit einem Mal kommen mir mein Wollrock und meine Jacke sehr unpassend vor.

Sie führt mich zu einem Auto, das an der Ecke geparkt ist. Die Beifahrertür ächzt laut, als Renata sie für mich öffnet. Ich steige in den Wagen, in dem es unangenehm feucht ist. „Wir müssen uns beeilen“, erklärt sie, während sie den Motor anlässt. „Tante Sophie wird sich Sorgen machen, wenn wir zu spät kommen.“

„Tante Sophie?“, frage ich im Flüsterton.

„Spielen Sie mit“, raunt sie mir zu, und mir wird klar, dass auch diese Unterhaltung nur einem möglichen Lauscher gilt.

„Ja, ich … ich freue mich schon darauf, Tante Sophie endlich einmal wiederzusehen“, improvisiere ich, als Renata losfährt. Diese Spionagespiele fühlen sich seltsam an.

„Tut mir leid, dass wir nicht den Wagen der Botschaft nehmen können. Dafür kann ich Ihnen einen DKW präsentieren, den Stolz deutscher Ingenieurskunst.“ Dabei klopft sie auf das Armaturenbrett. „Passen Sie auf, dass Sie nicht durch die Löcher im Boden fallen.“

Ich will lachen, doch als ich nach unten schaue, muss ich feststellen, dass sie es ernst meint. „Müssen wir weit fahren?“

Renata bremst an einer Ampel. „Nur bis zu einer Bar im Nové Mesto. Das ist nicht so weit, aber bei dieser Kälte ist es …“ Sie verstummt abrupt und schaut voller Unbehagen in den Rückspiegel.

Ich sehe über die Schulter nach hinten. „Was ist?“

„Nicht umdrehen!“, zischt sie und packt meinen Arm. Ich schaue nach vorn, meine Wangen glühen. Als die Ampel umspringt, tritt Renata aufs Gaspedal und biegt nach rechts ab, dann lenkt sie abrupt nach links. Die Reifen verlieren den Halt auf dem nassen Pflaster, der Wagen rutscht seitwärts auf einen Laternenmast zu. Ich klammere mich an meinem Sitz fest und versuche, mich auf den drohenden Aufprall gefasst zu machen. Aber Renata reißt das Lenkrad herum und bringt den Wagen zurück auf die Straße. Schließlich geht sie vom Gas und sieht abermals in den Rückspiegel. „Tut mir leid, aber da war ein verdächtiger Wagen. Ich dachte, man würde uns verfolgen. Aber er ist weg.“ Unwillkürlich drängt sich mir die Frage auf, ob sie nicht vielleicht überreagiert hat. „Ich wollte Sie nicht so anherrschen“, sagt sie. „Aber wenn Sie sich noch weiter umgedreht hätten, wäre das verdächtig gewesen.“

Und wenn sie den Laternenmast gerammt hätte? Wäre das etwa nicht verdächtig gewesen? „Entschuldigung“, entgegne ich. „Das wusste ich nicht.“

„Man hat Sie für diesen Einsatz nicht geschult, oder?“ Ich schüttele den Kopf, Unbehagen regt sich in mir. Meine Abreise fand so übereilt statt. Simon war wütend auf mich, der stellvertretende Minister hatte keine Zeit für Erklärungen. Auf was hätte man mich wohl noch vorbereiten sollen?

Ein paar Minuten später parkt Renata in einer Seitenstraße. Ich sehe aus dem Fenster, aber eine Bar kann ich nirgends entdecken. „Sind wir da?"

„Noch nicht, aber es ist besser, wenn wir hier parken und den Rest zu Fuß gehen." Ich will die Wagentür öffnen, doch sie hält mich zurück. „Augenblick noch. Sie haben keine Kronen dabei, oder?"

Nach kurzem Zögern wird mir klar, dass sie tschechisches Geld meint. „Nein. Ich wollte im Hotel etwas wechseln ..."

„Hier." Sie drückt mir ein paar Münzen und Scheine in die Hand. „Keine Sorge", erstickt sie meinen Protest im Keim. „Ich bekomme das Geld von der Botschaft zurück. Und jetzt kommen Sie."

Ich steige aus und folge Renata durch die dunklen, verlassenen Straßen. Feiner Nieselregen setzt ein, und ich merke, wie sich meine Haare zu kräuseln beginnen. Renata führt mich um den halben Block herum, dann bleibt sie vor einem unscheinbaren Haus stehen. Von drinnen sind Musik und Stimmen zu hören.

„Bereit?", fragt sie. Ich nicke und muss schlucken. Der Lärm wird lauter, als wir eine Treppe hinuntergehen und eine Tür durchschreiten. Die Bar befindet sich in einem langgestreckten Kellerraum. Mehrere Holzbänke, die wie willkürlich hingestellt wirken, sind überwiegend von jungen Leuten besetzt, die entweder Karten spielen oder sich unterhalten, während sie aus hohen Gläsern dunkelbraunes Bier trinken. Einige von ihnen schauen uns an, als wüssten sie, dass wir nicht hierhergehören.

Renata scheint davon keine Notiz zu nehmen und sucht stattdessen den Raum ab. „Da", sagt sie leise und deutet mit einem Nicken auf den hinteren Teil der Bar.

Ich folge ihrem Blick, bis ich einen Mann auf einer Holzbank entdecke. „Ich sehe ihn." Marek. Wenn ich ehrlich sein soll – ich hätte ihn nicht so leicht wiedererkannt, hätte Renata ihn mir nicht gezeigt. Ich habe ihn wohlgenährt in Erinnerung, aber jetzt sieht er aus, als hätte er mindestens dreißig Pfund abgenommen. Außerdem trägt er Schnäuzer und Kinnbart. Er versucht wie Alek auszusehen, wird mir in diesem Moment bewusst. Bei seinem Anblick stockt mir der Atem.

„Wir müssen ihn auf uns aufmerksam machen", erklärt Renata.

Ich nicke nur, da ich zu nervös bin, um etwas zu erwidern. Wie wird er reagieren, wenn er mich sieht? Er ist in eine Unterhaltung mit einem grauhaarigen Mann vertieft und hat sich bislang noch nicht in unsere Richtung gedreht. „Und wie?", frage ich schließlich. „Ich kann doch nicht einfach zu ihm gehen."

„Stimmt", gibt sie mir recht. „Aber ich kann das." Sie holt ein Stück Papier und einen Bleistift aus der Tasche, notiert etwas für mich Unleserliches und knüllt das Papier zusammen. „Sie warten hier." Ehe ich etwas erwidern kann, durchquert sie die Bar und lenkt einige interessierte Blicke von Männern auf sich, denen ihr verführerischer Rock und die hohen Schuhe aufgefallen sind. Ich setze mich auf einen Hocker und beobachte, wie sie im Vorbeigehen so an Marek entlangstreicht, dass er es bemerkt, während die anderen am Tisch keine Notiz davon nehmen. Im nächsten Moment wirft sie ihm das zusammengeknüllte Papier in den Schoß und geht weiter. Marek sieht verwundert auf, doch da ist sie bereits durch die Tür zu den Toiletten verschwunden. Gebannt verfolge ich, wie Marek das Papier auseinanderfaltet und die Nachricht liest. Er schaut in meine Richtung, und unsere Blicke treffen sich. Er zwinkert und versucht, sein Erstaunen zu überspielen, dann flüstert er dem Grauhaarigen etwas zu, steht auf und kommt gemächlich auf mich zu.

Als er mich erreicht hat, bleibt er stehen und starrt mich an wie einen Geist. „Marta …?“

„*Cześć*, Marek“, sage ich auf Polnisch, während ich Mühe habe, meine Stimme unter Kontrolle zu halten.

„Was machst du …?“ Er gerät ins Stocken. „Wir dachten, du wärst …“

„Warum setzt du dich nicht zu mir?“, schlage ich vor.

Er setzt zum Reden an, überlegt es sich dann jedoch anders und nimmt auf dem Hocker neben mir Platz. „Zwei Bier, bitte“, sagt er zu dem Mann hinter der Theke. Ich sehe über seine Schulter und frage mich, wo Renata hin ist. Vermutlich wird sie so lange nicht zurückkehren, wie ich mit Marek rede. Ihre Aufgabe war es, mich zu ihm zu bringen, alles Weitere liegt jetzt in meinen Händen.

Ich betrachte Marek, und sofort entstehen Bilder der Erinnerung in meinem Kopf: Marek am Kopfende des Tisches, neben ihm Alek, während wir wie jede Woche zum Schabbes-Essen zusammensitzen, lachen und reden. Später sitzen die beiden im Hinterzimmer über Dokumente gebeugt und schmieden Pläne. Marek war in jener letzten Nacht an der Hütte, als ich ihn zur Rede stellte. Nachdem Alek weg war, sollte er die Gruppe führen. Natürlich wusste ich da schon, dass es ohnehin niemanden mehr gab, den er hätte führen können. Nach dem Attentat war die Bewegung zerstört, und nicht einmal Alek hätte noch etwas erreichen können. Aber Marek ließ uns einfach im Stich, das ist es, was ich ihm vorwerfe. Fühlt er sich so wie ich schuldig, weil er überlebt hat, während so viele andere sterben mussten?

Das reicht, ermahne ich mich und schlucke meinen Ärger hinunter. Nachdem uns das Bier serviert worden ist, ergreife ich das Wort. „Ihr dachtet, ich wäre tot. Das wolltest du doch sagen, nicht wahr?“

Er nickt. „Die Brücke … Wir hörten, dass Richwalder auf dich geschossen hat.“

„Stimmt, das hat er. Aber ich habe es überlebt. Genau wie die Zeit im KZ." Ein wenig Stolz liegt in meiner Stimme. Marek war immer dagegen gewesen, Frauen im Widerstand mit wichtigen Aufgaben zu betrauen. Eine Funktion erfüllten wir nur für ihn, wenn wir den Lockvogel spielen konnten. Er hielt uns für schwächlich und inkonsequent. Als ich jetzt seine verblüffte Miene betrachte, kann ich nicht anders, als ein wenig überheblich zu werden.

„Fragten sie dich …?"

„Nach der Bewegung? Sie haben monatelang versucht, es aus mir rauszuprügeln. Aber ich habe ihnen nichts gesagt."

Er wirkt so erleichtert, als stünden die Nazis in diesem Moment vor der Tür und könnten ihm noch immer etwas antun. „Und jetzt? Du willst doch sicher nicht nach Polen zurück, nach allem, was passiert ist."

„Nein, ich lebe jetzt in London."

„In England? Wie hast du das angestellt? Und wieso bist du hier?"

„Das ist eine lange Geschichte." Ich halte kurz inne und sehe mich nach Renata um, kann sie aber nirgends entdecken. Ist ihr etwas zugestoßen? „Dafür fehlt mir jetzt die Zeit."

Er legt die Stirn in Falten. „Ich verstehe nicht."

„Marek, ich …" Ich muss tief durchatmen. „Ich wurde hergeschickt, um mich mit dir zu treffen."

„Von wem wurdest du geschickt?" Beunruhigt reißt er die Augen auf.

„Von der britischen Regierung." Er scheint seinen Ohren nicht zu trauen. „Ich arbeite für das Außenministerium. Ich wurde hergeschickt, weil ich dich kenne. Du musst für mich den Kontakt zu jemandem aus dem Untergrund herstellen."

„Was redest du da?", raunt er. „Ich arbeite im Staatsdienst. Mit solchen Leuten gebe ich mich nicht ab."

„Marek, ich habe keine Zeit für irgendwelche Spielchen",

gebe ich mit gesenkter Stimme zurück. „Wir wissen, dass du eng mit der antikommunistischen Bewegung zusammenarbeitest, und wir müssen dringend mit diesem Mann sprechen. Er heißt Jan Marcel …"

„Schhht!", zischt er mir zu. „Sprich den Namen nicht aus. Nicht hier." Dabei sieht er zur Tür, als rechne er damit, dass jeden Moment das Lokal gestürmt wird.

„Wir müssen ihn aufspüren, weil er einen Dechiffrierer besitzt, mit dem wir herausfinden können, welche unserer Agenten in Wahrheit für die Sowjets arbeiten. Im Gegenzug bieten wir …"

„Hör auf", fällt er mir abermals ins Wort. „Du hättest nicht herkommen sollen, Marta. Ich kann dir nicht helfen. Es ist zu gefährlich, vor allem jetzt." Er steht auf und trinkt sein Bier aus. „Tut mir leid."

„Marek, bitte. Du verstehst das nicht. Wir wollen euch im Gegenzug helfen! Ich kann euch wichtige Informationen geben. Und Geld! Ich muss nur mit diesem Mann reden …"

„Der Westen will uns helfen?" Sein Gesicht läuft rot an. „So wie damals, 1939?"

Ich zögere, und vor meinem geistigen Auge sehe ich mich, wie ich hilflos vom Ghetto aus in den Himmel schaue. Wo waren denn die Flugzeuge der Briten und der Amerikaner? Erst nachdem ich tief durchgeatmet habe, kann ich weiterreden. „Ich weiß. Die Alliierten hätten eher einschreiten müssen, und als sie es endlich taten, war es für viele bereits zu spät. Aber diesmal ist es anders. Deshalb bin ich hier, Marek. Deshalb habe ich meine Familie in England zurückgelassen und setze mein Leben aufs Spiel. Du kennst mich und du weißt, dass du mir vertrauen kannst. Diesmal gibt es Hilfe." Meine Worte überschlagen sich fast, so eindringlich sind sie. „Ich habe dafür gesorgt." Als ich in sein Gesicht sehe, erkenne ich, wie unglaubwürdig ich klinge. Wer bin ich schon, dass ich solche Behauptungen aufstellen kann?

„Wer ist diese Frau, die mich angerempelt hat?“, fragt er argwöhnisch. „Die mir den Zettel gegeben hat?“

„Sie ist von der Botschaft. Sie ist vertrauenswürdig.“

Marek studiert seine Fingernägel. „Es tut mir leid, Marta. Ich kann dir nicht helfen. Ich wünschte, ich könnte es. Ich weiß, dass du die Hölle erlebt hast, und ich bin froh, dass du es überlebt hast. Aber ich kann kein Risiko eingehen.“

Ich lege meine Hand auf seinen Unterarm. „Marek, bitte.“

Er weicht vor mir zurück. „Geh nach Hause, Marta. Das hier ist nicht mehr dein Kampf.“ Er wirft ein paar Münzen auf die Theke.

„Wenn du es dir anders überlegst“, sage ich tonlos, „findest du mich im Hotel Excelsior.“

Er reagiert nicht darauf, sondern dreht sich weg und geht.

Ich sitze reglos da und sehe ihm nach. Marek will nicht mit mir reden. Ich stehe auf. Vielleicht sollte ich es noch einmal versuchen, womöglich kann ich ihn ja doch noch umstimmen. Aber er hat sich wieder an den Tisch gesetzt und redet mit den anderen Gästen. Wenn ich ihn dort anspreche, lenke ich viel zu viel Aufmerksamkeit auf uns.

Ich verlasse die Bar und steige die Treppe hinauf. Auf der Straße vor dem Haus steht Renata und raucht eine Zigarette. „Ich hatte mich schon gewundert, wohin Sie verschwunden sind“, bemerke ich.

„Als ich ihm den Zettel gab, dachte ich, ich hätte jemanden von früher gesehen. Jemanden von der Universität. Ich wollte nicht erkannt werden, also bin ich durch die Hintertür raus.“ Sie wirft die Zigarette aufs Pflaster und tritt sie aus. „Und wie ist es gelaufen?“

„Ganz schlecht.“

„Wollte er nicht mit Ihnen reden?“ Ich schüttele den Kopf. „Das wundert mich nicht. Diese Leute sind alle sehr verschwiegen, vor allem in letzter Zeit.“

„Aber wenn er uns nicht helfen will …“

„Wir überlegen uns etwas anderes", erwidert Renata. „Kommen Sie, verschwinden wir von hier."

Entmutigt folge ich ihr zum Wagen. Ich konnte Marek nicht einmal fragen, ob er etwas über Emma und Jakub oder über irgendwen sonst aus dem Widerstand weiß.

Als wir uns der Ecke nähern, taucht aus einer Seitengasse plötzlich eine düstere Gestalt auf. Ehe ich reagieren kann, fasst Renata mich am Ärmel und zieht mich näher zu sich. Ein Mann mit Hut und dunklem Trenchcoat baut sich vor uns auf. Ich bekomme es mit der Angst zu tun.

„Was wollen Sie?", spricht Renata ihn an.

Ich bemerke eine graue Strähne, die unter seinem Hut hervorlugt. „Sie sind der Mann aus der Bar", sage ich laut. „Sie haben neben Marek gesessen." Renata sieht mich überrascht an.

Der Mann nickt. „Marek hat mich gebeten, Ihnen eine Nachricht zukommen zu lassen. Kommen Sie morgen Mittag in den Park Riegrovy sady."

Ich drehe mich zu Renata um. „Wissen Sie, wo das ist?"

„Ja, der Park liegt südlich der Stadt. Aber er ist sehr groß", wendet sie sich an den Mann. „Wo sollen wir auf ihn warten?"

„Am Brunnen. Aber Sie sind nicht eingeladen. Marek hat gesagt, sie soll allein kommen." Mit einer Kopfbewegung deutet er auf mich.

„Aber …", beginnt Renata.

„Kommen Sie allein", wendet er sich an mich und übergeht den Versuch eines erneuten Einwands. „Marek wird dort sein. Ihnen wird nichts zustoßen." Noch bevor ich etwas entgegnen kann, ist er in der Gasse verschwunden.

## *17. KAPITEL*

Ich ziehe die vergilbte Gardine zur Seite und sehe hinunter auf die regennasse Straße. Auf dem Bürgersteig eilen Fußgänger nach links und rechts, mit dunklen Schirmen schützen sie sich vor dem Regen. Ich stelle mir vor, wie Simon das Haus verlässt, um ins Büro zu fahren, während Rachel ihm nachschaut. Heute ist der zweite Tag, an dem sie auf mich verzichten muss. Obwohl ich weiß, dass Delia sich rührend um sie kümmert, schmerzt mich der Gedanke, auch heute Morgen nicht für sie da sein zu können.

Ich lasse die Gardine zufallen und gehe zum Spiegel, wo ich mich bestimmt schon zum hundertsten Mal betrachte: dunkler Rock, cremefarbene Bluse. Da ich in dem kalten, fremden Zimmer kaum ein Auge zubekommen habe, bin ich schon sehr früh aufgestanden, habe mich gewaschen und angezogen und mich dann meinen Haaren gewidmet. Mit viel Mühe habe ich meine Locken zu einem Knoten zusammengebunden, weil ich wie eine Frau aussehen möchte, die von Marek und hoffentlich auch von Marcelitis ernst genommen wird. Doch in den Augen hinter den Brillengläsern liegt ein zögerlicher, unsicherer Ausdruck, so als wollten sie mich fragen, was ich hier eigentlich mache. Ich streiche mein Haar abermals glatt und wünschte, ich hätte daran gedacht, einen Regenschirm mitzubringen. Dann nehme ich meinen Mantel und meine Tasche und verlasse das Hotelzimmer.

„Guten Morgen, Madam“, begrüßt mich der Portier, als ich die Lobby betrete. Ich sehe ihn argwöhnisch an. Warum spricht er mit mir? Er deutet auf das Restaurant. „Werden Sie heute Morgen frühstücken?“

Ich zögere, da mir das Aroma von Kaffee und Rührei in die Nase steigt. Zu gerne würde ich etwas essen, aber mein Magen ist vor Nervosität so verkrampft, dass ich keinen Bissen herunterkriegen würde. „Nein, vielen Dank. Ich habe es eilig."

Draußen sehe ich auf der schmalen Straße nach links und rechts. Es hat aufgehört zu regnen, der Himmel klart allmählich auf, und mit ein wenig Glück könnte bald die Sonne hervorkommen. Doch noch lässt mich der eisige Wind frösteln, der in diesem Moment durch die Straße fegt und alte Zeitungen über das Pflaster weht. Ich ziehe den Mantelkragen hoch, bis er dicht über meinem Wollschal liegt.

In der Ferne höre ich eine Kirchenglocke neun Uhr schlagen. Drei Stunden bis zu meinem Treffen mit Marek, also viel zu früh, als dass ich mich auf den Weg machen müsste. Aber ich war nie zuvor in Prag, und sobald ich Marcelitis die Nachricht überbracht habe, werde ich mich wieder auf den Heimweg begeben. Wenn alles gut geht, fliege ich morgen schon nach Hause, deshalb habe ich unter Umständen nur noch jetzt die Möglichkeit, mir die Stadt anzusehen.

Am Abend zuvor setzte mich Renata am Hotel ab und bot mir an, mich heute zum Treffen zu fahren.

„Marek sagte, ich soll allein kommen", betonte ich.

Sie machte eine ungeduldige Geste. „Ich kann Sie bis zum Park fahren und dann irgendwo warten, wo er mich nicht sieht."

„Das ist sehr nett, aber nicht nötig."

Renata sah mich überrascht an. „Ist das Ihr Ernst?"

Ich nickte. „Allein heißt allein. Ich will nicht das Risiko eingehen, dass er mich mit jemandem zusammen sieht."

„Aber der Park liegt am Stadtrand."

„Ich weiß immer noch, wie man mit einem Bus ans Ziel kommt."

„Wie Sie wollen", erwiderte sie mit einem Schulterzucken. „Nehmen Sie die Haltestelle an der Ecke hinter dem Hotel. Der Park ist die vorletzte Station."

„Danke. Fährt dieser Bus auch durch Malà Stana?"

„Nein, das wäre die andere Linie …“ Sie stutzte. „Warum fragen Sie? Wohin wollen Sie?“

„Nirgendwohin“, antwortete ich hastig. „Na ja, ich wollte vor dem Treffen noch einen Spaziergang durch die Altstadt machen. Das ist vielleicht meine einzige Gelegenheit, mir Prag anzusehen.“

„Das gefällt mir gar nicht, Marta. Bei all diesen Unruhen ist es ziemlich gefährlich in der Stadt.“

„Ich werde schon auf mich aufpassen.“

„Das gefällt mir gar nicht“, wiederholte Renata. „Aber ich kann Sie wohl nicht davon abhalten. Achten Sie auf jeden Fall darauf, dass Sie sich auf den belebten Hauptstraßen aufhalten. Und reden Sie mit niemandem.“

Ich rufe mir den Stadtplan ins Gedächtnis, den ich mir am Abend zuvor im Hotel angesehen habe, und biege nach links ab, um in Richtung Altstadtplatz zu gehen. In den Straßen rings um das Hotel herrscht reges Treiben, Lieferanten laden vor den Geschäften ihre Waren ab, Frauen sind mit ihren Einkaufstaschen unterwegs. An der nächsten Ecke verkauft ein Mann auf einem Holzkarren Gebäck. Ich hole einige der Münzen, die Renata mir gegeben hat, aus der Tasche und nehme zwei Hefeteilchen. Ein Teilchen stecke ich für später in meine Tasche, von dem anderen beiße ich ab.

Einen Block weiter biege ich nach rechts ab, bleibe aber nach wenigen Metern stehen. Auf der anderen Straßenseite stehen drei Polizisten und beobachten die Menschen, die hier unterwegs sind. Mein Puls beginnt zu rasen, und ich muss mich zur Ruhe zwingen, indem ich mir sage, dass sie nicht an mir interessiert sind. Ich gehe weiter, wobei ich so tue, als würde ich hierhergehören. Im Vorbeigehen betrachte ich die Männer aus dem Augenwinkel. Haben sie mich bemerkt? An der nächsten Ecke treffe ich auf zwei weitere Polizeibeamte. Vielleicht hatte Renata ja doch recht, als sie mir von diesem Spaziergang abriet. Immer noch zur Seite schauend, rempele ich jemanden an. „Entschuldigung“, sage ich auf Tschechisch und sehe, dass es sich um eine Frau mit einem kleinen Kind handelt, die eben aus einer Bäckerei gekommen ist. Ich bücke mich, um das zu Boden gefallene Päckchen aufzuheben. Als ich es der Frau gebe, weicht sie beharrlich meinem Blick aus, dann entfernt sie sich hastig, während sie immer wieder zu den Polizisten schaut.

Ich sehe der Frau nach, wie sie um die nächste Ecke biegt. Sie hat Angst, so wie wir während des Krieges Angst hatten. Ich erinnere mich noch gut daran, wie die Gestapo einen Mann aus einem Geschäft zerrte, gerade als ich den Marktplatz von Kraków überquerte. Wie ich hörte, war er dabei erwischt worden, wie er Obst stehlen wollte. Die Passanten ringsum eilten sofort in alle Richtungen davon und sahen fort, als die Deutschen den Mann an eine Wand stellten. Ein Schuss hallte über den Platz, und als ich später zurückkam, war die Gestapo längst weg, nur der Mann lag da tot in seinem eigenen Blut, in einer Hand noch immer den Apfel, den er hatte mitnehmen wollen. Die Menschen gingen an ihm vorbei, ohne ihn eines Blickes zu würdigen, weil sie zu viel Angst davor hatten, von dem Kenntnis zu nehmen, was sich gerade abgespielt hatte. So ähnlich ist es auch hier, denke ich. Niemand will die Aufmerksamkeit auf sich lenken, alle haben sie Angst.

Ich gehe weiter, und nach ein paar Minuten mündet die Straße in einen weitläufigen Platz. Große alte Häuser mit kunstvoll verzierten Dachgiebeln säumen den Platz auf zwei Seiten. Eine weitere Seite wird von einem großen ausladenden Gebäude beherrscht, dem Alten Rathaus. An der Vorderseite entdecke ich eine farbenprächtige Uhr: mehrere goldene Ringe mit verschiedenen Zifferblättern.

„Das ist die Astronomische Uhr“, höre ich jemanden hinter mir sagen. Der Mann spricht Tschechisch, das dem Polnischen ähnlich genug ist, dass ich es verstehen kann. Ich drehe mich um und sehe mich einem Mann in einer leuchtend gelben Jacke gegenüber, der hoch zur Uhr zeigt. „Der äußere Ring funktioniert wie eine ganz normale Uhr, der innere Ring zeigt die Position der Erde im Weltall an. Die Uhr wurde im Mittelalter gebaut und lief jahrhundertelang einwandfrei. Erst seit sie im Krieg getroffen wurde, funktioniert sie nicht mehr."

„Oh." Ich bin erstaunt über die Freundlichkeit des Mannes. Er ist noch recht jung, schätzungsweise fünfundzwanzig, sein Gesicht ist schmal, und mit dem Kinnbart erinnert er mich ein wenig an Alek. „Sie ist sehr schön."

„Ich bin Hans." Er streckt mir die Hand entgegen.

Ich zögere, da ich an Renatas Warnung denke, mit niemandem zu reden, doch dann schüttele ich doch seine Hand. „Marta."

„Sie sind nicht von hier", stellt er fest.

„Ist mein Akzent so ausgeprägt?"

„Nicht unbedingt. Aber es gibt kaum jemanden, der stehen bleibt und sich die Uhr ansieht. Wer hier lebt, hat sich längst an sie gewöhnt, und es kommen derzeit nicht viele Leute von außerhalb her."

Innerlich verfluche ich mich für mein allzu offensichtliches Verhalten und hoffe, dass niemand sonst auf mich aufmerksam geworden ist. „Ich bin beruflich hier", antworte ich schnell und teste zum ersten Mal meine Tarnung. „Ein Kulturprojekt in der britischen Botschaft."

„Verstehe." Ich mustere ihn unauffällig und frage mich, ob er mir die Geschichte abnimmt. Aber dann lenkt ihn etwas ab, er schaut an mir vorbei zu einer Statue, an der sich soeben etliche Menschen versammeln. Vorwiegend junge Frauen und Männer kommen aus allen Richtungen geströmt, bis sie zu Dutzenden beisammenstehen. Plötzlich setzt sich die Menge in Bewegung und steuert auf eine der Straßen zu. Eigentlich sollte ich besser zum Hotel zurückkehren, doch meine Neugier siegt, und ich folge der Gruppe. Vor mir sehe ich Hans, der sich an die Spitze des Zuges gesetzt hat. In seiner gelben Jacke hebt er sich deutlich von der Masse ab.

Die Menge geht durch eine der engen Straßen und biegt dann in die nächste ein. Etwas ist hier anders, fällt mir auf. Die Geschäfte sind geschlossen, die Besitzer haben die Rollgitter heruntergelassen. In den Wohnungen darüber sind die Vorhänge zugezogen. Außer den jungen Leuten, die Hans folgen, ist hier kein Fußgänger unterwegs. Wieder muss ich an den Ladendieb in Kraków denken, an dessen Leiche die Menschen achtlos vorbeigingen. Die Leute hier wollen auch nichts mit dem zu tun haben, was sich vor ihrer Haustür abspielt. Ich sollte besser kehrtmachen, dennoch gehe ich weiter und bin längst Teil der Gruppe geworden. Ich will wissen, was es mit dieser Versammlung auf sich hat.

Die Straße führt auf einen weiteren Platz, der deutlich größer ist als der, der hinter uns liegt. Er ist langgestreckt und rechteckig. Uns gegenüber steht ein großes Gebäude mit goldenem Kuppeldach. Ich erkenne es als das Nationalmuseum aus dem Reiseführer wieder, in dem ich letzte Nacht blätterte, als ich nicht schlafen konnte. Während die Gruppe vorrückt, kommen von allen Seiten Menschen herbeigeeilt, mal in kleinen Gruppen, mal allein. Zwar sind hier und da auch einige ältere Leute zu sehen, aber in der Mehrzahl scheint es sich um Studenten zu handeln. Einige halten Plakate in die Höhe, doch sie sind zu weit entfernt, als dass ich den Text entziffern könnte. Mir wird klar, dass es sich um einen politischen Protestumzug handelt. Die Menge strömt weiter auf den Platz und auf das Museum zu. Auf den Treppen vor dem Gebäude stehen Polizisten Schulter an Schulter, sie bilden eine Barrikade.

Ich lasse mich zurückfallen, während die anderen weitermarschieren. Ich kann es mir nicht leisten, mich jetzt in so etwas hineinziehen zu lassen. „Demokratie!“, beginnen die

Leute zu rufen. Ich stelle mich auf die Zehenspitzen, um besser sehen zu können. Mir wird klar, dass ich von den Menschen umgeben bin, denen wir zu helfen versuchen. Ich überblicke die Menge, ob ich irgendwo Marek entdecke. Vielleicht ist er ja mit Marcelitis zusammen hier. Aber ich kann ihn nirgends sehen, und ich habe keine Ahnung, wie Marcelitis aussieht. Allerdings sind beide bestimmt klug genug, um sich von so einem Massenauflauf fernzuhalten. Ein Stück vor mir setzt jemand zur tschechischen Nationalhymne an, die sich wie ein Lauffeuer verbreitet, bis alle sie singen. Beim Anblick der entschlossenen Gesichter ringsum muss ich an unsere Bewegung in Kraków denken. Hätten wir in der Bevölkerung einen solchen Rückhalt gehabt, wäre vieles vielleicht anders gekommen.

Die Hymne ist zu Ende, die Menge rückt weiter vor und drängt auf die Stufen. „Kein Kommunismus!“, rufen die Menschen. „Demokratie!“ Die vordersten Demonstranten haben die Barrikade erreicht, einige von ihnen beschimpfen die Polizisten. Was sie sagen, kann ich nicht verstehen, doch es scheint, als wollten sie in das Gebäude gelassen werden. Ein Polizist schubst einen Mann, der rücklings zu Boden geht. Die Menge wird unruhig, es kommt zu Rangeleien zwischen beiden Seiten. Die hinteren Reihen drängen entrüstet über die drohende Eskalation weiter nach vorn.

Plötzlich hallt ein Schuss über den Platz, dann ein zweiter. Die Menge erstarrt. Die Polizisten müssen Warnschüsse in die Luft abgegeben haben. Dann jedoch sehe ich auf der obersten Stufe der Treppe eine Gestalt liegen, die ein gelbes Jackett trägt. Hans! Er rührt sich nicht.

„Nein!“, stoße ich keuchend aus. Ich muss mich davon abhalten, laut zu schreien. Die Menge steht ungläubig da, während die Polizei die Gelegenheit nutzt und die Initiative ergreift. Mit Knüppeln gehen die Polizisten auf die Demonstranten los. Entsetzt sehe ich mit an, wie einige von ihnen niedergeschlagen und andere davongeschleift werden. Die Menge tritt die Flucht an, die Polizisten rennen hinterher. Ich muss von hier wegkommen. Wenn ich in der Nähe dieser Leute bleibe, droht mir eine Verhaftung oder sogar Schlimmeres. Als ich mich umdrehe, sehe ich einen Wagen der Polizei, der genau die Straße blockiert, durch die wir hergekommen sind. Wir sitzen in der Falle.

Ich schaue mich um und entdecke eine freie Gasse. Rasch bahne ich mir den Weg dorthin, rechne aber bei jedem Schritt damit, dass man mich zu fassen bekommt. Ich laufe durch das Gewirr aus schmalen Straßen, so schnell ich nur kann, während ich nach dem Weg zurück zum Altstadtplatz suche. Meine Lungen brennen vor Anstrengung. Dann endlich habe ich den Platz erreicht. Ich werde langsamer, sehe zur Astronomischen Uhr, und denke an Hans.

Aber ich habe keine Zeit zu verlieren, ich bin nicht die Einzige, die dem Chaos entkommen ist. Immer mehr Leute erreichen den Platz. Ein Mann hat eine Platzwunde an der Schläfe. In einiger Entfernung höre ich eine Sirene, als wolle man die Demonstranten daran erinnern, dass die Niederschlagung ihres Protests noch nicht vorüber ist. Ich beeile mich, damit ich auch von diesem Platz wegkomme.

Einige Minuten später erreiche ich die Straße, in der sich mein Hotel befindet. In einem Schaufenster sehe ich im Vorbeilaufen mein Spiegelbild. Meine Wangen glühen, der Haarknoten hat sich zum größten Teil aufgelöst. Ich sollte auf mein Zimmer gehen und mich frisch machen, doch dann fällt mein Blick auf die Uhr an der Hotelfassade. Es ist elf Uhr, nur noch eine Stunde bis zu meinem Treffen mit Marek, und ich weiß nicht, wie lange ich zum Park brauchen werde. Also begebe ich mich direkt zur Bushaltestelle.

Kurz darauf kommt ein Bus, und ich steige ein. Ein paar Schulkinder sitzen auf den hinteren Bänken, sonst ist alles frei. Ich nehme ein paar Reihen hinter dem Fahrer Platz und schaue aus dem Fenster. Während sich der Bus seinen Weg durch die Altstadt bahnt, muss ich darüber nachdenken, wie brutal die Polizei gegen die Demonstranten vorgegangen ist. Ich wusste, dass die von den Sowjets gelenkte Regierung auf Unterdrückung setzt und jede kritische Stimme im Keim erstickt, doch ich hätte nicht gedacht, dass sie auf ihr eigenes Volk schießt. Ich halte meine Handtasche fester an mich gedrückt. Mit einem Mal erscheint mir meine Mission noch viel wichtiger.

Der Bus verlässt die Altstadt und folgt dem Fluss in südlicher Richtung. Die Schulkinder steigen aus, zwei Frauen steigen ein, die sich in rasantem Tschechisch über die Kartoffelpreise unterhalten. Eine trägt einen Korb mit Lebensmitteln, die andere hat Kohlen bei sich. Die Straße wird holpriger, die Bebauung spärlicher. Die Häuser hier sind kleiner und in einem schlechteren Zustand. Der Bus hält wieder, die Frauen steigen aus und biegen in einen Feldweg ein. Eine abgemagerte Kuh steht einsam am Zaun und starrt in meine Richtung.

Ich sehe mich kurz um und stelle fest, dass ich inzwischen der einzige Fahrgast bin. „Riegrovy sady", ruft der Fahrer wenig später, als müsste er sich in einer großen Menschenmenge Gehör verschaffen. Ich gehe zur vorderen Tür, als der Bus langsamer wird. Aus dem Augenwinkel beobachte ich den Fahrer. Fragt er sich, warum ich hier aussteige? Aber er scheint mich kaum zu beachten, als ich den Bus verlasse. Die Türen schließen hinter mir, und er fährt weiter.

Ich bleibe einen Moment lang stehen und betrachte den Park, der sich vor mir erstreckt. Das Gras ist trocken, ein paar hundert Meter rechts von mir sehe ich eine Baumgruppe, gleich dahinter einen Brunnen. Ich ziehe meinen Mantel enger um mich und gehe auf den Brunnen zu. Beim Näherkommen erkenne ich, dass der Brunnen aus einer Vielzahl von Statuen besteht, die kleine Kinder darstellen, die ihre

Hände zum Himmel recken. Trockenes Laub hat sich im Becken gesammelt. Wieder sehe ich mich um, doch der Park ist menschenleer. Nur ein paar Krähen haben sich zwischen den Bäumen versammelt und picken auf dem Boden. Wo ist Marek? Er kam mir gestern Abend so nervös vor, dass ich mich unwillkürlich frage, ob er überhaupt kommen wird.

Ich bin früh dran, beruhige ich mich und gehe auf die Baumgruppe zu. Die Krähen beobachten mich aufmerksam, bewegen sich aber noch nicht von der Stelle. Hinter den Bäumen entdecke ich zwei kleine Jungs, die miteinander spielen, und eine Frau, die ihnen von einer Bank aus zusieht.

Ich zögere und betrachte die Frau, die mir den Rücken zugedreht hat. Ich will nicht unnötig auf mich aufmerksam machen, aber vielleicht hat sie Marek gesehen. Langsam nähere ich mich. „Entschuldigen Sie", sage ich leise, doch vermutlich trägt der Wind meine Worte fort, noch bevor sie sie erreichen. Ich gehe noch ein paar Schritte weiter. Plötzlich erstarre ich mitten in meiner Bewegung, und ich spüre, wie sich mir die Kehle zuschnürt. Das blonde Haar dieser Frau hat etwas sonderbar Vertrautes an sich, das Honigblond und dazu die Art, wie sie es im Nacken zusammengebunden hat. Ich muss an Emma denken, wie ich ihr nachschaute, als sie auf der Brücke davonlief. Nein, das ist völlig unmöglich. Ich strecke die Hand aus und berühre die Frau an der Schulter. „Entschuldigen Sie", wiederhole ich, diesmal etwas lauter.

Die Frau zuckt zusammen, dann dreht sie sich langsam zu mir um. Als mir ein vertrauter Mandelduft in die Nase steigt, weiß ich, dass ein Irrtum ausgeschlossen ist. Vor mir sitzt Emma.

„Hallo, Marta", begrüßt sie mich ruhig, steht auf und betrachtet mich auf diese vertraute Weise. Ich starre sie nur an, ich bin nicht in der Lage, auch nur einen Ton herauszubringen. Meine Gedanken überschlagen sich. Emma? Das kann gar nicht sein. Sie macht einen Schritt auf mich zu und küsst mich auf die Wangen, als hätten wir uns eben erst voneinander verabschiedet. „Es ist schön, dich wiederzusehen."

„Emma?" Ich greife nach ihrem Ärmel, um mich zu vergewissern, dass sie es tatsächlich ist.

„Ja, ich bin es wirklich." Sie nimmt meine Hand und drückt sie sanft.

„Ich … ich verstehe das nicht." Noch immer starre ich sie an, da ich einfach nicht anders kann. „Wieso bist du hier?"

„Komm, setzen wir uns." Sie zeigt auf die Bank, ich folge ihr benommen und nehme neben ihr Platz. „Ich kann mir vorstellen, dass es dich überrascht, mich wiederzusehen", sagt sie. „Aber ich lebe jetzt in Prag. Ich helfe bei der politischen Arbeit. So wie wir das damals in Kraków gemacht haben."

Dann hat sie es also geschafft, mit Jakub aus Polen zu entkommen? Wenn Emma hier ist, wo ist dann Jakub? „Ich sollte mich hier eigentlich mit Marek treffen …"

„Marek hat mich gebeten, das für ihn zu erledigen. Als er davon erzählte, dass du lebst und dass du hier bist, war ich außer mir vor Freude. Es war für ihn zu gefährlich zu kommen, aber er wusste, dass sich niemand etwas dabei denken würde, wenn zwei Frauen auf einer Bank sitzen und ihren Kindern beim Spielen zusehen. Übrigens, das sind meine beiden." Emma deutet auf die Jungs. „ Łukasz kennst du." Ich nicke. Er ist nicht ihr leiblicher Sohn, sondern der Sohn eines Rabbis, der von den Deutschen verhaftet wurde. „Und das", sie zeigt auf den kleineren Jungen, der etwa drei Jahre alt ist, „das ist Jakob."

Jakob. Ich sehe den Jungen an, während meine Gedanken in die Vergangenheit abschweifen. Emmas Schwangerschaft war der Grund, warum wir sie so schnell aus Kraków wegbringen mussten. Kommandant Richwalder wollte sie nach Österreich schicken, damit sein Kind dort in Sicherheit aufwachsen konnte. *Sein Kind.* Das war die Frage, die niemand laut auszusprechen gewagt hatte. War Jakub der Vater von Emmas Kind? Oder war ihre Schwangerschaft eine Folge der Affäre mit dem Kommandanten? Wenn ich jetzt den Jungen ansehe, dann gibt es keinen Zweifel mehr. Seine stahlgrauen Augen sind denen zum Verwechseln ähnlich, die mich in jener Nacht auf der Brücke anstarrten.

„Jakob", wiederhole ich laut. Wenigstens hat der Junge Jakubs Namen. Dann auf einmal stutze ich, und mir stockt der Atem. Unter Juden ist es üblich, Kindern den Namen von Verstorbenen zu geben. „Nach Jakub ...?"

„Er hat es nicht geschafft, Marta", sagt Emma mit tonloser Stimme.

Ein Stich geht mir durchs Herz. „Nein ..."

„Als ich Kowalczyks Bauernhof erreichte, da wartete Jakub dort auf uns, so wie du es gesagt hast." Ich kann kaum ein Wort hören, so laut ist das Rauschen in meinen Ohren. Plötzlich möchte ich Emma packen und schütteln, damit sie aufhört zu reden. „Er war entsetzlich geschwächt, aber wir mussten sofort aufbrechen, weil die Deutschen ja nach mir suchen würden. Der Schnee in den Bergen hat ihm schlimm zugesetzt. Jakub bekam hohes Fieber und brach zusammen, kurz nachdem wir die Grenze überquert hatten."

Ich muss mich davon abhalten, laut zu schreien. „Jakub", flüstere ich stattdessen, während ich sein Gesicht vor mir sehe.

„Ich blieb bei ihm, Marta." Ich kann aus Emmas Stimme heraushören, wie schuldig sie sich fühlt und wie verzweifelt sie mir alles erklären will. „Ich blieb bei ihm bis zum Schluss. Bis er tot war."

„Und dann?“, bringe ich heraus.

„Ich habe ihn mit Steinen und Ästen bedeckt, so gut es eben ging. Der Boden war gefroren, und es war das Einzige, was ich tun konnte. Ich wollte ihn dort nicht zurücklassen, doch was sollte ich denn tun? Ich war nicht in der Lage, ihn zu tragen, und bei ihm bleiben konnten wir auch nicht. Wir hatten nichts mehr zu essen. Łukasz wäre dort gestorben, und Jakob in meinem Bauch ebenfalls.“ *Das Kind*. Abscheu erwacht in mir. Wäre Emma nicht schwanger geworden, hätte sie nicht aus Kraków fliehen müssen, und Jakub würde noch leben. Emma redet weiter: „Es war das, was du mir auf der Brücke gesagt hast, Marta. Wer sich retten kann, der muss es auch tun.“ In meiner Erinnerung höre ich, wie ich darauf bestand, dass sie geht und mich zurücklässt. Wären die Dinge anders gekommen, wenn ich mich stattdessen selbst in Sicherheit gebracht hätte? Hätte ich Jakub retten können? „In der Slowakei kamen mir Gerüchte zu Ohren, dass die Überlebenden des Widerstands nach Prag gegangen sind. Ich kam her und fand Marek.“

Emma ist hier, Jakub ist tot. Ich schlucke und versuche, das alles zu begreifen. „Gibt es noch andere, die es bis hierher geschafft haben?“

Sie schüttelt den Kopf. „Niemand aus Kraków. Aus Lodz und Lublin kamen ein paar her, auch aus anderen Ländern. Viele Leute wie Marek und ich, die gegen die Deutschen gekämpft haben, kämpfen jetzt gegen die Kommunisten.“

„Und du hilfst Marek bei seiner Arbeit?“

„Ja, aber ...“ Sie lässt den Blick über den Park schweifen. „Da ist noch etwas, was du wissen solltest. Ich helfe Marek nicht nur bei seiner Arbeit.“ Nach kurzem Zögern hebt sie die Hand und zeigt mir einen schmalen goldenen Ring. „Er ist auch mein Ehemann.“ Ich lasse mich gegen die Rückenlehne sinken. Mir ist, als hätte mir jemand einen Tritt in die Magengrube verpasst. „Marta, sag etwas“, bittet sie mich.

„Ehemann?", wiederhole ich ungläubig.

„Es kam nicht sofort dazu", verteidigt sie sich. „Aber als ich nach Prag kam, war ich völlig auf mich allein gestellt, und ich besaß nichts mehr. Marek nahm uns bei sich auf und sorgte für mich und die Kinder. Wir kamen uns näher, und schließlich machte er mir einen Antrag."

Ich sitze da und versuche, das alles zu verstehen. In einiger Entfernung krächzt eine Krähe. „Liebst du ihn?", frage ich schließlich.

„Ich weiß längst nicht mehr, was Liebe ist", antwortet sie ruhig.

„Aber Jakub …"

„Jakub ist tot, Marta." Ihr Gesichtsausdruck weist eine ungewohnte Härte auf. „Ich muss praktisch denken, ich muss tun, was für die Kinder das Beste ist."

Ich folge ihrem Blick zu den Jungen und muss an Rachel denken. Ich nahm die Arbeitsstelle bei Simon an, als ich bereits vermutete, schwanger zu sein. Trotz dieser Tatsache oder vielleicht gerade deshalb ließ ich ihn um mich werben. Hätte ich Simon auch geheiratet, wenn Rachel nicht unterwegs gewesen wäre? Seit Jahren versuche ich, dieser Frage aus dem Weg zu gehen.

Plötzlich erinnere ich mich an meinen Streit mit Emma kurz nach dem Bombenattentat, als wir uns auf der Straße begegneten. Wie sie sich mit diesem Deutschen abgeben könne, wollte ich von ihr wissen, wenn sie doch behauptete, Jakub zu lieben? Sie flehte mich an zu begreifen, dass sie nur tat, was sie tun musste. Zu der Zeit konnte sie mich nicht überzeugen. Wenn Emma Jakub liebte, würde sie nicht mit dem Kommandanten schlafen, fand ich. Damals, als ich nur die Liebe kannte, die ich für Jakub empfand, waren die Dinge so viel einfacher. Heute weiß ich, dass die Realität komplizierter ist. Ich habe einmal über Emma geurteilt, ich werde es kein zweites Mal machen.

„Ich verstehe dich", sage ich schließlich und drücke Emmas Hand. Mit einem Mal sind wir wieder die zwei jungen Mädchen, die einander Geheimnisse anvertrauen.

Sie sieht mich an. „Wirklich?"

Als ich ihren erleichterten Tonfall höre, nicke ich. „Ja. Ich habe jetzt auch ein Kind."

„Oh, Marta, das ist wundervoll. Junge oder Mädchen?"

„Ein Mädchen. Rachel. Sie ist jetzt eineinhalb."

„Und was machst du dann hier? Marek sagte, dass du in London lebst."

„Ich versuche so schnell wie möglich zu meiner Tochter zurückzukehren. Aber ich musste herkommen. Weißt du, ich arbeite für das britische Außenministerium, so wie mein Mann. Wir müssen unbedingt mit Jan Marcelitis Kontakt aufnehmen. Als man herausfand, dass das nur über Marek geht und dass ich ihn kenne, da bat man mich, diesen Auftrag zu übernehmen. Ich hatte das Gefühl, gar keine andere Wahl zu haben. Kannst du das verstehen?"

„Ja, das kann ich. Aber du solltest erledigen, wofür du hergekommen bist, und dann schnellstens verschwinden. Die politische Situation ist sehr kritisch. Jeden Moment könnte es …" Emma verstummt, ihre Miene nimmt einen ängstlichen Ausdruck an. „Jedenfalls hat mich Marek hergeschickt, um dir zu sagen, dass er ein Treffen mit Marcelitis arrangiert hat. Du sollst heute um Mitternacht zur Karlsbrücke kommen, allein."

Mein Herz macht einen Satz. Marek hat ein Treffen vereinbart! Ich werde Marcelitis treffen, und dann kann ich nach Hause fahren. Ich sehe Emma an. „Was ist mit dir?", frage ich. „Werde ich dich wiedersehen?"

Sie zögert. „Wenn du wissen willst, ob ich heute Nacht zu eurem Treffen komme, dann muss ich dich enttäuschen. Und danach wirst du zurück nach England gehen, und Gott allein weiß, was uns hier erwartet. Ich hätte niemals gedacht, dich noch einmal zu sehen. Daher nehme ich an, dass das jetzt unser Abschied sein wird." Eine Träne läuft ihr über die Wange. „Ich möchte dir noch einmal für das danken, was du in Kraków für mich getan hast."

Ich lege einen Arm um ihre Schulter. „Du weißt, dass du nicht hierbleiben musst, nicht wahr? Ich könnte Papiere für dich und die Kinder beschaffen."

Emma wischt sich über die Augen. „Danke, aber das geht nicht. Hier ist jetzt unser Zuhause. Ich bin mit Marek verheiratet, und ich habe ein Ehegelübde abgelegt, das ich nicht noch einmal brechen werde."

Als ich den schuldbewussten Blick sehe, weiß ich, dass sie von ihrem Verrat an Jakub spricht. „Es ist nicht deine Schuld, dass Jakub nicht mehr lebt, Emma."

„Das sage ich mir jeden Tag", entgegnet sie leise. „Aber es ändert nichts an dem, was geschehen ist und was ich getan habe. Prag ist jetzt mein Zuhause, Marta. Hier gehöre ich hin." Sie steht auf. „ Łukasz, Jakob!", ruft sie den Jungen zu. Łukasz nimmt den Kleinen bei der Hand und zieht ihn hinter sich her. Emma dreht sich wieder zu mir um. „Ich muss jetzt gehen."

Ich erhebe mich ebenfalls, dann schließt mich Emma in ihre Arme. „Leb wohl, Marta." Ich will noch etwas erwidern, aber sie hat sich bereits weggedreht und geht mit den Kindern davon.

Eine Stunde später kehre ich in mein Hotelzimmer zurück. Ich schließe die Tür hinter mir, durchquere den Raum und lasse mich aufs Bett sinken, das aus Protest knarrt. Es ist noch keine zwei Uhr am Nachmittag, also mehr als zehn Stunden bis zu meiner Begegnung mit Marcelitis. Ich wage es nicht, einen weiteren Spaziergang zu unternehmen, da ich fürchte, dass ich in eine ähnliche Situation wie am Morgen geraten könnte und dann nicht so glimpflich davonkomme.

Außerdem sagte Renata, dass sie nachmittags vorbeikommen würde, um nach mir zu sehen. Ich möchte hier sein, wenn sie kommt.

Mein Magen knurrt, und ich hole das zweite Hefeteilchen aus der Tasche. Während ich esse, lasse ich mir alles durch den Kopf gehen, was ich heute erfahren habe. Emma ist hier, sie ist mit Marek verheiratet. Und Jakub ist tot. Diese Tatsache trifft mich am schwersten, und ich fühle wieder einen Stich in meinem Herzen. Ich denke daran, wie ich Jakub das letzte Mal sah, als er mit entschlossener Miene die Bombe in das Café brachte. Er bestand darauf, den Sprengsatz selbst zu deponieren, weil er keinem anderen zutraute, es so zu machen, wie es gemacht werden musste. Er sprach davon, dass es wichtiger wäre, dass Alek und Marek überlebten, damit sie die Gruppe weiter führen könnten. Aber die Bombe ging zu früh los, und die Druckwelle schleuderte Jakub durch die Schaufensterscheibe. Alek kam aus seinem Versteck hervor, um den reglosen Jakub wegzubringen, bevor man ihn festnehmen konnte. Irgendwie hat er seine schweren Verletzungen überlebt, nur um wenige Monate später in den Bergen zu sterben. Nun, wenigstens war er am Ende wieder mit Emma vereint.

Ich nehme den letzten Bissen in den Mund und klopfe die Krümel von meiner Bluse. Dann lasse ich mich auf das Kissen sinken und schließe die Augen. Außer einem Nickerchen kann ich ohnehin nicht viel tun. Ich stelle mir vor, ich bin zu Hause und lese Rachel eine Gutenachtgeschichte vor.

Ein lauter Knall reißt mich aus dem Schlaf, und als ich gleich darauf das nächste laute Geräusch höre, sitze ich kerzengerade im Bett. Hastig stehe ich auf und laufe zum Fenster, teile die Vorhänge einen Spaltbreit und schaue durch die Gardinen nach unten. Zuerst kann ich nichts sehen, aber als ich die Stirn gegen die Scheibe drücke, entdecke ich eine Gruppe von Leuten, die sich auf dem Fußweg vor dem Hotel versammelt hat. Wieder Demonstranten? Zwar kann ich nicht verstehen, was sie rufen, aber ihre Stimmen sind laut und wütend. Glas wird zerschlagen, und in der Ferne höre ich Polizeisirenen, die sich rasch nähern. Lauft, möchte ich nach unten rufen. Lauft, bevor es zu spät ist.

Nur widerstrebend lasse ich den Vorhang zufallen, aber ich weiß, dass ich es mir nicht leisten kann, mich in diese Auseinandersetzung hineinziehen zu lassen. Ich sehe zur Uhr auf der Kommode. Viertel nach fünf. Mir war nicht bewusst, dass ich so lange geschlafen habe. Um diese Zeit wollte Renata eigentlich herkommen. Ich lasse mich wieder auf das Bett sinken und starre an die Decke.

Emma kam mir bei unserem Wiedersehen so viel älter vor. Welchen Eindruck habe ich wohl auf sie gemacht? Neben ihr habe ich mich früher immer tölpelhaft und kindisch gefühlt, und nun will ich von ihr genauso reif und erwachsen gesehen werden. Es schien sie zu überraschen, dass ich verheiratet bin und eine Tochter habe. In ihren Augen werde ich wohl immer ein Kind bleiben. Vielleicht hätte ich ihr von Paul erzählen sollen.

Paul. Sein Gesicht taucht vor meinem inneren Auge auf und lässt mich erschauern. Seit meiner Heirat mit Simon habe ich nur noch selten an ihn gedacht. Natürlich erwacht die Erinnerung an ihn von Zeit zu Zeit, etwa an seinem Todestag, oder wenn ich in einer Illustrierten ein Foto von Paris sehe, oder wenn der Regen aufs Hausdach trommelt und ich an die Nacht in der Hütte denken muss. Meistens sind es aber nur verschwommene Erinnerungen, die wie ein unscharfes Foto oder ein halb vergessener Traum sind. Doch jetzt sehe ich Pauls Gesicht so klar und deutlich vor mir, als könnte ich die Hände ausstrecken und ihn berühren. Mir wird bleischwer ums Herz.

Das reicht! Ich schüttele den Kopf, um dieses Bild loszuwerden. Ich darf nicht so an ihn denken – erst recht nicht jetzt und nicht hier. Was ist nur los mit mir? Das muss die Belastung sein, die dieser Auftrag mit sich bringt. All die Dinge, die ich in so kurzer Zeit erfahren habe. Ich reibe mir die Augen. Es ist besser, dass ich Emma nicht von Paul erzählt habe. Wir beide sind nicht mehr die Freundinnen, die wir einst waren. Und manche Geheimnisse sollten besser im Verborgenen bleiben.

Lautes Klopfen lässt mich hochfahren. Jemand klopft energisch an die Tür. Renata. „Einen Moment!", rufe ich, stehe auf und streiche meinen Rock glatt. Auf dem Weg zur Tür wird wieder geklopft. Ich will öffnen, doch als ich den Türgriff umfasse, zögere ich. „Wer ist da?"

„Renata." Die vertraute Stimme klingt ungeduldig und gereizt. „Machen Sie doch auf, verdammt noch mal."

Ich öffne ihr, sie drängt sich ins Zimmer, schaut noch einmal in den Flur und schließt dann die Tür hinter sich ab. „Renata", sage ich. „Es gibt gute Neuigkeiten. Ich treffe mich heute Nacht mi..." Ich verstumme, als ich ihr zerzaustes Äußeres bemerke. „Was ist los?", frage ich. „Stimmt etwas nicht?"

„Sie haben es nicht mitbekommen?" Ich schüttele den Kopf, Renata sieht sich um, als könne sich außer uns noch jemand hier aufhalten. Dann schaltet sie das Radio ein, das auf der Kommode steht. Der Sprecher redet in hastigem Tschechisch, sodass ich ihn nur schwer verstehen kann, zumal lautes Rauschen aus dem winzigen Lautsprecher dringt.

„Was sagt er?", will ich wissen.

Renata dreht die Lautstärke herunter. „Die Polizei hat einen angeblichen Plan mehrerer Kabinettsmitglieder aufgedeckt, sich mit dem Westen gegen unsere Nation zu verschwören", flüstert sie. „Die Minister wurden zum Rücktritt gezwungen, die Kommunisten haben die Macht an sich gerissen."

Unbehagen macht sich in mir breit. „Aber bestimmt hat Beneš ...", beginne ich.

„Schht!“ Mit einer hastigen Kopfbewegung erinnert mich Renata daran, dass wir belauscht werden könnten. „Der Präsident ist schwach. Er wird sich nicht gegen die Kommunisten stellen, schon gar nicht, wenn das Militär und die Polizei ihm die Loyalität verweigern.“

„Aber ich verstehe das nicht“, erwidere ich leise. „Der stellvertretende Minister versicherte mir, dass hier vor den Wahlen im Frühjahr nichts passieren wird.“

Renata lächelt grimmig. „Da sehen Sie mal, was westliche Geheimdienste so alles wissen. Entweder war ihm davon wirklich nichts bekannt, oder er hat Sie schlicht angelogen.“

Weil er wusste, dass ich niemals einverstanden gewesen wäre, wenn ich auch nur geahnt hätte, dass die Situation bedenklich werden könnte. Simon hätte mich dann sicher auch nicht gehen lassen. Mein Magen verkrampft sich. „Aber die Leute werden doch … ich habe heute Morgen die Demonstranten gesehen …“

„Das waren doch nur ein paar hundert Studenten“, wehrt Renata kopfschüttelnd ab. „Die können nichts bewirken. Da müsste sich schon das ganze Volk erheben, aber das wird nicht passieren. Dafür haben die Menschen viel zu viel Angst.“

„Nein …“ Ich lasse mich auf die Bettkante sinken. „Es muss doch möglich sein, etwas zu unternehmen.“

„Uns kann jetzt niemand mehr helfen“, sagt Renata und setzt sich zu mir. „Und Sie müssen abreisen.“

„Sie meinen, ich soll Prag verlassen? Ich soll meinen Auftrag vergessen und nach Hause fahren?“

Sie nickt energisch. „Auf der Stelle. Die Grenzen wurden bereits geschlossen.“ Die Grenzen sind geschlossen? Ich sitze in der Falle? „Einigen wenigen Ausländern, vorwiegend Angehörigen von Diplomaten, hat man die Erlaubnis erteilt, innerhalb der nächsten Stunden mit dem Flugzeug das Land zu verlassen. Ich habe Ihren Namen auf die Liste setzen lassen, und ich bin hergekommen, um Sie zur Botschaft zu bringen."

Ich sitze da und denke darüber nach, was sie gesagt hat. „Aber …" Ich sehe auf die Uhr. „Ich soll mich um Mitternacht mit Marcelitis treffen."

„Sie müssen jetzt an Ihre Sicherheit denken und an das Wohl Ihrer Familie. Verlassen Sie das Land, solange das noch möglich ist."

Renatas Worte hallen in meinem Kopf wider. Ich sollte sofort aufbrechen. Ich sollte an meine Tochter denken und an meine Sicherheit. Aber ich bin so dicht davor, Marcelitis zu treffen! Nur ein paar Stunden trennen mich noch von dieser Begegnung. Ich stehe auf und gehe zum Fenster. Die Menschenmenge hat sich aufgelöst, zwei Wagen der Polizei stehen an der gegenüberliegenden Ecke. Ich drehe mich zu Renata um. „Gab es irgendwelche Nachrichten aus London?", frage ich, während ich überlege, was Simon jetzt von mir erwarten würde.

„Nichts. Momentan ist es schwierig, überhaupt eine Verbindung herzustellen. Die Regierung hat alle Telefon- und Telegrafenleitungen bis auf Weiteres unterbrochen, also können Nachrichten nur über Funk übermittelt werden. Ich weiß nicht mal, ob man dort bereits vom Staatsstreich weiß."

Also muss ich das ganz allein entscheiden. Beim Blick aus dem Fenster denke ich wieder an die Demonstranten, wie sie die tschechische Nationalhymne sangen. Und wie Hans erschossen auf dem Boden lag. Ich denke auch an Emma und ihre Kinder, die sich mit dem arrangieren müssen, was aus diesem Land werden wird.

Das ist nicht dein Kampf, ermahnt mich eine innere Stimme. Geh zur Botschaft, flieg mit den anderen nach Hause. Der stellvertretende Minister wird enttäuscht sein, aber Verständnis haben. Simon sowieso, schließlich war er von Anfang an gegen diese Reise. Aber dann regt sich in mir Trotz und Unnachgiebigkeit und verdrängt die Gedanken an Flucht. „Ich muss mich mit Marcelitis treffen. Es geht um mehr als nur um die Tschechoslowakei. Was ich von ihm will und was ich ihm dafür geben werde, könnte für andere Länder entscheidend sein. Nein, Renata. Egal was Sie sagen, ich kann jetzt nicht abreisen."

Sie sieht mich ungläubig an. „Ihnen ist doch klar, dass Sie später womöglich nicht mehr aus dem Land gelassen werden, oder?" Ich nicke. „Und dass Ihnen niemand mehr helfen kann, wenn die Botschaft erst einmal geschlossen ist?"

„Ja, das ist mir klar."

„Sie haben Nerven", meint sie schnaubend. „Und wenn Sie sich mit Marcelitis getroffen haben, planen Sie dann, auszureisen?"

„Ja, gleich danach."

„Es gibt noch eine Möglichkeit, die ich nicht ansprechen wollte, weil ich gehofft habe, dass Sie klug genug sind, mit den anderen ins Flugzeug zu steigen. Wenn wir gleich nach Ihrem Treffen aufbrechen, kann ich versuchen, Sie zur Grenze nach Österreich zu bringen und die Grenzschützer zu überreden, Sie aufgrund Ihres Diplomatenpasses einreisen zu lassen. Von dort könnten Sie mit dem Zug nach Wien fahren. Versprechen kann ich nichts, und es wäre ein gefährliches Unterfangen."

„Wenn es die einzige Hoffnung ist, werde ich es versuchen müssen."

„Ich wünschte, Sie würden es sich noch einmal überlegen und jetzt mit mir zur Botschaft fahren."

Ich schüttele den Kopf. „Ich muss mich mit Marcelitis treffen. Heute um Mitternacht an der Karlsbrücke."

„Wieder allein, nehme ich an?"

„Richtig."

„Wissen Sie, ich könnte Sie zwingen, dieses Flugzeug zu

besteigen", bemerkt sie. „Ich könnte das Wachpersonal der Botschaft kommen lassen. Oder sogar die Polizei."

„Ja, ich weiß. Aber ich weiß auch, dass Sie das nicht machen werden, weil Sie verstehen, warum ich so handeln muss."

„Na gut", lenkt sie schließlich ein. „Dann werde ich sagen, dass ich hier war, um Sie abzuholen, aber dass Sie nicht auf Ihrem Zimmer waren. Ich werde in der Botschaft erzählen, dass ich Sie nicht finden konnte. Aber gleich nach Ihrem Treffen mit Marcelitis kommen Sie zu mir! Wenn Sie die Brücke verlassen, biegen Sie nach links in die Krizovnická ein und gehen dann bis zur Platnérská, der ersten großen Kreuzung. Dort sehen Sie einen Torbogen. Ich werde mich dort im Schutz der Dunkelheit mit dem Wagen verstecken und auf Sie warten. Bis um halb eins müssen Sie es geschafft haben", fügt sie hinzu. „Nicht später. Wir benötigen die Zeit, um spätestens bei Morgengrauen die Grenze zu erreichen. Haben Sie verstanden?"

„Dann sollte ich also all meine Sachen mit zu dem Treffen nehmen?"

„Nur den Ausweis und andere wichtige Papiere. Alles andere müssen Sie zurücklassen. Falls die Polizei nach Ihnen sucht, muss es so aussehen, als würden Sie jeden Moment ins Hotel zurückkehren."

Mir läuft ein Schauer über den Rücken. „Ich verstehe nicht. Warum sollte die Polizei nach mir suchen?"

Renata kommt zu mir und legt mir die Hände auf die Schultern. „Seit heute Abend ist diese Welt eine andere, Marta. Die Kommunisten sind jetzt an der Macht, und der eine oder andere wird anfangen zu reden. Es könnte undichte Stellen in der Botschaft geben, bei der Bewegung, einfach überall. Die Lage ist für jeden von uns extrem gefährlich geworden. Es gibt keine Garantie, dass Sie noch aus dem Land kommen, wenn Sie jetzt bleiben. Ist Ihnen das klar?"

Ich muss schlucken. „J-ja."

„Aber das ist kein Grund für Sie, es sich noch einmal anders zu überlegen?" Ich sehe sie schweigend an, ohne eine Regung zu zeigen. „Nun, das hatte ich mir gedacht. Gut, dann machen Sie sich fertig für Ihr Treffen. Ich werde auf Sie warten." Sie geht zur Tür und dreht sich ein letztes Mal zu mir um. „Passen Sie gut auf, wenn Sie das Hotel verlassen. Es wimmelt überall von Polizisten."

„Ich weiß." Mit einer Kopfbewegung deute ich Richtung Fenster.

„Und denken Sie daran, dass ab zehn Uhr eine Ausgangssperre gilt, gegen die Sie verstoßen werden. Sie müssen den Hinterausgang nehmen, damit Sie niemand bemerkt." Sie öffnet die Tür und vergewissert sich, dass niemand auf dem Flur ist. „Viel Glück." Damit verlässt sie mein Zimmer.

## *19. KAPITEL*

Um Viertel nach elf stehe ich an der Tür und werfe einen letzten prüfenden Blick ins Zimmer. Mein Koffer liegt geöffnet auf dem Bett, das Nachthemd gleich daneben, die Tischlampe auf der Kommode verströmt grelles gelbliches Licht. Jemand, der in meiner Abwesenheit das Zimmer betritt, wird glauben, dass ich jeden Moment zurückkehre. Ich drücke meine Handtasche an mich, in der sich der Umschlag mit dem Brief für Marcelitis befindet, dann öffne ich die Tür. Der Flur ist verwaist, und ich verlasse mein Zimmer, um zur hinteren Treppe zu gelangen.

Als ich in die Gasse hinaustrete und die Tür hinter mir ins Schloss fällt, erinnere ich mich an die Ratten vom Vorabend. Hastig lasse ich die Gasse hinter mir und erreiche die menschenleere Straße. Ich atme tief durch, dann mache ich mich auf den Weg zum Fluss. Während ich durch die Nacht eile, halte ich mich im Schatten der Häuser verborgen und versuche so leise zu gehen, dass meine Schritte auf dem Bürgersteig nicht zu hören sind.

Am späten Nachmittag, als Renata mein Zimmer verließ, begann mein Herz zu rasen. Was hatte ich bloß getan? Die Vorstellung, in diesem Land festzusitzen und nicht mehr nach Hause zu kommen, lähmte mich fast. Es kostete mich Überwindung, Renata gehen zu lassen, viel lieber wäre ich ihr nachgelaufen, um mit dieser letzten Maschine doch noch in die Freiheit zu fliegen. Doch ich riss mich zusammen und hielt mir vor Augen, dass dies vielleicht unsere einzige Chance war, mit Marcelitis zusammenzutreffen. Ich konnte nicht weglaufen, nicht, wenn ich so dicht davor war, meinen Auftrag zu erfüllen. Also zog ich mich an, lief unruhig im Zimmer auf und ab und wartete darauf, dass die Zeit verging. Während ich jetzt durch die Gassen der Altstadt schleiche, muss ich mich fragen, ob das wirklich die richtige Entscheidung gewesen ist.

Endlich erreiche ich den Fluss. Am gegenüberliegenden Ufer thront die Prager Burg, deren Türme in goldenes Licht getaucht sind. Die Karlsbrücke überspannt mit sanftem Schwung den Strom, um die Altstadt mit Malà Stana zu verbinden, die niedrigen Mauern werden vom Mond beschienen.

Ich nähere mich dem Aufgang zur Brücke und muss schaudernd daran denken, wie ich auf der Eisenbahnbrücke von Kraków lag, neben mir der tote Kommandant. Es gab noch eine andere Brücke, halte ich mir vor Augen, eine Brücke, mit der ich schönere Erinnerungen verbinde. Paris. Ich sehe Pont Neuf vor mir, ich denke an die Wärme, die von Pauls Körper ausging, als er mich in seinen Armen hielt. Vom anderen Ufer her höre ich eine Kirchturmglocke Mitternacht schlagen. Ich verdränge die Erinnerungen und suche die menschenleere Brücke ab. Emma hat nicht gesagt, wo genau es zum Treffen kommen soll, und ich fürchte, gesehen zu werden, wenn ich auf die andere Seite gehe. Aber ich kann es mir nicht erlauben, Marcelitis zu verpassen. Ich verlasse den schützenden Schatten und begebe mich auf die Brücke. Die Heiligenstatuen sehen ernst auf mich herab, ihre Silhouetten heben sich in kühlem Weiß vom Nachthimmel ab.

Auf der Mitte angekommen, bemerke ich am anderen Ende der Brücke eine Bewegung. Eine große Gestalt tritt aus der Dunkelheit hervor und kommt mir entgegen. Marcelitis. Ich gehe weiter, mein Herz rast. Unmittelbar bevor ich ihn erreicht habe, bleibe ich stehen. Nach all den Geschichten über ihn hatte ich einen jungen Mann wie Alek oder Jakub erwartet. Aber Marcelitis ist schon älter, und sein kahler Schädel reflektiert das Mondlicht. „Marta?“ Ich nicke. „Ich bin Jan Marcelitis.“ Sein Englisch ist von einem deutlichen Akzent geprägt.

Ich mustere sein bleiches Gesicht und die tiefen Augenschatten um die grauen Augen. „Hat Marek erklärt, weshalb ich hier bin?“

„Ja. Geben Sie mir die Informationen, die Sie für mich haben. Der Dechiffrierer befindet sich in einem sicheren Versteck. Wenn das, was Sie mir zu bieten haben, akzeptabel ist, werde ich Ihnen das Versteck nennen." Ich zögere. Der stellvertretende Minister wies mich an, die Informationen nur herauszugeben, wenn Marcelitis mir den Dechiffrierer gibt. Was sagt mir, dass er seinen Teil der Abmachung einhalten wird? „Nur so werden Sie bekommen, was Sie wollen", fügt er hinzu. Offenbar spürt er meine Unsicherheit.

Natürlich hat er recht. Ich habe keine andere Wahl, als ihm zu vertrauen. Mit zitternden Fingern greife ich in meine Tasche, um die Unterlagen hervorzuholen. Marcelitis streckt mir ungeduldig eine Hand entgegen, als ich plötzlich etwas Goldenes an seinem knochigen Finger aufblitzen sehe. Ein Ehering! Alek erzählte mir vor Jahren, dass Marcelitis nicht verheiratet ist. Obwohl sich das in der Zwischenzeit geändert haben kann, drängt sich mir das Gefühl auf, dass hier irgendetwas nicht stimmt.

Ich trete von einem Fuß auf den anderen, um Zeit zu schinden. „Wie ich hörte, haben wir gemeinsame Freunde …"

„Ja, natürlich, Marek Andek."

„Nicht nur er, sondern noch jemand aus der Zeit in Kraków. Er war einer der Führer der Bewegung."

„Von wem reden Sie?", fragt er ungeduldig. „Die Polizei kann jeden Moment hier sein, und ich habe keine Zeit für Ratespiele."

„Alek Landsberg."

„Ja, natürlich. Alek", erwidert er hastig.

Ich muss einmal tief Luft holen. „Haben Sie noch einmal etwas von ihm gehört?"

„Wie? Ja, erst letzten Monat. Wir sind uns in Berlin begegnet."

Wäre er wirklich Marcelitis, dann wüsste er mit Sicherheit, dass Alek lange tot ist. Ich sehe auf den Umschlag in meiner Hand. Mein Herz pocht wie wild. „Ich … Oh, so etwas Dummes. Ich habe den falschen Umschlag eingesteckt. Ich muss zurück ins Hotel und ihn holen."

„Hören Sie auf mit Ihren Spielchen!", herrscht er mich an. „Geben Sie mir die Informationen." Er macht einen Schritt auf mich zu, und bevor ich reagieren kann, packt er mich an den Schultern. Ich versuche mich zu befreien, doch sein Griff ist viel zu fest. Er greift nach meiner Handtasche, ich versuche mich wegzuwinden. Er darf den Umschlag nicht bekommen! Entschlossen trete ich ihm mit voller Wucht auf den Fuß, worauf er aufstöhnt und seinen Griff ein wenig lockert. Ich nutze diesen Bruchteil einer Sekunde, befreie mich und mache einen Schritt zurück, aber der Mann stürzt sich bereits wieder auf mich. In seiner rechten Hand sehe ich etwas Metallenes aufblitzen. Ein Messer! Er holt mit der Klinge aus und verfehlt meine Schulter nur knapp. Ich weiche weiter zurück, doch er versucht einen erneuten Angriff. Die Pistole! Plötzlich erinnere ich mich an die Pistole, die Simon mir gegeben hat. Ich will sie aus der Handtasche fischen, doch ich bin zu langsam. Der Mann will sich wieder auf mich stürzen, da gelingt es mir, ihm mit aller Kraft einen Tritt gegen das Schienbein zu verpassen.

„Aah!", schreit der Mann und hebt reflexartig das Bein. Der Treffer war nicht heftig genug, um ihn lange außer Gefecht zu setzen, also muss ich schnell handeln. Ich versetze ihm mit meinem gesamten Körpergewicht einen Stoß, er landet rücklings auf dem Pflaster. Sofort drehe ich mich um und renne in die Richtung zurück, aus der ich gekommen bin.

Ich kann hören, wie der Mann sich aufrappelt und hinter mir herläuft, ich versuche noch schneller zu werden und renne um mein Leben. Am Ende der Brücke biege ich nach links ab. Meine Lungen fühlen sich an, als wollten sie jeden Moment platzen. Ich renne nach rechts in eine Seitenstraße und biege in die nächste Gasse ein. Die bietet mir allerdings überhaupt keine Deckung, wenn man von einem Hauseingang und einem großen Müllbehälter absieht. Verzweifelt laufe ich zu der Tür, doch sie lässt sich nicht öffnen. Ich höre Schritte, die immer lauter werden. Jeden Moment wird mein Verfolger hier auftauchen. Ich hetze weiter zu dem Müllbehälter und klettere über die Kante, dann springe ich hinein, wo allerhand Abfall meinen Fall abfedert. Der Gestank ist entsetzlich, und ich halte die Luft an, solange ich kann. Schließlich atme ich so flach wie möglich ein, aber sofort meldet sich ein Würgereiz. So widerwärtig das auch ist, ducke ich mich tiefer in den Abfall, damit ich nicht gesehen werden kann.

Die Schritte sind jetzt ganz nah, plötzlich verstummen sie. Ich liege reglos da, während mein Herz wie wild klopft. Eine Minute vergeht, die mir wie eine Ewigkeit vorkommt. Dann höre ich wieder Schritte, doch diesmal werden sie leiser. Der Mann ist weitergegangen.

Ich liege unverändert wie erstarrt zwischen dem Müll und lausche angestrengt. Meine Gedanken überschlagen sich. Der Mann auf der Brücke war nicht Marcelitis, sondern jemand, der unbedingt an die Informationen kommen wollte, die ich bei mir trage. Aber woher wusste er, dass ich dort sein würde? Ich denke an Marek, der das Treffen vereinbart hat. Wurde ich von ihm verraten?

Mir wird klar, dass ich weiterlaufen muss. Der Mann könnte zurückkommen, wenn er mich woanders nicht findet. Außerdem wartet Renata auf mich. Ich klettere aus dem Müll und wische meine Kleidung ab, so gut es geht. Dann schleiche ich zum Anfang der Gasse, bleibe stehen und lausche. Es ist nichts zu hören. Ich spähe um die Ecke in die menschenleere Straße. Meine Haut kribbelt. Ist der Mann wirklich weitergelaufen, oder versteckt er sich irgendwo, um mir aufzulauern? Ich verlasse die Gasse und rechne damit, dass er plötzlich vor mir steht, doch nichts passiert. Also gehe ich den Weg zurück, den ich hergekommen bin.

Während ich weitergehe, denke ich über den kahlköpfigen Mann nach. Wer war das? Und was ist mit dem echten Marcelitis passiert? Weder habe ich Kontakt zu ihm aufgenommen, noch bin ich in den Besitz des Dechiffrierers gelangt. Soll ich das Treffen mit Renata platzen lassen und in die Bar zurückkehren, in der ich Marek getroffen habe, in der Hoffnung, dass er auch heute Abend dort ist? Nein, das ist Unsinn. Es herrscht Ausgangssperre, und Marek wird bestimmt nicht dagegen verstoßen, nur um irgendwo ein Bier zu trinken. Außerdem weiß ich ja nicht mal, ob der stellvertretende Minister unter diesen Umständen überhaupt noch will, dass ich meinen Auftrag erfülle. Ich werde jetzt zu Renata gehen, sie wird wissen, was zu tun ist.

Nachdem ich zurück am Fluss bin, folge ich der Wegbeschreibung. Nach kurzer Zeit erreiche ich die Krizovnická und folge ihr bis zur Kreuzung mit der Platnérská. Auf der anderen Seite entdecke ich den erwähnten Torbogen, doch niemand scheint da zu sein. Die Flucht vor dem Kahlköpfigen hat dafür gesorgt, dass ich zu spät bin. Vielleicht konnte Renata nicht länger warten. Als ich die Straße überquere, sehe ich jedoch im schwachen Schein der Laterne das Heck des Wagens, und ich höre, wie der Motor läuft. Erleichtert laufe ich hin.

Ich öffne die Beifahrertür und steige ein. „Es ist schiefgegangen!“, berichte ich keuchend, während ich die Tür zuziehe. „Das war nicht Marcelitis, sondern jemand anders, der sich für ihn ausgab ...“ Ich drehe mich zu Renata um und stutze. Erst jetzt bemerke ich, dass sie nach vorn gesunken ist und ihr Kopf auf dem Lenkrad ruht. „Renata?“

Furcht erfasst mich, als ich sie an der Schulter fasse und ihren Oberkörper zurückziehe. Die Augen sind geschlossen, der Mund steht halb offen, Speichel rinnt von der Unterlippe. Ich schüttele sie leicht, aber sie reagiert nicht. „Renata?“ Ich beuge mich vor, doch sie atmet nicht mehr.

Vor Schreck wird mir übel, ich zucke zurück. Renata ist tot. Was ist passiert? Ich kann keine Verletzung entdecken, keine Wunde. Ich sehe mich im Wagen um, und plötzlich fallen mir vier helle Streifen auf der beschlagenen Seitenscheibe auf. Renatas Finger müssen diesen Abdruck hinterlassen haben, als sie um ihr Leben rang. Sonst gibt es keinen Hinweis auf einen Kampf.

Ich beuge mich vor und betrachte Renata genauer, und dann fällt mir der kleine Blutfleck an ihrem Hals auf. Es sieht wie eine Einstichstelle aus, so als hätte sie jemand mit einer Spritze attackiert. Ich muss daran denken, wie mich der Mann auf der Brücke mit dem Messer angriff. Auf irgendeine Weise hat er mit Renatas Tod zu tun, davon bin ich überzeugt. Hat er sie getötet, bevor er auf die Brücke ging? Oder war es ein Komplize?

Mit Schrecken wird mir bewusst, dass der Mörder noch immer in der Nähe sein könnte. Hastig drehe ich mich um und sehe auf den Rücksitz. Nein, da hält sich niemand versteckt. Ich muss weg von hier, der Unbekannte könnte irgendwo da draußen lauern, und hier im Wagen bin ich ihm schutzlos ausgeliefert.

Noch einmal sehe ich zu Renata. Ich sollte die Polizei rufen und den Mord melden, aber Renata hat selbst gesagt, dass die Polizei mittlerweile von den Kommunisten kontrolliert wird. Was, wenn es sogar eine Verbindung zu den Leuten gibt, die ihr Leben auf dem Gewissen haben? In der Botschaft kenne ich niemanden, und auch sonst weiß ich hier keinen, an den ich mich wenden kann. Also bleibt mir nichts anderes übrig, als Renata zumindest für den Augenblick zurückzulassen. „Tut mir leid", flüstere ich und berühre ihren Arm, der sich bereits kalt anfühlt.

Langsam öffne ich die Wagentür und sehe nach draußen. Dichter Nebel ist aufgezogen, ich kann nur wenige Meter weit sehen. Ich stelle den Motor ab und lausche angestrengt in die Nacht, ob ich Geräusche wahrnehmen kann, die darauf hindeuten, dass der Täter in der Nähe ist. Nichts Verdächtiges ist zu hören, ich steige aus und drücke die Wagentür zu. Dann gehe ich zügig in Richtung Hotel, doch im Nebel verschwinden die Straßenschilder und markanten Punkte, wodurch mir die Stadt seltsam fremd vorkommt.

Unterwegs überschlagen sich meine Gedanken. Jemand hat Renata ermordet. Wie war es ihrem Mörder gelungen, so nah an sie heranzukommen, dass er ihr die Spritze verabreichen konnte? Vielleicht hatte er sich auf der Rückbank versteckt, bevor sie in den Wagen stieg. Oder sie kannte den Mann und hielt ihn für ungefährlich. Abrupt bleibe ich stehen. Wieder muss ich an Marek denken. Marek hat das Treffen auf der Brücke arrangiert, und es ist offensichtlich, dass es einen Zusammenhang zwischen diesem Treffen und dem Mord an Renata gibt. Hat Marek jemanden zu ihr geschickt, um sie zu töten? Oder war er selbst der Täter? Und wenn Marek ein Doppelagent ist, welche Rolle spielt dann Emma?

Ich blicke die neblige Straße entlang. Ich muss erst einmal ins Hotel zurück – wo sollte ich auch sonst hin? Natürlich ist das mit einem gewissen Risiko verbunden. Der Angreifer könnte wissen, wo ich wohne. Andererseits … wenn das der Fall wäre, hätte er mich schon längst in meinem Zimmer überfallen und den Umschlag an sich genommen, anstatt auf der Brücke auf mich zu warten. Ich werde zum Hotel gehen, mich umziehen und in Ruhe überlegen, was als Nächstes zu tun ist.

Zwanzig Minuten später erreiche ich die Straße, in der das Excelsior liegt. Unschlüssig bleibe ich stehen. Es herrscht seit Stunden Ausgangssperre, und ich bin von meinem Sprung in den Abfallbehälter gezeichnet. So kann ich unmöglich durchs Foyer gehen, ohne neugierige Blicke auf mich zu ziehen. Also laufe ich um den Block herum zum Hintereingang, doch die Tür ist verschlossen. Ich muss zurück in mein Zimmer! Plötzlich höre ich auf der anderen Seite der Tür Schritte, im nächsten Moment geht die Tür auf, ein Mann beugt sich nach draußen und stellt einen Sack mit Abfall in die Gasse. Ich warte, bis er wieder im Gebäude verschwunden ist, dann greife ich nach dem Türknauf, um zu verhindern, dass die Tür ins Schloss fällt. Ich warte eine Weile, dann schlüpfe ich hinein und schleiche durch das rückwärtige Treppenhaus nach oben.

Der Flur ist menschenleer. Zügig gehe ich zu meinem Zimmer, schließe auf und trete ein. Leise drücke ich die Tür zu und will gerade den Schlüssel im Schloss umdrehen, als ich hinter mir ein Geräusch höre. Ich fühle, dass ich nicht allein bin. Blitzschnell ziehe ich die Pistole aus meiner Handtasche und wirbele herum.

„Marta, nicht!", ruft eine vertraute Stimme, und ich erstarre mitten in meiner Bewegung. Die Pistole rutscht mir aus den Fingern und landet auf dem Boden.

„Emma?" Ungläubig starre ich sie an. „Was machst du hier?" Sie antwortet nicht, sondern steht mitten im Zimmer, das Gesicht kreidebleich, die Augen weit aufgerissen. Erleichtert lasse ich mich gegen die Tür sinken. „Ich dachte schon, du wärst ..." In diesem Moment wird mir klar, dass Emma diejenige sein könnte, von der ich verraten wurde. „Was ist hier los?", will ich von ihr wissen. Mir fällt auf, wie laut ich auf einmal rede, doch es ist mir egal, wer mich belauschen könnte. „Ich bin zu der Brücke gegangen, wie du es mir gesagt hast. Ein Mann wartete auf mich, der sich für Marcelitis ausgab. Aber er war es nicht."

„Gut", meint Emma leise.

Ich bin fassungslos. „Wie kannst du so etwas sagen? Ich wäre beinahe umgebracht worden!"

„So meine ich das nicht. Es ist gut, dass Marcelitis nicht hingegangen ist. Man hätte ihn sofort verhaftet ... oder Schlimmeres. Meine Nachricht muss ihn rechtzeitig erreicht haben."

„Ich verstehe nicht ..."

„Oh, Marta!" Plötzlich bricht Emma in Tränen aus. „Marek wurde festgenommen!"

„Wann?“, frage ich erschrocken. „Was ist passiert?“

„Nachdem wir uns im Park getroffen hatten, kam die Polizei in unser Haus und sagte, man würde ihn wegen Verrats verhaften. Vor mir und den Kindern haben sie auf ihn eingeprügelt! Und dann haben sie fast unser gesamtes Hab und Gut zerschlagen, ehe sie ihn mitnahmen.“

Ich lege eine Hand auf ihre Schulter, mein Argwohn ebbt ab. „Das tut mir leid.“

Mit tränenerstickter Stimme spricht sie weiter: „Ich dachte mir, dass seine Verhaftung etwas mit deinem Treffen mit Marcelitis zu tun haben könnte. Es lag einfach zu dicht beieinander, als dass es ein Zufall hätte sein können. Ich wusste auch, dass Marek dem Druck nicht standhalten würde, wenn sie ihn verhörten. Er würde Ort und Zeitpunkt des Treffens verraten. Er ist ein guter Mann, Marta! Aber er ist nicht so stark wie Alek und Jakub. Oder du. Marcelitis wäre in die Falle gelaufen, also nutzte ich meine Kanäle, um ihn zu warnen. Dich wollte ich ebenfalls warnen, aber ich konnte das Haus nicht verlassen. Die Polizei wartete die ganze Zeit vor der Tür, sie hatten gedroht, den Kindern etwas anzutun, sollte ich irgendwelche Schwierigkeiten machen. Ich schlich mich aus dem Haus, sobald es dunkel war, aber als ich hier eintraf, warst du bereits weg.“

„Woher wusstest du, in welchem Hotel ich wohne?“, frage ich.

„Marek erwähnte es, nachdem er dir in der Bar begegnet war.“

„Verstehe.“ Dann hat Emma mich also nicht verraten. Die Polizei muss Marek zum Reden gebracht und so von dem Treffen erfahren haben. Aber warum haben sie jemanden zur Brücke geschickt, der sich für Marcelitis ausgab? Man hätte mich doch einfach verhaften können und wäre ohne Mühe an die Informationen gelangt! Und wer hat Renata ermordet? Das Ganze ergibt noch immer keinen Sinn.

Ich ziehe den Mantel aus und setze mich auf die Bettkante. „Wie bist du hier reingekommen?"

Emma weicht meinem Blick aus. „Ich habe nicht alles vergessen, was ich während des Krieges gelernt habe." Ich erinnere mich, dass sie hinter dem Rücken von Kommandant Richwalder in dessen Privaträumen wichtige Dokumente entwendet hat. Heute Abend setzt sie erneut alles aufs Spiel. Sie war schon immer stärker, als es den Anschein hat. „Was wirst du jetzt machen?", fragt sie.

Ich denke nach. Wenn Marek mich tatsächlich verraten hat, dann weiß die Polizei auch, warum ich hier bin. „Ich muss Prag verlassen."

Emma nickt. „Ich kann dir den schnellsten Weg zur britischen Botschaft zeigen. Ich weiß, es ist mitten in der Nacht, aber wenn wir den Wachleuten erklären …"

„Ich gehe nicht zur Botschaft", unterbreche ich sie entschieden. „Ich muss zu Marcelitis."

Sie legt verdutzt den Kopf schräg. „Wie willst du das anstellen? Nachdem er von Mareks Verhaftung erfahren hat, wird er ganz bestimmt die Flucht angetreten haben. Er wollte nach dem Treffen mit dir sowieso das Land verlassen. Nach der Machtübernahme ist es hier zu gefährlich geworden."

„Er wollte das Land verlassen? Wohin wollte er?"

„Mein Kontaktmann hat nichts Konkretes gesagt, aber ich glaube, dass er Berlin meinte. Marcelitis hat dort eine Wohnung."

„Hast du seine Adresse? Oder weißt du, mit wem ich in Berlin Kontakt aufnehmen kann?"

Emma schüttelt den Kopf. „Nein, leider nicht. Aber Marek ist im letzten Winter einmal dort gewesen, um sich mit Marcelitis zu treffen. Er sagte, er wohne direkt gegenüber einer bekannten Synagoge, über einer Buchhandlung. Ich glaube, er sprach von der Oranienburger Straße. Ich erinnere mich so gut daran, weil Marek sich wunderte, dass jemand wie Marcelitis mitten in der Stadt lebt. Ich sagte ihm, dass der Widerstand in Kraków es nicht anders gemacht hat. Wir trafen uns auch immer in den Cafés direkt am Marktplatz, weil die Deutschen nie auf die Idee gekommen wären, dass wir so dreist sein könnten.“ Ich nicke. „Aber warum fragst du das, Marta? Es ist ja nicht so, als würdest du nach Berlin reisen wollen, um nach ihm zu suchen, oder?“

Ich antworte nicht sofort. *Berlin*. So lautet mein Auftrag nicht. Der stellvertretende Minister hat mich nur nach Prag geschickt, weil ich Marek kenne. Ich sollte mit den wenigen Informationen über Marcelitis nach England zurückkehren und dem Außenministerium alles berichten, was ich weiß, damit man dann einen anderen bestimmen kann, der für mich übernimmt. Als ich Emma ansehe, bemerke ich ihren erwartungsvollen Blick. Sie würde es verstehen, wenn ich mich jetzt auf den Heimweg machte. Sie ist selbst Mutter. Aber noch während ich das denke, erinnere ich mich an Hans, wie er tot auf den Stufen vor dem Museum lag, und an Renata. Nein, ich kann jetzt nicht aufhören. Wie ich nach Berlin komme, ist genauso unklar wie die Frage, wie ich weiter vorgehen soll, wenn ich es erst einmal dorthin geschafft habe. Aber ich muss es versuchen. „Ich muss Marcelitis finden“, sage ich schließlich.

„Aber allein nach Berlin zu reisen ist gefährlich.“

„Das ist nicht gefährlicher als das, was wir in der Vergangenheit getan haben.“ Emma entgegnet nichts, doch sie verzieht das Gesicht. „Ich kriege das schon hin“, behaupte ich, auch wenn es eher so klingt, als wolle ich mir selbst Mut zusprechen.

„Wenn ich könnte, würde ich dich begleiten“, erklärt sie.

„Ich weiß, aber du hast deine beiden Jungs und deinen Mann. Ich wünschte allerdings, du würdest noch einmal über mein Angebot nachdenken, mit mir nach England zu kommen. Das wäre für euch drei auf jeden Fall sicherer.“

„Danke", gibt sie zurück. „Vielleicht eines Tages. Aber ich kann Marek nicht verlassen."

Ich will noch etwas sagen, sehe dann aber den müden, traurigen Ausdruck in ihren Augen. Das hier ist jetzt ihr Leben. „Ich verstehe."

„Wirklich?"

Eigentlich habe ich jetzt keine Zeit, Emma ins Vertrauen zu ziehen, aber ich weiß nicht, ob ich sie jemals wiedersehen werde. „Ja. Vor Simon gab es einen anderen Mann." Als ich ihren argwöhnischen Blick bemerke, füge ich hastig hinzu: „Nach dem Krieg." Sie soll wissen, dass ich nicht Jakub meine. Ich habe mich oft gefragt, ob sie sich Sorgen machte, wenn er mit mir unterwegs war, und ob sie wohl dachte, dass zwischen uns etwas war. „Ein amerikanischer Soldat, sein Name war Paul. Er rettete mir das Leben und holte mich aus dem KZ. Wir verliebten uns."

„Wie schön, Marta. Was ist dann geschehen?"

„Wir wollten uns in London treffen und heiraten, aber sein Flugzeug stürzte in den Kanal, und er kam dabei ums Leben."

„Nein!" Ich sehe ihr an, dass sie genau weiß, was ich durchgemacht habe.

„Bei Paul verstand ich zum ersten Mal, was es heißt, einen Menschen wirklich zu lieben. Es war wie bei dir und Jakub. Auch wenn es nicht von langer Dauer war, bin ich froh, es erlebt zu haben."

„Und dein Ehemann?"

„Ich lernte Simon kennen, noch bevor Paul ums Leben kam. Er war auf der gleichen Fähre wie ich unterwegs nach England. Aber näher kamen wir uns erst, als ich für ihn zu arbeiten begann."

„Liebst du ihn?"

Diese Frage habe ich Emma gestellt, als sie mir von Marek erzählte. „Simon ist ein guter Mann. Er ist nett zu mir und

Rachel – so wie Marek nett zu dir und den Jungen ist. Aber die Liebe, die ich für Paul empfand …"

„… die erfährt man nur einmal im Leben", flüstert Emma. „Aber dein Ehemann ist wenigstens der Vater deiner Tochter." Ich weiche ihrem Blick aus. „Das ist er doch, oder? Oh, Marta!"

Ich kann Emma nicht anlügen. „Simon glaubt, dass sie seine Tochter ist. Ich wollte ihm das Kind nicht unterschieben, glaub mir. Es ging alles so schnell, und erst nach unserer Heirat wusste ich mit Sicherheit, dass ich schwanger bin. Da brachte ich es nicht mehr übers Herz, ihm die Wahrheit zu sagen."

„Warum erzählst du mir das alles, Marta?"

„Weil du meine beste Freundin bist." Nicht *warst*, sondern *bist*, wie mir in diesem Moment bewusst wird. „Und weil du wissen sollst, dass ich jetzt verstehe, wie du die Dinge tun konntest, die du getan hattest."

Emma wischt sich über die Augen. „Danke, Marta. Das bedeutet mir sehr viel."

Ich nicke bedächtig. „Uns bleibt nicht mehr viel Zeit. Du musst zurück zu deinen Kindern, und ich muss von hier verschwinden, bevor die Polizei kommt."

„Wie willst du nach Berlin kommen?"

„Ich weiß nicht", gebe ich offen zu.

„Weißt du, als Marek und einige andere nach Berlin reisten, fuhren sie mit dem Zug in eine Stadt nahe der Grenze und liefen dann durch den Wald, um auf der anderen Seite mit einem anderen Zug weiterzufahren." Ich lasse mir den Vorschlag durch den Kopf gehen. Die Grenze wird jetzt sicher strenger bewacht, aber es dürfte meine einzige Chance sein. „Kann ich etwas für dich tun?", fragt sie.

„Nein, ich …", beginne ich und unterbreche mich gleich wieder. Simon muss von der Planänderung erfahren. Wenn er glaubt, ich sei auf den Straßen von Prag spurlos verschwunden, wird er vor Sorge verrückt werden. Vielleicht kann das

Außenministerium auch Schritte einleiten, mich aus Berlin herauszuholen, wenn mein Auftrag erledigt ist. „Emma, du musst für mich eine Nachricht zur Botschaft bringen." Ich gehe zum Nachttisch, nehme Stift und Papier und notiere: *Treffe mich mit Marcelitis in Berlin. Oranienburger Straße.* Ich gebe Emma das zusammengefaltete Papier.

„Und wem soll ich das geben?", fragt sie.

Wieder denke ich angestrengt nach, und dann endlich fällt mir der Name ein, von dem Simon gesprochen hat. „Frag nach einem Mann namens George Lindt. Wende dich nur an ihn. Sag ihm, die Nachricht ist von mir, sie ist streng vertraulich und äußerst dringend. Sie muss an Simon Gold im Außenministerium telegrafiert werden."

„Ist dieser Lindt vertrauenswürdig?"

„Das weiß ich nicht", gebe ich zu. „Aber Simon hat mir seinen Namen genannt, also nehme ich an, dass er kein Verräter ist. Außerdem bleibt mir keine andere Wahl, irgendwie muss die Nachricht nach London gelangen. Warte bis zum Morgen, bevor du zur Botschaft gehst. Falls etwas schiefgeht, habe ich genug Vorsprung herausgeholt. Wirst du es schaffen, noch einmal das Haus zu verlassen, auch wenn die Polizei dich beobachtet?"

„Das werde ich schon", erwidert Emma. „Wenn ich mit den Kindern einen Spaziergang mache, werden sie das nicht verdächtig finden."

„Gut. Ich möchte nämlich nicht, dass du dich noch weiter in Gefahr begibst. Wir sollten uns jetzt auf den Weg machen. Geh du vor, ich folge in ein paar Minuten, damit uns niemand zusammen sieht."

„Warte, da ist noch eine Sache." Emma wendet sich ab, dann zieht sie sich kurzerhand ihr Kleid über den Kopf. „Nimm das hier", sagt sie. „Deine Kleidung sieht zu westlich aus, damit fällst du nur auf."

Ich sehe zwischen ihrem grauen Kleid aus grobem Stoff

und meiner Bluse hin und her, und natürlich hat sie recht. Ich lege meine Sachen ab und ziehe das Kleid über, wobei mich Emmas vertrauter Mandelduft umgibt. Aus dem Schrank hole ich das grüne Kleid, das ich zum Wechseln mitgebracht habe. „Hier." Wortlos streift sie es sich über. „Es ist dir vielleicht ein bisschen zu kurz."

„Es ist perfekt." An der Art, wie sie über die Ärmel streicht, erkenne ich, dass sie einen so feinen Stoff nicht gewohnt ist. Dann greift sie nach einem Schal, den sie zu einem Kopftuch faltet. „Du solltest auch noch die Haare zusammenbinden." Schweigend hilft sie mir, meine Haare zu bändigen.

„Geh jetzt besser nach Hause zu deinen Kindern", sage ich.

Emma nickt, kommt aber noch einen Schritt auf mich zu. „Danke, Marta. Für alles, was du für mich getan hast."

Ich küsse sie auf die Wange. „Nein, ich habe zu danken. Ich weiß, was du riskiert hast, um heute Nacht herzukommen. Und jetzt geh schon." Sie dreht sich um, verlässt das Zimmer und zieht die Tür hinter sich zu.

Berlin, denke ich, während ich etwas ratlos dastehe. Werde ich das schaffen? Soll ich es wirklich versuchen? Schluss jetzt mit den Zweifeln! Ich begebe mich zum Schrank und will meine Tasche packen, doch da kommen mir Renatas Worte in den Sinn. Es ist besser, die Sachen zurückzulassen, damit niemand so schnell darauf kommt, dass ich die Stadt verlassen habe. Außerdem kann ich ohne Gepäck leichter reisen. Ich hebe die Pistole auf und stecke sie in meine Handtasche zurück, dann überzeuge ich mich davon, dass ich alle Papiere bei mir habe. Nachdem ich den Mantel angezogen habe, sehe ich mich ein letztes Mal im Hotelzimmer um, dann ergreife ich ebenfalls die Flucht.

## 20. KAPITEL

Ich werfe einen Blick von der Tür der Damentoiletten über den verlassenen Bahnsteig. Die Bahnhofsuhr zeigt zehn vor sechs an. Fast zwei Stunden zuvor bin ich eingetroffen, nachdem ich zu Fuß die Stadt durchquert habe. Meine Hoffnung, trotz Ausgangssperre doch noch einen Nachtzug zu erwischen, wurde enttäuscht. Von einer Roma-Familie abgesehen, die auf dem Bahnsteig ihr Nachtlager aufgeschlagen hat, ist der gesamte Bahnhof verwaist. Der Vater, ein dunkelhäutiger Mann mit buschigem Schnäuzer, erklärte mir gleich bei meinem Eintreffen, dass bis zum Morgen kein Zug mehr fahren würde. Da ich keine unnötige Aufmerksamkeit erzeugen wollte, habe ich mich in die Toiletten zurückgezogen. Zuerst musste ich fast würgen, als mir der Gestank in dem beengten Raum entgegenschlug, aber dann gelang es mir, flach und nur durch den Mund zu atmen, bis ich den Geruch kaum noch wahrnahm.

Jetzt höre ich ein Geräusch vom anderen Ende der Halle. Ich drehe mich um und sehe, wie ein Mann eines der Geschäfte aufschließt, ein erstes Anzeichen dafür, dass der Bahnhof wieder zum Leben erwacht. Wenige Minuten später bemerke ich eine ältere Frau mit dicken Schuhen und Kopftuch, die den Bahnsteig fegt. Die ersten Reisenden finden sich ein.

Ich verlasse die Toiletten und atme tief durch. Dann gehe ich zur Anzeigetafel, auf der die ersten Züge aufgeführt sind. Auf der gegenüberliegenden Seite der Bahnhofshalle entdecke ich zwei Polizisten, von denen einer einen Schäferhund an der Leine hält. Vor Schreck erstarre ich, aber ich zwinge mich zur Ruhe. Die Stadt wurde unter Kriegsrecht gestellt, da ist es kein Wunder, dass die Polizei Präsenz zeigt. Trotzdem schlägt mein Herz wie verrückt, während ich weitergehe und wie eine ganz normale Reisende zu wirken versuche. Um Viertel vor sieben fährt zwar ein direkter Zug nach Berlin, doch ich wage es nicht, den zu nehmen. Eine halbe Stunde später soll ein Zug nach Děčín fahren, ein Ort nahe der deutschen Grenze. Den werde ich nehmen. Ich gehe zum Schalter und kaufe eine Fahrkarte, die mich fast alles Geld kostet, das Renata mir gegeben hatte. Um keinen Verdacht zu wecken, nehme ich eine Hin- und Rückfahrt. Dann kaufe ich mir eine Zeitung, setze mich an einen Tisch und tue so, als würde ich aufmerksam einen Artikel lesen. Tatsächlich beobachte ich über den Rand der Zeitung hinweg dic Bahnhofshalle und stelle fest, dass die Polizisten weggegangen sind.

Langsam werde ich etwas ruhiger. Der Bahnhof ist inzwischen deutlich belebter, Reisende eilen in alle Richtungen. Mein Blick bleibt an einem großen Mann in einem dunklen Trenchcoat hängen, der die Halle durchquert. Etwas an seiner Art zu Gehen ist auffällig, und zusammen mit dem lockigen Haar erinnert er mich verblüffend an Paul. Ich stehe auf, um ihn besser sehen zu können. Der Mann verschwindet in der Menge, und während ich ihm nachstarre, bin ich auf einmal nicht mehr in Prag, sondern zurück auf *Kings Cross Station*. Plötzlich bemerke ich, wie mich die Frau am Nebentisch seltsam ansieht, und ich setze mich wieder. So lange Zeit habe ich nicht mehr an Paul gedacht. Warum muss ich ausgerechnet jetzt einen Geist sehen? Es liegt wohl daran, dass ich Emma von ihm erzählt habe.

Ich falte die Zeitung zusammen, stehe auf und gehe auf den Bahnsteig, wo der Zug nach Děčín einfahren soll. Auf dem Weg dorthin komme ich an einem öffentlichen Telefon vorbei. Soll ich es wagen, Simon anzurufen? Renata sagte, alle Leitungen in den Westen seien unterbrochen, aber ich kann es zumindest versuchen. Rasch nehme ich den Hörer ab. „Ein Auslandsgespräch“, bitte ich auf Tschechisch. Einen Augenblick später meldet sich die Vermittlung, und ich nenne die Nummer in London. Es klingelt einmal, dann ein zweites Mal. Geh ran, Simon, denke ich. Nimm ab, bevor Rachel aufwacht. „Hallo?“ Simons verschlafene Stimme dringt aus dem Hörer.

„Auslandsgespräch“, sagt die Frau von der Vermittlung. „Übernehmen Sie die Gebühren?“

„Ja“, antwortet er und klingt sofort hellwach.

„Simon, ich bin’s.“

„Marta! Wo bist du? Geht es dir gut?“

„Ja, ich bin immer noch in Prag. Was Marcelitis angeht …“

„Wir wissen von der Machtergreifung. Wir versuchen seit gestern, die Botschaft zu erreichen. Es wurden mehrere Diplomaten ausgeflogen, und wir hatten gehofft, dass du dabei bist. Du musst sofort das Land verlassen, Marta! Wenn du es nach Wien schaffst, kann ich …“

„Simon, das ist noch nicht alles.“ Mit knappen Worten erzähle ich ihm von dem Mann, der sich auf der Brücke als Marcelitis ausgab. „Marcelitis ist nicht aufgetaucht, aber er soll in Berlin sein. Wenn ich es dorthin schaffe, kann ich ihn dazu bringen, uns zu helfen.“

„Marta, das ist Irrsinn! Du weißt doch gar nicht, wo du nach ihm suchen sollst.“

„Doch, ich habe eine Adresse. Oranienburger Straße.“

„Aber du hast niemanden, an den du dich in Berlin wenden kannst. Und wie sollen wir dich da rausholen …“

„Ich schaffe das schon, Simon.“ Plötzlich bemerke ich einen Polizisten, der sich mir nähert und mich ansieht. „Ich muss jetzt auflegen. Sag Rachel, dass ich sie liebe und bald wieder bei ihr bin.“ Simon redet immer noch, als ich den Hörer einhänge. Mein Herz schlägt wie verrückt, während ich zu dem Polizisten schaue. Aus dem Lautsprecher ertönt eine Stimme und gibt bekannt, dass mein Zug einfährt.

„Entschuldigen Sie“, sage ich mit betont ruhiger Stimme zu dem Polizisten und gehe an ihm vorbei, während ich den

Blick stur auf den Zugang zum Bahnsteig richte. Als ich mich weit genug entfernt habe, schaue ich unauffällig über die Schulter. Der Polizist ist weitergegangen und beachtet mich nicht mehr.

Nachdem ich in den Zug gestiegen bin, suche ich nach einem leeren Abteil. Es ist ein ähnlicher Zug wie der, mit dem ich von Salzburg losgefahren bin. Jedes Abteil besteht aus zwei gegenüberliegenden Sitzreihen mit je drei Plätzen. Ich nehme den Fensterplatz und sehe nach draußen.

Kurz darauf setzt sich der Zug in Bewegung. Plötzlich wird die Tür zu meinem Abteil aufgerissen, und ich zucke zusammen, da ich fürchte, es könnte der Polizei sein. Aber es ist nur ein älterer Mann mit einem kleinen Koffer. Er deutet auf die Sitzreihe mir gegenüber und will wissen, ob er sich setzen darf. Ich nicke, worauf er den Koffer ins Gepäcknetz legt und sich an die Tür setzt. Als er mich ansieht, rechne ich besorgt damit, dass er versuchen könnte, mich in eine Unterhaltung zu verwickeln. Das Tschechische ist dem Polnischen zwar ähnlich, sodass ich mich verständigen kann, aber mein Akzent würde verraten, dass ich nicht von hier bin. Da ich es mir nicht erlauben kann, als Ausländerin erkannt zu werden, hole ich die Zeitung aus der Tasche und beginne zu lesen. Der Mann greift ebenfalls zu einer Zeitung und blättert darin.

Ich lasse meinen Kopf gegen die Scheibe sinken, ohne mich darum zu kümmern, wie verschmutzt sie ist. Ich fühle mich todmüde. Bin ich tatsächlich erst vorgestern in Prag eingetroffen? Ich sehe den kahlköpfigen Mann, wie er mich mit dem Messer angreift. Renata, wie sie tot in ihrem Auto sitzt. Die Demonstranten auf der Flucht vor den Polizisten. Ich kann noch immer nicht fassen, dass diese Dinge tatsächlich alle passiert sind.

In der Zeitung überfliege ich einen Artikel über die Regierung. Auch wenn es nicht ausdrücklich geschrieben steht, ist mir doch klar, dass die Machtübernahme durch die Kommunisten nicht allein die Tschechoslowakei betrifft. Es könnte gut sein, dass die Kommunisten nun ermutigt werden, auch anderswo die Macht an sich zu reißen. Ich lege eine Hand auf meine Tasche und denke an die Unterlagen, die ich bei mir trage. Ich muss Marcelitis unbedingt finden.

Draußen ist inzwischen der Morgen angebrochen. Die ersten Sonnenstrahlen tauchen die Prager Burg in goldenes Licht. Ich sehe auf die Stadt, die immer weiter hinter mir zurückfällt, und entschuldige mich stumm dafür, dass ich sie so schmählich im Stich lasse.

Allmählich wird es entlang der Bahnstrecke immer ländlicher, Gebäude sind nur noch vereinzelt zu entdecken. Ich sehe zu dem älteren Mann hinüber, er hat den Kopf nach hinten gelegt und schnarcht leise. Mir wird bewusst, wie trocken sich meine Augen anfühlen und wie schwer meine Lider sind. Seit gestern Nachmittag habe ich nicht mehr geschlafen, und jetzt muss ich mich zwingen, wach zu bleiben. Das sanfte, gleichmäßige Schaukeln des Zugs arbeitet dagegen, und schließlich sage ich mir, dass mir ein kurzes Nickerchen schon nicht schaden wird. Immerhin wird es einige Stunden dauern, bis ich mein Ziel erreiche. Ich schließe die Augen und halte meine Tasche fest an mich gedrückt.

Irgendwann werde ich von einem lauten Kreischen der Bremsen geweckt. Ich versuche, meine Schläfrigkeit zu überwinden, und frage den älteren Mann: „Děčín?“

Er schüttelt den Kopf. „Karlova. Sie müssen noch zwei Stationen weiter.“

Es ist ein kleiner Bahnhof, ein flaches Gebäude mit nur einem Bahnsteig. Hier draußen hat es erst vor Kurzem geschneit. Ich drücke mein Gesicht gegen die Scheibe und entdecke ein paar Leute, die in den Zug einsteigen wollen. Ganz hinten steht ein Mann, ein großer Mann mit breitkrempigem Hut und dunklem Trenchcoat. Kurz bevor er einsteigt, sieht er zu mir, und ich blicke in zwei blasse Augen, die Entsetzen in mir auslösen: Er ist der Kahlköpfige, der sich für Marcelitis ausgegeben hat.

Sekundenlang sitze ich wie erstarrt da und überlege, was ich nun tun soll. Wie hat er mich gefunden? Ich muss diesen Zug verlassen. Mein Herz rast, als ich aufstehe und in den Gang spähe. Links sehe ich den Mann, wie er mit den anderen Fahrgästen einsteigt. Ich verlasse mein Abteil und laufe nach rechts. „Entschuldigung", sage ich immer wieder, während ich mich mit gesenktem Blick an den anderen Fahrgästen und ihrem Gepäck vorbeizwänge. Ich erreiche das Ende des Waggons und wechsele in den nächsten über, damit ich so weit wie möglich von dem Kahlköpfigen entfernt bin, wenn ich aussteige. Ich blicke über die Schulter. Zwar kann ich ihn nicht sehen, dennoch bin ich mir sicher, dass er nicht weit sein kann. Ich erreiche den Speisewagen und durchquere ihn zügig, aber nicht zu schnell, um nicht auf mich aufmerksam zu machen. Jetzt, sage ich mir, als ich das Ende des Wagens erreiche und vor der Tür stehe. Jetzt musst du aussteigen.

Doch in diesem Moment ruckelt der Zug und setzt sich wieder in Bewegung. Mit Schrecken sehe ich, wie wir uns vom Bahnhof entfernen. Abermals blicke ich über die Schulter, während mir durch das offene Fenster der kalte Wind ins Gesicht bläst. Der Mann hat soeben den Speisewagen betreten, unsere Blicke begegnen sich. Ich mache einen Schritt nach vorn und schaue aus dem Fenster. Das schneebedeckte Feld zieht immer schneller an mir vorbei, je mehr der Zug Fahrt aufnimmt. Als der Mann durch den Wagen eilt, weiß ich, dass mir keine andere Wahl bleibt. Ich drücke meine Tasche an mich, öffne die Tür und … springe aus dem Zug.

Ich lande im tiefen Schnee, der meinen Sturz abfedert, und rolle ein paar Meter weiter über das Feld. Sekundenlang liege ich nur da, dann weiß ich, dass ich mich nicht verletzt habe. Zwar wurde mir die Luft aus den Lungen gepresst, aber das ist schon alles. Als ich mich aufrichte, sehe ich zu meinem Schrecken, dass noch jemand aus dem fahrenden Zug gesprungen ist. Es ist der Kahlköpfige, der die Verfolgung wieder aufnimmt! Ich rappele mich auf und laufe über das Feld zu einem dichten Nadelwald. Durch den Schnee komme ich aber nur mühsam voran. Dreh dich nicht um, ermahne ich mich, doch es hilft nichts. Der Mann folgt mir und holt stetig auf, da er größere Schritte macht als ich. Meine Lungen brennen, als ich auf den Waldrand zurenne. Noch fünfzehn Meter, zehn Meter. Ich muss schneller laufen. Ich erreiche den dunklen Wald und renne blindlings durch das Dickicht. Plötzlich trete ich in ein Loch, ein stechender Schmerz jagt durch meinen Knöchel, und ich schlage der Länge nach hin. Mit aller Kraft versuche ich mich aufzurichten, aber mein Bein gibt unter mir nach. Ich kann nicht weiterlaufen!

Voller Entsetzen sehe ich, wie der Kahlköpfige den Waldrand erreicht. Die Pistole! Ich greife in meine Tasche und hole sie heraus. Mit zitternden Fingern entsichere ich sie, während der Mann näher kommt. Ich mache mich darauf gefasst, auf ihn zu schießen. Nur noch ein paar Sekunden. Drei, zwei, eins … Ich drücke den Abzug, ein Schuss zerreißt die Stille, der Rückstoß drückt meine Arme hoch. Der Kahlköpfige bleibt keine zwei Meter von mir stehen und sieht mich ungläubig an.

Ich höre einen zweiten Schuss, und dann fällt mein Verfolger seitlich zu Boden. Verwirrt sehe ich auf meine Pistole. Habe ich etwa ein zweites Mal abgedrückt? Plötzlich taucht eine Gestalt zwischen den Bäumen auf, die ebenfalls eine Pistole in der Hand hält, allerdings eine weit größere als meine. Der Mann trägt einen dunkelbraunen Trenchcoat, eine tief ins Gesicht gezogene Strickmütze und einen breiten Schal, den er vor Mund und Nase gebunden hat, sodass nur noch seine Augen zu erkennen sind. Vielleicht hatte der Kahlköpfige einen Komplizen, überlege ich. Ich richte mich auf und ziele auf den zweiten Mann. Erst jetzt wird mir bewusst, dass er gar kein Komplize sein kann, wenn er auf meinen Verfolger geschossen hat. Aber das heißt noch lange nicht, dass er auf meiner Seite ist. „Wer sind Sie?“, rufe ich auf Tschechisch.

Der Mann schüttelt den Kopf, hebt seine Waffe auf, ist mit wenigen Schritten bei mir und nimmt mir die Pistole aus der Hand. „Heh!“, rufe ich, aber im nächsten Moment zieht er mich hoch, wirft mich anscheinend mühelos über seine Schulter und trägt mich tiefer in den Wald. Ich will mich wehren, aber die ganze Situation überrascht mich so sehr, dass ich gar nicht reagieren kann. Wer ist dieser Mann? Will er mich entführen? Hat er es ebenfalls auf die Unterlagen abgesehen, die ich bei mir trage?

Erst als er einige hundert Meter tiefer in den Wald gegangen ist, setzt er mich ab. Ich zucke zusammen, als ich meinen Fuß belaste, mit dem ich umgeknickt bin, dann humpele ich zu einem Felsen. Wir befinden uns auf einer Art Lichtung. Der Fremde dreht sich weg und stützt die Hände auf die Knie, um Luft zu schnappen. Ich sehe in die Richtung, aus der wir gekommen sind. Sollte ich einen Fluchtversuch wagen? Aber das wäre sinnlos, die Bäume stehen so dicht, dass ich den Weg nicht ausmachen kann, und außerdem kann ich mit dem verletzten Knöchel nicht schnell genug laufen.

„Wer sind Sie?“, frage ich noch einmal. „Sagen Sie mir, was Sie von mir wollen! Mein Mann hat einen wichtigen Posten in der britischen Regierung …“

„Sprich Englisch, bitte“, höre ich eine vertraute Stimme. Mir stockt der Atem. „Du weißt, ich habe es nicht so mit Fremdsprachen.“

Er dreht sich zu mir um und nimmt den Schal ab. „Mein Gott“, flüstere ich, und in diesem Augenblick bin ich fest davon überzeugt, dass ich tot bin.

Das hier *kann* nur das Leben nach dem Tod sein.

Vor mir steht Paul. „Hallo, Marta“, sagt er.

„Marta ...“, dringt eine Stimme aus der Dunkelheit zu mir. „Marta, wach auf.“ Vorsichtig öffne ich die Augen und blinzle. Ich liege auf dem Boden, Paul ist über mich gebeugt und sieht mich an. Mein Verstand dreht sich im Kreis. Ist das hier das Gefängnis, in dem mich die Deutschen festhalten? Ist Paul gekommen, um mir zu helfen? Nein, über mir sehe ich Bäume, die sich bis in den Himmel recken. Bin ich in Paris? Nein, auch das ist schon Jahre her. Da war Paul ja noch am Leben.

Aber Paul ist hier bei mir und sieht mich an. Ich verstehe das nicht. Es kann nur ein Traum sein. Vielleicht habe ich mir den Kopf gestoßen und bin ohnmächtig geworden. Ich schließe die Augen wieder, weil ich nicht sehen will, wie Paul plötzlich verschwindet. „Marta, nein. Mach die Augen auf.“ Etwas Warmes legt sich auf meine Wange, und ich ertaste eine Hand. Pauls Hand. Jetzt weiß ich, dass ich nicht träume. Ich muss das Bewusstsein verloren haben ... Abrupt schlage ich die Augen auf und umklammere die Hand an meiner Wange, damit er sie nicht wegziehen kann. Er ist immer noch da und sieht mich an. „Schon besser.“ Er verzieht den Mund zu einem vertrauten Lächeln.

„Du lebst“, flüstere ich. Freude erwacht in mir und mischt sich unter die Fassungslosigkeit. „Aber wieso ...?“

„Ich lebe“, bestätigt er, ohne seinen Blick von mir zu nehmen. „Das Wieso werde ich dir später erklären. Geht es dir gut?“

„Ja“, bringe ich heraus, während ich ihn weiter anstarre.

„Du hast dir den Kopf angeschlagen, und ich fürchtete schon, du hättest dich ernsthaft verletzt. Kannst du aufstehen?“ Ich nicke. „Gut. In der Nähe ist eine Kaserne, es könnte sein, dass jemand die Schüsse gehört hat. Wir müssen von hier verschwinden.“ Er legt einen Arm um mich und hilft mir hoch. Wieder zucke ich zusammen, als ich den verletzten Knöchel belaste. „So kannst du nicht gehen“, stellt er fest. „Erst mal müssen wir herausfinden, ob du dir was gebrochen hast." Ehe ich etwas erwidern kann, hebt er mich auf seine Arme und trägt mich abermals. „Ein Stück weiter gibt es einen Unterschlupf, da können wir eine kurze Rast machen."

Ich schlinge die Arme um seinen Hals, während er mich über das unebene Terrain trägt. Sein vertrauter Duft überwältigt mich. Paul lebt. Wieder frage ich mich, ob das wohl die Wirklichkeit ist, die ich gerade erlebe. Wie konnte er den Absturz überleben? Und was macht er ausgerechnet hier? Ich sehe auf und betrachte ihn. Er trägt die Haare länger, nicht mehr so kurz wie ein Soldat, die dunklen Locken liegen auf dem Mantelkragen.

Nach einigen Minuten erreichen wir eine Art Höhle. Drinnen ist es dunkel und feucht, von irgendwoher sind Wassertropfen zu hören. Paul setzt mich ab und lehnt mich behutsam gegen die Wand. „Ich muss mir deinen Knöchel ansehen", erklärt er und kniet sich vor mich hin, um mir meinen Schuh auszuziehen. Als ich seine Finger auf der nackten Haut spüre, zittere ich leicht. „Gebrochen hast du dir nichts, aber wohl verstaucht. Ich werde dir einen Verband anlegen." Er nimmt eine Flasche von seinem Gürtel, füllt Wasser in den Deckel und reicht ihn mir. „Hier."

Ich blicke zwischen dem Wasser und seinem Gesicht hin und her. Irgendwie sieht er anders aus. Eine lange Narbe zieht sich von der Schläfe bis zum Kinn, und seine Nase ist ein wenig schief, so als hätte er sie sich vor einiger Zeit gebrochen. Sein vormals pechschwarzes Haar ist jetzt grau meliert. Eine gewisse Härte mischt sich in seine jungenhaften Züge. Aber die blauen Augen sind unverkennbar. *Paul lebt*. Ich werfe mich ihm an den Hals und lasse den Deckel mit dem Wasser fallen, um ihn an mich zu drücken. Ein Schluchzen kommt mir über die Lippen. „Du bist tatsächlich hier." Ich vergrabe mein Gesicht an seinem Hals, Trauer und Freude überwältigen mich, und ich kann meine Tränen nicht länger zurückhalten.

Er legt die Arme um mich und drückt eine Hand sanft an meinen Hinterkopf. „Marta“, flüstert er.

Ich atme tief ein, um seinen Duft in mich aufzunehmen. Paul lebt. Aber wo ist er all die Zeit gewesen? Ich löse mich aus seiner Umarmung und setzte mich wieder hin. „Erzähl es mir“, fordere ich ihn auf, während ich mir die Augen wische. „Erzähl mir alles.“

Ihm ist nicht anzumerken, ob er meinen plötzlichen Sinneswandel bemerkt hat. „Ich war auf dem Weg nach London, als die Maschine abstürzte“, beginnt er. Ich nicke und denke an meine Verzweiflung, als ich es in der Zeitung las. „Einer der Motoren explodierte, und wir schienen unendlich lange auf das Meer zuzustürzen. Dann wurde plötzlich alles schwarz, und als ich wieder aufwachte, befand ich mich in einem Militärkrankenhaus in England. Seit dem Absturz waren Wochen vergangen. Ich hatte mir zwölf Knochenbrüche zugezogen, und wegen der inneren Verletzungen bin ich dreimal operiert worden. Und dabei kann ich mich noch glücklich schätzen. Ich bin der einzige Überlebende, Marta. Alle meine Kameraden kamen bei dem Absturz ums Leben.“

„Ich weiß“, sage ich nur. Ich lege meine Hand auf seine, unsere Blicke begegnen sich. Plötzlich kommt es mir so vor, als wären wir zurück in der Gartenlaube in Salzburg. Damals hörte die Welt draußen für uns auf zu existieren, doch jetzt existiert sie weiter. Rachel existiert, und Simon ebenfalls. Ich bin verheiratet, ich habe ein Kind. Unwillkürlich ziehe ich meine Hand zurück.

Paul sieht mich verwundert an und räuspert sich. „Jedenfalls war ich viele Monate in diesem Krankenhaus im Norden von London.“

Die ganze Zeit über war er in meiner Nähe. Hätte ich doch nur gewusst … „Aber warum bist du nicht zu mir gekommen?“

Er legt eine Hand auf meinen Mund. „Schht", macht er leise und sieht zum Höhlenausgang. Aus einiger Entfernung höre ich Rascheln und Stimmengewirr. Lautlos steht er auf, packt mich und zieht mich tiefer in die Höhle hinein, bis wir ein kleines Versteck zwischen zwei Felsvorsprüngen erreichen. „Egal was passiert, gib keinen Laut von dir." Ich nicke. Die Stimmen werden lauter. Es klingt so, als würde jemand genau vor dem Eingang der Höhle stehen. Ein Hund bellt. Der wird uns hier ganz sicher wittern. Zitternd drücke ich mein Gesicht an Pauls Schulter. Er legt einen Arm um mich und zieht mich zu sich heran.

Die Stimmen entfernen sich langsam, und ich atme erleichtert aus. Die Leute gehen weiter, und als alles ruhig ist, sehe ich zu Paul hoch. Dann hat er den Absturz also doch überlebt, und all meine Trauer und mein Schmerz waren völlig umsonst. Warum ist er nicht zu mir gekommen? Und was um alles in der Welt macht er jetzt hier?

„Sie sind weg", sagt er schließlich. Er löst sich von mir und sieht mich an. „Das war knapp. Ich schlage vor, wir bleiben noch eine Weile hier." Er bedeutet mir, mich wieder auf den Boden zu setzen. „Ich werde dir jetzt erst mal deinen Knöchel verbinden."

Ich lehne mich wieder gegen die Wand, er holt eine Mullbinde aus seinem Rucksack. Als er den Verband anlegen will, beuge ich mich vor und halte seine Hand fest. „Paul, warte. Ich will erst wissen, wieso du hier bist."

Ruhig sieht er mir in die Augen. „Das könnte ich dich auch fragen."

„Ich habe zuerst gefragt."

Nach kurzem Zögern antwortet er: „Als ich im Krankenhaus war, bekam ich Besuch von einem Mitarbeiter des amerikanischen Geheimdienstes. Er sagte mir, dass ich tot sei. Oder besser gesagt: dass Paul Mattison tot sei."

„Was soll das heißen?"

„Ich war nicht der Einzige, der seine Erkennungsmarke an eine hübsche junge Dame verschenkt hat, und bei der Identifizierung der Leichen kam es zu einer Verwechslung. Man hielt einen toten Kameraden für mich und teilte meiner Familie mit, dass ich bei dem Unglück gestorben bin." Er lächelt schwach. „Das Missverständnis klärte sich erst auf, als ich nach der Operation aufwachte und meinen Namen nannte. Für die Jungs vom Geheimdienst war das ein gefundenes Fressen. Ich hatte keine Identität mehr, und das machte mich zum idealen Agenten. Eine Weile zögerte ich, weil das bedeutete, meine Familie in dem Glauben zu lassen, dass ich tot bin. Aber ich sah die Chance, etwas Nützliches zu leisten – nicht nur für mein Land, sondern für die Verteidigung von Freiheit und Demokratie. Also erklärte ich mich bereit, unter einer anderen Identität in Europa zu bleiben." Er hält mir seine Hand hin. „Michael Stevens, freut mich, Ihre Bekanntschaft zu machen."

Ich schüttele ihm nicht die Hand, sondern sehe ihn weiter ungläubig an. Dabei versuche ich zu begreifen, was er mir gerade erzählt. „Aber jetzt weiß ich noch immer nicht, wieso du ausgerechnet hier bist."

„Die Amerikaner und Briten arbeiten eng zusammen, um den Sowjets eine geschlossene Front entgegenzusetzen. Im Allgemeinen funktioniert diese Allianz recht gut, trotzdem gehen wir immer mit einer gewissen Vorsicht miteinander um, und in jüngster Zeit gab es Anzeichen, dass kommunistische Loyalisten den britischen Geheimdienst unterwandert haben." Er holt eine flache Flasche aus der Manteltasche und hält sie mir hin. Ich lehne dankend ab und schüttele mich innerlich, während er einen Schluck trinkt. Wieso nur greift er wieder zum Alkohol? Allerdings kenne ich ihn längst nicht mehr gut genug, um ihn darauf anzusprechen. „Als wir von deiner Reise nach Prag erfuhren, wurden wir neugierig", redet er weiter und steckt die

Flasche weg. „Jemand sollte dich verfolgen, um herauszufinden, was du vorhast."

„Und da haben sie ausgerechnet dich ausgesucht?"

Er schaut weg. „Als mir klar wurde, dass du diejenige bist, meldete ich mich freiwillig."

„Aha." Ich spüre einen Kloß im Hals. „Dann bist du mir die ganze Zeit über gefolgt?"

„Nicht die ganze Zeit. Unsere Leute waren etwas lahm, darum war ich über einen Tag zu spät dran. Als ich in Prag eintraf, warst du gerade im Begriff, die Stadt zu verlassen. Also bin ich dir zum Bahnhof gefolgt und in den gleichen Zug gestiegen." Dann hatte sie ihn also doch in der Bahnhofshalle gesehen. „Was mich zu der Frage bringt, was *du* hier machst."

Ich zögere. Nach den Ereignissen der letzten Tage bin ich mir nicht sicher, ob ich überhaupt noch irgendjemandem vertrauen kann. „Soll das heißen, dass du das bislang noch nicht herausgefunden hast?", erwidere ich, um Zeit zu gewinnen.

„Ich weiß, dass es etwas mit Jan Marcelitis zu tun hat", entgegnet er kopfschüttelnd. „Und es ist so wichtig, dass jemand versucht hat, dich zu töten. Mehr weiß ich nicht."

Ich komme zu dem Schluss, dass ich ihm vertrauen kann, und sehe ihm in die Augen. „Du hast recht. Der britische Geheimdienst geht davon aus, dass einige Leute aus unseren Reihen ein doppeltes Spiel spielen. Wir sind in den Besitz einer verschlüsselten Liste gelangt, die die Namen der Verräter enthalten soll. Bislang ist es noch nicht gelungen, den Code zu knacken."

„Also willst du Marcelitis überreden, dir den Dechiffrierer zu geben."

„Du weißt von dem Dechiffrierer?", frage ich verblüfft.

„Natürlich. Dass Dichenko ihn gestohlen hat, ist kein Geheimnis, und die Jagd auf den Dechiffrierer hat sich inzwischen zur Suche nach dem heiligen Gral entwickelt. Niemandem ist es bislang gelungen, Marcelitis aufzuspüren."

„Darum wurde ich hergeschickt", gebe ich zurück. „Es gibt jemanden, der Kontakt zu Marcelitis hat, ein Mann namens Marek Andek, den ich noch aus meiner Zeit aus Kraków kenne. Seine Frau Emma war meine beste Freundin."

Paul stößt einen leisen Pfiff aus. „Ist das die Emma, von der du mir in Paris erzählt hast? Die den deutschen Kommandanten ausspioniert hat?"

Ich nicke und muss mich räuspern. „Um es kurz zu machen: Unsere Regierung dachte, ich könne Marek davon überzeugen, mich mit Marcelitis zusammenbringen, um ihm wichtige Informationen im Austausch für den Dechiffrierer anzubieten."

„Klingt überzeugend, allerdings halte ich es für verrückt, dich allein herzuschicken. Erst recht im Hinblick auf die aktuellen Entwicklungen, die hätten wissen müssen, dass so etwas passieren kann. Und was ist mit Marek? Wie hat er reagiert?"

„Er verabredete für mich ein Treffen mit Marcelitis, wurde aber kurz zuvor verhaftet. Am Treffpunkt tauchte ein Mann auf, der behauptete, Marcelitis zu sein."

„Und wer war es in Wahrheit?"

„Der Mann, den wir eben getötet haben."

„Der Kahlköpfige? Tatsächlich?" Ich nicke. „Marta, das war Boris Sergiev, ein bekannter Auftragskiller der Sowjets."

„Ein Auftragskiller?", wiederhole ich ungläubig.

„Ja." Eine Gänsehaut läuft mir über den Rücken, als ich daran denke, wie dieser Mann auf der Brücke mit dem Messer nach mir ausholte. Mir wird ganz schwindlig, unterdessen redet Paul weiter. „Marek muss der Polizei die Einzelheiten des Treffens verraten haben. Sergiev wollte dabei sein, um Marcelitis zu töten und den Dechiffrierer an sich zu nehmen."

„Aber Emma konnte Marcelitis rechtzeitig warnen", ergänze ich.

„Richtig. Und als Sergiev klar wurde, dass Marcelitis nicht auftauchen wird, beschloss er, sich für ihn auszugeben, um wenigstens an die Informationen zu kommen. Du kannst von Glück reden, dass er dich nicht umgebracht hat."

„Ich weiß", sage ich leise. „Aber ich muss nach wie vor mit Marcelitis reden."

Paul legt den Kopf schräg. „Und wie willst du das anstellen?"

„Emma hat mir gesagt, dass ich ihn in Berlin finden kann."

„Und du hast wirklich vor, dich auf die Suche zu begeben?" Ich nicke. „Weiß jemand im Außenministerium darüber Bescheid?"

„Ich bat Emma, über die Botschaft eine Nachricht übermitteln zu lassen. Außerdem habe ich vom Bahnhof aus in England angerufen." Ich bringe es nicht fertig, Simon zu erwähnen.

„Und das Ministerium war einverstanden?"

„Ich habe ihnen keine Gelegenheit gegeben, sich zu äußern."

Paul schüttelt vehement den Kopf. „Marta, das ist doch verrückt! Prag war schon gefährlich, aber da hattest du wenigstens den Rückhalt der Botschaft." Viel Rückhalt war das nicht, überlege ich. „Aber allein nach Berlin zu reisen, um diesen Mann zu finden … Berlin ist ein noch gefährlicheres Pulverfass als Prag. Die Sowjets kontrollieren den Sektor, und sie reden davon, eine Blockade um die Stadt zu errichten. Das kann jeden Augenblick der Fall sein."

„Genau deshalb muss ich ja so schnell wie möglich dorthin."

„Und wie? Du sitzt hier im Norden der Tschechoslowakei fest, in einem Wald, Hunderte Kilometer von Berlin entfernt. Du hast dir den Knöchel verstaucht. Und sobald jemand merkt, dass Sergiev verschwunden ist, wird man dich noch erbarmungsloser jagen." Ich überlege, was ich ihm antworten soll. „Lass mich dir helfen, von hier wegzukommen. Ich kann dich über die Grenze nach Österreich und zur Botschaft in Wien bringen."

„Paul, es tut mir leid, aber ich muss tun, was ich mir vorgenommen habe."

Schweigend starrt er eine Weile vor sich hin. „Okay", meint er schließlich. „Aber wir müssen einen Weg finden, wie wir es unbemerkt bis nach Berlin schaffen."

„Wir? Du hast doch nicht etwa vor, mit mir zu kommen?"

„So wie es aussieht, kann ich dich nicht davon abhalten. Also bleibt mir nur noch, dir bei deinem Auftrag zu helfen und dich danach sicher nach Hause zu bringen."

Ich traue meinen Ohren nicht. „Du willst mir helfen, nach Berlin zu kommen?"

„Ja, schließlich verfolge ich damit auch meine eigenen Interessen. Wenn du Marcelitis ausfindig machst, hilft das auch den Amerikanern." Er klingt so, als wolle er sich das selbst einreden. „Ich könnte dann einen detaillierten Bericht über deine Aktivitäten liefern."

Darauf entgegne ich nichts. Ich weiß, dass er nur versucht, mich zu beschützen. Ein Teil von mir freut sich darüber. Paul wiederzusehen und zu wissen, dass es ihm gut geht, ist, als würde man mitten im Winter an einem wärmenden Feuer stehen. Ich möchte am liebsten nie wieder hinaus in die Kälte. Doch gleichzeitig habe ich Vorbehalte. Das hier ist *mein* Auftrag, ich muss nicht wieder von ihm gerettet werden. Aber er hat ja recht – ich kann seine Hilfe wirklich gut gebrauchen. „Also gut", willige ich schließlich ein. „Wie sollen wir also vorgehen?"

„Erst mal werde ich deinen Knöchel verbinden." Seine Hand fühlt sich warm an auf meiner Haut, als er den Verband um den Knöchel wickelt, das Ende der Binde festmacht und mir den Schuh wieder anzieht. „Kannst du gehen?"

Ich stehe auf und mache einen schmerzhaften Schritt nach vorn. Trotzdem behaupte ich: „Ja, es fühlt sich schon viel besser an."

„Okay, trotzdem solltest du den Fuß nicht zu sehr belasten." Er geht um mich herum, nimmt meinen Arm und legt ihn sich um die Schulter. „Am Waldrand liegt ein kleines Dorf", erklärt er, während wir die Höhle verlassen. „Wir müssen es bis dorthin schaffen und sehen, ob wir irgendein Transportmittel finden."

Schweigend durchqueren wir den Wald, das einzige Geräusch kommt von den Zweigen, die unter unseren Schuhen knacken. Während wir weitergehen, sehe ich Paul immer wieder an, weil ich fürchte, dass er sich plötzlich in Luft auflösen könnte. Nach einer Weile stehen die Bäume schon nicht mehr ganz so dicht, auf dem Waldboden entdecke ich Fußspuren, und es riecht nach Kaminrauch. Dann stoßen wir auf einen schmalen Weg, der bis zum Dorf führt. Am Ende einer hohen Hecke bleibt Paul stehen. „Und was jetzt?", frage ich im Flüsterton.

„Schhht", macht er und deutet auf eine Lücke in der Hecke. „Da rein mit dir."

„Ich soll mich im Gebüsch verstecken?" Er nickt, und ich ziehe mich in die Lücke zurück. „Ich hoffe für dich, dass es einen guten Grund hierfür gibt."

„Warte", sagt er und verschwindet um die Ecke, bevor ich etwas entgegnen kann. Plötzlich bekomme ich Angst, ich möchte nicht schon wieder von ihm getrennt sein, nicht mal für ein paar Minuten. Noch immer fällt es mir schwer, all die Dinge zu begreifen, die passiert sind. Paul ist hier, er lebt. Aber es ist nicht mehr so wie vor zwei Jahren in Salzburg und in Paris. Du hast jetzt Rachel, ermahne ich mich entschlossen. Und Simon.

Paul kommt zurück, und ich verlasse die schützende Hecke, um zu sehen, was er organisiert hat. Mein Blick wandert zwischen ihm und dem Fahrzeug hin und her. „Ist das dein Ernst? Ein Motorrad?“

„Keine Sorge, so eins bin ich früher zu Hause oft gefahren.“

„Aber …“

„Willst du nach Berlin oder nicht? Den Zug können wir nicht noch einmal nehmen, und ein Auto haben wir nicht. Das hier ist das Beste, was wir kriegen können.“

Dem habe ich nichts entgegenzusetzen. „Woher hast du es?“

„Ich habe es uns ausgeliehen. Vermutlich wird sich der Besitzer freuen, wenn er das Geld findet, das ich ihm dafür hingelegt habe – ungefähr das Dreifache von dem, was das Ding wert ist.“

Unwillkürlich muss ich an das Boot in Salzburg denken. Ich mache einen Schritt auf das Gefährt zu, dann jedoch bleibe ich stehen. „Paul, ich muss dir etwas sagen. Ich bin verheiratet.“

„Ich weiß.“

„Das weißt du?“ Ich sehe ihn verdutzt an. „Woher?“

„Geheimdienst“, antwortet er knapp. „Nachdem wir von deinem Auftrag erfahren hatten, trugen wir alle Informationen zusammen, die über dich zu bekommen waren.“

„Oh.“ Ich hatte gehofft, dass es ihn persönlich interessiert hätte und er daher nachgeforscht hat. „Ich wollte nur, dass du es weißt. Falls du mir hilfst, weil du vielleicht …“

„Ich helfe dir, weil das meinem Land nützt, weiter nichts.“ Er räuspert sich. „Allerdings kann ich nicht fassen, dass dein Mann zulässt, dass du dich auf eine so gefährliche Mission begibst.“

„Er hat gar nichts *zugelassen*“, korrigiere ich ihn. „Ich habe darauf bestanden, es war ganz allein meine Entscheidung.“

Er zuckt mit den Schultern. „Wir müssen los."

Ich berühre das Motorrad. „Läuft es überhaupt?"

„Das werden wir gleich wissen. Ich wollte es nicht im Dorf ausprobieren." Er setzt sich auf den Sitz und tritt den Hebel nach unten. Der Motor stottert einen Moment, dann erwacht er zum Leben. „Komm", sagt er und klopft auf den hinteren Teil der Sitzbank. „Einen Beiwagen gibt es hier nicht. Du musst dich gut an mir festhalten. Und jetzt beeil dich, bevor man auf uns aufmerksam wird." Ich hebe den Rocksaum an und klettere etwas ungelenk auf den Sitz. Paul nimmt meine Arme und zieht sie sich um die Taille. Ich halte mich an ihm fest und fühle unter dem Mantel das Spiel seiner Muskeln. Als wir losfahren, beuge ich mich weit nach vorn und drücke meine Wange an seinen breiten Rücken, während ich versuche, nicht zu denken und einfach nur dankbar dafür zu sein, ihm wieder so nah sein zu dürfen.

# 21. KAPITEL

Ich hebe den Kopf und sehe über Pauls Schulter, als er vom Gas geht, das Motorrad ausrollen lässt und es auf die Seite lenkt. Seit Stunden sind wir jetzt so unterwegs, immer nur auf schmalen Nebenstraßen, die sich durch die hügelige, schneebedeckte Landschaft ziehen. Hin und wieder sind wir an einem Haus vorbeigefahren, noch seltener haben wir unterwegs ein Auto gesehen. „Stimmt was nicht?", frage ich ihn beunruhigt.

Er sieht über die Schulter zu mir. „Nein, alles in Ordnung. Wir sind kurz vor Berlin, aber es ist noch nicht mal sechs Uhr, und ich möchte lieber erst in die Stadt fahren, wenn es dunkler ist. Hast du Hunger?" Ich nicke. Seit dem Hefeteilchen tags zuvor habe ich nichts mehr gegessen. „Wir sind vor ein paar Kilometern an einer Wirtschaft vorbeigekommen. Wenn du willst, machen wir kehrt und essen zu Abend."

Paul wendet das Motorrad und fährt gemächlich zurück. Bislang hatte er auf dieser Fahrt nur einmal angehalten, um kurz vor der Grenze einen Bogen um den Grenzübergang zu machen. Mein Herz raste vor Nervosität, als wir das Motorrad durch den Wald schoben, immer wieder Zweige unter uns knackten und ich jede Sekunde damit rechnete, dass man uns entdecken würde. Ich hatte solche Angst, dass ich meinen schmerzenden Knöchel kaum bemerkte. Aber nur eine halbe Stunde später waren wir unbehelligt zurück auf der Straße, diesmal auf der deutschen Seite.

Stundenlang habe ich mich an Paul festgeklammert, während er mich mit seinem breiten Körper vor dem Fahrtwind abschirmte. Dabei kamen mir immer wieder die bohrenden Fragen ins Bewusstsein, die mich schier zu erdrücken drohen. Jahrelang habe ich um Paul getrauert, der schreckliche Verlust war Teil meines Lebens. Wieso habe ich nicht gespürt, dass er irgendwo da draußen ist? Dass er überlebt hat? Wie ist es möglich, dass er jetzt wieder hier ist, dass er zum unwahrscheinlichsten Zeitpunkt am unwahrscheinlichsten Ort auftaucht und in mein Leben zurückkehrt? Ich versuche die Gedanken zu verdrängen, um mich daran zu erfreuen, dass ich die Gelegenheit bekommen habe, noch einmal mit ihm zusammen zu sein. Insgeheim fürchte ich immer noch, dass er sich als Halluzination entpuppen könnte und sich vor meinen Augen in Luft auflöst.

Wir halten vor dem kleinen Lokal, Rauch steigt aus dem Schornstein. Paul hilft mir vom Motorrad, dabei ruht seine Hand länger als nötig auf meiner Schulter. Ich reagiere mit einem Schaudern, das noch stärker ist als die Reaktion, die er früher bei mir auslöste. „Entschuldige“, murmelt er und nimmt die Hand weg. Ich nicke und gehe zur Tür, Paul ist nur einen halben Schritt hinter mir, so als hätte er seinerseits Angst, *ich* könnte spurlos verschwinden.

Im Lokal zähle ich ein Dutzend Tische, nur einer ist von ein paar Männern in Jagdbekleidung besetzt. „Ich bin gleich zurück“, sage ich, als ich das Schild entdecke, das den Weg zu den Toiletten weist. Als ich zurückkomme, sitzt Paul an einem Tisch in der Ecke, von den Jägern so weit wie möglich entfernt. Vor ihm stehen zwei Krüge mit Bier.

„Ich habe etwas zu essen bestellt“, lässt er mich wissen.

„Wie denn das? Ich dachte, du sprichst kein Deutsch.“

„In den letzten Jahren habe ich das ein oder andere aufgeschnappt.“ Er schiebt mir einen Krug zu. „Komm, lass uns anstoßen.“

„Worauf? Auf den Erfolg unserer Mission?“

„Nein“, antwortet er hastig. „Das bringt Unglück. Einer der Jungs aus der Einheit hat am letzten Abend in Paris auf uns alle angestoßen. Und du weißt ja, was passiert ist.“ Ein Schatten huscht über sein Gesicht.

„Tut mir leid.“

Er schüttelt den Kopf. „Auf dich und dein Lebensglück“, sagt er stattdessen.

Glück? Glück wäre es gewesen, wenn ich dich vor Jahren ausfindig gemacht hätte, anstatt zu glauben, dass du tot bist!, möchte ich erwidern. Stattdessen stoßen wir an und trinken einen Schluck. „Danke. Aber was ist mit deinem Lebensglück?"

Er zuckt mit den Schultern. „Was das bedeutet, weiß ich längst nicht mehr. Ich meine, es geht mir gut, ich versinke nicht im Selbstmitleid." Er zwinkert mir zu. „Eine hübsche junge Frau hat mir mal gesagt, dass ich das mit dem Selbstmitleid besser bleiben lassen sollte. Ich lebe. Und ich habe eine Aufgabe. Aber Glück? Das habe ich vor gut zwei Jahren in Paris zurückgelassen."

Plötzlich kommt es mir vor, als würde sich eine Hand um mein Herz legen und zudrücken. *Wenn ich dir so viel bedeutet habe, warum bist du dann nicht zu mir gekommen?* Bevor ich das aber fragen kann, kommt eine stämmige Frau an unseren Tisch und stellt zwei tiefe Teller ab. Es ist schlichte Hausmannskost: herzhafter Eintopf mit Fleischeinlage, dazu etwas Brot. Als die Frau wieder gegangen ist, sehe ich Paul unsicher an. Vielleicht sollte ich ihn besser nicht fragen, womöglich wird mir die Antwort nicht gefallen.

Lautes Gelächter von dem anderen Tisch reißt mich aus meinen Gedanken, und mir läuft eine Gänsehaut über den Rücken. In unserem Bemühen, die Grenze zu überqueren, habe ich für eine Weile tatsächlich vergessen, wohin ich unterwegs bin. Das hier ist Deutschland, und diesmal bin ich nicht nur auf der Durchreise. Diesmal bin ich unterwegs nach Berlin, dem Machtzentrum der Nazis. Ich mustere die Jäger und frage mich, was sie wohl während des Krieges gemacht haben. Kämpften sie für ihr Land, töteten sie auf Befehl ihres Führers Juden in Konzentrationslagern?

„Und wie sieht dein Plan aus?", fragt mich Paul. Ich drehe mich zu ihm, seine Frage ist eine willkommene Ablenkung. „Was geschieht, wenn wir in Berlin sind?"

Ich zögere mit meiner Antwort. Ich hatte es so eilig, aus Prag wegzukommen, dass ich mir bislang noch gar keine Gedanken darüber gemacht habe. „Ich weiß nicht so genau", gestehe ich. „Ich würde sagen, wir suchen nach der Oranienburger Straße, dann sehen wir uns da um, ob wir Marcelitis' Wohnung finden, und schließlich überreden wir ihn, sich mit uns zu unterhalten."

„Und wenn er nicht zu Hause ist?", fragt Paul weiter. „Oder wenn er da ist, aber nicht mit uns reden will?"

„Keine Ahnung", kann ich nur zurückgeben und beginne mich über seine Fragen zu ärgern. „Warum setzt du mir so zu?"

„Weil ich dich bitten möchte, noch einmal darüber nachzudenken. Du bist die Frau eines Diplomaten, Marta, keine verdammte Spionin." Ich wende mich ab, weil ich mich zu verletzt fühle. Paul hat einen schroffen Ton angeschlagen, den ich von ihm nicht kenne. „Ich weiß, du hast während des Krieges unglaublich mutige Dinge getan. Aber jetzt ist das eine andere Situation. Du hast eine Tochter." *Du auch,* möchte ich am liebsten sagen, damit er endlich die Wahrheit über Rachel erfährt. Aber das kann ich nicht, zumindest nicht jetzt. „Du musst ihretwegen an deine Sicherheit denken. Wenn wir erst einmal in Berlin sind, gibt es kein Zurück mehr. Und wenn die Russen ihre Drohung wahr machen und die Stadt blockieren, kommen wir nicht mehr von dort weg. Warum lässt du mich das nicht für dich erledigen?"

„Ich werde Marcelitis finden", beharre ich.

Paul kratzt seinen Teller aus. „Warst du schon immer so stur?"

„Es ist fast dunkel", stelle ich fest und trinke mein Bier aus. „Wir sollten jetzt gehen."

Draußen begeben wir uns zum Motorrad. Paul will mir ungeschickt aufhelfen, und plötzlich ist der Moment wieder da: das Gefühl, als würde ein elektrischer Funke auf mich überspringen. Ich sehe hoch, und unsere Blicke treffen sich. Sein Gesicht ist dicht vor meinem, ich spüre seinen warmen Atem auf der Stirn. „Marta“, sagt er leise und lässt den Kopf ein wenig sinken. Ich kann mich nicht zurückhalten und strebe mit dem Mund seinen Lippen entgegen – doch dann sehe ich mit einem Mal Rachel vor mir.

Ich weiche zurück. „Paul, hör auf. Ich kann nicht.“

Forschend sieht er mich an, er wirkt verletzt und verwirrt. „Liebst du ihn?“, fragt er.

„Was?“, gebe ich zurück.

„Deinen Ehemann … liebst du ihn?“

Schon wieder diese Frage, denke ich und werde an Emma erinnert. „Ich habe ihn geheiratet“, erwidere ich schließlich.

„Und ich?“, hakt er nach. „Ich weiß, dass du noch etwas für mich empfindest, Marta. Ich kann es fühlen.“

Ich beiße mir auf die Lippe. „Würde es etwas ändern, wenn es so wäre?“

„Nein, natürlich nicht“, antwortet er rasch und weicht meinem Blick aus. Sekundenlang schweigen wir beide.

„Es tut mir leid, wenn du mir deswegen nach Prag gefolgt bist“, sage ich.

Er schüttelt den Kopf. „Ich bin dir gefolgt, weil es mein Job ist.“ Aber sein schmerzhafter Tonfall sagt etwas ganz anderes. Ich betrachte sein Gesicht, während er in die Ferne blickt.

„Aber warum …“ Ich unterbreche mich, dann fange ich noch einmal von vorn an: „Warum bist du nicht früher zu mir gekommen? Nachdem du wieder gesund warst?“

„Ist das wichtig?“ Sein Blick ist leer, seine Miene so verbittert, wie ich es noch nie bei ihm erlebt habe.

Ich berühre seinen Arm. „Paul, ich …“

Doch er dreht sich weg von mir. „Konzentrieren wir uns lieber darauf, Marcelitis zu finden“, bemerkt er abweisend. „Danach kannst du endlich heimkehren.“

Als ich mich hinter ihm aufs Motorrad setze, merke ich, wie wütend er ist. Und eifersüchtig. Verärgerung und Trotz regen sich in mir. Es ist nicht fair, dass er mir meine Entscheidungen vorwirft! Er war tot, zumindest hielt ich ihn für tot. Es ist ja nicht so, als hätte ich einem anderen Mann den Vorzug gegeben. Einmal mehr überkommt mich das Verlangen, ihm die Wahrheit über Rachel zu sagen. Aber würde diese Wahrheit nicht noch alles schlimmer machen? Bevor ich darüber gründlich nachdenken kann, startet Paul den Motor, und wir fahren los. Wieder schlinge ich die Arme um ihn, sobald wir zurück auf der Straße sind.

Eine Stunde später erreichen wir die Außenbezirke von Berlin. Hier sieht es so aus, als wäre der Krieg erst gestern zu Ende gegangen, denke ich, als wir durch die Straßen fahren. Die Stadt liegt in Trümmern, überall kann man die Folgen der Bombardierungen sehen. Ganze Straßenzüge sind verwüstet. Paul kommt nur langsam voran, da er mal einem Bombentrichter, mal einem Schutthaufen ausweichen muss. In der Luft hängt ein Geruch, als wäre etwas verkohlt. Obwohl es erst früher Abend ist, herrscht auf den Straßen beängstigende Stille. In den wenigen erhaltenen Häusern ist alles dunkel, sodass es mir hier vorkommt wie im einstigen jüdischen Viertel von Kraków, nachdem man alle Bewohner verschleppt hatte. Ich sehe immer noch die Bilder vor mir, wie Gardinen aus eingeschlagenen Fensterscheiben wehen, und ich höre, wie bei jedem Schritt Glassplitter unter meinen Schuhsohlen knirschen.

Eine perverse Befriedigung regt sich in mir. Dann müssen die Deutschen also auch leiden. Gut so, denke ich und klammere mich fester an Paul. Wir fahren vorbei an einem Haus, von dem nur noch die Grundmauern stehen. Ich erkenne eine Frau mit drei kleinen Kindern, in der Nähe einen Mann, der eben einen Stuhl zerlegt – vermutlich für Brennholz. Das kleinste Kind, ein Junge von höchstens fünf Jahren, bemerkt uns und betrachtet uns mit großen Augen. Der Junge ist fast so abgemagert, wie ich es im Lager gewesen bin. Einen Moment lang überlege ich, ob er wohl zu uns laufen wird, um uns anzubetteln. Doch dann eilt der Mann zu ihm, zieht ihn zurück und schimpft mit ihm. Diese Kinder sind wie die, die wir vor langer Zeit in Paris gesehen haben, Kinder wie die auf der Fähre, mit der ich nach England übersetzte. Kinder wie Emmas Söhne. Das sind nicht die Deutschen, wie ich sie mir vorgestellt hatte. Meine Befriedigung verebbt gegen meinen Willen, stattdessen spüre ich nun einen Kloß im Hals.

Es ist so gut wie dunkel, als wir die Stadtmitte erreichen. Auf den Fußwegen sehe ich nun mehr Passanten, aber auf den Straßen sind außer einigen Bussen kaum Fahrzeuge unterwegs. „Nicht viele Autos", stelle ich fest.

„Nur wenige Leute können sich momentan ein Auto leisten", erklärt mir Paul. „Wir sollten das Motorrad loswerden, sonst machen wir nur unnötig auf uns aufmerksam." Er hält am Straßenrand und lässt mich absteigen. „Warte hier", sagt er und fährt um die nächste Ecke. Ich stehe unterdessen auf dem Fußweg und beobachte die Passanten, blasse, abgemagerte Menschen, die schweigend an den Ruinen vorbeigehen, den Blick auf den Boden gerichtet. „Bist du so weit?", fragt Paul, der plötzlich wieder hinter mir steht. Zielstrebig führt er mich durch die Stadt, biegt mal nach links, mal nach rechts ab.

„Weißt du, wohin wir gehen müssen?", frage ich leise.

Er nickt. „Ich war in den letzten Monaten ein paarmal hier."

„Diese Zerstörung …" Ich deute rings umher. „Ich hatte keine Ahnung, dass es so schlimm ist."

„Dann hättest du mal vor einem Jahr herkommen sollen", erwidert er. „Sie fangen langsam mit dem Wiederaufbau an. Aber das wird noch sehr lange dauern." Wir biegen um die nächste Ecke. „Da wären wir. Oranienburger Straße." Die rechte Seite wird von einem gewaltigen Kuppelbau beherrscht. „Das ist die Neue Synagoge", lässt er mich wissen, als wir uns dem Gebäude nähern. Ich sehe nach oben, ohne etwas zu entgegnen. In unserem Dorf bestand die Synagoge aus einem einzelnen Zimmer, das nicht größer war als unser Haus. Ein schlichter Vorhang teilte den Bereich ab, in dem die Frauen saßen. Unsere Synagoge in London ist schon deutlich größer, wirkt aber im Vergleich zu diesem Bauwerk winzig. Die Backsteinfassade erstreckt sich weit in die Höhe, darauf thront eine ausladende Kuppel. Zwei schmalere Türme im gleichen Stil flankieren das Bauwerk zu beiden Seiten. Allerdings befindet sich die Synagoge in einem erbärmlichen Zustand. So fehlt die gesamte Ostwand des Gebäudes, der Bereich über dem Haupteingang ist schwarz von Ruß.

Mir fällt ein, dass es Freitagabend ist. Vor dem Krieg müssen sich um diese Zeit Hunderte von Juden für die Sabbat-Gebete in der Synagoge aufgehalten haben, doch jetzt herrscht gespenstische Stille. Betrübt frage ich mich, ob überhaupt noch Juden in Berlin leben. „Wir sollten weitergehen", drängt Paul leise und schaut beiläufig über die Schulter. Ich folge seinem Blick und entdecke einen Mann, der auf der anderen Straßenseite seinen Hund ausführt und uns neugierig beobachtet. Hat er uns verfolgt? Nein, der Mann wird sich lediglich wundern, warum wir uns so interessiert die Synagoge ansehen. Wir gehen weiter, bis Paul bemerkt: „Er ist weg."

Ich drehe mich um und entdecke auf der gegenüberliegenden Straßenseite eine winzige Buchhandlung in einem Wohnhaus. „Das muss es sein."

Als wir uns dem Geschäft nähern, fasst mich Paul am Arm. „Hier entlang", flüstert er und zieht mich in eine schmale Gasse, die zwischen diesem und dem nächsten Gebäude verläuft. Wir gelangen zu einer Holztür, in die im oberen Bereich ein kleines Fenster eingelassen ist. Paul stellt sich auf die Zehenspitzen, um einen Blick durch die Scheibe zu werfen. „Sieht nach einer Art Vorraum aus. Die Wohnung muss sich im ersten Stock befinden."

Mir fällt eine Klingel gleich neben der Tür auf. „Riskieren wir's", sage ich und drücke. Nichts geschieht. „Vielleicht ist die Klingel defekt." Ich versuche es noch einmal.

Unterdessen hält Paul ein Ohr an die Tür. „Es läutet, das kann man deutlich hören. Aber es kommt niemand. Tja, was willst du jetzt machen?"

„Wir dürfen nicht aufgeben", erkläre ich nach kurzem Zögern. „Wir müssen Marcelitis sprechen." Ich drücke die Türklinke nach unten, und tatsächlich: Die Tür lässt sich öffnen. Der winzige Vorraum wird von einer einzelnen nackten Glühbirne dürftig beleuchtet, von den Wänden blättert die Tapete ab. „Hallo?", rufe ich und trete ein. Ich höre den Widerhall meiner Stimme. Paul zeigt auf eine schmale Wendeltreppe, die nach oben führt. Bei jedem Schritt ächzen die Stufen. Oben angekommen, gelangen wir in einen Korridor, der zu einer geöffneten Tür führt. „Hallo", rufe ich abermals. Beim Näherkommen sehe ich, dass der Rahmen gesplittert ist und eines der Scharniere herausgebrochen wurde. Unbehagen überkommt mich. Jemand ist hier eingebrochen.

Paul fasst mich an den Schultern und stellt sich vor mich. Erst jetzt fällt mir auf, dass er seine Waffe gezogen hat. „Warte hier", flüstert er und geht weiter. Er betritt die Wohnung und verschwindet aus meinem Blickfeld. „Oh nein …"

„Was ist los?" Ich halte es nicht länger aus und folge ihm. „Ach, du meine Güte …" Die kleine Wohnung ist völlig verwüstet. Ein braunes Sofa hat man umgeworfen und die Polster aufgeschnitten. In der Küche liegen zerbrochenes Glas und Geschirr auf dem Boden.

Paul läuft zu einem Sekretär in einer Ecke des Raums. Papiere sind auf dem Tisch und dem Boden verstreut. „Das hier ist Marcelitis' Wohnung“, stellt er fest, als er einen Zettel aufhebt und begutachtet. „Ich würde sagen, die Polizei hat ihm einen Besuch abgestattet.“

Ich gehe in die Küche, auf dem Tisch sehe ich eine umgekippte Kaffeetasse, die braune Brühe hat sich auf der Tischplatte verteilt. „Der Kaffee ist noch ein bisschen warm“, rufe ich, nachdem ich eine Fingerspitze in die Flüssigkeit getunkt habe. „Denkst du, Marcelitis wurde festgenommen?“ Paul nickt, als ich wieder zu ihm komme. „Glaubst du, das war wegen des …?“, setze ich zum Reden an, verstumme aber, als ich sehe, wie Paul die Schublade des Sekretärs durchsucht und sich auf den Boden kniet, um die Dielen abzuklopfen. „Was machst du da?“

„Ich suche den Dechiffrierer“, erwidert er und rutscht weiter über den Boden.

„Glaubst du, er würde ihn hier verstecken?“

„Ich glaube, an seiner Stelle würde ich …“ Er hält inne, holt ein Taschenmesser aus dem Mantel und beginnt, eines der Dielenbretter herauszuhebeln. Als er das Brett wegzieht, stelle ich mich zu ihm und entdecke einen Hohlraum unter dem Fußboden. „Aha!“, ruft er und holt mehrere gefaltete Blätter hervor, dann greift er wieder hinein, macht aber einen Augenblick später eine enttäuschte Miene.

„Kein Dechiffrierer?“, frage ich, und er schüttelt den Kopf. Stattdessen faltet er die Papiere auseinander und überfliegt sie. Er drückt das Brett zurück in die Lücke und klopft es fest. Dann steht er auf, die Blätter noch immer in der Hand.

„Was willst du damit machen?“

„Die werde ich mitnehmen, wir können sie nicht hierlassen. Diese Unterlagen enthalten wichtige Informationen über Marcelitis' Arbeit, und ich möchte nicht, dass sie der Polizei in die Hände fallen, wenn die noch einmal herkommt.“

„Das verstehe ich nicht. Warum sollten sie …?“ Dann wird mir klar, dass er glaubt, dass die Polizei uns erneut verfolgt. Eine Gänsehaut läuft mir über die Arme.

Er steckt die Papiere ein und kommt zu mir. „Lass uns von hier verschwinden. Wenn wir erst draußen sind, können wir weiter reden.“ Plötzlich ist hinter der Tür auf der gegenüberliegenden Seite des Zimmers ein Rascheln zu hören. Ruckartig drehen wir uns um. Jemand hält sich in der Wohnung auf! Da ist das Geräusch schon wieder, diesmal etwas lauter. Ich halte gebannt den Atem an, während Paul zu der Tür geht und seine Waffe hochhält. Er reißt die Tür auf, und zum Vorschein kommt – eine kleine Katze, die uns beide ohne großes Interesse anschaut.

Erleichtert lehne ich mich gegen den Tisch und atme aus. „Eine Katze.“

„Diesmal ja“, bestätigt Paul. Er bückt sich und hebt das schmächtige Tier hoch, dabei nimmt seine Miene einen sanfteren Zug an. „Sie sieht hungrig aus.“ Unwillkürlich muss ich an Delias wohlgenährten Kater Ruff denken. Paul sieht im Küchenschrank nach. „Nichts da …“ Doch dann entdeckt er eine Flasche Milch. Er nimmt ein Schälchen, gießt etwas Milch hinein und setzt die Katze behutsam ab. „Armes Ding“, sagt er, während er zusieht, wie das Tier gierig die Milch aufleckt. „Lass uns gehen“, meint er dann zu mir.

„Ich wusste gar nicht, dass du Katzen magst“, bemerke ich beiläufig, als wir die Treppe hinuntergehen.

„Katzen, Hunde, egal, ich mag alle Tiere. Ich bin auf einer Farm aufgewachsen, und da hatten wir alle möglichen Tiere.“

Als wir wieder auf der Straße stehen, ist die mittlerweile fast menschenleer, die wenigen Passanten eilen mit gesenktem Blick und hochgestelltem Mantelkragen an uns vorbei. Ich schaue durch die Fensterscheibe in den Buchladen. Ein hagerer Mann mit schütterem Haar steht an einem Tresen über ein Buch gebeugt. Durch seine Nickelbrille sieht er kurz zu mir, dann konzentriert er sich wieder auf seine Lektüre. Ich deute auf den Mann. „Vielleicht hat er ja was gesehen."

Aber Paul schüttelt den Kopf. „Selbst wenn er noch nicht zu sehr eingeschüchtert wurde, um mit uns zu reden – was sollte er uns sagen? Dass er sah, wie die Polizei einen Mann mitnahm? Wir lenken nur unnötig Aufmerksamkeit auf das, was da oben passiert ist."

„Ich glaube, das hat sowieso jeder hier mitbekommen. Da wird es nichts ausmachen, wenn wir ein paar Fragen stellen", erwidere ich. „Einen Versuch ist es wert."

„Nun gut, aber ich werde fragen gehen", lenkt Paul schließlich ein. „Warte du hier." Er sieht nach links und rechts, dann betritt er das Geschäft. Der Buchhändler reagiert erschrocken, als er Paul hereinkommen sieht. Paul redet mit ihm, und der Mann wird sichtlich ruhiger, sagt etwas und zeigt dabei nach rechts. Gleich darauf verlässt Paul das Geschäft und kehrt zurück zu mir. „Komm, lass uns gehen." Er führt mich um die Ecke, und wir gehen wieder so selbstverständlich nebeneinander her wie zuletzt in Paris. Mir kommt es so vor, als wäre das erst gestern gewesen, als hätte es die letzten Jahre gar nicht gegeben.

Ich folge ihm bis zu einem Lokal und sehe ihn verwundert an, als er mir die Tür aufhält. „Wir müssen uns unauffällig unter die Leute mischen", erklärt er. Im Lokal herrscht überraschend festliche Stimmung, eine wohltuende Abwechslung zu der trostlosen Atmosphäre draußen. Kerzen und ein paar Blumen sorgen für ein wenig Schmuck. An einer Theke drängeln sich die Gäste, trinken etwas und unterhalten sich angeregt. Von weiter weg höre ich Pianomusik. Wie sah es hier wohl während des Krieges aus? War das Lokal ein Treffpunkt ausschließlich für die Nazis, so wie in Kraków? Oder ist es ein ganz normales Lokal gewesen, das ganz gewöhnliche Berliner besuchten, um für eine Weile ihre Sorgen zu vergessen?

Paul dirigiert mich durch die Menge zu einem Tisch im hinteren Teil des Lokals. „Warte kurz“, sagt er und taucht in der Menge unter. Wie benommen setze ich mich hin, wenige Minuten später kehrt er mit zwei Gläsern Bier an den Tisch zurück. „Und? Was hat der Buchhändler gesagt?“, frage ich und reibe mir die Hände, um sie aufzuwärmen.

„Weitestgehend das, was wir erwartet haben. Vor nicht mal einer Stunde wurde jemand verhaftet. Wir können wohl davon ausgehen, dass es Marcelitis war.“ Er holt wieder die flache Flasche aus seiner Tasche und nimmt einen hastigen Schluck.

Diesmal kann ich es mir nicht verkneifen. „Du trinkst wieder?“, frage ich und bemühe mich um einen ruhigen Tonfall.

„Ja.“ Er lässt keine Erklärung folgen, sondern hebt die Flasche fast provozierend ein zweites Mal.

Ich überlege, ob ich noch etwas sagen soll. Der Unfall und alles, was seitdem geschehen ist, scheint aus ihm einen anderen Mann gemacht zu haben. Aber es ist nicht an mir, Erklärungen zu verlangen. Ich bin mir nicht mal sicher, ob ich ihn überhaupt noch kenne. Ich nippe an meinem Bier. Es schmeckt bitter. „Glaubst du, die Verhaftung hatte etwas mit uns zu tun?“, frage ich stattdessen.

„Könnte gut sein. Jahrelang konnte Marcelitis den Sowjets entwischen. Irgendjemand muss erfahren oder zumindest geahnt haben, dass du nach Berlin willst.“

„Aber das erklärt noch nicht, wie sie an Marcelitis' Adresse kamen und vor uns hier eintreffen konnten“, wende ich ein.

„Richtig. Marcelitis' Adresse hast du von deiner Freundin Emma erhalten, nicht wahr?“

Ich nicke. „Aber sie würde solche Informationen niemals verraten!“ Noch während ich das sage, befällt mich Unbehagen. Emma würde reden, wenn man ihre Kinder bedrohen würde. Ob die Polizei ihr abermals einen Besuch abgestattet hat?

„Wer kommt sonst noch infrage?“

„Ich habe es Simon am Telefon gesagt.“ Als ich den Namen meines Ehemanns erwähne, sieht Paul mich an, als hätte ich ihn geohrfeigt. „Aber ich habe ihn vom Bahnhof aus angerufen, daher bezweifle ich, dass uns jemand belauscht hat“, schiebe ich rasch hinterher. „Und ich habe Emma gebeten, die Adresse zur Botschaft zu bringen. Aber ich weiß natürlich nicht, ob es ihr gelungen ist.“ Ein pochender Schmerz setzt sich in meinem Kopf fest. „Aber das ist jetzt auch egal. Marcelitis ist weg.“ Mutlosigkeit überkommt mich. „Wären wir doch bloß nicht zu diesem Lokal zurückgefahren …“

„Marta, hör auf damit. Hätten wir Marcelitis früher aufgesucht, wären wir der Polizei in die Arme gelaufen und verhaftet worden. Es führt zu nichts, wenn du dir Vorwürfe machst.“

„Ja, ich weiß“, erwidere ich leise. „Aber ich dachte, ich komme nach Berlin und …“ Meine Augen beginnen zu brennen. „Was habe ich eigentlich geglaubt, wer ich bin?“ Ich versuche noch, meine Tränen zurückzuhalten, doch es ist zu spät.

„Hey.“ Paul beugt sich vor, hebt mein Kinn und wischt mir sanft die Tränen fort. Unsere Blicke begegnen sich, und in diesem Moment erkenne ich, dass er noch immer der Mann ist, den ich einmal geliebt habe.

Ich ziehe die Schultern zurück. „Entschuldige, ich wollte nicht gefühlsduselig werden.“

„Ist schon okay.“ Er zieht die Hand weg und zögert kurz. „Da ist noch etwas, aber das sollte ich dir wahrscheinlich gar nicht sagen …“

„Was?“

„Der Buchhändler erwähnte, Marcelitis sei in einem ganz

normalen Polizeiwagen weggebracht worden.“ Ich lege den Kopf ein wenig schräg, da ich nicht verstehe, worauf er hinaus will. „Es war also die Polizei, die ihn abgeholt hat, nicht irgendein Geheimdienst. Das dürfte bedeuten, dass er hier in der Stadt festgehalten wird und wohl erst morgen den Sowjets übergeben wird.“

„Aber wenn er in einer Zelle sitzt, ist es doch egal, wo und in welcher …“ Ich lasse den Satz unvollendet und starre Paul an. „Willst du damit sagen, wir sollen Marcelitis im Gefängnis besuchen?“

Er zögert. „Ich weiß gar nicht, warum ich dir das erzähle, Marta. Vor ein paar Stunden wollte ich dich noch überreden, das Ganze aufzugeben und nach Hause zu fahren. Und eigentlich finde ich immer noch, dass du genau das tun solltest.“ Er klopft auf seine Jackentasche. „Aber nachdem ich Marcelitis’ Aufzeichnungen gesehen habe, kann ich verstehen, warum das so wichtig ist.“

„Das heißt also, wir werden versuchen, ihm zu helfen?“

„Nicht *wir*“, gibt er sofort kopfschüttelnd zurück. „*Ich*. Ich kann es versuchen, aber ich lasse nicht zu, dass du dich daran beteiligst. Das ist zu gefährlich.“

„Du wirst das nicht ohne mich in Angriff nehmen! Das ist mein Auftrag.“

„Marta, sei doch vernünftig. Du würdest nur dein Leben aufs Spiel setzen. Denk an deine Tochter.“ Wieder muss ich mir verkneifen, ihm zu sagen, dass Rachel auch seine Tochter ist. „Außerdem“, fügt er grinsend hinzu, „habe ich mehr Übung darin, Menschen aus Gefängnissen zu holen, findest du nicht?“

Ich finde das gar nicht witzig. „Wie sieht dein Plan aus?“

Er überlegt kurz. „Ich bin mir ziemlich sicher, dass die Polizeiwache über einen Hinterausgang verfügt. Meist schieben nur ein oder zwei Männer Wache. Wenn ich hineingelange und einen von ihnen überwältige, ohne dass jemand davon etwas mitbekommt, dann haben wir eine Chance.“

Eine Chance, mehr nicht. „Du brauchst ein Ablenkungsmanöver“, gebe ich zu bedenken. „Ich könnte die Wache aufsuchen und behaupten, ich hätte meinen Ausweis verloren. Und dabei kann ich ein wenig mit den Männern flirten.“ Er macht eine missbilligende Miene. „Auf diese Weise sind die Leute abgelenkt, während du zu den Zellen gehst.“ Er will mir widersprechen, doch ich rede einfach weiter. „Komm schon, ich habe recht, und das weißt du. Du brauchst meine Hilfe.“

„Ich weiß nicht …“, gibt Paul zurück. „Was, wenn etwas schiefgeht?“

„Dann bin ich nur eine Frau, die mit einem Anliegen auf die Wache gekommen ist. Ich kann ohne Weiteres wieder gehen. Aber es würde viel ausmachen, was deine Chancen angeht, zu Marcelitis vorzudringen.“

Ich sehe Paul an, wie er angestrengt nach einem weiteren Gegenargument sucht. „Okay“, lenkt er schließlich ein. „Aber beim ersten Anzeichen, dass es Ärger geben könnte, verschwindest du sofort und gehst zur …“ Er bricht ab, da er den Satz nicht zu Ende führen kann. Ich weiß, er möchte mir sagen, dass ich mich zur Botschaft begeben soll. Aber wir befinden uns hier auf sowjetischem Gebiet, wir sind ganz auf uns allein gestellt. Hier gibt es keine sichere Zuflucht. „Sieh einfach zu, dass du irgendwie rauskommst, okay?“

„Okay. Wann werden wir beginnen?“

Ich folge seinem Blick zu der Uhr über der Theke. Es ist fast neun. „Bald, würde ich sagen. Die Nachtschicht beginnt vermutlich um zehn, danach werden sie hoffentlich nur noch in Minimalbesetzung arbeiten.“

Eine Stunde später stehen wir in einem Hauseingang nahe der Polizeiwache, einem schmucklosen Bau, der nicht viel größer ist als der Lebensmittelladen an einer beliebigen Ecke. „Da, jetzt ist Schichtwechsel“, raunt Paul und deutet auf drei

Polizisten, die aus dem Gebäude kommen. Sie entfernen sich von uns, ihre Stimmen werden allmählich leiser. „Du gehst vorne rein“, weist er mich an. „Da sollte jetzt nur eine Wachperson sein. Rede langsam und umständlich. Ich gehe hinten rum und versuche, die Arrestzelle ausfindig zu machen. Vermutlich ist die im Keller.“

„Und wenn die Hintertür verschlossen ist?“

„Ich komme schon rein“, versichert er mir. „Es gibt immer einen Weg.“

Das lässt mich kurz überlegen, welche Art von Aufträgen er wohl üblicherweise ausführt, seit er für den Geheimdienst tätig ist. „Wie viel Zeit soll ich schinden?“

„Mindestens fünfzehn Minuten, zwanzig wären ideal. Es sei denn, Marcelitis ist gar nicht hier, dann bin ich schnell wieder da.“

Bei seinen Worten schaudert mir. „Du glaubst doch nicht …“

„… dass sie ihn hergebracht haben, um ihn an Ort und Stelle zu erschießen?“ Er schüttelt den Kopf. „Das ist mehr als unwahrscheinlich.“ Ich will den Hauseingang verlassen, aber Paul hält mich zurück. „Marta, warte.“ Ich drehe mich zu ihm um und sehe, dass er mich forschend betrachtet. Einen Moment lang stelle ich mir die Frage, ob er versuchen wird, mich zu küssen. „Ich wollte dir nur sagen … für den Fall, dass etwas nicht nach Plan läuft …“ Weiter kommt er nicht.

Ich muss mich davon abhalten, seine Wange zu berühren. „Bringen wir's hinter uns.“

Er nickt. „Pass auf dich auf.“

Eilig überquere ich die Straße, dann bleibe ich am Eingang zur Wache stehen und schaue über die Schulter. Paul ist bereits verschwunden. Ich atme tief durch und öffne die Tür. Drinnen stehen zwei Schreibtische, an dem rechten sitzt ein stämmiger Mann und liest Zeitung. „Ja?“, fragt er, ohne aufzusehen.

„G-guten Abend“, stammele ich.

Beim Klang meiner Stimme hebt er den Kopf, betrachtet mich von oben bis unten, sein Desinteresse ist verflogen. „Guten Abend, Fräulein. Was kann ich für Sie tun?"

Ich zeige mich so aufgewühlt, wie ich nur kann. „Ich wollte meine Tante besuchen, da ist mir aufgefallen, dass mein Ausweis fort ist."

„Wollen Sie sagen, Sie haben ihn verloren? Oder wurde er gestohlen?"

„Gestohlen, glaube ich. Mein Geld ist auch weg."

„Dann müssen Sie ein Formular ausfüllen", sagt er, greift in eine Schublade und legt mir ein Blatt hin.

Ich nähere mich betont langsam dem Schreibtisch, um möglichst viel Zeit herauszuholen. „Ich bin Lola", beginne ich mit leiser Stimme und setze mich hin. „Wie heißen Sie?"

„Schobel."

„Nein, ich meine Ihren Vornamen", gebe ich zurück.

Als er stutzt, bekomme ich einen Schreck und fürchte, ich könnte zu weit gegangen sein. „Joseph", antwortet er dann aber und lächelt.

„Aha, Joseph", wiederhole ich. „Könnten Sie mir bitte auch einen Stift geben?" Als er mir den Stift gibt, sorge ich dafür, dass sich unsere Finger kurz berühren. Er zieht rasch die Hand zurück und beginnt, die Papiere auf seinem Schreibtisch zu sortieren.

Ich betrachte das Formular und fühle mich unwohl, nachdem ich mit Schobel zu schäkern versucht habe. Ob sich Emma genauso vorkam, als sie Kommandant Richwalder etwas vorspielte? Konzentrier dich, ermahne ich mich. Aus dem Augenwinkel sehe ich zu dem Mann, der nun wieder in seiner Zeitung liest. Dabei fällt mir auf, dass er dann und wann einen verstohlenen Blick auf mich wirft.

Während ich mich zwinge, ruhig und gleichmäßig zu atmen, widme ich mich dem Formular, doch nur eine Minute später hebe ich wieder den Kopf. Hinter den Schreibtischen führt eine geöffnete Tür in einen Korridor. Das muss der Weg in den Keller sein. Aber von Paul ist nichts zu entdecken. Ich schaue abermals auf das Formular und schreibe irgendetwas nieder. Plötzlich höre ich Schritte aus dem Korridor, ein zweiter Polizist kommt nach vorn, er ist älter als Schobel. „Was ist hier los?", fragt er.

Ich erstarre mitten in meiner Bewegung. Auf einen weiteren Polizisten war ich nicht gefasst. „Die junge Dame meldet den Diebstahl ihrer Papiere, Herr Hartwig."

„Füllt sie das Formular aus?" Schobel nickt. „Gut, dann sehe ich mal unten nach dem Rechten." Der Mann macht kehrt und verschwindet wieder in den Korridor.

Oh Gott! Wenn er nach unten geht, wird er auf Paul treffen. Spontan springe ich auf. „Entschuldigen Sie!", rufe ich dem Mann nach und gehe ein paar Schritte zwischen den Schreibtischen hindurch auf ihn zu.

Sichtlich ungehalten dreht er sich zu mir um. „Ja?"

Ich komme noch einen Schritt näher. „Nun, ich … ich wollte Sie und Herrn Schobel fragen, was ich denn jetzt tun soll, nachdem ich meinen Ausweis und mein Geld nicht mehr habe." Ich zwinge mich, langsam zu reden, damit Paul mehr Zeit hat.

„Herr Schobel wird Ihnen alles Nötige erklären. Wenn Sie mich jetzt entschuldigen wollen …"

„Aber ich möchte Sie beide fragen. Das heißt …" Ich halte inne, als ich hinter Hartwig eine Bewegung im Korridor ausmache. Pauls brauner Mantel zuckt vorbei und ist schon wieder weg. Ich muss Hartwig dazu bringen, mir eine längere Antwort zu geben. „Ich will sagen, das ist …" Wieder breche ich ab, und als der Mann zu ahnen beginnt, dass ich ihn hinzuhalten versuche, dreht er sich abrupt um. Doch der Flur ist schon wieder leer.

„Fräulein, ich muss Sie bitten, sich wieder zu setzen und sich von meinem Kollegen helfen zu lassen."

Wenn ich mich setze, geht Hartwig in den Keller und trifft auf Paul. „Aber bestimmt können Sie mir viel besser helfen, immerhin haben Sie mehr Erfahrung …"

Hartwig zieht misstrauisch die Brauen zusammen. „Wo wohnt Ihre Tante?"

„Wie bitte?"

„Ihre Tante hier in Berlin, die Sie besuchen wollen. Wie lautet ihre Adresse?"

Verzweifelt suche ich nach einer passenden Antwort, schließlich sage ich: „Ringlerstraße sieben." Es ist der einzige Straßenname, der mir in diesem Moment einfallen will, den ich auf dem Weg durch die Stadt gelesen habe. Die Hausnummer ist pure Erfindung.

Als ich sehe, wie sich Hartwigs Miene verändert, weiß ich, dass ich einen Fehler gemacht habe. „Das ist völlig unmöglich, Fräulein. Die Häuser in der Ringlerstraße sind seit den Bombennächten vollständig unbewohnbar." Gleichzeitig packt er mein Handgelenk. „Und jetzt erzählen Sie mir, warum Sie wirklich hier sind."

Panik überkommt mich. „Ich … ich verstehe nicht", stammele ich. „Ich sagte doch bereits, mir wurde mein Ausweis gestohlen und …"

„Keine sehr überzeugende Geschichte", fährt mir der Mann über den Mund. „Warum sind Sie wirklich hier?"

Schobel steht auf. „Vielleicht ist sie ja wegen unseres Besuchers hier."

„Darüber sollen wir nicht reden", fährt Hartwig ihn schroff an.

„Ich … ich weiß nichts von einem Besucher", behaupte ich.

„Sie können uns viel erzählen." Er dreht sich zu Schobel um. „Nehmen Sie sie fest."

„Sie wollen mich festnehmen? Aber ich habe doch gar nichts getan!"

Schobel kommt murrend auf mich zu. „Ich habe ja gleich gesagt, wir brauchen mehr Leute, solange Marcelit…“

„Darüber reden wir nicht!“, herrscht Hartwig ihn erneut an.

„Na, ich dachte, sie weiß doch sowieso schon, um wen es geht“, gibt Schobel kleinlaut zurück, während er die Handschellen hervorholt.

„Warten Sie doch, bitte …“, versuche ich Zeit zu schinden. Paul sagte, beim ersten Anzeichen von Schwierigkeiten solle ich das Weite suchen. Ich überlege, ob ich mich losreißen und nach draußen rennen soll, aber dann wird mir klar, dass ich mich gegen diese beiden Männer niemals zur Wehr setzen könnte.

Plötzlich höre ich ein Geräusch aus dem Korridor. „Was i…“, beginnt Hartwig und dreht sich um.

Paul steht mit gezogener Waffe in der Tür. „Lassen Sie sie los“, sagt er ruhig. Hartwig zögert und überlegt, was er tun soll. Kann ich es wagen, mich von ihm loszureißen? Auf einmal greift er nach seiner Pistole und richtet sie auf Paul. „Nicht!“, schreie ich. Ein Schuss peitscht durch die Luft, und dann sehe ich, wie Hartwig mit aufgerissenen Augen zu Boden sinkt.

Sofort zielt Paul auf Schobel. „Lassen Sie sie gehen.“ Ich spüre, wie der jüngere Polizist heftig zittert. „Wir wollen Ihnen nichts tun“, spricht Paul weiter und kommt langsam näher. Schließlich tritt Schobel zurück. „Hände auf den Rücken“, fordert Paul ihn auf, dann sieht er zu mir. „Ich habe für die Hintertür länger gebraucht als erwartet. Bist du unverletzt?“ Ich nicke und bemerke gleichzeitig seinen prüfenden Blick, ob das auch wahr ist. „Leg ihm die Handschellen an.“

Ich befolge seine Anweisung. „Was sollen wir mit ihm machen?“

„Wir sperren ihn unten ein.“

„Warst du schon unten?"

Paul schüttelt den Kopf. „Ich musste mich ja erst um dich kümmern."

„Danke", antworte ich nur. Ich sollte ihm helfen, die Polizisten abzulenken, aber erreicht habe ich genau das Gegenteil.

„Schon in Ordnung", beruhigt mich Paul, als hätte er meine Gedanken bereits gelesen. „Jetzt holen wir Marcelitis raus."

„Dann sind Sie also tatsächlich deswegen hier!", ruft Schobel.

„Klappe!", faucht Paul ihn an, packt ihn am Arm und führt ihn zur Kellertreppe. „Nach Ihnen." Resigniert steigt der Mann nach unten. „Du wartest hier oben", sagt Paul zu mir.

Ich nicke und sehe den beiden nach, wie sie ins Dunkel hinabsteigen. Von dort unten schlägt mir warme, feuchte Luft entgegen, deren Gestank mich vage an meine Zeit im Gefängnis erinnert. „Hallo?", höre ich Paul rufen. „Kannst du irgendwo von da oben das Licht anmachen?" Ich taste an der Wand entlang, bis ich den Schalter finde. Im Keller geht eine Lampe an, die grelles Licht verbreitet. Da ich die Anspannung nicht länger aushalte, folge ich Paul nach unten. Der rückwärtige Teil des Kellergewölbes ist durch ein Gitter abgeteilt, dahinter liegt eine Gestalt zusammengerollt auf dem nackten Boden.

„Jan Marcelitis?" fragt Paul, aber die Gestalt regt sich nicht. Ich bekomme einen Schreck. Wir sind zu spät, Marcelitis ist bereits tot.

Paul rappelt an der Zellentür, die natürlich abgeschlossen ist. „Schlüssel?", fragt er in Schobels Richtung.

„In meiner Tasche", antwortet der missmutig.

Ich gehe zu ihm, ziehe den Schlüsselbund aus seiner Tasche und werfe ihn Paul zu. Der schließt auf, betritt die Zelle und dreht die zusammengerollte Gestalt auf die Seite. „Oh mein Gott …“

„Nicht ganz“, erwidert eine gedämpfte Stimme auf Englisch. Als sich die Person, der ich durch zwei Länder hinterhergejagt bin, zu uns umdreht, stockt mir der Atem.

Jan Marcelitis ist … eine Frau.

## 22. KAPITEL

„Jan Marcelitis?“, wiederholt Paul.

Die Frau nickt. Ich kann nicht anders, als sie ungläubig anzustarren. Der große Jan Marcelitis ist nicht größer als ich, hat einen kastanienbraunen Pferdeschwanz und leuchtend grüne Augen, und er ist eine Frau.

Sie sieht zwischen Paul und mir hin und her. „Und wer sind Sie?“, fragt sie auf Englisch mit einem leichten Akzent.

„Wir haben keine Zeit für Erklärungen, ich bin Amerikaner, und Marta arbeitet für die britische Regierung. Wir sind hier, um Sie zu befreien. Sind Sie verletzt?“

Jan steht auf und klopft ihre Kleidung ab. „Nein.“ Als sie die Zelle verlässt und an Schobel vorbeigeht, wirft sie ihm einen vernichtenden Blick zu. „So weit waren sie noch nicht mit mir. Ich glaube, die wollten mich für die Großen aufheben.“

„Gut.“ Paul wendet sich an Schobel und zeigt auf die Zelle. „Da rein mit Ihnen.“ Widerstrebend folgt der Mann der Anweisung.

„Sie wollen ihn am Leben lassen?“, fragt Jan ungläubig.

Paul zögert. Ich selbst habe mir die Frage auch schon gestellt. Schobel hat unsere Gesichter gesehen, er kann uns beschreiben, und er würde uns sofort wiedererkennen. Aber ich weiß auch, dass Paul es nicht fertigbringt, einen wehrlosen Menschen ohne Not zu erschießen. „Ich bin nicht sicher …“, sagt er schließlich.

Jan wendet sich an Schobel, der blass geworden ist. „Wann fängt die nächste Schicht an?“

„E-erst um sechs Uhr m-morgen früh“, stammelt er.

Jan sieht zur Uhr an der Wand. Was für ein grausamer Scherz, in einem Gefängnis eine Uhr aufzuhängen, überlege ich und denke zurück an meine schier endlose Zeit in Haft. „Das sind noch fast acht Stunden, wenn er die Wahrheit sagt.“ Sie geht zurück in die Zelle und packt Schobel am Kragen, obwohl der Mann mindestens einen Kopf größer ist als sie. „Sie sollten nicht lügen“, warnt sie ihn.

„I-ich lüge nicht“, beteuert er. „Wir haben um zehn angefangen, und der Dienst dauert acht Stunden.“

Sie starrt Schobel noch sekundenlang an, dann lässt sie ihn so abrupt los, dass er nach hinten taumelt und beinahe fällt. Dann wendet sie sich an Paul: „Geben Sie mir Ihre Waffe.“

Er zögert. „Ich finde, wir sollten nicht …“

„Geben Sie sie mir!“ Ungeduldig zieht sie ihm die Pistole aus dem Gürtel und kehrt in die Zelle zurück. „Hinknien“, fordert sie Schobel auf.

„Bitte nicht“, fleht der sie an.

„Warten Sie. Ich finde nicht, dass wir …“, beginnt Paul, doch Jan hebt die Hand, um ihn zum Schweigen zu bringen. Ich setze zum Reden an, bleibe jedoch stumm. Ich war selbst im Gefängnis, ich weiß, welche Wut man auf diejenigen hat, die einen eingesperrt haben.

„Hinknien“, wiederholt Jan und stellt sich hinter Schobel. Langsam kniet er nieder und kneift die Augen zu. Ich muss wegsehen, während ich mich innerlich auf den Schuss gefasst mache. Dann jedoch ist nur ein dumpfer Laut zu hören, und als ich wieder hinsehe, liegt Schobel auf dem Boden und hat die Augen geschlossen. Sie hat ihn tatsächlich umgebracht, denke ich, doch dann komme ich näher und bemerke, dass er gleichmäßig atmet, so als würde er schlafen.

„Ich habe ihn nur bewusstlos geschlagen“, erklärt Jan, während sie die Zelle verlässt und die Tür abschließt. Den Schlüssel steckt sie ein. „Bis zur nächsten Schicht wird ihn keiner finden.“ Sie gibt Paul die Waffe zurück. „Und jetzt raus hier.“

Wortlos folgen Paul und ich ihr nach oben. Wir gehen an Hartwig vorbei, der mit aufgerissenen Augen an die Decke starrt. Er ist bereits das dritte Opfer, das meine Mission gefordert hat. Und dabei wollte er mich nicht einmal töten. Er war einfach nur zur falschen Zeit am falschen Ort.

„Wir müssen den Toten verstecken", bemerkt Jan. Ich sehe zu Paul, der Hartwig anstarrt. Seine Miene verrät mir, dass er sich schuldig fühlt und dass er es lieber vermieden hätte, den Mann zu erschießen. „In die Zelle mit ihm", schlägt Jan vor.

Innerlich schaudert es mir, wenn ich mir vorstelle, dass sich Schobel die ganze Nacht über die Zelle mit seinem toten Kollegen teilen soll. „Haben wir denn überhaupt noch Zeit?"

„Ja, Sie haben recht", lenkt Jan ein und wendet sich an Paul. „Helfen Sie mir, ihn hinter den Schreibtisch zu ziehen." Ich kann nicht zusehen, als sie Hartwigs Leichnam wegschaffen.

Als wir die Wache verlassen, ist die Straße menschenleer. „Folgen Sie mir", sagt Jan. „Und verhalten Sie sich ruhig, wir verstoßen gegen die Ausgangssperre." Lautlos führt sie uns durch Gassen und Nebenstraßen. Ihr glänzender, kastanienbrauner Pferdeschwanz wippt in der Dunkelheit hin und her. Paul ist so dicht hinter mir, dass ich mich frage, ob Jan uns für ein Paar hält. Ich muss mich zurückhalten, damit ich nicht nach seiner Hand greife.

Nach ein paar Minuten bleibt Jan vor einem großen Restaurant stehen. Auf einem Schild über dem Eingang steht der Name *Meierhof* geschrieben. Paul und ich sehen uns fragend an. Hier werden wir ganz bestimmt nicht einkehren. Aber Jan führt uns um das Gebäude herum zu einer Kellertür, öffnet sie und gibt uns ein Zeichen, dass wir hineingehen sollen. Wir klettern eine Leiter nach unten in ein dunkles Gewölbe. Jan folgt uns und zieht die Tür zu.

„Da wären wir", sagt sie, entzündet ein Streichholz und macht einen Kerzenstummel an, der auf einem niedrigen Tisch steht. Hunderte von Flaschen säumen bis zur Decke übereinandergestapelt die Wände ringsum.

„Ein Weinkeller?“, fragt Paul ungläubig und sieht sich um.

„Nicht irgendein Weinkeller“, erwidert sie. „Das ist der Weinkeller des Meierhof, seit über einem Jahrhundert eine der ersten Adressen in Berlin. Er verfügt über einen der größten Weinkeller Europas.“

Paul stößt einen Pfiff aus. „Das kann man wohl sagen.“

„Der Keller ist extrem stabil gebaut. Während der Bombardierungen ging hier nicht eine einzige Flasche zu Bruch. Die Familie Meierhof hat vielen Menschen Zuflucht gewährt in den Nächten, in denen Berlin bombardiert wurde.“

Vielen *Deutschen*, denke ich. Menschen, die meine Feinde waren.

„Ganz normalen Menschen“, fügt sie hinzu, als hätte sie meine Gedanken erraten. „Menschen, die versuchten, den Krieg zu überleben. Die Meierhofs hätten es für jede Seite getan. Und jetzt sind sie entschiedene Antikommunisten, darum dürfen wir den Keller in Notfällen benutzen.“

„Wird kein Kellner herkommen, um eine Flasche zu holen?“, will ich wissen.

Jan schüttelt den Kopf. „In der Küche gibt es einen Vorrat, der für den Abend mehr als ausreicht. Das hier ist nur die Reserve.“ Sie deutet auf eine kleine Klappe an der rückwärtigen Wand. „Falls ein Gast einen speziellen Wein haben möchte, schickt Herr Meierhof mit dem Aufzug eine Notiz nach unten, und wir schicken ihm die entsprechende Flasche rauf. Uns wird hier unten niemand stören.“ Sie zeigt auf den Tisch. „Setzen wir uns doch, dann können Sie mir erzählen, was Sie nach Berlin führt.“

Ich zögere und sehe zu Paul. Tagelang habe ich mir vorgestellt, was ich sagen werde, wenn ich Marcelitis gegenüberstehe, und nun ist es so weit, und ich weiß nicht, was ich tun soll. „Ich bin Michael Stevens“, stellt Paul sich vor. „Ich bin vom US-Geheimdienst. Und das ist Marta, sie arbeitet für die britische Regierung." Mir fällt auf, dass er nur meinen Vornamen nennt.

Jan schüttelt erst Pauls Hand, dann meine. „Freut mich, Sie kennenzulernen. Wer ich bin, wissen Sie bereits."

Ich nicke. „Ihretwegen sind wir hier."

„Wir waren ein wenig überrascht", ergänzt Paul. „Wir dachten, Jan Marcelitis sei …"

„Sei ein Mann?", führt Jan den Satz zu Ende und lächelt. „Den Fehler machen viele, und das schon sehr lange. Menschen, die mir nie begegnet sind, gehen fast immer davon aus, dass ich ein Mann bin. Ich lasse die Leute in dem Glauben, es dient meiner Tarnung. Und jetzt sagen Sie mir, warum Sie hier sind und wer Sie geschickt hat." Plötzlich wirkt Jan wieder kühl und sachlich.

„Geschickt wurde eigentlich nur Marta", erwidert Paul. „Ich bin eher zufällig dabei."

„Ich arbeite in London für das britische Außenministerium, in der Abteilung für osteuropäische Angelegenheiten", erkläre ich rasch.

Jan sieht zu mir. „Dann sind Sie ebenfalls Agentin?"

„Eigentlich bin ich nur eine Sekretärin."

„Wie soll ich das verstehen?"

„Die Regierung hat mich nach Prag geschickt, weil ich einen Bekannten von Ihnen kenne, Marek Andek. Wir waren während des Krieges gemeinsam im polnischen Widerstand."

„Andek ist ein guter Mann", bemerkt sie. „Ich habe gehört, dass er verhaftet wurde."

„Wissen Sie, wie es ihm geht?"

„Leider nicht. Aber für unsere Leute, die vor der Machtübernahme in Prag verhaftet wurden, sieht es nicht gut aus. Andek ist entweder tot oder auf dem Weg in ein sowjetisches Gefängnis." Mein Magen verkrampft sich, als ich an Emma denke. Wie soll sie zusammen mit den beiden Kindern überleben, wenn Marek nicht zu ihr zurückkehrt? „Was will die britische Regierung von mir?“

Ich schlucke und zwinge mich, nicht länger an Emma zu denken. „Unser Geheimdienst wird in letzter Zeit durch undichte Stellen in seiner Arbeit stark behindert. Vor Kurzem gelangten wir in den Besitz einer Liste, mit deren Hilfe wir die Personen identifizieren können, die für die Sowjets arbeiten. Aber wir können den Code nicht entschlüsseln.“

„Also sind Sie gekommen, damit ich Ihnen den Dechiffrierer gebe“, stellt sie fest, und ich nicke bestätigend. „Angenommen, ich hätte ihn, wie kommen Sie auf die Idee, dass ich ihn Ihnen überlassen würde?“

„Wir sind bereit, eine halbe Million US-Dollar dafür zu zahlen. Das Geld befindet sich bereits auf einem Schweizer Nummernkonto.“

Jan zuckt mit den Schultern. „Ein Dutzend Länder ist bereit, die doppelte Summe für den Dechiffrierer zu zahlen. Es geht nicht um Geld.“

„Die Regierungen von Großbritannien und der Vereinigten Staaten wollen Ihre Organisation im Kampf gegen die Kommunisten unterstützen“, erklärt Paul. „Sie haben versprochen …“

„Verzeihen Sie, wenn ich das so sage“, fällt sie ihm ins Wort. „Aber wir geben ziemlich wenig auf das, was westliche Regierungen uns versprechen. Damals, als die Deutschen …“

„Ich weiß“, unterbreche ich sie ruhig. „Ich habe das selbst miterlebt, ich weiß noch genau, wie es damals war. Aber diesmal ist es anders.“

Sie kneift die Augen zusammen. „Wirklich? Inwiefern?“

„Ich wurde hergeschickt, um Ihnen das hier zu geben.“ Ich hole den Umschlag aus meiner Tasche und lege ihn vor Jan auf den Tisch. Sie holt das Schreiben heraus und hält es in den Schein der Kerze. „Diese Liste enthält die Namen unserer wichtigsten Kontaktleute in der Region. Kontaktleute, mit denen Sie …"

„Ich weiß, was das ist." Ihre Augen werden größer, als sie die erste Seite überfliegt. „Woher bekomme ich den Code?"

„Sie nehmen Kontakt mit einem unserer Männer in der Prager Botschaft auf, sein Name ist Lindt. Er gibt Ihnen den Code, sobald ich die Nachricht übermittelt habe, dass wir den Dechiffrierer bekommen. Falls es für Sie zu schwierig ist, nach Prag zu gelangen, kann ich vielleicht veranlassen, dass der Code an einen anderen Kontaktmann übermittelt wird."

„Nach Prag zu kommen ist kein Problem", antwortet Jan knapp, faltet den Brief zusammen und steckt ihn in ihre Bluse.

„Dann sind wir uns einig?", fragt Paul.

Ich sehe gebannt zwischen Paul und Jan hin und her. „Ja, aber ich muss den Dechiffrierer erst holen", meint sie gemächlich. „Das wird ein paar Stunden dauern."

„Sollen wir Sie begleiten?", frage ich.

Jan schüttelt den Kopf. „Allein bin ich schneller und ziehe nicht so viel Aufmerksamkeit auf mich." Sie steht auf. „Warten Sie hier auf mich." Ehe wir etwas erwidern können, klettert sie die Leiter hinauf und verschwindet durch die Kellertür.

Paul und ich sehen uns nervös an. „Glaubst du, wir können ihr vertrauen?", frage ich.

„Ich würde sagen, wir haben keine andere Wahl. Aber sie muss ja erst noch an den Code kommen, und solange du dem Außenministerium kein grünes Licht gibst, ist die Liste wertlos für sie."

Ich stimme mit einem Nicken zu und muss an das leidenschaftliche Feuer in Jans Augen denken. „Vermutlich hast du recht. Wir können ihr vertrauen."

„Sie ist eine erstaunliche Frau." Als ich seinen bewundernden Tonfall höre, verspüre ich einen Anflug von Eifersucht. Ich wünschte, ich wäre auch so erstaunlich, und nicht bloß irgendeine Frau, die ständig von ihm gerettet werden muss.

Ein Geräusch schallt durch den Keller, dann kommt Jan über die Leiter zurück zu uns. „Es ist alles geklärt. Sie können hierbleiben, während ich den Dechiffrierer hole. Hier unten sind Sie in Sicherheit, außerdem wird Herr Meierhof Ihnen etwas zu essen runterschicken."

„In Ordnung", antwortet Paul, klingt aber etwas besorgt. „Wir müssen uns noch überlegen, wie wir aus Berlin herauskommen, bevor jemand merkt, was auf der Polizeiwache los war."

„Bei Tagesanbruch müssen wir das Land verlassen haben", pflichtet sie ihm bei. „Wenn ich für Sie beide neue Papiere auftreiben kann, stehen die Chancen gut, dass Sie mit der ersten Maschine nach Wien fliegen. Bis dahin sollten Sie sich aber hier versteckt halten." Sie nimmt die Kerze, geht zu einem der Weinregale und schiebt es mühelos zur Seite. Dahinter kommt eine Tür zum Vorschein. Erst jetzt fällt mir auf, dass die Flaschen in diesem Regal leer sind. Jan öffnet die Tür, die in einen kleineren Raum führt, wo eine Matratze auf dem nackten Boden liegt. „Tut mir leid, luxuriös ist es nicht", sagt sie leise zu mir. „Aber wenigstens können Sie zusammen sein."

„Aber wir gehören nicht zusammen!", protestiere ich sofort. „Ich bin verheiratet, müssen Sie wissen."

„Mit einem anderen?" Sie klingt überrascht. „Oh, entschuldigen Sie bitte. Aber so, wie Sie beide sich verhielten, wie Sie sich angesehen haben … nun, dann habe ich mich wohl geirrt."

Paul folgt uns. „Alles in Ordnung?"

„Alles bestens", erwidere ich, während meine Wangen glühen.

„Dann mache ich mich jetzt auf den Weg", erklärt Jan

und drückt mir den Kerzenstummel in die Hand. „Ich werde vor Sonnenaufgang zurück sein, um Sie zum Flughafen zu bringen. Wenn Sie wollen, können Sie sich eine Flasche Wein nehmen. Nur nicht den Chateau Rothschild von 1922. Der ist ein Vermögen wert, Herr Meierhof würde uns einen Kopf kürzer machen. Ich wünsche Ihnen eine gute Nacht." Ihr Tonfall lässt mich grübeln, ob sie vielleicht immer noch denkt, dass sich etwas zwischen Paul und mir abspielt.

Sie verlässt den kleineren Raum, und nur Augenblicke später höre ich die Kellertür zufallen. Paul sieht mich an. „Du hast es geschafft. Glückwunsch."

„*Wir* haben es geschafft", korrigiere ich ihn und stelle die Kerze neben der Matratze ab.

„Okay", lenkt er ein. „Aber mit dem Feiern warten wir, bis wir aus Berlin raus sind."

Ehe ich etwas erwidern kann, höre ich Lärm aus dem Nebenraum. Ist Jan zurückgekehrt, hat sie etwas vergessen? „Warte", sagt Paul und geht nach nebenan. Einen Augenblick später kommt er mit zwei Portionen Fleisch und Gemüse zu mir zurück. „Die wurden mit dem Speisenaufzug geschickt. Bist du hungrig?"

„Nein, aber du kannst ruhig etwas essen." Paul zuckt mit den Schultern, stellt die Teller auf dem Boden ab und setzt sich auf die Matratze. Ich nehme neben ihm Platz und sehe ihm beim Essen zu.

„Du solltest davon probieren", rät er mir zwischen zwei Bissen. „Das ist gut. Die Küche des Meierhof. Was glaubst du, wann du wieder die Chance bekommst, so etwas zu essen?"

„Schon gut", lenke ich ein. Er spießt ein Stück Fleisch auf und führt die Gabel zu meinem Mund. Als ich das Fleisch in den Mund nehme, begegnen sich unsere Blicke. Ich sehe weg und schlucke. „Köstlich", sage ich, dabei versagt mir fast die Stimme.

„Willst du mehr?" Ich schüttele den Kopf. Paul isst seine

Portion auf, dann bringt er seinen leeren und meinen noch vollen Teller nach vorn, um beide auf den Tisch zu stellen. „Es ist schwierig, nicht wahr?", fragt er plötzlich, als er zurückkehrt.

Mein Herz macht einen Satz. „Was meinst du?"

„Wieder in Deutschland zu sein", erklärt er, während er sich zu mir setzt. „Nach allem, was dir hier angetan wurde, wirst du das wohl nicht auf die leichte Schulter nehmen."

„Das trifft auf viele Dinge zu", gebe ich zurück, dann schweigen wir beide eine Weile.

„Hast du Lust, ein wenig zu spielen?", fragt Paul schließlich und zieht ein abgegriffenes Kartenspiel aus der Tasche. „Wir sollten versuchen, die Zeit totzuschlagen."

Unschlüssig sehe ich ihn an. „Ich kenne nicht viele Kartenspiele. Rommé kann ich am besten. Das habe ich mit meiner Großmutter gespielt, als ich noch klein war." Ich sehe meine Großmutter vor mir, wie sie die Karten mischte und austeilte, und wie ihre Augen vor Freude funkelten, sobald sie das Blatt sortierte.

„Oh, ich auch!" Er mischt die Karten. „Meine Großmutter ließ mich immer gewinnen."

„Meine nicht. Sie war richtig gut, und sie spielte sehr ernsthaft. Wenn ich gegen sie verlor, sagte sie zu mir: ‚Jemand wird dich sehr lieben.'"

„Tatsächlich?" Er teilt die Karten aus und fragt: „Und was meinte sie damit?"

„Es ist ein altes Sprichwort: ‚Glück im Spiel, Pech in der Liebe.' Wenn du beim Kartenspiel kein Glück hast, dann wirst du in der Liebe umso erfolgreicher sein." *Jemand wird dich sehr lieben*. Die Worte meiner Großmutter hallen in meinem Kopf wider, als ich die Karten ordne, die Paul mir gegeben hat. Ob sie recht damit hatte? Simon liebt mich auf seine Weise, das weiß ich. Aber wahres Glück wäre gewesen, vor Jahren zu erfahren, dass Paul noch lebt.

Ich sehe von meinen Karten auf und bemerke, dass Paul mich eindringlich ansieht. „Du bist dran", sagt er. Ich nehme die oberste Karte vom Stapel. Eine Kreuz Dame. Ich stecke sie zwischen meine anderen zwei Damen und lege dafür Karo zehn weg.

„Erzähl mir etwas aus deinem Leben", fordere ich ihn auf. „Nicht die geheimen Dinge, natürlich. Wo wohnst du?"

„Eigentlich nirgendwo." Paul zieht eine Karte aus dem Stapel, legt sie aber gleich wieder zurück. Eine Karo fünf. „Es gibt eine Wohnung in Zürich und eine in Brüssel, die meine Kollegen und ich benutzen können, um etwas Schlaf nachzuholen oder uns frisch zu machen. Aber das ist genauso wenig ein Zuhause wie dieser Raum hier. Meistens ziehe ich immer weiter und erledige so viel, wie sie mir gerade an Aufträgen zukommen lassen. Momentan gibt es eine Menge zu tun."

Ich nehme die Karo fünf und ordne mein Blatt neu. „Bist du zwischendurch auch mal in England?"

„Nicht, seit ich aus dem Krankenhaus entlassen wurde. In Paris war ich auch nie wieder." Auch nicht in Salzburg, vermute ich still. Und wenn es einen Auftrag bei München gegeben hätte, dann hätte er den wahrscheinlich auch abgelehnt. Er meidet alle Orte, die ihn an mich erinnern. „Ich werde nicht nur in Europa eingesetzt", redet er weiter. „Zweimal war ich in Nordafrika, und als Nächstes steht eine Reise nach Asien an. Sobald das hier erledigt ist."

Sobald das hier erledigt ist. Die Erkenntnis trifft mich wie ein Schlag. Das alles hier wird bald ein Ende nehmen. Wenn wir aus Deutschland raus sind, werde ich nach England fliegen, und Paul nimmt seinen nächsten Auftrag an. Dann werden wir uns nie wiedersehen. Ich starre auf meine Karten, ohne sie wirklich zu sehen. „Du bist dran", sagt er leise. Mir ist gar nicht aufgefallen, dass er eine Karte genommen hat. Mit zitternden Fingern hebe ich eine Karte hoch und lege sie gleich wieder zurück. Erst da wird mir bewusst, dass es sich um die Karo sieben handelt. Zu spät. Diese Karte hätte ich gebrauchen können! Paul nimmt sie und breitet sein Blatt aus. „Gin!“, erklärt er und zeigt mir die Reihenfolge, nach der er seine Karten sortiert hat.

Ich lege meine Karten fort. „Glückwunsch.“

„Du weißt ja, was man sagt: Glück im Spiel …“ Dann verstummt er.

„… Pech in der Liebe“, führe ich den Satz zu Ende. „Glaubst du das wirklich?“

Er zuckt mit den Schultern. „Sieh mich doch an. Ich war auf dem Weg zu der Frau, die ich geliebt habe, als …“

„Ich bin mir sicher, es gab noch andere Frauen in deinem Leben“, unterbreche ich ihn. „Komm schon. Brüssel? Zürich? Du hast doch in jeder Stadt eine Frau, die auf dich wartet.“ Ich versuche unbeschwert zu klingen, dabei bereitet es mir Magenschmerzen, wenn ich mir Paul mit einer anderen Frau vorstelle. Plötzlich begreife ich, wie er sich fühlen muss, wenn er an mich und Simon denkt.

Paul schüttelt den Kopf. „Ich wünschte, es wäre so, aber nach dir hat es nie eine andere Frau gegeben. Natürlich habe ich mich mal mit der einen oder der anderen getroffen. Aber nach dem, was wir beide hatten …“ Er wendet den Blick ab. „Ich meine, welchen Sinn hätte das noch?“

„Paul …“

Er sieht mich wieder an. „Ich liebe dich noch immer, Marta.“ Mein Atem stockt. „Ich habe es immer gewusst, und als ich dich wiedersah … Ich weiß, ich sollte das nicht sagen, aber es ist nun mal die Wahrheit.“

Ich muss tief durchatmen, dann kommt mir die Frage über die Lippen, die ich so lange Zeit unterdrückt habe: „Warum bist du nicht zu mir gekommen, nachdem du wieder gesund warst? Wenn ich dir so viel bedeute, warum bist du nicht gekommen?“

Sekundenlang hält er inne. „Aber ich bin doch zu dir gekommen! Als ich das Bett verlassen konnte, habe ich mich sofort auf den Weg zu dir gemacht. Die Ärzte sagten, es sei zu früh, und dass ich einen Rückfall erleiden würde. Ich ging zu dieser Adresse in Kensington, die du mir in Paris gegeben hast. Die von der Tante deiner Freundin."

„Delias Haus?"

Er nickt. „Sie war nicht da, aber der Butler sagte, dass du geheiratet hättest." Er schluckt so angestrengt, als würde ihm jedes Wort Schmerzen bereiten. „Er sagte, du seist umgezogen, und er nannte mir deinen neuen Namen. Ich erkundigte mich und fand heraus, wohin du gezogen bist. Selbst da wusste ich, dass ich dich wiedersehen musste. Ich kam zu dir, Marta."

„Du warst an unserem Haus?"

„Ja, und ich sah dich. Du warst im Garten." Seine Augen nehmen einen verlorenen Ausdruck an, so als würde er die Szene noch einmal erleben. „Ich wollte dich einfach wissen lassen, dass ich noch lebe. Doch dann standst du auf, und ich konnte sehen, dass du schwanger warst." Seine Stimme versagt. „Du sahst so schön aus, aber du warst verheiratet, und ein Kind war unterwegs. Da wusste ich, dass ich nicht in dein Leben zurückkehren konnte. Also machte ich kehrt und ging fort, ohne etwas zu sagen."

Ich erwidere nichts darauf. Ich sehe den Tag vor mir, von dem er erzählt. Ein Morgen kurz nach Frühlingsanfang. Fast kann ich die kalte, feuchte Erde an meinen Fingern spüren. Ich erinnere mich, dass ich so ein Gefühl hatte, als ob da jemand wäre. Der Gedanke kam mir oft in den Monaten nach der Todesnachricht, mal im Garten, mal auf der Straße, auch mal in einem Geschäft. Wenn ich mich umdrehte, war nie jemand da. Zumindest dachte ich das. Oh Gott, hätte ich doch nur die Wahrheit gekannt! Und hätte er die Wahrheit gekannt. Auch ich durchlebe den Moment wieder, als ich mich diesmal umdrehe, sehe ich Paul. Ich lasse den Korb fallen, laufe quer durch den Garten und werfe mich ihm an den Hals, ohne mich darum zu kümmern, was die Nachbarn denken.

„Marta?“ Seine Frage holt mich in die Gegenwart zurück. Voller Sorge sieht er mich an. „Alles in Ordnung?“ Paul war also tatsächlich zu mir gekommen. Mit einem Mal halte ich es nicht länger aus. Ich strecke die Arme aus, packe ihn an den Schultern und ziehe ihn zu mir, dann küsse ich ihn auf den Mund. Sekundenlang ist er zu verblüfft und kann gar nicht reagieren, doch dann erwidert er den Kuss. Wir klammern uns aneinander, so als könnten wir in den Garten vor dem Haus zurückkehren und die Geschichte neu schreiben. „Bist du wirklich sicher?“, flüstert er zwischen zwei Küssen. Ich antworte nicht, sondern reiße schweigend seine Jacke auf. Er drückt mich nach hinten, und ich stoße mit der Schulter gegen die Wand. Die Spielkarten werden unter uns zerdrückt, während ich meine Finger in seine Haare schiebe. Ich presse mein Gesicht an seinen Hals, um mein Stöhnen zu ersticken. Dann berührt er mich, und es ist wieder wie damals in Paris, als uns nichts anderes kümmerte als der Augenblick. Es ist unser erstes Mal, unser Wiedersehen, unsere Flitterwochen – all die Nächte, die uns das Schicksal vorenthielt.

Als es vorbei ist, liegen wir außer Atem Seite an Seite auf der Matratze. „Geht es dir gut?“, fragt er, während er den Arm um mich legt.

„Ja“, erwidere ich leise. „Ich bin froh, dass es passiert ist.“ Mein Körper fühlt sich wieder so wunderbar an wie nach unserer ersten gemeinsamen Nacht.

„Wirklich?“, fragt er, und ich nicke bekräftigend. „Dann bin ich erleichtert. Ich hätte das nicht auf der Liste jener Dinge wiederfinden wollen, die wir bereuen müssen.“

„Ich auch nicht“, bestätige ich lächelnd.

Er berührt meine Wange. „Was ich vorhin sagte, meine ich so. Ich liebe dich immer noch.“ Er wirkt jetzt entspannt und hat wieder dieses Jungenhafte an sich, das unter den harten Zügen fast verschwunden war.

„Ich liebe dich auch." Die Worte fühlen sich warm und natürlich an, als sie über meine Lippen kommen. „Ich wusste nicht, dass du in London zu mir gekommen warst. Als ich dich im Wald wiedersah, fragte ich mich, warum du es nicht früher getan hast."

„Um ehrlich zu sein, ich war überrascht, dass du so schnell einen anderen gefunden hast."

Ich zögere. Sag ihm die Wahrheit über Rachel, jetzt sofort!, fordert mich meine innere Stimme auf. Aber ich weiß nicht, wie er darauf reagieren wird, und ich möchte die Stimmung des Augenblicks nicht zerstören. „Ich dachte, du würdest niemals zu mir zurückkehren", erkläre ich nur.

„Ich verstehe. Nun, ich bin froh, dass du dein Glück gefunden hast." Sein ehrlicher Tonfall lässt mein Herz in tausend Stücke zerspringen. Mein *Glück* hätte ich nur bei ihm gefunden. Er dreht sich auf die Seite und sieht mich an. „Und was jetzt?"

„Jetzt versuchen wir, heil aus Berlin herauszukommen."

„Du weißt, was ich meine, Marta. Was wird aus uns?"

Ich atme tief durch und muss schlucken. „Ich bin verheiratet, Paul."

„Liebst du ihn?"

Ich weiche seinem Blick aus, da ich ihn nicht belügen will. „Ich habe ein Eheversprechen abgelegt …" Es ist, als würde ich Emmas Worte sprechen.

Paul dreht sich weg und schlägt die flache Hand mit solcher Wucht gegen die Wand neben ihm, dass ich fürchte, er könnte sich etwas gebrochen haben. „Verdammt, Marta. Warum musste es so kommen?"

„Ich weiß es nicht."

„Du könntest deinen Mann verlassen, das weißt du, oder? Du könntest dich scheiden lassen. Manche Frauen machen das.“ Eine Scheidung. Meine Gedanken überschlagen sich. Ich habe davon gehört, aber ich habe es nie für etwas gehalten, das Leute wirklich tun sollten. „Ich würde für dich und deine Tochter sorgen“, spricht er weiter. „Ich würde sie lieben, so als wäre sie meine eigene Tochter.“

*Das ist sie ja!* Tränen steigen mir in die Augen, und jetzt weiß ich, dass ich es ihm sagen muss. „Paul, da ist etwas, das ich dir …“ Ein Knall aus dem Nebenraum lässt mich verstummen.

Paul springt auf und zieht seine Hose an. „Da ist jemand.“ Unsere Blicke treffen sich. Jan sollte so bald nicht zurück sein. Hat uns jemand entdeckt? Paul greift nach seiner Waffe, während ich hastig mein Kleid zuknöpfe. Plötzlich geht die Tür auf und Jan kommt in den kleinen Raum gestürmt. Ich zucke zusammen, als mir klar wird, welch seltsames Bild wir abgeben müssen, halb angekleidet, einen Satz Spielkarten auf der Matratze verteilt.

Aber Jan lässt sich nicht beirren. „Ziehen Sie sich an“, fordert sie uns auf. „Wir müssen los.“

„Ich dachte, der Flug geht erst am Morgen“, wende ich ein.

Jan schüttelt verwundert den Kopf. „Es ist schon fast Morgen.“ Paul und ich sehen uns an. Wie viel Zeit ist vergangen? „Der Flug steht allerdings nicht mehr zur Debatte.“ Sie hält uns eine Zeitung hin. Auf der Titelseite prangen äußerst präzise Phantomzeichnungen, die eindeutig Jan, Paul und mich zeigen.

# 23. KAPITEL

„Ich habe doch gleich gesagt, wir sollten diesen Polizisten erschießen“, meint Jan vorwurfsvoll. Ich nehme ihr die Zeitung aus der Hand und lese den Artikel.

„Was schreiben die?“, fragt Paul, während er mir über die Schulter sieht.

Bevor ich etwas vorlesen kann, antwortet Jan: „Dass zwei Ausländer den berüchtigten Jan Marcelitis befreit und dabei einen wehrlosen Polizisten kaltblütig ermordet haben.“

„Wehrlos? Was ist denn das für ein Unsinn?“

„Wie konnte das so schnell in die Zeitung gelangen?“, wundere ich mich.

„Vermutlich hat jemand die Wache aufgesucht, kurz nachdem wir geflohen sind“, gibt Jan schulterzuckend zurück. „Der Polizist wird sich wohl nicht selbst befreit haben. Er hat seine Aussage gemacht, die Zeichnungen wurden angefertigt, und die Polizei wird darauf bestanden haben, dass sie sofort gedruckt werden. Aber das *wie* ist jetzt nicht mehr wichtig. Auf jeden Fall müssen wir unseren Plan ändern, am Flughafen kommen wir durch keine Kontrolle mehr.“

„Vielleicht sollten wir uns hier eine Weile versteckt halten“, überlegt Paul, und zu meiner Überraschung höre ich in seinem Tonfall so etwas wie Hoffnung mitschwingen. Ich verstehe, was in ihm vorgeht. Obwohl unsere Flucht im Moment Vorrang hat, möchte ein Teil von mir mit Paul in diesem Kellerraum bleiben und die Welt draußen vergessen.

Jan schüttelt den Kopf. „Unmöglich. Der Weinkeller ist ein gutes Versteck, aber es kann immer noch zu leicht entdeckt werden. Außerdem möchte ich die Familie Meierhof nicht in Gefahr bringen.“

Ich falte die Zeitung zusammen. „Und was machen wir jetzt?“

„Mir ist noch eine andere Möglichkeit eingefallen. In einer Hafenstadt im Norden liegt das Frachtschiff *SS Bremen* vor Anker, das noch heute mit Ziel Großbritannien ausläuft. Wenn es uns gelingt, Sie an Bord zu bringen, können Sie sich irgendwo verstecken."

„Wie lange wird die Reise dauern?"

„Natürlich länger als mit dem Flugzeug. Einen Tag, vielleicht sogar zwei. Aber ich glaube, das ist die einzige Lösung. Ich habe bereits einen Wagen organisiert, der Sie Richtung Norden mitnehmen wird. Kommen Sie."

Während Paul seine Jacke zuknöpft, folge ich Jan auf dem Weg zur Tür. „Jan, warten Sie, ich möchte Ihnen etwas erklären. Ich hatte Ihnen gesagt, dass Pa… ich meine, dass Michael … dass wir beide nicht zusammen sind. Und dass ich verheiratet bin."

Jan hebt die Hand. „Sie sind mir keine Erklärung schuldig."

„Ich möchte es aber erklären." Ich ertrage den Gedanken nicht, dass Jan glauben könnte, ich sei nicht ehrlich gewesen. Dabei weiß ich gar nicht genau, wie ich etwas erklären soll, das ich selbst nicht recht verstehe. „Michael und ich waren vor Jahren ein Paar. Wir waren verlobt, aber dann gab es einen Zwischenfall, und ich glaubte, er sei tot. Ich heiratete einen anderen Mann, erst vor ein paar Tagen habe ich erfahren, dass Michael noch lebt. Darum sind wir …" Ich gerate ins Stocken, da mir bewusst wird, wie absurd sich meine Ausführungen anhören. „Es ist ziemlich kompliziert, aber Sie sollen wissen, dass ich Sie nicht belogen habe."

„Das Leben ist kompliziert", erwidert Jan. „Und unberechenbar. Und kurz. Sie beide bedeuten einander offensichtlich viel. Aber vergessen Sie nicht: Für alles, was wir tun, werden wir eines Tages zur Rechenschaft gezogen."

Sie verstummt, als Paul zu uns kommt. „Was gibt's?"

„Nichts", antworte ich rasch.

„Nichts", bestätigt auch Jan. „Wir müssen los." Wir folgen ihr zurück in den großen Kellerraum, aber Jan geht nicht zur Leiter, sondern zu einem der Regale. Erstaunt sehen wir mit an, wie sie sich mit der Schulter dagegen stemmt. „Das hier ist ziemlich schwer, ich brauche Ihre Hilfe“, stöhnt sie. Paul stellt sich zu ihr und drückt ebenfalls, das Regal bewegt sich nur langsam zur Seite.

Dahinter kommt eine niedrige Holztür zum Vorschein. Jan öffnet sie. „Hier entlang. Schnell.“

Sie geht vor und duckt sich, um sich hindurchzuzwängen. Ich folge ihr und frage mich, ob der Raum dahinter wohl groß genug ist, um uns allen Platz zu bieten. Kaum habe ich den Durchgang passiert, stockt mir der Atem. Wir sind in einem geräumigen Tunnel mit hoher Decke.

„Das ist einer der Nussen-Tunnel“, erläutert sie. „Die ersten entstanden im Mittelalter, erweitert wurde das Tunnelnetz von Unabhängigkeitskämpfern während des Deutsch-Französischen Krieges. Die Tunnel verbinden verschiedene Punkte in der Stadt. Kommen Sie.“

Jan führt uns schnellen Schrittes durch den Tunnel. Mein Knöchel beginnt zu schmerzen, da ich mit ihrem hohen Tempo mitzuhalten versuche. „Geht es noch?“, fragt mich Paul, als er merkt, dass ich leicht humpele. Ich nicke nur. Ein Stück vor uns kreuzt ein anderer Tunnel unseren Weg, und wortlos biegt Jan nach rechts ab. Dieser Gang weist eine Steigung auf, sodass wir nun bergauf gehen müssen. Kühle Luft weht uns entgegen, und dann haben wir das Ende des Tunnels erreicht. Über uns ist ein Loch in der Decke, durch das wir den Sternenhimmel sehen können.

„Warten Sie“, sagt Jan und greift in ihre Tasche, dann drückt sie mir ein kleines metallenes Objekt in die Hand. „Ich glaube, dafür sind Sie hergekommen.“

Ich halte den Dechiffrierer hoch, einen Zylinder, der nicht größer ist als mein Daumen. Ich danke ihr und stecke ihn in meine Tasche.

„Und die gehören Ihnen", meldet sich Paul zu Wort und überreicht Jan die Papiere, die er aus dem Versteck in ihrer Wohnung geholt hat. „Wir haben sie mitgenommen, damit die Polizei sie nicht findet, falls die Ihre Wohnung noch gründlicher auf den Kopf stellen will." Die Unterlagen hatte ich schon vergessen, aber jetzt wird mir klar, dass Paul sie absichtlich behalten hat, um etwas in der Hand zu haben, falls Jan sich die Sache mit dem Dechiffrierer anders überlegt.

„Danke." Sie verstaut die Papiere. „Nachdem Sie also all meine Aufzeichnungen gesehen haben, werde ich wohl mit Ihnen zusammenarbeiten müssen." Bevor wir etwas erwidern können, bildet Jan mit den Händen eine Räuberleiter. „Kommen Sie."

Paul stellt sich zu mir. „Lassen Sie, das machen wir anders." Er legt seine starken, warmen Hände um meine Taille, und ehe ich mich versehe, hebt er mich so hoch, dass mein Kopf aus dem Loch in der Decke ragt. Ich halte mich am Rand fest und ziehe mich hoch. Als ich draußen bin und mein Kleid abklopfe, stelle ich fest, dass wir uns in einem Park befinden.

Jan klettert nach draußen. „Alles ruhig?"

Ich nicke, dann zeige ich auf einen Lastwagen, der einige hundert Meter von uns entfernt parkt. „Da ist nur dieser Wagen."

„Das ist unserer", meint Jan, während Paul zu uns stößt. „Kommen Sie mit mir." Wir laufen zu dem Lastwagen. Jan winkt dem Fahrer zu und dirigiert uns zur Ladefläche, über die eine Plane gespannt ist. „Da hinauf mit Ihnen. Und halten Sie sich vom Rand fern, damit Sie niemand sieht."

„Kommen Sie nicht mit?", fragt Paul.

Jan schüttelt den Kopf. „Milo, der Fahrer, ist ein zuverlässiger Mann. Ihm können Sie vertrauen. Er bringt Sie am Hafen an den Kontrollen vorbei und setzt Sie so nah am Schiff ab wie möglich. Danach sind Sie auf sich gestellt."

„Und Sie? Was haben Sie vor?“, will Paul wissen.

„Ich gehe zurück Richtung Süden.“ Sie tippt auf ihre Tasche. „Um die Informationen zu nutzen, die Sie mir gegeben haben.“

„Sie wollen nach Prag zurück?“, frage ich. „Ist das denn nicht gefährlich?“

„Das wird schon klappen“, versichert sie mir. „Keiner rechnet damit, dass ich so schnell zurückkehre.“

„Jan, da wäre noch etwas. Marek Andeks Frau Emma ist eine gute Freundin von mir, sie lebt mit ihren Kindern noch immer in Prag.“

„Ich werde nach ihr sehen“, verspricht sie mir. „Andek hat alles für uns riskiert. Ich werde dafür sorgen, dass seine Frau alles bekommt, was sie braucht.“

„Ich danke Ihnen.“

„Nein, ich habe *Ihnen* zu danken. Ich weiß, was Sie beide aufs Spiel gesetzt haben.“ Sie schüttelt Pauls Hand, dann umarmt sie mich. Dabei flüstert sie mir zu: „Lassen Sie ihn nicht noch einmal entwischen.“ Während sie wieder auf Abstand geht, fehlen mir die Worte. „Und jetzt machen Sie, dass Sie von hier verschwinden.“

Paul sieht zu mir. „Bist du bereit?“ Ich nicke, er hilft mir auf die Ladefläche und klettert ebenfalls rauf, dann schlägt er die Plane um. Ich lege mich der Länge nach hin, Paul tut es mir nach, dann setzt sich der Wagen in Bewegung.

Ich hebe die Plane an, um einen letzten Blick auf die sagenumwobene Jan Marcelitis zu werfen, doch sie ist längst in der Dunkelheit verschwunden. „Sie ist schon etwas Besonderes, nicht wahr?“

„Du bist auch etwas Besonderes“, gibt Paul zurück.

„Ich? Ich bin nichts weiter als die Frau irgendeines Diplomaten“, halte ich dagegen, da ich mich an seine früheren Worte erinnere.

„Marta, es tut mir leid. Ich habe es nicht so gemeint …“

„Ich weiß." Ich schaue mich auf der Ladefläche um, auf der nur ein paar Kisten stehen. Neugierig krieche ich zu den Kisten gleich hinter der Fahrerkabine. Dabei fällt mir ein Loch in der Ladefläche auf, durch das man die Fahrbahn sehen kann. „Paul, guck dir das an."

Auf allen vieren kommt er zu mir. „Vorsicht", sagt er und legt einen Arm um meine Taille, um mich von dem Loch zurückzuziehen. „Das würde mir noch fehlen, dass du da hindurchfällst."

Ich drehe mich zu ihm um, unsere Blicke begegnen sich. Sekundenlang schweigen wir beide. „Marta, was geschehen ist …"

„Wir wollen nicht darüber reden", unterbreche ich ihn.

„Ich verstehe. Aber ich will dir sagen, dass es mir leidtut. Ich hätte dich nicht küssen dürfen."

„Das hast du ja auch gar nicht. *Ich* habe *dich* geküsst, schon vergessen?" Paul schweigt. „Außerdem habe ich dir schon erklärt, wie froh ich bin, dass es passiert ist."

„Ich auch", gesteht er und lehnt sich gegen eine der Kisten. „Aber es ist schwierig, weißt du? Wenn ich daran denke, wie schön es mit uns war …"

„… und dann zu wissen, dass es nie wieder sein kann?", führe ich den Satz für ihn zu Ende, und er nickt. „Ja, ich weiß."

Ich lasse mich gegen ihn sinken, er legt einen Arm um mich. „So ist es aber in Ordnung, oder?" Mit einer Kopfbewegung deutet er auf seinen Arm. „Ich meine, das ist so wie in der Nacht in der Gartenlaube. Ganz unschuldig."

Ganz unschuldig. Ich schaue auf seinen Arm, dann wieder in sein Gesicht. An unseren Gefühlen ist überhaupt nichts unschuldig. Aber bald werde ich wieder zu Hause sein, und dann ist Pauls Arm nichts weiter als eine verblassende Erinnerung. „Ja, so ist es in Ordnung", erwidere ich schließlich und drücke seine Hand.

Schweigend sitzen wir eine Weile da, während der Lastwagen über die Straße holpert. „Was meinst du, wie lange wir brauchen, bis wir unser Ziel erreicht haben?“, fragt er irgendwann.

„Eine Weile wird es sicher dauern. Ich wünschte nur, wir hätten das Kartenspiel mitgenommen. Ich hätte dich gern zu einer Revanche herausgefordert.“

„Ja, das ist schade“, pflichtet er mir bei. „Willst du nicht versuchen, ein wenig zu schlafen?“

„Ich bin zwar müde“, gebe ich zu, „aber das ist vermutlich keine gute Idee.“

„Du kannst ruhig schlafen. Ich werde wach bleiben. Ganz ehrlich, ich bin überhaupt nicht müde.“

Ich lasse meinen Kopf auf Pauls Brust sinken und schließe die Augen. Sein Arm drückt mich sanft an sich. Es ist wie in Salzburg, und fast habe ich das Gefühl, dass mir wieder der Terpentingeruch in die Nase steigt und der Regen auf das Dach trommelt.

Irgendwann viel später bremst der Lastwagen, schlaftrunken setze ich mich auf. „Was ist los?“

Paul dreht sich zur Seite, drückt die Plane einen Spaltbreit auseinander und späht nach draußen. „Wir haben den Hafen erreicht!“, flüstert er mir zu. „Aber die Laster vor uns müssen anhalten. Da vorn ist ein Kontrollpunkt.“

Panik erfasst mich. „Und was sollen wir jetzt machen?“

„Vielleicht schauen sie hier ja gar nicht nach.“ Doch er beobachtet weiter, was sich vorn abspielt, und verzieht das Gesicht. „Nein, die sehen sich jeden Wagen an. Wir müssen hier raus.“ Er denkt angestrengt nach. „Das Loch im Boden!“, zischt er mir zu. „Wir müssen uns durch das Loch absetzen.“

„Aber Jan hat gesagt, dass uns Milo bis zum Schiff fährt!“

Paul schüttelt den Kopf. „Das wird ihm jetzt nicht mehr möglich sein.“ Er robbt zu dem Loch. „Du gehst vor. Wenn du draußen bist, kriech bis nach hinten, damit du nicht unter die Räder kommst, und lauf dann zur Seite, wo du dich verstecken kannst. Bleib so geduckt wie möglich, damit dich niemand sieht."

„Und du?"

„Ich folge dir, sobald du draußen bist", erwidert er. Sein Gesicht verrät seine Anspannung. „Jetzt mach schon."

Ich krieche zu dem Loch, sehe dann aber wieder hoch. „Paul ..."

Sofort unterbricht er mich. „Wenn irgendetwas passiert ... unser Schiff ist die *SS Bremen*. Sieh zu, dass du es erreichst und an Bord kommst!"

Wie erstarrt kauere ich neben dem Loch in der Ladefläche. Mir ist die ganze Zeit über nicht der Gedanke gekommen, dass wir so bald wieder getrennt werden könnten. Ich will protestieren, aber er berührt meine Wange und lässt mich erneut verstummen. „Ganz gleich, was auch passiert, du darfst nicht aufgeben. Kehr heim zu deiner Tochter."

„Ich gehe nicht ohne dich."

„Das musst du auch nicht", verspricht er mir und sieht mir tief in die Augen. „Ich habe dich einmal in London versetzt, und sieh dir an, was dabei herausgekommen ist. Ich werde das nicht noch einmal machen." Draußen sind Schritte und Stimmen zu hören. Paul gibt mir einen kurzen, aber innigen Kuss. „Und jetzt geh."

Ich klettere durch das Loch nach draußen, dann krieche ich unter dem Laster hindurch nach hinten, so wie Paul es gesagt hat. Neben der Fahrbahn entdecke ich ein paar Büsche, hinter denen ich mich verstecken kann. Ich habe es geschafft, denke ich erleichtert, auch wenn mein Herz wie verrückt klopft. Plötzlich gibt Milo wieder Gas, und als ich durch das Gestrüpp spähe, sehe ich zu meinem Entsetzen, dass der Lastwagen weiterfährt, während von Paul nichts zu entdecken ist. Der Wagen nähert sich dem Kontrollpunkt, aber Paul ist immer noch auf der Ladefläche!

Was soll ich jetzt tun? Paul hat gesagt, dass ich zusehen

soll, dass ich das Schiff erreiche. Im Schutz der Büsche laufe ich geduckt auf den Maschendrahtzaun zu, der um den Hafen herum verläuft. Dort angekommen, erkenne ich, dass der Zaun fast zwei Meter hoch ist. Ich kann unmöglich darüberklettern, aber … wie soll ich sonst auf das Gelände kommen? Ich schaue hinüber zum Kontrollpunkt. Wo ist der Lastwagen? Ist Paul noch immer auf der Ladefläche? Durch die Büsche ist meine Sicht eingeschränkt. Mir bleibt nichts anderes übrig, als nach einer Möglichkeit zu suchen, in den Hafen zu gelangen. Ich schleiche geduckt am Zaun entlang, bis ich mich dicht unter dem Gebüsch befinde. Plötzlich entdecke ich über dem Boden ein Loch im Maschendrahtgeflecht. Ich packe die beiden Enden und ziehe sie nach oben, um das Loch zu vergrößern, dann robbe ich auf dem Bauch durch die entstandene Öffnung. Es funktioniert, auch wenn die Drahtenden an meiner Haut und meiner Kleidung reißen.

Auf der anderen Seite angelangt, richte ich mich auf. Meine Erleichterung verfliegt schlagartig, als ich aufgeregte Stimmen vom Kontrollpunkt zu mir herüberdringen höre. Paul! Wieder ducke ich mich, dann nähere ich mich dem Tumult. Der Lastwagen steht am Tor, ein Wachmann hält sich hinter dem Wagen auf und leuchtet mit einer Taschenlampe hinein. Und dann sehe ich mit Schrecken, wie zwei andere Wachleute vom Laster klettern und Paul mit sich schleifen.

Sie haben Paul erwischt. Ich mache ein paar Schritte auf den Lastwagen zu. Irgendwie muss ich Paul helfen, doch dann sieht er in meine Richtung und schüttelt fast unmerklich den Kopf. Geh weiter, kann ich ihn fast sagen hören. Ganz gleich, was geschieht.

Sekundenlang ringe ich mit mir. Mein Herz rast so, als wolle es jeden Moment explodieren. Ich kann Paul nicht hier zurücklassen! Aber wenn ich bleibe, werden sie auch mich schnappen. Rachels Gesicht taucht vor meinem geistigen Auge auf. Ich muss zurück zu ihr. Ich kann jetzt nicht mehr umkehren. Es tut mir leid, denke ich, und betrachte Paul ein letztes Mal. Dann renne ich weiter über das Hafengelände und ignoriere meinen schmerzenden Knöchel.

Als ich keine Deckung mehr habe, werde ich langsamer und gehe so zügig wie möglich weiter, ohne dass jemand auf mich aufmerksam wird. Vor mir erstreckt sich ein Pier, an dem zu beiden Seiten riesige Schiffe anlegen. Überall lädt man von den Lastwagen große Kisten ab.

Ich suche hinter einem Turm aus übereinandergestapelten Kisten Schutz, dann sehe ich mir die Schiffe genauer an. Schließlich entdecke ich die *SS Bremen*, die ganz am Ende des Piers zu meiner Rechten liegt. Ich mache mich auf den Weg dorthin, wobei ich mich immer wieder hinter Kisten und anderen Frachtstücken verstecke, um nicht gesehen zu werden. Plötzlich höre ich aus einiger Entfernung erst einen, dann einen zweiten Schuss. Paul!, schreie ich stumm auf. Es bricht mir das Herz, ihm nicht helfen zu können. Aber ich kann jetzt nichts für ihn tun, ich muss weitergehen. Verzweifelt laufe ich los und eile an den Hafenarbeitern vorbei, die von mir keine Notiz nehmen, da sie durch die Schüsse abgelenkt sind.

An der *Bremen* angekommen, betrachte ich staunend den breiten Steg, über den man an Bord des Schiffs gelangt. In geduckter Haltung laufe ich hinauf. Oben angekommen, bleibe ich einen Moment lang im Schutz eines Kartons stehen, dann eile ich weiter bis zum Heck des Schiffs. Ich habe es geschafft. Ich beuge mich über die Reling und beobachte, wie Paul von den Polizisten weggetragen wird. Nur mit Mühe kann ich mich davon abhalten, zu ihm zu rennen und etwas Unüberlegtes zu tun. Wenn ich wieder in England bin, kann ich die Amerikaner bitten, ihm zu helfen. Aber dann denke ich an die Schüsse, und mir wird voller Entsetzen klar, dass es zu spät ist, um noch zu helfen. Ich habe Paul erneut verloren, und diesmal für immer. *Leb wohl, mein Geliebter. Ich danke dir, dass du mir ein weiteres Mal das Leben gerettet hast.* Tränen lassen alles vor meinen Augen verschwimmen.

Wenige Minuten später wird der Steg eingeholt, ein Signalhorn ertönt, und das Schiff legt ab. Ich habe es offenbar in letzter Sekunde geschafft. Mein Blick wandert über das Deck auf der Suche nach einer Luke, damit ich mich ins Innere des Schiffs zurückziehen kann. Plötzlich bemerke ich eine Bewegung auf dem Pier, eine Gestalt nähert sich dem Schiff. Als ich die Gangart des Mannes erkenne, macht mein Herz einen Freudensprung. Es ist Paul! Er lebt, und er versucht, an Bord zu kommen!

*Beeil dich*, flehe ich ihn stumm an und muss mich davon abhalten, ihn lautstark anzufeuern. Doch das Schiff entfernt sich bereits vom Pier. Er kann es unmöglich schaffen! Er läuft weiter und weiter, und ich sehe, dass sein Blick auf ein kleines Rettungsboot gerichtet ist, das durch ein Tau mit dem Schiff verbunden ist. Inzwischen trägt Paul keinen Mantel mehr, er rennt bis zum Ende des Piers und springt ohne zu zögern ins Wasser. Es muss eiskalt sein! Er wird in der Kälte nicht lange durchhalten. Mein Herz schlägt wie wild, während ich hilflos mitansehen muss, wie er mit kräftigen Zügen auf das Rettungsboot zuschwimmt. Beeil dich! Er bekommt das Boot zu fassen, rutscht aber ab. Dann versucht er es noch einmal, und jetzt findet er Halt. Ja, er hat es geschafft. Aber im Kielwasser des Schiffs schaukelt das Boot so heftig hin und her, dass Paul sich nicht lange wird halten können. Er bekommt das dicke Tau zu fassen, an dem das Rettungsboot festgemacht ist. Staunend sehe ich mit an, wie er sich Stück für Stück an dem Tau nach oben hangelt. Als er die Reling erreicht hat, beuge ich mich hinüber, um ihn an Bord zu ziehen, doch selbst das bewältigt er noch aus eigener Kraft.

„Paul“, flüstere ich unter Tränen. Er ist klitschnass, sein Hemd ist vorne blutgetränkt.

„Ich habe dir doch gesagt, dass ich dich nicht noch einmal versetze“, bringt er heraus, dann sackt er zusammen.

## *24. KAPITEL*

„Paul!“ Ich knie neben ihm und berühre das blutgetränkte Hemd. Die Augen hat er halb geöffnet, sein Atem geht flach. *Oh mein Gott!* Ich muss ihn ins Warme schaffen und irgendwo verstecken, damit ihn niemand findet. Gut zwanzig Meter von mir entfernt bemerke ich eine Luke. Zwar weiß ich nicht, was sich dahinter verbirgt, aber ganz bestimmt sind wir dort sicherer aufgehoben als hier draußen, wo uns jedermann sehen kann. „Paul, kannst du mich hören?“ Er brummt leise. „Du musst mir helfen. Hier können wir nicht bleiben, aber ich kann dich nicht allein von hier wegschaffen. Kannst du aufstehen?“

Er antwortet nicht. Ich lege seinen rechten Arm über meine Schulter, dann fasse ich unter ihn, hole tief Luft und versuche, ihn hochzuziehen. Aber sein Körper bleibt schlaff, und damit ist er zu schwer für mich. Ratlos schüttele ich den Kopf. „Paul, hör mir zu. Ich weiß, du bist verletzt. Aber du musst mir dabei helfen, dich von hier wegzubringen. Ich zähle bis drei, und dann nimmst du für ein paar Minuten alle deine Kräfte zusammen und stehst auf, okay?“ Wieder versuche ich ihn hochzuziehen, und diesmal bemerke ich eine minimale Bewegung in seinen Beinen. Er zittert am ganzen Leib, so sehr strengt er sich an, mich bei meinen Bemühungen zu unterstützen. Ich frage mich, wie schwer seine Verletzung sein mag. Panik steigt in mir auf, als ich ihn kurzerhand hinter mir her über das Deck schleife, da nicht daran zu denken ist, dass er aufsteht und mir meine Anstrengungen erleichtert.

Ich lehne ihn gegen das Schott und öffne die Tür, dann rolle und schiebe ich ihn durch die Öffnung nach drinnen. Wir befinden uns auf einem Treppenabsatz, eine Treppe führt nach oben, die andere nach unten. Von oben höre ich jemanden deutsch reden. „Paul, wir müssen nach unten“, flüstere ich ihm hastig zu. Ich weiß nicht, ob sich dort weitere Matrosen aufhalten, aber das Risiko muss ich eingehen. Er blinzelt, und es scheint, dass er wieder zu Bewusstsein kommt. Die Augen halb geöffnet, richtet er sich mühselig auf und stützt sich auf mich. Dann gehen wir langsam Stufe für Stufe nach unten. Am Fuß der Treppe angelangt, müssen sich meine Augen erst an die schwache Beleuchtung gewöhnen. Schließlich erkenne ich, dass wir uns im Laderaum des Schiffs befinden. Unendlich viele Kisten, die sich bis zur Decke stapeln. Ich atme die feuchte Luft ein, die nach nassem Holz und Leinenstoff riecht. Hoffentlich kommt hier erst wieder jemand her, wenn wir England erreicht haben.

Pauls Beine zittern vor Anstrengung, und ich führe ihn noch ein Stück weiter, bis wir einen schmalen Gang zwischen den aufgetürmten Kisten erreichen. Wir folgen diesem Gang, bis wir an eine Stelle gelangen, an der die Frachtstücke so gestapelt sind, dass sie eine kleine Ausbuchtung bilden. „Hier können wir uns setzen", sage ich. Paul erwidert nichts, lässt sich aber von mir beim Hinsetzen helfen. Ein Stück den Gang entlang liegen mehrere Leinensäcke, die ich zwischen Paul und die Kiste in seinem Rücken schiebe, sodass sie ein behelfsmäßiges Kissen bilden. „Jetzt werde ich mir deine Verletzung ansehen."

„Mir geht's gut", keucht er angestrengt.

Als ich sein Hemd hochschiebe, stockt mir der Atem. Sein Bauch ist blutüberströmt. Ich muss die Blutung stoppen. Aufgeregt sehe ich mich um, ob ich etwas finde, das ich als Verbandsstoff benutzen kann. Dann fällt mir ein, dass er mir den Knöchel verbunden hat. „Paul, hast du noch etwas von der Mullbinde?", frage ich ihn, bekomme jedoch keine Antwort. Ich schaue ihm ins Gesicht. Die Augen sind halb geöffnet, er ist kreidebleich. Das muss der Blutverlust sein. „Paul", spreche ich ihn hektisch an, aber auch jetzt kommt noch immer keine Reaktion.

Ich greife in seine Tasche und beginne zu wühlen. Ich ertaste das Taschenmesser und ein paar zusammengeknüllte Zettel. Dann spüre ich ganz unten ein kleines Foto. Neugierig ziehe ich es heraus und kann kaum glauben, was ich in meiner Hand halte. Es ist das Foto von uns beiden, das damals in Paris entstand, als er mir den Heiratsantrag machte. Wie kann er dieses Bild immer noch bei sich tragen – nach allem, was ihm widerfahren ist?

Ich lege das Foto zur Seite und suche in der anderen Tasche, werde aber auch dort nicht fündig. Verzweifelt löse ich den Verband um meinen Knöchel, doch der ist völlig verschmutzt. Wenn ich den um seinen Leib wickele, kann ich davon ausgehen, dass sich die Schusswunde entzünden wird. Ich hole die Flasche aus seiner Tasche, aber sie ist leer. Also habe ich auch keinen Alkohol, um die Wunde zu desinfizieren. Ich sehe mich um. In all diesen Kisten muss sich doch irgendetwas befinden, das mir helfen kann. Ich gehe von einer Kiste zur nächsten und versuche, in der Düsternis die Beschriftungen zu entziffern. Plötzlich fällt mir ein vertrauter Begriff ins Auge: *Zyborowa.* Polnischer Wodka! Ich versuche die Kiste zu öffnen, doch sie ist versiegelt, der Deckel gibt nicht nach. Ich hole mir Pauls Taschenmesser und öffne das Siegel, dann benutze ich die Klinge, um den Deckel hochzudrücken. Ich nehme eine Flasche heraus, kehre zu Paul zurück und knie mich neben ihm hin.

Kurz entschlossen beginne ich, meinen Mantel in lange schmale Streifen zu reißen, tränke den Stoff mit dem Wodka und wische das Blut weg, um die Wunde genauer zu betrachten. Die Kugel hat ihn in den Bauch getroffen, fast genau an der gleichen Stelle wie damals bei mir. Paul stöhnt auf, als ich ihn nach vorn drücke, damit ich mir seinen Rücken ansehen kann. „Tut mir leid“, flüstere ich ihm zu. Die Austrittswunde ist deutlich zu sehen, sie hat nur wenig geblutet. Als ich ihn wieder gegen die Kiste lehne, tritt erneut Blut aus der Einschussstelle aus. Ich muss die Wunde verbinden und die Blutung stillen. Wieder tränke ich den mittlerweile roten Stoff mit Wodka, dann beuge ich mich vor und flüstere ihm zu: „Das wird jetzt wehtun. Aber es ist nur zu deinem Besten." Dann halte ich ihm den Mund zu und lasse den Wodka direkt über die Wunde laufen, um sie vollständig zu säubern. Mit meiner Hand ersticke ich einen nur schwachen Schmerzensschrei, anschließend wickele ich den Stoffstreifen so fest um seinen Bauch, wie ich nur kann.

Bereits nach kurzer Zeit kann ich beobachten, dass wieder Blut aus der Wunde tritt. Doch es hilft nichts, es muss so genügen. Ich ziehe das Hemd nach unten und fühle seine Stirn, die glühend heiß und nass geschwitzt ist. Erneut spüre ich Panik in mir aufsteigen. Irgendetwas muss ich doch für ihn tun können. Auf einmal fällt mir die Feldflasche ein, aus der er mich hatte trinken lassen. Ich bete, dass er sie noch bei sich hat, greife behutsam um ihn herum und ertaste sie an seinem Gürtel. Als ich sie schüttele, merke ich, dass sich nur ein winziger Rest Wasser darin befindet. Paul würde wollen, dass wir das Wasser für später aufheben, wenn wir es dringender brauchen. Aber wenn ich nichts gegen sein Fieber unternehme, dann wird es vielleicht kein Später geben.

„Paul." Keine Reaktion. Ich schüttele ihn sanft und wiederhole seinen Namen, diesmal etwas lauter. Er grummelt, als würde er aus einem tiefen Schlaf erwachen. Vorsichtig fülle ich Wasser in den Deckel und halte ihn an seine Lippen, ganz so, wie er es bei mir gemacht hat, als er mich in meiner Zelle fand. Ich träufele ihm ein paar Tropfen Wasser in den Mund. „Schluck das", bitte ich ihn, doch er zeigt keine Reaktion, und im nächsten Moment läuft ihm das Wasser wieder aus dem Mundwinkel. Behutsam lege ich seinen Kopf in den Nacken und unternehme einen weiteren Anlauf. „Trink", fordere ich ihn auf, und jetzt sehe ich, wie sich sein

Adamsapfel leicht bewegt. Den Rest aus dem Deckel verreibe ich auf seiner Stirn, um sie zu kühlen.

Nachdem ich die Feldflasche wieder zugeschraubt habe, mustere ich Pauls Gesicht. Mehr als das kann ich nicht für ihn tun. Da er zu zittern beginnt, lege ich vorsichtig einen Arm um ihn, schließe die Augen und hoffe, dass wir so schnell wie möglich England erreichen. Noch vor ein paar Stunden wollte ich eine Rückkehr so lange wie möglich hinauszögern, da unsere Ankunft zugleich unseren Abschied bedeutet hätte. Aber jetzt können wir gar nicht schnell genug heimkehren, damit die Hilfe für Paul nicht zu spät kommt. Ich werde dich nicht noch einmal verlieren, denke ich.

Die gleichmäßigen Bewegungen des Schiffes lassen mich immer müder werden. Eigentlich sollte ich wach bleiben, aber das ist plötzlich gar nicht mehr wichtig. Ob wir im Schlaf ertappt werden oder nicht, ist egal. Ich hätte ohnehin nicht mehr genug Kraft, um mich schützend vor Paul zu stellen. Wir haben getan, was wir konnten. Ich habe meinen Auftrag erfüllt. Jetzt hängt alles nur noch davon ab, ob wir es lebend zurück nach England schaffen. Langsam sinke ich in einen tiefen Schlaf.

Irgendwann später werde ich wach, da ich spüre, dass Paul sich bewegt. Ich setze mich auf und sehe ihn an. Die Augen hat er einen Spaltbreit geöffnet. „Kannst du mich hören?“, frage ich, und er nickt langsam. „Wie fühlst du dich?“

„Es tut weh“, gibt er zurück. „Sehr weh.“

„Ich weiß.“ Ich lege meine Hand auf seine Stirn, die noch heißer ist als zuvor. Dann greife ich nach der Feldflasche.

Er hebt abwehrend seine Hand. „Vergeude das Wasser nicht.“

„Paul, du glühst förmlich! Ich werde schon irgendwo Wasser auftreiben.“

Er erwidert nichts, sondern lässt sich von mir ein paar Tropfen einflößen, und verzieht dann das Gesicht, als er schluckt. Ich erinnere mich daran, wie ich im Gefängnis meine Schmerzen zu vergessen versuchte, indem ich so tat, als sei ich ganz woanders – bei meiner Familie im Dorf oder beim Schabbes-Essen mit meinen Freunden. „Lass uns so tun, als wären wir gar nicht hier“, sage ich zu ihm. „Denk zurück an die Nacht in Salzburg, als wir in der Gartenlaube saßen und dem Regen lauschten.“

Ein schwaches Lächeln huscht über seine Lippen. „Das war wunderschön. Diese Ruhe nach den Kämpfen. Ich dachte, ich wäre im Paradies.“ Dann wird seine Miene wieder ernst. „Im Krieg schaffte ich es, mich nicht ernsthaft verletzen zu lassen. Und jetzt …“ Er hebt seine Hand ein wenig in Richtung der Verletzung.

„Und alles nur meinetwegen“, murmele ich. „Sonst wärst du gar nicht hier. Es tut mir leid.“

„Das war es wert“, erwidert er rasch. „Ich liebe dich, Marta.“

„Und ich liebe dich. Als ich sah, was sich an der Einfahrt zum Hafen abspielte, da dachte ich …“

„Dass du mich schon wieder verloren hast?“, führt er meinen Satz zu Ende. Ich nicke und fühle mich von allem überwältigt. Plötzlich kommen mir die Tränen. „Nein, so leicht wirst du mich nicht los. Sie wollten mir Handschellen anlegen“, redet er weiter. „Aber ich konnte meinen Mantel abstreifen und bekam die Waffe von dem Mann zu fassen, der mich festhielt. Es gelang mir, ihn zu erschießen und die beiden anderen zu verletzen.“ Seine Stimme versagt, wohl wegen der Anstrengung, aber auch wegen der Erinnerung an diesen Moment. In seinen Augen sehe ich das gleiche Bedauern wie in Berlin, als er den Polizisten getötet hatte. Einem Menschen das Leben zu nehmen, fällt Paul nicht leicht, selbst wenn er damit sein eigenes rettet.

Oder meins.

„Ich liebe dich“, wiederhole ich und wünschte, ich könnte ihm etwas von seinen Schmerzen abnehmen.

„Ich dich auch. Mir wäre es nur lieber, du hättest dich nicht so schnell einem anderen Mann zugewandt." Er versucht, unbeschwert zu klingen, aber seine Miene verrät, wie ernst es ihm ist.

Ich weiß, jetzt muss ich ihm die Wahrheit sagen. „Das habe ich nicht."

Paul sieht mich ratlos an. „Ich verstehe nicht. Was hast du nicht?"

Einen Moment lang zögere ich. Wenn ich Paul einweihe, wird das nicht ohne Konsequenzen bleiben. Aber er muss die Wahrheit erfahren, allein schon für den Fall, dass … nein, ich kann diesen Gedanken nicht zu Ende führen. Aber wenn ihm etwas zustößt, dann will ich, dass er es vorher noch erfahren hat. „Ich habe mich nicht einfach so einem anderen Mann zugewandt", erkläre ich.

„Aber du hast so kurz darauf geheiratet …"

„Ich habe Simon nicht aufgrund meiner Gefühle für ihn geheiratet, und auch nicht, weil ich dich vergessen hätte. Ich tat es, weil ich schwanger war."

„Aber du hättest doch nicht mit ihm geschlafen, wenn du nicht …" Plötzlich stutzt er, dann leuchten seine Augen auf. „Das hast du auch nicht, richtig?"

„Mit ihm geschlafen? Nein, erst nach unserer Heirat."

„Dann ist das Baby …"

Ich nicke. „Rachel ist deine Tochter. Es tut mir leid, dass ich es dir nicht früher gesagt habe."

Aufmerksam beobachte ich seine Reaktion. Ist er wütend? „Meine Tochter", murmelt er leise und schließt die Augen. Ich beuge mich vor und überprüfe seinen flachen Atem, da ich fürchte, die Wahrheit könnte zu viel für ihn sein. Das ist das Fieber, sage ich mir und fühle abermals seine Stirn. Er wird sich nicht daran erinnern, was ich ihm anvertraut habe. Aber wenigstens weiß er es jetzt. Ich lehne mich zurück. Ganz gleich, was noch kommen wird, er weiß es. Dann sinke ich langsam wieder in einen traumlosen Schlaf.

Nach einer Weile werde ich wieder wach, spüre das Schaukeln des Schiffes und rieche das feuchte Holz. Paul liegt auf der Seite und bewegt sich nicht. Oh nein, wäre ich doch bloß nicht eingeschlafen! „Paul." Ich berühre Wangen und Stirn, sein Gesicht fühlt sich etwas kühler an, doch er hat die Augen weiterhin fest geschlossen. Vorsichtig drehe ich ihn zu mir um und lege seinen Kopf in meinen Schoß. „Paul, wach bitte auf."

Seine Augenlider flattern, dann schlägt er sie auf. „Hallo", sagt er lächelnd zu mir.

„Du bist wach! Wie fühlst du dich?"

Er legt eine Hand auf seine Seite. „Es tut noch immer weh."

Ich ziehe sein Hemd hoch, um die Verletzung zu begutachten. Der Verband ist zwar durch und durch rot gefärbt, aber es scheint so, als hätte die Blutung aufgehört. Eigentlich müsste ich den Verband wechseln, aber ich habe keinen Ersatz. Ich lasse sein Hemd wieder los. „Die Wunde scheint nicht mehr zu bluten", erkläre ich erleichtert. „Jedenfalls sieht das für mich so aus."

Er nickt. „Aber in mir rumort es noch immer, das kann ich deutlich spüren."

„Dein Fieber hat nachgelassen." Ich versuche, nicht zu besorgt zu klingen. „Du solltest mehr trinken." Ich greife hinter mich und hole die Feldflasche hervor.

„Das kann ich selbst", winkt er ab und nimmt mir die Flasche aus der Hand. „Viel ist nicht mehr übrig. Habe ich das alles getrunken?"

„Einen Teil davon, den anderen brauchte ich, um das Fieber zu senken."

„Hast du auch etwas getrunken?"

„Ja", behaupte ich und weiche dabei seinem Blick aus.

„Marta …“ Er berührt meine Lippen, und erst jetzt fällt mir auf, wie trocken sie sind. „Du musst auch etwas trinken.“

„Mir geht es gut“, beteuere ich. „Ich werde sicher irgendwo Wasser für uns auftreiben.“ Ich sehe mich in dem halbdunklen Laderaum um. „Ich möchte zu gern wissen, wie spät es ist.“

„Ich habe keine Ahnung. Wieso rieche ich eigentlich wie eine Schnapsbrennerei?“

Mit einem leisen Lachen antworte ich: „Das ist meine Schuld. Ich musste deine Wunde desinfizieren, und das Einzige, was ich finden konnte, war eine Kiste voll Wodka.“

„Ah, deshalb fühle ich mich so gut“, scherzt er und gibt mir die Feldflasche zurück. „Trotzdem danke ich dir.“

„Gern geschehen. Du hast mir zweimal das Leben gerettet, da war es das Mindeste, es einmal wiedergutzumachen.“

Schweigend schließt er die Augen. Während ich sein Gesicht betrachte, frage ich mich, ob er sich an unsere Unterhaltung über Rachel erinnert. Ich überlege, ob ich noch einmal darauf zu sprechen kommen soll, entscheide mich dann aber dagegen. Stattdessen hebe ich das Foto auf, das ich neben uns auf den Boden gelegt habe. „Ich wollte dich etwas fragen. Als ich in deinen Taschen nach Verbandsstoff gesucht habe, bin ich darauf gestoßen.“

Paul öffnet die Augen einen Spaltbreit. „Oh, das ist nur ein Mädchen, mit dem ich in Paris eine kurze Affäre hatte.“

„Sehr witzig. Ich weiß, wo es entstand, aber wie kommt es, dass du es nach dem Absturz noch immer bei dir hast?“

„Kannst du dir vorstellen, dass sie mich mit diesem Foto in der Hand aus dem Wasser gezogen haben? Ich war bewusstlos, hatte kaum noch Kleidung am Körper, aber das Foto hielt ich fest. Die Sanitäter sagten, ich hätte es so fest umklammert, dass sie es mir kaum abnehmen konnten.“

Meine Kehle ist trocken und wie zugeschnürt. „Und die ganze lange Zeit über …“

„Ich trage es immer bei mir. Ich denke, es ist mein Glücksbringer. Der Grund, wieso ich überlebt habe.“ Seine Stimme ist kräftig und deutlich. „Ich weiß, ich bin verrückt. Zwei Jahre sind vergangen, und ich bin immer noch Feuer und Flamme für eine Frau, die mit einem anderen verheiratet ist.“ Wieder frage ich mich, ob er von unserer Unterhaltung vor ein paar Stunden etwas mitbekommen hat. Ist ihm klar, dass ich Simon geheiratet habe, weil Rachel einen Vater brauchte? „Ich wurde angeschossen, ich liege in einem Schiffsrumpf, kein Arzt weit und breit, keine Schmerzmittel …“

„Wir werden bald in England sein.“

„Ich weiß, aber das ist ja das Verrückte. Mir ist egal, dass wir in diesem Schiff festsitzen und dass ich Schmerzen habe. Ich will gar nicht ankommen. Mir genügt es, mit dir hier zu sein. Mehr will ich nicht. Letzte Nacht im Fieber, da dachte ich, dass das Wiedersehen mit dir nur ein Traum ist. Aber jetzt weiß ich, dass es kein Traum ist, sondern Wirklichkeit … und das ist alles, was ich mir wünschen kann.“

Mein Herz schlägt vor Freude schneller. „Mir geht es genauso.“

„Wirklich?“

„Ja, bis auf den Punkt, dass es mir nicht egal ist, wie schnell du ärztlich versorgt wirst.“

Er setzt eine ernstere Miene auf. „Aber wenn wir England erreicht haben …“

Ich lege einen Finger auf seine Lippen. „Schhht. Sprich es nicht aus. Ich will jetzt nur bei dir sein, sonst nichts.“ Er zieht mich zu sich und küsst mich so zärtlich, dass ich darüber fast seine Verletzung vergesse. Sekunden später löse ich mich von ihm. „Du musst dich schonen.“

„Ja, ich weiß. Ich wünschte, ich wäre nicht so schwer verletzt, dann würde ich …“

„Mit mir schlafen wollen?“, frage ich.

„Ja.“

Ich erwidere nichts, aber in Wahrheit gibt es nichts, was ich mir sehnlicher wünsche. Ich weiß, es wäre verkehrt. Es ist schon schlimm genug, dass ich meinen Mann im Rausch der Gefühle einmal betrogen habe. Ein zweites Mal wäre unentschuldbar. Doch in ein paar Stunden sind wir in England, dann werden sich unsere Wege wieder trennen. Meine Gedanken überschlagen sich. Ich kann es nicht erwarten, Rachel in meinen Armen zu halten. England bedeutet für mich ein Leben an der Seite von Simon. Und ohne Paul.

Ein Signalhorn ertönt, und das Schiff beginnt stärker zu schaukeln als zuvor. „Wir sind fast da", murmelt Paul.

„Ja." Wir sollten uns vom Schiff schleichen, sobald es angelegt hat. Doch beim Blick in Pauls bleiches Gesicht weiß ich, dass das nicht möglich ist. Er wird die Treppe nicht aus eigener Kraft bewältigen können, selbst wenn ich ihn stütze. Ich überlege, ob ich Hilfe holen soll, aber ich habe zu große Angst, ihn hier unten allein zu lassen. Wir werden warten müssen, bis das Schiff entladen wird und man uns entdeckt. „Ruh dich einfach aus", sage ich zu ihm. „Du musst durchhalten, wir haben es fast geschafft." Eine Antwort bekomme ich nicht.

Einige Minuten später stößt das Schiff irgendwo an, wahrscheinlich die Kaimauer, und wir werden kräftig durchgeschüttelt. Von oben sind Stimmen und Schritte zu hören, die schnell näher kommen. Eine Luke wird geöffnet, Leute kommen die Treppe hinuntergelaufen. Der Lichtkegel einer Taschenlampe zuckt umher. Ich stehe auf, atme einmal tief durch und nehme die Hände hoch. „Hallo?", rufe ich.

Die Taschenlampe wird auf mich gerichtet. „Was ist hier los?", erwidert eine Männerstimme auf Englisch.

Ich halte eine Hand vor meine Augen, da mich die Lampe blendet. „Können Sie uns bitte helfen?" Ich sehe zwei Männer in Uniform, die sich uns nähern. Englische Zollbeamte, wie ich zu meiner Erleichterung erkenne.

„Blinde Passagiere!", ruft der zweite Mann.

„Bitte", gebe ich zurück. „Mein Name ist Marta Gold, ich arbeite für das Außenministerium, und dieser Mann ist Michael Stevens. Er ist Amerikaner. Fragen Sie bei seiner Botschaft nach, aber bitte, rufen Sie erst einen Krankenwagen! Er wurde angeschossen und muss dringend ärztlich versorgt werden."

Die Männer blicken skeptisch zwischen Paul und mir hin und her. „Keine Bewegung", fordert uns einer der Männer schließlich auf und wendet sich dann an den anderen: „Überprüfen Sie das. Und lassen Sie einen Krankenwagen kommen."

„Beeilen Sie sich bitte", füge ich hinzu. Der zweite Mann macht kehrt und eilt nach oben, während ich mich neben Paul knie. „Es ist alles in Ordnung, Liebling." Ich drücke seine Hand. „Wir haben es geschafft, Hilfe ist unterwegs."

Paul zittert, seine Augen hat er wieder geschlossen. Ich lege meine freie Hand auf seine Stirn, die sich nun eiskalt anfühlt – was mir mehr Angst einjagt als zuvor sein Fieber. Er murmelt irgendetwas, und ich beuge mich weiter vor. „Was sagst du?"

„Was du mir da erzählt hast ..." Seine Stimme wird schwächer.

Ich schüttele ihn vorsichtig. „Paul, wach auf."

„Hmmm", macht er.

„Du hast mich etwas fragen wollen", helfe ich ihm auf die Sprünge. „Was habe ich dir erzählt?"

„W-weiß nicht mehr", antwortet er.

„Dann ruh dich aus. Du musst deine Kräfte schonen."

Der zweite Mann kehrt zurück, bleibt aber am Kopf der Treppe stehen. „Es stimmt, was die Frau sagt", ruft er schwer atmend seinem Kollegen zu. „Es ist eine anonyme Meldung eingegangen, dass sich zwei blinde Passagiere an Bord der *Bremen* befinden würden, ein Mann und eine Frau. Ein Amerikaner, eine Britin. Von einer Verletzung war keine Rede.“ Das wird Jan erledigt haben. Sie wollte uns mit der Nachricht helfen. Der Mann dreht sich zu mir um. „Die Krankenwagen sind unterwegs.“

Gleich mehrere?, wundere ich mich. „Ich brauche keine ärztliche Hilfe“, entgegne ich.

Keine Minute später höre ich in einiger Entfernung Sirenen, die sich rasch nähern. Dann kommen mehrere Sanitäter in den Frachtraum und eilen zu Paul. „Ma’am, wenn Sie bitte Platz machen würden, damit wir ihn behandeln können“, fordert mich einer von ihnen auf, woraufhin ich widerwillig meinen Platz räume. „Was ist passiert?“, fragt der Sanitäter.

„Er wurde angeschossen“, erwidere ich.

„Mit welcher Art von Waffe?“

Ich kann nur den Kopf schütteln.

Er sieht mich an. „Wie lange ist das her?“

Mir wird klar, dass ich jegliches Zeitgefühl verloren habe. „Ich weiß nicht mehr. Zwei Tage?“

Der Sanitäter schiebt Pauls Hemd hoch und untersucht schweigend die Wunde. Schließlich halte ich die Anspannung nicht mehr aus. „Wie geht es ihm?“, will ich wissen.

Der Mann sieht mich betroffen an. „Sind Sie mit ihm verwandt?“

„Ja“, erkläre ich hastig. „Das heißt, eigentlich nicht. Er hat keine Familie mehr, und ich … ich bin eine enge Freundin.“

„Er ist schwer verwundet und muss sofort operiert werden.“ Zu den anderen Sanitätern sagt er: „Wir müssen ihn hier rausschaffen.“ Als sie Paul auf die Trage legen, um ihn festzuschnallen, schreit er vor Schmerz auf. Ich folge ihnen an Deck.

Draußen angekommen, muss ich die Augen zusammenkneifen, weil das Tageslicht so blendet. Der Himmel ist von dichten grauen Wolken überzogen, es nieselt leicht. Die salzige Seeluft strömt in meine Lungen und befreit sie von der muffigen, feuchten Luft im Frachtraum. Ich laufe zu Paul, als die Sanitäter ihn an Land gebracht haben. „Paul", flüstere ich, aber er reagiert nicht.

„Wir müssen los", sagt einer der Männer. Ich halte Pauls Hand fest und laufe weiter neben den Sanitätern her, die sich zu einem von zwei wartenden Krankenwagen begeben.

Ein Sanitäter öffnet die Hecktüren, dann dreht er sich zu mir um. „Der zweite Wagen ist für Sie."

„Mir fehlt nichts, ich muss nicht behandelt werden."

„Doch, das müssen sie. Wir haben keine Zeit, darüber zu diskutieren. Sie müssen ihn jetzt loslassen." Ich will etwas erwidern, überlege es mir aber anders. Jeder Einwand von meiner Seite führt nur dazu, dass Paul umso später versorgt wird. Ich ziehe meine Hand zurück und sehe mit an, wie seine Trage in den Krankenwagen geschoben wird. Als der Wagen Augenblicke später losfährt, sinke ich schluchzend zu Boden.

## 25. KAPITEL

„Marta“, ruft mich eine Stimme aus der Dunkelheit. Paul. Sind wir immer noch in Deutschland? „Marta.“ Da ist die Stimme wieder. Aber das ist nicht Paul. Das ist ein britischer Akzent.

Eine Hand berührt mich am Arm, schüttelt mich leicht. Widerstrebend schlage ich die Augen auf. Simon steht über mich gebeugt und sieht mich besorgt an.

„Simon“, flüstere ich. Simon, nicht Paul. Ich frage mich, ob ich in unserem Bett liege und alles nur geträumt habe. Tränen steigen mir in die Augen.

„Mein Schatz“, sagt Simon und streicht über meine Wange, da er fälschlich glaubt, das seien Freudentränen. „Du bist wieder zu Hause und in Sicherheit.“

Aber ich bin eigentlich nicht zu Hause, wie mir klar wird, als ich mich in dem kargen, fremden Zimmer umsehe. Plötzlich erinnere ich mich, wie ich in diesem Laderaum neben Paul gelegen habe. „Wo bin ich?“

„Du bist im Krankenhaus. Im Außenministerium ging eine Nachricht ein, du seist mit einem Schiff auf dem Weg zurück nach England, und dann meldeten die Zollbehörden zwei blinde Passagiere an Bord der *Bremen*.“ Ich denke an die Sanitäter, wie sie Paul in den Krankenwagen schieben und die Türen schließen. Wo ist er jetzt? Geht es ihm gut? Simon redet weiter: „Du konntest den Zollbeamten sagen, wer du bist und mit wem sie sich in Verbindung setzen sollen. Aber dann bekamst du einen Anfall und wolltest dich von den Sanitätern nicht untersuchen lassen. Deshalb mussten sie dir ein Beruhigungsmittel geben. Wie fühlst du dich jetzt?“

„Gut“, erwidere ich und setze mich in meinem Bett auf. „Wie lange habe ich geschlafen?“

„Nur eine Nacht. Du warst völlig erschöpft und ausgetrocknet, aber davon abgesehen, scheinst du gesund zu sein.“

Ich schlucke. „Wir hatten kein Wasser mehr und …“ Ich atme tief durch, während ich überlege, was Simon über Paul weiß. „Der Mann, den sie mit mir vom Schiff holten … wie geht es ihm?“

„Ich weiß nicht“, antwortet er. „Er war in ziemlich schlechter Verfassung, als man euch beide fand. Soweit ich gehört habe, wurde er angeschossen und hatte viel Blut verloren.“

Es kostet mich Mühe, die Ruhe zu bewahren. „Haben sie gesagt, wer er ist?“

„Wohl ein amerikanischer Agent. Michael … irgendwas.“

Er hat Pauls neuen Namen genannt, wie ich erleichtert feststelle. Dann weiß er nicht, dass er der Mann ist, mit dem ich vor meiner Hochzeit verlobt war. „Kann ich zu ihm? Ich möchte ihm danken.“

„Das wird leider nicht gehen. Sie haben ihn für die Operation in ein Militärkrankenhaus verlegt.“ Mein Magen verkrampft sich. „Soll ich für dich nachfragen, wie es ihm geht?“

„Ja, bitte.“ Auf einmal bemerke ich einen Strauß Schnittblumen in der Vase auf dem Nachttisch. „Hast du die mitgebracht?“

„Nein, die sind vom stellvertretenden Minister. Er ist zutiefst dankbar und gratuliert dir zu deiner hervorragenden Arbeit.“

Ich sehe Simon an. „Dann war die Mission erfolgreich?“

„Ja. Die Sanitäter fanden den Dechiffrierer bei dir, als du hier eingeliefert wurdest, und übergaben ihn mir. In diesen Minuten wird die Liste entschlüsselt. Marcelitis hat bereits mit der Botschaft Kontakt aufgenommen und hilft uns, die zentralen Kontaktleute in Osteuropa zu identifizieren. Und die Amerikaner sind ganz begeistert, mit uns an dieser Sache zu arbeiten.“ Er verstummt und legt den Kopf schräg. „Wie bist du eigentlich auf diesen … diesen Michael gestoßen?“

Er ist auf mich gestoßen. In einer Zelle in Dachau. „Das

ist eine lange Geschichte", sage ich stattdessen. „Würde es dir etwas ausmachen, wenn wir später darüber reden?"

„Natürlich. Du bist sehr erschöpft. Wenn du dich erholt hast und erst wieder zu Hause bist, dann ist es noch früh genug für einen abschließenden Bericht."

Zu Hause. „Wo ist Rachel? Wie geht es ihr?"

„Sie ist bei Delia, und es geht ihr blendend."

„Delia", wiederhole ich bedächtig. „Weiß sie es?"

Simon schüttelt den Kopf. „Nur dass du im Krankenhaus bist. Sie glaubt, du wurdest krank, als du meine Tante besucht hast." Es stört mich immer noch, sie zu belügen. „Auf jeden Fall geht es Rachel gut", redet er weiter. „Sie wird sich sehr freuen, dich endlich wiederzusehen. Am Wochenende ist sie übrigens auf eine Geburtstagsparty eingeladen."

Ich sehe aus dem Fenster auf eine Wiese, die in dichten Nebel gehüllt ist. Ein Kindergeburtstag. Vor ein paar Tagen war ich noch auf der Flucht vor der Polizei. Zusammen mit Paul. Es kommt mir vor, als sei das schon ewig her. Vor meinem geistigen Auge verblasst Pauls Gesicht. Dann schaue ich wieder zu Simon. „Wann kann ich nach Hause?"

Ich lasse mich aufs Sofa sinken und ziehe die Decke zurecht, die über meinen Beinen liegt. Dann nehme ich die Tasse Tee, die Delia mir gebracht hat, und schaue aus dem Fenster. Delia ist mit Rachel im Garten vor dem Haus und spielt Ball mit ihr. Als ob sie gespürt hätte, dass ich ihr zusehe, dreht Rachel sich zu mir um und lächelt mich strahlend an. Sogar auf diese Entfernung kann ich den Milchzahn aufblitzen sehen, der zum Vorschein gekommen ist, während ich weg war. Ich habe diesen Moment versäumt, aber ich kämpfe gegen meine Schuldgefühle an und hauche ihr einen Kuss zu.

Dann lehne ich mich wieder zurück und starre ins Kaminfeuer. Fast drei Wochen sind jetzt vergangen, seit ich im Krankenhaus aufgewacht bin. Simon hatte recht, mit mir war alles in Ordnung, sodass ich am nächsten Tag entlassen werden konnte. Ich hätte sofort wieder ins Büro gehen können, doch Simon bestand darauf, dass ich mich erst einmal von den Strapazen erhole. „Du hast deinen Beitrag geleistet", sagte er. „Lass den anderen auch eine Chance, etwas zu tun." Also hatte ich mich widerstrebend mit einer kurzen Erholungspause einverstanden erklärt. Delia kommt jeden Tag her, um mir Gesellschaft zu leisten und sich um Rachel zu kümmern. Trotzdem verbringe ich fast die ganze Zeit mit meiner Tochter. Es scheint ihr überhaupt nichts ausgemacht zu haben, dass ich so viele Tage nicht bei ihr war, was mich auf eine egoistische Weise doch ein wenig stört. Ihr ist nicht bewusst, wie groß die Gefahr war, der ich mich ausgesetzt habe. Ich werde wieder ins Büro gehen, aber ich bin mir gewiss, einen solchen Auftrag niemals wieder zu übernehmen.

Ein paar Minuten später kommt Delia mit Rachel auf dem Arm ins Haus zurück. Die Kleine zieht einen Schmollmund. „Was ist los, mein Schatz?", frage ich sie, als Delia sie zu mir bringt.

„Sie wäre lieber noch draußen geblieben", antwortet Delia. „Sie hatte gehofft, dass Sammie herkommt und mit ihr spielt." Sammie ist der Nachbarsjunge, er ist fast drei. Erstaunt sehe ich Rachel an. Kann sie in ihrem Alter schon verliebt sein? „Aber die Sonne geht bereits unter", redet Delia weiter, „und es wird draußen zu kalt. Außerdem muss sie vor dem Zubettgehen noch gebadet werden."

Unwillkürlich muss ich lächeln. Delia achtet mit der Gründlichkeit eines Generals darauf, dass Rachels Zeitplan genau eingehalten wird. „Du kannst morgen wieder draußen spielen", verspreche ich Rachel. „Vielleicht kommt Mutti sogar mit. Und jetzt gib mir einen Kuss."

Delia hält mir die Kleine hin, ich küsse sie auf die kühle Wange und atme den Duft nach frischer Erde ein. Plötzlich klingelt das Telefon. Delia schaut über die Schulter. „Da sollte ich besser rangehen." Ich weiß, dass sie um Charles besorgt ist, dem nur Ruff Gesellschaft leistet.

„Gib mir Rachel", sage ich zu ihr und strecke die Arme aus. Meine Tochter drückt sich an mich und plappert vor sich hin.

„Hallo?", höre ich Delias Stimme aus dem Nebenzimmer, während ich Rachels Mantel aufknöpfe. „Hallo?" Dann folgt Stille. Im nächsten Moment kehrt sie ins Zimmer zurück.

„Hat sich niemand gemeldet?", frage ich. „Wie seltsam."

„Das ist gestern schon einmal passiert", sagt sie und kommt zu mir. „Ich wollte es eigentlich erwähnen, aber dann habe ich es vergessen."

Ich zucke mit den Schultern. „Wenn es wieder vorkommt, werde ich bei der Telefongesellschaft nachfragen."

„Und du, junge Lady, nimmst jetzt ein Bad", erklärt Delia und nimmt mir Rachel ab. „Im Ofen steht ein Braten", ruft sie mir noch zu und geht dann nach oben. „Wenn ich sie ins Bett gebracht habe, mache ich dir einen Teller fertig."

Ich will erwidern, dass das nicht nötig ist, doch sie hat bereits den Kopf der Treppe erreicht. Ich schaue wieder ins Kaminfeuer, sehe aber nach wie vor das Gesicht meiner Tochter vor mir. Seit meiner Rückkehr erinnert sie mich mehr als je zuvor an Paul. Plötzlich sehe ich ihn wieder vor mir, wie sie ihn zum Krankenwagen tragen. Wie blass er doch war. Vor ein paar Tagen hat mich Simon nebenbei wissen lassen, dass er etwas über den Amerikaner gehört habe. „Er hat die Operation gut überstanden und erholt sich in diesem Militärkrankenhaus." Ich konnte meine Erleichterung nur mit Mühe verbergen. „Sobald er transportfähig ist, werden sie ihn in die Staaten bringen", fügte er hinzu. Ich überlegte, ob das wohl stimmte. Paul selbst hatte mir erzählt, dass er nie in die Staaten reist. Sicher würde er bald einen neuen Auftrag übernehmen. Ein Stich ging mir durchs Herz, als ich daran dachte, dass er England verlassen würde. „Wenn du eine

Karte schicken willst, dann kann ich dir die Adresse geben, unter der er zu erreichen ist", bot Simon mir noch an.

„Ich bin mir sicher, dass das Ministerium ihn mit Dank überschüttet hat", gab ich zurück. Was sollte ich ihm auch schreiben? Dass ich seit meiner Rückkehr aus Deutschland nur noch an ihn denke? Dass ich von ihm träume, sobald ich mich schlafen lege? Die Wahrheit kann ich nicht aussprechen, und alles andere wäre eine Lüge. Nein, ein Brief von mir würde ihn nur an das erinnern, was niemals sein kann.

Wieder klingelt das Telefon und reißt mich aus meinen Gedanken. „Ich gehe schon!", rufe ich Delia zu und stehe auf. Als ich den Hörer abnehme und mich mit „Hallo" melde, herrscht Stille. Ich muss an die beiden Anrufe denken, von denen Delia sprach. Falsch verbunden? Oder ist die Leitung gestört? Aber dann höre ich am anderen Ende der Leitung jemanden atmen. Die Art, wie dieser unbekannte Anrufer atmet, hat etwas seltsam Vertrautes, und mein Herz setzt einen Schlag lang aus. „Paul?", flüstere ich.

„Ich bin ein Idiot. Ich benehme mich wie ein verliebter Idiot."

Beim Klang seiner Stimme erfüllt mich eine wohlige Wärme. Ich muss schlucken und mich zum Atmen zwingen. „Wie geht es dir?"

„Gut", erwidert er rasch. „Ich habe schon mal angerufen, aber da meldete sich eine fremde Frau, und ich habe wieder aufgelegt."

„Das war Delia."

„Ja, das dachte ich mir. Als du eben abgenommen hast, da hat mich beinahe der Mut verlassen. Ich weiß, ich sollte dich nicht anrufen, aber ich kann einfach nicht anders." Er macht eine kurze Pause. „Ich musste deine Stimme hören."

Ich lege die Hand um die Sprechmuschel. „Mir geht es nicht anders", wispere ich, wobei mir fast die Stimme versagt und ich mich räuspern muss. „Ich dachte, du bist noch im Krankenhaus."

„Das ist die offizielle Version. Wir haben das verlauten lassen, weil ..." Er unterbricht sich. Hat er Angst, am Telefon frei zu reden? Oder fürchtet er, er könnte mir zu viel verraten? In Deutschland waren wir ein Team. Aber jetzt, da jeder von uns wieder in seiner eigenen Welt ist, gibt es Dinge, die nicht ausgesprochen werden dürfen.

„Ich bin froh, dass es dir gut geht", sage ich.

„Es geht mir nicht gut", entgegnet er. „Ich meine, körperlich bin ich fast wieder der Alte, aber ... ich muss immerzu an uns denken ... und an ..." Wieder bleibt sein Satz unvollendet.

„Ich auch." Ich muss an diesen Keller in Berlin denken. Der Gedanke nimmt ein jähes Ende, als mir einfällt, dass Delia und Rachel im Stockwerk über mir sind und dass Simon jeden Moment nach Hause kommen kann. „Aber das können wir nicht machen, Paul."

„Ich weiß, und es tut mir leid", pflichtet er mir mit erstickter Stimme bei. „Leb wohl, Marta."

„Paul, warte ..." Ich höre ein Klicken, dann ist die Leitung tot. Sekundenlang starre ich den Hörer an. Paul hat angerufen. Er hat mich nicht vergessen. Tränen steigen mir in die Augen. Spontan rufe ich die Vermittlung an. „Könnten Sie mir bitte die Nummer des letzten Anrufers auf dieser Leitung geben?", frage ich. Nach einer kurzen Pause gibt mir die Dame die Ziffern durch, die ich rasch auf einem Zettel notiere. Anschließend wähle ich die Nummer, doch bevor die Verbindung zustande kommen kann, lege ich schnell wieder auf. Was soll ich auch sagen? Wenn ich Paul anrufe, mache ich alles nur noch komplizierter. Aber er klang so aufgewühlt, und den Gedanken, dass er traurig oder gar wütend sein könnte, ertrage ich nicht. Erneut beginne ich zu wählen.

Plötzlich höre ich ein Geräusch hinter mir. Erschrocken

fahre ich herum. Delia steht hinter mir. „Du hast mich erschreckt“, murmele ich und lege den Hörer auf die Gabel.

„Wieder ein Anrufer, der sich nicht gemeldet hat?“

„Ja“, lüge ich und fühle mich prompt schuldig. Klammheimlich stecke ich den Zettel mit der Telefonnummer in die Tasche meines Kleides. „Ich wollte eben bei der Vermittlung nachfragen.“

Delia äußert sich nicht dazu, sondern geht in die Küche und setzt den Wasserkessel auf. Ich folge ihr und beobachte schweigend, wie sie den Ofen öffnet und etwas von dem Bratensaft über das Fleisch gießt. „Rachel ist sofort eingeschlafen“, erzählt sie mir. „Eigentlich sind ihr die Augen schon beim Baden zugefallen.“

„Sie war wohl richtig müde“, sage ich und setze mich an den Küchentisch.

„Noch etwas Tee?“, fragt Delia, aber ich schüttele den Kopf. Ich komme noch immer nicht über Pauls Anruf hinweg, und plötzlich breche ich ohne jede Vorwarnung in Tränen aus. „Was ist los, meine Liebe?“, fragt Delia erschrocken. Sie kommt um den Tisch herum und setzt sich zu mir. „Stimmt etwas nicht?“

„Tut mir leid“, entgegne ich schluchzend.

„Na, komm.“ Sie streichelt meine Hand. „Du hast eine Menge durchgemacht, und das holt dich jetzt ein.“

Verwundert sehe ich sie an. Wie viel weiß sie tatsächlich? Ich überlege, ob ich ihr erzählen soll, dass es so aufreibend für mich war, mich um Simons Tante zu kümmern. Doch dann wird mir klar, dass ich ihr nicht länger etwas vormachen kann. „Delia, ich muss dir etwas sagen. Als ich nicht zu Hause war, da habe ich mich nicht um ...“

Sie hebt eine Hand und unterbricht mich. „Ich weiß.“

„Tatsächlich?“

Sie nickt verständnisvoll. „Simon kann nicht besonders überzeugend lügen.“

„Es tut mir leid, dass ich dir nicht die Wahrheit gesagt habe. Es war ein Regierungsauftrag."

„Meine Liebe, darüber musst du mir gar nichts erzählen."

„Jedenfalls ... als ich unterwegs war, da traf ich ..." Ich zögere und betrachte forschend ihr Gesicht. Ich weiß, ich sollte jetzt besser aufhören. Aber ich muss jemandem erzählen, was sich in Prag und Berlin ereignet hat, weil ich sonst das Gefühl bekomme, dass es nie geschehen ist. Außerdem war Delia für mich da, als ich Paul das erste Mal verlor. „Erinnerst du dich an den amerikanischen Soldaten, den ich heiraten wollte?"

„Natürlich."

„Er lebt noch", platze ich heraus.

Delia sieht mich mit großen Augen an. „Ich verstehe nicht." In wenigen Worten berichte ich ihr, wie Paul den Absturz überlebte, mir nach Prag folgte und mir ein zweites Mal das Leben rettete. Als ich ihre ungläubige Miene sehe, wird mir klar, wie unwahrscheinlich das alles klingen muss.

„Oh, du meine Güte!" Gerührt schlägt sie die Hand vor den Mund. „Das ist ja wirklich außergewöhnlich. Wo ist er jetzt?"

„Auf einer US-Militärbasis. Die Anrufe waren keine anonymen Anrufe."

„Ich verstehe." Nun mustert sie mich aufmerksam. „Und er empfindet immer noch etwas für dich?" Ich nicke. „Und du?"

„Ich bin verheiratet", sage ich nach kurzem Zögern.

„Ja, und du hast eine Tochter ..." Plötzlich gerät sie ins Stocken und beginnt zu grübeln. „Rachel kam zu früh zur Welt. Es sei denn ..."

„Du hast recht. Eigentlich kam sie gar nicht zu früh", bestätige ich ihre Vermutung. „Ich konnte es dir nicht sagen."

„Das verstehe ich", beschwichtigt sie mich schnell. „Du musst dich deswegen nicht schämen. Du warst jung und verliebt." Ich beiße mir auf die Lippen. Ich bringe es nicht fertig, ihr auch noch anzuvertrauen, was sich erneut zwischen Paul und mir abgespielt hat. „Weiß Paul, dass Rachel seine Tochter ist?"

„Ich weiß nicht. Als ich es ihm erzählte, hatte er hohes Fieber."

Delia schaut aus dem Fenster. „Du hast mich nie gefragt, warum ich nicht verheiratet war und warum ich keine Kinder habe", sagt sie leise und hebt abwehrend die Hand, als ich darauf antworten will. „Nein, nein, ich weiß schon, du wolltest nicht indiskret sein. Vor vielen Jahren war ich auch verliebt, und wir wollten heiraten, doch mein Vater war strikt dagegen. Er drohte damit, mich zu enterben, sollte ich den Mann heiraten, der als unser Butler angestellt war."

„Charles?", frage ich überrascht. Mir war seit einiger Zeit klar, dass das Verhältnis zwischen den beiden nicht nur rein professionell ist. Aber ich hatte keine Ahnung, dass ihre gemeinsame Vergangenheit so weit zurückreicht.

„Mein Vater kündigte ihm die Anstellung", fährt sie nickend fort. „Charles flehte mich an, ich solle meine Familie verlassen und mit ihm zusammenleben. Aber vor einem solchen Schritt fürchtete ich mich einfach zu sehr. Also ging er weg und heiratete eine andere Frau, mit der er mehrere Kinder hatte. Ich dagegen blieb allein. Viele Jahre nach dem Tod seiner Frau kehrte er zu mir zurück. Mein Vater lebte schon lange nicht mehr. Geheiratet haben wir nicht mehr, zum einen wäre es für seine Kinder zu schmerzhaft gewesen, zum anderen brauchen wir keinen Trauschein als Beweis für unsere Liebe. Wir sind glücklich. Aber wenn ich an all die verlorenen Jahre denke, an die Familie, die wir hätten haben können … Ich weiß nicht, Marta, ich kann dir nicht vorschreiben, was du tun sollst. Du führst ein gutes Leben in geordneten Verhältnissen, doch eine zweite Chance bekommt man nur sehr selten."

Minutenlang sitzen wir schweigend da, bis die Uhr im Salon zu schlagen beginnt. „Sieben Uhr?", wundert sich Delia. „Ich wusste gar nicht, dass es bereits so spät ist."

„Du solltest dich besser auf den Heimweg machen", sage ich. „Charles wird sicher in Sorge um dich sein."

Delia erwidert nichts, sondern geht in den Flur und zieht den Mantel an. Ich folge ihr. Einen Moment lang fürchte ich, sie könnte wegen meiner Gefühle für Paul wütend auf mich sein. Doch dann merke ich ihr an, dass sie sich in ihren Erinnerungen an frühere Zeiten verloren hat. „Delia?" Sie dreht sich zu mir um. „Danke für dein Verständnis."

Sie lächelt mir zu. „Gute Nacht. Und bis morgen."

Nachdem sie die Tür hinter sich zugezogen hat, sitze ich eine Weile da und denke nach. Delias Worte gehen mir durch den Kopf – eine zweite Chance … Ich denke an Paul und mich in diesem Keller in Berlin, wie wir uns aneinanderklammerten, und sofort erwacht die Sehnsucht in mir. Doch diesmal wird sie nicht von Schuldgefühlen begleitet. Das Geschehene löst keine Reue in mir aus. Was für eine Frau bin ich, dass ich meinen Ehemann betrüge und mich nicht einmal schuldig fühle?

Es war nur ein Augenblick, rede ich mir ein. Zwei Menschen, die ihre Erinnerungen aufleben ließen. Aber noch während ich das denke, weiß ich, dass es nicht wahr ist. Unsere Gefühle füreinander sind so lebendig wie vor zwei Jahren. Und nun ist Paul genauso plötzlich wie vor zwei Jahren aus meinem Leben verschwunden. Im Geiste höre ich seine Stimme, und wieder wird mein Verlangen wach. Wie soll ich es ertragen, von ihm getrennt zu sein? Ich starre das Telefon an und kämpfe gegen den dringenden Wunsch an, nach dem Hörer zu greifen und seine Nummer zu wählen. Aber was könnte ich ihm schon sagen, das den Dingen eine Wendung geben würde?

Ein Geräusch an der Tür holt mich aus meinen Gedanken. „Hallo?"

Simon. Ich wische mit dem Ärmel über meine Augen und streiche mein Haar zurecht. „Ich bin hier“, rufe ich.

„Hallo, Schatz. Wie war dein Tag?“ Ein schwacher Hauch nach Klee kitzelt mich in der Nase, als er sich vorbeugt, um mir einen Kuss zu geben.

„Gut, und deiner?“ Es ist unser allabendliches Ritual, und doch kommt es mir vor, als wäre heute irgendetwas anders als sonst. Sein Anzug, der normalerweise noch nach Feierabend wie frisch gebügelt aussieht, ist auffallend zerknittert. Und sein schütteres Haar wirkt zerzaust. Im Bus muss es voller als üblich gewesen sein.

„Anstrengend.“ Er hält die Aktentasche hoch. „Ich muss mir heute Abend noch bergeweise Unterlagen ansehen. Am besten fange ich gleich damit an.“

„Der Braten steht im Ofen. Wenn du Hunger hast, kann ich dir etwas fertig machen“, biete ich ihm an, aber er schüttelt den Kopf.

„Nein, ich habe einfach zu viel zu tun. Außerdem habe ich bei einer Besprechung einen Happen essen können. Aber es wäre schön, wenn du mir eine Portion für später hinstellen könntest.“ Ehe ich noch etwas sagen kann, ist er auch schon die Treppe hinaufgegangen. Erleichtert atme ich auf. Vor meiner Reise habe ich mir oft gewünscht, Simon würde mit mir zu Abend essen. Doch jetzt bin ich so sehr mit meinen Gedanken beschäftigt, dass ich froh bin, ihn nicht um mich zu haben.

Aufs Neue muss ich an Paul denken. Wieder und wieder höre ich seine Worte in meinem Kopf. „Ich muss immerzu an uns denken“, hat er gesagt. Er rief an, weil er meine Stimme hören wollte. Plötzlich verspüre ich tiefes Bedauern. Warum habe ich ihn nur von mir gestoßen? Weil du verheiratet bist und ein Kind hast, meldet sich meine innere Stimme. Weil es die richtige Entscheidung war.

Ich gehe zurück in die Küche, nehme mir ein Glas aus

dem Regal und fülle es mit Wasser. Dabei bemerke ich, dass Delias Brille auf dem Küchentisch liegt. Sie muss sie abgenommen haben, als sie das Abendessen zubereitete. Ich weiß aus eigener Erfahrung, wie hilflos man sich ohne Brille fühlt. Delia wird sie sicher schon suchen.

Ein Blick zur Uhr verrät mir, dass sie sich vor gut zwanzig Minuten auf den Weg gemacht hat und noch nicht zu Hause sein kann. Aber ich könnte Charles bitten, ihr auszurichten, dass ihre Brille hier ist. Ich gehe zum Telefon und nehme den Hörer ab, dabei denke ich unwillkürlich wieder an Paul. Ich halte den Hörer ans Ohr, doch anstelle eines Freizeichens höre ich jemanden reden. Simon muss vom Nebenapparat in seinem Arbeitszimmer telefonieren. Wie untypisch, denke ich. Ich warte darauf, dass er etwas zu mir sagt und mich zurechtweist, weil ich sein Gespräch gestört habe. Aber er hat wohl gar nicht bemerkt, dass ich den Hörer abgenommen habe. Mit wem redet er? Vermutlich mit jemandem aus dem Büro.

Ich zögere. Eigentlich sollte ich auflegen, stattdessen halte ich die Sprechmuschel zu und höre mit. „Ist alles geregelt?“, fragt Simon.

„Luton Airport …“, erwidert eine Stimme. Eine Frauenstimme. Meine Nackenhaare richten sich auf. „Morgen um sieben Uhr.“ Die Frau spricht mit einem ausländischen Akzent, der mir irgendwie bekannt vorkommt.

„Sieben Uhr“, wiederholt Simon. „Ich werde mit dem Päckchen dort sein.“ Dann ist ein Klicken zu hören, und die Leitung ist tot.

## *26. KAPITEL*

Ich stehe reglos da, immer noch halte ich den Hörer in der Hand. Mit wem hat Simon gesprochen? Im Geiste gehe ich die Unterhaltung noch einmal durch, höre die Stimme der Frau am anderen Ende der Leitung. Das war ganz bestimmt nicht Biddie Newman, die Sekretärin, die während meiner Abwesenheit für Simon arbeitet. Vielleicht eine der anderen Assistentinnen aus der Abteilung. Ich gehe die Frauen durch, die infrage kommen, aber keine von ihnen hat einen Akzent. Wer ist diese Frau, und warum telefoniert sie mit meinem Mann?

Nachdem ich den Hörer aufgelegt habe, gehe ich zurück in die Küche. Ich könnte Simon fragen, überlege ich, während ich den Braten aus dem Ofen hole und zwei Teller mit Fleisch, Kartoffeln und Gemüse zusammenstelle. Einen stelle ich beiseite, den anderen nehme ich mit in den Salon. Wir haben bei der Arbeit keine Geheimnisse voreinander, jedenfalls weiß ich davon nichts, auch jetzt, da ich seit einer Weile zu Hause bin, hält er mich über alles auf dem Laufenden. Aber wenn ich ihn frage, muss ich auch zugeben, dass ich sein Gespräch belauscht habe.

Es muss jemand aus dem Büro gewesen sein, davon bin ich überzeugt. Simon hat keine Freunde oder Bekannte, die er anrufen könnte. Jedenfalls weiß ich von niemandem. Plötzlich halte ich inne, meine Hand hält die Gabel, Bratensoße tropft herab. Womöglich hat er eine Affäre?

Sei nicht albern, ermahne ich mich und lege die Gabel auf den Teller. Simon ist so kühl und distanziert, so sehr auf seine Arbeit fixiert, dass ich mir wirklich nicht vorstellen kann, wie er für irgendeine Frau leidenschaftliche Gefühle hegt.

Aber es wäre nicht völlig undenkbar, wie ich mir gegen meinen Willen eingestehen muss. Plötzlich ist mir der Appetit vergangen. Ich bringe den Teller zurück in die Küche.

Vielleicht hat er an mir kein Interesse, weil seine Gefühle einer anderen Frau gelten. Seit meiner Rückkehr arbeitet er abends länger als üblich, oft kommt er erst nach Hause, wenn ich bereits schlafe. Und dann war da noch diese Dienstreise nach Brüssel vor ein paar Monaten … Der Verdacht beginnt sich zu verhärten.

Dann fällt mir Simons eigenartiges Erscheinungsbild ein, als er nach Hause kam, der ungewohnte Geruch, der von ihm ausging. Ich gehe in den Flur zur Garderobe und nehme seinen Mantel vom Haken. Als ich ihn an die Nase halte, stelle ich ihn wieder fest, diesen Kleegeruch. Das Parfüm einer anderen Frau.

Vielleicht ist es auch gar nichts, überlege ich, während ich den Mantel wieder aufhänge. Eine Frau im Bus, die sich zu dicht an ihn gedrängt hat, mehr nicht. Aber das erklärt nicht diesen sonderbaren Anruf. Ich kehre in die Küche zurück. Eine Affäre. Noch vor einer Stunde wäre das völlig undenkbar gewesen. Und was, wenn es stimmt? Nach allem, was ich mit Paul erlebt habe, kann ich wohl kaum wütend sein. Es hätte sogar fast etwas Ironisches. Trotzdem regt sich Eifersucht in mir. Wer ist diese Frau, die Simon mehr bedeutet als ich?

Du hast ihn auch betrogen, ermahne ich mich. Aber bei Paul war es doch etwas anderes … Wir waren ein Liebespaar, das für einen winzigen Moment wieder zusammengefunden hatte. Was wir erlebt haben, war ungeplant und von Instinkten bestimmt. Simons Affäre stelle ich mir hingegen minutiös geplant vor. Heimliche Pläne für verstohlene Treffen. Lügen, mit denen er seine Spuren verwischt. Wut kocht in mir hoch. Hat Simon mich zum Narren gehalten? Vor einer Stunde habe ich Paul am Telefon noch gesagt, dass es für uns keine gemeinsame Zukunft gibt. Und wofür? Ist meine Ehe eine einzige Farce?

Ganz ruhig, ermahne ich mich. Du weißt nicht mit Sicherheit, ob Simon eine Affäre hat. Ein paar Sätze am Telefon, ein fremdes Parfüm – das beweist noch gar nichts. Doch die Zweifel nagen immer beharrlicher an mir. Ich muss der Sache auf den Grund gehen.

Ich lösche das Licht in der Küche und begebe mich ins obere Stockwerk. Auf Zehenspitzen schleiche ich in Rachels Zimmer, stelle mich an ihr Bettchen und lege eine Hand ganz sanft auf ihren Rücken, damit sie nicht aufwacht. Sie atmet ruhig und gleichmäßig. Ein Stück weiter den Flur entlang ist die Tür zu Simons Arbeitszimmer. Sie ist verschlossen, doch durch den schmalen Spalt zwischen Tür und Fußboden dringt Licht. Ich bleibe vor der Tür stehen und verspüre den Wunsch, in sein Zimmer zu platzen und ihn mit meinem Verdacht zu konfrontieren. Tatsächlich mache ich einen Schritt nach vorn und will nach der Klinke fassen, doch dann kann ich mich gerade noch rechtzeitig zurückhalten. Selbst wenn ich recht hätte, würde er eine Affäre nicht zugeben. Ich kann mir vorstellen, wie betont ruhig und gelassen er alles abstreiten würde, damit ich wie ein Dummkopf dastehe. Nein, wenn ich einen Beweis will, muss ich anders vorgehen.

Auf dem Weg ins Schlafzimmer drehen sich meine Gedanken im Kreis. Ich wasche mich und lege mich ins Bett, nehme das Buch vom Nachttisch, das ich momentan lese, und lege es bald wieder weg. Ich bin viel zu aufgewühlt, um mich auf die Sätze zu konzentrieren. Mein Blick wandert zu Simons Nachttisch, seinem Kleiderschrank. Falls es einen Beweis für seine Untreue gibt, wo würde er den verstecken? Natürlich kann ich mich jetzt nicht auf die Suche danach begeben, aber vielleicht morgen, wenn er zur Arbeit gegangen ist. Ich zwinge mich, doch noch ein wenig zu lesen, bis mir nach einer Weile die Augen zufallen.

Ich bekomme nicht mit, wie Simon sich ins Bett legt, und als ich am nächsten Morgen aufwache, ist seine Seite bereits gemacht, so als wäre er gar nicht schlafen gegangen. Mein Verdacht meldet sich sofort wieder, und mir gehen die Ereignisse des letzten Abends durch den Kopf. Vielleicht bilde ich mir das alles doch nur ein, überlege ich, als ich daliege und an die Decke starre. Und selbst wenn nicht, will ich es wirklich wissen? Meine Mutter würde jetzt sagen, dass ich mir nur das Leben schwer mache. Ich führe ein sicheres Leben in geordneten Verhältnissen. Ich könnte das Ganze auf sich beruhen lassen. Simon würde mich nie um die Scheidung bitten, um seiner Karriere nicht zu schaden. Eine kluge Frau würde nicht nach Antworten suchen. Und doch: Ich muss es wissen.

Ich gehe zu Rachel, die in ihrem Bettchen sitzt und munter drauflosplappert. Als ich mit ihr in die Küche komme, stelle ich fest, dass Simon sein benutztes Frühstücksgeschirr bereits abgespült und zum Trocknen hingestellt hat. Auf dem Tisch liegt ein Zettel mit einer hastig hingekritzelten Notiz: *Frühe Besprechung*. Ich blicke zur Wanduhr. Zehn vor sieben. Unbehagen erwacht in mir. Simon macht sich immer um genau zwanzig nach sieben auf den Weg. Ich frage mich, ob er ahnt, dass ich ihn belauscht habe, und ob er vermeiden will, mir in die Augen zu sehen.

Ich trage Rachel zu ihrem Stuhl, setze sie hinein und stelle ihr etwas zu essen hin. Um halb acht wird die Haustür aufgeschlossen, dann höre ich ein fröhliches „Guten Morgen!". Delia ist da. Jetzt erst erinnere ich mich wieder an die Brille. Ich war so durcheinander, dass ich ganz vergessen habe, Charles anzurufen.

Delia kommt in die Küche, sie trägt eine Brille, die ich noch nie an ihr gesehen habe. Ich halte ihr die hin, die sie vergessen hat. „Ich hatte mich schon gefragt, wo ich sie hingelegt habe!", ruft sie.

„Eigentlich wollte ich dich gestern noch anrufen und dir Bescheid sagen."

„Nicht so schlimm. Zum Glück hatte ich noch meine alte zu Hause.“ Ihr Ärmel ist feucht, als sie mir die Brille abnimmt und sie gegen die alte auswechselt. Ich sehe aus dem Fenster und bemerke erst jetzt, dass es in Strömen gießt. Und dabei hatte ich gehofft, dass Delia mit Rachel in den Park gehen würde, damit ich in Ruhe Simons Sachen durchwühlen kann. Vielleicht ändert sich das Wetter ja noch.

Aber der Himmel bleibt den ganzen Morgen grau verhangen. Delia nimmt Rachel mit nach oben, um in ihrem Zimmer mit ihr zu spielen, und eine Weile geselle ich mich zu ihnen. Dabei versuche ich mich auf die Bauklötze zu konzentrieren, die Rachel so viel Spaß bereiten. Später lasse ich die beiden allein und ziehe mich mit meinem Buch in den Salon zurück, doch ich starre die ganze Zeit nur aus dem Fenster auf die regennasse Straße. Ich kann mich beim besten Willen nicht konzentrieren. Ist Simon wirklich ins Büro gefahren? Oder hat er sich irgendwo mit dieser Frau getroffen? Ich spiele mit dem Gedanken, ihn im Büro anzurufen, doch da ich das normalerweise nicht tue, würde er nur misstrauisch werden.

Wenig später kommt Delia mit Rachel auf dem Arm nach unten und setzt sie mir auf den Schoß. „Ich kümmere mich um das Mittagessen“, sagt sie und zieht sich in die Küche zurück. Ich drücke meine Tochter an mich und vergrabe mein Gesicht in ihren Locken.

Ich muss an Paul denken. Wenn Simon tatsächlich eine Affäre hat und ich ihn deswegen zur Rede stellte, würde er mich ja vielleicht doch verlassen. Dann könnten Paul und ich endlich zusammen sein. Ein Schauer durchfährt mich. Dieser Gedanke ist fast unvorstellbar. Würde Paul mich unter solchen Umständen überhaupt noch wollen? Womöglich hat er nicht mitbekommen, dass Rachel seine Tochter ist. Eine romantische Begegnung ist eine Sache, eine Beziehung mit einer geschiedenen Frau, die ein kleines Kind hat, eine ganz andere.

Delia kommt zurück und bringt mir Sandwiches und Suppe. Sie schaltet das Radio ein, und die Stimme eines Nachrichtensprechers erfüllt den Raum. Schweigend essen wir und verfolgen die Sendung. Ich gebe Rachel kleine Happen von meinem Sandwich zu essen. Als wir fertig sind, bringt Delia das Geschirr weg und kehrt mit Teetassen zurück. Die Nachrichten sind zu Ende, ein anderes Programm beginnt – „Die Stunde für die Frau". Wir sitzen da und lauschen der Sendung, während Rachel auf dem Fußboden spielt. Delia kommt nicht auf unsere Unterhaltung vom Vortag zu sprechen, und auch ich erwähne Paul mit keinem Wort. Ich überlege, ob ich ihr von meinem Verdacht erzählen soll, entscheide mich aber dagegen.

Der Nachmittag vergeht nur langsam, der Regen prasselt unablässig gegen die Fensterscheiben. Ich sehe zur Uhr über dem Kamin. Erst kurz nach drei. Delia geht üblicherweise nicht vor sechs, und um diese Zeit werde ich es nicht mehr wagen können, Simons Sachen zu durchsuchen, da er jeden Moment nach Hause kommen kann.

„Wie geht es Charles?", frage ich, als Delia das Radio ausschaltet.

„Er kränkelt ein wenig", erwidert sie. „Aber es ist nur eine Erkältung."

„Du solltest nach Hause gehen und dich um ihn kümmern", nutze ich die Gelegenheit.

„Meinst du wirklich?", gibt sie zurück.

Ich nicke. „Mit Rachel komme ich schon allein zurecht."

Delia zögert, steht dann aber auf. „Charles wird das zu schätzen wissen. Ich mache aber noch ein Fläschchen für die Kleine fertig, bevor ich gehe." Sie begibt sich wieder in die Küche und kehrt bald darauf mit einem Fläschchen warmer Milch zurück, das sie auf den Tisch stellt. Dann bückt sie sich zu Rachel hinunter und küsst sie auf die Stirn. „Bis morgen."

Nachdem Delia das Haus verlassen hat, stehe ich auf und nehme Rachel hoch, die lautstark protestiert. „Zeit für ein Nickerchen, mein Schatz“, sage ich zu ihr und ignoriere meine Schuldgefühle. Ich bringe sie nach oben und lege sie in ihr Bettchen, dann gehe ich in Simons Arbeitszimmer. Etwas derart Privates würde er sicher dort verstecken. Ich betrete den Raum, der wie immer makellos aufgeräumt ist. Auf dem ansonsten leeren Schreibtisch liegt in der rechten oberen Ecke ein Notizblock, daneben steht ein Becher mit perfekt angespitzten Bleistiften. Süßlicher Geruch nach Pfeifentabak hängt in der Luft. Ich gehe um den Tisch herum, an der rechten Seite befinden sich drei Schubladen, eine breitere, flachere auf der linken Seite. Ich will das oberste rechte Fach aufziehen, aber die Schublade bewegt sich nicht. Auch die anderen sind abgeschlossen.

Ich stutze. Schon Dutzende Male war ich an seinem Schreibtisch, weil ich eine Büroklammer oder einen Stift brauchte, aber nie waren die Schubladen abgeschlossen. Was hat er auf einmal zu verbergen? Die Zweifel an seiner Unschuld werden stärker und stärker. Wo ist der Schlüssel? Ich suche die Regale ab, aber er muss ihn mitgenommen haben.

Plötzlich höre ich von unten ein Geräusch. Ich zucke zusammen und entferne mich hastig vom Schreibtisch. „Hallo?“, ruft Simon aus der Diele. Vor Panik stehe ich wie erstarrt da. Wieso ist er so früh zu Hause? Hastig verlasse ich das Arbeitszimmer und ziehe leise die Tür hinter mir zu. In der nächsten Sekunde taucht er auf der Treppe auf.

„Ich … ich habe Rachel ins Bett gebracht“, stammele ich hastig und deute auf das Kinderzimmer, während ich hoffe, dass ihm nicht aufgefallen ist, aus welcher Richtung ich komme. „Du bist früh zurück.“ Ich gehe an ihm vorbei die Treppe nach unten und bemühe mich, nicht zu zittern. Hat er gehört, dass ich in seinem Zimmer war?

Falls ja, lässt er sich zumindest nichts anmerken. „Ich

muss um sieben Uhr zu einem Abendessen“, antwortet er und folgt mir in die Diele. „Darum muss ich mich noch umziehen. Hier.“ Er gibt mir eine längliche Schachtel. „Für dich.“

„Was ist das?“ Ich reiße das Einpackpapier auf, darunter kommt eine dunkelgrüne Verpackung zum Vorschein.

„Ich weiß ja, wie sehr du Pfefferminzpralinen magst“, sagt er, als ich den Deckel abnehme. „Seit du zurück bist, hast du die nicht mehr gehabt.“

„Danke.“ Ich versuche so zu klingen, als würde ich mich sehr darüber freuen. In Wahrheit überschlagen sich meine Gedanken. Simon schenkt mir nie etwas ohne Anlass. Außerdem ist das Geschäft, in dem es meine Lieblingspralinen gibt, in Knightsbridge, und dafür muss er vom Ministerium einmal quer durch die Stadt. Was hatte er in der Gegend zu suchen? Kam es dort zu einem romantischen Treffen mit seiner Geliebten?

„Ich musste über Mittag für eine Besprechung nach Kensington“, erklärt er, als hätte er meinen Argwohn gespürt. Ich erwidere nichts, sondern schließe den Deckel und stelle die Schachtel auf den Wohnzimmertisch. „Willst du nicht wenigstens davon probieren?“

„Ich habe mit Delia so viel zu Mittag gegessen, dass ich keinen Bissen mehr herunterbekomme. Ich werde später etwas davon nehmen. Und was ist das für ein Abendessen, zu dem du musst?“

„Das findet zu Ehren der Chargés d’Affaires statt, die nach Kopenhagen zurückkehren. Ich hatte dir davon erzählt.“

„Oh ja, natürlich.“ In Wahrheit kann ich mich nicht erinnern, auch nur ein Wort davon gehört zu haben. Aber seit meiner Heimkehr bin ich ohnehin so in Gedanken, dass ich vieles nicht mitbekomme. „Es macht dir doch nichts aus, allein hinzugehen, oder?“

Er schüttelt den Kopf. „Genau genommen ist es sowieso eine reine Herrengesellschaft. Ich werde mich bis dahin mit einigen Akten beschäftigen und mich dann umziehen. Bevor ich aufbreche, sage ich dir Bescheid."

Nervös sehe ich ihm nach, wie er den Raum verlässt und nach oben geht. Habe ich in seinem Arbeitszimmer irgendetwas verändert, das einen Hinweis darauf gibt, dass ich mich dort umgesehen habe? Warum waren die Schubladen abgeschlossen? Mir kommt das Telefonat in Erinnerung. Die Frau hatte von sieben Uhr gesprochen, und heute Abend geht Simon zu diesem Essen ... Ich begebe mich in die Küche. An der Wand hängt der Kalender, in den Simon alle wichtigen Termine einträgt, aber für heute, den 20. Dezember, ist nichts vermerkt. Kein Hinweis auf das Abendessen, von dem Simon mir angeblich schon vor Tagen erzählt hat.

Mein Unbehagen steigt. Wahrscheinlich hat es gar nichts zu bedeuten, sage ich mir. Er hat lediglich vergessen, es einzutragen. Allerdings ist Simon dafür ein viel zu gründlicher Mensch. Ich kehre in den Salon zurück und erwäge einmal mehr, ihn zur Rede zu stellen. Aber was soll ich ihn fragen? Mit wem hast du da telefoniert, als ich dich belauscht habe? Warum schließt du deine Schreibtischschubladen ab?

Später kommt Simon nach unten, er trägt seine Smokingjacke, die Haare hat er zurückgekämmt.

„D-du siehst gut aus", bringe ich heraus.

„Vielen Dank." Er deutet auf die Schachtel auf dem Wohnzimmertisch. „Wie sind die Pralinen?"

„Ich weiß nicht, ich habe noch keine probiert."

„Na, dann probier wenigstens eine, bevor ich gehe. Einverstanden?" Ich antworte nicht, während er mir die Schachtel hinhält. Ich nehme eine Praline, wickele sie aus der Folie und beiße davon ab. Die Schokolade scheint in der Kehle festzukleben. „Köstlich", sage ich und muss mich zum Schlucken zwingen. Aber mehr als das kann ich nicht runterbekommen. Ich lasse den Rest der Praline in meiner Hand verschwinden, und als Simon nicht hinsieht, wickele ich sie in eine Serviette.

„Ich werde meine nach dem Abendessen probieren“, erklärt er und steckt eine verpackte Praline in seine Tasche, dann beugt er sich vor und küsst mich auf die Wange. „Allzu spät werde ich nicht zurück sein.“

„Viel Spaß“, wünsche ich ihm, während ich Mühe habe, mit ruhiger Stimme zu reden. Ich möchte ihn zurückhalten, ihn auffordern, mir die Wahrheit zu sagen. Mein Herz rast wie wild, als er die Tür hinter sich zuzieht. Ich muss mich zwingen, nicht sofort in sein Arbeitszimmer zu rennen und dort alles auf den Kopf zu stellen. Er wird erst in ein paar Stunden heimkommen, und ich muss mindestens eine halbe Stunde warten, damit ich Gewissheit habe, dass er nicht unerwartet zurückkehrt. Ich lehne mich auf dem Sofa zurück und schließe die Augen, um mir einen Moment Ruhe zu gönnen.

Plötzlich zucke ich zusammen. Ich muss geschlafen haben. Aber wie lange? Mein Kopf fühlt sich seltsam schwer an, mein Mund ist ganz trocken. „Hallo?“, rufe ich und reibe meine Augen. Keine Antwort. Ich stehe auf und gehe leicht wankend in die Küche, wo ich mir etwas Wasser ins Gesicht spritze. Dann kehre ich zurück in den Salon und sehe aus dem Fenster.

Ich schüttele den Kopf, der noch immer wie benebelt ist, dann gehe ich nach oben in Simons Arbeitszimmer. Ich bin entschlossener als zuvor, seinem eigenartigen Verhalten auf den Grund zu gehen. In dem Becher mit den Bleistiften steckt auch ein Brieföffner, der das Licht der Deckenlampe reflektiert. Ich greife nach dem Öffner, gerate aber kurz ins Grübeln. Wenn ich das Schloss aufbreche, wird Simon wissen, dass ich hier war. Doch mit einem Mal ist mir das ganz egal. Ich muss die Wahrheit erfahren. Ich schiebe den Brieföffner in den schmalen Spalt zwischen der Tischplatte und der obersten Schublade und drücke ihn ruckartig zur Seite. Das Schloss schnappt auf.

In der Schublade liegt ein dicker Stapel Papier. Ich nehme die obersten Blätter und sehe sie durch. Wonach suche ich eigentlich? Nach Liebesbriefen? Nach Quittungen für Hotelzimmer? Alles hier scheint mit der Arbeit zu tun zu haben. Das ist doch lächerlich, denke ich. Warum mache ich das? Und doch suche ich weiter. Bei den ersten Blättern handelt es sich um Telegramme aus der Abteilung. Für eine Sekunde zögere ich. Vielleicht sind das geheime Dokumente, die ich nicht sehen darf. Ach, Blödsinn! Ich habe mein Leben aufs Spiel gesetzt, da habe ich das Recht, solche Unterlagen zu sehen. Außerdem würde Simon keine geheimen Dokumente in seinem Schreibtisch aufbewahren. Jedenfalls kann ich mir das nicht vorstellen. Ich überfliege die Telegramme, aber die enthalten nichts Ungewöhnliches. Mich überrascht jedoch, dass sie völlig ungeordnet in die Schublade gestopft wurden. Simon sortiert eigentlich alles alphabetisch in den Aktenschrank hinter dem Schreibtisch, und innerhalb des Alphabets herrscht chronologische Ordnung.

Weiter unten in dem Stapel stoße ich auf eine Aktenmappe, darin befindet sich eine Liste mit Datums- und Uhrzeitangaben sowie Orten. Ein Reiseplan mit dem heutigen Datum. An oberster Stelle steht der Name Dmitri Borskin. Vermutlich betrifft das irgendeinen Würdenträger, der unser Land besucht. Jemand, der an diesem Abendessen teilnimmt. Simon wird am Telefon lediglich den Zeitplan bestätigt haben. Ich schließe die Mappe. Jetzt ergibt dieses Gespräch über ein Treffen am Luton Airport einen Sinn, und mit einem Mal komme ich mir schrecklich albern vor. Ich betrachte das aufgebrochene Schloss. Irgendetwas muss ich mir einfallen lassen, um Simon eine glaubwürdige Erklärung zu liefern.

Ich lege die Mappe zurück und will die Schublade schließen, doch aus irgendeinem Grund ist meine Neugier nicht gestillt. Wieder ziehe ich den Stapel Papiere hervor und durchsuche nun die untere Hälfte. Nur noch mehr Telegramme, weiter nichts. Dann aber entdecke ich ein gelbes Blatt, das etwas kleiner ist als die anderen. Ich ziehe es heraus und stelle fest, dass es in Russisch verfasst ist.

Mein Herz beginnt laut zu schlagen, während ich das Papier betrachte. Simon kann kein Russisch. Was will er mit dem Blatt anfangen? Ich überfliege den Text und versuche mir das kyrillische Alphabet in Erinnerung zu rufen, das mir meine Großmutter beibrachte. Ich kann einen Namen entziffern: Marek Andek. Das Telegramm ist auf den Tag datiert, an dem ich in Prag ankam und mich mit Marek traf. Am Folgetag wurde er verhaftet. Meine Hand zittert, als ich mir das nächste Dokument vornehme, abermals ein Telegramm in kyrillischer Schrift. Das trägt das Datum vom Tag darauf und erwähnt den Namen Jan Marcelitis sowie die Adresse in Berlin.

Ich lege den Stapel hin und lasse mich auf den Stuhl sinken, da meine Beine wegzuknicken drohen. Jemand hat Telegramme verschickt und auf Russisch Informationen über Marek und Jan weitergegeben. Aber wer? Und wieso sind sie in Simons Besitz? Vielleicht hat das etwas mit der Suche nach der undichten Stelle in der Abteilung zu tun. Aber warum hat Simon davon nichts erwähnt? Wieder sehe ich den Stapel Papiere durch und hoffe, eine Erklärung zu finden.

Noch einmal nehme ich die Aktenmappe heraus und lese den Zeitplan durch. Dmitri Borskin. Ein Flug von Luton Airport nach Moskau, heute Abend um acht. Darum muss es in dem Telefonat gegangen sein, das ich mit angehört habe. Hat Borskin etwas mit den Telegrammen zu tun? Die Buchstaben auf dem Blatt beginnen zu verschwimmen. Ich lege die Mappe zur Seite, reibe meine Augen und versuche mich zu konzentrieren. Als ich die Mappe wieder in die Hand nehme, fällt mir auf, dass die Rückseite sich fester anfühlt als die Vorderseite. Ich drehe die Mappe um und entdecke einen Umschlag, der auf dem dünnen Karton klebt. Neugierig löse ich das Klebeband ab. Lass die Finger davon, warnt mich eine innere Stimme, aber ich bin schon zu weit gegangen, als dass ich noch umkehren könnte. Ich öffne den Umschlag, wobei ich versuche, so behutsam wie möglich vorzugehen. Ein Blatt Papier rutscht heraus und landet auf dem Boden. Ich hebe es auf und merke, dass es ein Foto ist. Auf der Rückseite ist etwas handschriftlich in Kyrillisch notiert. Ich sehe mir die Buchstaben an, sie ergeben den Namen Dmitri Borskin. Als ich dann das Foto umdrehe, bleibt mein Herz einen Moment lang stehen.

Das Foto zeigt … Simon.

Verständnislos starre ich auf das Foto. Das muss ein Irrtum sein. Der abgebildete Mann ist deutlich jünger, sein Haar ist voller, der Schnauzbart buschiger, aber die Augen … die Augen lassen keinen Zweifel zu. Meine Wangen beginnen zu glühen. Sind Simon und Dmitri Borskin ein und dieselbe Person? Ich muss wieder an die Telegramme denken, die sich auf mein Treffen mit Marek und auf Marcelitis' Adresse in Berlin beziehen. *Simon ist die undichte Stelle*. Angst und Unglauben überkommen mich.

Wieder nehme ich mir den Reiseplan vor. Borskin soll heute Abend nach Moskau fliegen. Simon will offenbar aus England fliehen. Mit dem Dokument in der Hand laufe ich aus dem Arbeitszimmer in unser Schlafzimmer, reiße seinen Schrank auf und erwarte, ihn leer geräumt zu finden. Aber Simons Anzüge hängen ordentlich auf ihren Bügeln, nur die Smokingjacke fehlt, die er trug, als er das Haus verließ. Erleichtert lehne ich mich gegen den Schrank. Seine Sachen sind noch alle hier, das Ganze muss ein Missverständnis sein. Abermals sehe ich mir den Zeitplan an. Er besagt zweifelsfrei, dass Borskin heute Abend nach Moskau fliegt. Am unteren Rand fällt mir plötzlich ein Kästchen auf, das die Zahl der Reisenden angibt: drei.

Simon verlässt das Land, und er reist nicht alleine. Rachel! Mir gefriert das Blut in den Adern. Ich lasse das Papier fallen und stürme aus dem Schlafzimmer. „Rachel!“, rufe ich, als ich ins dunkle Kinderzimmer renne. Es kommt keine Antwort. Noch bevor ich in das Bettchen fasse, weiß ich, dass meine Hände ins Leere greifen werden. Meine Tochter ist weg!

## *27. KAPITEL*

Sekundenlang stehe ich im Kinderzimmer und bin nicht in der Lage, mich zu rühren. „Rachel?“, rufe ich und hoffe vergebens, es könnte ihr gelungen sein, aus ihrem Bettchen zu krabbeln und sich irgendwo zu verstecken. Ich bekomme keine Antwort. Simon hat Rachel mitgenommen, davon bin ich überzeugt. Aber wie soll er das angestellt haben? Als er zu diesem angeblichen Abendessen ging, war er allein. Wäre er danach noch einmal ins Haus gekommen, dann hätte ich ihn ganz sicher gehört. Ich habe einen sehr leichten Schlaf, beim leisesten Geräusch wache ich auf. Aber auf dem Sofa vorhin habe ich ungewöhnlich tief geschlafen, und als ich aufwachte, war ich wie benommen.

Die Pralinen. Ich erinnere mich, wie Simon darauf bestand, dass ich eine davon probiere. Er muss mich betäubt haben, damit er mir mein Kind wegnehmen kann. Was hat er in diese Pralinen getan? Instinktiv beuge ich mich nach vorn, stecke einen Finger in den Hals und erbreche eine klebrige braune Masse. Dann richte ich mich auf und fühle mich wacklig auf den Beinen, während sich das Zimmer um mich zu drehen scheint. Wie viel von dem Betäubungsmittel ist bereits in mein Blut gelangt? Ich gehe ins Badezimmer und trinke mehrere Schlucke Wasser. Vielleicht gelingt es mir ja, den Rest des Mittels in meinem Magen zu verdünnen. Plötzlich muss ich mich wieder übergeben, schaffe es aber diesmal bis zur Toilette.

Schließlich richte ich mich wieder auf und wische mir den Mund ab. Wenigstens fühle ich mich jetzt nicht mehr so schwindlig. Aus dem Schlafzimmer hole ich den Reiseplan, den ich hatte fallen lassen, und begebe mich nach unten. Schon kurz vor sieben! In einer Stunde geht der Flug. Ich muss Simon aufhalten, bevor es zu spät ist.

Ich muss jemanden anrufen und um Hilfe bitten. Aber

wen? Wenn Simon ein Verräter ist, dann weiß ich nicht, wem im Ministerium ich vertrauen kann. Und die Polizei wird keinen Diplomaten festhalten. Ich überlege, ob ich Delia und Charles anrufen soll, aber sie wohnen zu weit weg und brauchen mindestens eine halbe Stunde, bis sie hier sind.

Mir fällt der Zettel mit Pauls Telefonnummer ein, den ich in aller Eile eingesteckt hatte. Ich hole ihn aus der Tasche und starre auf die Ziffern.

Dann nehme ich den Hörer ab und wähle die Nummer. „Lakenheath Air Base", meldet sich eine Männerstimme. Es ist nicht Paul.

„Paul Mattison, bitte", sage ich zitternd.

Nach einer kurzen Pause antwortet der Mann: „Hier gibt es niemanden, der so heißt."

Ich fluche stumm und versuche, mich an Pauls neue Identität zu erinnern. „Ich meine Michael ... Michael Stevens."

„Tut mir leid, aber der hat schon Dienstschluss."

„Ich muss ihn unbedingt sprechen", beharre ich fast panisch. „Es ist dringend."

„Und wer sind Sie?"

„Sagen Sie ihm, dass Marta angerufen hat. Es ist ein Notfall, er muss sich mit mir am Luton Airport treffen. Sofort."

„Aber ...", beginnt der Mann.

„Es ist ein Notfall", wiederhole ich, dann knalle ich den Hörer auf die Gabel. Ob er die Nachricht weiterleiten wird, weiß ich nicht, aber ich habe jetzt keine Zeit für Diskussionen. Ich sehe zur Uhr. Zehn nach sieben. Ich greife nach Mantel und Handtasche, dann stürme ich nach draußen. Die Tür fällt hinter mir ins Schloss.

Vor dem Haus bleibe ich kurz stehen. Die frische Abendluft belebt meine Sinne, und ich bekomme einen klaren Kopf. Ich muss zum Flughafen, aber wie? Mit Bus oder Bahn würde ich eine Ewigkeit brauchen. Ich betrachte die Häuser links und rechts und wünschte, ich würde unsere Nachbarn gut genug kennen, um sie um Hilfe zu bitten. Niemand ist zu sehen, den ich ansprechen kann. Ein Taxi! Ich renne in Richtung Hampstead High Street, doch der Taxistand auf der Ecke ist verwaist. Oh Gott, was soll ich nur machen. Ich sehe mich auf der Straße um. Könnte ich einen wildfremden Autofahrer anhalten und ihn bitten, mich zum Flughafen zu bringen?

Dann entdecke ich in einiger Entfernung ein Taxi, das in meine Richtung unterwegs ist. Quälend langsam nähert es sich, während ich wie wild winke, damit der Fahrer auf mich aufmerksam wird. Dann endlich fährt der Wagen an den Straßenrand und hält. „Zum Luton Airport", sage ich und setze mich auf die Rückbank. „Ich muss eine Maschine kriegen, um acht Uhr."

Der Fahrer sieht über die Schulter und meint zweifelnd: „Luton ist fast eine Stunde entfernt. Ich weiß nicht ..."

Er unterbricht sich mitten im Satz, als ich ihm ein Bündel Banknoten entgegenstrecke. „Hier. Zum Luton Airport, und zwar schnell. Das ist ein Notfall."

Dann fährt er so zügig los, dass ich in den Sitz gedrückt werde. Schneller, flehe ich stumm und halte mich am Griff neben der Tür fest, während wir durch den Norden Londons rasen. Wie viel Zeit habe ich noch? Mein Herz rast wie wahnsinnig. Simon arbeitet für die Russen. Das ist so absurd, dass ich es noch immer nicht glauben kann. Ich bin in sein Arbeitszimmer gegangen, weil ich einen Beweis dafür finden wollte, dass er mich betrügt. Stattdessen musste ich herausfinden, dass er ein Verräter ist. Aber vielleicht gibt es ja eine ganz andere Erklärung. Ein Geheimauftrag, der so brisant ist, dass er niemandem etwas sagen durfte, nicht einmal mir. Oder wird er erpresst? Womöglich hat ihm jemand damit gedroht, mir oder Rachel etwas anzutun, wenn er nicht tut, was ihm gesagt wird. Aber noch während mir diese Überlegungen durch den Kopf gehen, weiß ich, dass sie nicht zutreffen.

Nein, Simon ist tatsächlich ein Verräter, auch wenn ich das nicht glauben möchte. Er hat sich immer mit solcher Leidenschaft in seine Arbeit vertieft. Was können die Russen ihm nur geboten haben, das ihn dazu brachte, sein eigenes Land zu verraten und mir Rachel wegzunehmen?

„Rachel", flüstere ich und sehe ihr Gesicht vor mir. Die Straße, auf der wir uns mittlerweile befinden, scheint kein Ende zu nehmen. Während ich aus dem Seitenfenster in die Dunkelheit blicke, möchte ich vor Hilflosigkeit am liebsten laut schreien. Wenn die Maschine erst startet, dann kann sich Simon dem Zugriff der britischen Behörden entziehen, und ich werde Rachel niemals wiedersehen. Ich muss gegen einen Anflug von Übelkeit ankämpfen und lasse den Kopf gegen die Seitenscheibe sinken. Ich kann nur noch beten, dass wir es rechtzeitig schaffen.

Eine halbe Ewigkeit später halten wir vor dem Eingang zum Luton Airport, und ich springe aus dem Taxi. Durch die Glastüren kann ich sehen, dass im Gebäude alles dunkel ist. Der Parkplatz ist verlassen, nur ein Mann ist dort unterwegs und sammelt Müll auf. Ich laufe zu ihm. „Entschuldigen Sie, aber ich muss um acht die Maschine nach Moskau kriegen."

Der Mann legt den Kopf schräg. „Nach Moskau? Soweit ich weiß, geht von hier kein Flug nach Moskau. Abgesehen davon ist der Flughafen für heute geschlossen." Das darf nicht wahr sein. Simon ist gar nicht hier. War der Reiseplan nur eine falsche Fährte, um zu verhindern, dass ich ihn aufhalte? „Außer, der Flug geht vom Privathangar", fügt der Mann hinzu.

„Und wo finde ich den?"

Er zeigt auf ein Gebäude zu meiner Rechten. „Da drüben, aber ..."

Ich renne in die angedeutete Richtung los. Hinter dem Flughafengebäude erstreckt sich ein weites Feld, auf dem Passagiermaschinen für die Nacht geparkt sind. Der Hangar kommt mir unendlich weit entfernt vor, und ich renne, so schnell ich kann, bis meine Lungen brennen. Ein leises Brummen ist zu hören, das lauter wird, je näher ich komme. Dann entdecke ich eine einzelne Maschine auf dem Rollfeld, die deutlich kleiner ist als die Flugzeuge, an denen ich vorbeigelaufen bin. Ein Mann kommt um das Flugzeug herum und geht eine kleine Treppe hinauf. Auf der obersten Stufe bleibt er stehen und sieht sich um. Ich kann Simons Silhouette erkennen. Irgendwie gelingt es mir, noch etwas schneller zu rennen. Sie sind noch nicht gestartet, aber die Propeller drehen sich bereits. Simon wendet sich um und will die Maschine betreten.

„Simon!", schreie ich, doch wegen des Motorenlärms kann er mich nicht hören. „Simon!" Diesmal stutzt er und dreht sich halb um. Als er mich entdeckt, bekommt er vor Erstaunen den Mund nicht mehr zu. Ich sehe ihm an, wie er grübelt, wieso ich hier bin, wenn ich doch die Praline gegessen habe. „Wo ist Rachel?", brülle ich ihn an und hetze die Stufen hinauf.

„Was soll das heißen? Ich verstehe nicht, was du meinst", gibt er ruhig und gelassen zurück, als würde er mit einem Kind reden. „Rachel lag in ihrem Bett, als ich gegangen bin." Er sagt es mit solcher Überzeugung, dass ich ihm seine vorgetäuschte Ahnungslosigkeit fast abnehmen möchte. Dann zuckt sein Blick ins Innere der Maschine.

„Rachel?", rufe ich und gehe weiter.

Als ich mich an ihm vorbeizudrängen versuche, packt er meinen Arm. „Du hättest nicht herkommen sollen", knurrt er und starrt mich zornig an.

Ich erkenne meinen Mann nicht wieder, so abweisend ist seine Miene, so voller Zorn sein Blick. Seine Finger pressen sich in meinen Arm. Einen Moment lang erwäge ich, mich dumm zu stellen, um Zeit zu schinden. Doch ich kann mich einfach nicht zurückhalten. „Ich weiß es, Dmitri. Ich weiß alles.“ Ungläubiges Staunen legt sich über seine Züge, was mich noch wütender werden lässt. Er war so arrogant, so überzeugt davon, dass ich es niemals herausfinden würde. Er hat sich nicht mal die Mühe gemacht, die Beweise beiseitezuschaffen. „Ich weiß, dass du für die Sowjets arbeitest.“

Er setzt zu einer Erwiderung an, um meine Vorwürfe zu leugnen, doch dann schaut er über meine Schulter hinweg auf das Rollfeld und zuckt mit den Schultern. „Ich bin ein Kommunist, Marta.“ In seiner Stimme schwingt ein Hauch von Stolz.

Fassungslos mustere ich ihn. Ich war davon ausgegangen, dass die Kommunisten ihn auf irgendeine Weise dazu überredet hätten, für sie zu arbeiten. Aber mir war nie in den Sinn gekommen, dass er es aus Überzeugung tun könnte. „Wie lange schon?“

„Viele Jahre, lange bevor wir uns begegneten. Seit meinen letzten Schuljahren, um genau zu sein.“

Bevor wir uns begegneten, bevor wir heirateten. Ich kann einfach nicht fassen, was er mir da erzählt. „Aber wieso? Du hast so sehr darauf gedrängt, dass ich für dich arbeite …“ Meine Gedanken kehren zurück zu dem Tag, an dem Mareks Name bei der Besprechung fiel. „Du brauchtest mich, um an Marcelitis heranzukommen“, sage ich, als mir die Wahrheit dämmert. Er erwidert nichts. Ich muss daran denken, wie er den beleidigten Ehemann spielte, weil ich nach Prag reisen wollte. Das war alles nur Theater gewesen. „Du brauchtest mich, um an den Dechiffrierer zu gelangen. Aber du hast ihn weitergegeben an deine Vorgesetzten und …“ Ich habe noch nicht ausgesprochen, da durchschaue ich auch diese Lüge. Ich versuche nach seiner Jacke zu greifen. „Wo ist der Dechiffrierer, Simon?“

Mühelos hält er mich von sich fern, er hat mich so fest gepackt, dass ich keine Chance habe. „Der Dechiffrierer kehrt nach Moskau zurück, wo er hingehört“, lässt er mich wissen. „Und es ist nur noch eine Frage der Zeit, bis Marcelitis ausgeschaltet ist.“ Dann stößt er mich brutal weg. Ich stolpere nach hinten, bekomme aber im letzten Augenblick das Geländer zu fassen, bevor ich die Stufen hinunterstürze. Dazu musst du Jan erst einmal kriegen!, möchte ich rufen. „Aber woher wusstest du, dass ich Marek kannte?“, frage ich stattdessen. „Das wusstest du alles schon lange, nicht wahr? Meine Arbeit für den Widerstand, meine Kontakte?“ Simon sieht mich schweigend an. „Aber woher?“

Hinter ihm mache ich eine Bewegung in der Maschine aus. „Hallo, Marta“, begrüßt mich eine vertraute Stimme. Eine Frau kommt nach draußen, bei deren Anblick mir das Blut in den Adern gefriert.

In der Tür steht … Dava.

Ich starre sie an, und dann erinnere ich mich an den Kleegeruch, der an Simons Mantel hing, und an die Stimme am Telefon. Es kommt mir so völlig unmöglich vor. Dava, die mich in Salzburg gesund pflegte und aufpäppelte. Dava, die mich drängte, an Roses Stelle nach England zu reisen. „Dava?“, bringe ich schließlich heraus. Sie antwortet nicht, sondern sieht mich nur starr an.

„Als Dava dich im Auffanglager kennenlernte, da wussten wir schnell, dass du genau die Richtige für uns bist. Sie wusste, dass du wegen deiner politischen Aktivitäten festgenommen worden bist“, erklärt Simon. „Also stellten wir Nachforschungen über dich an. Deine Erfahrungen und deine Verbindungen machten dich zu einer perfekten Kandidatin.“ Ich denke zurück an die vielen Gespräche mit Dava, wenn wir auf der Schlossterrasse saßen. Niemals wäre mir in den Sinn gekommen, dass sie mich aushorchen wollte. „Aber wir wussten, dass du dich nicht freiwillig für unsere Sache engagieren würdest“, fügt er hinzu.

„Also habt ihr euch überlegt, wie ihr mich nach England bringt, damit ich hier mit dir zusammentreffe“, spreche ich meinen Verdacht laut aus. „Aber ich hatte gar nicht vor, nach England zu reisen! Ich besaß nicht mal ein Visum, bis Rose …“ Mir läuft ein eisiger Schauer über den Rücken, als mir ein weiterer Punkt klar wird. Ich sehe Dava an. „Du hast Rose umgebracht.“

Langsam senkt sie den Blick. „Das war die einzige Lösung.“

„Dava“, raunt Simon ihr mit warnendem Unterton zu. „Das reicht jetzt.“

Ich denke zurück an die Überfahrt auf der Fähre, an Simons Angebot, für ihn zu arbeiten. „Aber ich war mit Paul verlobt, also konnte ich unmöglich diese Stelle antreten, die du mir …“ Ich breche abrupt ab und muss nach Luft schnappen. „Der Flugzeugabsturz war gar kein Unfall, oder?“ Dava wendet sich ab, keiner der beiden sagt etwas. Ich muss mich wieder am Geländer festhalten, weil ich fürchte, mir könnten die Knie einknicken. Vor meinem geistigen Auge sehe ich die Schlagzeile, die den Absturz der US-Militärmaschine verkündet. „All diese Männer mussten sterben?“, frage ich. „Du wusstest, dass mir gar nichts anderes übrig bleibt, als für dich zu arbeiten, wenn Paul tot ist.“

Simon nickt. „Hinzu kam, dass du schwanger warst und ich dich heiraten konnte. Damit war es mir möglich, dich noch besser im Auge zu behalten.“

Ich sehe ihn verwundert an. „Du wusstest das mit Rachel?“

„Dass sie nicht meine Tochter ist? Ja, ich kann rechnen. Aber es war mir egal. Eine Ehefrau und ein Kind waren die perfekte Tarnung. Durch euch erhielt ich außerdem ein gewisses Ansehen im Ministerium. Und mit Rachel werde ich in Moskau genauso angesehen und glaubwürdig sein.“

„Nein!“, schreie ich. Ich stürme an Simon und Dava vorbei ins Flugzeug. Es ist eine kleinere Maschine als die, mit der ich nach München geflogen bin. Rachel sitzt im Gang auf dem Boden. Ich laufe zu ihr, und als sie mich sieht, lächelt sie mich an. „Mutti …"

„Ja, mein Schatz, Mutti ist da." Hastig hebe ich sie hoch und kehre zur Tür zurück, doch Simon und Dava versperren mir den Weg. „Setz dich hin, Marta", fordert er mich auf.

„Aber …"

„Du wirst uns begleiten. So war das zwar nicht geplant, aber du musstest ja deine Nase in Angelegenheiten stecken, die dich nichts angehen. So wie du es immer tust. Du weißt zu viel, und ich kann keine Leiche auf dem Rollfeld zurücklassen." Die Pralinen. Er wollte mich nicht bloß außer Gefecht setzen, sondern mich umbringen! „Aber, Dmitri", wirft Dava ein. „Du willst doch nicht …?" Ich bemerke ihren zweifelnden Tonfall. Nach allem, was sie bereits getan hat, soll sie allen Ernstes Bedenken haben, mich zu töten?

„Er hat bereits versucht, mich umzubringen", lasse ich sie wissen. Ich schaue zu Simon, der die Augen weit aufgerissen hat. „Ich weiß, dass die Pralinen vergiftet waren."

„Du hast nie davon gesprochen, dass Marta sterben soll", murmelt Dava.

Wütend faucht er sie an: „Das geht dich nichts an!"

„Aber ich dachte nicht, dass du …"

Während die beiden diskutieren, wird mir klar, dass das Flugzeug jeden Augenblick starten wird. Einen Moment lang überlege ich, ob ich zum Cockpit laufen und den Piloten um Hilfe bitten soll, doch der steht sicherlich auf der Seite der Kommunisten. Mir bleibt nur die Flucht. Hinter Simon ist ein schmaler Spalt, durch den ich zur Tür und damit nach draußen gelangen könnte. Ich drücke Rachel an mich und stürme los, aber Simon ist schneller.

„O nein, das wirst du nicht machen", herrscht er mich an und blockiert den Weg.

Plötzlich höre ich von draußen ein Geräusch, dann bewegt sich Simon ruckartig nach hinten. Im nächsten Moment sehe ich, wie jemand ihn in den Schwitzkasten genommen hat.

Es ist … Paul!

Vor Erleichterung kommen mir fast die Tränen. Dann hat er meine Nachricht also doch erhalten. Aber dann sehe ich, wie Simon an seinen Hosenbund greift. „Pass auf!", schreie ich, während Simon ein Messer zückt. Rachel beginnt prompt zu weinen, worauf Paul Simon mit sich nach draußen zerrt. Die beiden ringen um das Messer, und einen Augenblick später stürzen sie ineinander verschlungen hinunter aufs Rollfeld. Simon hat für den Moment die Oberhand, Paul will sich aufrichten, aber Simon verpasst ihm einen Fausthieb. Paul ist von seiner Operation immer noch geschwächt, er kann Simon in diesem Zustand unmöglich überwältigen. Ich halte Rachel an mich gedrückt und will die Treppe hinunterlaufen.

Da höre ich hinter mir ein Klicken. „Nicht so hastig", sagt Dava, und als ich mich zu ihr umdrehe, hält sie eine Waffe auf mich gerichtet. „Du bleibst hier."

„Dava", erwidere ich eindringlich, doch ihr Gesicht ist jetzt wie versteinert. Es ist klar, wem ihre Loyalität gilt. Während ich in die Mündung ihrer Pistole sehe, kämpfe ich gegen die aufsteigende Panik an. Ich muss Rachel aus der Schusslinie bringen. „Tu das nicht, Dava", rede ich bedächtig auf sie ein. „Wir sind doch Freundinnen. Du hast mir das Leben gerettet."

„Ich weiß", gibt sie zurück. „Und ich will dich auch nicht töten. Aber er hat mir gesagt, dass wir in Moskau eine richtige Familie sein werden. Und das wird nicht an dir scheitern!"

Dann wird es mir klar. „Du liebst Simon, nicht wahr?", frage ich und versuche, einen sanften Tonfall anzuschlagen. Rachels Schluchzen lässt ein wenig nach, und sie sieht interessiert zwischen Dava und mir hin und her. Aus dem Augenwinkel sehe ich, dass Simon und Paul immer noch kämpfen. Ich weiß, dass Paul das nicht mehr lange durchhalten kann. Ich muss von hier verschwinden, ehe Simon ihn überwältigt und ins Flugzeug zurückkehrt. Aber Dava hält mich nach wie vor mit der Waffe in Schach. „Wie lange empfindest du so für ihn?“

„Schon immer“, antwortet sie. „Seit Jahren. Lange bevor ich dich kennenlernte. Ich kannte Dmitri schon vor dem Krieg. Einmal war ich von ihm schwanger, aber er sagte, ich soll das Ungeborene loswerden, weil es uns bei unserer Arbeit behindert.“ Ihre Miene wird wieder härter. „Und seitdem kann ich keine Kinder mehr bekommen.“ Ich erinnere mich, wie ich mit Rose darüber spekulierte, was in Davas Vergangenheit geschehen sein mochte, dass sie so traurig wirkt. „Und jetzt setz dich hin!“

Ich gehe rückwärts bis zum ersten Sitzplatz, während ich Rachel weiter an mich drücke. Dava kommt zu mir und beugt sich über mich, um mir den Gurt anzulegen. In dem Moment hole ich tief Luft und ramme ihr mein Knie in den Bauch. Sie wird nach hinten geworfen und landet rücklings auf dem Boden. Die Waffe hält sie immer noch fest umklammert.

Hastig stehe ich auf und sehe Rachel an, die ich eigentlich keine Sekunde loslassen möchte. Doch wenn ich sie und mich in Sicherheit bringen will, bleibt mir gar nichts anderes übrig. Widerstrebend setze ich sie auf meinen Sitz, dann stürze ich mich auf Dava, gerade als die sich wieder aufrichten will. Ich versuche ihr die Waffe zu entreißen, aber sie hält sie fest und hebt sie ein Stück über ihren Kopf. Ich darf ihr keinen Bewegungsspielraum lassen, also ziehe ich ihren Arm wieder nach unten. Wenn sich die Waffe zwischen uns befindet, kann sie wenigstens nicht auf Rachel schießen. Plötzlich löst sich ein Schuss, sekundenlang verharren wir völlig reglos. Dann wird Davas Körper schlaff, und auf ihrer Brust zeichnet sich ein roter Fleck ab. „Dava …“ Ich lehne mich zurück und sehe sie an. Obwohl sie mich hintergangen hat, fühle ich mit ihrem Schmerz. Aber ich habe jetzt keine Zeit, bei ihr zu bleiben. Ich stehe auf und nehme Rachel vom Sitz, die sich an dem Schuss anscheinend gar nicht gestört hat. Als ich mit ihr die Tür erreiche, sehe ich, dass Paul reglos auf dem Rollfeld liegt und Simon sich von ihm abwendet, um die Treppe hochzukommen.

„Ist sie tot?“, fragt er ohne jede Gefühlsregung in der Stimme.

„Sie hat dich geliebt“, erwidere ich.

„Ich weiß“, sagt er kühl. „Das machte es umso leichter, sie tun zu lassen, was ich von ihr erwartete. Sie hatte dir das alles eigentlich nicht antun wollen, Marta. Aber ihr Wunsch nach einer Familie war stärker.“ Er blickt über meine Schulter in die Maschine. „Ich schätze, das hat sich damit erledigt. Dann wirst du dich noch eine Weile länger um Rachel kümmern können, zumindest so lange, bis wir in Moskau sind.“

„Simon, hör zu. Niemand muss erfahren, was geschehen ist. Wir können nach Hause zurückfahren.“

„Moskau ist mein Zuhause“, entgegnet er überzeugt, und einmal mehr wird mir klar, dass ich zwei Jahre lang mit einem Fremden verheiratet war. „Und jetzt geh wieder rein“, fordert er mich auf. Er hebt drohend sein Messer, das mit Blut benetzt ist. Pauls Blut.

„Du hast Paul umgebracht …“

„Paul?“ Er sieht mich verblüfft an. „Ich dachte, das ist …“

„Michael?“, führe ich den Satz zu Ende und genieße es, ihm dieses eine Mal voraus zu sein. „Michael und Paul sind ein und dieselbe Person, Simon. Er ist der Soldat, von dem du dachtest, dass er vor zwei Jahren ums Leben gekommen ist. Er hat überlebt, und er folgte mir, als ich auf der Suche nach Marcelitis war. Paul ist Rachels Vater“, ergänze ich noch.

Völlig verdutzt dreht sich Simon zu Paul um, und ich

nutze die Gelegenheit, um ihm mit aller Kraft einen Tritt zu geben. Er verliert den Halt, stürzt die Stufen hinunter und landet neben Paul auf der Rollbahn. Ich hetze die Treppe hinunter und renne davon, so schnell ich kann. Alles in mir schreit danach, mich um Paul zu kümmern, aber ich weiß, dass mir nur wenige Sekunden bleiben, bis Simon sich aufrappelt. Mit Rachel auf dem Arm laufe ich über den weiten Platz, der mir keinerlei Deckung bietet. Meine Tochter hält das offenbar für ein Spiel und kichert vergnügt. Hinter mir höre ich, wie Simon schnaufend aufsteht. Ich muss das Flughafengebäude erreichen. Hoffentlich ist der Mann auf dem Parkplatz noch da. Oder ein Wachmann, oder sonst jemand. Aber mit Rachel komme ich nicht so schnell voran, Simons Schritte werden lauter und lauter, und es kann nur noch eine Frage von Sekunden sein, bis er mich einholt.

Ein Schuss fällt, dann ein zweiter. Ich werfe mich zu Boden und kauere mich schützend über Rachel. Mein Entschluss steht fest. Ich werde aufgeben und nicht weiterlaufen. Lieber begleite ich Simon nach Moskau, als dass ich mich hier von ihm erschießen lasse. Ich verharre reglos auf dem Asphalt und warte darauf, dass Simon uns erreicht, aber stattdessen herrscht ringsum Stille. Schließlich hebe ich vorsichtig den Kopf und sehe, dass Simon ein Stück von uns entfernt daliegt und sich nicht bewegt. Hinter ihm steht Dava mit der Waffe in der Hand.

Als ich die Szene betrachte, kommt es mir so vor, als hätte ich das alles schon einmal erlebt. Und dann erinnere ich mich, wie ich Kommandant Richwalder erschoss, um Emmas Leben zu retten. Nur bin ich diesmal diejenige, deren Leben gerettet wurde.

„Dava." Ich setze Rachel ab und eile zu Dava. Ihr Kleid ist blutgetränkt, sie atmet schwer. Aber sie lebt.

Sie stützt sich auf mich, ich helfe ihr, sich hinzusetzen. „Ich dachte, er würde mich auch lieben", flüstert sie. Sie muss mit angehört haben, was Simon gesagt hat, als er dachte, sie sei tot. „Es tut mir alles so leid."

Als ich sie ansehe, wie sie dasitzt, regt sich plötzlich Hass in mir. Sie hat Rose getötet. Ich muss mich zwingen, nicht zur Waffe zu greifen und Rose zu rächen. Aber sie könnte über nützliche Informationen für die Regierung verfügen, und das wiegt schwerer als meine Rachegelüste. Als ich mich neben sie knie, kommt der Mann vom Parkplatz zu uns gelaufen. Er muss die Schüsse gehört haben. „Rufen Sie einen Krankenwagen!", rufe ich ihm zu. Ich stehe auf und gehe zu Simon, der mit leerem Blick gen Himmel starrt. Aus seiner Jackentasche hole ich den Dechiffrierer und stecke ihn selbst ein. Dann nehme ich Rachel hoch und laufe über das Rollfeld zurück zu Paul. Der liegt nach wie vor neben der Treppe und rührt sich nicht. Ich beuge mich über ihn. Ist er tot? Rachel streckt den Arm aus und tätschelt seine Wange mit ihrer winzigen Hand.

„Mmm", macht er leise.

„Paul, wach auf", flehe ich ihn an.

Er schlägt die Augen auf. „Marta? Geht es dir gut? Was ist mit Rachel?", fragt er mit schwacher Stimme.

Erleichtert atme ich auf. „Uns geht es gut. Aber du wurdest verletzt." Ich setze Rachel ab. Aus einer Stichwunde unterhalb der Schulter verliert er Blut.

„Ich glaube, die Klinge hat nichts Wichtiges getroffen." Er verzieht das Gesicht. „Aber es könnte sein, dass ich mir die Schulter gebrochen habe."

„Als du dich nicht mehr bewegt hast, da dachte ich schon ... Gott sei Dank, dass die Nachricht dich noch rechtzeitig erreicht hat. Simon war der Verräter, Paul." Plötzlich komme ich mir sehr dumm vor.

„Das konntest du nicht wissen", versichert er mir, als hätte er meine Gedanken erraten. „Wo ist er jetzt?"

„Er ist tot. Dava hat ihn erschossen."

„Dava? Die Krankenschwester aus Salzburg?“ Ich nicke. „Ich hatte mich schon gewundert, wer die Frau bei ihm ist. Steckten die beiden etwa unter einer Decke?“

„Das ist eine lange Geschichte. Offenbar hatten sie von langer Hand geplant, mich zu benutzen, um an Marcelitis heranzukommen. Und da ist noch etwas“, füge ich hinzu und muss erst einmal tief durchatmen, bevor ich weiterrede. „Der Flugzeugabsturz war kein Unfall. Simon hat ihn arrangiert, um uns auseinanderzubringen.“

Ich beobachte Pauls Mienenspiel, während er die Information in sich aufnimmt und zu begreifen versucht, was Simon getan hat. Dann schüttelt er den Kopf, und der finstere Ausdruck weicht von seinem Gesicht. „Er ist tot, er kann uns nichts mehr anhaben.“ Dann streckt er den Arm nach Rachel aus, die davonkrabbeln will. „Wird es nicht allmählich Zeit, dass du mir meine Tochter vorstellst?“

# *EPILOG*

Ich stehe auf dem Achterdeck des Ozeandampfers und beobachte einen Schwarm Möwen, die dicht über den Wellen dahinsegeln, um im Kielwasser nach Fischen Ausschau zu halten. Hinter uns fällt die englische Küste zurück. Ein frischer Wind weht über das Deck, und ich ziehe meinen Mantel enger um mich.

„Mutti!“, höre ich eine vertraute Stimme. Als ich mich umdrehe, sehe ich, wie Rachel mit unbeholfenen Schritten auf mich zukommt. In ihrem dicken Wintermantel sieht sie aus wie eine kleine Kugel. Gleich hinter ihr ist Paul, der seinen Arm in einer Schlinge trägt.

„Hallo, mein Schatz.“ Ich bücke mich und hebe Rachel hoch, die jeden Tag ein bisschen schwerer zu werden scheint. Sie plappert munter drauflos und zeigt auf die Möwen, während ich zum zigsten Mal ihr Gesicht betrachte und mich frage, welche Erinnerung sie an das Geschehene haben mag. Zumindest strahlen ihre Augen, und ihr ist nicht anzusehen, dass sie irgendetwas belastet.

Rachel windet sich in meinen Armen und deutet auf einen verglasten Bereich keine zehn Meter von uns entfernt, wo mehrere Kinder an Tischen sitzen und Bilder malen. „Willst du da spielen?“, frage ich, und sie nickt nachdrücklich.

„Ich bringe sie hin“, bietet sich Paul an und nimmt mir mit dem freien Arm unsere Tochter ab. Ich sehe ihm nach, wie er mit der Frau spricht, die die Kinder beaufsichtigt, und dann ohne Rachel zu mir zurückkommt. „Sie wird mit den anderen ihren Spaß haben.“

„Ja, das wird sie“, erwidere ich lächelnd. In den letzten Wochen hat sich Paul zum übervorsichtigen Vater entwickelt, der seine Tochter am liebsten keine Sekunde aus den Augen lassen möchte. Ich muss zugeben, dass ich seit dem Abend auf dem Flugplatz auch viel öfter nach ihr sehe. Oft wache ich mitten in der Nacht auf, dann schleiche ich auf Zehenspitzen zu ihrem Bettchen, um mich davon zu überzeugen, dass sie noch da ist.

Ich drehe mich wieder zum Wasser um, Paul legt seinen Arm um mich, sein Kinn ruht auf meinem Kopf. Über ein Monat ist vergangen, seit Simon Rachel nach Moskau entführen wollte. Wir haben ihn an einem regnerischen Sonntagmorgen auf einem jüdischen Friedhof im Westen von London beigesetzt – der Rabbi, Rachel und ich, Paul sowie Delia und Charles, die respektvollen Abstand hielten. Zuerst hatte ich gar nicht teilnehmen wollen, schließlich war Simon ein Mörder, zudem hatte er mich vom Augenblick unserer ersten Begegnung an nur benutzt und belogen. Paul überredete mich schließlich, doch hinzugehen. Das erstaunte mich, schließlich hatte Simon seine gesamte Einheit auf dem Gewissen. „Damit du dieses Kapitel abschließen kannst", erklärte er. „Für Rachel ist er der Mann, den sie bislang als ihren Vater gekannt hat, und irgendwann wird sie Fragen stellen."

Also gingen wir hin. Als sein Sarg in die Erde gelassen wurde, kochte ich innerlich vor Wut. Wie hatte er mir das alles antun können? So viele unschuldige Menschen waren seinetwegen gestorben. Er hatte uns alle benutzt wie Spielfiguren, deren Leben nichts wert war. Der Rabbi reichte mir eine Handvoll Erde, und als ich sie in das Grab warf, begann sich meine Verärgerung zu verflüchtigen. *Du hast verloren, Simon*. Plötzlich spürte ich ein seltsames Triumphgefühl. Es gab so vieles, was ich über die Ereignisse hätte erfahren wollen, vor allem über Simons Motive, doch das waren Fragen, auf die ich keine Antwort bekommen würde. Und dann, auf einmal, bedeutete es mir nichts mehr, was ich wusste und was nicht. *„Y'isgadal, v'yis'kadash"*, begann der Rabbi. Ich stimmte in sein Klagegebet ein, aber ich betete nicht für Simon, sondern für meine Eltern und für Rose, für Jakub und Alek und alle anderen, die ich in meinem Herzen trug. Meine

Stimme wurde kräftiger, als ich Gott dafür dankte, dass er mir Kraft gegeben und mich an diesen Ort geführt hatte. Als das Gebet zu Ende war, kam Paul zu mir und nahm meine Hand, und dann verließen wir langsam die Grabstätte.

Dava hatte ihre Verletzung überlebt und sich bereit erklärt, mit der Regierung zu kooperieren. Im Gegenzug war ihr ein milderes Strafmaß zugesichert worden. „So ist es besser“, sagte Paul, als wir ein paar Tage zuvor alles für die Reise zusammenpackten. „Auf diese Weise kommt es zu keiner öffentlichen Gerichtsverhandlung.“ Irgendwie war es sogar gelungen, den gesamten Zwischenfall geheim zu halten, sodass keine Zeitung darüber berichten konnte. Allerdings war ich mir sicher, dass man in Diplomatenkreisen noch lange über Simons Tod und meine zeitgleiche Kündigung spekulieren würde. „Hoffentlich werden wir so das ganze Ausmaß der Unterwanderung der Regierung durch die Kommunisten erfahren“, meinte er dann noch.

Das will ich hoffen, denke ich jetzt mit leichtem Schaudern. Die Untersuchung nach Simons Tod hat bereits viele Antworten geliefert: wie die Kommunisten auf ihn aufmerksam wurden, als er noch ein Student in Cambridge war; wie ein Kommilitone ihn einlud, die Semesterferien mit ihm in Moskau zu verbringen. Ich konnte mir gut vorstellen, wie erfreut Simon auf die Aussicht reagierte, gemocht und gebraucht zu werden, war er doch nach dem Tod seines Vaters auf sich gestellt und benötigte dringend Geld. In Moskau legte er sich seine zweite Identität zu, die ihn zu Dmitri Borskin machte, und dort begegnete er auch Dava. Ein Diplomat, der ebenfalls heimlich für die Sowjets tätig war, verschaffte ihm dann den Posten im britischen Außenministerium.

Als ich das hörte, dachte ich an die anderen wichtigen Leute in unserer Abteilung – an Ebertson und Fitzwilliam, sogar an den stellvertretenden Minister – und stellte mir die

Frage, wer von ihnen in Wahrheit ebenfalls ein Spion ist. Ich war voller Sorge, dass einer von ihnen sich an uns rächen würde. Doch Paul beruhigte mich, indem er beteuerte, dass die Sowjets mit Sicherheit kein weiteres Interesse an mir hätten. Dennoch war ich froh, bald das Land zu verlassen.

Wieder muss ich an Dava denken. Ihren Verrat kann ich am allerwenigsten nachvollziehen. Ich kann mich noch gut daran erinnern, wie fürsorglich und nett sie damals in Salzburg gewesen ist. Und das soll alles nur Theater gewesen sein? Ich hasse sie für das, was sie Rose angetan hat, und ich möchte, dass sie dafür ins Gefängnis kommt und leidet. Ich werde ihr niemals vergeben. Und doch weiß ich, dass ich ohne Dava heute nicht hier wäre, so viel muss ich mir trotz allem eingestehen.

Ich sehe zu Paul und möchte mich am liebsten kneifen, um mich davon zu überzeugen, dass ich nicht träume. Wir haben so großes Glück gehabt! Die Stichwunde war nicht lebensgefährlich, allerdings war es durch den Kampf zu inneren Blutungen gekommen, die Verletzungen durch die alte Schusswunde waren noch nicht ausreichend verheilt. Ich hielt seine Hand fest, als sie ihn an diesem Abend in den Krankenwagen luden. Ich konnte ihn nicht loslassen, weil ich fürchtete, er könnte dann wieder verschwinden. „Komm mit mir in die Staaten“, bat er mich, als die Sanitäter uns trennten und die Wagentüren schlossen, um ihn ins Krankenhaus zu fahren. Genau diese Worte wiederholte er, als er am nächsten Tag nach der Operation erwachte.

Ich war unsicher. Mit Paul nach Amerika zu gehen, war ein Traum, den ich schon vor Jahren aufgegeben hatte. Aber was hielt mich noch in England? Nach allem, was geschehen war, konnte ich nicht auf meinen bisherigen Arbeitsplatz zurück. Und mit Simons Haus verband ich nur unfreundliche Erinnerungen. Natürlich war da noch Delia, aber sie wollte ebenfalls eine Veränderung: Sie wollte Charles heiraten und sich mit ihm in Südfrankreich niederlassen. „Das Leben ist zu kurz“, sagte sie, und damit hatte sie recht. An jenem Abend versprach ich Paul, ihn in die Staaten zu begleiten. Wir blieben nur lange genug in London, um alles Notwendige zu regeln. Ich ließ das Haus durch einen Makler verkaufen, und Paul kümmerte sich um die Visa für Rachel und mich. Wenige Wochen später waren wir bereit für die Abreise.

Zuvor schrieb ich Emma einen Brief, in dem ich ihr schilderte, was sich ereignet hatte. Außerdem gab ich ihr Pauls Adresse in den Staaten an. Ich frage mich, ob sie mir antworten wird.

„Und? Bist du glücklich?“, fragt Paul und holt mich aus meinen Gedanken. Den Blick weiter aufs Meer gerichtet, zögere ich, denn nach allem, was geschehen ist, habe ich immer noch Angst, dass sich alles wieder in Luft auflösen könnte. Trotzdem nicke ich. „Ich habe da etwas für dich“, sagt er.

Ich drehe mich zu ihm um, der Wind weht mir die Haare ins Gesicht. „Was denn?“ Er greift in seine Manteltasche und zieht eine Schachtel hervor, dann kniet er vor mir nieder. Mir stockt der Atem. „Machst du mir einen Heiratsantrag?“

Er nickt. „Mein zweiter Anlauf.“ Dann öffnet er die Schachtel, zum Vorschein kommt ein Weißgoldring mit einem einzelnen gefassten Diamanten.

„Der ist wunderschön“, beteuere ich, halte dann aber seine Erkennungsmarken hoch, die ich um den Hals trage. „Aber die genügen mir eigentlich.“

„Du hättest schon damals einen Ring bekommen sollen“, meint er lächelnd. „Also, sagst du Ja?“

Lachend entgegne ich: „Es kommt mir so vor, als wären wir längst verheiratet.“

„Mir auch. Aber ich finde, wir sollten es offiziell besiegeln. Jeder soll wissen, dass ich dein Ehemann und Rachels Vater bin.“

Ich erwidere nichts. So hatte das Ganze seinen Lauf genommen. Hätte es mich nicht gekümmert, was andere von mir denken, wäre ich nicht Simons Ehefrau geworden, nur weil ich schwanger war. Aber genug. Das gehört jetzt endgültig der Vergangenheit an. Alles, was geschehen ist, hat auf seine Weise dazu beigetragen, dass wir jetzt hier sind, zusammen und glücklich.

Paul sieht mich erwartungsvoll an, noch immer hält er mir den Ring hin. „Ja, ich möchte dich liebend gern heiraten!"

Er nimmt den Ring aus der Schachtel und steckt ihn mir an den Finger. Dann steht er auf und nimmt mich in die Arme. Plötzlich muss ich laut lachen.

„Was ist los?", will er wissen. „Gefällt dir der Ring nicht?"

„Der Ring ist perfekt", beteuere ich rasch. „Es ist nur so, dass mir das alles so normal vorkommt. So wunderbar und absolut normal."

Paul schüttelt den Kopf, streicht mir die Haare aus dem Gesicht, küsst mich auf die Stirn und flüstert: „Ich bezweifle, dass es bei uns jemals absolut normal zugehen wird."

„Das stimmt." Plötzlich fühle ich mich erschöpft. „Ich glaube, ich werde mich eine Weile in der Kabine schlafen legen."

„Ist dir nicht wohl?", fragt er besorgt.

„Doch, ich bin nur etwas müde. Willst du mitkommen?"

„Ich glaube kaum, dass du so Gelegenheit bekommst, dich auszuruhen."

„Stimmt. Also, willst du mitkommen?" Er zögert und sieht über die Schulter zu Rachel. „Unsere Kleine ist bei den anderen Kindern gut aufgehoben", versichere ich ihm.

„Dann lass uns gehen." Als ich mich bei ihm unterhake und er mich über das Deck führt, habe ich das Gefühl, dass unsere gemeinsame Reise gerade erst begonnen hat.

*– ENDE –*